U0040352

亂世宏圖

卷四・兵車行

酒徒——著

【第一章】

傳說

「軍師，這三個人是你派出去的？」手裡拿著一份沒頭沒尾的密報，北方綠林道總瓢把子，太行七十二寨總頭領呼延琮瞪圓了眼睛詢問。

「我，我手底下如果有這樣的人才，早就派出去獨領一軍了，哪可能如此糟蹋！」作為第二把金交椅的軍師孟凡潤扁嘴皺眉，苦笑連連。「我也是剛剛接到眼線的飛鴿傳書時，還以為他們三個是大當家你派出去的人。所以才急著趕回來問問您下一步是不是有東進的打算！」

「那，那，那這三個人是誰派出去的，難道，難道是冒了咱們的名？」呼延琮聞聽，眼睛頓時瞪得更圓，隨即，一巴掌拍在了自己腦門子上，大呼小叫：「天！居然也有人敢冒我呼延琮的名！這三個，這三個小子也忒有種了！」

「如果確實非大當家所派，這三個人，就肯定為冒名！」軍師孟凡潤繼續苦笑著點頭，話語中，隱隱帶上了幾分欽佩，「如此膽大的騙子，我以前真的聽都沒聽說過。也怪不得那李有德，被人家給吃了個骨頭渣子都不剩！」

「的確手段了得！」呼延琮也點頭，臉上帶著明顯的遺憾，「可惜傳言不能當真。否則，就憑他們三個當晚的表現，每人坐鎮一個寨子，都綽綽有餘！」

「是啊，咱們山裡頭，最缺的不是糧食，而是人！」孟凡潤想了想，低聲輕嘆。

他和呼延琮兩個，一度曾經勢同水火。然而自打去年在河東戰場上被呼延琮冒死救回來之後，孟凡潤就徹底認清楚了一個事實：自己的長處在於給別人出謀劃策，卻不適合單獨領軍作戰，更不適合站出來號令群雄。

於是他放棄了跟呼延琮爭奪總瓢把子的野心，甘願去當一個純粹的軍師。而呼延琮也很大氣地宣布既往不咎，跟孟凡潤一道當著所有太行山豪傑的面兒，表演了一折子將相和。

不過，明面兒上的爭鬥和傾軋雖然都消失了，暗地裡，呼延琮和孟凡潤二人，卻都留著一些「後手」。二人彼此之間也心照不宣地認可了這些「後手」的存在，輕易不去探查對方的隱秘，更不會去試圖完全掌控對方。

這是綠林道的標準生存法則。所謂光明磊落，所謂義薄雲天，通常都是做給底下人看的。能在總寨坐上一把金交椅的人，誰都不會太簡單。真正的磊落丈夫早就在於數不清次數的弱肉強食過程中死絕了種，活下來的人，每一根腸子至少都有九十九道彎兒。

所以乍一聽聞李家寨最近發生的事情，呼延琮和孟凡潤兩人，都本能地以為是對方出的手。也都為對方夾袋中深厚的儲備人才而感到震驚。誰在第一時間都沒料想到，這世界上，居然有人敢打著他們的旗號，玩了一場漂亮的黑吃黑！

「既然不是咱們自己所派，那咱們還等什麼？兩位哥哥儘管下令，我這就帶人去把這三個膽大包天的騙子給抓回來！」七當家焦寶貴是個急脾氣，聽兩位哥哥當著這麼多弟兄的面兒沒完沒了地誇讚三個「騙子」，忍不住從椅子上跳起來，大聲請纓。

「可不是嗎？李有德的聯莊會也算一份可觀的基業，不能白白便宜了他們！」

「大哥，軍師，咱們雖然在韜光養晦，卻也不能容忍別人欺負到頭上來！」

「大當家，軍師，主寨中的存糧已經不多了，山外邊也正好到了收秋時節！」

「即便不追究他冒名之罪，至少，他們得給大當家您一個交代。否則，若是人人都……」

還有十幾名分寨主恰好在場，也紛紛站起身，給焦寶貴幫腔。

去年冬天和今年春天，太行群雄一直被路澤節度使常思和太原留守劉崇兩個壓著打，各山寨或多或少都蒙受了一些損失。如今劉崇受到党項人的牽制，帶領麾下兵馬退出了山區，常思也被朝廷調去征剿李守貞，大夥剛好可以趁機殺出山外劫掠一番，以彌補各山寨在前一段時間的虧空。

然而，面對這送上門的出兵藉口和眾人熱切的求戰之情，大當家呼延琮卻提不起任何精神。懶懶地在金交椅上揮了下手，低聲道：「抓他們，我為什麼要抓他們？讓他們替咱太行山揚名，有什麼不好！如今之際，最難受的應該是孫方諫那廝，而不是咱們。姓孫的一家又沒給過咱們任何孝敬，咱們憑啥替他出力？」

「這——？」眾人有些理解不了呼延琮的古怪思路，皺著眉，將目光陸續轉向二當家兼軍師孟凡潤，「軍師，大當家剛才到底在說些什麼？難道咱們就捏著鼻子認了？」

「不是捏著鼻子認了。而是現在做任何反應，都為時尚早！」孟凡潤看了一眼呼延琮，又看了看躍躍欲試的眾人，硬著頭皮解釋，「你們想想啊，這事兒發生在孫方諫的地盤上，按理說，那邊的地方官府應該有所反應才對。可無論是當初李有德的聯莊會，還是如今被三個騙子所竊奪的聯莊會，孫方諫居然都能忍著不聞不問。這也太好脾氣了吧？你們的印象中，孫家兄弟，是那麼好說話的人嗎？」

「這——？」眾人語塞，皺著眉頭開始回憶當年孫方諫混綠林道時，給大夥留下的印象。老實說，那些印象都不怎麼光明。綠林道不鄙視攔路搶劫，不鄙視殺人放火，卻對裝神弄鬼的傢伙們都沒什麼好眼色。而孫氏兄弟，當年正是靠著裝神弄鬼起家，然後憑藉在遼國和後晉、後漢之間一次次準確的站隊，才僥倖混成了手握重兵的地方諸侯。

有道是，同行皆冤家。孫氏兄弟當初對李有德在自己的勢力範圍內結寨自保的行為不聞不問，可以理解成其不想讓外邊看清楚自己的真正實力。對於三個「騙子」竊奪了聯莊會的行為依舊裝聾作啞，就有些令人困惑了。除非，除非孫氏兄弟至今還被蒙在鼓裡，還繼續把三個騙子當成太行山的人！

可他們沒必要如此客氣啊？畢竟，孫方諫現在好歹也是大漢國的一鎮節度使，即便再畏懼太行群雄的實力，也得做一些表面上的文章，對他的朝廷有所交代。否則，萬一被言官彈劾跟綠林好漢暗中勾結，他孫家哥倆和汴梁之間隔著上千里遠，豈不是有口難辯？

如此一想，呼延琮先前那幾句雲山霧罩的話，立刻就閃爍起了智慧的光芒。不是大當家性子變得軟弱了，而是眼前情況過於撲朔迷離。那三個「騙子」假借太行山的名義竊取李家寨的行為，有可能是個連環套。大夥過於倉促去找他們的麻煩，恐怕會一頭栽進別人布置好的陷阱。

能在總寨的議事堂裡，坐上一把金交椅的人，無論平素表現得多魯莽，心思轉得卻都不會太慢。幾乎是在轉眼之間，大家夥兒在孟凡潤的引導下，就都「領悟」了呼延琮的高瞻遠矚。一個個臉色微紅，佩服地向後者拱手。

「大當家，英明！」

「大哥，您看得真長遠，小弟佩服！」

「大當家，我等剛才……」

「狗屁！」在一片曲意奉承的聲音裡，呼延琮猛地坐直了身體，不耐煩擺手，「老子真有軍師說得那麼英明，就不至於被常思打得縮在山裡不敢露頭了！老子是懶得蹚別人家的渾水！反正那三個小子原本就不是老子派出去的，他們三個怎麼在孫方諫的地盤上折騰，跟老子何干？老子現在是看熱鬧不怕事大！他們如果真的能把天捅出個窟窿來，老子乾脆就認了他們三個做弟子！把假的直接做成真的，好歹也算出了一口鳥氣！」

「大當家威武！」眾寨主們聞聽，異口同聲的稱頌。至於心裡頭到底怎麼想，則誰都無法深究。

「也沒啥威武不威武的！」呼延琮慵懶地擺擺手，依舊提不起太多的精神，「那三個小騙子雖然不厚道，但從細作送回來的密報上看，他們三個當日所做所為，卻把咱們太行山的威名利用了個十足十。剛才軍師也說過了，咱們山裡頭如今最缺的是什麼？是人才！如今天下漸漸恢復安定，肯上山落草的豪傑越來越少，咱們怎麼著也得弄些人才回來繼承衣鉢。否則，哪天咱們這些人都老得幹不動了，太行山這麼大的盤子，由誰來接？萬一弄個眼光和本事太差的上來，弟兄們的口糧不說，咱們的祖墳，都得讓人給刨了！」

這個話題，有些過於長遠，也過於沉重。在座的大多數寨主們紛紛低下頭去，沉默不語。唯獨七當家焦寶貴這個急脾氣，用力拍了下自己的大腿，高聲反駁，「哎——！大哥您這麼說，就是太瞧得起他們了。什麼人才難得？還不是欺負定縣那幫人見識短嗎？真正遇到大場面，這種坑蒙拐騙的招數能起什麼作用？要我說……」

「當年咱們都看不上孫方諫兄弟倆坑蒙拐騙，如今人家哥倆是坐鎮一方的節度使，咱們卻還在太行山裡苦哈哈地熬日子！」呼延琮看了他一眼，嘆息著打斷。

「那是他臉皮厚，當年耶律德光那廝，不也曾拿出個節度使的頭銜來請大哥您出山嗎？並且是安國節度使，坐擁邢、洺、貝三州，比他那個保義軍節度使好得多！」焦寶貴梗著脖子，繼續喋喋不休。

他雖然表面上看上去有些混不吝，嘴裡說出來的，卻是在場大多數寨主的心裡話。太行群雄不是沒有割據一方的機會，而是當機會送上門來時，被呼延琮用鋼鞭硬生生給打了個稀爛。

當時呼延琮的話，大夥至今依舊在耳，「我燕趙大好男兒，豈能為他人做狗？」這事兒到現在為止才過了幾天，大當家怎麼又開始羨慕起孫方諫兄弟的好運氣來了？

「如果當初我受了遼人的招安，呼延家的祖宗都會被氣得從墳地裡蹦出來！」從眾人的表情上，呼延琮就能猜到大家夥此刻都在想什麼，又長長的嘆了口氣，低聲解釋。「咱們這些人，有子承父業進入綠林道的，有被仇人所逼的，雖然彼此經歷各不相同，卻都還算活得頂天立地。若是當日我接受了耶律德光的招安，咱們就成什麼了？一群為虎作倀的瘋狗！非但死後沒臉入祖墳，活著時，也得被人偷偷戳脊梁骨。」

在場的寨主們咧了下嘴，紅著臉點頭。誰也沒勇氣反駁，呼延琮說得沒有任何道理。見大夥不接自己的茬，呼延琮頓了頓，他繼續補充：「況且安國軍和保義軍豈能混為一談，保義軍在拒馬河邊上，時刻都能兩頭下注。契丹人把他們逼急了，他們可以倒向漢國。漢國把他們逼急了，他們就可以立刻倒向契丹。而安國軍，卻是坐鎮河北腹心，豈能說倒向另外一方就倒向另外一方？若是當日受了契丹人的招安，結局要麼是跟漢軍死拚到底，要麼再受漢軍一次招安，被郭家雀等人驅趕著，去跟趙延壽那廝死拚，左右不會落到個好下場。」

「唉——！」「唉！」「唉！」最後一句話剛剛說完，議事堂裡的嘆氣聲頓時響成了一片。大夥無論服不服氣，都不得不承認，呼延琮當日所做出的，其實是最為理智的選擇。

孫家哥倆是孫家哥倆，太行山是太行山，彼此之間份量不同，受招安之後的結局必然也大相徑庭。

「算了，不說這些了，人活著，總要放眼將來！」呼延琮笑了笑，再度意興闌珊地揮手，大夥都散了吧，「總之一句話，沒我的命令，誰都不許輕舉妄動。大夥耐下心來，且看看那三個小子到底能折騰起多大風浪。也留出些時間，等等更多的消息！否則，光憑著一兩句話就殺出山去，實在有失妥當！」

「大當家說得是！」「我等遵命！」「大當家，我等先行告退！」眾寨主們亂紛紛地答應著，陸續起身離開。

焦寶貴依舊心存不甘，卻也知道自己說服不了呼延琮。從金交椅上站起來，跟在了所有人身後。然而還沒等他的大腿邁出聚義廳的門口兒，耳朵裡又傳來了大當家呼喚聲：「老七，你等一等，我找你還有別的事情！」

「是！」焦寶貴遲疑著回過頭，滿臉困惑。

「回來，到我跟前來坐，我讓人去準備了些吃食，咱們兄弟好些日子沒一起坐坐了。」呼延琮對他客氣地笑了笑，低聲發出邀請。

「噢！」焦寶貴心裡打了個突，緩緩走回，欠著半個屁股坐好。

以他過去的經驗，大當家呼延琮越是對某個人鼻子不是鼻子，眼睛不是眼睛，雙方關係越是親密無間。相反，當呼延琮忽然對某個人客客氣氣，恐怕心裡頭就已經不再拿此人當兄弟看，用不了太久，該人屁股下的金交椅便會空出來。

「老七，久不見你到主寨這邊，嬸嬸和弟弟妹妹們，最近都還好吧？」呼延琮又對他笑了笑，無論是表情還是話語當中，都沒有露出絲毫的敵意。

焦寶貴心臟卻又是一哆嗦，將手放在大腿兩側，強笑著點頭：「都好，他們都好。我娘臨來之前，還念叨過哥哥你呢。說要我一定盡心盡力輔佐你，自家兄弟別為了一些小事兒就生分了！」

「噢！」呼延琮先是欣慰地點頭，隨即，雙目死死盯住了他的眼睛，「那你呢，你是不是覺得哥哥最近做得不夠好？」

「不，不是，絕對不是！」焦寶貴騰地一下跳起來，雙手擺得如同風車，「大哥你聽我說，我今天絕對沒有跟你對著幹的意思。我只是，我只是覺得，你，你，你對那三個騙子，太，太當回事了些！」

「只是這樣？」呼延琮將眼睛從焦寶貴的眼睛上移開，對著從窗口投射進來的光柱追問。已經入秋了，陽光遠不如夏天時強烈。光柱中，無數纖細的灰塵被照亮，隨著空氣的流動上下起伏。

「咱們兩家從祖父那輩就搭夥，到咱們這兒是第三代！」焦寶貴深吸了一口氣，鄭重強調。

「所以，有些話，我才當面兒問你，而不是問其他人。其他人，未必跟我說實話！」呼延琮也站了起來，背對著窗子，身體被陽光襯托得無比魁偉。「老七，你放心，我不會把兵器對著自己的親人。我現在可以對著咱們兩家祖上的在天之靈發誓。但是，你今天，卻必須給我一句實話，你到底想幹什麼？別告訴我，你今天的話，都是順口說出來的，根本沒有走心！這話，我不會信，你自己也騙不了自己！」

「大哥，你最近懈怠了！」焦寶貴身體猛地打了個哆嗦，接連後退兩步。隨即把心一橫，聲音陡然轉高。「大哥，你真的懈怠了。按照現在的模樣，咱們太行山豪傑，早晚得被你帶到溝裡頭去。大哥，我沒想過取而代之，我也可以發誓，對著咱們兩家祖先的在天之靈。可你這樣下去，最遲半年之內，取代你的必有其人！」

「你說什麼？」呼延琮向前大步緊逼，雙手握成拳頭，咬牙切齒。

懈怠這個詞，從字面上理解並不算重。然而放在綠林道上，卻是一個非常危險的指控。在這諸侯殺皇帝如殺雞的年代，上司和下屬之間，根本不存在什麼牢不可破的忠誠。信奉實力為尊，綠林道上，尤其如此。一名大當家精神上出現了懈怠，則說明他已經不適合再帶領弟兄們東征西討。那麼，他最好的選擇就是主動讓賢，否則，早晚有一天會被人從金交椅上拉下來，摔個粉身碎骨。

一狼死，一狼立。所謂實力為尊，就是赤裸裸的狼群法則。當舊的狼王露出疲態，無論心理上的，還是身體上的，就會被挑戰者咬斷喉嚨。新的狼王站在舊狼王的屍體上，接收它曾經擁有的一切。狼群中的母狼和小狼都絕對不會想什麼替先王復仇，它們會認為一切都理所當然！

「你懈怠了，你就是懈怠了，你自己沒意識到，或者不想承認！」被呼延琮逼得連連後退，七當家焦寶貴卻堅決不肯改口，「自從那場大病之後，你就失去了進取之心。遇到常思和劉崇，你只會躲，卻不敢帶著大夥拚命。如今被三個騙子欺負上門，你依舊想著靜觀其變，而不是立刻帶人衝下山去，將他們碎屍萬段！大哥，咱們綠林道，幹的就是腦袋別在褲腰上的勾當，幾時求過十拿九穩？大哥，作為兄弟，你讓我帶隊爬城牆，我二話都不會說。可你讓我跟你一起蹲在山裡頭混吃等死，大哥，我做不到，真的做不到！」

唯恐下一刻就被呼延琮活活打死，焦寶貴扯開嗓子，一口氣說了個痛快。隨即，背靠著柱子，把兩眼一閉，等著迎接霹靂萬鈞。

然而，意料中的拳頭，卻遲遲未曾落在他身上。悄悄地將眼睛睜開，他看見大當家呼延琮不知道什麼時候已經癱坐在了距離自己最近的一把金交椅上，雙目緊閉，身影如同一棵被風吹雨打了許多年的老樹根般孤獨。

「大哥——」焦寶貴立刻覺得心裡好生不忍，向前蹭了蹭，低聲呼喚。

他可以對天發誓，自己剛才說的每一句話，都是為了太行山好，都是為了大當家呼延琮好。他從來沒想過取而代之，也不認為別人坐在呼延琮的位置上，會幹得比呼延琮更為出色。然而，他卻無法容忍呼延琮繼續懈怠下去，無法容忍呼延琮將曾經輝煌一時的太行山七十二聯寨，一步步帶入絕地。

「老七，你說得對！」短短幾個呼吸，卻好像過了一個世紀那麼久。終於，呼延琮抬起右手，輕輕前揮，「正因為是自家兄弟，你才跟我說這些。別人未必沒看出來，但是，別人卻沒你這份勇氣，或者心裡已經做好了換大當家的準備。」

「還沒那麼嚴重，至少，還沒人私下聯絡過我！」唯恐將呼延琮打擊得太狠，焦寶貴搖了搖頭，低聲安慰。「今天即便你不逼我，我也會想辦法給你示個警。大哥，你現在重新振作，還來得及！」

「振作？嗤——！我為何要振作？」呼延琮抬頭看了他一眼，鼻孔中冷氣狂噴。「老七，你以為我真是因為吃了幾場敗仗，就被打斷了脊梁骨？那你也太小瞧哥哥我了！我現在做什麼事情都瞻前顧後，不是因為前一段時間接連吃了幾場敗仗。而是我不想再做這個大當家了！你說得對，我懈怠了。我幹夠了！」

「大哥，你，你這話什麼意思？」焦寶貴聞聽此言，嚇得又是一哆嗦，抬起手，本能地就去抹呼延琮的額頭。

掌心處，卻被呼延琮用手指關節輕輕頂住。「我沒發燒，老七，我現在清醒得很。我不想幹了，這條路，我看不到盡頭。我和你生下來就子承父業做綠林好漢，我不想，咱們的下一代，贊哥和頌哥他們，還有他們這些孩子，也世世代代當山賊！」

「大哥，你這話，這話太深奧了！咱們，咱們爺娘，還有咱們自己這輩子，不就這麼過來的嗎？有什麼不好！」感覺到掌心處的重壓，焦寶貴抬起頭，楞楞地看著呼延琮，滿臉困惑。

呼延琮的兒子呼延贊和他的兒子焦士頌，還有其他幾位寨主的兒子，如今都用了假名在山外讀書歷練。無論是學問，還是武藝，都大有青出於藍而勝於藍的趨勢。按照他們這些老一輩人的習俗，孩子們學藝大成之後，便要回山接受父輩們的衣鉢。就如當年的呼延琮和焦寶貴，子承父業，天經地義！

正百思不解間，耳畔又傳來呼延琮的聲音，帶著無法掩飾的沉重，「的確，咱們祖父那輩兒就混綠林，到咱們已經是第三代綠林好漢了，頌哥和贊哥他們做第四代，也說得過去。可當年是當年，如今是如今。當年河北、山西幾乎無日不戰，咱們太行山附近，反倒成了世外桃源。咱們自己相當於一個地方官府，凡是靠近山區的堡寨，遇到解決不了的事情，都會找咱們出頭。有官兵來犯，百姓們通常也都跟咱們一個鼻孔出氣。各種消息，不用咱們費少力氣，就接二連三送到聚義廳裡頭來。換句話說，在老百姓眼裡，咱們是官，外來的官兵才是賊！可去年呢，你感覺到沒有，事情已經反轉過去了。百姓們在給常克功和劉崇當眼線線，在給官兵通風報信兒，在幫著官兵一起收拾咱們！」

「他們，那些人都是白眼狼，忘恩負義的白眼狼！」焦寶貴朝著身邊的柱子狠狠錘了一拳，震得房梁上簌簌土落。

百姓們態度的改變，他當然能察覺得到。但是，在他眼裡，百姓們都是牆頭草，常克功和劉崇兩人的實力比太行山這邊強大，他們自然會倒向官府那一邊。如果哪天太行山群雄又恢復了實力，他們的態度肯定就會立刻翻轉過來。

「不是忘恩負義，而是人心思安！」呼延琮搖搖頭，嘆息著反駁。「契丹人夠強大不？契丹人在中原縱橫時，有幾個百姓會替他們打探消息？我去年就開始覺得，世道已經變了。大夥都倦了，不想再過這種朝不保夕的日子了。綠林這條路，恐怕會越走越窄，如果咱們讓頌哥和贊歌他們再回山上傳承衣鉢，等同於親手害死了他們，害得自己斷子絕孫！」

「這——？」焦寶貴無法反駁，但心裡頭，卻總覺得呼延琮的話，有些危言聳聽。世道變了，人心思安，綠林這條路走不通了？聽起來好像有根有據，可天下安定，哪可能那麼容易？且不說大漢國內部如今還有叛亂未平，即便朝廷能順利平定了李守貞等人的叛亂，南邊還有唐國、楚國，西邊還有蜀國，北邊更有一個大遼在虎視眈眈！

「不願意相信是吧，我早知道你不會信！」呼延琮原本也沒指望，僅憑著幾句話就讓焦寶貴相信自己的判斷。笑著站起身，低聲補充：「今天你能來提醒我，足見你還拿我當哥哥。做哥哥的，也乾脆跟你實話實說。我其實不僅僅是懈怠了，而且已經徹底厭倦了做這個綠林大當家。原本我還下不了決心，如今既然跟你兩個把話說開了，我也乾脆發狠做個了斷。明天一早，就把此刻還在主寨的頭領們召集起來，主動退位讓賢。你如果想做這個大當家的話……」

「不可！」話語未落，焦寶貴已經撲通一聲跪倒在地，「大哥，你，你這樣說，我，我就徹底沒活路了。我，我知道我今天話說得過了頭，我，我現在就以死謝罪！」

說著話，用手猛地拉出一把解腕尖刀，就朝自己胸口去捅。

呼延琮武藝高強，哪裡肯讓焦寶貴死在自己面前？飛起一腳，踢中對方的手腕，「老七，住手，我並非在試探你？這聚義廳周圍也沒埋伏著刀斧手！我是真心想給七十二聯寨，找個合適的大當家！」

「叮！」尖刀飛起半丈高，釘在了天花板上，深入數寸。焦寶貴用左手握著自己發麻的右手腕，面如死灰，「我，我都把你給逼退位了，怎麼還有臉去見其他弟兄？大哥，你如果，你如果想殺我，就給我個痛快……」

「滾蛋，想死走遠些去死，別死在這裡，賴我頭上！」呼延琮又是一腳過去，將焦寶貴踢翻在地，「老子想要殺你，用得著費這麼大勁兒！老子想退位，又不是一天兩天了。否則當初明知道孟二準備取而代之，老子憑什麼拖著生病的身體去救他回來？」

「大，大，大哥……」焦寶貴被問得目瞪口呆，半晌無法讓自己的身體做出任何反應。

他原來只知道大哥用寬廣的胸襟和救命之恩，折服了二當家兼軍師孟凡潤，讓太行七十二聯寨，不至於分崩離析。卻沒想到，在大哥與孟二重歸於好的表面之後，還隱含著如此深的意思。

「我不想幹了，真的不想幹了。所以老七如果你想接我的位置，我求之不得。各山寨的積蓄還足夠應付一段時間，在你做大當家之後，儘量少做殺孽，給自己留些口碑，等同於留下一條後路。如果你不想當大當家，我就把位置傳給孟二。他欠了老子兩份恩情，總不至於在老子讓賢之後，還對老子的家人下黑手……。」

「不可！」一句沒等說完整，再度被一聲大喝打斷。卻是二當家兼軍師孟凡潤，聽聞議事堂裡發生了爭執，特地跑回來做和事佬。卻沒想到，恰巧將呼延琮的下一步打算，聽了個正著。

「老子沒想把位子傳給你之前，你做夢都惦記著，現在準備主動傳位了，你他奶奶的瞎矯情個蛋！」呼延琮兩次被人打斷了說話，心裡頭火大，將眼睛一瞪，厲聲質問。

「大當家，你要是這麼說，我也只能自殺謝罪了！」孟凡潤遠比焦寶貴口才好，躬身施了個禮，大聲回應，「我先前的確打過取而代之的主意，但我早就已經發現，自己不是那塊料兒。非但我自己不是，其他弟兄，眼下也沒人能代替你。你要是存心把大夥往懸崖下裡推，就儘管隨便找個人傳位。如果你心裡還念著大夥這麼多年來同生共死的情誼，就趁早收起這種不切實際的想頭。否則，你只要前腳下了山，用不了半個月，這裡必然屍橫遍地！冤死在自相殘殺中的兄弟們，做了鬼也會恨你！」

「你，你他奶奶還賴上老子了！」呼延琮被說得頭皮發乍，瞪圓了眼睛喝罵。

「不是賴上了，這是你欠了我們的！」知道他是個吃軟不吃硬的性子，孟凡潤抹了下眼睛，繼續胡攪蠻纏，「我們當你是大哥，你就得為我們負責到底。即便自己不想幹了，也得先把差事交給恰當的人，才能從容脫身。如果就這樣匆匆忙忙的走了，等同於借刀殺人。我們乾脆就自殺好了，免得將來沒人給收屍！」

說罷，大哭一聲，低頭就準備往柱子上撞。呼延琮見狀，趕緊伸手拉住了他的一條胳膊。誰料焦寶貴靈機一動，也從地上爬了起來，將腦袋對準另外一根柱子，假裝大聲哭叫，「大哥，做兄弟的先走一步了，你可千萬給我買個好點兒的棺材！」

說罷，雙腳發力，也要去碰柱尋死。呼延琮嚇得魂飛天外，立刻騰出一隻手去攔。誰料拉住這個，扯不住那個。扯住那個，又拉不住這個。被逼得滿身是汗，無奈之下，只能大喝一聲，「住手，我服了還不行嗎？你們說怎麼著，我就怎麼著。你們都是爺，我這個大當家是你們的三孫子！」

「大當家恕罪！」孟凡潤和焦寶貴兩個奸計得逞，互相看了看，決定見好就收。「只要你不退位，我們兩個就繼續跟著你幹。刀山火海，在所不辭！」

「去你奶奶的在所不辭！」呼延琮大罵了一句，胸口上下起伏，「你們明知道，老子已經懈怠，已經失去了信心。居然還趕著鴨子上架！咱們這樣折騰下去，有什麼意思，早晚還不是死路一條？」

「那我們不管，我們就吃定您了。你當山大王，我們跟著。你要是出山受招安，我們也跟著！總之，咱們三個捆在一塊兒！」焦寶貴咧了下嘴，嘻皮笑臉地回應。

「受招安倒是不急，我先自己出去看看！」呼延琮被他逼得沒辦法，想了想，低聲說道。「你們兩個，暫且替我盯著！」

「大哥，你別逼我們！」回應他的，又是一聲大哭。孟凡潤和焦寶貴張牙舞爪，做尋死覓活狀。

呼延琮被逼無奈，只好又一手一個，將二人的胳膊握住，同時大聲斷喝！「行了！都別鬧了，都老大不小了，別給弟兄們看了笑話。我已經認定了，綠林道已經被咱們走到了盡頭。所以最近得出山去看看，自己判斷得對不對。順帶著給大夥打聽一條合適的出路。所以這段時間，就麻煩老孟你多花些心思，暫且替我掌管著大當家的位置。有老七輔佐你，好歹窩裡反不起來。如果我能找到合適的出路，自然回來帶著大夥一起走。如果我找不到，咱們再繼續把綠林買賣做下去，卻也不遲！」

「這……」孟凡潤和焦寶貴兩個還想再勸，然而看到呼延琮那布滿血絲的眼睛，知道對方已經深思熟慮。於是乎，雙雙用力點頭：「大哥，你放心。我們一定替你看好這個家。但是，您也別忙著做決定，千萬看清楚了形勢，以免咱們日後再後悔！」

「我知道！」呼延琮鬆開二人的手臂，緩緩站直身體。「你們兩個也儘管放心。我不是那種衝動起來就不管不顧的人！」

「那大哥你準備去哪？」孟凡潤和焦寶貴兩個皺了皺眉，異口同聲追問。

「還沒確定！」呼延琮轉過頭，望著漸漸西墜的夕陽，喃喃說道。「也許會去一趟江南，也許還會去一趟塞外。總之，天下這麼大，總能找到咱爺們容身的地方。」

夕陽西下，晚霞點燃了半邊天空，萬山紅遍。

沒有傳說中埋伏在暗處的刀斧手，也不是什麼虛言試探。呼延琮這回是真正下定了決心要金盆洗手，永遠退出江湖。

孟凡潤和焦寶貴兩個苦勸無果，只能退而求其次。同意呼延琮先下山去打探情況的想法，以免他立刻就做出決定。

當天晚上，孟、焦二人就分頭去跟眼下恰巧留在總寨的各位分寨主做了一番鋪墊，第二天一大早，眾人齊齊來到聚義廳內，當面聆聽呼延琮的安排。

那呼延琮是一刻都不願意再於大當家位置上耽擱，數著手指頭等待眾人到齊，立刻當著所有分寨主的面兒，宣布自己要暫時離開幾個月。在自己外出這段時間，山寨日常事務，全權交給二當家兼師爺孟凡潤處理，七當家焦寶貴，則作為二當家的臂膀，也帶領一哨精銳留在總寨常駐，隨時應對各種不測。

雖然昨晚已經提前得到了消息，眾寨主聞聽呼延琮要走，依舊忍不住出言勸阻。然而呼延琮去意已決，無論大夥如何勸，都不肯放棄下山的打算。所以大夥在無奈之下，只能七嘴八舌地表態，宣布願意服從二當家的差遣，並且祝大當家一路順風，早去早歸。

「能不能早些回來，就看運氣了！」呼延琮笑了笑，非常乾脆地向大夥拱手，「我不在家的時候，還請諸位多多給孟二支持。家有千口，主是一人。大夥如果對他不服氣，可以現在就說出來，咱們一起商量個解決辦法。如果現在不說的話，日後私下裡再鼓搗什麼陰險勾當，則等同於蓄謀作亂。綠林道對犯上作亂者是什麼規矩，想必諸位心裡也都清楚！」

「大當家儘管放心！您不在的時候，我等必唯二當家馬首是瞻！」

「大當家，二當家又不是第一次替您主持全域！」

「可不是嗎……」

孟凡潤原本就於一眾分寨主頗負聲望，此番又是呼延琮主動將職位交給此人「暫攝」，所以大夥心裡頭雖然覺得有些彆扭，卻也沒落下什麼「死疙瘩」，再度紛紛拱起手，七嘴八舌地答應。

「那我就放心大膽的走了，各位兄弟，咱們後會有期！」呼延琮笑著向大夥深施一禮，起身離開帥位。他這次鐵了心要給自己尋一條不同於以往的道路，所以也不講究什麼繁文縟節。回去拿起昨天夜裡就由夫人幫忙收拾好的包裹行囊，帶上四名鐵桿心腹，裝扮成一夥出門遊山玩水的土財主，隨即與前來相送的眾當家在寨門口兒揮手告別。

由於前一段時間跟劉崇和常思兩個交過手，名字和頭像至今還貼在河東各地的城牆上，所以此番出山，呼延琮也不敢主動「送貨上門」。離開太行山總寨之後，立刻轉頭向東，抄一條尋常人根本不知道的小路，徑直奔河北道而去。

上一次契丹人入侵，給河北各地造成的創傷，遠甚於河東。從北到南，契丹鐵騎所過之處，十室九空。城池村寨，俱化作斷壁殘垣。樓臺書館，也皆變成了瓦礫堆。此刻放眼望去，真應了那句古詩，白骨露於野，千里無雞啼。

然而，人類的適應能力和恢復能力，卻又總是出奇的堅韌。戰爭才過去了一年多，靠近河流與村落「遺跡」的位置，已經又出現了東一塊，西一塊的零散農田。劫後餘生的農夫農婦們，身穿滿是破洞的衣服，拿著用廢棄兵刃改造的農具，在莊稼地裡揮汗如雨。聽到遠處傳來的馬蹄聲，他們就像受驚的鵪鶉一樣，彎下腰就朝尚未收割完畢的莊稼叢中鑽。無論呼延琮等人如何大聲強調自己沒有惡意，也絕不回頭。

那呼延琮雖然是個打家劫舍的強盜頭子，見了如此淒涼情景，也覺得心裡頭難過異常。因此，愈發認為自己前幾天做了一個正確的決定。

「這一帶當年是契丹人的必經之路，被禍害得太狠了，沒十年二十年功夫恐怕緩不過元氣來。」見到呼延琮一路上都悶悶不樂，一名心腹親衛湊上前低聲開解，「但鄴都、邢州那邊，還有各州的山區，應該會好許多。前者是杜重威的地盤兒，杜重威帶傾國之兵投降，契丹人應該不會禍害他的老巢。山區附近地形複雜，不適合策馬狂奔，所以有些村寨也能因禍得福！」

「那就先去鄴都轉轉！」呼延琮長嘆了一口氣，將手中的馬鞭指向了東南。

「是！」四名親衛齊聲答應，策動坐騎，簇擁著他走上了前往鄴都的官道。在荒涼破敗的「鬼域」中又走了差不多一整天，果然，在第二天上午時分，周圍的景色漸漸有了幾分人世模樣。

農田漸漸連成了整片兒，村寨雖然破舊，屋頂上卻又飄起了炊煙。在稍大一些的村子裡，甚至還有小規模的集市出現，鄉民們用籃子和雞公車裝著地方土產，與前來收購貨物的行腳商人聲嘶力竭的討價還價，為每一文錢，都爭得面紅耳赤。

難得看到了一些屬於人的熱鬧，呼延琮的心情大為好轉。找了個最熱鬧的集市跳下坐騎，將馬繮繩朝護衛手裡一丟，晃著膀子就栽進了人堆兒。本想著置辦一些土特產，等日後去鄴都附近拜會江湖同道時，不至於空著兩手。誰料沒等他從荷包中摸出銅錢，身背後忽然響起一陣刺耳的畫角聲，「嗚——嗚嗚——嗚嗚嗚——」

「壞了！被出賣了！」呼延琮的心臟「怦」地一下，瞬間跳到了嗓子眼兒。手按刀柄迅速扭頭張望，只見有數百名騎兵如飛而至，半途中迅速分為南北兩隊，將整個集市連同集市上的人，瞬間圍了個水泄不通。

「饒命——！」百姓和小商販們四散跑出數步，看看去路已經被堵住，紛紛大叫著蹲在了地上，雙手抱頭，任憑騎兵宰割。

事發突然，呼延琮和他的親衛們，根本來不及模仿周圍百姓的動作。剎那間，就成了整個集市上僅有的幾個站立者，一舉一動，都如雞群中的白鶴般醒目。

那突然殺過來圍住了集市的騎兵們，立刻發現了目標。紛紛張弓搭箭，將五頭「白鶴」盯了個死死。只要後者敢輕舉妄動，立刻就會從「白鶴」變成「刺猬」。

「大當家……」親兵們急得滿頭大汗，用身體護住呼延琮，準備垂死一搏。就在此刻，官兵的隊伍中，忽然響起一個宏亮的男聲：「前面可是呼延大當家，經年不見，楊某居然能在此地碰上你！真是幸會，幸會！」

「楊無敵？」呼延琮微微一楞，伸手將擋在面前的侍衛推開半尺，從人縫裡向對面張望。

白馬、白袍、銀槍、銀甲，身邊還形影不離地伴著一名黑甲、黑袍、烏騅馬的女將軍折賽花，不是綽號「楊無敵」的楊重貴，又是哪個？

這下，呼延琮徹底不用再躲了，躲也躲不過，還要平白搭上半輩子的威名！乾脆分開侍衛，大咧咧地朝對方拱手，「呼延琮何德何能，居然敢勞楊無敵帶著如此多精銳騎兵前來相接，真是慚愧，慚愧！」

楊重貴涵養非常好，聽出呼延琮話語裡的譏諷之意，卻一點兒也不生氣。笑了笑，主動解釋：「大當家言重了，楊某可不是專程來接你。楊某是受人所托，去定州接一位故交，半路上忽然接到自家哨探的急報，才知道你呼延大當家恰巧也經過這裡！」

「不是有人給你送消息，讓你在半路上埋伏？」呼延琮又是微微一楞，質疑的話脫口而出。話音落下，心中先前那種刀扎般的感覺，也徹底消失了個無影無蹤。

「有人給我送信？你呼延大當家居然淪落到了如此地步，連麾下弟兄都統御不住？」楊重貴也被問得微微一楞，皺著眉頭反問。

「只是，只是沒想到這麼巧而已！看來是老天爺捉弄與我，非呼延琮信錯了自己的弟兄！」呼延琮長長吐了一口氣，快走幾步，從百姓隊伍外拉住自己的戰馬，「既然老天爺要收了我，呼延琮也怪不得別人。楊將軍，你可否賞臉與某公平一戰？」

「當日咱們沒分出高下，楊某甚覺遺憾！既然呼延大當家有約，楊某敢不從命？」楊重貴笑了笑，舉起銀槍，朝呼延琮遙遙致意。

他是大漢國的四品宣威將軍，對方是太行山七十二寨的總瓢把子。既然以百倍以上的兵力優勢將對方圍了個水泄不通，當然沒有再網開一面的道理！

然而，公事公辦歸公事公辦，內心裡頭，他卻對呼延琮有幾分惺惺相惜。願意給對方一個戰死馬背的機會，而不是讓對方受盡獄卒的侮辱折磨之後，再死於刑場。

「多謝了！」呼延琮飛身上馬，雙手抱拳施禮，「這裡人多，某提議咱們去村子外面切磋。我麾下這四位兄弟，都沒有任何命案在身，等會兒比試結果出來，還請楊將軍網開一面，讓他們把今某的結局彙報給太行山群雄知曉。」

「理應如此！」楊重貴笑著點了下頭，率先撥轉坐騎，緩緩走向村外。

他麾下的四百精銳從不懷疑自家將軍的身手，立刻紛紛策馬讓出一條通道。只有黑甲女將折賽花，非常不看好呼延琮的人品，抖動韁繩追在了自家丈夫身邊，用極低的聲音提醒：「大哥，切莫以己度人。山賊當中，哪裡有什麼英雄好漢？一會兒趁著周圍地勢寬闊，他轉身就逃……」

「那他活著，跟死了還有什麼分別？」楊重貴愛憐地朝妻子笑了笑，搖頭打斷。「能做綠林大當家，武藝、勇氣和胸襟，三者缺一不可。他若是剛才一句話都不說，策馬突圍，即便身負重傷下半輩子都癱在床上，在綠林道上依舊是個魁首人物。既然他已經主動約了我公平一戰，如果抽冷子再逃，就名聲盡毀。今後哪還有什麼資格再號令群雄？想求一個混吃等死，恐怕都沒多少可能！」

「那你也要小心他的槍裡鞭！」折賽花將信將疑，卻無法再勸。回頭看了一眼默默跟在二人身後不遠處的呼延琮，低聲叮囑。

「嗯！已經吃過一次虧，便不會再吃第二次！」楊重貴又點了點頭，笑容裡寫滿了自信。

不多時，三人來到村子外的空地。四百名精銳騎兵，也出村列隊，隔著兩百餘步遠，給自家將軍吶喊助威。

楊重貴策馬背著下午的太陽方向跑了百餘步，主動選了一個逆著光的位置，轉過坐騎，朝著呼延琮持槍而笑。呼延琮卻不肯占他的便宜，擺了擺手，先策動坐騎向北兜了個半個圈子，將二人的位置由東西相對變成了南北相對，隨即也將長朔端平，笑著朝楊重貴點頭。

見他身陷絕境，卻依舊風度不失，折賽花心中也湧起了幾分讚賞。策馬離開自家丈夫，選了距離二人大約都為一百步遠的斜向位置帶住坐騎。轉過頭，朝著交手雙方晃了晃角弓，隨即迅速將一支鳴鏑搭上了弓弦。

「吱——」鳴鏑發出一聲尖銳的呼嘯，騰空而起。楊重貴跟自家妻子心有靈犀，在呼嘯聲響起前的一瞬間，雙腳輕輕磕打馬鐙。胯下白龍駒四蹄張開，快若閃電，馬脖子上的鬃毛隨著跑動波浪般起起伏伏。

呼延琮的反應速度也不慢，幾乎是在看到楊重貴雙腳的動作同時，也果斷夾緊了雙腿。其胯下的鐵驊騮久經沙場，閱歷無比的豐富。在跑動中調整方向，與白龍駒錯開五尺餘寬的縫隙。

一百步的距離，在眨眼間就被相向衝刺的兩匹戰馬跑完。「看槍！」楊重貴嘴裡發出一聲斷喝，手中長槍使出一記蛟龍出水，直奔呼延琮左胸。呼延琮眼明手快，立刻舉槊側撥，「叮——」火星飛濺，槍鋒和槊鋒於半空中砸在了一起。

呼延琮自恃膂力，用槊鋒的側面抵著槍尖兒的側面，果斷外推。胯下鐵驊騮也借著奔跑的角度和速度，助自家主人一臂之力。楊重貴感覺到槍尖處傳來的重壓，大叫一聲「好」，握在槍纂處的右手猛地一抬，緊跟著又是一推一兜，長槍如巨蟒般當空翻了個身，脫離重槊的羈絆，側面切向楊重貴的大腿根兒。

這一下若是切中，呼延琮的立刻就會鮮血流盡而死。身為沙場老將的他，豈肯讓對手得逞。也大聲還了一個「好」字，豎槊斜挑。白銅做的槊纂瞬間變成了槊鋒，「當」地一聲，將斜向切來的槍鋒砸了個正著。

說時遲，那時快，二人一個呼吸不到功夫，已經從斜向面對面，變成了身體近距離交錯。呼延琮鬆開右手，單憑一隻左手握住重槊的前半段，奮力斜掄。整條重槊立刻就變成了一條鐵鞭，呼嘯著直奔楊重貴肩膀。

楊重貴果斷豎槍回救，槍桿槊桿在半空中相撞，如同兩條蛟龍鬥在了一處，搖頭擺尾，翻滾咆哮。白龍駒和鐵驊騮各自張開四蹄加速，馱著自家主人拉開與對手的距離，將危險轉眼間遠遠甩在了身後。

第一回合，二人算是鬥了個旗鼓相當。也都在心中稱出了彼此的斤兩，為接下來的搏殺做足了準備。戰馬在各自跑出了五十餘步後，雙雙放緩速度，隨即，咆哮著一個大轉身，再度面對面加速衝刺，恨不得立刻幫助自家主人，將對手連人帶馬置於死地。

「咚咚咚，咚咚咚，咚咚咚！」觀戰的騎兵取出了鼙鼓，奮力敲響，將在場所有人的熱血，瞬間催至沸騰。[注一]

「的的，的的的，的的的，的的的的的的！」馬蹄聲快得令旁觀者窒息。

在震耳欲聾的鼓聲和令人窒息的馬蹄聲中，楊重貴抖擻精神，再度挺槍朝呼延琮疾刺。呼延琮持槊格擋，旋即一槊扎向楊重貴的戰馬脖頸。楊重貴搶在槊鋒刺中坐騎之前，奮力下撥。呼延琮大叫一聲「看鞭」，卻是任憑楊重貴將自己重槊撥歪，右手趁機高高地舉起一根藏在槊桿下的鋼鞭，泰山壓頂！

「呼！」千鈞一髮之際，楊重貴橫槍在手，身體迅速後仰。呼嘯而來的鋼鞭將槍桿砸成了弧型，轉眼又被高高地彈起。兩匹戰馬再度錯鐙而過，呼延琮根本不給楊重貴重新坐直的機會，單手掄起重槊，扭身回掃，「著」！

「呼！」又是一聲巨響，重槊再度砸中槍桿，震得雙方虎口發木。再看楊重貴，身體居然在馬背上扭了個怪異至極的角度，面孔對著呼延琮，雙手緊握長槍，橫眉怒目。

不待第四招使出，兩匹戰馬馱著各自的主人，又拉開了距離。馬脖子、馬前腿和馬腹等處，汗珠彙聚成溪流，不停地下淌。呼延琮和楊重貴二人，也累得汗流浹背，張開嘴巴，拚命地調整呼吸。趕在下一輪廝殺開始之前，積攢出足夠的體力，給對手最後一擊。

這二人都是一等一的勇將，雖然面對面只廝殺了兩個來回，卻比以往各自在千軍萬馬中衝鋒，還要累上十倍。唯恐在對手筋疲力竭之前將自己的體力耗盡，楊重貴在策動轉身的瞬間，迅速地彎了下腰，將角弓取在右手中，與槍桿握在了一起。左手取了一支破甲錐，悄悄地貼在了槍桿的後半段。

白龍駒心有靈犀，咆哮著轉身，搖頭擺尾。脖頸上的鬃毛在風中擺出一層層波浪，盡最大可能攪亂對方的視線。四條馬腿，跑動的幅度和節奏卻無比地平穩，以免稍有起伏，影響到羽箭的準頭。

一百步、八十步、六十步，五十步，四十步，楊重貴豎起槍桿和弓臂，拉滿弓弦。在鬆開弓弦之前，大聲投桃報李，「看箭」。

四十步，對方側身躲避，接下來已經沒有足夠時間，格擋他的長槍。不側身躲避，則必然會被一箭透

注一、鼙鼓，軍隊專用樂器。分為大鼙鼓和小鼙鼓。大鼙鼓架於專用戰車上，負責傳遞軍令。小鼙鼓用手可以敲打，傳令和助威。《六韜・兵徵》：「金鐸之聲揚以清，鼙鼓之聲宛以鳴」。白居易：「漁陽鼙鼓動地來，驚破霓裳羽衣曲！」

體，最後結果和躲避一模一樣。

「嗖——噗！」果然，呼延琮胸口處紅光四射，哼都沒哼，墜到了馬鞍下，身體被戰馬拖著，宛若一隻傍地飛舞的紙鳶！

「咚咚咚，咚咚咚，咚咚咚！」觀戰的騎兵們瘋狂揮舞手臂，將鼙鼓敲得震天地響。

又一次親眼見證了自家將軍的陣斬敵將，每一個人，都覺得興奮異常，榮耀無比。什麼太行山七十二寨總大當家，什麼北方綠林道總瓢把子，在自家將軍槍下，都是插標賣首的孬貨。三個回合不到，就被徹底打回了原形。其以往能闖出偌大名頭，只是未曾與自家將軍相遇而已……

狂熱且激越的鼙鼓聲中，楊重貴驕傲地扭過頭，朝自家妻子看了一眼。隨即，收起騎弓，放緩戰馬的速度，準備繞到另外一側去，給呼延琮一個痛快。就在此刻，變故陡生。原本被倒拖在鐵驊騮身側的呼延琮猛地一縮腿，皂靴瞬間脫離馬鐙，緊跟著，挺腰，伸臂，手中迅速釋放出一團黑影，「呼——」

「卑鄙——！」「將軍小——」事發突然，眾騎兵根本來不及停住鼙鼓，憑藉本能而發出的斥責和提醒，全部被淹沒在變了調兒的鼓聲裡。

「賊子敢——」楊重貴也憑藉直覺，意識到了危險的臨近。果斷揮舞長槍，護住自己的全身要害。他這一個舉動，不能說不及時。然而，呼延琮的老辣，卻超出了所有人的想像。匆忙發出暗器，根本不是朝著人，卻是向著楊重貴胯下的白龍駒。

像其背上主人一樣驕傲的白龍駒猝不及防，被黑影牢牢地纏住了一隻前蹄。正在減速的身體瞬間失去平衡，「轟！」地一聲，摔出了兩丈多遠。

「嘿！」馬背上的楊重貴在千鈞一髮之際用長槍戳向地面，身體借著槍桿處傳來的反作用力騰空跳起，避免了被自家坐騎壓斷大腿的厄運。然而，呼延琮的鋼鞭卻又貼著地皮盤旋飛至，「噹啷」一下，正中露在土外的槍鋒後緣。

「撲通！」長槍隨即失去了平衡，轟然而倒。半空中的楊重貴無處借力，隨著傾倒的槍桿摔落於地，眼前金星亂冒。還沒等他艱難地恢復對七竅和四肢的控制權，脖頸後，已經傳來了一抹刺骨的冰寒，「楊將軍，承讓！」

「你——」楊重貴的身體僵了僵，半趴在地上，如同一墩被抽乾了靈魂的行屍走肉。

脖頸後的寒意，來自一把短刀。身經百戰的他沒理由不相信，只要自己再稍作掙扎，就會被刀刃切斷脖子。然而，他卻無論如何都接受不了，自己居然在即將大獲全勝的邊緣處，被對方逆轉乾坤。更無論如何都接受不了，自己百戰而來的無敵威名，今日竟然徹底毀於一名強盜頭子之手。

正準備橫下心去，拚個玉石俱焚之際，脖頸後的冰寒卻又突然消失。先前持刀將他制住的呼延琮快速後躍，拉開彼此之間的距離。緊跟著，將解刀狠狠朝地上一擲，雙手抱拳，大聲說道：「這一命，用來換我麾下那四名弟兄的性命。楊無敵，你且去換一匹戰馬，咱們倆從頭來過！」

說罷，也不理睬已經圍攏過來的騎兵和情急拚命的折賽花，踉蹌著朝自家鐵驊騮走去。胸前後背，鮮血順著一支透體而過的破甲錐汩汩而出，將一身衣袍染了個通透。

折賽花和眾騎兵，先前還以為他準備挾持楊重貴當人質。一個個又氣又急，握著兵器的手指關節一根根全變成了青灰色。待忽然發現一個強盜頭子居然如此光明磊落，慶幸之餘，愧疚感自心底油然而生。剎那間，竟不知道是該盼望自家將軍換了戰馬洗雪前恥，還是該盼望自家將軍就此罷休，放呼延琮一條生路返回太行山。

正尷尬之際，卻見楊重貴從地上撿起長槍，遙遙地指向了呼延琮的後心，「站住！楊某如用你饒！你既然用暗器毀了楊某的白龍駒，就別指望楊某會上你的當，放你逃出生天！」

「我剛才說了，是用你的這條命，換我麾下四個弟兄的性命。這筆買賣，某一點兒都沒吃虧。」呼延琮緩緩停住腳步，因為被透體而過的破甲錐傷到了肺，聲音聽起來明顯後勁兒不足，「至於用暗器毀了你的白龍駒，楊將軍，戰場之上，你死我活，哪有什麼明器暗器之分？你不服氣，咱們這就從頭來過，你有什麼本領儘管使出來。某家有什麼殺人手段，也絕不會藏私！」

說罷，抬手擦了一把額頭上疼出來的冷汗，轉身邁步，繼續走向自己的鐵驊騮。從頭到尾，話語裡頭沒露出一絲示弱或者乞憐。

楊重貴的臉，瞬間給臊成了一塊大紅布。的確，沙場拚命之時，各種手段無所不用其極，根本沒有什麼明器暗器之分。況且即便是江湖切磋，也是自己先放冷箭在先，對方只是以牙還牙，並且技高一籌而已！然而，讓他當著妻子和這麼多弟兄的面兒，承認自己技不如人，又是何等屈辱？還不如先前就被呼延琮一刀殺掉，也好過像現在這樣進退兩難。就在這當口，人群中忽然又響起一聲斷喝：「行了，呼延琮，你的伎倆得逞了。我們夫妻無破解之法。你贏了，現在就可以離開。咱們山高水長，後會有期！」

「你——」楊重貴帶著幾分羞惱抬頭，正看見折賽花那雙寫滿了關切的眼睛。沒有一絲一毫的輕視、責備或者失望，只有發自內心的坦誠與溫柔。

下一個瞬間，楊重貴果斷將責備的話吞進肚子當中。妻子的決定是對的，自己即便想找回顏面，也不該是今天。否則，以完好之軀，去挑戰一個剛剛饒了自己性命，又身負重傷的彩號，無論輸贏，結果都是將名譽丟進了爛泥坑。

「你贏了，我輸了，事實就是事實。」望著再度回過頭來，等候自己決定的呼延琮，楊重貴奮力將長槍戳在身側，肅立拱手，「先前四個弟兄是楊某答應你放走的，不能出爾反爾再拿來交換！你剛才仗義放過了楊某，咱們就一命換一命。你可以走了，楊某絕不會派人去追。你們大夥誰帶著金創藥，替我送呼延大當家一份！」

最後一句話，是轉過頭去，對著麾下的弟兄們說的。眾騎兵懸在嗓子眼兒處的石頭頓時「砰然」落地，興奮地答應了幾聲，取出許多份金創藥，由明法參軍從裡邊挑了包裝最精緻的一份兒，雙手捧著，送到了呼延琮面前。

「多謝！」呼延琮收下藥囊，雙手抱拳，給楊重貴和眾騎兵們做了個羅圈揖，「多謝諸位高抬貴手，某家記在心裡頭了！今後若有機會重逢，定加倍回報！」

隨即，又將面孔轉向楊重貴，大聲宣布：「你那白龍駒，被某用絆子纏住了前腿兒，估計是摔得不輕。即便能治好，以後也上不得戰場了。某家的鐵驊騮雖然比不上你的白龍駒金貴，卻也算得上萬裡挑一。今天就賠給了你，咱們從此恩怨兩清！」

「不可，先前是楊某技不如人，怎能……」楊重貴聞聽，趕緊高聲反對。呼延琮卻不肯將送出去的賠償收回，搖搖晃晃走向迎上來的四名親衛，由對方架著，朝一匹戰馬走去。胸前身後，鮮血淅淅瀝瀝落下，在地面上染出了刺眼的兩行。

「你……」楊重貴邁腿追了幾步，心中卻知道對方一言既出，駟馬難追。最終是輕輕嘆了口氣，緩緩停住了雙腳。

「大哥，咱們也走吧！這人雖然身為土匪，卻也是一個難得的豪傑。你今天收下他的鐵驊騮，日後想辦法再還他一匹汗血寶馬便是！」折賽花明白自家丈夫心思，跳下坐騎走上前，小聲替楊重貴找臺階。

「也是，麟州那邊，素來不缺好馬！」楊重貴心領神會，向著妻子點了點頭，滿臉溫柔。

夫妻兩個相視而笑，點手叫來傳令兵，宣布整隊回營。還沒等將隊伍整理停當，耳畔忽然又傳來一陣淒涼的哭喊聲：「大當家，大當家你醒醒啊！大當家，你半輩子英雄了得，這點兒小傷怎麼害得了你？大當家，大當家……」

「怎麼回事兒？」楊重貴心裡頓時湧起一股不祥的預兆，撥轉坐騎，朝著哭聲響起處衝了過去。

雖然有幾分惱恨呼延琮毀了自己的無敵美譽，然而此時此刻，他卻一點兒也不希望對方死在自己面前。那樣的話，一方面就意味著他楊重貴今後永遠都是呼延琮的手下敗將，永遠不可能再找回今天丟失的威名。二來，在內心深處，他對呼延琮的惱恨，遠遠少於讚賞。

能豁出半條命去，將他楊重貴打下馬來的人，肯定是個英豪。能在劫持人質脫身的情況下，毅然收手，只為換回手下四名弟兄性命的英豪，更是萬裡挑一。栽於這樣一個萬裡挑一的英豪手下，他楊重貴不算太冤屈！而眼睜睜地看著一個萬裡挑一的英豪死在自己面前，他楊重貴恐怕下半輩子都無法心安！

然而，他這份好心，卻注定要被看成驢肝肺。沒等衝到呼延琮身側，四名來自太行山的親衛，已經紅著眼睛，擋住了他的馬頭。每個人的手都緊握著兵器，每個人都將生死置之於度外，每個人說出來的話，都比用錐子刮銅鑼還要難聽：「你已經把大當家害成這般模樣了，難道還不滿足嗎？」

「姓楊的，有本事衝著我們來，別欺負一個重傷之人！」

「姓楊的，你不能出爾反爾！」

……

「四位壯士，楊某此刻並無惡意！」楊重貴被罵得臉色發青，卻強壓著心中的怒火，甩鐙下馬，「楊某過來看看呼延大當家的傷勢。楊某軍營中就有專治金瘡的郎中，四位不妨抬著他，隨楊某返回軍營！」

「休想！」

「做夢！」

「去了你的軍營，今後還不是任你揉捏？」

「我等寧願就死在這裡，死在大當家身邊！」

回答他的，依舊是一片聲嘶力竭的怒吼。四名急紅了眼睛的侍衛，無論如何都不會相信先前偷放冷箭奪走大當家半條性命的人，此刻會有什麼好心腸！寧願留在原地，陪著大當家呼延琮一同面對死亡。

「你們切莫不識好歹！」楊重貴自打出道以來，幾曾受過如此委屈？頓時心中的火氣再也克制不住，將手中戰馬韁繩用力朝地上一丟，就準備強行衝過去，將呼延琮搶回軍營醫治。

「四位壯士，你們這樣說就過了。我家郎君如果想要殺你們，又何必費這麼多周章？」腳步剛剛向前開始移動，身背後，卻又傳來了夫人折賽花的聲音。不高，也不帶絲毫怒意，卻令在場所有人都瞬間恢復了冷靜。

「四位壯士請仔細想！」用戰馬擋在自家丈夫和四名忠心耿耿的太行山侍衛中間，她笑了笑，滿臉大氣與坦誠，「此地遠離相州，莫說很難找到高明郎中。即便能找到，呼延大當家的行藏已經洩漏，地方官府會不趁機落井下石嗎？四位壯士與其去冒被地方官府圍捕的風險，不如跟著我們先回軍營。好歹我家丈夫也是個帶兵的將軍，地方官府膽子再大，也不敢到他的軍營裡頭喊打喊殺！」

「這……」四名侍衛能分辨出折賽花說的全是實話，楞了楞，按在刀柄上的手無力地鬆開。

「大哥，麻煩你派人買一輛高車來。」折賽花見此，也不多耽擱時間。立即開始給大夥布置任務，「四位壯士，等會兒請你們將呼延大當家抬到車上去，一直扶著他，別讓車廂板再碰觸了他身上的那支羽箭。也注意他的呼吸，別讓瘀血堵住了喉嚨。」

「是！」四名侍衛此刻哪還有什麼心思？聽折賽花說得條理清晰，齊齊拱手領命。

楊重貴本人，則依照自家妻子的要求，派心腹弟兄去集市上重金求購高車。待高車到手之後，又親自指揮著麾下弟兄和來自太行山的衛士們，將昏迷不醒的呼延琮抬了進去。隨即下令啟程，以最快速度返回了軍營。

軍營當中，一直養著兩名治理金創的高手。接到了楊重貴「不惜任何代價救人」的命令，立刻使出了全身解數。然而，他們所能做的，也僅僅是先拔出破甲錐，再用藥粉糊住身體表面的兩個窟窿止血。對於能否將患者從鬼門關口拉回來，卻是一點兒把握都沒有。

「啟稟將軍，並非卑職兩個不肯盡力，他，他的傷實在太重了。」唯恐患者死後，自己遭受牽連，兩名郎中當著一大堆人的面兒，果斷向楊重貴實話實說。

「你說什麼？你有膽子再說一遍？」沒等楊重貴回應，四名來自太行山的親衛，已經齊齊朝郎中亮出了刀子。「大當家又不是第一次受傷，怎麼可能……」

「四位壯士稍安勿躁，我知道你們無法接受，但現實就是現實！」隨軍郎中也是官身，根本不在乎幾個老百姓手裡頭的刀子。笑了笑，不卑不亢地拱手，「若是換成一般人，根本挺不到這個時候。也就是他身子骨出奇的強健，平素又練武不輟，才勉強能吊住一口氣不散。可這樣下去，他的傷勢只會越來越重，縱是鋼筋鐵骨，也終有撐不住的那一刻！」

「你放屁！」

「你胡說！」

「你分明是看人下菜碟，不肯盡心！」

「老子跟你們兩個王八蛋拚了……」

四名親衛哪裡肯信？揮舞著刀子就要跟庸醫拚命。楊重貴見狀，趕緊命令將四名親衛拉住。隨即親自躬身施禮，畢恭畢敬地向兩名郎中求肯：「屠大夫，巫大夫，念在他們四個忠心可嘉的份上，請切莫跟他們一般見識。呼延大當家的傷，您二位看看能不能再想想辦法！哪怕是存著一線希望，也儘管全力一試。楊某，楊某自當承擔一切花銷，即便最後力有不逮，楊某也保證沒人敢怪罪到你們兩個頭上！」

「將軍，折殺了，真的折殺了！」屠、巫兩位郎中甭看敢對太行山的侍衛不假辭色，對於楊重貴這個四品將軍，世代簪纓之後，卻不敢擺任何架子。一邊躬下身體還禮，一邊迫不及待地表態，「此人是將軍的朋友，我們二人當然不敢藏私。但他傷得如此重，我們兩個也只能盡人力，聽天命。醫者必須實話實說，還請將軍不要見怪！」

「不怪，不怪，你們盡全力就好！」楊重貴有求於對方，心裡頭即便再不舒服，臉上和話語中也不敢表現出分毫。

兩名郎中得到了他的背書，立刻調整藥方的配比，將一些虎狼之藥，不計價錢和負面後果的，加大了數倍。然而藥湯熬好之後給呼延琮灌下去，卻依舊不能起到任何效果，反而令其臉色更加灰敗，呼吸也微弱得幾欲斷絕。

四名來自太行山的親衛被楊重貴的手下按在椅子上，無法起身上前拚命，只能張開嘴，大罵「庸醫殺人」。楊重貴雖然耐於先前承諾，不能怪罪屠、巫兩位，心裡頭卻也知道，再交由這二人醫治下去，呼延琮必死無疑。無奈之下，只好先命人送兩位「大國手」回去休息，自己則一邊拿來老山參餵給呼延琮吊命，一邊派遣弟兄四下探訪當地名醫。

第二天早晨，於終有弟兄送回喜訊。說四十里外的縣城內，有一處名為「寶濟堂」的藥店，素負起死回生之名。其東家兼鎮堂大夫諢號「寶一帖」，據傳包治百病。一帖下去，無論兒科、婦科、內科、外科，都藥到病除。

只是此堂門檻兒極高，尋常人根本邁不進去。即便勉強進去了，也是去時一身綾羅綢緞，出來時只剩下一身葛布還打滿了補丁。

對於楊重貴這種累世簪纓來說，上述門檻兒，根本不值得一提。立刻命人將氣若游絲的呼延琮再度抬上了高車，沿著官道，一路護送到了「寶濟堂」的大門口兒。那鎮堂神醫「寶一帖」正在送一名「衣食父母」外出，見馬車周圍都是些個全副武裝勇士，心裡頓時猜到有大買賣送上門來了，堆起滿臉的假笑迎上前，長揖及地：「各位軍爺，有什麼可以為您效勞的？咱們『寶濟堂』乃百年老店了，無論你是燒傷、燙傷還是日頭曬傷，保管一帖就好。其他任何傷病，也不過是多幾帖的事情，肯定不會令您失望。」

「你就是那包治百病的寶一帖？」楊重貴見到此人奴顏婢膝模樣，心裡的預期，頓時就打了個對折。皺起眉頭，沉聲問道。

「不敢當！萬萬不敢當！」寶一帖早就認出了楊重貴身上的四品武將袍服，目光躲閃了一下，帶著幾分難得的謙虛回應，「所謂寶一帖和包治百病，都是患者們的抬愛。自古以來，都是藥醫不死之病。若是患者已經病入膏肓，即便是扁鵲神醫復生，也一樣束手無策！」

楊重貴聞聽，心裡頭的預期從對折的基礎上，再打了另外一個對折。咬了咬牙，低聲吩咐：「嗯，你儘管全力一試！真的沒辦法了，也不怪你！」

「還勞煩將軍命人將傷患抬進門，讓某盡心診治！」寶一帖將身體讓到一邊，再度躬身行禮。

抱著死馬當作活馬醫的想法，楊重貴給高車旁的弟兄們打了個手勢，命令大夥將呼延琮抬進寶濟堂的大門。人剛放到病榻上，還沒等說明白情況，那「寶一帖」已經撲通一聲跪倒在地，用力磕頭：「將軍饒命，將軍饒命，小人再也不敢了！真的不敢了！請將軍看在小人只是喜歡吹牛皮，從沒害過人的份上，高抬貴手，高抬貴手啊！」

「怎麼了？你這是發哪門子瘋！」楊重貴不明白此人所言何意，楞了楞，手按腰間劍柄大聲詢問。

「小人，小人只是個賣狗皮膏藥的！」寶一帖看到了楊重貴的手臂動作，嚇得魂飛魄散，一邊磕頭，一邊大聲哭喊。「小的真地沒存心害過別人。小的前些日子賭輸了，手頭太緊，迫不得已，才派人四下散布消息，說自己能包治百病。小的知道錯了，請您切莫再拿死人來讓小人診治！小人，小人治不了，真的治不了啊！」

地面上鋪的是青石板，他幾個頭磕下去，額角已經見了血，淅淅瀝瀝淌了滿臉。

楊重貴聞聽此言，一顆心徹底沉到了水底下。握在劍柄上的手指緊了又鬆，鬆了又緊，終是念在此人哭得實在可憐的份上，未能將劍身拔出來。

呼延琮的四名親衛，卻沒有他的好涵養。聽寶一帖親口承認所謂「包治百病」是吹牛皮，氣得圍攏過去，拳頭大腳紛紛而下。一邊打，一邊怒不可遏地質問道：「治不了病，治不了病你亂吹什麼牛？我等抱著最後一線希望把大當家送到你這裡，你卻告訴我們你只是個胡吹大氣的假郎中！你，你這缺德帶冒煙兒的傢伙，你，你怎麼不自己去死！」

「哎呀，哎呀，軍爺饒命，軍爺饒命，小人，小人只是為了混口飯吃而已，只是為了混口飯吃而已。錢雖然要得狠了些，但罪不至死，罪不至死啊！」寶一帖肯定不是第一次被人痛毆，早已積累了足夠的挨打經驗。雙手抱著腦袋，雙腿縮蜷於胸口前護住內臟，在地上哀嚎著來回翻滾。「您有這功夫打死我，不如去找真正的國手。這，這人的性命全憑一口氣在撐著，您耽擱得越久，他越沒希望被救回來！軍爺，軍爺，小的只是個賣狗皮膏藥的，騙錢是事實，卻真的，真的，沒想過害人啊——」

「還能怎麼耽擱，在你這裡，已經耽擱過了！」四名呼延琮的親衛越聽越絕望，拳腳齊下，恨不得將寶一帖活活打死，生祭自家寨主。

楊重貴身為四品高官，當然多少得顧忌一下自己和朝廷的名聲，見寶一帖的腦袋已經被打成了一顆猪頭，壓住火頭上前幾步，大聲勸阻：「行了，別再打了。打死他，也救不回你家呼延將軍。咱們趕緊出去找，也許這附近，還能找到真正的郎中。」

「對，對，您老說得對，去找別人，去找真正的國手！」寶一帖聞聽，立刻顧不上躲閃打下來的拳腳，用手護住腦袋，全力「禍水東引」，「小人聽說，定州那邊最近出了一個神醫，乃華佗轉世，刮骨療毒、開顱取蟲都不在話下。您，您用老山參吊住他的命，星夜趕過去，也許，也許還能來得及！」

「去你娘的開顱取蟲，去你娘的刮骨療毒，老子這就把你的狗腦殼打開，看看有多少蟲子在裡頭！」四名親衛不聽則已，一聽寶一帖信口胡說八道，拳頭和飛腳打下來更為用力，轉眼間，就打得此人的鼻子和嘴巴同時噴出了鮮血。

也不怪他們出奇憤怒，關雲長刮骨療毒，華佗開顱謀操，這些都是折子戲裡才有的荒唐說法，現實中，誰人曾經親眼所見？大夥真要不捨晝夜地把呼延琮運到定州，恐怕遇到的，又是另外一個像「寶一帖」這樣的江湖騙子，屆時後悔都來不及。

然而四名暴怒的親衛，卻是誰也沒有料到。四品將軍楊重貴聽了「寶一帖」的話，居然兩眼開始放光。伸出胳膊，三下兩下將他們幾個劃拉到一邊，從地上扯起已經瀕臨昏迷的寶一帖，用力搖晃了幾下，大聲催促：「醒來，你不想被活活打死，就趕緊醒來給老子說清楚。定州那邊，是誰在刮骨療毒？你是從哪裡聽說的，傳聞是否當得了真！」

「楊將軍不要上當，這廝分明是想把咱們騙走！」四名太行山上下來的親衛昨晚和今早親眼看到楊重貴將價值百金的極品老山參，如同蘿蔔般熬了湯餵給自家寨主，心中非常感激。不願當著眾多外人的面兒跟「恩公」起衝突，在旁邊扯開嗓子大聲提醒。

「閉嘴，你們沒看到過，怎麼知道其有無？」楊重貴忽然暴怒，扭過頭，朝著四個人大聲斷喝。

「這，這個……」四名親衛心裡不服，張開了嘴巴，卻找不到合適的話語來反駁。現實中大夥沒見過刮骨療毒，但華佗給關公治傷的故事，卻流傳已久。你無法驗證其為真，同樣也無法驗證其偽。信與不信，全都在個人的一念之間，誰也甭想說服另外一方。

「沒什麼這個那個，有一分希望，總比沒有的強！」楊重貴又瞪了他們四人一眼，聲調稍稍放緩。

刮骨療毒，別人只認為是傳說，他去年卻曾經親眼看見，有個人畜無害的小胖子，用此神技將韓重贇從鬼門關給拉了回來。而據私底下謠傳，小胖子石延寶數月前，恰是跟自己這回要接的人一起去了塞外。誰又能保證，他們三個並沒有一道回來？

「定州那邊，定州那邊有個李家寨，有人，有人最近在那裡刮骨療毒！」就在他回憶著一段前塵往事的當口，已經陷入半昏迷狀態的「寶一帖」，忽然張開通紅的嘴巴，大聲叫嚷。「小人，小人沒有蒙騙你們。你們可以隨便找大夫查訪，杏林當中，此事早已傳播得沸沸揚揚。既然，既然那人連刮骨療毒都做得，貴友，貴友的傷勢，自然不在其話下！」

「消息什麼時候傳開的？」楊重貴聞聽，眼神又是陡然一亮，將寶一帖給舉高了些，繼續大聲追問。

「寶一帖」能頂著「神醫」的名頭招搖撞騙多年，所擅長的本事當然不只是到處亂發帖子。聽出楊重貴居然相信了自己的話，抬起手擦了一把嘴角處的鮮血，盡可能有理有據地給出更多答案。「半，半個月之前。有從定州那邊販賣藥材的同行親口說的。當時城裡生藥鋪子的老賈，專治跌打損傷的老馬，還有專門看女人毛病的老扁，都在場。您老可以現在就派人去核實！」

鎮子只有兩條橫街和一條豎路，尋找幾個有名有姓的郎中，根本費不了多大功夫。楊重貴相信他不敢跟自己順嘴扯謊，立刻吩咐麾下弟兄，騎著馬去尋找「寶一帖」剛剛提到的那三個「證人」。

而此時此刻，四名呼延琮的親衛也對自家判斷失去了信心，楞在一旁，呆呆地想道：「莫非真有刮骨療毒之事？如果傳說為真，這裡距離定州雖然有些遠，多帶幾輛空馬車沿途不停地掉換，大當家說不定就命不該絕……」

「敢叫將軍大人知曉，並非小人的帖子不靈光！」寶一帖感覺到危險漸漸離遠去，立刻忘記了身上的疼痛，又抹了一把鼻子和嘴裡流出來的瘀血，大聲賣弄，「貴友被人一箭貫穿了右胸，肺部肯定受了重傷。還不知道多少血流淤在胸腔裡頭。此刻除了華佗轉世，尋常郎中誰也沒本事給他開胸放血。而血液不放出來，就會臭在胸膛裡頭。那可是貨真價實的膏肓之毒，扁鵲祖師當年都束手無策。我的帖子以往雖然包治百病，卻怎麼可能搶得了祖師爺的鋒頭？」

「去你娘的包治百病！」這回，不用四名親衛出手，楊重貴就被噁心得頭暈腦脹，將「寶一帖」朝地上狠狠一摜，揮拳便砸。

「冤枉，冤枉，將軍，小人剛才可是一直在跟您說實話！」「寶一帖」立刻再度雙手抱頭，將身體在地上縮卷成一團，任憑楊重貴作踐。

楊重貴是成了名的將軍，怎麼好意思在這種人身上浪費氣力。將砸出去的拳頭迅速收回，跺了跺腳，咬著牙罵道：「孬種！你這孬種也好意思自稱名醫？你等著，要是一會兒找來的那三位，跟你的說辭對不上，老子定要你的好看！」

「不敢，不敢，小的所言句句屬實，句句屬實！」縮蜷在地上如同死狗般的「寶一帖」，將嘴巴從胳膊縫隙中露出來小小的一部分，大聲哭喊。

「我諒你也不敢！」楊重貴將拳頭揮了揮，轉頭走出門外。

「小的恭送將軍！」「寶一帖」在地上打了個滾，由躺變趴，朝著楊重貴的身影高呼。心裡頭，卻暗自偷笑道：「能跟老子一起喝花酒的，自然不會是你這種莽夫！你派人去把他們找來對質，不是等同於讓他們替老子圓謊嗎？」

笑夠了，又哆哆嗦嗦地爬起。從藥材櫥子拿出買回來的丸藥和粉末，內服的內服，外敷的外敷，忙了個不亦樂乎。至於他自己那些包治百病的帖子，卻都準備「大公無私」地發出去給患者專享，一帖都不肯往自己身上「浪費」。

風雲

馬車轔轔，行在路上的人揮汗如雨。

前往定州李家寨的道路年久失修，秋老虎肆虐的天氣，對趕路的人也是極大的折磨。然而，楊重貴一行人卻走得夜以繼日，不到筋疲力竭時候，絕不肯停下來耽擱分毫。

李家寨他必須去，不僅僅是為了救呼延琮一條命，他這次要接的人，此刻也蟄伏在那裡。如果此人有個閃失，好不容易才安穩了幾天的中原大地，肯定又要刮起一陣血雨腥風。

養子不是親生，可柴榮的這個養子對其養父郭威來說，地位卻非同一般。多少年來，正因為有他不計辛勞的廁身商旅，才令郭威有能力潔身自好，有能力招攬幕賓，有能力周濟並拉攏同僚。如果他稀裡糊塗死在了外頭，等同於給了郭威當胸一刀。

郭威雖然綽號為「家雀兒」，卻不是真的家雀兒，不會被人在胸口上戳了刀子，還忍氣吞聲。一旦聽到噩耗，他肯定會立刻從前線回師，親自去捉拿凶手。如此，李守貞等反賊就得到了喘息之機，東山再起。而那些有謀害郭榮嫌疑的人，無論來自哪個勢力，都必將迎接郭威的雷霆一擊。

對於剛剛建立不久的大漢國而言，這絕對是能影響到國運的大難。所以，真正有長遠眼光的人，於公於私，都不會允許這種慘禍發生。所以，身為大漢第一重臣的史弘肇，專門將前來汴梁覲見皇帝的楊重貴，請到了自己府上。親手將一道迎接郭榮和趙匡胤兩人平安返回汴梁的密令，交到了他手中。

「途經李家寨，會逢李氏強搶民女，乃糾集六十餘義民攻之，一鼓破其寨，奪其兵，釋其女婢，取其多年盤剝劫掠所得撫慰鄉里……」在史弘肇給楊重貴的密令中，對整個事情的來龍去脈描述得非常簡單。然而，楊重貴卻能清晰地感覺到，這短短幾十個字後面所隱藏的刀光劍影。

一個人的養父是當今大漢國的軍方柱石，跺一跺腳天下震動。另外一個人的父親是新晉的護聖軍都指揮使，在皇帝面前紅得發紫。郭榮和趙匡胤這兩兄弟，眼下無論走到哪個州縣，按理說都是地方官員爭相巴結的對象。然而，他們兩個卻隱姓埋名，跑到了太行山腳下，李家寨這種無法無天的地方！並且還帶領幾十名匆匆召集起來的鄉民，與結寨自保的惡霸以性命相搏！這事兒如果誰還敢說正常，天下就不存在「詭異」二字！

更有趣的是，這兩個人拿下了李家寨之後，居然立刻取李有德而代之，將若干鄉勇變成了自己的私兵！從此龜縮於寨子裡，再也不肯向南移動半步！他們沒事兒招攬那麼多私兵幹什麼？他們為什麼不敢繼續向南走了？他們到底在提防著誰？誰又敢對樞密副使的養子和護聖軍都指揮使的長子痛下殺手？他們痛下殺手的緣由又是什麼？誰能從其中獲取利益？誰又在夢中都……

無數個疑問，每一個疑問如果深究其答案，恐怕都會人頭滾滾。楊重貴不是一個喜歡多管閒事的人，然而他卻清楚地知道，自己此番去接郭榮和趙匡胤的任務，未必如表面上一樣輕鬆。他更清楚的知道，如果大半個多月前，郭榮和趙匡胤二人不是果斷收編的聯莊會的私兵，形成了自己的一方勢力的話，恐怕他們二人的腦袋，此刻早就擺在了拒馬河北岸的某個供桌上！

畢竟，殺兩個人和殺一千人，需要的力量和所造成的動靜完全不一樣。前者，即便郭榮和趙匡胤兩人武藝再精熟，派遣四五十名死士也足夠將其拿下了。而攻破總兵力近千，且有高牆保護的聯莊會，恐怕就非出動正規軍不可。

放眼大漢國內，敢偷偷派遣死士襲擊郭、趙二人的，恐怕不下百家。至於敢調動正規軍去進攻郭榮和趙匡胤所藏身的山寨者，估計一個巴掌都能數得出來。而這一巴掌數的地方諸侯，輕易還不會跟郭威結仇。如果結，就是已經下定了決心不死不休，連帶著將遼國和漢國，也一道拖進戰場！

「你真的認為，那小胖子此刻在李家寨？」見自家丈夫一路上都憂心忡忡，折賽花想替他分擔一些，策馬湊上前，故意壓低了聲音詢問。

「除此之外，我想不出還有誰會懂得刮骨療毒。當初他如何給韓重贇治傷，可是你我親眼所見！」楊重貴回頭朝著妻子微微一笑，低聲說道。

他知道對方的想法，正如折賽花能看出此時他內心深處的憂慮一樣，夫妻二人，從初次見面那一刻起，就早已心有靈犀。

一個樞密副使和養子，一個護聖軍都指揮使的長子，已經夠份量了。再加上一個前朝帝王血脈，這三個人走在一起，想不引人注目忒不容易！夫妻倆如果不想捲進朝堂內外那些看不見的漩渦，最好的選擇，是揣著明白裝糊塗，像史弘肇那樣，直接忽略某個人的存在。而不是將原本早就該死掉的呼延琮送過去，幫著某個人自證身份！

那對郭榮、對趙匡胤、對某個人自己，對夫妻倆，都沒啥好處。唯一得到實惠的是呼延大當家，而後者，還是朝廷的通緝要犯！

「當初韓重贇受傷，是立刻得到了救治。而呼延大當家的傷，卻已經拖了四、五天！」僅憑藉目光的交流，無法讓丈夫做出正確選擇。稍做沉默之後，折賽花又低聲說道。

她不想提那個「神醫」的名字，也不認為此人真的是個「神醫」，能「生死人而肉白骨」。有些事情，明知道做了對大家夥都沒好處，就不該固執地去做。無論是出於驕傲，還是出於骨子裡的善良。

對於世家子弟，最不該具備的品質，也許就是善良。更不該為了心中的一絲閃念，就失去了權衡輕重的能力。為了救呼延琮便將這麼大因果惹上身，在折賽花看來非常不值。哪怕呼延琮被救活之後，真的能被楊家所用，楊重貴也一樣做的是賠錢買賣，所承擔的風險和所收穫的回報完全不在一個層面。

「對於呼延兄來說，這是唯一的希望！」楊重貴又對妻子笑了笑，也默契地沒提「神醫」的名字，卻將「唯一」兩個字，咬得極重。

對於夫妻兩個，只是值得不值得給自己和身後的家族招惹因果的問題。而對於呼延琮，卻是生和死的區別。雖然以他目前的情況，未必能活著堅持到李家寨。即便能堅持到，也未必就能真的被石小胖子從鬼門關前拉回來。

「大哥……」折賽花咬了咬牙，丹鳳眼裡閃爍著幾絲惱怒。自家丈夫哪裡都好，就是脾氣太執拗了，認定的事情就會一條道堅持到黑，哪怕碰得鼻青臉腫也不知道後悔。

「據我所知，呼延兄做綠林大當家，只是子承父業。」楊重貴第三次笑著搖頭，快速打斷，「並且正因為有了統一約束，太行群賊的行徑，才變得不像其他山賊草寇那樣瘋狂。」

他尊重呼延琮，並不僅僅是因為此人的武藝，而是尊重此人過往的某些行為。在契丹人攻入汴梁，中原大地徹底失去秩序那段時間裡，四下哀鴻遍野。太行山群賊的控制地區，反而相對顯得安寧。群賊們並不比那時的地方官府更無法無天，比起某些仕紳鄉賢的行徑，他們甚至算得上正直善良。

「如果是比武之時我射死了他，我絕不會後悔！」搶在妻子組織起新的語言告誡自己之前，楊重貴又低聲補充，「可他既然沒有當場死掉，我就不能見死不救！至於別人的想法，如果他們敢明著來，我也許還會退避一二。可他們既然不敢把齷齪心思擺在明面兒上，我又何必為了遷就他們的想法，讓自己心裡頭不痛快！相信我，你們折家和我們楊家，能有今天，都不是躲出來的。有時候，咱們越是堂堂正正，別人就越不敢將歪斜心思，打到咱們頭上！」

夫妻之間的爭執，向來不需要爭出誰是百分之百正確。見丈夫已經鐵了心要不惜代價救呼延琮一命，折賽花便笑了笑，不再勸他改弦易轍。而楊重貴，聽了妻子的擔憂之後，也開始在心裡默默盤算，該如何做，才能把整件事情處理得更加圓潤。如何才能在不違背自己本心的前提下，儘量少為楊、折兩家招惹因果。

夫妻兩個達成了默契，繼續帶領著麾下兵馬匆匆趕路。這一日，忽然間負責開路的斥候來報，有定州縣令孫山，帶著縣裡的官員和捕快，在前方不遠處擺了時鮮瓜果和酒水，欲為宣威將軍及麾下弟兄們接風洗塵。

「縣令孫山？」楊重貴眉頭輕皺，低聲說道：「這廝是從哪裡冒出來的？我跟他文武殊途，又非親非故，他為我洗哪門子塵？」

「恐怕是有事求你幫忙吧！」折賽花見了楊重貴的表情，就知道自家丈夫看不起孫山這種由土匪轉行來的地方官員，笑了笑，低聲在旁邊提醒。「俗話說，禮下於人，必有所求。這麼熱的天氣，他頂著酷暑在路邊上迎你，恐怕需要幫的忙不會太小。」

「他那個縣令是頂著義武軍節度使孫方諫的名頭賞下來的，要求人幫忙，照理也不應該繞過孫氏兩兄弟。」楊重貴又皺了皺眉頭，低聲回應。

話音剛落，卻又迅速朝斥候揮手，「去告訴孫縣令，就說楊某有勞了。馬上就帶領弟兄們過去，當面感謝他和定州父老的盛情！」

「是！」斥候在馬背上叉手施禮，掉頭匆匆而去。

望著他的背影，楊重貴聳聳肩，搖頭冷笑：「我明白了，姓孫的哥倆心裡有鬼，派這個孫山過來探路了。這倆孬種，早知道現在，當初又何必貪圖幽州那邊的人情！」

打心眼兒裡，他看不起孫方諫兄弟這種同時腳踏好幾隻船的傢伙。然而，從楊、折兩家的利益上考慮，他也沒必要跟對方把關係弄得太僵。反正光天化日之下，孫氏兄弟如果不想立刻就叛去遼國，就不敢拿自己和身邊這幾百弟兄怎麼樣。而對方所求之事，他如果不想幫忙，也完全可以裝作聽不懂。

心中想好了章程之後，接下來的會面就輕鬆了許多。孫山帶著一干地方幕僚，極盡阿諛奉承之能事。楊重貴和折賽花兩個，則拿出世家兒女的祖傳基本功，與對方禮尚往來，談笑甚歡，令每一個地方官吏都如沐春風。然而對方想試探著將彼此間的關係再拉近幾分，卻立刻碰到了一堵看不見形狀、顏色，卻堅韌溫暖的高牆。所有努力都被擋在了「牆」外頭，並且一點兒脾氣都發不出來！

眼看著如山瓜果，就要被騎兵們分吃殆盡。精心準備的菜肴、酒水、點心，也被楊重貴麾下的軍官一掃而空。縣令孫山情急之下，再也顧不得做官的斯文。抬起頭朝周圍瞅了瞅，忽然「撲通」一聲，朝著楊重貴雙膝跪倒，口中大叫：「楊將軍開恩，請務必救下官一救。下官與我定州仕紳，願意從此為將軍牽馬墜鐙！」

「這是什麼話？」饒是楊重貴預先心裡已經做了充足準備，依舊被孫山這沒臉沒皮的舉動給嚇了一大跳，皺起眉頭，沉聲問道：「你是大漢國的縣令，平素自然有國法護著。若是犯了錯，也得由你的上司先向吏部遞了摺子，然後才能按律處置。楊某不過是個過路的將軍，怎麼能插手地方上的行政和司法？孫縣令，你恐怕求錯人了吧！」

話音剛落，孫縣令的師爺帶著各科屬吏，也紛紛跪倒於地，對著楊重貴叩首乞憐：「沒求錯，沒求錯，將軍開恩，且聽我等把事情經過說完！」

「我等自打效忠朝廷以來，感念皇恩浩蕩，每時每刻，都兢兢業業，從無半點兒懈怠。然而偏偏造化弄人……」唯恐楊重貴拒絕，他們根本不待對方同意，立刻你一句，我一句地哭訴了起來，一句接著一句，按照事先多次的排練順序，配合得嫻熟無比。

俗語云：「蛇有蛇道，鼠有鼠窟窿。」縣令孫山眼界和頭腦都非常一般，處理政務也不十分在行。卻於顛倒黑白，胡攪蠻纏方面，極為精通。搶在楊重貴不耐煩之前，就通過麾下的爪牙之口，將一件「誤會」的來龍去脈，倒了個清清楚楚。

按照他們事先排練過多次的說辭，自然是郭榮、趙匡胤和鄭子明三兄弟疑心病重，不肯主動跟官府亮明身份。而定縣的縣尉劉省，則把三兄弟當成普通江湖豪客。在幽州細作的重金賄賂之下，瞞著全縣同僚，暗中配合細作對三兄弟展開了追殺。雖然縣令孫山很快就查明了真相，搶在劉省釀成大禍之前，果斷動手將其斬殺。但誤會已生，郭榮三兄弟從此將定縣全部官吏，乃至義武軍全體將士，都當成了敵人。如今三兄弟在李家寨厲兵秣馬，隨時都準備殺入縣城報仇。而身為大漢國的官員，縣令孫山領兵抵抗則勢必得罪樞密副使郭公，束手就擒則丟失了朝廷的顏面，生死兩難！

「照這麼說，你對他們三個受到追殺之事，半點兒都不知情嘍？」楊重貴聽得心中發笑，嘴唇微微上翹，低聲詢問。

「不知道，真的不知道，都是劉省那廝弄的，都是劉省那廝搞的鬼！下官如果知道半點兒消息，天打雷劈！」縣令孫山只求能脫災，才不管楊重貴說話時的語氣如何。舉起一隻右手，做賭咒發誓狀。

「他們三個，至今還用太行山好漢的名號掩飾身份。縣令大人幾度派差役登門澄清，都被鄉勇們給打了回來！」唯恐孫山的話不夠份量，師爺在旁邊快速補充。

白龍魚服，被人撈了去下湯鍋，就不能完全怪捕撈者不敬。你郭榮三兄弟事先沒向地方官府亮出身份，被地方上的縣尉當作普通百姓賣給了契丹細作，就不能怪地方官吏們存心挑釁樞密副使的威嚴。注一

「那你們就整軍備戰便是，反正錯不在你們！據楊某所知，郭樞密向來寬厚大度，既然郭公子毫髮無傷，你們又專門派人澄清過了。日後，他想必也會一笑了之。絕對不可能，也沒時間，故意跟你們為難！」聽師爺說得實在過於理直氣壯了些，楊重貴又笑了笑，淡然回應。

手握重兵的樞密副使，想收拾一個縣令，絕對輕而易舉。但在他看來，郭威根本沒那閒功夫，也懶得做這種無聊之事，掉價，丟人，犯不著！定縣官吏今天的舉動，則完全是心裡有鬼，自己嚇唬自己。

注一、白龍魚服，原文為：昔白龍下清泠之淵。化為魚，漁者豫且射中其目。特指皇帝或者高官穿了普通人衣服，就會被當作普通人傷害。

「楊將軍開恩！」聞聽此言，縣令孫山立刻撲倒在他戰靴前，大聲哭號。「卑職也知道，郭公他老人家大度，不會跟卑職計較。但，但自古以來，小鬼兒難纏啊。此事如果不解釋清楚，郭公根本不用出手。自然有人，上趕著去替郭公子出氣。卑職，卑職身敗名裂不打緊，可郭公的清譽，也會被小人毀於一旦哪！」

「楊將軍開恩，救我等一救！」眾屬吏也見樣學樣，伏地大哭。「我等斷然不敢，跟郭公子兵戎相見。」

他們心裡頭當然也明白，樞密使郭威的報復，絕對不會落在自己頭上。郭榮在李家寨厲兵秣馬，也只是為了自保，絕不會主動進攻縣城。但眼下他們心裡的苦處是，義武軍節度使孫方諫，已經親自派人傳下了話來，要他們自己捅的窟窿自己去堵。萬一他們不能讓郭榮滿意，恐怕根本不用別人去討好郭威。孫方諫兄弟倆，就會親自動手，拿他們當中某些人的腦袋來給郭威一個交代。

「諸位真的求錯了人，楊某只是個四品將軍，並且隸屬於太原劉公麾下。平素根本見不到郭樞密。跟那郭公子，也只是區區數面之交，說出來的話，很難讓他相信！」楊重貴被他們哭得心煩，向後接連退數步，轉身從侍衛手裡接過戰馬的韁繩。

「楊將軍救命。我等，不求，我等不求您替我等說情，只求，只求您給我們一個當面向郭公子澄清的機會！」縣令孫山哪裡肯放他離開？哭嚎著爬了幾步，雙手死死抱住他的大腿。「楊將軍，開恩哪！我等雖然卑賤，可也是好幾條人命吶！您只要把下官帶進李家寨，剩下的事情自然由下官自己去做。即便郭公子不肯原諒孫某，孫某至少也死得瞑目了！」

一邊哭，他一邊繼續用力磕頭。鼻涕、眼淚和額角上的血混在一起，蹭得到處都是。其餘定縣官員，則在大道上跪成了一整排，直接耍起了癩皮狗。如果楊重貴不肯幫忙，則寧願被戰馬現在就踩死，也不想再整天擔驚受怕。

「你，你們這，這是什麼樣子？朝廷的顏面何在？」楊重貴平素結交的全是英雄豪傑，達官顯貴，哪曾跟如此無賴之輩打過交道？被噁心得嗓子眼直發癢，皺著眉頭，大聲數落。

「官吶！官樣子唄！自古以來都是這般德行，有什麼好奇怪的？」第一聲回答，突然來自他的身後。有氣無力，卻令他的臉上，瞬間寫滿了狂喜。

「大，大哥，你活過來了？」幾名來自太行山的親衛比楊重貴的反應還快，一個箭步竄到高車前，掀起車簾，朝著裡邊又哭又笑。

「好像是，也許是迴光返照吧！」呼延琮故作輕鬆地回應了一句，想用手臂支撐著自己坐起來，卻發現四肢都軟綿綿地，根本提不起絲毫的力氣。

「大，大哥，您，您別動。傷，傷還沒好利索！」親衛們趕緊用手扶住他，順勢在他腦袋底下塞了一個稍微高一些的枕頭。

「呼——！」呼延琮長出了一口氣，同時又被疼得齜牙咧嘴，「行了，別忙乎了，江湖人沒那麼嬌貴。是楊將軍救了我？咱們這是去哪？怎麼我剛才聽見外邊有人說什麼太行山？還死乞白賴非要去李家寨？」

「是，是楊將軍救了您！」四名親衛雖然惱恨楊重貴冷箭傷人，卻也感激他事後仗義援手。想了想，用最簡練的語言回應，「當日您昏倒後，楊將軍就替您安排了郎中。但是郎中只拔出了那根破甲錐，卻沒把握救您的命。隨後楊將軍就派人四下尋找真正的國手。找來找去，聽聞定州李家寨這邊，有個國手懂得刮骨療毒。恰好他此行的目的也是那邊，乾脆就買了一輛高車，把您直接送了過來！」

「奶奶的，這個人情，老子可是欠大了！」呼延琮聽聞之後，又是連連咧嘴，一瞬間臉上寫滿了懊惱。

就在幾個呼吸時間之前，他還在出言譏諷大漢國的官員都沒人樣。卻萬萬沒想到，救了自己性命的，也是一個大漢國的高官。而救命之恩，對於江湖人來說最為沉重。除了也尋找機會救對方一命，或者直接將命還給對方之外，沒有第三種辦法可供回報。

正尷尬間，眼前卻又出現了楊重貴那張白淨英俊的面孔，帶著幾分冷傲，但更多的卻是發自內心的關切：「你醒了？老天爺保佑，我還以為你要死在路上呢！醒了就好，楊某這就派人去定州找間房子將你安頓下來，免得你再拖著病體忍受那山路顛簸之苦。」

「楊將軍，大恩，大恩不言謝。若是日後，若是日後有用得到某家的地方……」在救命恩人面前，呼延琮不敢露出絲毫懊惱。收起紛亂的思緒，艱難地將雙手抱在一起向對方施禮。

「呼延兄何必如此客氣！」楊重貴立刻俯身下去，按住了他的肩膀，「你重傷未癒，切莫多想多動。日後的事情，咱們日後再說。我這就安排人送你去定縣城，來人……」

「且慢！」一句話沒等說完，呼延琮已經焦急地打斷。「楊將軍，某還有個不情之請。」

「呼延兄請講！」楊重貴眉頭輕皺，微笑著點頭。

以大漢國四品將軍的身份，救下一個綠林大當家。這件事令他已經背負了太多的麻煩。能到此為止，雙方恩怨兩清，永不相見，其實對彼此的未來都有好處。而繼續交往下去，則意味著麻煩會成倍的增加，早晚會成為有心人攻擊楊家和折家的藉口。

「帶我去李家寨，順便也帶上剛才求你的那個傢伙！」明顯感覺到了楊重貴的不快，呼延琮卻看著他的眼睛，認認真真地請求。

自己是什麼身份，他心裡清清楚楚。放走並救下自己之後，楊重貴將付出多大的代價，他也能猜個八九不離十。作為一名統御七十幾個山寨，十數萬嘍囉及其家屬的綠林大豪，他甚至能猜測出，楊重貴為何要半途將自己丟在定州。然而，正是因為能猜得清楚這些，他才必須跟楊重貴去李家寨走一趟。那件事與他有關，楊重貴的一身麻煩，也是因他而起，他有責任親手了結這些因果。而不是把麻煩都丟給救命恩人，自己躲在一邊看熱鬧。

「呼延兄，其實，其實你真的不必如此！」楊重貴的反應速度向來不比別人慢，瞬間就理解了呼延琮的意思。楞了楞，勸告的話脫口而出。

「實話實說，我這次出來，一半兒原因就是這個李家寨！」呼延琮朝著他笑了笑，繼續低聲補充，「遇到楊將軍，反而是個意外。所以你不帶我去，我早晚也得找上門去，還不如少繞幾個彎子，現在就跟你一起走！」

「對，對，這位，這位壯士，受傷這麼重，原本就應該去李家寨求醫。」沒等楊重貴再度表示拒絕，縣令孫山已經撲將過來，連聲附和，「從縣城到李家寨，有一大半兒是山路。無論騎馬還是坐車，都非常費力氣。下官專門預備了滑竿兒，正好能派上用場。楊將軍，您的朋友就是我的朋友，下官保管讓他一路上走得舒舒服服！」

「嗯——也罷！」既然孫山和呼延琮二人都把話說到了這個份上，楊重貴想拒絕也不成了，乾脆順水推舟。

「多謝楊將軍，多謝這位，這位大人。下官這就去叫人抬滑竿兒，這就叫人去抬滑竿兒！」唯恐楊重貴反悔，縣令孫山迫不及待地敲磚釘角。

「哼！」楊重貴看到對方那奴顏婢膝模樣，就替他感到丟人。擺擺手，示意此人快滾。

「這廝，倒是個會來事兒的。將來前途不可限量！」呼延琮對縣令孫山，則完全是另外一種觀感。望著此人連滾帶爬的背影笑了笑，低聲點評。

「你剛才可是還在笑話他？」楊重貴心裡頭覺得彆扭，回過頭，低聲抗議。

「做人他肯定不行，但做官麼，他卻是塊料子！」呼延琮又笑了笑，滿臉得意，「不信我跟你打賭，此人十年後，必然位列大漢國的朝堂，除非大漢國已經不存在了，天下又換了人來做。」

「小聲！剛緩過一口氣來，你就找死！」楊重貴嚇得激靈靈打了個冷戰，大聲喝止，迅速四下張望。

「你楊重貴，說不定還要向他行下官之禮呢。咱們就賭一吊錢，如何？」呼延琮越說越來勁兒，晃晃腦袋，繼續向楊重貴發出邀請。

「你還是想想，自己能不能活到十年後吧！」楊重貴橫了他一眼，沒好氣地回應。心裡頭，剎那間，卻是百味雜陳。

看一個朝廷有沒有氣數，其實根本不用去看皇帝是否英明，將相們是否忠誠勤勉。單從普通官吏身上，便可看得清清楚楚。如果全天下的縣令，都如孫山這般貪婪無恥，則說明朝廷已經爛到了骨子裡頭，縱使唐太宗和漢武帝在世，恐怕也無力回天了。畢竟，唐太宗和漢武帝不可能親自去治理一城一縣，親自去面對小戶小民。而任何政令，最後卻不得不經由孫山等輩之手。即便其初衷再善，落到實處恐怕也要與初衷南轅北轍！

沉甸甸想著心事，接下來一路上的風景，楊重貴根本沒心思去看。待發覺隊伍忽然又停下來時，已經身處於一處非常狹窄的谷地之內。

「報，將軍，前方谷口被人用鹿寨堵死了！」負責頭前探路的斥候跑得滿頭大汗，紅著臉向楊重貴行了個禮，氣喘吁吁彙報。

秋老虎正肆虐，沿途又全是崎嶇不平的山路。失去戰馬代步的斥候們，本事和體力都有些跟不上趟兒，反應速度，也遠比平時遲緩。

「多遠？鹿寨有幾重？附近有沒有發現伏兵？」楊重貴激靈靈打了個冷戰，飄蕩在外的所有心神，都迅速收攏回了體內。

雖然是奉命過來接人，可從史弘肇手裡拿到命令那會算起，到今天已經過去了大半個月。對聯莊會而言，郭榮、趙匡胤、鄭子明三個都是外來戶，既無根基，又無威望。誰知道在這大半個月時間內，此地究竟會不會有其他意外發生？

「沒，沒發現伏兵，這條山谷越往裡越窄，兩側的山頭也不算太高！」斥候們手扶自己大腿喘息了片刻，朝地上狠狠吐了口吐沫，硬著頭皮回應。

此番行軍是在大漢國境內，周圍也沒有任何敵軍，大家夥實在無法理解，自家將軍為何要整天都緊繃著神經？

誰料想一句話沒等說完，左右兩側山梁上，忽然響起了淒厲的號角，「嗚嗚嗚，嗚嗚嗚，嗚嗚嗚———」，宛若龍吟虎嘯。緊跟著，在隊伍的正前方肉眼看不到的某個位置，有人扯開嗓子大聲斷喝道，「來者何人？前方是聯莊會的地盤，請速速退後，或者主動說明來意！」

「屬下知罪，屬下知罪，請將軍責罰！」斥候們聞聽，臉色立刻紅得幾乎滴出血來。跪倒於地，大聲謝罪。

「楊將軍，楊將軍，是郭公子的手下，郭公子的手下。您趕緊上前說一聲，免得雙方起了什麼誤會！」縣令孫山也跌跌撞撞地跑上前，拉住楊重貴的一隻胳膊不停地搖晃。

「知道了，著什麼急！」楊重貴厭惡地一甩胳膊，將此人甩了個趔趄。隨即，狠狠瞪了幾名偷懶的斥候一眼，大聲吩咐：「都楞著幹什麼？還不跟我一起去讓人家驗明正身！你們這群懶鬼，真是越活越倒退了！」

「是！」斥候們頂著一腦門子汗珠，快快地爬起來，抽出兵器，團團護住楊重貴的前後左右。

「行了，對方沒打算動手。否則我早就被射成刺猬了！」楊重貴伸開胳膊，將斥候們劃拉到一邊，邁步前行。

左右兩側山梁上，有大量的旌旗在來回晃動。如果有惡意的話，這會兒早就是萬箭齊發。此刻再做提防，純屬於見兔思犬。除了讓自己心裡舒服一些，起不到任何作用。

「是！」眾斥候又低低答應一聲，鐵青著臉跟在了楊重貴身後。心裡頭，把此番大夥要接應的目標，罵了個狗血噴頭。「什麼玩意兒啊，老子千里迢迢過來保護你，你卻給老子設埋伏！」

「有本事跟別人使去，你要是真有本事，就不會被困在這山溝裡頭了！」

「裝模做樣，明知道我家將軍不會跟你們為難。要是真的來了敵軍，還指不定被嚇成什麼模樣呢！」

……

「你等別不當一回事兒。咱們將來打仗，不可能總騎在馬上。若是哪天殺入了別人的地盤兒，戰場豈會由著咱們自己挑？」彷彿能猜到手下人的想法，楊重貴一邊抬頭打量山間的布置，一邊低聲教訓。

就在剛剛聽到號角聲那一刻，他心中其實也有些惱怒。然而走了這短短二三十步之後，他心中的惱怒，卻已經迅速消散。取而代之的，則是發自內心的欽佩。

不愧是郭威親手調教出來的將才，郭榮在排兵布陣方面，早已得了其父的真傳。這山谷裡的陳設看似簡陋，不過是幾十根砍倒的老樹，或者幾十塊隨意推下來的山岩而已。然而，樹幹和山岩結合起來，卻令被困一方，舉步維艱。如果山頂上那些疑兵全部換成弓箭手，再於弓箭頂端綁上塗滿了油脂的棉花或者麻布，點燃後亂矢齊發。被困方恐怕立即就得陷入混亂狀態，根本不用埋伏者靠近了砍殺，光是自相踐踏，就得死掉一大半兒！

「來者何人，前方是聯莊會的地盤，請速速退後，或者主動說明來意！」正看得過癮之時，喝問聲再度從山谷轉彎處某塊岩石後傳來，帶著拒人千里之外的冰冷。

楊重貴聽了，卻絲毫不覺得刺耳，快速向前走了幾步，朝著不遠處的岩石鄭重拱手，「大漢國宣威將軍楊重貴，奉史樞密之命，前來接郭公子返回汴梁。」

「原來是楊將軍，請恕小人先前眼拙！」不遠處的岩石後，忽然跳出一名身穿灰綠色衣服，頭上綁滿了雜草的大漢，躬身給楊重貴行禮，「在下郭信，乃樞密副使郭公貼身侍衛。奉我家少將軍之命，於此處警戒宵小。先前得罪之處，還請楊將軍勿怪！」

「無妨，無妨，爾等身居不測之地，多一些戒備乃是應該！」楊重貴當然不會跟別人的親兵一般見識，笑著側開身子，再度輕輕抱拳，「史樞密的軍令和本將的印信都在後面，我馬上就可以派人拿過來由你查驗。」

「不敢，不敢！」郭信聞聽，再度躬身長揖，「在下曾經見過楊將軍，不會認錯人。在下奉命前來保護我家公子之前，也早就聽說了史樞密派您來接應的消息。將軍請在此稍候，在下這就給我家公子傳訊。他得知將軍到來，肯定會親自出寨恭迎！」

說罷，從胸前大襟後扯出一個竹哨子，奮力吹響，「嘀——嘀嘀嘀——嘀嘀嘀」

「嘀——嘀嘀嘀——嘀嘀嘀」，「嘀——嘀嘀嘀——嘀嘀嘀」，「嘀——嘀嘀嘀——嘀嘀嘀」，「嘀——嘀嘀嘀——嘀嘀嘀」……

草叢後，岩石間，樹梢上，竹哨子一個接一個，傳遞起相同的聲音。當最後一聲哨音剛剛落下，群山間，立刻湧起了一陣歡快的鼓點。「咚咚咚，咚咚咚，咚咚咚咚……」，將此間主人的喜悅和歡迎之意，快速送進每個人的耳朵。

楊重貴聞聽，心中頓時又喊了一聲佩服，「好高明的手段！怪不得把孫山等人嚇了個半死！若再給他們兩個月時間，恐怕不用任何人幫忙，他們自己就可以一路殺回汴梁！」

「好手段，好一個竹笛傳訊！只可惜沒用到正地方！好在楊將軍手裡拿著朝廷的將令，知道自己過來接的是誰。若是換了不知道的人，還以為自己進了哪家綠林好漢的老巢呢！」同樣是發現了此間主人的本事，呼延琮心裡的感覺，卻跟楊重貴大相徑庭。從滑竿上艱難地欠了欠身，冷笑著奚落！

「貴客有所不知！」聽出他話語裡的嘲弄之意，郭信再度躬身行了個禮，非常鄭重的補充，「最近大半個月裡頭，至少有三夥來歷不明的山賊試圖攻打李家寨。我家公子如果不施展一些手段自保，恐怕根本等不到楊將軍來接！」

「這定州的治安如此之差嗎？居然光天化日之下，半個月內有三夥山賊招搖過市？不會是你家公子招惹了什麼不該招惹的人吧？否則，全天下的山賊怎麼都盯上了他？」呼延琮再度冷笑著撇嘴，舌尖處隱約已經分出了岔！

他心中惱恨柴榮等人打著自己名頭狐假虎威，所以故意在話語中給對方設置陷阱。誰料還沒等郭信上當，定州縣令孫山在一旁已經被嚴重誤傷。上前幾步，躬下身子，淌著滿頭冷汗解釋：「這位將軍有所不知道，此地靠近太行山。那呼延琮素來無法無天，想必是拿了別人錢，所以才一而再，再而三地派遣手下登門生事！」

「你……」當著和尚面被罵了禿驢，呼延琮被憋得一口氣沒喘勻，差點兒直接吐血而死。「你哪隻眼睛看到賊人是呼延琮派來的。你莫非早就跟呼延琮暗中勾結？」

「下官只是推測，推測而已！」孫山不明白楊重貴的好友，為何一聽見呼延琮的名字就會如此憤怒。擦著頭上汗珠，大聲解釋。「總之，這裡，這裡靠著太行山太近了。距離縣城又稍微遠了些。所以，所以下官有時候，真的，真的是鞭長莫及！」

「恐怕不是鞭長莫及，而是故意把鞭子收起來了吧！」見到他窘迫成如此模樣，呼延琮心中突然有靈光一閃，撇了撇嘴，大聲冷笑。「怪不得你眼巴巴地要登門謝罪，原來，原來是心中藏著這麼多小鬼兒！」

「不是，不是，不是！」孫山額頭、面孔、脖頸等處，瞬間汗出如漿。擺著手，連連喊冤，「真的不是，將軍，您莫瞎猜。這位，這位郭壯士，你切莫聽他瞎說。下官，下官……」

「行了，見了郭公子之後，你當面跟他說吧！」見再繼續糾纏下去，大漢國官吏的臉就被孫山給丟盡了，楊重貴忍無可忍，厲聲喝止。隨即，又快速將頭轉向郭信，「麻煩你跟你家公子說一聲，楊某跟這姓孫的，只是巧遇。彼此之間，沒有任何關係！」

他素來心高氣傲，先前肯帶著孫山一道來李家寨，已經是給足了孫氏一族人情。此刻察覺後者居然還有其他齷齪勾當瞞著自己，立即失去了繼續攙和下去的興趣。將手一揮，果斷劃清雙方之間的界限。

那縣令孫山，頓時面如死灰。接連後退了數步，喃喃地自辯：「下官，下官真的，真的沒故意放賊人來攻山。下官，下官知道郭公子到了此處之後，想巴結都沒機會，怎麼可能再勾結賊人前來害他？這，這地方山高水惡，下官手下又沒有足夠的兵馬可用。有時候即便想幫忙……」

「原來是縣令大人親自蒞臨，失敬，失敬！」出乎所有人意料，關鍵時刻，郭威派來貼身保護柴榮的親衛郭信，竟沒對孫山表現出絲毫的敵意。主動上前，向此人拱手施禮。

縣令孫山的臉上，瞬間就恢復了生機。一跳三尺，整頓衣衫，以晚輩之禮躬下身體，長揖及地，「不，不敢。孫某，孫某早，早就想來拜見郭公子。只是，只是先前幾次派手下來送信，都，都沒，沒得到郭公子的回應。這回不得已，才死乞白賴跟著楊將軍湊做了一堆兒！」

「我家公子先前也有許多苦衷，不願牽連無辜，所以才沒接縣令大人的信，以免將你拖進是非漩渦。怠慢之處，還請縣尊大人勿怪！」郭信微微一笑，順口給孫山餵了一粒兒定心丸兒。

前一段時間裝扮成山賊來偷襲的那幾波人馬，被郭榮、趙匡胤和寧子明三個指揮著鄉勇斬殺了大半兒。還有一小半兒則做了俘虜，此刻正在陶大春的監督下，輪番扛石頭替幾個寨子加固寨牆。這些「山賊」的真實身份和來歷，當然早就被問了個清清楚楚。裡頭的確沒有孫家的爪牙，所以郭家和孫家之間的仇怨，就沒積累到你死我活的地步。對縣令孫山，郭信個人認為前面的敲打已經足夠了，自己沒必要展露出更多的敵意。

「不敢，不敢！」縣令孫山如蒙大赦，雙手抱拳，連連打躬作揖。「非常之時，行非常之事。應該的，應該的，孫某心裡明白，明白得很！」

「多謝縣尊大人！」郭信笑呵呵地給孫山道了聲謝，再度將面孔轉向楊重貴：「將軍有所不知，其實前往李家寨的山路不止是腳下這一條。當地人都知道這個山谷裡有埋伏，所以通常會從這裡向南繞行二十里，走陶家莊那邊。如果山賊不是本地人，又貪圖路近，就難免被逮了個正著！」

「噢，怪不得接連三波賊人，都沒從你家公子手上討到任何便宜走！」楊重貴的眼神亮了亮，饒有興趣地點頭。

「我家公子這些年南來北往替樞密大人籌集軍資，每到一處，最喜歡瞭解的便是民風和地勢。」郭信雖然是個武夫，口齒卻極為便利。三兩句話，便把自家公子的身影貼得金光四射，「而那聯莊會的百姓，以往又受盡了李有德等輩的欺壓。百姓們被我家公子救離了苦海之後，無不欲效死力。所以地利、人和這兩樣，都已經被我家公子給占了，至於天時，那些盜匪連真實身份都不敢露，只敢偷偷摸摸，老天爺又怎麼會看得起他們？」

「嘿！你倒是會說！」呼延琮聽得連聲冷笑。

「郭公子真不愧出身於將門，就是厲害！」縣令孫山聽了，卻是高高地挑起了兩根大拇指。

楊重貴雖然明知道郭信在替自家公子臉上貼金，有了前面的那些好印象做鋪墊，卻也不覺得對方的話噪聒。隨口誇了兩句，將話頭一轉，便問起了上幾場戰鬥的細節。

那正是郭信最得意的地方，立刻抖擻精神，從自己抵達李家寨之後所參與的第一場戰鬥開始說起，挨個往下捋。將每一場戰鬥的過程和畫面，都講得懸念叢生，精彩絕倫。好在柴榮來得足夠快，否則，由著他的性子吹噓下去，四周山坡上的樹木就得被大風連根拔起，扶搖不知道幾百萬里了。

「郭信，你又在胡吹大氣！」一見四周圍聽眾含笑不語的表情，柴榮就知道郭信又開起了書場，遠遠地瞪起眼睛，大聲呵斥。

「我，我，公子，我，我只是實話，實話實說，稍微，稍微，稍微誇張了一點點，就一點點兒！」郭信跟柴榮關係很近，雖然紅著臉，卻是尷尬多過畏懼。抬手搔搔頭上青草，訕訕地回應。

「你不去茶館裡當說書匠，真是屈才！」柴榮又笑著數落了他一句。快走幾步，朝著楊重貴抱拳，「楊將軍，沒想到你來得這麼快，郭某迎接不及，恕罪，恕罪！」

「份內之事爾，郭兄不必客氣！」楊重貴輕輕拱了下手，笑著回應。「即便楊某不來，以郭兄的本事，過些日子也可以帶領手下弟兄……」

他跟柴榮以前就見過面，但是彼此之間不屬同一派系，交往著實不多。所以此番重逢，難免就要相互客套一番。誰料一句話沒等說完，縣令孫山已經迫不及待地衝上前，「撲通」一聲拜倒，「下官孫山，久聞郭公子大名，今日能當面拜見，真是三生有幸，三生有幸！」

「這位是……」柴榮事先只接到號角傳訊，知道楊重貴已經到了，卻不清楚楊重貴身邊還有哪些人相陪。忽然間看到一個四十多歲的文官趴在了自己腳下，楞了楞，詫異寫了滿臉。

「他，他是定縣令。半路碰上的，自己死皮賴臉跟過來的！」雖然跟自己沒任何關係，楊重貴依舊被孫山的表現弄得好生尷尬，主動向遠處走開了兩步，皺著眉頭解釋。

「原來是縣尊大人到了，失敬，失敬！」柴榮恍然大悟，聲音瞬間提高了一倍。

然而說話的聲音雖然大，他卻並未主動伸手將孫山攙扶起來。而是側著將身體挪開了數尺，笑呵呵地向楊重貴發出邀請：「楊將軍一路鞍馬匆匆，想必辛苦得很。客氣的話，郭某就不多說了！郭某已經提前命人煮上了新酒，給將軍和弟兄們接風洗塵，請諸位且跟我來！」

說罷，上前拉起楊重貴一條胳膊，笑呵呵地走在了前頭。

同來迎客的莊丁們，立刻動手搬開堵路的樹幹、石塊，順便用樹枝標識出沿途的陷阱。折賽花帶著自家丈夫麾下的弟兄，命人抬起呼延琮，魚貫而入。一直到山谷空了大半兒，也沒有人想到從地上將縣令孫山給攙扶起來。

縣令孫山，又羞又氣，卻沒膽子當場發作。只尷尬得眼前一陣陣發黑，額頭脊背等處，汗流滾滾。正恨不得找個地縫鑽進去的時候，耳畔卻又傳來了郭信驚詫的聲音：「呀，這不是縣尊大人嗎？您怎麼還跪在地上！怪我，怪我，明知道我家公子忙，也沒想起來替您解釋一二。您老千萬別往心裡頭去，千萬別往心裡頭去！」

「王八蛋，串通起來，合著夥欺負老子！」縣令孫山心裡頭暗罵，臉上，卻瞬間又堆滿了謙卑的笑容，「沒事兒，沒事兒，郭公子跟楊將軍是老相識了，突然在這裡遇上，心裡頭當然高興得不得了。偏偏下官又是冒昧前來……」

「那您是跟我進去，還是先回縣衙，改天再來？」郭信伸手於孫山腋下，做虛托狀。

「都已經到這了，當然是進去！」縣令孫山狠狠咬了一下牙根，「騰」地站起身，大步流星朝裡走去。與其同來的定縣官吏們互相看了看，也耷拉著腦袋緊緊跟上。每個人心裡頭都又羞又氣，但每個人心裡頭也都明白，今天這份折辱，是大夥自己找的。先前受幽州楊家所托追殺別人的怨仇，表面上雖然用縣尉劉省的人頭應付了過去。私底下，雙方卻誰都清楚這到底怎麼一回事兒。所以郭公子沒當場下令趕人，已經算給了大夥面子。大夥沒資格跟人家要求更多！

那郭信，卻絲毫不體諒眾人此刻頗為複雜的心情。一邊陪著縣令孫山往裡走，一邊笑呵呵地朝周圍指指點點，「您看見那塊大石頭沒，那塊好像是暗紅色的？它原本不在谷底，而是在山上。前次土匪來攻，我家公子先示之以弱，將他們全部放了進來，然後帶領大夥從山頂上齊心協力將大石頭推下，唉，我的老天爺。當場就壓死了好幾個，腦漿和腸子全給壓了出來，那個慘勁兒，嘖嘖，嘖嘖……」

「壓得好，壓得好！」孫山聽得脊背處陣陣發冷，卻硬著頭皮大聲誇獎。「郭公子用兵，真的，真的是如有神助。只可惜，只可惜孫某當時不知道信兒，否則，否則一定會帶領鄉勇們趕過來，助你家公子一臂之力！」

「你沒來就對了！」郭信聞聽，立刻連連擺手，「當時形勢危急，敵我難辨。我家公子曾經下令，無論來的是誰，只要不是當地人，全都視為敵軍。縣尊大人您如果真的來了，咱們之間的誤會可就大了！」

「那是，那是！」縣令孫山抬起手，擦了幾把冷汗，強笑著附和。

好歹也在綠林道混過，又精熟官場諸多規則。前一段時間有人冒充綠林好漢進攻聯莊會，他怎麼可能一點兒消息都沒聽見？只是當時選擇了坐山觀虎鬥，懶得出面給自己招惹麻煩而已！

所以如今其中一頭老虎取得了完勝，他就必須承受對方的滔天虎威。反正郭榮這頭老虎早晚都得離開，只要老虎一走，這定縣及其周圍百里，就又成了他孫山的地盤，他就可以繼續關起門來作威作福！

本著忍一時風平浪靜的心思，無論郭信說的話好聽難聽，是信口胡吹，還是借機敲打，縣令孫山都順著對方附和到底。把個郭信弄得半點兒脾氣都沒有。轉眼穿過了山谷，又爬上了一個橫在路右側的陡坡，忽然間，不遠處傳來了一陣雷鳴般的戰鼓，「咚咚咚，咚咚，咚咚咚……」，緊跟著，喊殺聲鋪天蓋地，「殺啊，弟兄們加把勁兒。殺光他們，一個都別放過！殺——！」

「饒命——！」縣令孫山兩腿一軟，再度癱倒於地，大聲乞憐。與他同來的定縣官吏，以及若干衙役、幫閒，也是個個兩股戰戰，面如土色。

關門打狗，如假包換的關門打狗！怪不得郭榮先前連句客氣話都沒說，原來心裡憋著要關起門來算總帳的念頭。在這聯莊會的地盤上，他把大夥砍了，隨便找個坑一埋。然後直接將罪責推給那些假冒的山賊。有楊重貴在旁邊幫他背書，孫節度即便不相信，也只能捏著鼻子吃下這個啞巴虧，又怎麼可能冒著同時得罪郭、楊、折三家的風險，替大夥出面討還公道？

「諸位不要驚慌！今天恰巧是出大操的日子，是我家公子的結義兄弟趙匡胤和鄭子明正帶著聯莊會的壯丁操練戰術。想是公子他出來迎接楊將軍時過於匆忙，沒來得及通知到二爺、三爺他們！」侍衛郭信的聲音由近在咫尺處傳來，聽在大夥耳朵裡，宛若梵唱。

「你，不，不，不殺我們？」縣令孫山遲疑著抬起已經磕出血的頭，結結巴巴地問道。

這一路上，情勢始終忽起忽落，令他現在整個人對外界信息都失去了判斷力。索性把自己視作一塊砧板上的魚肉，是切一刀還是亂刀剁個零碎，全憑持刀者的心思。

「殺你們幹什麼，後面那些強盜，又不是你們派來的。我家公子早就審問得清清楚楚了！」郭信不屑地撇了下嘴，伸手從地上將其強行扯起，「行了，小心給人看見。好歹你也做過一陣子綠林豪傑！我家公子素來恩怨分明，懶得裝樣子。他雖然惱恨你們最初不問青紅皂白就給幽州韓家幫忙，卻沒想著將你們全都趕盡殺絕。你們現在聽到的喊殺聲，真的是在練兵。如果不信，大夥再往高處走一些，應該能看清楚！」

「多，多謝，多謝郭，郭兄釋疑！」孫山聽了，已經嚇得快要迸裂開的心臟，終於又縮小了幾分。借著郭信的拉扯從地上爬起來，半信半疑地朝更高處走去。

其餘官吏、差役和幫閒們，也懷著一肚子忐忑往山頂上爬。只希望能看清楚喊殺者的真正來意，死也死個明白。不多時，整座小山都被他們踩在了腳下。轉動腦袋朝聲音的來源處張望，只見兩隊身穿暗黃色土布衣衫的莊丁，一左一右，正在吶喊著朝山背後的某個豎滿了稻草人的地段發起攻擊，隔著七八十步，忽然有人用力揮動了一下角旗，緊跟著，刺耳的竹笛聲響起，數以百計的羽箭，伴著笛聲黑壓壓騰上了半空。

「噗、噗、噗、噗、噗、噗、噗……」還沒等眾人來得及喝彩，羽箭已經從半空中直撲而下。如冰雹般，砸在稻草人陣地的前半段，將陣地中央靠前的十數隻稻草人兒，全都給射成了刺猬。

那兩隊莊丁，卻是腳步毫無停頓，繼續卯足了勁頭朝稻草人陣地猛衝。又向前跑了大概二十餘步，竹笛聲再度響起，第二輪羽箭再度伴著竹笛聲凌空射入稻草人兒陣地，給陣地中增添了更多的刺猬。

「這，這是羽箭覆蓋！」好歹也是做過綠林頭目的人，縣令孫山多少能識得一點兒貨。瞪圓了眼睛，結結巴巴地誇讚。「這，這也太利索了！我，我縣中的鄉兵，都，都沒這麼利索！」

「怪不得幾支盜匪，全都有來無回！」

「就是，就是，郭公子不愧是將門虎子，練得一手好兵。」

「一個籬笆三個樁，趙公子和鄭公子，也都是一等一的好漢！」

……

既然喊殺聲的目標不是自己，眾官吏的膽氣頓時就回到了身體內，說出的話也瞬間有了條理。

他們看得很清楚，正在演練的兩支莊丁隊伍規模都不算大，每支也就一百二三十模樣。可這兩百五六十人，在跑動中射出來的羽箭卻宛若狂風暴雨。甭說同等規模的鄉兵，即便規模超出他們一倍，驟然遇上，也得被打得抱頭鼠竄。

正讚不絕口間，背面山坡上的兩支莊丁隊伍，已經又朝前跑了二十幾步，再度於竹笛聲的指揮下彎弓放箭，打得對面陣地稻草亂飛。緊跟著，大夥忽然將造價不菲的桑木弓朝地上一丟，抬手從背後抽出一把明晃晃的短斧。

「呼——！」幾百把短斧，借著奔跑的速度，被莊丁們砸向了同一區域。宛若一道利刃組成的瀑布從天而降。

斧頭落處，瞬間煙塵大起，金鐵交鳴。轉眼煙塵被山風吹散，再看那稻草人陣地，正中央處，已經向內塌陷了半丈有餘。鐵斧覆蓋範圍內，二十幾個草人全都倒伏於地，被砍了個七零八落。

「這，這，這……」一陣刺骨寒意從腳下湧起，將縣令孫山凍得舌頭發木，讚頌的話遲遲說不成句。好在自己當日聽了師爺的話，果斷殺了縣尉劉省滅口。否則，按照劉省的慫恿派人扮作山賊來攻打李家寨，恐怕手下的一眾心腹，全都會變成眼前那堆兒爛稻草模樣！

在這混亂之地，手底下沒了心腹，自己還當什麼狗屁縣令？甭說震懾不住縣境內的大小豪強，就連本家叔叔孫方諫那裡，恐怕地位也會一落千丈。用不了多久，便會有別人帶著親信，前來縣衙交接官印！

「不成，不成，訓練時間還是太短了些，動作不夠整齊，斧頭的攻擊範圍也太大！」唯恐孫山等人受驚的力度不夠，郭信的聲音再度於近在咫尺處傳來，字字句句刺激著他們的神經，「要是換成最早受訓的那一批，根本不用人指揮，只要距離到了，立刻齊齊出手。哪怕對面站的是金剛羅漢，也得給砍成一堆爛泥！」

這還不算是最精銳的，郭榮手頭，還有更厲害的一批？

剎那間，孫山和他的麾下爪牙們，就覺得各自的頭皮一陣陣發麻。

眼前正在操練的兩隊兵卒，在他們看起來已經是絕對的精銳。倘若突然發難，足以在半天之內端掉定縣城。而比這兩隊精銳還要更精銳的兵卒，那得厲害到何等模樣？定縣的守軍擋得住嗎？孫節度身邊的內衛衙兵與之比又如何？好在大夥當初得知姓郭的拿下李家寨之後，就果斷停了手。否則，一旦彼此之間怨仇越結越深，姓郭的親領大軍殺上門來，闔縣文武，誰又有本事去擋那百斧臨身？

抱著上述想法，眾人接下來的一舉一動，都愈發地小心翼翼了。唯恐被郭榮手下的人故意尋了錯處，新賬老賬一起算。其中還有個別極為聰明者，數著手指頭算了幾遍郭榮等人抵達李家寨的時間，心中喟然長嘆：「前後不到一個月的功夫，他們就將一夥軟腳莊丁給練成了百戰精銳。若是這三個人回到郭威帳下，且被委以重任，這天下，恐怕用不了太久又要風雲變色了！」注二

正楞楞地想著，山坡上，忽然又傳來一聲悠長的號角，「嗚——！」宛若冷風般，一下子就鑽進了人的心底。

眾人連忙凝神再看，只見兩支莊丁隊伍忽然彼此靠近，合二為一，由橫轉縱。緊跟著，所有莊丁手中兵器全變成了鋼刀，向前、向左、向右斜揮！整個隊伍，宛若一條巨大蜈蚣般從先前被鐵斧砸出來的缺口衝了進去，所過之處，銀光閃爍，再無站立之敵。

這就是最後的殺手鐧了，即便對手不是一群稻草人兒，而是如假包換的精兵。在挨了羽箭多次覆蓋和

重斧飛剁之後，也未必能支撐得住。那孫山等人已經被刺激得神經有些麻木，嘴巴張大，口水淅淅瀝瀝淌了滿大襟都是。除了在心中偷偷慶幸自家逃過了一場必死之劫外，做不出其他任何反應。

比孫山等輩先到了小半炷香時間的楊重貴，卻從這場短小精悍的戰術演練當中，看出了更多的門道。不待演練宣告結束，就將目光從「戰場」上收回來，轉向面有得色的柴榮，笑著誇讚：「郭兄真乃蓋世奇才，練得一手好兵！早知道你已經有了自保之力，小弟我又何苦千里迢迢跑上這麼一遭？」

「楊將軍過獎了，這都是糊弄外行花架子，真正遇到了百戰精銳，未必能支撐得住！」柴榮笑了笑，謙遜地擺手，「郭某兄弟三個先前深陷不測之地，四下裡虎狼環伺。被逼得實在沒了辦法，才不得不拿出全部本事來練兵自保！楊將軍有所不知，這些天來，我兄弟三個幾乎天天掰著手指頭數日子，就希望能把你早點兒給盼過來！」

「花架子？郭兄是不是過分自謙了？」楊重貴詫異地看了他一眼，搖頭而笑，「如果你麾下這群弟兄全是花架子，那天底下恐怕有近半數兵馬都成了紙糊泥捏之物！要我看，這四下裡虎狼雖然多，又能奈你何？切莫說某些人總得要點兒臉面，不至於做著大漢國的官兒，卻公開派遣麾下大軍替幽州辦事。即便他真的豁出去了，派遣麾下精銳兵馬來戰，對占據了地利、人和的郭兄而言，恐怕也只是塊磨刀石爾！等刀子磨快了，郭兄自然會帶著兵馬揚長而去，讓他們連追殺的勇氣都生不起！」

如果說二人今日剛剛見面之時，他那句：「即便楊某不來，以郭兄的本事，過些日子也可以帶領手下弟兄殺回汴梁。」還是刻意恭維。此際再提起類似的話，則是完全發自內心感慨。

在他看來，縣令孫山等輩，甭說能威脅到柴榮的安全，連讓對方皺一眉頭都不配。而孫方諫、劉楚信、高彥輝等地方諸侯，也不過是一群雞鳴狗盜之徒，暫且憑藉麾下人多勢眾，還能勉強將柴榮壓在深山中不

注二、郭榮，柴榮是郭威的養子，所以通常不熟悉的人，都叫他郭榮，郭公子，而不是本名。

敢移動分毫。待時間一久，實力此消彼長，還說不定最後誰收拾了誰！

「不是郭某自謙，如果真的有半年時間讓我兄弟三人在此偷偷練兵，糧食和兵器也供應得上，也許還真的有希望達到楊將軍給出的目標！」能感覺到楊重貴話語裡的惺惺相惜之意，柴榮想了想，收起笑容，非常認真地補充：「可現在，弟兄們訓練畢竟欠了些火候。並且不瞞楊將軍，如此練兵之法，消耗甚大。光是憑藉臨近幾個莊子、堡寨的產出，根本支撐不了多久！更養不起太多精兵！」

「你是說錢糧接濟不上，是嗎？」楊重貴微微一楞，饒有興趣地追問。

「楊將軍出身於累世將門，應該知道郭某所言非虛！」柴榮笑了笑，輕輕點頭。「練兵之事，最為糊弄不得。每天吃多少飯，就能練什麼樣的兵。也就是楊將軍來得及時，再晚幾天的話，倘若還想要維持眼下這種訓練程度，郭某就只能帶著弟兄們去攻打縣城了！」

「你……，你可真敢說！」楊重貴聽得又是一楞，眼前瞬間顯現出縣令孫山那副孬種模樣，哭笑不得

「事急從權爾！相信孫節度過後也能理解郭某的苦衷！」柴榮輕輕搖了搖頭，帶著幾分認真說道。

如果此言當真，對方可不是一般的膽大。剎那間，楊重貴看向柴榮的目光裡頭，又多出了許多讚賞。有想法，有勇氣，更難得的是，還有能給想法和勇氣提供支撐的本領。說話做事，丁就是丁，卯就是卯，絕不亂和稀泥。對庸碌無能和奸佞宵小之輩，也絲毫不假以辭色。

楊重貴自問算是一身傲骨，可幾年官場打滾兒，身上的許多稜角都已經被磨平了，說話做事遠不像剛剛出道時那樣頭角崢嶸。而郭榮年齡雖然比他大，此時的模樣，卻依稀有點像他當年剛剛出道時，驕傲、乾淨、耀眼，足以讓周圍的許多心中懷著齷齪想法的傢伙自慚形穢。

俗話說，物以類聚。楊重貴看著柴榮極為順眼，柴榮看向楊重貴的目光裡，也充滿了欣賞之意。對方比他年輕許多，卻早就獨自領軍，身經百戰從未遭遇任何敗績；對方家世顯赫，性情高傲，卻與「仗勢欺人」或者「恃才傲物」八個字從未發生過任何聯繫；對方一桿銀槍，打遍河東未曾遇到過敵手。對方向來不屑

與宵小之輩為伍，哪怕後者拿出重金來巴結，或者能對他的前途造成威脅……

不經意間，兩個人的目光就在半空中相遇。隨即，兩張面孔上就同時湧滿了笑容。

「我軍中輜重雖然沒多少盈餘，十幾套鎧甲和角弓卻是能湊出來的。今日就當見面禮送給柴兄，以壯兄麾下軍威！」想都沒再多想，楊重貴忽然順口說道。

「多謝！這支兵馬是我家二弟和三弟辛辛苦苦訓練出來的，真不願留在此地便宜了別人！」柴榮聞聽，也不覺得有多少意外，笑呵呵拱手。隨即，又伸手朝不遠處平地上的一處堡寨指了指，大聲補充道：「前一段時間有不開眼的蟊賊來襲，沒從我這裡占到什麼便宜，反倒留下了許多戰馬。楊兄如果有興趣，不妨給麾下弟兄們挑選一些帶走。否則，郭某只能把牠們大部分都送給周圍的百姓拉車用了！」

「多謝郭兄！」沒想到自己剛剛送出一筐木桃，就立刻收回了一堆瓊瑤，楊重貴喜出望外，雙手抱拳道謝。[注三]

「我還要多謝楊兄呢！」柴榮大笑著以禮相還。

二人越看對方越順眼，如果不是周圍還存在幾百雙眼睛，心中真有「拜倒在地，義結金蘭」的衝動。

那隨同楊重貴一道來李家寨「了事兒」的呼延琮，卻在旁邊看得忍無可忍。用胳膊支撐起半邊身體，接連咳嗽數聲，喘息著提醒：「楊將軍，咱們可是到了李家寨？先前某家聽說有人是奉了太行山呼延大當家的命令前來懲處李家寨的寨主，不知道是哪位英雄？能否給某引薦一下？好歹也讓某在臨死之前，開一回眼界！」

話音剛落，四周小範圍內，已經是一片死寂。所有郭姓親衛，俱將手按在了刀柄上，對著擔架上半死不

注三、出自《國風・衛風》：投我以木桃，報之以瓊瑤。原本為男女之間的情詩，後被引申為禮尚往來之意。

活的呼延琮怒目而視。

自家公子於被仇家追得窮途末路之際，先巧奪聯莊會，再收編數百莊丁，然後將扮作盜匪前來追殺的各家諸侯私兵打得落花流水。這一系列事情，幾乎其中每一段拿出來，都值得郭家對外大說特說。唯獨上不得檯面的部分，便是當初在迫不得已之下，借了太行山大當家呼延琮的名頭。而擔架上那個半死不活的傢伙，卻偏偏哪壺不開提哪壺。

「呼，胡兒！休要胡鬧！」楊重貴本人，也是覺得尷尬異常。從震怒中迅速恢復心神，皺著眉頭呵斥。

他原本在定州就想將呼延大當家放下，雙方分道揚鑣，從此永不再見。卻耐不住呼延琮信誓旦旦說要親自了結此番因果，不給任何人製造麻煩。所以他才硬著頭皮答應了後者的請求，將其一路帶到了李家寨。然而，他卻萬萬沒有想到，呼延琮的所謂「了結因果，不拖累人」，是這麼個了結法兒！一上來，就先狠狠朝郭榮臉上「抽了個大耳光」！

偏偏當著這麼多人的面兒，楊重貴又不能說出呼延琮的真實身份。所以只能先想方設法將呼延琮的魯莽行為給壓制下去，然後再找機會跟柴榮化解誤會。

然而，呼延大當家的想法，又豈是正常人所能琢磨得透的？未聽見楊重貴的訓斥還好，待聽到了救命恩公居然到了此刻還不敢讓自己暴露身份，忍不住哈哈大笑。笑過之後，一邊隨時都可能斷氣般狂喘，一邊迫不及待地回應，「楊，楊將軍，呼，呼延琮被你所救，這條命，還有太行山上屬於某家的那部分基業，就該交在你手裡。你不願意要，可以隨便丟掉，或者順手送人，都沒任何問題，呼延琮絕不敢說半句怨言。但在交給你之前，別人欠呼延琮的舊賬，呼延琮卻得當著面，跟他算上一算！」

說罷，也不管楊重貴是接受還是拒絕，迅速將目光轉向滿臉錯愕的柴榮，用手拍了拍自家胸脯，用盡全身氣力補充：「某家便是呼延琮，你們先前所憑藉的太行山大當家，北方綠林總瓢把子。郭公子，你奪別人的基業沒關係，為何要算在某家頭上？」

「你是呼延琮！」柴榮即便再聰明，也想不到呼延琮居然會跟楊重貴兩個攪在了一起，頓時被打了個措手不及。雙目圓睜，面紅過耳。

「正是你家大寨主！」呼延琮把胸脯一挺，氣勢洶洶地擺出一副債主登門作派，「古語有云，好借好還，再借不難。郭公子，某家這麼大臉面被你偷偷摸摸地給借了，你好歹得給某家一個說法吧！」

「這……」有趙匡胤和寧子明這兩個勇將在側，自己這一方又占盡了天時地利人和，如果呼延琮一上來就喊打喊殺，柴榮還真未必怕了他。然而呼延大當家如今傷得半死不活，開口閉口又好似占足了理兒，他在倉促之間，還真找不出太好的辦法來應對。

正進退兩難之時，耳畔忽然傳來了寧子明的聲音。不高，卻恰恰能讓在場所有人都聽得清清楚楚：「什麼說法？要說法找我來！當初借用你呼延大當家的名頭是我的主意，事情也是我親自去做的。呼延大當家，你我之間的舊賬，真的有必要仔細算一算嗎？」

「你，你怎麼會在這兒？」這回，可算輪到呼延琮尷尬了。一張老臉灰裡透紫，紫裡透灰，豆子大的汗珠一粒粒從額頭上往外滲。

去年夏天他曾經與楊重貴鬥將，輸者永遠不再打「二皇子」的主意。雖然在比賽過程中，他因為擔心自家麾下弟兄被楊重貴麾下的兵馬剿滅，不敢痛下殺手而被奪了鋼鞭，但結果畢竟是輸了，在場好幾個人都曾經親眼看到。

然而就在這次比試之後沒幾天，他呼延琮卻又偷偷摸摸地在山區將寧子明堵了個正著。全然不顧當初跟楊重貴之間的君子之約。若不是老道士扶搖子來得及時，他早就得了手，只要把屍體隨便找個山谷往裡頭一推，就可以繼續去裝他的一諾千金英雄好漢！

所以呼延琮這輩子最不想見到的人，除了楊重貴之外，就是寧子明。誰能預料得到，這二人今天卻偏偏又湊到了一塊兒！

「什麼舊賬，呼延兄，二，寧公子，你們兩個後來還見過面？」正當呼延琮恨不得找條地縫先鑽一鑽的時候，耳畔卻又傳來了楊重貴的聲音。帶著幾分驚詫，幾分好奇。

「見過楊大哥！」寧子明微微一笑，上前給楊重貴鄭重行禮，「剛才忙著練兵，未能親自去山外迎接，還請楊大哥勿怪！」

「我，我們……」呼延琮主動承認自己背信棄義也不是，繼續裝債主大爺向柴榮要賬也難，只覺得這輩子從來沒有今天這般倒楣過。著急之下，猛然間覺得胸口一陣刺痛，張開嘴巴，「哇」地一聲，將前胸噴了個通紅！

「大當家！」太行山來的親衛們大驚失色，相繼撲到滑竿前，攙胳膊的攙胳膊，拍後背的拍後背，欲給呼延琮順氣兒。

哪裡還來得及？只見呼延琮直挺挺地倒在了滑竿上，面色灰敗，呼吸時有時無，眼看著，恐怕就要駕鶴而去了！

「大當家，大當家，您可不能死，不能死啊！」

「大當家，大當家，可憐你英雄了半輩子……嗚嗚……」

「大當家，大當家，咱太行山……」

眾親衛們又驚又痛，放聲悲號。恨不得用自己的命，換呼延琮醒轉。與呼延琮一道來李家寨的騎兵們，對這個「光明磊落」的綠林大豪也頗具好感，紛紛圍攏上前，掐人中，敲胸口，試圖將其救醒。

然而無論眾人如何折騰，呼延琮卻始終氣若游絲。正當大夥幾乎要絕望的時候，人群外，寧子明的聲音又恰恰響起，與先前一樣清晰，一樣波瀾不驚，「行了。不懂就別亂伸手。再折騰下去，他即便沒死，也得被你們給折騰成了殘廢。趕緊把人抬起來，跟我走。三個月之內，我保證他跳上馬背舞槊如飛！」

「你，你胡說！」

「你已經把大當家給氣吐血了，還想怎麼樣？」

「姓石的，就算大當家有對不起你的地方……」

一番好意，沒換來任何感激，反而惹得一眾來自太行山的親衛們怒目而視。光是看年齡、相貌和那小山般魁梧的身材，他們當中，誰也不可能將寧子明和「可生死人肉白骨」的神醫聯繫在一處。

然而楊重貴卻是曾經親眼目睹過寧子明如何將韓重贇從鬼門關拉回來的，見呼延琮的親衛不知好歹，氣得掄起手臂就給了距離自己最近的那名親衛一記大耳光，「滾開，一群沒長眼睛的瞎子！如果連他也救不了呼延大當家，天底下便找不出第二個能救呼延兄的人！」

「他……」眾太行山好漢都被那個突然而來的打耳光給抽懵了，無論挨打的還是沒挨打的，楞楞地看著寧子明，滿臉難以置信。

「我親眼看到過他救人！」楊重貴推開眾好漢，走到滑竿前，雙手將呼延琮攔腰抱起。「石，寧公子，請切莫跟這群混帳計較。救人一命，勝造七級浮屠！」

「楊大哥不必勸我，醫者從無讓人死在眼前卻不施以援手的心腸！」寧子明點了點頭，邁步走向寨子大門。「楊大哥請抱著他隨我來！」

他剛才收兵歸來之時，剛好聽到呼延琮說要把自己的一條命和太行山中部分力量，交給楊重貴。所以無論是從回報楊重貴去年的救援之恩角度，還是替太行山兩側百姓減少一夥災星的角度，都不可能讓呼延琮死在自己面前。況且在他本人的內心深處，也期待著通過不停地救治傷患，刺激自己，將失去的記憶多找回來一些。哪怕只是一些零星的碎片，至少能讓自己更多地接近於真相，而不是永遠在身後背負著迷霧一團。

李家寨的聚義廳附近，早就騰出了一套院落，作為專門的醫館。平素聯莊會的莊丁作戰受傷，或者十里八鄉的父老生了病，都在此處診治。柴榮、趙匡胤、寧子明三兄弟能如此快地掌握了聯莊會，此醫館也居功至偉。

畢竟寨子裡有一個「神醫」在，莊丁們受傷後的「死亡率」會立竿見影地下降。而那些早就被酒色淘空了的老年「鄉賢們」，也驚喜地發現，吃過幾帖三當家給的湯藥之後，自己的夜晚生活又重新充滿了樂趣。

今天寧子明帶隊操練，不能出診。幾個從遠道趕來求醫的鄉間大戶卻因為事先不知情，而撲了一空。隨後他們又不願意多往返一趟，就在醫館的大門口跟莊丁泡起了蘑菇。負責看守醫館的莊丁們都是精挑細選出來的好脾氣，也不動手驅趕，只管跟父老鄉親們有一句沒一句地嘮家常。

正聊得熱鬧的時候，忽然間看到寧子明匆匆忙忙的走回，眾莊丁趕緊站直身體，同時熱心地提醒，「三寨主回來了，你們想要求醫，就趕緊在門口排好隊。我家三寨主最煩別人不講秩序，一窩蜂地堵在這兒，他肯定會生氣！趕緊，想要看病就別耽誤工夫！」

「哎！哎！」眾鄉老們答應著，退後數步，舉頭張望。只見一個身穿皮甲，白淨面皮，器宇軒昂的年輕後生，大步流星地走到了門口。在其身後不遠處，則跟著一個銀甲白袍年輕將軍，英俊得令人想直接捉回家去做女婿。偏偏如此英俊的年輕將軍臂彎裡，居然橫抱著一名足足有兩百餘斤重，棕熊般高矮粗細的壯漢。走起路來，連個踉蹌都不打。

這場景，要多詭異有多詭異，令人忍不住就想拚命地眨眼睛。

「三當家，您回來了！」就在眾鄉親以為自己被捉弄了的當口，守門的莊丁們滿臉堆笑地迎了上去。一邊從年輕後生手裡搶下兵器，一邊滿臉堆笑地大聲討好，「所有屋子都按照您的要求，開窗子通過風了。床單幔帳等物也派人洗乾淨了，在陽光下曬乾了。小的們還專門把收購來的藥材都歸了類，就等著您查驗過後，直接送到藥房裡頭收倉呢！」

「好！」年輕後生笑著點了點頭，目光隨即就落在前來求診的鄉老們身上。笑了笑，一邊繼續朝門口

走，一邊大聲跟莊丁們交代：「今天我有個重傷號要救，估計騰不出功夫來看別人。你們等會跟大夥說一聲，如果他們願意等，就去村子裡借宿，明天一早再來。如果不願意等，就去看別的郎中。我這裡專長是治療戰場紅傷，並非所有症狀都拿手！」

「哎！知道了，三寨主您放心！包在我等身上！」幾個莊丁一邊小雞啄碎米般點頭，一邊搶先推開院門。

這就是傳說中的「神醫」？前來求診的鄉老們，到此刻才終於確定，眼前這位看上去連十八歲都不到的年輕後生，就是大夥要找之人。頓時，求診的迫切心情就降低了一大半兒，皺著眉頭，左顧右盼。

然而大老遠跑來了，什麼事情都不做就打道回府，卻又讓他們心裡好生不甘。因此不待看門的莊丁前來傳話，就搶先互相商量道：「他叔，三，三當家怎麼生得如此臉嫩？我還以為，我還以為他是個隱姓埋名的世外高人呢。所以，所以才頂著大太陽跑了三天的路……」

「我倒聽人說起過，神醫年齡不大。不過，這也太年少有為了些！」被叫做他叔的人揉揉自己的腦門兒，悶聲悶氣地回應，「嘖，嘖，這，這連鬍子都沒長。怎麼可能看過太多的病人。這，這不是神醫他老人家不想替大夥診病，隨便派個弟子出來應付差事吧！」

「不會吧，後邊不還跟著一個馬上要斷氣的嗎？」

「那，那哪裡是人啊，分明是頭狗熊。傷得再重，估計一時半會兒也死不了！」

「怎麼死不了？那分明就已經一隻腳踏入鬼門關了！你們沒聞見屍臭嗎？簡直能熏死蒼蠅！」

「屍臭？」大家夥一起抽動鼻子，果然從空氣中，分辨出一種非常古怪的臭味兒。雖然被藥草味道給遮蓋掉了大半兒，但剩下的這一小半兒，依舊令人煩惡欲嘔。

「那，那咱們怎麼辦啊？」有人立刻苦了臉，不知道該不該掉頭就走。

在醫館裡碰見死人，是非常晦氣的預兆。通常沒有兩三個月的緩衝時間，或者請道士和尚做法事驅除髒物，患者就不宜登門。

「既然來了，總不能啥都不幹就掉頭回去。咱們不妨在這裡多瞅上上幾眼，萬一他把那狗熊給救活了呢！」也有人膽子大，決定先觀望一番再做決斷。

「也倒是，如果他連那個馬上就要死了的壯漢都能救活，別的病症肯定不在話下。年紀即便小點兒，咱們也認了！」其他人紛紛點頭。

……

你一句，我一句，大家夥七嘴八舌，很快，就商量出了一條切實可行的對策。不看年齡，只看療效。只要被抱進去那頭狗熊般強壯的傢伙沒有被生生治死，有關「神醫」的傳說就可認為八成是真。大夥就豁出去性命讓他給診治一回！

反正大不了拿了藥方之後，再去縣城找郎中重新看一遍。左右是跑一趟的事情，沒必要太早就往回趕。

心裡頭有了主意，眾鄉親們就又開始往門口湊。不料這回，守門的莊丁卻端起了架子，任其好說歹說，就是不准踏過門檻兒半步。最後被大夥的言語給擠對急了，就豎起眼睛，低聲喝道：「三當家是在裡邊給人續命！續命你們懂不懂？萬一你們身上帶著邪氣，破了他的法，你們當中哪個敢用自己的命來賠？」

續命？這種絕技屬於傳說中的仙術範疇，只有姜子牙、諸葛亮等奇人才會施展。而破起法來，在傳說中又出奇的簡單。旁觀者不小心掀一下門簾，踢翻一盞銅燈，或者用力咳嗽了幾聲，都可能闖禍。

大夥的命看起來怎麼著都比那個狗熊般模樣的漢子金貴許多，稀裡糊塗就賠了出去，實在過於可惜。眾鄉老懂得惜身，入內圍觀的話頭，就不敢再提。卻又捨不得立刻離開，眼巴巴地圍在門口，等著看那名狗熊般的壯漢能不能活著從裡邊走出來！

守門的莊丁們見眾人終於消停了，忍不住長出一口氣，抬起衣袖來擦臉上的油汗。然而還沒等將所有汗珠子擦乾淨，耳畔又忽然傳來了幾聲哭嚎。卻是呼延琮的親衛，跌跌撞撞地追了過來，要與大當家生死相隨。

「你們幾個，不想裡邊的人死，就全給我站住！」對於腰間別著兵器，明顯做綠林打扮的親衛，莊丁們可不像先前對著老鄉一樣有耐心。將手中長槍在門前交叉一擋，大聲呵斥，「既然已經傷到了這個份上，就該各安天命。能治好，那是我們三當家醫術高明，若是萬一治不好，也是他命數該絕。你們這樣咋咋呼呼地跑進去，除了讓我們三當家分心之外，能起什麼鳥用？」

幾名親衛被訓得激靈靈打了個冷戰，哭得愈發絕望。不同於楊重貴和一眾騎兵，他們追隨呼延琮多年，早就知道自家大寨主曾經出爾反爾，曾經獨自入山追殺過石延寶。如今大寨主身負重傷，偏偏又落在了石延寶這個大仇人手裡，後者能不趁機往傷口處下毒，已經是難得的寬宏大度了，怎麼可能會盡全力施救？

「閉嘴，都閉嘴。要哭喪去遠去哭去，別擾亂我們三當家施術！」眾莊丁素來瞧不起這種提著刀子殺別人時英勇無比，輪到自己這邊挨刀子就呼天搶地的孬種，倒豎起雙眉，繼續大聲呵斥！「既然吃的是江湖飯，就得有橫死的覺悟。怎麼著也不能只准許你們殺人，卻不准你們挨刀！若有此等好事兒，老天爺也太不長眼睛！」

「行了，讓他們進來吧。否則，他們不可能放心！」寧子明的聲音從醫館裡傳來，與莊丁們先前盛氣凌人的態度，形成了鮮明的對比。

「是，三當家。我們，我們也是，也是怕他們進去後亂闖亂動，耽擱了您救治病人！」莊丁們的臉色微紅，小心翼翼地解釋。

「不妨！」寧子明的聲音再度順著窗口傳來，聽在幾名太行山親衛耳朵裡，如同梵唱，「他們既然是呼延大當家的親兵，應該分得出輕重。你越是攔著他們，他們反而越是沒個消停時候。」

「是！」莊丁們不敢違拗，收起長槍，讓開院門。

「謝三當家！」呼延琮的親兵們喜出望外，擦了把眼淚鼻涕，撒腿就往院子裡頭衝。才邁過大門沒幾步，卻又聽見寧子明在屋子裡邊大聲吩咐道：「窗子開著，你們如果不放心的話，站在窗外盯著我便是。注意，不要跨過窗子下那道灰線，也不要擋了外邊的陽光！」

「是！」眾親衛有求於人，不能不低頭。仔細尋找開去，果然在距離醫館窗子四五步遠的位置，看到了一條由艾草灰撒出來的橫線。趕緊小跑著上前，貼著橫線的外側邊緣站了個筆直。

有兩個膽大的鄉老也渾水摸魚跟了進來，隔著橫線，探頭探腦向裡邊觀望。只見先前那個狗熊般的傷患，已經被除掉了上半身衣物，用架子和繩索支撐著，盤坐在了靠窗的病榻上。前胸朝東，後背朝西，胸口處又粗又密的黑毛，被透窗而入的日光照得根根閃亮。

粗密的黑毛下，則是一塊塊稜角分明的腱子肉。起伏糾結，好像隨時都能頂破皮膚而出。貼在右胸口那塊最大的腱子肉下邊緣，有一個鴿子蛋大小的傷口，正緩緩滲著膿血。脊背處，另外一個鴿子蛋大小的傷口，與其遙相呼應，剛好湊足了一對兒。

「嘶——」一名鄉老見多識廣，立刻就倒吸了口冷氣。

貫穿傷，這是如假包換的貫穿傷，傷者在不久之前，要麼被利箭，要麼被投槍，將右胸給刺了個對穿！怪不得先前大夥在此人身上聞到了屍臭味道，被刺穿了身體還能活這麼久還沒咽氣，此人本身已經就是一個奇蹟。

呼延琮的親衛們，到了此刻，卻已經哭不出來了。一個個用手捂住自己的嘴巴，瞪圓了淚眼，直勾勾地望著正在準備施救的寧子明，目光裡充滿了祈求。

他們看到，已經換過了一身乾淨衣服鞋帽的寧子明，用乾乾淨淨雙手，親自端著一碗翠綠色的藥汁，一勺一勺灌進了呼延大當家口中。

他們看到，喝光了藥汁的大當家，緊皺的眉頭居然快速舒展開去，表情如同熟睡的嬰兒般寧靜。

他們看到，寧子明從小學徒遞上前的藥葫蘆裡，倒出了一顆紅色的藥粒子，乾淨利索地塞進了呼延大當家嘴巴。

他們看到，幾個衣著乾淨的學徒，從外間屋子端進了兩個拳頭大的藥鉢，裡邊跳動著隱隱約約的火焰。

他們看到，寧子明與楊重貴兩個聯起手來，一人抓住一個藥鉢，以迅雷不及掩耳之勢，狠狠扣在了呼延大當家前胸和後背的傷口上——

「嗯——」昏迷中的呼延大當家嘴裡忽然發出一聲悶哼，面目扭曲，猙獰如厲鬼。幾名親衛宛若藥鉢扣在了自己身上一般，也跟著痛徹心扉。轉瞬之後，除了疼痛之外，他們隱約還感覺到，有一種奇怪的力量，正將自己的五腑六臟，一寸寸朝身體外邊拉。而雙眼所見，則是呼延大當家的前胸和後背扣著藥鉢的位置，肌膚隱隱向外隆起，不停地戰慄，戰慄！

「起！」寧子明嘴裡忽然發出一聲斷喝，不算高，卻讓窗外所有人同時打了個哆嗦。聽到命令的楊重貴迅速出手，和寧子明同時握住一個藥鉢，奮力外拔。被綁在架子上，半昏迷狀態的呼延大當家疼得齜牙咧嘴，冷汗順著額頭淋漓而落。兩個藥鉢盂從他的身前身後被扯了下來，裡邊裝滿了黑漆漆的紅！

「再來！」沒等窗外的人驚呼出聲，寧子明又大聲命令。學徒們迅速送進裡邊著火的第二對兒藥鉢，楊重貴與他默契配合，再度將呼延大當家身前身後的傷口，用藥鉢盂扣了個正著。

「嘶——！」窗外的旁觀者，個個倒吸一口冷氣。

距離雖然隔得有些遠，他們卻能清晰地看到，呼延大當家的面孔已經痛得變了形。更能清楚地看到，呼延琮手臂和後背上，青筋根根跳起，不停地起伏震顫。但是，這當口，卻沒有任何人試圖出手阻止寧子明，為呼延大當家免除炮烙之苦。因為在前後兩個藥鉢盂取下來的同時，有股子濃郁的腥臭味道，已經破窗而出，瞬間就飄滿了整個醫館。

不是屍臭，是血毒。在場幾個親衛，都明白那股刺鼻的腥臭味道因何而生。呼延大當家先前有血淤在身體裡，已經開始腐敗化膿。也就是他老人家身子骨強壯出奇，以往受的傷又足夠多，在體內已經形成了某種抵抗力，否則，根本不可能支撐到現在。

「起！」「再來！」……

「起！」「再來！」……

「再來！」……

寧子明的命令聲陸續從屋子裡傳出，每一次，都令外邊圍觀者心臟抽搐。很快，兩個鄉老就支撐不住，相繼將頭轉過去，雙手捂住耳朵，背對這窗口開始瑟瑟發抖。彷彿那些藥罐，都是拔在自己身上，把自己的五腑六臟挨個給抽了個遍。

幾名忠心耿耿的侍衛，雖然心理承受能力遠遠超過鄉老，卻也本能地將目光從呼延琮的傷口處移開，不忍再看。那些瘀血必須先拔出來，否則大當家即便勉強保住性命，一身本事也喪失殆盡。如此結果對呼延大當家來說，還不如讓他立刻就在昏迷中死去。

然而，如此小半罐子，小半罐子地往外拔，需要拔上多少回才能將體內的淤血給抽盡？，大夥卻誰也猜測不到！再來兩次夠不夠了？三次夠不夠了？四次……？

每一次拔毒，都宛若一次炮烙，大當家，你可千萬要挺住，千萬要挺住！

時間在期待中，忽然變得無比之緩慢。院子中的樹影，如同被一根根無形的釘子給釘在了地上般，遲遲不肯移動分毫。頭頂的陽光，也始終從一個方向照過來，照過來，照得心臟和皮膚，彷彿都已經冒起了青煙，隨時都會竄出半丈高的火焰。而從窗口處散發出來的腥臭氣味，卻越積越濃，越積越濃，濃得簡直令人無法呼吸……

「行了，郭良，把這罐子藥湯給他餵下去，然後放他躺下，推到隔壁重彩號的房間裡頭安置！」就在院子裡所有人都準備拔腿逃走的前一個瞬間，寧子明的聲音再度從窗子裡傳出，透著骨子說不出的祥和。「然後把這兩副藥給他抓齊了，每天早晚各灌一次。以他的底子，運氣好的話，明天早晨就應該能醒過來開口說話。」

「多謝寧將軍救命之恩！」沒等郭良等臨時學徒接茬兒，呼延琮的親兵們，已經齊齊在窗外拜倒，雙目含淚，叩首不止。

如此神技，給多少診金都不算多。而他們，偏偏此刻除了自己的性命之外，拿不出任何東西來相謝。甚至連他們自己的性命，這會兒還屬不屬於自己也要打個折扣。呼延大當家在昏迷之前，曾經親口說過，從今以後要把他自己和屬他的那份基業交給楊重貴。作為呼延當家的親兵，他們當然也只能跟著去，前路根本不能由自己來選擇。

「不必客氣，首先是他身子骨足夠壯實，否則，我未必能救得了他。」寧子明朝窗外看了一眼，淡淡地擺手。

用藥罐拔出體內瘀血，在旁觀者看起來也許簡單。對於作為大夫的他而言，卻不異於一場生死惡戰。雖然僥倖獲得了最後的勝利，可整個人也被累得筋疲力竭。根本抽不出任何多餘精力，去計較對方拿不拿得出回報。

一直在給他打下手的楊重貴，也累得幾欲虛脫。頭上新換的布帽，身上新換的外袍，連同腳下的軟布靴子，都濕得幾乎能擰出水來。然而楊重貴卻根本顧不上這些，只是稍稍調整了一下呼吸，就拱著手向寧子明施禮，「寧兄弟真乃奇人也！如此神技，習得其一，便可全天下橫著走。習得其二，便足以笑傲公侯。若是軍中有人能隨時施展此技，則每戰之後，不知道多少條性命能得以保全，被當成萬家生佛也不為過。」

「楊大哥過獎了！雕蟲小技，雖然看似神奇，但終究難登大雅之堂！」寧子明笑了笑，側開半步，以平輩之禮相還。

對方不擅長阿諛奉承，所以幾句臨時搜腸刮肚拼湊出來的好話，聽在耳朵裡頭卻生硬無比。即便以寧子明的稚嫩，都能立刻猜測得到，接下來，此人恐怕必有所求。

果然，楊重貴把一套場面話說過，立刻轉向了正題，「不知道寧兄弟今後有何打算？汴梁雖然富庶，卻終究不是一個好的容身之所。若是寧兄弟不嫌棄的話，我楊家所在的麟州，倒是願意虛位以待。別的不敢保證，只要寧兄弟肯去，以前種種，再也沒人會提起！即便偶爾有一兩個不開眼的佞倖貪功，以我楊家的實力，也定能護得寧兄弟高枕無憂！」

「多謝！不過，楊兄請准許我再考慮幾天！」寧子明楞了楞，非常快速地給出了答案。

話雖然說得極為委婉，但其中拒絕的意味，卻已經呼之欲出。楊重貴聽得微微一楞，臉色微紅，眼睛迅速開始張大，「寧公子莫非已經有了去處？你別怪楊某多嘴，澤州雖然好，終究距離汴梁太近了些。而郭公子之父，據楊某所知，對朝廷極為忠心！」

有些話，他不必說得太明。對方聽了之後，應該能領悟得透。大晉國早已人心盡失，根本沒有任何死灰復燃的可能。而常思也好，郭威也罷，都是劉知遠的老弟兄，跟劉知遠之間的情分決定了，他們輕易不會與小皇帝劉承佑對著幹。相比之下，坐擁麟州的楊家和與楊家聯姻的折家，反而獨立性更強一些。只要不是公開造反，想庇護一兩個朝廷不願意看到的人輕而易舉。無論是誰當皇帝，也犯不著為了一個已經對朝廷構不成任何威脅的前朝皇子，而去冒將兩大重要邊鎮一起逼向遼國的風險。

效果也正如楊重貴的期待，寧子明迅速從這一段話語裡，領悟到了全部隱藏涵義。但是，他卻笑得愈發從容，雙目當中的光芒也更加堅定，「多謝楊兄收留，但寧某以為，自己的路，還是自己走為好。趁著現在還年少，即便經歷些風浪也不會失去了銳氣。哪天若是真的無處安身了，一定會想到楊兄今日的邀請。就是不知道屆時，楊家的麟州，還能否給寧某騰出來一個開醫館的地方？」

「當然可以！楊家隨時恭候寧兄弟的大駕！」楊重貴昂起頭，答應得毫不猶豫。內心深處，卻隱隱湧出了幾縷酸澀的滋味。不太濃，卻也足以令他放棄跟對方進一步結交的打算。

「如此，寧某就先謝過了！」寧子明退開半步，長揖及地。

如果是半年之前，楊重貴做出同樣的邀請，他也許會為之怦然心動。然而，現在，他卻不想再托庇於任何人，包括曾經保護了他多時的常思。

別人給的，終究是別人給的。

既然能給，也能隨時拿回去。

他需要的是，完全屬於自己的一份力量。

腳下這片土地，恰恰提供了這種可能！

起風了，雲氣翻捲，幻做漫天龍虎。

收穫

「這副藥您先照著方子連吃三劑，然後再來一次，我根據病情變化進行增減。您這個病，關鍵在於調養，而不是吃藥。是藥三分毒，吃多了有害無益。至於您老先前提到的補品，再金貴的補品，實際上都不如每日按時清粥小菜！」放下毛筆，趁著剛剛開好的藥方在陽光下曬乾的功夫，寧子明非常細心的提醒。

「哎！哎！鄭三爺您說得是，小老兒回去之後，立刻把那些亂七八糟的補品全都扔到陰溝裡頭去！」一位花白鬍子的患者連聲答應著，快速搶過藥方，寶貝般揣在了懷裡。

另外一位鬚髮全白的老者，迫不及待地衝上前，滿臉堆笑：「三當家，我的好三爺，可輪到我了！小老兒為了找您看病，坐著馬車整整跑了兩天一宿！好不容易到了山外頭，卻又……」

「您先把左胳膊放在這個枕頭上，讓晚輩給你號號脈！」寧子明和顏悅色打斷，心中卻苦水宛若泉湧。自打將呼大當家從鬼門關前拉回人間之後，他就徹底坐實了「神醫」之名。李家寨周圍十里八鄉的百姓，只要遇到稍微麻煩點的疑難雜症，全都坐著馬車、毛驢兒往他這裡跑。甚至更遠一些定縣、易縣、雄州，也有不少有錢人家的老漢，冒著能將人曬出油來的秋日朝李家寨趕。

結果他這個聯莊會的三當家，每天用在處理莊務和操演兵馬上的精力和時間，還沒有用在給人看病上一半兒多。並且幾乎是每天都要耗到夕陽西下，才有機會停下來歇一口氣兒。

今天很顯然又是一個忙碌的日子，寧子明坐在屋子裡朝外望去，前來問診的病患們，已經從正房門口一直排到了大門口。並且大門之外，還不停地有祈求聲音傳進來，請已經排在前面的人加快速度，不要耽擱神醫的功夫，更不要耽擱大夥的問診時間。

好在大部分病患的情況，都不算太複雜。在這三十歲就可以自稱老夫的時代，許多難以治癒的惡疾根本沒機會出現。所以寧子明憑藉自己的「半水醫術」，倒也能應對自如。只是日復一日的望聞問切，實在令人乏味得狠。有時候診著診著，他就開始神不守舍。手上機械地做日常的那些動作，嘴巴機械地說日常那些套路話，眼睛裡的所有患者之名字和相貌，卻漸漸沒有了任何差別。

「沒人了，你先喝碗水吧！」不知道機械地重複了多少次之後，正準備去「切脈」的手指，忽然觸摸到一個溫暖光滑的瓷面兒。

寧子明打了個哆嗦，眼神迅速恢復了明亮。這才發現，今天的病人已經全都診治完畢了。自己手指所觸，正是一個青灰色的瓷杯。杯子口處，隱約有一縷白霧縈繞不散，恰似他現在的心情。

「看什麼看？又不是第一次遇見！」陶三春臉色瞬間漲得通紅，將杯子用力朝寧子明的右掌心一塞，轉過頭，如飛而去。此刻所展示出來的一身輕功造詣，恐怕連扶搖子看到了，都要甘拜下風。

「唔！」寧子明又楞了楞，望著陶三春迅速消失的背影，笑容漸漸湧了滿臉。

春妹子似乎，也許，好像，喜歡上了自己。雖然還不太確定，卻讓他心裡多多少少有一些得意。此刻的他，沒有二皇子的顯赫身份，也不再是需要人可憐保護的那個寧小肥。平生第一次完全是作為一個獨立的個體而活著，活得最為真實，最為本我。

而這時候能贏得一個美女的芳心，似乎格外令他感到高興。即便沒有記憶中那段姻緣的碎片存在，他心頭也會暖融融的，酥酥的，彷彿施展妙手將日光裁下了一段，偷偷地藏在了自己懷裡一般。

「春燕春燕，兩兩相伴。銜泥壘窩，蹲巢孵蛋。非妄心急，春日苦短！」呼延大當家的破鑼嗓子，很煞風景地在廂房裡頭響了起來，將寧子明好心情瞬間給攪了個稀巴爛。

這個粗胚，可不會吟什麼「蒹葭蒼蒼」，更不懂什麼「山有木兮木有枝」，只要開口，就是最直接最粗俗的河北俚歌。

「孵蛋孵蛋……」

「砰！」一塊拳頭大的土坷垃，隔著院牆，準確無比地落入了廂房當中。

呼延大當家的俚歌被粗暴地打斷，直氣得兩眼發紅，梗著脖子大聲嚷嚷：「沒良心的野丫頭，我這是在幫妳，妳知道不知道？臉越白的人心眼兒越多，妳現在不抓緊機會跟他直來直去，非要跟他比心眼兒……」

「我自己樂意，你管不著！」又是一塊土坷垃飛進廂房，緊跟著還有一聲含羞帶怒的抗議。隨即，腳步聲突然響起，又急速去遠，院內院外，轉瞬鴉雀無聲。

「呼──」寧子明無可奈何地對著天空吐了口氣，站起身，出門走向廂房。

呼延大當家的身子骨和恢復能力，都遠遠超過了常人。在被拔出體內的瘀血之後的當天夜裡，就恢復了神智。三天後，便能自己下床扶著院牆小步溜達。如今他既然已經能引吭高歌，就沒必要繼續留在醫館裡頭了。早日返回太行山，大家夥的耳朵好歹都能落個清靜。

誰料還沒等寧子明走到廂房門口，呼延琮彷彿早有預料般，已經大模大樣地迎了出來。先拱手做了個揖，算是給救命恩人見了禮。隨即，便將話頭一轉，笑著追問道：「怎麼？嫌我剛才多嘴了？別人又不全都是瞎子，你們倆整天郎情妾意，難道我不多嘴，大家夥就全都看不見？」

「大當家誤會了，寧某並非為此事而來！」寧子明笑了笑，輕輕擺手。

他數日前為呼延琮治傷，是看在楊重貴的面子上，與傷者本人關係不大。所以，雙方之間談不上什麼交情。至於去年被呼延琮追殺的舊怨，隨著呼延琮決定投奔楊重貴，也徹底失去了繼續計較下去的意義。畢竟呼延琮並未親手殺死他和他身邊任何人，反而替他解決掉了居心叵測的李晚亭。

「那你又是為了什麼？」見寧子明言談舉止間，始終帶著一股子拒人千里之外的味道，呼延琮迅速收起了笑容，「診金的話，請且寬容些時日。待某家派人回山上交代一下，保證一文錢都不會少你！」

「診金就算了！」寧子明又笑著擺了擺手，感覺到自己後腦勺處有頭髮微微豎起。

跟呼延琮這種人，根本甭指望能以正常方式交流。別人都以粗鄙蠻橫為恥，而呼延琮這個表面看似粗豪，事實上卻無比精明的綠林大當家，卻把江湖人身上常見的粗鄙與蠻橫，當成了盾牌和盔甲，使得出神入化。一遇到風吹草動，就擺出一副我就是個不知道好歹的粗胚，我就是個不講道理的無賴，你能把我怎麼著的模樣。讓對手根本無從下口。

「那某家就多謝了！」呼延琮明明能看出對方眼睛裡頭的鬱悶，反而愈發將「盾牌和盔甲」使得密不透風。「某家在太行山上，光是嫡系部曲和他們的家眷，有兩三萬人呢。雖然說今後陸續都會搬去麟州，可想要在麟州重新安頓下來，恐怕開銷不會太小。所以就不打腫臉充胖子了！這份人情，且容某家今後再找機會回報！」

囉哩囉唆說了一大堆，內容卻可以直接歸結成兩句話。要錢？沒有！要人，人早就歸了麟州楊家，也沒有！

至於日後找機會回報救命之恩云云，那也得找得到才成。如果找不到，那就只能一輩子都欠著，誰也不能說咱呼延大當家賴帳。

「人情就算了，你既然是跟楊大哥一起來的，寧某就沒理由看著你去死！」寧子明被說得發怒也不是，不發怒也不是，深吸了一口氣，決定直來直去，「如今既然大當家已經好得差不多了，太行山那邊也有一大堆事務等著你。所以寧某就開了幾個調養的方子，免費送給大家。您老只管拿回去後抓了藥，慢慢喝。不用一直憋在醫館裡，這對您的身體和心神都不好！」

說著話，將早就準備好的藥方拿出來，雙手遞到了呼延琮面前。

「這……」光算計著不能讓寧子明拿救命之恩來要挾自己，卻沒算計到對方會直接下逐客令，呼延琮楞了楞，臉上一片滾燙。「那某家多謝二皇，寧兄弟費心了。小乙，你幫我把藥方收起來。然後跟老刀他們一起去收拾行李。咱們這次出來的時間的確夠長了，該回去跟孟老二他們打個招呼了！」

後面幾句話，完全是跟他自己的心腹親衛說的。名字喚做「小乙」的親衛大聲回應了一句：「是！」走上前，劈手從寧子明手裡拿過藥方，轉身大步流星而去。

寧子明也不計較此人的失禮，朝著呼延琮拱了拱手，也轉身離開。才向回走了三五步，卻又聽見呼延琮在身後大聲喊道：「且，且慢。二皇，寧公子，某還有幾句話想跟你當面交代清楚。」

「哦？」寧子明眉頭微微一皺，停住腳步，轉過身，做了個邀請的手勢，「大當家有話儘管直說，寧某洗耳恭聽。」

「這個，這個……」呼延琮用力活動了幾下胳膊和大腿兒，藉以掩飾此刻自家心內的尷尬，「去年去追殺你，是因為山寨收了別人的好處，並非，並非某家真的跟你有什麼深仇大恨！」

「我早就知道了！呼延大當家還有別的事情嗎？」寧子明笑了笑，嘴角微微上翹。

有人出錢給太行山，呼延琮就接了對方的單子去砍自己的腦袋。對黑道和綠林來說，這是司空見慣的交易，算不上什麼大錯。但是對於自己這個被交易的對象而言，卻是一場從天而降的死劫。所以自己可以承諾不會報復，卻絕對不會原諒。

「某，某……」被寧子明眼睛裡流露出來的淡然，弄得心裡有點兒發虛，呼延琮抬手搔了搔自己許久未洗過的腦袋，繼續訕訕地補充，「某雖然知道你的真實身份。但，但回去後絕對不會亂說。從今往後，再提起你來，就是寧公子，或者鄭子明。絕不會再涉及前朝！」

「多謝了！」寧子明臉上的笑容多少有了幾分溫度，輕輕頷首。

「某，某此番回去之後，肯定要帶著麾下弟兄去投奔楊將軍。綠林大當家，是永遠不會再做了！」呼延琮又搔了一下自己的腦袋，臉紅得愈發厲害，「但，但山寨之中，肯定，肯定會有許多人，不，不想去麟州那麼遠的地方過活。某，某看你有留在此處，落地生根的念頭，就想，就想問你一句，可不可以替某收留一部分人？某保證，他們都是普通百姓，只要下了山，永遠不會重操舊業！」

「這——，大當家這是什麼意思？」寧子明臉上的笑容，迅速被困惑給取代。看著呼延琮的眼睛，眉頭緊鎖。

他的確準備暫時留在李家寨，而不是跟柴榮、趙匡胤二人一道返回汴梁。這個想法，他曾經跟楊重貴明說過，也已經取得了柴榮和趙匡胤兩人的贊同。前者非常遺憾無法請他去麟州做客，柴大哥和趙二哥，則是出於不能將聯莊會再便宜了孫氏一族的由頭，對他的想法表示了支持。

有這麼一根釘子在，義武軍節度使孫方諫，在定州就做不到隻手遮天。而將來郭威如果有意整頓河北，位於太行山腳下，臨近拒馬河李家寨，便會成為擺在河北眾多諸侯背後的一步妙棋。至於聯莊會和李家寨的存在，符合不符合朝廷規矩，那對於樞密副使郭威來說，不過是一句話的事情。只要他稍微動動嘴，自然會有人上趕著將聯莊會從一支民間結寨自保力量，直接升格成軍寨。屆時，履歷清白，數月之前又曾經在易縣建立過殺賊之功的刀客鄭子明，順理成章就會被委任為一方巡檢，誰也挑不出什麼毛病來。[注一]

然而這些都是弟兄們之間的事情，與呼延琮和太行山群賊有什麼關係？雙方之間根本談不上什麼交情，憑什麼要替他接手被麟州淘汰下來的老弱病殘？

「二，寧，寧兄弟，你且聽某把話說完！」被看得額頭上汗珠亂冒，呼延琮將自己的眼睛努力挪到一邊，大聲補充。「某家不是那沒良心之輩，欠了你的人情還要再賴上你。某家，某家真的只是想給山中的一部分人找條活路。你甭聽外邊傳言說，某家坐擁太行山弟兄好幾十萬，那，那都是虛的。事實上，山中大部分人也靠種地過活，跟外邊沒什麼兩樣。若是按照朝廷的規矩整編，能當兵吃飯的，也就是幾千人。剩下的，要麼去麟州那邊種地開荒，要麼就得自生自滅。某家想著，反正都是開荒種地，在哪種不都是一樣？這定縣周圍，也到處都是無主荒田。他們來了，就能自己養活自己。你需要付出的，只是給他們一個正經百姓的名分而已。」

只要一紙文告，證明來定州安置的男女都是良善百姓，就可以獲得成千上萬的丁口，並且這些丁口還自帶安家費用，無須寧子明再操心分毫！這筆買賣，怎麼看，怎麼合適！

然而，憑著對呼延大當家人品的認識，寧子明卻不太敢相信自己有能耐從此人身上占到任何便宜，先皺著眉頭沉吟了片刻，隨即笑著拱手：「承蒙大當家如此看重，寧某感激不盡。然寧某畢竟剛剛於此地立足，人微言輕，很難插手地方上的政務……」

「那姓孫的已經把他自己送上門來了，你豈有不狠宰他的道理？」不待他把話說完，呼延琮騰地一下跳起來，大聲打斷。「況且他既然已經變成了文官，政績就得擺在第一位。一年之內，全縣丁口翻倍，如此潑天大的功勞，他，他恐怕做夢都會笑醒，怎麼可能怪你多管閒事？」

這話，可就與他呼延大當家的粗胚形象格格不入了。非但暴露出了他對太行山兩側民生情況的清晰把握，連他對官場規則的細緻瞭解，也一並展示無遺。

定縣因為距離漢國和遼國的臨時邊界太近，以往曾經多次遭受戰火。每一次都是兵過如梳，匪過如篦。連續數年折騰下來，全縣人口已經降到了不足唐末時的兩成。並且剩下這兩成人口，眼下還要壓集中在縣城附近，要麼集中在太行山腳下。在縣城和太行山之間，則是大片大片的無主荒地，一個又一個廢棄的村寨。每每到了晚上，狼和野狗的號叫聲不絕於野，鬼火繞著空無一人的村莊滾來滾去……

如此惡劣的現實情況下，想要恢復市井繁榮，想要收取充足的稅賦，吸引和安置流民就成了地方官府的唯一選擇。朝廷方面從休生養息角度考慮，也把安置流民墾荒，當成了地方官員重要政績審核目標。所以如果寧子明能出面擔保，從太行山裡頭出來的百姓不再重操舊業，縣令孫山就只會唯恐出來的人丁不夠

注一、巡檢，五代地方武職。最早設立於後唐莊宗時期。掌管一縣或者數縣的地方武裝，級別不固定，視所掌握的兵員人數而異。水滸傳中，關勝最初的職位便是巡檢。明代後，巡檢成為縣令之下的固定官職，低於縣尉，類似於現在的派出所所長。

多，絕對不會因為這批人的出身問題，就硬將已經砸在自家腦門兒大功向外推！

「如此，寧某倒可以勉強一試！」雖然不像呼延琮一樣滿肚子都是心機，寧子明悟性卻不差，很快想清楚了其中關翹，輕輕點頭。

呼延琮立刻大喜，唯恐他反悔一般，迅速敲磚釘腳，「那咱們倆就說定了，某家回去後就安排小乙帶著人過來找你。咱們趁著入冬之前，先安置上一批。只要他們能順利落下腳來，其餘的在明年開春後，就好辦多了！」

「這麼急？」寧子明警覺地皺了下眉頭，低聲質疑。

「不抓緊點兒時間，怎麼趕得上明年春播！這擺弄土地的事情，向來最是嚴苛，春天時多耽擱三五日，秋天是往往就意味著少收兩成的糧食！」呼延琮擺擺手，又開始信口開河。

跟這種人打交道，你若是不時刻留著神，肯定會被他粗豪的外貌和舉止所蒙騙。寧子明吃過虧，所以乾脆選擇直來直去。不管呼延琮把理由說得有多動聽，都只管按照自己的想法去做。只見他，猛然間把手一擺，大聲打斷：「既然如此，寧某屆時就多花費一些心思盯在上面，儘量不辜負大當家所托便是。不過……」

「不過什麼？寧兄弟儘管說！」呼延琮的話頭被攔，臉色微變，乾笑著催問。

「他們既然都已經金盆洗手了，昔日所用的鎧甲兵器，就別留在身邊了吧。寧某的聯莊會剛好有幾間倉庫空著，可以先替他們保管起來，等哪天他們後悔了，還想去聚嘯山林，再來找寧某領回便是！」寧子明笑了笑，和顏悅色地開出了自己的條件。

「你……」呼延琮的兩隻眼睛裡頭，迅速寒光閃爍。然而，只是短短的一瞬，他就努力將寒光全都藏進了心底，「寧兄弟，你可真夠精明的，連這點兒便宜都好意思占！」

「不敢，不敢！」寧子明笑了笑，謙虛地拱手。「班門弄斧耳！大當家築巢的本事，才是真正的高明！」

「你……」呼延琮的眼睛裡，寒光又是一閃，隨即，就徹底消失得無影無踪。「你不去做生意，真是虧大

了！兩百口舊鋼刀、八百桿舊長槍、六百件舊皮甲。只能這麼多了，再多，某家只好讓弟兄們去別的縣安置！」

「其實，呼延大當家沒有必要如此。楊將軍向來出言必踐！」寧子明不肯跟著他的思路走，沒有直接討價還價，而是不動聲色地「點」了一句。

「三百口鋼刀、一千桿長槍、八百件皮甲。不能再多了，不能再多了，再多，某家真的要元氣大傷了！」呼延琮激靈靈打了個冷戰，哭喪著臉，開始故意裝可憐。

「成交！」難得逼著對方說了句實話，寧子明不為已甚，迅速舉起了右手，掌心與呼延琮遙遙相對。

「奶奶的，虧死了！誰叫某家欠了你一條命呢！」呼延琮快快地舉手，與他的掌心半空相擊。相擊之後，兩人相視而笑。彷彿一頭老狐狸和一頭小狐狸，都在對方的眼睛裡頭，看到了幾分自家的影子。

「你隨時可以反悔！」緩緩收回目光，寧子明非常有風度的提醒。

「某家從來未曾懷疑過楊無敵的人品，但楊無敵是楊無敵，麟州是麟州！」呼延琮也將自己的目光藏起來，臉上的笑容隱隱有些發苦。

寧子明又笑著搖了搖頭，卻不再多說一句話。轉過身，快步離去。

既然摸不清對方的路數，就更不能被對方的話頭帶著跑。剛才的他，就差一點兒，因為順口多聊了幾句，而上了呼延琮的大當。

他最初本以為呼延琮真的只是為了就近安置太行山上的盜匪眷屬，才求到了自己頭上來。誰料呼延琮表現得竟然如此迫不及待，彷彿一天時間就要把太行山搬空般。這讓他心中陡生警惕，立刻就又多留了一個心眼。結果不推敲不知道，一推敲，卻豁然發現，原來所謂安置眷屬，只是呼延琮拋出來的一個幌子，其真實目的，卻是狡兔三窟。

太行山是一處，定州是一處，麟州是第三處。

萬一他呼延琮哪天在麟州無法立足，立刻抽身而退，至少還有太行山和定州兩處巢穴可選。無論回去當山大王，還是重新拉起一哨兵馬到別的諸侯麾下謀出身，都進退從容！

楊無敵是楊無敵，麟州是麟州。

在一大堆或真或假的話裡，唯獨這一句最讓寧子明印象深刻。

楊重貴和呼延琮二人惺惺相惜，楊重貴為了救呼延琮一命不計較代價，呼延琮也可以放心大膽地把自己的性命和前途都交托給楊重貴。但楊重貴身後的麟州楊家和呼延琮，卻沒這份交情！

所以，雖然隱約看清楚了呼延琮的留退路之舉，寧子明卻不覺得這種行為有什麼不對，相反，在內心深處，他倒是更加欣賞這位呼延大當家，有勇有謀，任何情況下頭腦都能保持清醒。

因為寧子明自己，現在面臨的某些情況，與呼延大當家，也有幾分類似。

他曾經跟柴榮同生共死，他相信柴榮不會辜負自己，他自己這輩子也不會辜負柴榮。但是，他跟柴榮背後的郭家，卻沒任何交情。

他之所以主動提出來自己留在李家寨，一方面是由於捨不得寨子裡那支親手訓練出來的隊伍，另外一方面，何嘗沒存著給自己留條退路的心思？

如果他冒冒失失地跟隨柴榮去了郭威那裡，而郭威並不想為他提供庇護。非但柴榮會非常難做，他自身的安全，也將徹底失去保障。而留在李家寨，非但可以真正擁有一支完全屬於自己的力量，而且讓柴榮與郭威父子兩個之間，也有了轉圜的餘地。

如果郭威不願意為了幫助他而引起小皇帝猜忌，只要柴榮偷偷送一道消息來，他立即就可以帶領聯莊會的人馬躲向澤州。如果郭威肯看在柴榮的份上提供給他一點幫助，他自然也不吝於讓手中這支兵馬成為郭家勢力在河北的一個觸角。

經歷了那麼多的風雨，如今的寧子明，早已經不是當初那個一片白紙般的寧小肥。當初稍顯肥胖的身軀，不知不覺間，已經變得非常魁梧偉岸。當初那顆曾經單純的心臟，也早就被磨出了七竅玲瓏孔。雖然，每一個玲瓏孔的形成，都伴隨著鮮血淋漓。

「你可以不知道自己是誰，不知道自己從哪裡來，卻必須知道自己準備去哪？」當晚一個人獨處之時，寧子明對著跳動的燈光，幽幽地說道。

菜油燈很暗，將少年人身影投在剛剛塗抹過白堊粉的牆壁上，高大而又神秘。

第二天早晨醒來，照例是先要去操練一個半時辰的兵馬，然後趕在下午醫館開始接診之前，處理聯莊會和李家寨的日常事務。

知道呼延琮傷癒回山之後，楊重貴也很快就會護送著大哥柴榮和二哥趙匡胤離開，寧子明就儘量一個人把莊子裡的大事兒和小事兒全獨自承擔起來，而不是再去勞煩大哥和二哥。

柴榮和趙匡胤兩個，也都分得出輕重，非但不在乎老三大權獨攬，反而主動退居幕後，只是在寧子明實在需要幫助的時候，才偷偷指點一二。

如此一來，寧子明每天雖然忙得腳不沾地，在聯莊會和李家寨的威望，卻是與日俱增。對日常軍務和政務的熟練程度，也是突飛猛進。大多數情況下，聯莊會的日常事務，他只需要三言兩語，就能處理得井井有條。偶爾遇到一些相對複雜的情況，稍作斟酌之後，也能解決得八九不離十。

柴榮見此，便知道自己已經沒有必要再於李家寨做任何耽擱了。跟楊重貴商量之後，決定下一個黃道吉日，就啟程返回汴梁。臨出發之前的告別宴上，又特地派人請來了定縣縣令孫山列席，當著一眾地方鄉賢的面兒，端起酒杯笑著告誡道：「過去你不清楚我們三兄弟的來歷，我們也沒來得及自報家門。所以彼此之間有什麼誤會，責任也不完全在你。咱們從今天開始，這些誤會就都一筆勾銷了，雙方都不要再提。但我家三弟留在這裡練兵，卻是受了家父的委托。所以，能行方便處，還請孫大人多行方便。家父做事向來恩怨分明，絕對不會辜負地方上的任何善意！」

「應該的，應該的，郭樞密終日為國操勞，我等能替他老人家做一些事情，乃是應盡之責，豈敢談什麼回報！」縣令孫山正愁攀不上郭威這條大粗腿，聽柴榮說得認真，立刻放下酒盞，拱著手連聲答應，「非但下官自己，家叔父也曾經說過，他非常佩服令尊為國為民的胸懷，願意追隨在老大人鞍前馬後。」

「當真？」柴榮的眉毛迅速向上一跳，目光瞬間明亮如電。

縣令孫山被看得彷彿全身赤裸，從頭到腳藏不住任何東西。頓時額頭見汗，將腰桿又多彎下去數度，結結巴巴地補充道：「下官，下官豈敢在這種事情上撒謊。萬一傳錯了話，即便郭樞密使他老人家大度，懶得追究。家，家叔也肯定饒不了下官。公子您放心，家叔父雖然出身寒微，卻言出必踐。只要我孫家還在定州一天，三爺的事情，就是我孫家的事情，無論要人，還是要錢，我孫家都絕不含糊！」

「那郭某，就先代家父謝謝孫節度，謝謝縣令大人了！」柴榮放下酒盞，退後半步，鄭重給孫山還禮。

對於孫山這個沒有脊梁骨的縣令，他可以隨便敲打拿捏。然而涉及到站在孫山背後的義武軍節度使孫方諫，他卻必須給與足夠的尊敬。雖然跟義父郭威相比，孫方諫僅僅相當於皓月前的一隻螢火蟲。但是螢火蟲聚集得足夠多時，照樣能夠令月光黯然失色。

能不花任何代價為義父郭威拉一個盟友，柴榮絕不會蠢到將其變成敵人！能花費一些代價搭上郭威的線，縣令孫山也不會蠢到去計較柴榮的態度為何前後大相徑庭。如此，雙方倒是很快就達成了共識：盡棄前嫌，著眼於將來。

以前派人追殺三兄弟和放任「山賊」攻打李家寨諸事，無論是孫家參與也好，沒參與也罷，郭威都不會再計較了。今後義武軍上下，會對鄭子明的聯莊會，在力所能及範圍之內，提供最大的支持，並且對內對外，都與郭樞密使共同進退。

而大漢樞密副使郭威，則會在必要時刻，在朝堂上為孫方諫，為義武軍直言，力陳他們的處境艱難和對朝廷的耿耿忠心。讓皇帝陛下知道，遠在千里之外，還有這樣一群人以身許國。當然了，遇到升遷、擴軍、調撥器械等小事兒，也請朝廷念在義武軍上下的都忠心可嘉的份上，多少給一點點兒甜頭。

一頓飯，賓主各取所需，吃得盡歡而散。

隔天起了一大早，楊重貴點齊了麾下兵馬，將柴榮和趙匡胤兩人團團護衛在隊伍正中央，迤邐離開了李家寨。寧子明親自將兩位哥哥送出了山區之外，依依惜別，直到隊伍都走得快看不見了，才緩緩轉身返回。

平生第一次獨當一面兒，旁邊沒有韓重贇、楊光義、柴榮、趙匡胤這等好朋友出謀劃策、提醒指點，在返回李家寨的最初數日，寧子明難免手忙腳亂。

然而忙歸忙，他的精神，卻是難得地輕鬆。不再去擔心自己給別人招來災難，不再糾結於自己的姓氏與過往，不再困擾於夢境裡的某些碎片是幻是真……

聯莊會掌握在他自己手裡，各莊的精銳莊丁掌握在他自己手裡，未來的出路，似乎也隱約有了具體方向。只要他自己不刻意去強調，人們早晚會徹底忘記他是個失了國的皇子。他從現在起可以真正的做一回自己，無論名字是寧子明，還是鄭子明！

時間在忙碌中過得飛快，幾乎在一眨眼的功夫，山間樹梢上的柿子就由淡黃變成金紅。聯莊會的諸多事務，在不知不覺間迅速返回了正軌。莊丁們輪訓，也悄然而迅速地恢復如常。某些原本打算趁著柴榮離開後「有所作為」的鄉賢，在明裡暗裡碰了數個釘子之後，最終不得不承認，即便沒有柴榮和趙匡胤兩個幫忙，三當家鄭子明依舊可以輕易把自己碾得粉身碎骨。於是乎，他們只好收起了各自的小心思，老老實實唯三當家馬首是瞻。

當樹梢上的柿子由金紅色，又變成了亮紅色，並且開始陸續往地上掉的時候，郭威的女婿張永德，以宣旨欽差的身份，帶著一份聖旨，一份邸報，和一套五品官服，大張旗鼓地趕到了李家寨。

在聖旨中，小皇帝劉承佑不吝讚美之詞，大肆讚揚了義民鄭子明今年春天時在易水河畔，與郭榮、趙匡胤兩個一道挺身殺賊的壯舉，並期望他能夠再接再厲，永遠為朝廷守護一方百姓平安。

為了表彰他當初的壯舉，以供全天下有勇力者效仿。皇帝陛下決定，破格提拔鄭子明為易、定、深三州巡檢，職秩正五品，有權監督上述三州的鄉兵徵募、訓練情況，並負責緝拿、剿滅上述三地的土匪流寇。

當然，這些權力大部分都是紙面上的。如果鄭子明真的被聖旨上的話給鼓勵得頭腦發熱，跑到定州和深州的地面上去指手畫腳，估計很快，汴梁那邊就會接到鄭巡檢在外出途中遭遇不明盜匪，以身殉國的消息。至於這夥來歷不明的盜匪為何會對巡檢大人的行踪了如指掌？並且他們為何能聚集起上千人的隊伍去攻擊朝廷命官卻不被地方上察覺？則屬於不是秘密的秘密，朝堂中的高官聽到消息之後個個都能猜測得到，卻誰都不會宣之於口。

邸報上，則介紹了大漢國最近發生的幾件大事。

第一件為數朝元老馮道之子，秘書省校書郎馮吉，拒絕了契丹人的高官厚祿拉攏，毅然南歸為大漢效力。朝廷為了嘉獎他的忠勇，特加封其為隕縣侯，並實授工部侍郎之職。

第二件是印刷在邸報上，向全天下廣為傳播的大事，乃為馮吉所帶回來的一份傳位詔書。詔書中，前朝亡國之君石重貴，知恥而後勇，冒死將江山傳給了大漢國的已故皇帝劉知遠。並且鄭重宣布，石家子孫，將永遠不得再對皇位生非分之想。否則，便被視為石氏一族的叛逆，永遠逐出家門。

第三件，則是小皇帝劉承佑，對石重貴慷慨傳位給自家父親的回報。因為石重貴膝下的兩個皇子都生死不明，所以朝廷經過反覆搜尋，才終於找到了石重貴的一個遠房侄兒，名字叫石延輝，加封其為寧王，遙領兗州刺史。留在汴梁替石家看護祖宗祠堂，保證石家香火永遠不斷。

第四件……

「寧公子不必為此事煩惱。臨來之前，君貴曾經托我給你帶了幾句話，說眼下最重要的是，讓朝廷放棄對石氏一族的戒備。至於認祖歸宗，卻不必急在一時。真的到了符老狼的那種威望，想姓符還是姓李，不過是一句話的事情？天底下誰都說不出什麼來！」當外人都相繼告退之後，傳旨欽差張永德，拉住寧子明，以自家人的口吻，低聲勸說。

跟他一起來李家寨的，還有柴榮的心腹家將郭信。所以寧子明不用懷疑這番話的真偽，想了想，強笑著拱手：「多謝郭大哥和張大哥指點，其實目前這種結局，對我來說最好不過。石家的列祖列宗不會缺了四時的祭祀，而我自己，也徹底落得一身輕鬆。」

「你果然像君貴說的那樣，拿得起，放得下！」張永德聞聽，心中頓時悄悄鬆了口氣。笑了笑，繼續補充，「當日你們擊殺契丹人，又放馮吉離開的經過，老大人和馮太師都已經知道了。馮太師為此，還借督運糧草的由頭，專門去了一趟前線，當面向老大人致了謝。」

悄悄看了看寧子明的臉色，他稍作停頓，隨即又繼續補充，「此番朝廷將衣帶詔的事情公之於眾，也是馮太師的主張。一則可以讓皇上放棄對石家的敵意，二來，也能讓契丹人徹底斷了挾前朝天子以令中原諸侯的念想！」

「嗯！馮太師果非常人。只是如此一來……唉！」寧子明嘆了口氣，紅著眼睛搖頭。

父親寫衣帶詔傳位於劉知遠的事情一送回中原，劉家江山從此就徹底名正言順，石氏一族僅存的任何男丁，也從此徹底失去了對朝廷的威脅。劉承佑當然就沒有必要，再對石氏一族趕盡殺絕。父親寫下衣帶詔的初衷，恐怕正是出於這個目的。但如此大張旗鼓的將整個事情經過以邸報的方式公之於眾，卻是將衣帶詔的原有價值，又迅速放大了無數倍。

契丹人無法再挾天子以令諸侯；諸侯無法再隨便輔佐一個姓石的少年起兵造反；石家子孫，包括寧子明這個稀裡糊塗的二皇子，也不可能再找機會登高一呼……

大漢國瞬間獲益無數，唯獨石重貴本人，其行為被契丹細作傳回遼東之後，恐怕不死也得被活活剝掉一層皮！

「這也是沒辦法的事情。即便朝廷不將此事刊刻於木板之上，印發天下。早晚契丹人那邊也會得到消息。但，但先，先帝那邊，未必會有性命之憂。遼國無法再利用他的帝王身份圖謀中原，卻依舊可以押著他誇耀武功，震懾周邊。殺了他，反倒顯得遼國君臣心胸狹窄，令高麗、室韋、党項等族，心生疑慮！」張永德非常聰明，聽到寧子明的嘆息聲，立刻就將他心中的想法猜出了大半兒。沉吟了片刻，繼續小聲開解。

「多謝！希望如此！」寧子明朝他拱手致謝，臉上的笑容裡透著一股難以掩飾的苦澀。

在他內心深處，對石重貴的感情非常複雜。一方面將此人當成了自己的父親，很是為其所表現出來的勇敢和堅忍品格而自豪。另外一方面，卻對此人做事時的不管不顧，非常地無可奈何。

當初不考慮後果向契丹宣戰時如此，被俘後想盡一切辦法傳回衣帶詔時如此，與自己見面時矢口否認父子關係時亦是如此！

如果僅僅作為一名將軍，或者一個普通朋友，父親石重貴的勇敢、堅忍和果決，會令許多人佩服得伸出大拇指。可偏偏他卻是一個皇帝，過分的勇敢、堅韌和不管不顧，彙聚在同一個人身上，就會迅速化作一個致命的弱點。讓他先是丟掉了如畫江山，如今又要主動把脖子伸到契丹人的屠刀之下！

寧子明最近這段時間裡，沒有想過去找父親嘴裡那兩個舅舅，那兩個可以證明自己不是父母親生的舅舅。也沒有委托柴榮和趙匡胤兩個幫助自己去查證此事。對他來說，無論是不是親生，根本不重要。

他是被石重貴夫妻當作親生兒子養大，這是事實！他與別的孩子一樣從來沒缺乏過父母的關愛，這也是事實！在石重貴登基之後，他與哥哥一樣，被加封了刺史職位，遙領同樣一片大小的封地，這還是事實。雖然這一切，在他的記憶裡依舊大部分還是空白！

換句話說，無論他想得想不起來自己是誰，到底是不是石重貴的親生兒子，他都無法否認，石重貴一直像對待親生兒子一樣對待他。所以，他這輩子，也必將像兒子對待父親一樣，對待被軟禁於遼東的石重貴。

現在他沒有力量去救對方回來，卻不會永遠沒有力量。他相信自己。

他如今最最期待的，就是對方能多堅持幾年，能夠堅持到自己帶領大軍前去相救的那一天！

哪怕是活得毫無節操，哪怕是活得寡廉鮮恥！

只要，他能夠堅持活著！

沒有力量，可以慢慢積蓄力量。

只要朝著一個方向堅持不懈，早晚會有聚沙成塔的那一天。

並且那將是完全屬於他自己的力量，不是來自任何人的施捨，當然，也不可能被任何人輕易地剝奪。

如是想著，少年人臉上的苦澀漸漸消散，代之的，則是一縷溫暖的陽光。

「此子絕非池中之物！」親眼看著寧子明臉上的表情由苦澀變成了期許，目光由焦灼變成了平靜，傳旨欽差張永德在心中悄悄地誇讚。「本以為君貴對他的推崇屬於替朋友造勢，現在看來，君貴對他，恐怕還是小瞧了幾分！」

在來李家寨之前，他曾經多次設想過對方看到聖旨和邸報之後的反應，其中最為平靜的一種，恐怕也會對郭家流露出幾分失望。

畢竟，以自家岳父郭威如今的地位和實力，只要稍稍加大一下運作的強度，就能確保石重貴衣帶詔傳位的事情，被列入只准許極少數高官才准許知曉的機密範疇，而不是如此大張旗鼓地出現在邸報之上。

只要稍微加大運作強度，就可以讓朝廷發出詔書尋人，以迂迴的方式，確定石延寶的身份，使其不必再繼續隱姓埋名。

然而，郭威這回卻出人預料地謹慎，把他自己的影響力，始終控制在了不損害皇家利益的大前提之下。如此一來，站在對方的角度，就無法不懷疑他到底願不願意給少年人提供庇護了。換做張永德自己跟寧子明易地而處，他恐怕立刻就會大鬧一場，然後永遠跟柴榮，跟柴榮背後的郭家割席斷交。

但是，此刻站在他眼前的寧子明，卻表現得極為平靜，極為淡然，彷彿早就大徹大悟了一般，哪怕聖旨和邸報上的內容再匪夷所思，都無法對他產生太重的衝擊。

「抱一兄此番來定州，除了傳旨之外，還有沒有別的事情？」發覺張永德一直在偷偷地打量自己，寧子明笑了笑，不動聲色地將話題岔往他處，「若是沒有的話，不妨在山寨裡多停留些時日。眼看著就要落雪了，雪後的太行山，看上去別有一番壯麗！」

「沒，不，還是不必了！子明老弟無需對我客氣！」猛然間被人稱了表字，張永德約略有些不適應，楞了楞，笑著擺手，「傳完了聖旨之後，愚兄還得趕去太原面見劉節度，所以，所以就不多在此地過多耽擱了。愚兄今天在你這兒休息一晚，明天早上就得啟程！」

「既然抱一兄有公務在身，小弟也不好強留。下次抱一兄再來，請務必多停頓些時日，也好讓小弟我盡一次地主之誼！」寧子明又笑了笑，低聲發出邀請。

「那是自然，有機會肯定要來叨擾子明老弟！」張永德咧了下嘴巴，乾笑著點頭。

因為有柴榮這一層關係在，他與寧子明兩個彼此之間不能算做外人。但以對方的表字相互稱呼之時，卻感覺到一種說不出的彆扭。故而彼此也沒太大興趣深交，走完了必要的過場後，第二天一大早便匆匆離去。

因為欽差的到來而熱鬧了一整天的李家寨，迅速恢復了寧靜。議事、訓練、修補倉庫、播種冬麥，從上到下，每個人的日子再度變得單調而又平淡。表面上，寨子裡幾乎沒有任何變化。唯一與先前不同的是，原本處理聯莊會事務的聚義廳，被偷偷換了塊牌匾，轉眼間變成了三州檢點使官衙。

至於其他，房子還是原來那般大小，門口的守衛也還是原來那幾個敦實後生。牆角處隨意種下的梅花，不知不覺間已經長出了骨朵。待到明年春來，便會綻放出姹紫嫣紅。

它們是最自由的，它們只管天氣冷熱，從來不用在乎大堂內那把金交椅上坐的是誰？

在平平淡淡中，第一場雪飄然而落。

按照北國慣例，每年到了這個時候，室外的各項勞作就要徹底停頓下來。無論男女老幼，都會被呼嘯而至的寒風徹底趕回屋子裡去，穿上厚厚的棉衣，皮襖，守著火盆和家人熬冬。但是今年，情況卻有些特殊，凡是在新建立的三州巡檢衙門擔任官職者，無論高低，都失去了熬冬的資格。

偏偏大家夥兒還不能在背地裡抱怨巡檢大人不近人情。原因無他，第一批來自太行山的百姓到了，規模隱隱超過了五千。如果大家夥兒光顧著熬冬，卻不能及時將他們安頓停當，這五千人裡頭，恐怕有一小半兒，會在冬天的狂風暴雪中變成一具硬邦邦的屍體。

聯莊會雖然已經徹徹底底變成了巡檢衙門，但各級官吏卻依舊是原來那批鄉間子弟。骨子裡的淳樸善良雖然曾經被壓制，卻未泯滅，心腸也沒來得及被官場給染黑。忽然看到那麼多和自己父母兄弟一樣平頭百姓在寒風中瑟瑟發抖，大家夥兒怎麼能無動於衷？幾乎不用寧子明做任何動員，就紛紛使出全身解數，將遠道而來的百姓們往滹水河畔的無主荒村裡頭安排。

那些荒村雖然因為去歲遭受過兵災而人丁滅絕。但大部分房子和院落都基本完好，只要仔細收拾收拾，便可以重新居住。而太行山上下來的這批百姓，又不怎麼挑肥揀瘦。見到有現成的舊屋子可住，有大片大片能隨時澆上水的土地可供開墾，一個個不禁喜出望外！開心之餘，對巡檢衙門的每一道命令，都傾力配合，哪怕是有些命令頗為難以理解，也執行得不折不扣。

如此一來，巡檢衙門的一眾大小官吏個個都雖然忙得腳不沾地，成績卻頗為斐然。幾乎是在短短半個月之內，沿著滹水河畔，就多出了二十幾個面貌一新的村寨。盤踞在村寨內部和周圍的野狼、野狗，被砍殺殆盡。齊腰深的枯草，也被割了下來，一捆捆丟上了屋頂，將原本看上去有些破舊的屋頂，打扮得金光閃爍，煥然一新。

在替自己拾掇新家的同時，百姓們還被巡檢衙門給組織起來，修整了這些村寨與大路相連的鄉間小道兒，讓每一個村寨都有道路通向臨近的村寨和縣城，而不是孤零零被隔離在外。

正如當初呼延琮所料，縣令孫山看到自己治下突然多出來二十幾個村子和數千百姓，非但沒有惱怒巡檢衙門越權，反而高興得合不攏嘴巴。未等寧子明寫信向他解釋此事的前因後果，就親自帶著禮物，登門致謝。並信誓旦旦地許諾：未來三年，縣衙不向流民們收一粒米、一文錢的賦稅。非但如此，凡是流民們重新開墾出來的土地，只要三年內沒有原主持著地契前來討要，就暫時歸開墾者所有，多少不限。三年過後，每戶流民最大可保留十五畝口糧田，按律繳納賦稅。若是有人家所開墾出來的土地超過了十五畝，則多出了來的部分，必須交還給官府。但是，這戶人家有權優先向官府租種，田租份額隨行就市。

此外，縣衙門還會撥出專款，在每臨近的五個村落當中，修建學塾一座。裡邊的教書先生由這五個村子的鄉老負責禮聘，但聘金和先生的月供米糧，則由縣衙來支付。學塾落成之後，各個村寨的百姓，都可以將子侄送到裡邊就讀，有教無類！

……

如是種種，各項肉眼可見好處，一古腦兒給了十四五個。卻從到達直至離開，都沒對這批流民們的來歷，過問分毫！

「這姓孫的，果然天生就是一塊做官兒的料兒！」目送著縣令孫山騎著青花騾子的身影，在衙役們的簇擁下漸漸去遠，李家寨的寨主李順撇著嘴點評。「只是動動舌頭，就把流民的感激給分走了一大半兒。回過頭去，朝廷那裡又能邀得一場好功！」

在寧子明等人營救陶三春的那個晚上，他雖然被嚇了個半死。但是過後卻也因禍得福，由柴榮、趙匡胤和寧子明三兄弟聯袂推薦，出任了李家寨的寨主。每天借著三兄弟的名號招搖過市，無論走到哪裡，都有人主動巴結逢迎。

然而，李順的胃口，卻早已不是區區一個寨主所能滿足。這些日子跟在三兄弟身後世面越見越多，他的內心深處，也對自己的未來期待，越來越高。晚上一個人睡不著覺時，每每暗暗發誓，要抱住三兄弟的大腿絕不撒手！最後要麼落個死無葬身之地，要麼雞犬升天！

「可不是嗎，尋常百姓最在乎哪幾樣？第一、土地。第二、就是兒孫的前途。他這又做主給百姓們分地，又出錢辦學堂，把最容易賣的「好」兒全給賣了！把難做的事情和得罪人的事情，全都留給了巡檢衙門！」對於李順的觀點，郭信深表贊同。

這回他奉命護送張永德前來李家寨宣旨，差事結束之後，卻沒有再負責保護後者返回汴梁。而是作為郭家的外派聯絡人，留在了寧子明身邊。恰好寧子明手頭上，也沒有太多的人才可供使用，於是就乾脆讓他做了親兵都頭，隨時為自己提供保護，並且出謀劃策。

「這狗官，非但想要向朝廷表功，並且還看上了墾荒的收益！」第三個站出來，對縣令孫山表示不滿的，則是陶正的長子陶大春。作為一個讀過書，又經常外出開闊視野的地方俊傑，他對孫山的心思剖析得最為透徹。「別人辛辛苦苦開出了的荒地，憑什麼三年之後就要收歸官府？什麼三年之內沒有原主持著地契前來討要？地契的底子存在哪裡？還不是在他的縣衙當中！而土地的原主人連同原主人的直系親屬縱然死絕了，只要他豁出去力氣找，怎麼可能連個拐著彎兒的親戚都找不到？屆時再根據衙門裡的存底兒偽造一份地契，上門來找墾荒者討要，案子該怎麼判，還不是由著他的那張嘴巴？」

「這……」先前李順和郭信兩個人的話，寧子明尚可當作挑撥離間一笑了之。但陶大春的剖析，卻令他的臉色瞬間大變。毫無地方官場經驗的他，萬萬沒想到，在孫山主動示好的行為背後，居然還隱藏著如此險惡的心思。

而按照雙方的職責劃分，他即便看到了陷阱，也無法去阻止。因為那些陷阱並不是針對他，而是針對著一群來歷不明的流民。他是官兒，與孫山才是一夥。他眼下最好的選擇，是坐下來，不聞不問，然後再從孫山等人手裡分一杯羹。

「想要搶奪農田？我看他是想得美。那呼延老賊頭手底下的人，豈是肯隨便被他拿捏的？姓孫的若是給人家一條活路，大夥兒也就安安分分做個平頭百姓。姓孫的若是欺負人家是外來戶，哼哼，自然會有人登高一呼！屆時，他的腦袋能不能保住都得兩說！」還沒等寧子明想出一條合適的對策，窗子外，忽然傳來了陶三春略顯尖利的聲音。

「春妹子，妳別瞎說！」陶大春立刻窘了個滿臉通紅，快步走到窗子旁，朝著外邊低聲呵斥。

自家妹子喜歡上了巡檢大人，這是瞎子都能看得出來的事實！但喜歡歸喜歡，男人沒有遣媒婆求親，女孩子家怎麼可以主動送貨上門？況且巡檢衙門也不是鄭子明的私宅，一個女孩子家在男人們議事時跑來聽牆根兒，傳揚出去，陶家會被人笑話沒家教不說，對鄭巡檢的官聲也沒什麼好影響。

只可惜，他這個當哥哥的，從小在妹妹面前就沒任何威望可言。呵斥的話音剛落，耳畔就又傳來了陶三春潑辣的反擊聲：「什麼叫瞎說？我看你才沒長眼睛！呼延老賊安排過來的這五千多人，青壯占了一大半兒，剩下的一小半兒則都是些八九歲的頑童，老弱屈指可數，吃奶的孩子根本找不到半個！這哪裡是一支下山墾荒的流民？這分明是一支伏兵！老的德高望重，剛好可以做村長里正，管著下面所有人。過上個三五年，半大孩子也能拿得起刀槍，若是有人敢欺負他們，或者呼延老賊一聲令下……」

「嘶——！」屋子裡的眾官吏們，齊齊倒吸一口冷氣。

先前大家夥光顧想著，如何儘快將五千多流民們安頓下來，避免有人被活活凍死。卻誰也沒自己去數，這五千多流民當中，有青壯幾何？老人和孩子又是幾何？而正常過日子的百姓家裡頭，怎麼可能光有青壯沒有老弱？又怎麼可能整整一個村子的孩子都差不多是相同大小，連續數年沒有新生的嬰兒？

這呼延琮大當家，原來與縣令孫山一樣，也是坑死人不償命的主兒！每走一步，都會留上兩、到三步後手。尋常人稍不留神，就會掉進他挖好的陷阱裡頭，說不定還會自己給自己埋上土！

「兔子還知道多打幾個洞呢，呼延琮突然決定接受招安，怎麼可能不給自己多留幾條活路？」就在大家夥心中驚駭不已的時候，鄭子明忽然笑了笑，搖著頭說道。「春妹子，多謝妳幫我留意這些細節，如果不是妳今天指出來，我估計會永遠被蒙在鼓裡。但是妳也不用把呼延琮想得太壞，他半輩子都在陰謀中打滾兒，已經習慣了留後手。但是只要別人不故意害他，他這些後手，想必也不會輕易發動。」

「嗯！你，你說得對。我，我，我的確可能是多疑了！」說來也怪，先前跟著自家哥哥張牙舞爪的陶三春，面對著寧子明，立刻變成了溫柔少女。低下頭，紅著臉，死活沒勇氣跟對方目光相接。

「不是多疑，是仔細。明明沒有看到任何異常卻疑神疑鬼，才是多疑。」寧子明笑了笑，低聲補充。

即便沒有記憶中那些碎片的存在，他對陶三春也產生不了任何惡感。這個少女單純、善良、膽大、心細，且乾脆俐落，舉手投足間，都帶著陽光和風的味道。跟她相處，你永遠不用去猜測她的心思，也不用繞著彎子說話，更不用費盡心力去掩飾些什麼。彼此之間，都可以直來直去，輕鬆而又自然。

「我，我……」聽出了寧子明話語裡的誇讚之意，陶三春的臉色更紅。喃喃半晌，猛地將手指伸向了背後，「不，不是我自己看出來的，是潘，潘小妹兒最先看出來的。他偷偷提醒了我，我才開始留意那批人的年齡！」

「潘小妹兒？」寧子明微微一楞，目光順著陶三春的手指迅速遠眺。

「潘小妹兒，你不要躲，趕緊給我滾過來！」陶大春的反應比他還快，扯開嗓子，迫不及待地將大夥的注意力往別人身上引。

三十步遠的柳樹下，有個略顯單弱的身影先是向樹後藏去，隨即，又無可奈何地自己走了出來。小跑著上前，朝著寧子明抱拳施禮，「巡檢大人在上，草民潘美，久聞巡檢大人威名，今日得見，實乃三生之幸。」話說得無比客氣，腰俯得也足夠低，但渾身上下，卻有一股子無法掩飾的傲然之意蓬勃而出。

「你是潘，潘美？」寧子明直勾勾地看著眼前這個長得如同人參娃娃般的少年，不知為何，驚愕寫了滿臉。

「潘小妹兒，你又賣酸？」李順和陶大春兩個卻看不慣對方的傲慢，異口同聲地叫著此人的綽號數落。「就算你眼神兒比我們大家夥都好使，也不用把尾巴翹到天上去吧？況且這十里八鄉能耐人多了去了，沒有你潘小妹兒，過幾天別人也會提醒巡檢大人，用得著你如此顯擺？」

「我，我沒有顯擺？我的尾巴，我也沒有尾巴！」潘美被二人數落得面紅耳赤，手捂著屁股，大聲反駁。「是，是小春姐楞把我給拉過來的，我，我先前連過來都沒想！」

「那就更不對了，難道出了亂子，你還能落下好處不成？」

「你發現問題不向大人彙報，到底有何居心？」

陶大春和李順兩個，得理兒不饒人。先後瞪圓了雙眼厲聲質問。

「我，我，我不是，不是！」那潘美看上去，頂多只有十四、五歲模樣，雖然天生一身傲氣，嘴巴卻遠不如兩個成年人靈光。被問得接不上話兒，很快，眼睛裡頭便有了淚光。

「行了，你們兩個，合夥收拾一個小孩子很過癮不是？」寧子明在旁邊看得好笑，擺擺手，大聲喝止。隨即，又向窗外探出半個身子，像哄孩子般柔聲安慰：「潘公子，請千萬別跟他們一般見識。他們兩個，是，是看你年紀小，故意逗著你玩兒！你既然看出別人包藏禍心，能不能幫我想個應對辦法出來？如果能的話，這個忙，本巡檢絕對不讓你白幫！」

「我不要你的賞賜！」潘美聞聽，立刻高高地把頭抬起。順勢，就把眼淚給吸進了鼻腔裡頭，沒有讓一顆流到臉上被人看見。「我也不是什麼小孩子！至少，不比大人您小很多。」

「好，好！」寧子明一番好心被當成了驢肝肺，哭笑不得地點頭。

他長得雖然魁梧，但年齡的確不大，所以在潘美面前，充不起什麼老大哥。而潘美，此刻心中最糾結的，也正是他的年齡。

同樣都是十六七歲，對方被一群莊主堡主前呼後擁，而潘某人，卻總被大家夥都當成小孩子看待。對方又是力克群賊，又是奉旨巡檢三州，跺跺腳十里八鄉都得鬧地震。而潘某人，卻被一群七大姑，八大姨扯住胳膊噓寒問暖，輕易出不了家門。對方被小春姐第一眼看到，就當成了蓋世英雄。而潘某人，在小春姐眼睛裡，卻永遠都是那個拖著鼻涕，跟在她身後亦步亦趨的無賴頑童……

「沒事兒，你可以慢慢想，什麼時候想出來，都可以過來找我。或者去找春妹……找你的小春姐！」彷彿故意哪壺不開提哪壺一般，寧子明見潘美好半晌都昂著頭不搭理自己，又笑了笑，低聲交代。

「這有何難？虧你還是個五品高官！」潘美立刻就像被蝎子給蜇了般，一跳老高，「別人想要搶河邊的田產，你就老老實實要他搶？別人想要布置伏兵，你就假裝得當睜眼兒瞎子？左右不過是驅虎吞狼，或者驅狼逐虎而已。只要借力打力用得巧妙，你就可以永遠穩坐釣魚臺。甚至把狼豺虎豹，盡數收歸自己所用，讓他們半分都逃不出你之手心！」

寥寥數語，聲音裡頭還帶著少年人特有的公鴨嗓，聽在寧子明耳朵裡，卻猶如醍醐灌頂。

驅虎吞狼，主動挑起定縣貪官污吏與太行山流民之間的衝突，而不是等到雙方各自的陰謀開花結果之時才被動應對。只要控制好衝突的發生時間和激烈程度，巡檢衙門就是穩賺不賠的旁觀者，最後保證能坐收漁翁之利！

太精妙了！精妙到令人恨不能將潘美拉過來，掰開他的腦袋看看裡邊到底是長成了什麼樣的結構！

如果此計真的能夠施行，哪怕最終效果只達到預期的一半兒，巡檢衙門的實力也能向上連跳三四個臺階兒。到那時，說不定大夥兒還真的可以大張旗鼓地去其他兩個州「巡檢」一番，而不是像現在一樣只掛著個虛名！

「哼！說得好聽！」沒等寧子明從狂喜中回過神來，李順已經迫不及待地跳著腳反駁，「牛皮好吹不好收！那邊兩家也不是傻子，你讓他們怎麼幹他們就怎麼幹？真那樣簡單的話，咱們大人也不用在這裡勞神了，直接派個兄弟傳令下去，讓他們雙方在指定日子，指定地點，拉開架勢開鬥便是！咱們順便還可以開局做莊！」

「是啊，潘小妹兒，你好好想想，此計到底有沒有準譜啊？這不是鬧著玩的事情！」陶大春比他涵養好，卻也不相信麻煩能解決得如此輕鬆，飄身翻窗出外，笑呵呵地給雙方搭臺階兒。

潘美卻既不在乎李順的攻擊，也不肯領陶大春的人情。板起一張細嫩的娃娃臉，嘴角上翹。一雙黑白分明的大眼睛，卻緊緊盯著寧子明，目光當中充滿了挑釁之意。

寧子明被他略帶孩子氣的行為逗得莞爾，也翻窗出了屋子，上前幾步，笑著拱手：「潘先生之言，正合我意。還請先生不吝指點，這驅虎吞狼之策的具體實施方略！」

「大人言重了，潘某何德何能，敢指點大人？剛才那番話，您就當我是在吹牛便是！」潘美的目光立刻開始閃爍，下巴卻依舊高高地翹著，彷彿被人欠了好幾百貫一般。

「是鄭某的錯，沒有管教好屬下，還請先生勿怪。」寧子明強忍住笑，再度恭恭敬敬地給潘美行禮。

「潘某，哎呀——！」娃娃臉潘美還想再拿捏一下，冷不防，耳朵處卻傳來了一陣劇痛，頓時忍不住尖叫出聲。剎那間，好不容易端出來的世外高人形象被摔了個粉身碎骨。

「潘小妹兒，給你臉不要是不是？你再端，你再端，信不信我拿大耳刮子搧你？」陶三春單手扭著潘美的耳朵，宛若一名生擒敵酋的女將軍般威風八面，「趕緊把具體方略，說給大人聽！否則，我就是豁出去挨一頓家法，也絕不讓你得到好果子吃！」

「哎呀，哎呀，妳放手，快放手，疼，疼死我了！」潘美被拉得低頭彎腰，雙手上下亂揮，卻始終沒有勇氣朝陶三春身上推。只能一邊呼痛，一邊大聲求救，「表哥，表哥，你看到沒有？你看到沒有？小春表姐又在欺負我！小春表姐又欺負我了！」

「三春，住手，這麼多雙眼睛看著呢！」陶大春早已被窘得恨不能找個地縫往裡頭鑽，聽潘美的叫聲實在悽慘，只好扭過頭來，紅著臉向自家妹妹呵斥。

「便宜了你！」陶三春終究還是女孩子家，衝動過後，也知道自己此舉有損「溫柔」形象，狠狠向下扯了一把，迅速鬆開手指，「你等著！今天你要是敢再裝大頭蒜，早晚有你好看！」

「妳，妳……」潘美踉蹌數步站穩，用手揉著被擰得通紅的耳朵，朝陶三春咬牙切齒。然而，當看到對方那滿臉期待的模樣，心臟登時又是一哆嗦，迅速將頭轉向寧子明，大聲道：「幫你出主意也不是不可以，但主意不能白出。更不能站在這裡出！」

「你又皮癢了不是？」陶三春把眼睛一瞪，張牙舞爪。

潘美嚇得一縮脖子，趕緊跳開數步，躲入陶大春身後。「寧大人，要聽潘某的主意，咱們進屋去說。只能是咱們倆，不能有第三雙耳朵，不管是誰！」

「好！」寧子明痛快地點頭，抬手向潘美發出正式邀請，「先前聞潘公子一席話，令鄭某茅塞頓開。奈何鄭某悟性有限，其中諸多細節還不能領會。還請先生莫嫌鄭某粗鄙，移步衙門之內，詳細面授機宜！」

「嗯！鄭巡檢客氣了。潘某自當知無不言，言無不盡！」潘美的虛榮心，終於得到了幾分滿足。示威般朝著陶三春翹了翹下巴，趕在對方衝上來撕扯之前，快步逃進了議事廳正門。

「你……」陶三春氣得兩眼冒火，抬腿追了幾步，最終卻把雙腳停在了門檻兒之外。裡邊是鄭子明處理公務的地方，她可以不在乎眾人的目光，卻不能不在乎鄭子明內心當中對自己的看法。

「剛才的事情多虧了妳！」正懊惱間，耳畔卻又傳來的鄭子明的聲音。猛回頭，正看到對方向自己微笑著挑起了大拇指。「否則，我根本不知道該怎麼哄他。這小子人才難得，妳能不能再想想辦法，逼著他留下來給我當謀士？如果能，我改天請妳吃定縣城裡的八珍樓！」

「你……？」陶三春先是微微一楞，隨即，笑容湧了滿臉。「我要坐在二樓臨窗雅間裡吃，葷八珍、素八珍一樣一份！」

「成交！」寧子明抬起手，虛虛地在半空中做拍打狀，算是擊掌為誓。隨即，帶著滿臉的笑容轉身入內。

「成，成交！」陶三春又楞了片刻，才終於做出了正確反應。對著少年人寬闊的背影，紅著臉舉起了手掌，緩緩虛擊。

門關上了。

天地間的陽光，卻一下子就變得瀲灩起來。

收起手掌，陶三春跳躍著離開，宛若山林間奔跑著的小鹿。

身影起伏，每一個動作，都踩著愜意的節拍。

【第四章】

饕餮

驟雨初歇，秋窗外，一派綠肥紅瘦。

郭允明精赤著上身，手臂支在腮邊，望著窗外被秋風秋雨染紅的葉子，默默無語。

以前的坎坷生活，未曾在他的身體上留下任何醜陋痕跡。最近一年多來的養尊處優，又將他的肌膚養得愈發潔白細嫩，從背後望去，就像一尊價值連城的玉雕，一刀一劃，每一處棱角和紋理，都透著大匠風範。讓意志力不堅定者只要看上一眼，就很難再將目光移開分毫。

大漢天子劉承佑，顯然就屬眾多意志不堅定者中的一員。

只見他，也精赤著上身，緩緩挪了過來，用胸口輕輕貼住郭允明的肩膀，「愛卿為何看起來憂心忡忡？」

郭允明的身體猛地一僵，從肩膀到胸口，瞬間騰起了一片細細密密的小疙瘩。然而，他終是沒勇氣躲開，況且二人之間剛剛做的那些事情，也讓他沒有任何理由躲閃。

長長嘆了口氣，郭允明借機強迫自己將身體迅速放軟，「唉！以前看秋葉，總覺得如霞似錦，壯觀無比。今天不知為何，入眼卻有幾分蕭索。俗語云：『花無百日好』，以微臣看來，這葉子卻更是可憐！秋風不起，便沒機會披朱服紫。好不容易有了幾分絢麗顏色，轉眼就是霜降……」

「這……」劉承佑聽得滿頭霧水，卻無法確定對方的一番話，是不是隱有所指。先歪著頭冥思苦想了好一陣兒，才又笑著說道：「看你說的，好像這些葉子都有知覺一般。花開花謝，葉綠葉黃，不是再正常不過的事情嗎？反正今天謝了明天再開，今秋落了明春還生，一波接一波，無窮無盡。愛卿又何必為此感懷！」

「是啊，今秋落了明春還生！就不知道明年枝頭的葉子裡邊，還找到找不到今年這片？」郭允明側轉頭，向著劉承佑微微一笑。剎那間，竟然令窗外的紅葉盡失顏色。

劉承佑心中，登時就是一熱。張開雙臂，順勢將郭允明摟了個滿懷。

他從沒想過做一個千古明君，更不懂得什麼叫做修身養性。登基以來，後宮佳麗雖然沒湊夠三千，卻也搜羅了一兩百。然而在那兩百多有身份沒身份的美女身上，他卻很少能找到跟郭允明肌膚相親時的這種感覺。就像小時候吃糖霜吃上了癮，總是沒完沒了地吃了又吃，卻對其他時鮮瓜果提不起任何精神。哪怕是為此挨了父親的收拾，也要「義無反顧」。

「陛下，剛才已經……，剛才已經，陛下，微臣已經筋疲力竭了！」感覺到來自身後的火辣，郭允明的胸口處迅速浮現一抹粉紅，輕輕掙了掙，喘息著抗議。

「愛卿，愛卿難得入宮一趟。朕下次想再召見你，又得間隔許多時日，還要想出足夠的藉口，去搪塞史弘肇那老匹夫！」劉承佑雙臂用力，彷彿稍一鬆開，對方就要飛走了一般眷戀。

郭允明練過武，雖然算不得精熟，想擺脫劉承佑的環抱也是舉手之勞。然而，他的眼睛裡頭，卻瞬間湧起了一團迷霧。整個人的身體都開始泛紅，雙腿和雙臂也軟綿綿提不上任何力氣。「陛下，陛下不可。再，再這樣下去，微臣，微臣百死莫贖，真的百死莫贖！」

「死什麼死啊，你這個人，一會兒傷春悲秋，一會兒尋死覓活，真是掃興！別動，讓朕來開導你。朕，朕最擅長開導別人。一會兒，保管你全都忘，忘了……」劉承佑哪裡肯給他反悔的機會，低下頭，用嘴唇堵住他的嘴巴。雙手雙腿同時發力，踉蹌著將他抱向寢帳。

「陛下，陛下，這樣，這樣你我都會死，都會死無葬身之地！」郭允明的胳膊和大腿像麵條一般，軟軟地垂在了身側。使不出半分力氣掙扎，只有嘴巴，在努力逃開劉承佑的追逐之餘，還能喘息著發出提醒。

他不提醒還好，越是提醒，劉承佑心中的烈焰燒得越旺。用盡全身力氣將他朝寢帳內一推，嘴裡發出野獸般的咆哮，「誰敢，朕是天子！朕說不讓你死，誰就都甭想動你一根指頭！倘若真的有那麼一天，朕護不住你，朕情願，情願跟你一起去死。」

最後一句話，宛若刀子般，戳在了郭允明的心窩上，令他徹底失去了抵抗意志。閉上眼睛，兩行清淚緩緩湧出了睫毛。

自打記事那天起，他遇到的就全是出賣、背叛與傷害。第一個師父如此，第二個師父如此，第三個師父還是如此。明明是他們的錯，他們獸性大發。過後，卻全都倒打一耙，彷彿是他犯賤主動勾引了他們來傷害自己一般。

他們看不起他，將他當作一塊抹腳布。想用的時候抓過來就用，用過之後卻立刻就遠遠丟在一旁，滿臉厭惡和鄙夷。

他們從沒拿正眼看過他，哪怕他本事學得再好，早就青出於藍而勝於藍。他們，他們，還有他們，從沒有認可過他的學問，他的能力，他的價值。

郭允明在他們身上未曾收穫過半分善意，在整個世界當中，也同樣沒有。

直到去年的某一天，他遇到了劉承佑。

雖然後者同樣給了他傷害，但在每次傷害過後，卻始終記得給與成倍，十倍乃至百倍的補償。甚至，發下同生共死的誓言。

郭允明清楚的知道，那些山盟海誓像窗外的秋葉一樣，禁不起任何風雨。

然而，這卻是他迄今為止，在這個世界上感受過的唯一溫暖。

雖然每一次短暫的溫暖之後，他都會疼得銷魂蝕骨！

「愛卿，愛卿，朕與你生一起生，死一起死，天上地下，永不相負。」劉承佑的聲音從背後傳來，熱浪滾滾。

郭允明默默嘆了口氣，將眼淚吸回鼻孔，不再去想。

又一片烏雲飄過，秋窗外，雨疏風驟。

不知道過了多久，風聲雨聲都悄然而止。

郭允明穿好了衣衫，再度坐在了窗口，對著被雨水洗得散發出淡淡金色的秋葉，眼神有些發直。

剛才的那陣風有些大，此刻樹下的泥坑裡頭，已經飄滿了斑斑點點的紅。而半空中，仍然不斷有葉子因為無法承受雨滴的重量，一片片墜下來，零落黃泥。

「愛卿怎麼又開始傷春悲秋了？」劉承佑依舊精赤著上身，臉孔和胸前，仍有餘紅未散。彷彿酒鬼在回味著殘醉。「不是說過了嗎，一切有朕！」

「多謝陛下！」郭允明回過頭，起身，給劉承佑施禮。「微臣不是傷春悲秋，而是半生坎坷，所以有時候心事便重了些！」

「以前有人欺負過你？」劉承佑忽然變得非常敏感，豎起眉頭，兩眼之中凶光四射，「誰？你別難過了，朕幫你出氣。朕殺了他，殺了他們全家！」

「謝陛下，微臣已經報復過了！」郭允明又給劉承佑行了個禮，低聲坦承。「陛下恕罪！微臣幼年時是在乞丐窩長大，想不被人欺負，就得下得了狠手。所以，那些仇人，微臣在第一次得到機會之時，就已經親手送他們上路，未曾留一個到現在！」

「好，好，人活著就該這樣，有恩報恩，有仇報仇！不求別人懂我，只求自己心裡痛快！」劉承佑絲毫不覺得郭允明殺人的行為有何不妥，反倒讚賞地連連擊掌。「愛卿這點最對我脾氣，咱們兩個，骨子裡其實一模一樣！」

「陛下，微臣不敢！」郭允明後退半步，身體貼上了窗子，笑著拱手。「微臣是凡夫俗子，陛下是雲中之龍。」

「狗屁！我還想上天行雨呢。想什麼時候下就什麼時候下，想下幾滴就下幾滴。讓我大漢國年年風調雨順！」劉承佑低聲罵了一句，不屑地撇嘴。「那可能嗎？愛卿，你說那可能嗎？咱們君臣之間，何必再說什麼龍子龍孫的瞎話？」

郭允明被說得無言以對，只能搖頭訕笑。

劉承佑雖然生性陰柔狠辣，但在他面前，卻從來不說瞎話。也從來不拿自己當什麼天子龍孫。這讓郭允明有時候會非常感動，恨不能使出全身力氣，輔佐對方做一個真正的千古明君。

一個千古明君，縱然身上有些小疾，史書上所關注的，也應該是他的不世功業吧！

就像大唐太宗，縱然殺兄屠弟逼父，並且把弟媳婦給按到了床上，後世提起他來，談得最多的依舊是「貞觀之治」，依舊會滿臉敬仰。

正想得心中一片火熱之時，耳畔卻又傳來了劉承佑討好的聲音：「愛卿，朕把王章挪個位置，把三司完全交給你如何？」注一

「不可，陛下不可輕舉妄動！」郭允明的心臟猛地一抽，所有豪情壯志頃刻煙消雲散。「那王章素來與史弘肇、楊邠三人用一個鼻孔出氣，陛下動了他，史弘肇和楊邠兩個必然會聯手反撲。蘇逢吉亦會左右動搖。陛下先前重重隱忍，將瞬間前功盡棄！」

「嗯？」劉承佑眉頭緊鎖，沒想到已經登基快一年了，自己居然依舊政令難出後宮。頓時，憤懣和負疚交織於心，略顯頹廢的面孔漲得一片紫紅，「他，他們反撲，能反撲到哪裡去？朕，朕還不信了，他們敢，敢聯手廢了朕不成。愛卿，你不用擔心，朕一個人頂著，這個三司使的官職，朕給定了你！」

「陛下若執意如此，微臣，微臣百死莫贖！」郭允明「撲通」一聲跪倒於地，仰望著劉承佑的臉，大聲勸

注一、三司，五代機構，鹽鐵、戶部、度支，為三司。三司最高長官為三司使，主管全國財政，地位僅次於中書省和樞密院。三司主官為三司使，俗稱計相。

阻。「那，那王章，是其餘四個顧命大臣裡頭，性子最為軟弱的一個。有他在，陛下只要繼續拉攏蘇逢吉，朝堂上偶爾就能做一次主。而若是將他一腳踢開，非但無法打擊到史、楊等輩，蘇逢吉也會物傷其類。屆時，微臣即便做了三司使，也是有名無實，非但無法替陛下分憂，反而，反而要讓陛下處處看別人臉色。微臣，微臣何德何能，敢，敢教陛下如此厚愛！」

最開始，他還打算從利害得失方面，勸劉承佑暫且放棄換掉王章之念。說到後來，卻真心覺得劉承佑對自己情深意重，不知不覺間，眼淚就淌了滿臉。

劉承佑頓時看得心如萬針攢刺，彎腰抱住他，大聲咆哮，「朕，朕這個皇帝，做得還有什麼意思？朕，朕只不過，只不過想給你一份驚喜而已！這也不能，那也不能，讓朕，讓朕下次再見到你之時，於心何安？」

「陛下，陛下心裡記得這份承諾就行了。咱們，咱們不急在這一天！」郭允明心中且喜且悲，設身處地的替劉承佑謀劃，「微臣在三司，眼下雖然只是副使之一。實際上權力卻僅次於王章，而那王章，身體骨向來又不怎麼結實。他生病期間，三司的事務，幾乎都是微臣在做主，權力與正使已經沒什麼兩樣。」

「終究還是委屈了你！」劉承佑嘆了口氣，不再堅持自己的想法。抱在郭允明肩頭上的雙臂，卻愈發不捨得放開。

「不委屈，不委屈，為了陛下，就算受些委屈也是值得！」郭允明用手抹了把眼淚，強笑著回應，「咱們兩個年輕，而他們都是垂垂老朽。即便什麼都不做，熬上幾年，他們也就該告老的告老，該歸西的歸西了。況且你我還一直在暗中積蓄力量，隨時準備奪回權柄！」

「唉，也不知道還要忍耐多久！」劉承佑勉強笑了笑，繼續搖頭嘆氣。

從春天登基到現在，花費了整整大半年時間，他才終於將五顧命大臣中的蘇逢吉拉攏到了自己這邊。而其餘四位顧命，史、郭、楊、王，卻始終用同一個聲音說話，雷打不動。

這讓他父親劉知遠生前的設想，徹底落在了空處。五大臣不分裂為勢均力敵的兩派，就不需要他這個皇帝來居中裁決。而不發揮局中裁決的作用，他這個皇帝就沒有存在的意義。想要把父親托孤時分出去的權柄再陸續收回來，就難比登天！

「快了，微臣估計，也就是三五年的事情！」郭允明笑了笑，柔聲安慰。

比起劉承佑的焦急，他在這件事情上，心態卻穩重得多。看問題，當然也看得更加清楚。「上個月，以陛下名義發出去的聖旨，一共有十四道。其中三道，是陛下自己的意思，五位顧命大臣，除了領兵在外的郭威之外，其餘四人都未能掣肘。而兩個月之前，只有一道，還是無關緊要的郊外射獵！再往前兩個月，則是一道都沒有。無論陛下說什麼，他們都當庭頂撞，根本不肯鬆口。」

「嗯！」劉承佑皺著眉頭回憶了一下，滿臉苦澀。當皇帝當到這個份上，真令他感覺毫無生趣。

任何事情都是幾個顧命大臣們私底下一商量就做出決定，他這個皇帝只有用印的份兒，根本沒力氣駁回。而每每他想決定什麼事情，幾個顧命大臣則搬出千百條理由來反對，讓他的聲音，幾乎出不了皇宮。

「本月，以陛下名義已經發出去了十二道聖旨，其中三道，乃陛下親自做出的決策。還有一道，是顧命大臣所提，陛下做了重要補充！」郭允明的聲音繼續從小腹處傳來，讓劉承佑臉上的苦澀，瞬間就崩解了大半兒。

對啊！已經是三道半了，差一點兒就四道了。不比不知道，一比嚇一跳。幾個月之前，他恐怕做夢都沒想到，自己居然偶爾還能說得算一次！更是做夢也沒想到，幾個顧命大臣決策過的事情，居然還有可能根據自己這個皇帝的意見做出調整！

「眼下郭威領兵在外，五大臣事實上能站在陛下面前說話的，只有四個。蘇逢吉倒向了陛下，對方還剩下三個。只要陛下稍微動動心思，把楊邠和王章二人支開一個，剩下兩個人，就很難再阻止陛下。陛下日削月奪，早晚有一天會滴水穿石！」為了徹底化解劉承佑心中的衝動，郭允明是豁出去了，什麼話都敢說，什麼招也都敢出。只求將雙方衝突走向表面的時間向後拖上一拖，不要現在就變得無法收拾。

「李有貞等輩，哪裡是郭威的對手？」劉承佑的想法，卻總是天馬行空。忽然間，就從朝堂跳到了平叛前線。「戰報上說，郭威在河中築了一道城牆，把李有貞給死死困在了裡邊。用不了太久，城內的軍心就會徹底垮掉，屆時，郭威幾乎不用消耗一兵一卒，便可將李有貞等輩生擒活捉。」

「打完了李有貞，還有其他人啊！河北不消停，蜀中群醜一直在偷偷支持叛軍，此仇不能不報。南面還有南唐，南楚！陛下，您的目標可是要重整九州。郭樞密怎麼能剛剛建立些許戰功，就忙著班師回朝？」不知道是因為太瞭解劉承佑這個人，還是反應速度足夠靈敏，郭允明想都不想，迅速接口。

「倒是！」劉承佑想了想，嘉許地點頭，「愛卿真的是朕的諸葛孔明！」

「陛下過獎了！」郭允明搖搖頭，臉上卻露出了幾分無法掩飾的得意，「是先皇安排得好。微臣只不過是在揣摩先皇的心思而已。只要郭威和史弘肇兩個，不同時入朝，或者同時在外，他們二人之間就會互相忌憚。而大漢國終究要南征北伐，一統四海。眼下仗多得打不完，哪有把郭威這等名將召回朝中閒置的道理？」

「嗯，嗯，你說得對，仗多得打不完，郭威這等名將，朕豈忍心讓他屁股上長出肥肉來？」劉承佑聽得順耳，臉上的笑容越來越明媚。

「其實，其實微臣現在認為陛下應該提防的，不只是五位顧命，還有另外一個人，也絕對不能掉以輕心！」見小皇帝終於不再提讓自己取代王章的茬，郭允明稍稍猶豫了一下，不著痕跡地岔開話題。

「誰，你說啊，難道有人對朕的威脅，會比五位顧命還大？」劉承佑注意力果然被他引偏，皺了皺眉，大聲追問。

「陛下可曾記得本月曾經封了一位三州巡檢嗎？不過是五品小官，居然要派張永德親自去傳聖旨，哼哼，陛下不覺得此事好生古怪嗎？」郭允明的臉色迅速轉陰，嘴唇上下移動，鮮紅色的舌頭在牙齒間跳躍不停。

「你是說那個鄭子明？這件事兒朕記得，朕從頭到尾一直都很清楚！」劉承佑迅速接過話頭，眉飛色舞地解釋，「沒啥古怪的！石重貴托馮吉冒死送了一份禪讓詔書給朕，算是徹底堵住了符彥卿、李守貞那群老東西的嘴。今後我大漢取代大晉，不僅僅是名正言順。石重貴和一切與石家有關的人，都沒可能再被諸侯利用來爭奪朕的江山！」

「陛下知道鄭子明其實是誰？」郭允明楞了楞，追問的話脫口而出。

「當然，前朝二皇子石延寶嗎？馮道根本就沒對朕做任何隱瞞！」劉承佑高高地仰起頭，眉飛色舞，「愛卿當時奉命去巡視地方未歸，所以朕無法跟你商量。但是朕以為，既然石重貴已經做到這個份上了，朕總不能讓他給比下去。於是就乾脆答應了馮道的提議，替石家過繼了一個遠房侄兒照看宗祠。至於你說的那個鄭子明，既然他都改姓鄭了，以後石氏一族就跟他沒關係了。他如果識相，肯踏踏實實姓一輩子鄭，朕也沒必要趕盡殺絕。如果他不識相，哼哼，左近不過是個五品巡檢，朕隨便派員將領過去，就能把他押回汴梁來明正刑典！」

「是，是馮道給陛下上的條陳？蘇，蘇尚書怎麼說？」郭允明聽得瞠目結舌，半晌，才又喃喃地質詢。

「當然！他是幾朝元老了，難得開一次口，這個面子，朕不能不給。禪位詔書是馮吉帶回來的，馮道以為，石重貴是想以此傳位詔書，換取他家子孫的安全。建議朕答應他，以安前朝舊臣之心。朕問過蘇逢吉，他也覺得這筆交易做得過。倒是那楊邠，最開始時還跟馮道吱歪了幾句。但是王章和史弘肇都不幫他，姓楊的也就偃旗息鼓了！」劉承佑根本沒聽出郭允明話語裡的失望，下巴向上翹了翹，很是得意地補充。

「陛下，此事，此事怎能如此，如此草率……」郭允明臉色灰敗，雙手握成拳頭，卻不知道該砸向誰。

他原本以為，劉承佑肯定被史弘肇和郭威等人聯手逼迫不過，才不得不給寧子明封了官兒。卻萬萬沒想到，已經很久不過問政事的馮道老兒忽然插了一槓子。並且這一槓子插得結結實實，令劉承佑從始至終，都覺得他自己占了個大便宜。

這簡直太荒唐了！

荒唐得令人哭笑不得！

那石重貴已經成了契丹人的階下囚，連他自己的腦袋都未必安穩，有什麼資格向大漢皇帝禪位？先帝劉知遠靠著驅逐契丹之功而得國，其正古今罕見，又何需別人來「禪」？

至於馮道的面子？這個做過好幾朝宰相，還舔過契丹人靴子的老賊，這個為了功名富貴什麼都敢賣的老雜種，他的面子有什麼價值？先帝在朝堂上給他留一個宰相的虛銜，是為了拉攏他那些門生故舊的心。根本不是覺得他本人有多重要，更沒指望過他能為大漢國出謀劃策。況且這老東西哪一次主動給人出謀劃策，不是將其主公坑得半死？

「你呀，什麼都好，就是有時候缺乏一點心胸！」見郭允明好像氣得連話都說不出來了，劉承佑非但沒有意識到自己的錯誤，反而用力拍了拍此人的肩膀，笑著搖頭，「朕知道，他當年折過你的面子，但你現在都是要做三司使的人了，有必要非跟他糾纏不放嗎？況且在定州那種窮鄉僻壤做巡檢，說是五品高官，實際上也就跟個里正差不多。能管到的，頂多是七八個村子。他一個連姓氏都改了的人，今後還能翻出什麼風浪來？」

「陛下，陛下教訓得是，微臣，微臣的氣量的確小了！」郭允明被氣得眼前陣陣發黑，卻只能俯首於地，順著劉承佑的話頭檢討。

的確，一個五品巡檢沒多大，並且在定州那種窮僻之地，要財貨沒財貨，要人丁沒人丁，獨自一人很難成得了什麼氣候！可，可那是樞密副使郭威之子郭榮一手扶植起來的巡檢！那是節度使常思的乘龍快婿！只要郭家和常家稍微想想辦法，財貨和丁壯怎麼可能成為問題？

而南歸後一直尸位素餐的馮道，突然不避嫌疑地做起了本朝和前朝皇族的和事佬，此舉更是該小心提防！表面上，那馮道老匹夫是替其兒子馮吉爭功，暗地裡，卻有可能是，他已經與郭威、史弘肇等人沆瀣一氣，狼狽為奸。作為皇帝的劉承佑，這個時候居然還不心生警兆，居然還為馮道開始給自己出謀劃策而得意洋洋，他屁股下的皇帝位置，又能坐得了幾天？

「愛卿不必自責，朕也沒有責怪你的意思。」正心灰意冷間，卻又聽到劉承佑溫柔的聲音。與其說是在開導，不如說是在哄騙與應付，「朕，朕只是覺得，你今後是要替朕執掌朝堂的宰相之才，眼界和氣度，都應比現在提高一些。當然了，如果你心裡依舊無法放下此人，朕想辦法替你出了這口氣便是。不過朕需要一些時間。朕剛剛封了他的官，總得緩上些時日，尋找好藉口。不能這麼快就派人領著兵馬去砍他的腦袋！」

「微臣，微臣多謝陛下！」郭允明緩緩站起身，後退數步，長揖及地。

關於殺不殺石延寶這件事上，他知道，眼下自己再說什麼都沒有用了。劉承佑已經認定了此人對大漢國構不成威脅。劉承佑堅信他自己是一個手段高超，氣度恢弘的明君。郭某人再繼續糾纏下去，就會被當成恃寵而驕！

「恃寵而驕」這四個字，用在後宮裡的女人身上，都足以令其萬劫不復。更何況，郭某人還是個如假包換的男兒身？

郭某人想要徹底翦除石延寶這個隱患，只能從暗中下手，動用那些上不了檯面兒的力量。希望那些力量還足夠用，希望郭某人現在動手還來得及！

「愛卿，愛卿不必如此！」見郭允明忽然跟自己生分了起來，劉承佑頓時有些心慌，追上去一把拉住對方的胳膊，連聲承諾，「不就是個前朝皇子嗎？朕，朕，朕現在答應你！半年之內，朕，朕保證派人去取了他的首級！真是的，朕剛才也糊塗了。不過是個蒼蠅般的小人物，一巴掌拍死也就拍死了，怎麼能讓愛卿一直耿耿於懷？愛卿，愛卿別著惱，朕，朕答應你，朕答應你就是！」

「陛下——！」郭允明聽得，心裡又是感動，又是失望，剎那間，百味陳雜，「這隻蒼蠅，當初如同喪家之犬，隨便一個衙役都可以順手捕殺了他。如今，如今卻有常思護著，郭威撐腰，馮道說情！陛下，這才不過是一年多時間啊！一年多的時間！倘若再過上三年五載，他對您的威脅，可能小得了嗎？」

短短一年零幾個月時間，就由一個無依無靠的失憶孤兒，爬上了五品巡檢之位，並且得到了常思、郭威甚至老狐狸馮道的看顧，此等人物，豈會一輩子甘居於池中？

這，才是寧小肥最令郭允明忌憚之處。其餘什麼前朝皇子，什麼姓石姓寧，那都是細枝末節，根本無關緊要！據郭某人所知，前朝皇子的身份，給寧小肥帶來的，只有負累，沒有任何助益。而失去了這個皇子身份，無論是他自己主動放棄，還是被朝廷巧計剝奪，與寧小肥來說，都等同於割斷了一道枷鎖，都只會令其「飛」得愈發輕鬆！

這樣的敵人，郭允明怎麼可能不將其視為眼中釘，肉中刺？這樣的崛起速度，怎麼可能到了五品巡檢的位置上之後，就瞬間停滯？同樣是經歷過無數背叛、欺詐和傷害，郭某人每天都活得沉重無比，又怎能容忍他寧小肥活得輕鬆愜意，甚至有機會一飛沖霄？

必須除掉他，非但為公，亦是為私。

否則，有他存在的地方，郭某人就無處立足。就像陽光與陰影，火焰與寒冰，永遠不能在同一個時間同一位置並存！

「愛卿，愛卿既然如此想置其於死地，愛卿且放手去做便是！」被郭允明扭曲變形的面孔給嚇了一大跳，劉承佑楞了楞，好半晌，才滿臉無奈地強調。「無論是尋他的謀逆罪證也好，用其他手段也罷，朕都站在你身後。即便史弘肇和馮道等人出面阻撓，朕，朕也不吝跟他們頂上一頂！」

最後一句話，卻暴露出了明顯的底氣不足。郭允明聽在耳朵裡，心中猛地一涼，扭曲的面孔也迅速恢復了正常，「有陛下這句話，微臣就放心了。陛下的難處，微臣知曉。陛下剛剛封了他的官，又耐著馮道的顏面，的確不宜立刻就尋找藉口，公開將此人翦除。既然如此，微臣先私底下用一些手段好了，趁著他還沒長出翅膀來。」

「愛卿儘管放手施為，有了麻煩朕替你擔著！」劉承佑點了點頭，再度強調，臉上的表情，卻多少有些僵硬。

他知道郭允明之所以最後決定私下動手，是不想讓自己跟幾個顧命大臣起直接衝突。郭允明是個忠臣，總是在小心翼翼地照顧到他這個皇帝的顏面。而越是這樣，也越說明了他這個皇帝做得有名無實，連處置一名五品芝麻官兒都不敢明著來，都要顧忌權臣們是否點頭，這哪裡是什麼皇帝，這分明是優伶手中的皮影兒！注二

「微臣多謝陛下。微臣這就去調集人手，請陛下靜候佳音！」郭允明此刻，卻無暇再顧及小皇帝的內心想法，拱了拱手，低聲道別。

「去吧！朕等著你的好消息。」劉承佑笑了笑，輕輕揮手。

終究是君臣，而不是夫妻，雖然彼此間關係，早已比皇帝和皇后之間還要親近。妻子在丈夫心事重重時，卻不會只顧著去了結她自己的私人恩怨。而臣子對於帝王，就可以選擇視而不見。

「微臣告退！」郭允明又認認真真地給對方施了個禮，轉身離開了寢宮。在大腿即將邁過門坎兒的剎那，他彷彿聽到了一聲低低的嘆息。

腳步踉蹌了一下，他驀然回頭，卻看到劉承佑早已經回到了書案旁，正捧著一份奏摺，全神貫注。

「嗯？」郭允明皺了皺眉，低聲沉吟。他懷疑是自己聽錯了，或者內心深處，在希望是自己聽錯了，所以也沒立刻掉頭返回。而是急匆匆地離開了皇宮，急匆匆地返回了自己的府邸，急匆匆地開始「調兵遣將」。

俗話說，一個籬笆三個樁，一個好漢三個幫。他雖然是個文官，手底下倒也不缺鷹犬爪牙。特別是在做

注二、皮影戲，起源於漢代或者更早。皮偶身體上拴線，由藝人操縱，類似於木偶。唐代和宋代在民間都非常流行。

了三司副使之後，位高權重，又財運亨通，主動前來投效的雞鳴狗盜之輩，每天都絡繹不絕。因此隨便劃拉了幾下，就已經將兵馬全部準備停當。

然而兵馬準備停當，卻不意味著可以公開殺向定州。畢竟大漢國內部秩序再混亂，好歹也是個國家。文臣武將們如果一言不合就束甲相攻，那國家即便不亡，為時也不遠了。劉承佑和他郭允明兩個，亦會成為全天下最大的笑話。

所以在跟心腹謀士們反覆商議之後，郭允明決定借鑒前輩經驗。冒充太行山賊，給寧小肥來一個黑吃黑。反正眼下北方綠林前任總瓢把子呼延琮帶領一大群心腹投了楊重貴，山中正值群龍無首。偶爾有一兩支蟊賊見錢眼開，去砸了李家寨箱櫃，也實屬正常。過後除非證據確鑿，否則，誰都不能把賬算到他郭某人頭上。

謀定之後，行動立刻付諸實施。由心腹家將郭全掌印，率領七百餘死士，分成數批，裝扮作向北方販運柑橘的商販，悄然趕往了定州。

時值秋末冬初，天氣正適合柑橘之類南方水果北運。因此這幾支死士的規模雖然略微龐大了些，在有心人的關照下，倒也沒引起沿途地方官府的注意。非常輕而易舉地，就抵達了定州城外。並且很快就被重新組織了起來，星夜撲向了李家寨。

「記住，咱們是來自太行山葫蘆寨的好漢，寨主是胡老三，曾經在呼延琮麾下坐第十九把金交椅！」唯恐死士們得意忘形而暴露了身份，即便是在行軍途中，郭全也沒忘記了反覆向大夥灌輸家門淵源。「做好了這件差，回去之後，大人自然會論功行賞。可若是誰臨陣腳軟，或者過後管不住自己的嘴巴，呵呵，老子肯定會讓他後悔來世上一遭！」

「知道了，郭將軍，您等著看好便是！」眾死士們聞聽，齊齊大聲回應。

「那就走快點兒，黎明之前，一定要抵達李家寨。然後趁著寨中人熟睡的機會，給老子殺他個雞犬不留！」曾經做過一任步軍指揮的郭全晃了晃手中鋼刀，厲聲補充，「記住，不留任何活口。咱們是太行山裡的好漢，殺人放火乃是老本行！」

「遵命！」眾死士再度齊聲怒吼，氣衝霄漢。

據可靠線報，眼下李家寨內的民壯，頂多也就五百出頭。並且是一群剛剛開始接受訓練沒幾天的農夫，連血都沒真正見過，更甭提你死我活的戰場。而此番前來「出公差」弟兄當中，最差也曾經做過軍中都頭，無論戰鬥方面的經驗，還是殺人方面的技巧，都超出了對手不止一層兩層！

再加上情報方面的優勢，還有兵器鎧甲方面的領先，即將發生的偷襲與其說是戰鬥，不如說是一場單方面的屠殺。並且還是牛刀殺雞那種，完全是大材小用，根本不具備任何懸念！

「都給老子打起精神來，待洗了李家寨，所有浮財大夥均分。人頭份兒！從老子開始，各級頭目，分毫不抽！」就在「葫蘆寨的好漢們」星夜向李家寨殺去的時候，在靠近太行山方向，另外一支土匪隊伍的主帥，也高高舉起了屠刀。

「趙大哥威武！」

「趙大當家聖明！」

「大當家，大當家長命百歲！」

……

在野雞嶺裡蹲一整個秋天的嘍囉們，一個個瞪著猩紅色的眼睛，歡聲雷動。

以往打家劫舍，繳獲的浮財向來先由寨主副寨主拿大頭，然後頭目們再按等級高低依次抽成，最後剩下的殘羹冷炙，才能輪到普通嘍囉兵「開葷」。而今天，大當家趙子天居然格外開恩，當眾宣布浮財按人頭兒均分，怎麼可能不讓嘍囉們喜出望外？

要知道，那李家寨，可是遠近聞名的「肥櫃」。真的能打下來，足夠所有戰後活著嘍囉都過個滋潤年。而趙地自古，又素來多出美女。到時候連人帶財貨往山裡頭一搬，大夥非但能發上一筆橫財，傳宗接代的問題，也瞬間得到了解決！

「打，打！」

「打下李家寨，大夥過好年！」

「太行山，八百里，英雄好漢皆在此。握長刀，扛錦旗，金銀美女我自取……」

「蕩平李家寨，過年娶媳婦……」

朔風呼嘯，吹得嘍囉們的吶喊聲，在山間來回激蕩。

想當初李家寨主人李有德本領高強，又對太行山呼延大當家孝敬不斷，所以野雞嶺的綠林好漢們，才輕易不敢打此地的主意。而如今李家寨的主人變成了一個名不見經傳的鄭姓後生，北方綠林總瓢把子呼延琮也金盆洗了手，再放著這麼大一塊兒肥肉不吃，野雞嶺的好漢爺們豈不是對不起自己的嘴巴？

「有道是，想當官，殺人放火受招安！這是老子最後一次帶你們下山發財了，明年開了春，老子也要出山去謀前程嘍。你們可仔細想好，是繼續跟著老子同生共死，還是帶著浮財各回各家？無論怎麼選，記住，這次，老子絕不勉強！」見麾下的士氣可用，野雞嶺大當家趙子天淩空虛劈了一刀，趁機宣布了對未來的下一步規劃。

「大當家，我們跟著你，刀山火海，在所不辭！」

「大當家義薄雲天，我們跟定你了。」

「大當家做官，我們就跟著去當差。大當家進山，我們就跟著去做嘍囉。天上地下，我等願意跟大當家生死與共！」

「有福同享，有難同當！」

「有福同享……」

隊伍中的心腹頭目們，按照二當家彭子地事先授意的說辭，爭先恐後的回應。

眾嘍囉們多數都不明就裡，但是聽頭目們說得興高采烈，也紛紛張大了嘴巴，亂哄哄地附和。彷彿一轉身，大家夥就能人人披朱服紫，如同記憶中的狗官那樣橫行鄉里一般。

唯一未曾跟著大夥一起歡呼的，只有才上任沒幾個月的軍師侯祖德。騎在一匹掉了毛的老馬身上，佝僂著腰，顯得格外形單影隻。

他是鳳翔軍節度使侯益的遠房侄兒，去年奉族叔的命令聯絡太行群雄，也曾威風過好一陣子。太行山二當家孟凡潤，當時甚至曾經將總寨軍師的位置拱手相讓。然而好景不長，隨著太行山群雄截殺前朝二皇子失敗，劉知遠成功入主汴梁，漢軍兵臨京兆。鳳翔節度使侯益認命交出大部分地盤和兵權，向劉知遠發誓效忠等，一系列事件的發生，覆巢之下，侯祖德這顆尚未孵出來的倒楣蛋，在太行山中的地位也是一落千丈。從總寨的軍師，轉眼就變成了野雞嶺分寨的軍師。美其名曰：奉總寨大當家之命下來扶持弱枝，實際上，等同於被發配在外，永遠失去了東山再起的希望！

以前呼延琮沒金盆洗手的時候，怕招惹此人生氣，野雞嶺的大寨主趙子天和二寨主彭子地等人，還多少會給侯祖德一些好臉色，免得他起了損人不利己的心思，偷偷向總寨那邊打分寨的小報告。而如今呼延琮帶著孟凡潤、焦寶貴等人一道投奔了官軍，整個北方綠林道群龍無首，侯祖德的待遇，就愈發一日不如一日了。

好在山裡邊讀書人稀罕，有一些寫字念信，塗改賬本兒的私活，趙子天暫時還找不到更好的人來代勞。所以，侯祖德的待遇差了些，軍師頭銜，卻暫時還沒有丟。否則，以趙子天的涼薄性子，他侯某人恐怕連掉了毛的老馬都沒資格再擁有，直接給打發到「輜重」隊裡頭雙腿徒步行軍，肩膀上還得再替別人背幾十斤乾糧。

「怎麼著，軍師，您好像一點兒都不替大當家高興啊！」一片歡騰的氣氛中，落落寡歡的那個人，肯定最容易引起大夥關注。很快，便有一個大頭目發現了侯祖德的「失禮」，策動坐騎湊過來，陰陽怪氣地質問。

「周，周隊正，你，你這話可是冤枉了我！」侯祖德被嚇得激靈靈打了個哆嗦，趕緊拱了拱手，大聲自辯，「大，大當家若是受了招安，侯，侯某也必然跟著水漲船高。開，開心還來不及，怎麼，怎麼可能，可能不替大當家高興？」

「那剛才你怎麼沒啥動靜呢？」隊正周雄撇了撇嘴，滿臉冰冷，「莫非你們讀書人的嘴巴金貴？說幾句吉利話會感到跌份？軍師，咱們趙大哥平素待你可是不薄，你即便瞧不起咱們這些粗胚，總得把趙大哥當成你的大大當家！」

「沒，沒有！我沒有！不，不，不是！我不是，我，我……」侯祖德雖然平素一肚子壞水，猝不及防之下，也被擠對得疲於招架。舌頭在嘴裡打了好一陣兒結，才終於捋順了思路，大聲補充，「我不是不替大當家高興，而是覺得應該盡一個軍師之職，把眼睛瞪得更圓一些，以免事到臨頭再出什麼變故，讓大家夥都空歡喜一場。畢竟，畢竟……」

「畢竟什麼？」一句話沒等說完，當家彭子地已經衝了過來，高高地舉起了手中馬鞭，「姓侯的，你別給臉不要臉。如果你今天不說出個一二三來，彭某就讓你知道知道，什麼叫做生不如死！」

「抽他！」

「抽這個嘴巴犯賤的！」

「二當家，你別聽他瞎念經。直接抽爛了他那張破嘴，免得大家夥再被他煩！」

「抽，狠狠地抽。讓他……」

其餘頭目們唯恐天下不亂，也紛紛圍攏過來，給二當家彭子地吶喊助威。

對於他們而言，侯祖德說什麼，說得正確與否，根本不重要。重要的是，此人乃是鳳翔節度使侯益的子侄，曾經是個如假包換的公子哥兒。此人做過總寨的軍師，地位曾經高高在上。此人識文斷字，處處顯得與眾不同。此人，此人就像烏鴉群裡突然冒出來一隻喜鵲，不把牠的那支翹尾巴給啄碎了，大夥誰心裡都無法舒服。

「老二，住手！」眼看著馬鞭就要落在侯祖德的臉上，野雞嶺大當家趙子天忽然扭過頭來，厲聲呵斥。

「大哥，他，他剛才嘴賤，咒，咒咱們空歡喜一場！」二當家彭子地楞了楞，訕訕地收起了馬鞭，低聲告狀。

「我都聽見了！」趙子天皺了皺眉，大聲強調。隨即，狠狠瞪了最先挑起事端的隊正周雄一眼，冷笑著質問：「你跟他有仇嗎？還是看咱們這一路上走得太輕鬆了，想給大夥都找點兒事情做？老子真的想除去誰，自己會光明正大的動手，用不著你來獻殷勤！」

「大，大當家！」隊正周雄被訓得面紅耳赤，低下頭，結結巴巴地解釋，「小的，小的只是，只是覺得，覺得他，他這一路上心事，心事重重。怕，怕他對，對咱們大夥起了不利，不利的心思！小的，小的……」

「他一個讀書人，赤手空拳，能對咱們有什麼不利？」趙子天眉頭又皺了皺，臉上浮起一大片陰雲，「閃一邊兒去，別跟自己有多聰明一般！其他人，也不全是瞎子！」

「是！大當家，小的知道錯了！」隊正周雄趕緊又行了個禮，低頭耷拉腦袋訕訕而去。

目送著他的身影隱入人群，野雞嶺大當家趙子天笑了笑，將目光再度轉向了侯祖德：「軍師，你別跟他們這群粗胚一般見識。你有什麼擔心的，儘管跟我直說。趙某雖然是個武夫，卻也知道，劉備想打江山，少不得諸葛亮支持。」

話說得雖然客氣，雙目當中，卻彷彿扎出了兩把鋼刀。如果侯祖德拿不出個像樣說辭，恐怕刀光就要由虛轉實。

「多，多謝大當家！」侯祖德心裡頭又打了個冷戰，拱拱手，快速解釋，「承蒙大當家厚愛，侯某不敢隱瞞。據侯某所知，取代了李有德做寨主的鄭子明，便是年初在易縣城外帶領幾十名刀客逆衝數千綠林好漢的那個鏢師。他的武藝，恐怕不在李有德之下。」

「嗯？這個，我知道！還有什麼，你接著說！」趙子天撇了撇嘴，對侯祖德的提醒不屑一顧。

武藝高強的鏢師他這輩子見多了，卻沒見過誰能真的一騎當百。大夥結伴上，亂刀齊下，再厲害的鏢師，轉眼也會被剁成一堆肉泥。

「據說，據說此人懂得刮骨療毒絕技。數月前，還曾經，還曾經親手救過呼延大當家的命！」侯祖德搜腸刮肚，繼續為自己先前的心不在焉尋找藉口。「呼延，呼延琮那廝的性情您也知曉，最喜歡擺出一副知恩圖報的模樣。若是，若是他知道是您端掉了李家寨，恐怕，恐怕會上門找您的麻煩！」

「他？嗤！」趙子天再度撇嘴，鼻子裡頭瞬間噴出一道長長的白霧。「他都金盆洗手了，憑什麼再管老子的閒事兒？老子是綠林好漢，不打家劫舍，難道蹲在山裡活活餓死不成？」

「呼延大當家投的是楊重貴，而楊重貴在太原留守帳下，極受器重。」侯祖德低下頭，用很小的聲音補充。

「楊重貴算個什麼？老子又不是沒見過官兒？」趙子天的鼻子高高翹起，七個不服八個不忿。「老子幹完這票，一樣要去金盆洗手。屆時大夥都吃皇帝的糧，老子就不信，他還敢帶領兵馬打上門來！」

如果換做五天以前，楊重貴和麟州楊家，的確會令他有所忌憚。而現在，他卻打心眼裡頭覺得無所謂。出面招安他的人姓郭，來自汴梁，背後的主人乃是三司副使郭允明，手眼直通皇宮。鏟平李家寨，殺掉鄭子明的密令，也是郭家人偷偷傳達的。只要他把這件事幹得足夠乾淨俐落，再大的麻煩，日後也有郭副使擔著。就不信，那楊無敵為了呼延琮的面子，敢去跟當朝三司副使分一次高低！

「楊無敵不敢！只要楊家還在大漢治下，他就是一頭被拴住了脖子的老虎！行動坐臥，都自己做不了主！」

汴梁，三司副使府，郭允明對著一眾忐忑不安的幕僚，笑著擺手。

派去攻打李家寨的私兵已經走了十四天，奉命前去收買太行山殘匪的心腹，昨天也送回來了喜訊。如果偷襲得手的話，寧小肥的腦袋，這會兒差不多已經被裝在了木匣子裡頭。然而不知道為何，整個郭府對此事知情的上下人等，卻都變得有些心神不寧。

這是郭家第一次對外展示自己的力量，也是郭允明第一次與大漢國的其他勢力，直接發生衝突。雖然是借著太行山土匪的名義，一切都在黑暗中進行。可天底下從來就沒有不透風的牆。其他各方勢力的領軍人物，也全都是人精。他們過後只要多少花費一些力氣，就不難查出到底誰才是幕後的真凶！

如此，接下來郭府所要面對的，必然是一連串明面或暗地裡的報復。如果能挺過去，則郭允明這個三司使，在大漢國，就不再是別人的弟子門生，也不再是狐假虎威的新晉佞倖，而是切切實實的，誰也無法再忽視的一個當朝重臣！如果挺不過去，即便最後依靠劉承佑的庇護保住了官職和性命，郭允明也會爪牙和顏面俱失，沒有三年五載的臥薪嘗膽，在朝堂上很難再發出自己的聲音。

所以，本著「未戰而廟算勝者，得算多也；未戰而廟算不勝者，得算少也。」的原則，幕僚們在做應對方案時，將楊無敵和麟州楊家，也跟郭威、常思、趙弘殷三處擺在了同樣的位置上。越算，越是緊張，越是底虛。

然而，郭允明本人，卻遠比手下的幕僚們鎮定。大筆一揮，先將楊無敵和楊家從敵對陣營抹了下去。

「寧小肥救的是呼延琮，不是楊無敵。而呼延琮在楊無敵眼裡是兄弟，在麟州楊家的家主眼裡，頂多是個不錯的家臣！」見幕僚們滿臉不解，笑了笑，郭允明非常自信地補充。「為了家臣的救命之恩，招上心懷前朝的嫌疑，麟州楊家如果這麼蠢，早就該灰飛煙滅了，絕不會在亂世中還富貴綿延。」

「大人說得是！」

「聽大人一席話，我等茅塞頓開！」

「我等過於謹小慎微了，若不是……」

眾幕僚們聞聽，紛紛擺出一臉如釋重負的表情，訕笑著拱手。

「噯！話不能這麼說，爾等也是在未雨綢繆！」郭允明又笑了笑，非常大氣地擺手。

在自己的府邸中，他渾身上下看不到絲毫的柔媚。相反，舉手投足間，都帶著一股別樣的風流倜儻。燈下望去，宛若周郎轉世，東山重生。注三

眾幕僚看得眼前一花，心中感慨萬千。再度紛紛俯身下去，拱手為禮，「多謝明公寬宥！能替明公謀劃，乃我等三生之幸！」

「客氣了，客氣了，咱們之間，沒必要如此客氣！」郭允明聽得心裡頭好生舒坦，表面上，卻擺出一副禮賢下士模樣。將幕僚們的胳膊挨個托了托，笑著總結，「就這樣，別人過後如何報復，咱們先算到這兒為止。放心，天塌不下來。這江山，畢竟還是大漢的！郭威也好，常思也罷，誰也不會真蠢到光顧著替一個死人出頭，卻不在乎惹禍上門。但前提是，咱們自己得保證把事情幹的利索，千萬別打不到狐狸反弄自己一身騷。」

「大人說得是！」

「明公說得是！」

「大人放心，咱們兩路大軍前後夾擊，除非姓寧的長了翅膀，否則必將在劫難逃！」

「就不信，他一個十六七歲的半大娃娃……」

眾幕僚陸續直起腰，七嘴八舌地回應。

「還是不要掉以輕心，特別是這幾天，要時刻關注北邊來的密報和市井上的傳言！」郭允明笑著搖搖頭，繼續低聲補充，「另外，義武軍那邊，諸君還需要再多使點兒力氣。姓寧的在他們的地頭上，我就不信，

孫家哥倆就能忍著自己眼睛裡頭長大樹！」

「孫方諫前幾天好像派人給馮道老賊送過壽禮！」一名姓吳的幕僚收起笑容，小聲提醒。「那馮道老兒，自打馮吉回來之後，精神就一天比一天健旺。最近好幾次在家裡舉辦詩會，都是賓客盈門！」

「這條老狗，估計又聞見什麼味道了。」郭允明輕輕皺了下眉頭，低聲推測，「咱們給孫家的禮物，孫方諫收了嗎？義武軍最新動向如何？」

「收了，給大人的回禮此刻正在南運的路上！」吳姓幕僚想了想，低聲回應，「義武軍沒什麼動靜，但據咱們自家弟兄快馬送回來的密報，孫家兄弟最近要辦一場水陸法會，祭奠他們的義母。周圍方圓百里排得上號的頭面人物，幾乎都收到了他家的邀請函。」

「這兩條狼崽子，跟馮道那老狗一樣狡猾！」郭允明聞聽，氣得連連咬牙。

孫方諫兄弟兩個在沒發跡前，曾經托庇於當地一名「神通廣大」的尼姑門下，認了對方做義母。而正是憑著這名尼姑裝神弄鬼賺來的巨額金銀和龐大影響力，孫氏兄弟在尼姑死後，才能拉起了一支屬於自己的隊伍，在中原和契丹之間反覆投機，最後躍居一方諸侯。

所以於情於理，他們哥倆替亡故多年的老尼姑舉辦水陸法會，都沒任何不妥。只是，舉辦一場水陸法會，最短也得持續七天，長者甚至能持續一個半月。在法會舉辦期間，泰、定兩州地面上無論出現任何情況，都「賴」不到他們身上！

「明公不必生氣，其實這樣也好！」另外一個姓左的幕僚，不肯由著吳姓幕僚一個人顯本事。見郭允明臉色凝重，大步走上前，低聲安慰，「姓孫的做了縮頭烏龜，剛好讓其他人放手施為。據屬下所知，與定州只有一水之隔的鎮州，也有大姓莫氏聯合了十幾個村子結寨自保。並且這莫家，據說跟李家寨的前任寨主，

注三、東山，東晉名臣謝安，曾經隱居東山，所以被稱為東山先生，謝東山。

還有過姻親。若是……」

「可來得及？」郭允明眉頭微微一跳，聲音裡頭隱隱帶上了幾分期盼。

「肯定來不及讓他們三家一起動手！」左姓幕僚毫不猶豫地搖頭，隨即又自信地點頭，「但大人現在派人快馬趕過去聯絡，卻可拿他們做一支奇兵。若是前兩支隊伍得手，莫家寨的兵馬自然可以繼續蟄伏不動。若是萬一前兩支隊伍的戰果不盡人意，莫家的兵馬，則剛好殺將過去！那李家寨接連經歷兩場惡戰……」

「他們在哪？」郭允明聽得心花怒放，抬手推了左姓幕僚一把，大聲催促，「標出來，在輿圖上標出來！」

「遵命！」左姓幕僚躬身施禮，快步走到掛在牆壁上的輿圖前，拿起筆，在李家寨的正下方，添加了黑漆漆的一支冷箭！

一左一右一下，三支冷箭，皆指向同一個位置，李家寨。

「寧小肥——」郭允明咬牙冷笑，雙目中殺機畢現。

「還可能有第三路或者第四路大軍，有趣，有趣。這郭允明，倒也是個難得的人才！年初時才正式進入朝堂，短短數月，居然就能拉攏起如此多的幫手。」同一個夜晚，同在汴梁城內，太師馮道搖晃著一盞從萬里之外運來的葡萄酒，笑呵呵地點評。

葡萄酒的顏色很正，像極了從身體內剛剛噴出來的鮮血。

這輩子，馮道見得最多的顏色，便是血紅。從幽州節度使劉守光敗亡，到後唐莊宗被　，再從石敬瑭滅唐建立後晉，到如今大漢驅逐契丹得國。幾十年來，無數英雄豪傑死於白刃之下，無數百姓黔首倒在溝壑當中，他們的血，就像這夜光杯中的葡萄酒，絢麗而又熾烈。

他們都死了，只有他還活著，並且越活越滋潤。家資百萬，門生三千，還有全天下的讀書人，都以能得到他的幾句指點為榮。

而他，卻已經越來越不喜歡在人多的場合開口說話。哪怕是賓客盈門的時候，也只是讓幾個兒子出面與客人們談古論今，自己則在大多數情況下，都瞇縫著眼睛於主人位置上瞌睡。

至於瞌睡的原因，卻並非為年老體衰，精神不濟。而是看得太清楚了，所以失去了說話的欲望。反正前後輔佐過七、八位皇帝，經唐、晉、遼、漢四朝而不倒的履歷，已經足以見證他的才華和本事。這年頭再多說幾句，少說幾句，影響已經不大。

只有關起門，對著自家幾個兒子的時候，他的眼睛，才會努力睜開。瞳孔之中，也會重新迸射出智慧的光芒。

兒子們都很有出息，除了已經早夭的老四之外，其他五個皆官居顯職。但是兒子們將來，能不能保證馮家繼續富貴綿延？他卻不敢太放心。

所以在趁著還沒聽見佛祖召喚之前，馮道能多教導兒子們一點，就多教導一點。哪怕讓五個兒子每人掌握自己本事的兩成，兄弟只要齊心，將馮氏一門的榮華富貴，再繼續向下綿延五十年便不會成為問題。

「也不知道二，也不知道鄭子明能不能撐過這一輪。」見老父今晚談性頗濃，長子馮平湊上前，一邊動手將父親面前盤子中的雞胸脯切成肉糜，一邊笑呵呵地感慨。

「應該能撐得過去吧！他的身手相當不錯，軍略方面，又得到過常思的言傳身教。況且那郭、常兩家，在汴梁城內也不是沒有自己的耳目。郭允明做得如此明目張膽，他們豈能收不到半點兒風聲？」次子馮吉有過跟鄭子明近距離接觸的經驗，對少年人的前途頗為看好，想了想，笑著替父親回答。

「收到了又怎麼樣，恐怕也是鞭長莫及！」老三殿中丞馮可，跟李業、後贊等新晉之臣平素多有來往，看問題時，難免就有所傾向，「況且跟他有交情的只是郭榮和常家二小姐，子女和父輩，終究還是隔了一層！」

「如果是那樣的話，他可就玄了！」聽了自家三弟的話，馮平緩緩放下割肉刀，眉頭輕皺，「已經證實的隊伍有兩支，另外兩支雖然屬於推測，可只要其中一支肯出手，就足以再給李家寨最後一擊。畢竟鄭子明手裡只有那一支民壯，抗得住第一、第二輪打擊已經非常不易，怎麼可能會想到後面還有第三輪等著？」

「人終究要先自強，他人才可能助之。」老三馮可笑了笑，絲毫不覺得談論對象的結果有什麼遺憾。

「此話固然不差，但常思的眼光也向來不差！」老二馮吉不喜歡自家三弟的態度，用手指敲了敲桌案，低聲提醒，「如果他連這一關都過不了，常思和郭榮兩個，當初怎麼可能看上他？」

「也許看走眼一回呢？」馮可的臉色立刻開始發紅，梗著脖子大聲強辯。

他的聲音雖然高，底氣卻多少有些不足。常思能在劉知遠未發跡前與他結拜，又先後資助過郭威和史弘肇，相人目光，可謂天下無雙。即便是他的老父親馮道，在此方面，也要甘拜下風。

而郭威的義子郭榮，雖然年輕了些，識人方面也沒聽說什麼特殊。但此子自十四、五歲時便奉郭威之命出門歷練，這些年來走遍大江南北，長城內外。所行的路，何止萬里？所接觸過的出類拔萃人物，又何止千計？他能跟鄭子明一見如故，並且冒著九死一生的風險陪同此人前往遼東。鄭子明其人，又怎麼可能尋常平庸？

有理，向來不在嗓門上。在外邊如此，在家中亦是如此。聽自家弟弟聲音中已經帶上了火頭，老二馮吉只是淡然笑了笑，沒有直接反駁。但無聲之笑，卻比大聲嚷嚷更有力度。登時將老三馮可給打擊得氣焰全消，低下去，對著面前的小半隻羊背開始痛下殺手。

太師馮道見此，心裡頭對三個年紀稍長的兒子，便分出了才能高下。於是也跟著笑了笑，隨即將目光轉向埋頭吃菜的老五和老六，「你們倆呢，是不是也說上幾句？」

「沒看法，我聽大哥的！」老五馮義，喜歡做萬人敵，卻不太喜歡權謀之道，抬頭看了自家老父一眼，甕聲甕氣地回應。

「孩兒覺得，此戰勝負，根本不在李家寨！」老六馮正抬手抹了下嘴巴，語出驚人。「只是，此戰郭允明若是贏了也罷，已死之人，郭威犯不著替他出頭。若是郭允明輸了，依孩兒預測，此結果恐非國家之福！」

「哦？」馮道的眉毛猛地一跳，夜光杯中的葡萄酒瞬間也濺出了些許，將他的白鬍子染成了通紅一片。其他幾個兄長，也紛紛將頭轉向了年紀最小的老六，滿臉狐疑。

少年人個性張揚不算錯，但老是追求「語不驚人死不休」的效果，就有些過於孟浪了。特別是在馮家這種事事講究謀劃長遠的門第，過分的張揚，等同於違背了祖訓家規！

「郭允明是陛下的寵臣，李業、聶文進、後贊等一干新晉，也唯其馬首是瞻。他們這夥人的快速崛起，早就引發了許多老臣的不滿。所以此戰表面上，是郭允明在報私仇，或者陛下出爾反爾，想徹底將前朝血脈徹底斬草除根，實際上，卻已經牽扯到了新舊兩方勢力的較量。所以，孩兒以為，史、郭、常等人，絕不會對郭允明的舉動不聞不問。」彷彿沒看到兄長們的臉色，老六馮正笑了笑，繼續侃侃而談。

「呼——」馮道將酒盞放下，手捋鬍鬚，長長吐氣。

家族後繼有人了，憑這幾句話，老六馮正，絕對能保證馮家這條大船，在自己死後避過所有激流險灘。這，令馮道感覺自己的肩頭頓時就是一鬆。然而，內心深處，他卻一點兒都高興不起來。相反，卻有一種冷冰冰的滋味，蓋過了酒水帶來的暖意，從心臟裡溢出，緩緩流遍了他的全身。

快了，又要到做抉擇的時候了。這次，也許依舊等不到他駕鶴西去。是第九位，還是第十位天子來著？馮道真的沒力氣再算。

「不要急，再等等！」

定州，李家寨前山，寧子明輕輕擺了下手，低聲向周圍吩咐。

周圍沒有人回應，早已不是第一次面對惡戰的鄉勇們，嘴裡含著銜枚，手中握著剛剛下發沒幾天的標準軍中制式角弓，一個接一個波浪般點頭。

夜色很濃，山風也有些料峭。然而他們卻能感覺到自己身體內的血液，熱得厲害，呼吸也像著了火一般，滾燙滾燙。

腳下的山谷裡，有一哨人馬正在緩緩穿行。數量絕對在七、八百之上，也許高達一千！身上的甲葉互相碰撞，不停地發出嘈雜的「叮叮噹噹」。手中的長槍橫刀倒映著天空中的星光，一串串冷得扎眼。

那是他們今夜要伏擊的敵人。自從離開定縣城之後，這夥敵軍就打起了太行山葫蘆寨的旗號，沿途還洗劫了好幾個村子，把土匪的常見舉動，模仿得維妙維肖。然而，這夥人此刻南腔北調的交談聲，卻暴露了他們不可能來自太行山這一事實。

太行山的各家寨主和大頭目們，可能來自五湖四海。但山寨中的嘍囉兵，卻多數來自河北與河東這兩個地方。河北人說話聲音粗，河東人說話嗓子尖，在太行山附近生活久了的百姓，稍微聽一語耳朵就能辨識出他們彼此之間的不同。而此刻山谷中行軍者的隊伍裡頭，大多數人的說話聲，卻與這兩種特點格格不入。

「郭信，郭信那邊，能不能將口袋扎死？要，要不要我過去跟他一起盯著？大春，大春哥那邊呢，到底頂住頂不住？」潘美貓著腰，繞開山坡背面的岩石跑到山頂，低聲跟寧子明請示。

今夜的作戰方略，大部分都出自他的手。然而此時此刻，他卻比在場的任何人都要緊張。白淨秀氣的面孔上，絲毫看不到他自己平素所幻想過的那種鎮定自若。

這是他第一次展示自身所學，萬一出了紕漏，對不起謀主寧子明的信任不說，在表姐陶三春面前，也無法交代。況且在布局之前，敵軍的所有情報，甚至連火長一級小頭目的姓名和履歷，都已經擺在了他的案頭上。

知己知彼到了如此程度，潘美若是還讓對手拚了個魚死網破，那他以後還是別再出來丟人了。老老實實蹲在家裡溫書，找機會去縣衙裡頭謀個書吏差事才是正經！

「放輕鬆些，大春哥遠比你想得厲害。至於郭信，這點兒小事兒若是他都幹不了，也不會被郭家派到咱們這邊來！」看出潘美的患得患失，寧子明抬起手在此人的肩膀上按了按，笑著開導。

潘美的身體僵了僵，臉上瞬間騰起一團猩紅色的煙霧。「我不是不相信他們！」挺直腰桿，腳步悄悄向上挪動，他儘量占據相對高的位置，以免總要仰著頭，像個孩子般跟寧子明說話，「我，我是覺得，此戰如果放跑了一個敵人。就，就，就白費了我和你的一番心血！」

「跑不了，他們插翅難飛！」寧子明笑了笑，也悄悄挪動腳步，順著山坡下移，讓自己別顯得比潘美高出太多。

一個成年人，沒必要跟小孩子爭誰高誰低。雖然真實年齡只比潘美大了些許，潛意識裡，寧子明卻把自己歸入了成年人行列，而把潘美依舊當作一個少年。

少年人可以稚嫩，可以輕狂，可以按照他自己的本性做事，衝動起來可以不管不顧，而成年人，卻要知道權衡輕重。卻要知道照顧周圍其他人的想法，知道克制自己的情緒，知道寸有所長尺有所短。

知道自己現在正在做些什麼？將來要去做什麼？而不是每天渾渾噩噩，隨波逐流。

他花了將近一整年的時間，才讓自己成長起來，才參透了人生中的幾個關鍵，所承受的壓力和痛苦，現在每每午夜夢迴，還頭皮發木，還渾身上下全是冷汗。

他不認為潘美會成長得比自己還快，經歷的磨難比自己還多。那根本沒必要，也沒絲毫快樂可言！只是，只是他一直沒有選擇。

「你，你倒是自信得很！」潘美顯然沒有發現寧子明的腳下動作，也不會領對方的情。見寧子明說得輕鬆，忍不住撇撇嘴，低聲打擊。「我建議還是小心為上，以前雖然你也贏過幾仗，但對手都是烏合之眾。而這回，來的卻是一夥貨真價實的精銳！」

「沒必要！」寧子明只用了三個字來呼應，隨即，不再理會滿臉不服氣的潘美，低下頭，將目光再度投向了山谷。

山谷裡，敵軍繼續迤邐向前推進，一邊走，一邊高談闊論，渾然沒有發覺，他們已經正在走向一個死亡陷阱。

他們當中，所有人的日子最近都過得太順了，順得令他們已經失去了對危險的本能感應。而如果換了自己與他們易位而處，寧子明相信，自己即便看不出來山谷裡的那些亂石和枯樹，是別人有意安置，也會本能地意識到，危險正在悄然臨近。

那是長時間在生死邊緣打滾兒的人，才會養成的直覺。安逸日子過久了，便會一點點失去。在過去的一年多時間裡，寧子明不知道踩過了多少陷阱，避開了多少殺招。很多時候，它就像一隻剛剛破土而出的知了，拍打著稚嫩的翅膀，躲開鳥雀的目光，頑童的追逐，螳螂的伏擊，還有樹林中那密密麻麻，無窮無盡的蜘蛛網。只為了最後有一天，能堂堂正正地在烈日下，發出屬於自己的聲音。

他在陰謀與背叛中快速長大，清楚地知道獵物在落入陷阱之後那一瞬間的恐懼，也清楚地知道發現自己遭受背叛的那一瞬間，人的內心會何等絕望。

那種恐懼和絕望交織在一起，能將彼此的效果都成倍放大，縱使強壯如呼延琮，瞬間也會失去求生的勇氣。

他現在要做的，就是等待。

等待最佳出手時機，令對手心中的恐懼和絕望，在剛剛出現的那個瞬間，便達到峰頂。

他曾經親身經歷過，所以才明白其威力。

幸運的是，今晚，獵物終於換成了別人。而他，只管獵殺！

「快，快到了。他們快到那塊白色的石頭了！」經歷了看似漫長，實際上非常短暫的沉默之後，潘美又追到寧子明身邊，用顫抖的聲音提醒。

寧子明笑了笑，沒有吭聲。

敵軍的前鋒，馬上就要到達預設的攻擊發動點了。那是一塊從其他山谷裡挪來的純白色石頭。為了讓它更容易被莊丁們識別，此前連續數日，寧子明都特地命人用耕牛拖著此物，到谷外接受陽光曝曬。

雖然冬天的陽光根本沒什麼溫度，但作用在石頭上，效果卻依舊很明顯。此刻狹長的山谷裡，其他石塊、樹木和荊棘等物，都是漆黑一團。這塊被太陽反覆曬過的石頭，卻朦朦朧朧，散發出了寶玉一般的光澤。

半夜行軍，忽然在一片墨汁般的黑暗裡，出現了一塊隱隱發光的寶物。沒有人，會選擇視而不見。

「啊——！」「什麼東西？」「好大！」「寶貝，寶貝！這回賺到了！」「賺……」

山谷裡傳出來一陣嘈雜的驚呼，整個行軍隊伍立刻崩潰。手持著刀槍的前鋒兵卒，迅速圍攏過去，將巨石圍了個水泄不通。

隨後跟進的隊伍裡，也快速點起了數支火把。幾名頭目打扮的傢伙大呼小叫地上前，整頓前鋒兵卒的秩序，以防有人過於貪心，起了將「寶物」碎而分之的念頭。

「他，他們，他們圍上去了！他們，他們果然舉起了火把！」潘美雙手握拳，臉色發紫，啞著嗓子陳述所有人都能看到的事實。

「下令啊，下令啊，還要等到多久！」內心深處，他大聲吶喊。如果不是還忌憚著軍律，他甚至恨不能把令旗從寧子明親兵的懷裡搶過來，親手上下搖動。

這個念頭，根本沒來得及付諸實施，就被乾淨俐落的掐滅。

寧子明忽然笑了笑，張開一隻胳膊，將他攬在了自己的腋下。

這次，潘美沒有再故意裝大人，也沒有過多抗拒。只是稍微掙扎了一下，就偃旗息鼓。

他知道對方是為自己好，否則，再拖延幾個呼吸時間，自己即便能控制住越俎代庖的念頭，心臟也無法再承受這最後時刻的緊張。

而現在，幾乎狂跳出嗓子眼的心臟，艱難地重新落回了肚子內。讓他終於可以稍稍冷靜一些，可以冷眼旁觀獵物自己跳進陷阱的最後歷程。

寧子明的胳膊很強壯，腋窩很暖和，像一棵大樹伸展的樹枝，可以為人遮擋出一片安寧的天空。

「怪不得小春姐一眼就看上了他！」忽然間，潘美的鼻子裡有些發酸，重新落回胸腔內的心臟，也沉甸甸的，隱隱作痛。

然而，下一個瞬間，所有酸澀和痛楚，就迅速從他身體內溜了個精光！

他再度瞪圓了眼睛，雙手握緊，一動不動。

他看到，有個全身包裹著鐵甲的壯漢，在數名侍衛的簇擁下，來到了白色巨石前。借著燈籠和火把的光亮，開始辨認上面的文字。

「袞州李泉，韓家莊二十二冤魂，在此恭候你多時！」一字一頓，潘美自己用極小，極小的聲音，將石塊上的文字替壯漢念了出來。

「啊——！」話音剛落，山谷裡，狂叫聲猛然響起。領軍前來偷襲李家寨的主將郭全，像瘋子般，抽出腰間橫刀，四下亂砍。

周圍的爪牙們毫無防備，轉眼被砍倒了四五個。餘者「轟」地一聲，四散奔逃。

「攻擊！」寧子明的聲音終於響起，不帶絲毫的情緒。

令旗快速舉起，快速揮落！

「攻擊！」「攻擊！」「攻擊！」「攻擊！」……

百人將、都頭、火長們按照平素的訓練標準，快速地重複，將總攻的命令，轉眼傳入每一名「獵人」的耳朵。

埋伏在山谷兩側制高點處的莊丁們，悄無聲息地站起身，舉起角弓，瞄準谷底偷襲者，箭如雨下。

山谷裡，前一刻還躊躇滿志的偷襲者們，此刻則變成了熱鍋上的螞蟻。東一團，西一簇，舉著橫刀、長矛、盾牌、紮槍，在箭雨中往來奔逃，根本不知道該怎樣做，才有希望逃出生天。

沒有人主動站出來，組織他們後撤。

也沒有人主動站出來，帶領他們向前突圍。

幾個核心人物，全都被恐懼和絕望給擊垮了，短時間內，根本想不起來其他。

其中最為絕望的，無疑就是主將郭全。

只見他，如同被惡鬼附身了一般，揮著一把橫刀，見誰砍誰。身上接連挨了四、五箭，卻絲毫感覺不到疼，也絲毫沒有興趣停下來先砍斷箭桿。只是不停地揮刀，揮刀，揮刀，彷彿全天下的人，都跟他有著不共戴天之仇！

幾名倒楣的兵卒被郭全從身後追上，一一砍倒。

幾名將佐被逼無奈，轉身迎戰，卻技不如人，被郭全挨個殺死。

一陣箭雨落下，將郭全射成了刺猬。

箭雨稍歇，郭全頂著「長滿」箭桿荷葉甲，站起來，繼續滿山谷追著人亂砍。鮮血順著甲葉，淅淅瀝瀝流得到處都是。

「這廝，也不過如此！」潘美推開寧子明的胳膊，緩步走下山坡。

他現在，心中已經沒有了半點兒緊張，半點兒興奮，半點兒驕傲。相反，卻有些索然無味，有些冷靜得出奇。

所有結局早已經寫好。

不是在今晚，而是在小半月之前。

潘美終於明白，此戰有沒有他後來的出謀劃策，結果都是一樣。

「郭全，原名李泉，本為袞州縣尉。貪圖韓家女美色求娶不得，惱羞成怒，趁夜帶爪牙潛入韓府，殺韓氏滿門，掠韓家女而走。韓家女憤而投河，袞州仕紳物傷其類，鼓噪入縣衙鳴冤。李泉自知眾怒難犯，棄官潛逃，不知所終……」

數日前，郭全剛出汴梁，他的名字和履歷，就已經被送到了李家寨中。

「點烽煙，通知山那邊，可以收網了！」寧子明的聲音再度從山坡頂傳來，依舊不帶任何情緒波動。

「騰！」臨時用石塊堆就的烽火臺上，有團烈焰騰空而起。

「騰！」「騰！」「騰！」「騰！」……

周圍的數座山頂，一團團烈焰陸續跳起來，與寧子明身邊的烈焰遙相呼應。

「嗚嗚，嗚嗚嗚，嗚嗚，嗚嗚嗚，嗚嗚嗚嗚嗚嗚嗚嗚——」在距離李家寨不遠的西南方某處的無名山坡，猛然響起了一陣低沉的畫角。

夜風中，宛若虎嘯龍吟。

「殺！」呼延贊長槍前指，雙腿快速加緊馬腹。

「殺！」蓄勢以待的騎兵們從山坡衝下，衝入野雞嶺趙家軍中，如沸湯潑雪。

「殺！」「殺！」「殺！」千里之外的汴梁，三司副使郭允明帶著幾分酒意，在紙上揮毫潑墨，每一個殺字，都寫得面目猙獰。

「殺？這世道，除了殺人，就是被殺，何時是個盡頭？」汴梁城，老太師馮道仰起頭，大口狂飲。殷紅色的酒漿順著雪白的鬍鬚，瀝瀝而下。

草穀

雪，紛紛揚揚，從天而降。

黑色的石頭，黃色的枯草，褐色的泥土，紅色的血痕，一轉眼，就全都被蓋成了純粹的白，乾淨、整齊，一望無際。

從淶水到蔡水，從易州到汴梁，純淨的白色，將所有陰謀與罪惡都掩蓋得無影無踪。沒人再記起，大半個多月前，曾經有一支估摸不小的隊伍渡過黃河北去。沒人再記起，三、五天前，曾經有十幾波信使沿著年久失修的官道行色匆匆。更沒有人會記起，在某個寒冷的長夜，曾經有數千兵馬在定州境內的某兩個偏僻的無名之地白刃相向，血流成河！

此乃亂世，無一年不戰，無一月消停，反正戰鬥不是發生在東邊就是西邊，不是發生在北國就是在江南，稀裡糊塗地死上千把個人，再「正常」不過。

史家無暇去記載，官府顧不上去追究，至於當事雙方的幕後主使者，都巴不得外界對此視而不見，更不會主動將其擺在檯面上。

打悶棍，下絆子，兌子，打劫，勝負手，一切都在檯子下進行。政治爭鬥向來如此，從古至今，幾乎沒有任何例外。真的把一切擺在了檯面兒上，往往就意味著已經到了最後分勝負的時刻。輸者滿盤皆輸，贏著盆滿鉢溢，除此，幾乎沒有第二種可能。

眼下大漢國新、舊兩大陣營之間，顯然還沒到了最後定輸贏的時刻。所以數日之前發生在李家寨外的惡戰，就被「交手」雙方，默契地選擇了忽略。反正對其中一方來說，這場勝利不過是錦上添花。而對於其中的另外一方，雖然傷了些筋骨，從現在開始很長時間內說話時底氣都不足，卻也不至於徹底一蹶不振。只要發了狠臥薪嘗膽，捲土重來亦可預期。

只可憐了那夥假扮山賊的私兵，還有另外一夥被重金和官位迷昏了理智的真正山賊，連個響動都沒弄出來，就徹底消失不見。

就像那太行山中的寒鴉，一場大雪下來凍死無數。除了牠們自己，這世界上沒有任何生物記得牠們曾經存在過，更不會在乎牠們曾經發出的嘈雜聲音。

雪，紛紛揚揚，落遍太行山兩側。

對於想要平庸度日的老百姓來說，每年冬天的大雪，既帶來了寒冷與死亡，也帶來了希望和生命。

一場風雪下來，大部分以啃咬莊稼為生的蟲子都會被活活凍死。樹梢上的寒鴉，草地裡的部分野兔、狐狸和老鼠，甚至相對羸弱的牛羊，也都無法熬過殘酷的嚴冬。而雪每多下一層，則意味著明年麥子的產量將增長一成，莊稼遭受蟲害的可能降低一半兒。若是連續三場大雪都下得高過了人的小腿兒肚子，則明年一定是個豐收的好年景。莊戶人家只要勤勞一些，就給兒子娶得上新婦，給女兒扯得起新衣。

定州的大部分百姓，在這大雪連綿的天氣裡，內心深處都湧滿了對豐收的憧憬。

發生在李家寨附近的那兩場惡戰，百姓們幾乎每個人都聽說過。但是，他們卻誰都沒興趣去關注，更沒心思去探聽其中詳情。他們眼下所關心的，只是自家田裡的冬麥，自家窩棚裡的牲口，還有，還有官府秋末時才推出的開荒令，是不是對本地人也適用？

「那些太行山裡下來的土匪餘孽，真是占了大便宜了！」縮在屋子裡貓冬時，幾乎每個家的戶主都會如此感慨。

那個寒冷的夜晚到底戰鬥死了多少人？死者都是誰？跟大夥沒任何關係！大夥兒也懶得去理會。但滹水沿岸趕在落雪之前新開出來的大片農田，新收拾出來的數百座茅草屋，卻讓當地人無法視而不見。

那大片大片曾經被拋荒的農田，要分，也該分給當地人才對。至少，當地人應該跟外來的土匪餘孽們機會均等，而不是像現在這樣處處優先照顧那群賊娃子！否則，大家夥這些年來，何必老老實實交糧納稅爭當良善？也學著別人的樣子，先殺人放火當山賊，實在於山裡熬不下去了，再出山接受官府安置，日子過得豈不比現在還滋潤一倍？

「這事兒，咱們縣的孫大人，有些太心軟了！」當幾個戶主不小心湊到了一處，對著火盆喝上幾盞淡酒之後，感慨聲，就不知不覺間變成了議論。

「太行山下來的土匪餘孽占了當地人的便宜！」

「縣令大人心忒軟！」

「縣令孫山處事不公！」

「孫山對不起當地父老鄉親！」

「姓孫的這廝……」

類似的話，以最快的速度，在定州城內外開始流傳。然後在某些「有心人」的推動下，又以最快速度，成為了大部分當地人的「共識」。

說話的人渾然忘記了，在「土匪餘孽」們過來開荒之前，滹水沿岸那些莊子，已經多年沒有人煙。渾然忘記了，官府從來就沒限制過他們去河岸邊開荒，而他們卻沒有勇氣去對付成群的野狗野狼，沒有勇氣去面對鬼火與一堆堆慘白色的枯骨殘骸。

縣令孫山很快就坐不住了。

若是一個兩個平頭百姓私下裡發牢騷還好，是將對方抓到衙門打板子，還是一笑了之，全憑他的心情。反正自古以來當官兒都是做給上面人看，誰會在乎下面的人說好說壞？

然而最近議論聲越來越高，其中參與者已經不乏地方名流，甚至他的本家長輩，這就讓孫山無法繼續淡然處之了。

如果繼續裝聾作啞，名流和本家長輩們聯合起來，很容易就能影響到節度使孫方諫對他的看法。然而想對先前的政令做出一些「適當」調整的話，他脖子後卻又開始冒涼風。

雖然在最初安置太行山下來的流民時，孫山心裡還打過養肥羊殺肉吃的主意。但是經歷了某個晚上之後，他卻發現自己「養」在滱水河畔的，可能根本不是一群綿羊，而是一群長出了犄角的公牛。好好伺候著還能彼此相安無事，萬一把對方惹發了毛，一犄角頂過來，足以讓整個定縣天翻地覆。

披上鎧甲就是勁卒，上了戰馬便是精銳，呼延琮的兒子呼延贊隨便招了招手，便從幾個莊子的「流民」中拉出了一支騎兵。又跟寧子明兩個互相配合了一下，便令來犯的兩支敵軍，眨眼間灰飛煙滅！

「老天爺，孫某人上輩子，到底是做了什麼孽呦！」想想自己在事後收到的密報，縣令孫山就欲哭無淚。

俗話說：「前生作惡，今生縣令，惡貫滿盈，縣令附郭！」他孫山這個縣令雖然沒有附郭，可治下卻出了一個殺人不眨眼的五品巡檢，一夥割人頭如割雞的「良善義民」！這縣令繼續做下去，還有什麼前途和樂趣可言。都不如早早把印信掛在房梁上，就此拂袖而去。好歹還能落個心裡頭安生，免得天天受這烈火焚臂之苦！

自己心裡頭不舒服，就不能讓手下人高高興興去過年。

出土匪頭目「轉職」成縣令的時間雖然不算長，孫山卻已經揣摩透了官場的種種規則。「出了事情當家的一個人扛著！」「當家的不能哭窮！」這都是綠林道才有的規矩。官場上則要完全反過來！

有了麻煩，上司如果自己扛著，讓手下人落個輕鬆，非但不會贏得尊敬，相反，只會令手下人覺得你軟弱可欺！這樣做用不了多久，底下人就會合起夥來糊弄你這個上司。

正確的官場做法是，有麻煩手下人先頂著，立功由著上司來。所謂「主辱臣死」，就是這個道理。所以隨著外邊的議論聲逐漸增高，縣衙裡的官吏們就發現他們的日子越來越難過。每天被縣令大人指使得腳不沾地不說，稍有錯處，板子就會毫不留情地落下，打得眾人一個個屁股開花。

「大人，這事兒，這事兒您要是覺得為難，何不再去一趟李家寨？」眼看著衙役、班頭和各房主事都被發落了個遍，師爺終於支撐不住，搶在板子打到自己屁股上之前，主動給孫山出起了主意。

「可不是嗎，大人！」戶房主事李英剛好有事彙報，捂著屁股，一瘸一拐地湊上前，替師爺幫腔，「那，那鄭巡檢跟呼延琮關係再好，也不會對呼延琮在自己眼皮底下藏了一支伏兵的事情視而不見吧！萬一將來出了簍子，他這個三州巡檢，可是第一個吃掛掛落！」

「你懂個屁！」縣令孫山一看到李英的臉孔，就壓制不住心頭怒火，豎起眼睛，大聲罵道：「若不是你這目光短淺的傢伙當初給老子出主意，說要從流民身上發橫財，老子至於把河灘上的好地都優先交給他們開墾嗎？現在好了，出了麻煩了，你又讓老子去求那鄭子明！他是不可能對眼皮底下的伏兵視而不見，可他更恨老子當初拿他當傻子糊弄！能坐在旁邊看老子跟呼延琮的人馬鬥個兩敗俱傷，他高興還來不及，怎麼可能主動給他自己惹麻煩上身？」

「這，這……」戶房主事李英被罵得腦門上白氣亂冒，紅著臉，半晌沒勇氣再開口。

師爺的膽子卻比他大得多，稍微遲疑了片刻，繼續硬著頭皮勸道：「大人您還是跟鄭巡檢開誠布公談一次吧！否則，事情拖得越久越麻煩。據屬下看，他，他那個人，胸懷很廣，未必就真的會計較您當初想在搜刮流民的事情上拖他下水！」

「唉！有些事情，師爺還是不知道的好！如果只是當初企圖拖他下水之事，也就好了！」孫山看了自家師爺一眼，無奈地搖頭，「大不了，我來個死不認帳就是。反正已經無法付諸實施了，他有什麼證據能證明我當初居心叵測？」

「這……？」師爺聞聽，頓時眼神兒也開始發飄。雖然幾個月前曾經幫孫山坑死了縣尉劉省，但他依舊只能算是孫山本人的心腹，跟義武軍的一眾首領，特別是跟孫方諫兄弟倆依舊說不上什麼話，對義武軍的內部機密也瞭解非常有限。

「唉——！老大人，老大人他上次，又把事情看簡單了！」見自家師爺一副丈二和尚摸不著頭腦模樣，孫山忍不住又長嘆了一聲，主動透露：「汴梁那位郭財相派人來殺鄭巡檢，事先是跟老大人那邊打過招呼的。老大人他們經過商量後，誤以為這只是郭財相跟鄭巡檢兩人之間的私人恩怨，所以才選擇了睜一隻眼閉一隻眼！誰料事後才發現，這哪裡是什麼財相動手收拾一個小小的巡檢？這他娘的是如假包換的皇帝和顧命大臣之間鬥法，咱們義武軍無論怎麼躲，都免不了一場池魚之殃！」

「您，您是說，郭，郭財相是奉了皇帝陛下的命令？」師爺打了個哆嗦，擦著額頭上的冷汗，結結巴巴地追問。

再看先前還滿臉不服氣的戶房主事李英，臉色雪白，兩股戰戰，差一點兒就已經趴在了地上。

「看你那點兒出息，這輩子也就是個刀筆吏的命兒！」縣令孫山狠狠橫了李英一眼，低聲數落。隨即，又將目光轉向惶恐不已的師爺，苦笑著補充，「可不是嗎，否則，郭財相即便跟鄭巡檢之間有仇，多少也得看看樞密大人的面子啊！眼下朝廷裡，皇上，郭財相，蘇尚書，還有國舅爺他們等一眾新晉算是一夥，史樞密，郭樞密、楊丞相他們幾個顧命大臣算是一夥，還有馮道等若干其他文武大臣，在旁邊袖手旁觀。表面上，三方彼此之間都和和氣氣，赤心為國。實際上，下絆子、捅刀子、打悶棍，絕不手軟。至於咱們的鄰居鄭巡檢，不過是各方下棋時的一個劫材罷了，看似關係全域，實際上在三方眼裡都只是一粒棋子，劫打完了，也就該扔盒子裡頭了！」

「那，那，那……」師爺的兩隻眼睛圓睜，額頭鬢角等處大汗淋漓。這些年在綠林道兒混過，在官場上也混過，他以為自己已經算是閱歷豐富，見多識廣。卻萬萬沒想到，天底下，居然還有如此離奇的事情！皇上、新晉、顧命大臣，鬥法、下棋、劫材、棋子……，這官場，看似花團錦簇，居然比綠林道還險惡十倍！綠林道上的爭鬥，好歹還有個大致規矩可循，而官場，卻是把所有規則都藏在了桌子下面，不熟悉的人一頭扎進去，早晚會死無葬身之地！

「小人，小人什麼都沒聽見！小人，小人耳朵背，耳朵背，大人，小人這就去把賬本再核對一遍，這就去核對賬本兒！」戶房主事李英已經嚇得連汗都不敢出了，趴在地上給孫山磕了個頭，連滾帶爬向外逃去。皇上、顧命大臣、新晉、遺老……，乖乖！那全是神仙。有關神仙打架的隱秘，小小一縣戶房主事哪有資格聽？趕緊躲，躲得越遠越好。

「滾！」孫山只用了一個字，將其掃地出門。然後端起面前的冷茶喝了幾大口，苦著臉自言自語：「當日郭財相的人馬抵達之後，就在距離城門口還不到二百步遠的地方整隊集結，咱們非但沒有干涉，甚至連個警訊都沒給李家寨送，你說，鄭子明他能不恨咱們嗎？就算他鄭子明大度，把這事兒看得很淡。是幫咱們還是幫呼延琮，眼下又哪裡由得了他自己做主？而節度使大人他們，到現在還不敢決定，到底是倒向皇上和新晉，還是去巴結顧命大臣！在他們幾個老人家沒做最後決策之前，我又怎敢跟鄭巡檢那邊有過多往來？」

「唉——！」號稱狡詐如狐的師爺徹底無計可施，只能報以一聲同情的長嘆。

爭鬥的級別太高了，自家東主的級別又太低。神仙打架，小魚小蝦即便看得再清楚，又能有什麼作為？還不如永遠糊塗著，哪怕被殃及遭了天雷，也好歹能死個痛快，不至於從一開始就戰戰兢兢。

「呵呵！」縣令孫山咧嘴，苦笑，然後繼續喝茶。大冬天，茶水早已冷透，他卻絲毫感覺不到涼。

「唉——！」師爺又嘆了口氣，起身給自己找了個茶碗倒滿，也開始大口大口地喝茶。再也不想對大漢國的未來多說一個字。

賓主之間，忽然都去了說話的興趣。各自端起一碗冷茶，像喝酒般，朝嘴裡灌個不停。彷彿再喝幾碗下去，這輩子就能長醉不復醒。

也不知道過了多久，茶壺裡終於再也倒不出半滴水來。縣令孫山戀戀不捨地晃了幾下，將茶壺放到一邊，然後忽然又展顏而笑：「師爺，我跟你商量一件事兒？」

「東翁儘管賜教！商量二字，實在不敢當！」師爺聽得微微一楞，站起身，拱著手道。

「我有個女兒，今年九歲了，尚未許配人家！」孫山臉色微紅，帶著幾分愧意補充，「聽說令郎仁孝厚重，我就想跟你攀個親。不知師爺你意下如何？」

「這！」師爺嚇得身體向後一仰，差點沒直接摔倒。接連努力了幾下，才重新恢復了平衡，拱著手回應，「大人，大人這是什麼話來！令愛知書達理，秀外慧中。犬子，犬子怎麼有，有高攀的福氣！」

「咱們別扯這些，你說你願意不願意吧。願意，就請媒人來交換八字，不願意，就當老子沒說過！」孫山今天根本沒心情跟他婆婆媽媽，直接拿出當年做山賊的派頭，用手輕輕拍了下桌案，大聲追問。

「願，願意，求之不得！」師爺的身體又晃了晃，帶著滿臉喜色回應。「只是，只是犬子，犬子讀書，讀書不甚靈光，武藝，武藝也沒怎麼練過。怕，怕是委屈，委屈了……」

孫山本人雖然以前是個賊頭兒，可也算綠林道上難得的斯文人。娶的老婆也是大戶人家的落魄小姐，秀麗端莊。這樣一對夫妻生下來的女兒，先天條件就比小門小戶的女兒強了不知道多少倍，再加上如今又變成了官宦之後，各方面素質更是扶搖直上。能娶給兒子結上這樣一門好親事，師爺高興都來不及，又怎麼可能主動將天上掉下來的好姻緣向外推？

「你願意就好，等她及笄之後，就可以立刻迎娶過門。然後我會拿出一筆錢來，送他們小兩口去你老家那邊安頓。」還沒等師爺從喜出望外當中緩過神來，縣令孫山就收起笑容，迫不及待地補充，「你別打岔，聽我把話說完。嫁出門的女兒，潑出門的水！今後我孫山是扶搖直上也罷，身敗名裂也罷，按哪一朝的法律，都徹底跟她兩不相干！」

「東翁，東翁——！」好好的嫁女冷不丁就變成了托孤，師爺猝不及防，擺著手連連後退，「東翁何出此言，何出此言那！節度，節度大人手握重兵，誰人輕易敢動他？況且這次又是神仙打架，你我躲得遠一些，明哲保身就是了，總不至於坐在家裡禍從天降！」

「明哲保身，呵呵，明哲保身談何容易啊！」縣令孫山搖了搖頭，大聲苦笑。「照理，神仙打架，的確關不到我這個區區縣令什麼事情。可節度大人他，他這次——，唉！應該不至於到了如此地步。可若是真到了，也沒辦法。你也在綠林裡頭混過，應該知道，萬一站錯了隊，會是什麼下場。」

「啊！」師爺低聲尖叫，抬起臉，可憐巴巴地看著孫山，豆子大的汗珠一滴滴從額頭往下滾。綠林也好，朝堂也罷，最難做的事情，就是站隊。一旦站錯，無論你有再大的本事，再高的名望，也難逃萬劫不復的下場。

想當年，節度使孫方諫，曾經當著所有弟兄的面兒，把試圖取代他的四當家季士廉連同其餘三十多名同黨活著給丟進了火堆中烤成了熟肉。朝廷雖然表面上不會像綠林一般殘暴，可對犯有「謀逆」重罪的人，從千刀萬剮到絞死暴屍，諸多的刑罰也是一樣不缺。

「算了！不用多想了，想也沒用！老大人把自己押哪頭，你我根本干涉不到！就希望他這次和以往一樣運氣好吧！」縣令孫山走上前，攬著師爺的肩膀，宣布了自己的對策，聽天由命！

「唉——」又是一聲長長的嘆息，師爺佝僂著腰，滿臉苦澀。

混綠林道時，大夥都說當官好，能明著搶，還不用擔心官兵前來圍剿。可真正當了官，才發現當官的風險和當強盜一樣巨大。並且很多時候連袖手旁觀的資格都沒有！

屋子內再度陷入了沉寂，一對難兄難弟相對無話。正活得了無生趣之時，忽然間，外邊傳來了一連串腳步聲響，緊跟著，戶房主事李英橫著滾了進來，「大人，大人，好消息，好消息！鄭巡檢，鄭巡檢親自來拜訪了！鄭巡檢親自登門拜訪您來了！」

「誰？」縣令孫山一個箭步躥到屋門口，拎著李英的脖領子追問。原本灰敗憔悴的臉上，同時寫滿了期盼和警惕兩種不同的表情，看起來分外怪異。

「鄭，鄭巡檢，他，他登門來拜訪您了。就，就在衙門口。大人，大人您……」戶房主事不知道由於剛才跑得太急，還是心情過度緊張，說出來的話語不成句，「大人您要，要不要去見他！」

「廢話！」孫山手一鬆，將李英丟在了地上。一邊大步流星往外走，一邊高聲吩咐：「來人，跟我去迎接鄭巡檢。師爺，你趕緊派人去附近的酒樓訂兩桌頭等席面兒，告訴他們，撿好的上！不准糊弄，否則，我封了他的門！」

「是，是東翁！」師爺和李英兩個互相看了看，臉上的表情彷彿瞬間放下了一座五行山似的輕鬆。

縣令孫山自己，心裡頭終於也看到一絲希望。大幅度邁動雙腿，身輕如燕。鄭子明肯主動登門，說明此人並未對數日前郭允明的私兵來襲時，義武軍袖手旁觀的舉動耿耿於懷。還說明了其背後的勢力，至今尚未把義武軍上下當作敵人。如此，雙方之間就仍有互相合作，或者井水不犯河水的可能，而不是隨著朝堂上局勢的變化，寇仇般鬥個你死我活。

三步並作兩步來到縣衙門口，就看到鄭子明帶著郭信、陶大春，還有一個自己以前沒見過的英俊少年，正笑呵呵地跟周圍人寒暄。而定縣的班頭、衙役以及各級文職，則如聞到魚腥味道的蒼蠅般，亂哄哄地圍在鄭子明以及其同伴的身邊，臉上堆著媚笑，馬屁聲滾滾如潮。

「郭家軍」化妝偷襲李家寨的事情，對一眾小吏來說早已不是什麼秘密。偷襲者全部有去無回的結果，也早就在縣衙之內傳得沸沸揚揚。眾小吏和衙役們雖然不像縣令孫山這麼警覺，意識到多日前發生的戰鬥乃為皇帝陛下和顧命大臣即將發生衝突的先兆。但是，他們卻能準確地判斷出，眼前這位鄭巡檢大夥得罪不起。對於自己得罪不起的人，小吏和衙役們自然有一套完整的打交道辦法，那就是，像祖宗一樣高高地供在上面，寧可奴顏婢膝地討好，絕不怠慢分毫。

「我說今天一大早就聽見喜鵲叫個沒完呢，原來是巡檢大人蒞臨！」早就知道自己手底下都是些什麼貨色，孫山對眼前的情景也不覺得如何失望，將腳步又加快了數分，拱起手大聲招呼。「下官迎接來遲，還請大人勿怪，勿怪！」

「縣尊大人客氣了！是鄭某未曾派人先下書，就冒昧登門，還請縣尊大人不怪某莽撞才是！」鄭子明微微一笑，輕輕擺手。

數日不見，他的個頭比上次跟孫山分別時又長高了一些，臉色也被太陽稍稍曬黑了點兒，看起來全然不像是一個十七八歲的少年，舉手投足間，都帶著幾分為將者的老成。

「不敢，不敢！」縣令孫山，原本就沒拿鄭子明當小孩子看過，此刻見對方的姿態穩重裡透著自信，愈發不敢輕視。又深深彎了下腰，拱著手補充道：「年關將至，下官本該登門求教，不料最近諸事纏身，所以才始終未能成行。下官知罪，願領任何責罰！」

「啊——？」先前還因為自己拍半大小子馬屁而心中略感慚愧的眾小吏和差役們，一個個在心中默默驚呼。「到底是大人，這身段，這態度，嘖嘖，沒得比！就衝這兒，縣令就該由人家來做！」

此際雖然正值亂世，武貴文賤，可一個地方五品巡檢，也管不到朝廷正式任命的七品縣令頭上。所以鄭子明自己，起初也被孫山的舉止給嚇了一大跳。然而很快，他就想明白了其中端倪，笑了笑，上前將對方胳膊托起，大聲說道：「孫兄這麼說，是在趕我走嗎？那我還是改天於城中擺了席面兒，再派人來請孫兄吧！免得孫兄一口一個大人，把我叫得渾身都不自在！」

「別，別，別！大人，鄭兄，鄭老弟教訓的是，下官，為兄著相了！」縣令孫山微微一楞，趕緊擺著手就坡下驢。話說得雖然結結巴巴，臉上的熱情，卻比火焰還要熾烈。「請，老弟你這邊請，為兄派人去訂了席面兒，咱們哥倆今日一醉方休！」

「這就對了，咱們又不是第一次見面，老兄你剛才胡亂客氣些什麼勁兒！」鄭子明笑了笑，故意裝出一副抱怨了口吻嗔怪。

「是，是我想多了，想多了！」縣令孫山是何等玲瓏人物，立刻順著對方口風表態，「咱們同地為官，原本就該親如一家。老弟請，咱們進去說話！」

「孫兄先請！」

「賢弟請！」

「孫兄……」

「賢弟……」

二人你推我讓，最後終於胳膊挽著胳膊，好像有三輩子交情般同時邁步跨過了門坎兒。然後在小吏和衙役們的前呼後擁下，穿過正堂，來到專門供縣令與地方頭面人物打交道，或者與親朋好友往來的二堂，分賓主落座，喝茶敘話。

郭信、陶大春和美少年潘美，也被眾差役請到了與二堂只有一牆相隔的房間內，由師爺和各房主事陪著閒聊。不多時，從城內最好一家酒樓訂的兩桌頭等席面兒送到，賓主之間又客氣了幾句，兩個屋子裡頭的人便陸續開始推杯換盞。

轉眼酒過三巡，縣令孫山自己喝得有些耳朵熱了。就放下了酒盞，壯著膽子問道：「賢弟冒著大風雪前來縣城，想必有正經事找我這個當哥哥的。你放心，只要力所能及，愚兄絕不跟你含糊！」

「如此，鄭某就先謝過孫兄了！」鄭子明當然不是為了喝酒而來，聽孫山此言，也將酒盞輕輕放穩，於矮几後坐直了身體，笑著拱手，「不瞞孫兄，小弟我那李家寨，數月前僥倖被朝廷升格成了軍寨，編制是有了，但錢糧甲杖，至今卻沒見到任何踪影。而偏偏最近又老有不開眼的蟊賊前來襲擾，每次惡戰之後，需要治療撫恤的傷患，又得一大堆。因此，最近小弟手頭上就有些吃緊！」

「啊？原來是這事兒，賢弟你怎麼不早說！」孫山聞聽，先是故作驚詫狀，隨即大笑著揮手，「此事兒簡單，包在為兄身上。不就是一些錢糧嗎，賢弟你說個數，為兄明早就派人裝車給你送過去！」

他是誠心想巴結對方，順手給自己也刨一條後路出來。所以只要不是逼他立刻表態站隊，其餘什麼要求都能商量。反正錢和糧食又不用他自己掏，府庫裡挪用一些，回頭再跟地方上的仕紳們攤派一些，肯定能湊得出。

誰料鄭子明卻絲毫不領情，不待他話音落下，就又大笑著擺手，「孫兄，孫兄誤會了。鄭某今日也不是為了向你化緣而來。你又不是富豪，多少錢糧，最後還不得再攤派到當地百姓頭上？這樣做一次兩次沒關係，次數多了，鄭某和孫兄，難免就成了眾矢之的！」

「那，那倒也是！」被人一句話就戳破了心中算盤，孫山臉色微紅，拱起手，訕訕地回應，「可，可除了這樣，愚兄實在想不出別的辦法去弄錢。若是，若是脫下這身官袍，卻，卻又怕……」

「孫兄不要為難，鄭某也沒想過讓你重操舊業！」寧子明再度猜到了對方的想法，搶先一步笑著打斷，「況且周圍幾個縣也是孫節度治下，咱們倆假扮強盜去搶劫，不是故意往節度使大人臉上潑墨汁嗎？」

「那，那是！」孫山點點頭，苦笑不止。剛才他沒勇氣直接說出來的話，正是扮作強盜去別處打家劫舍。反正只要出了定縣地面兒，影響的便是別人的政績，跟他本人沒半點兒干係。

「不胡說了，孫兄，小弟此番前來，是想跟你商量，在縣城旁邊開一座榷場！」分不清孫山到底是在跟自己裝傻，還是真傻，鄭子明不想繼續繞圈子，乾脆選擇直來直去。「年關過後就會開春兒，屆時會有大批的商販從定、易兩地經過，需要携帶和補充的貨物，也數以萬計。你我與其老是想著從當地百姓身上榨油，倒不如建個存放和交易貨物的榷場，飲這源源不絕的活水！」

「啥？做買賣，你居然要跟我搭夥去做買賣？」孫山嚇了一大跳，頭瞬間搖成了撥浪鼓，「不成，不成，那種辱沒祖宗的賤業怎麼能操！巡檢大人，子明賢弟，你如果缺糧草金銀儘管給我說個數，只要缺口不大，我會想盡任何辦法幫你。但若是讓孫某操此，操此賤業，你，你還不如直接拿起鐵鞭來給我個痛快！」

「做生意怎麼就成了賤業了？我結拜兄長郭榮不是做了十五六年茶馬生意嗎？他可是郭樞密院之子！」沒想到對方的反應居然如此激烈，鄭子明瞬間也是一楞，滿頭霧水。

「那，那郭榮是為了替他義父補貼軍用，才屈身商賈。屬於，屬於大大的孝道，外人無論如何都說不出什麼來！而你我若操持此業，子明賢弟，你聽為兄一句話，咱們哥倆兒這輩子的名聲就徹底完蛋了！」孫山繼續用力搖頭，滿臉惶急，彷彿做生意比他原來做強盜，或者現在過貪官，還見不得人一般。

鄭子明心裡，卻沒那麼多條框約束。見此人言行迂腐，忍不住冷笑一聲，撇著嘴道：「做生意不偷不搶，怎麼就會壞了名聲？況且又不是要你我親自去捲起袖子賣貨，騰出一片空地，蓋一排倉庫，再派人維持一下秩序而已。你若是不願意，我就去易縣找別人搭夥便是。他們那邊的何縣令還欠著我一份人情呢，這次剛好給他個機會還了！」

「這，這，子明老弟，子明老弟，你且容我再想想，容我再好好想想！」縣令孫山既不願跟鄭子明把關係弄得太僵，又捨不得自己的「官聲」，苦著臉，不停地拱手。

對方春天時在易縣挺身殺賊的故事，他曾經聽說過。所以知道所謂「去易縣找人搭夥」，並不是一句虛言。而那易縣縣令何晨跟他卻不太對脾氣，萬一此人跟鄭子明搭夥做生意做熟了臉，再偷偷給孫某人下點兒爛藥，孫某人多留一條退路的打算，可就徹底落到空處。

「我找當地人粗略估計了一下，每年由定、易兩州販往燕雲和遼東的貨物，價值絕對已經超過了百萬，並且還有逐年上漲的趨勢。每年商販從幽州帶回來的貨物，價值比運出去的更高。而朝廷雖然有收復燕雲之志，短時間內，卻是力不從心。所以在定縣城外開一座榷場，絕對是穩賺不賠的好買賣！」鄭子明瞭解孫山的性子，知道此人耳軟心活，所以也不逼著此人立刻做出決定，只是將肉眼能看得見的好處，一一列出。「若是再能準備一些金銀，囤積一些貨物，讓商販們有機會在此做最後的補充，或者在此拋售他們認為已經多餘的貨物，賣高買低，則收益還要翻倍。」

那縣令孫山，聽到往來貨物價值高逾百萬，眼睛已經開始放光。待又聽到「低買賣高，收益翻倍」八個字，先前所擔憂的什麼「官聲」，什麼「前程」，也迅速黯然失色。迅速抬起頭，將目光與鄭子明的目光對正，咬了咬牙，低聲道：「若是不向民間加稅，便能令府庫充足，將士糧草輜重無缺，孫某個人的榮辱又能算得了什麼！只是開這樣一座榷場的話，不知道你我兄弟都要各自幹些什麼？起初的投入，又是多少？」

「投入不會太大，找一座已經沒人住的莊子。把裡邊清理乾淨，把破房子修好，充當庫房，然後再撿這兩年最緊俏的北銷貨物，每樣備上一些就行了！」寧子明等的就是他這句話，笑了笑，非常認真地解釋，「莊子我已經看好了，就在城外十五里，靠近滱水的地方。房子我也可以派人過去修整清理。至於人手，你我兩家各自負責招募一半兒。除此之外，孫兄只需行一道公文，證明此榷場為經官府准許所辦，再準備三萬到五萬貫銅錢做本金便可。待榷場開好，衙門便可以派人來收取貨物交易的厘金，而小弟則派兵丁負責維持裡邊的秩序，保護榷場的安全，並護送來榷場安歇交易的商販，平安抵達拒馬河畔通往幽州的橋梁和渡口！」

「怎麼？咱們，咱們還要派人給商販做鏢師？」孫山聽得似懂非懂，只抓住最後一句詫異地追問。

鄭子明心裡早有準備，笑了笑，輕輕點頭，「定縣雖然距離拒馬河不過百十里路，可最後這百十里路，往年卻是出岔子最多的路段。咱們既然開了這座榷場，收了商販們的厘金，索性就拿人錢財與人消災，贈他個一路平安！」

既然是三州巡檢，光是蹲在定州一地，就太憋屈了。手下的兵丁，也必須經常拉出去，真刀實槍地跟不同的對手過過招。而縱橫於拒馬河兩側，專門靠吸商販血漿而生的各路蟊賊，則是最佳練手對象。以前找不到合適理由和機會收拾他們，這次，剛好拿保護商隊做為藉口。

此外，把榷場開設在定縣的好處還有，這裡距離漢、遼兩國的默認邊境，還有百十里路程。不像易縣，跟幽州就隔著一條拒馬河。萬一榷場的生意太紅火，引起了遼人的窺探，百十里路途，則可以為定縣這邊贏得充足的預警時間。而遼國那邊的領兵者若是不想引發大規模的戰爭，對深入漢境百里的行為，也會慎重考慮。

當然，這些檯面下的理由，鄭子明是不會直接跟縣令孫山說的。至於孫山日後能否自我領悟，領悟到多少，則悉聽其便。反正只要榷場開起來，有了源源不斷的進項，易縣的大小官吏們，就絕不會讓這隻「會生金蛋的母雞」輕易被人殺掉。屆時，縣令孫山想要反悔，也是孤掌難鳴。

「那，那，那可是太，太便宜商販們了！」此時此刻，縣令孫山所想的，卻根本不在寧子明所偷偷關注的範圍之內。而是根據自己人生經驗，推算出了另外一番誘人的成果。

作為曾經的山賊頭目，他對邊境上那些「同行」的來歷，再清楚不過。有的是專職的蟊賊，有的則為附近一些堡主、寨主帶人假扮，還有的，則乾脆就是商販們自己！

某些商販覺得所携帶的貨物不夠充足，又拿不出錢來購買，乾脆就扮作強盜洗劫同行。反正做行商北上販貨者，幾乎每年都有兩成左右有去無回，無論死在誰手裡，官府都沒力氣去追究！

「表面上，是商販們占了咱們的大便宜。但這事兒得看長遠效應，時間越久，知道這條路安全的人就越多。慕名改道而來的商販也就越多！」鄭子明的話繼續傳來，依舊不疾不徐，聽在縣令孫山耳朵裡，卻猶如醍醐灌頂。

長遠，這件事的確長遠無比！非但能給合作雙方帶來滾滾紅利，而且會讓主事的官員，贏得商販們眾口交讚。而全天下能乾乾淨淨賺錢，並且賺完了錢還落個好名聲的事情，總共才有幾樁？落在自己手邊還用力往外推，傻子才會那麼幹！

彷彿看見一條鋪著金光的大道，在自己面前徐徐展開。縣令孫山全身上下熱血沸騰，頭腦反應也變得無比靈敏，「此事太過重大，光是咱們兄弟倆來做，恐怕力有不逮。最好能拉上幾家地方仕紳，大夥齊心協力，讓我定縣榷場，成為邊境上最大，最好的一座。誰人也效仿不得，盜匪個個看著流口水，卻不敢碰其分毫！」

「你我兩家總計占六成乾股，另外四成，孫兄可以再找四到八家有眼光的仕紳均分。」鄭子明當然知道利益均沾的道理，笑了笑，低聲給出了解決方案。「並且你我兩人，也不用自己出面來承擔此事。各自指派一位信得過的掌櫃頂在前面，各自幕後操縱便可！」

如此，連孫山先前最介意的「名聲」影響，都徹底抹除了。如何不令縣令大人喜出望外？頓時，瞪著亮晶晶的眼睛，孫山拚命點頭，「就這樣，就這樣，拉人入夥的事情，包在為兄身上。賢弟儘管放心，年關之前，資金，人員，都會全部到位。咱們哥倆聯手，一定給過往商販，給定縣父老，把這件事辦得穩穩當當！」

「如此，就有勞孫兄了！」鄭子明舉起酒盞，遙遙相邀。

「自家兄弟，不必客氣！乾了！」孫山將袖子一甩，擺出自己的本來模樣，豪氣萬丈地舉起酒盞與鄭子明手中的舉盞在半空中相撞。

接下來的酒宴，賓主雙方都吃得無比盡興。推杯換盞間，便敲定了榷場開設的大致細節，並且將雙方頂在前面的掌櫃人選也推了出來，約定由他們具體去負責執行。

酒足飯飽之後，鄭子明起身告辭。縣令孫山非常熱情地帶領全縣官吏，一路將客人送出了城門之外。直到全體客人都上了馬，身影被漸漸降臨的夜幕所吞噬，才戀戀不捨地返回縣衙。

待其他官吏帶著醉意散去，孫山卻又命人拿冷水伺候著自己洗了臉。隨即，將師爺召到身邊，低聲交代：「今天的事情，你替我寫一封信，連夜送往節度大人府邸。馬上過年了，我這做晚輩的沒啥東西能拿出來孝敬他老人家，好歹也做些實際事情，讓他能多少開心一下！」

「是，東翁！」師爺雖然最初在隔壁陪陶大春等人吃酒，卻在安排雙方具體執行人的階段，被孫山叫到了身邊，所以對合夥開辦榷場的事情已經瞭解得很清楚。此刻聽了孫山的吩咐，立刻拱了拱手，鄭重領命。

「記得如實寫，把對方的要求，和我這邊的答覆，都原封不動寫在信裡！不必像以往寫公文糊弄上司那樣，想盡辦法去糊弄！」孫山卻對他多少有些不放心，又快速補充。

「是，東翁！」師爺楞了楞，再度拱手。隨即，又快速朝窗外看了看，壓低了聲音提醒，「東翁，如果真的如實寫，老大人那邊，會不會對您有些看法？畢竟，此事您未曾稟告，就已經與那鄭子明把事情先做了。而那巡檢司，從某種程度上而言，又是朝廷安插在義武軍地盤上的一支楔子！」

「你儘管如實寫就是！」孫山笑了笑，挺胸拔背，與先前未見寧子明時的頹廢模樣，判若兩人，「把賭注壓在其中一方，終究不如兩頭下注穩妥。這榷場開起來，雖然會養肥鄭子明，老大人跟郭威之間，誤會也就徹底消除了。今後是皇上跟郭允明贏了也好，是顧命大臣們贏了也罷，這邊境上，總得有個能幹的人看著！而咱們義武軍，無論哪一方贏，都是一個不錯的選擇！」

他雖然表面上看似粗鄙，內地裡心思卻極為縝密。在決定跟鄭子明合夥開榷場的同時，已經將此舉背後所帶來的利弊，反覆衡量了個通透。

他的族叔孫方諫軍雖然也算是一方節鎮，可無論跟郭允明等人所代表的朝中新晉勢力相比，還是跟史弘肇、郭威、楊邠等任何一個顧命大臣的勢力相比，都顯得弱不禁風。被人隨便拍一巴掌下來，就有可能粉身碎骨。

所以，鑒於自身情況，眼下對孫方諫，對義武軍內的一眾大小頭目而言，最好的選擇，還是兩頭討好，兩頭都不得罪。否則，冒冒失失捲入兩派之爭，恐怕沒等看見爭鬥結果，自己就已經灰飛煙滅。

此外，對於鄭子明本人，孫山也頗為看好。春天的時候少年人還只是個吃刀頭飯的鏢師，到了秋天，就已經成為了聯莊會的會首。將李有德苦心經營了多年的基業，輕而易舉地就收入了囊中。如今到了冬天，當初的小鏢師已經成三州巡檢，五品高官，並且其身背後還站著一個當朝樞密做靠山。倘若給他三年五載的時間，天！照這個速度……

「東翁，東翁，信已經寫好了。還請您稍稍過目！」耳畔猛然傳來師爺的聲音，將孫山的思緒，從某個不知名的所在快速拉回。

接過已經被吹乾的信紙，他低頭迅速檢視。很快，就把內容盡數閱讀完畢。先笑呵呵地誇讚了師爺幾句，以示鼓勵，然後，用手指點了點信末的空白處，低聲吩咐道：「不錯，非常不錯！但這裡，最好再加上一句。『晚輩觀那鄭子明其人，絕非池中之物。我義武軍既然耐於郭家雀之顏面，不能辣手除之，不如趁其羽翼未豐，深結厚納。縱使其日後大器未成，我義武軍所失，不過是些許錢糧細軟。若其日後一飛沖霄，則我義武軍上下二十年之內，又高枕無憂矣！』」

「是！」師爺聽得兩眼發直，木訥地答應著，抓起毛筆，將孫山的口授內容寫在了信末。待落下了最後一個字，又猶豫著抬起頭，低聲提醒，「東，東翁，這麼說，是不是，是不是有些太，太看重那姓鄭的了。他，他現在雖然有些成就，畢竟，畢竟還是借郭家雀兒的勢。即便換了其他年輕人……」

「你以為那郭家雀的勢，是隨便一個人就肯借予的嗎？」孫山微微冷笑，快速出言打斷。「要打鐵就得自身夠硬，是爛泥絕對扶不上牆。師爺，你再仔細想想他這一年來的作為，看看他身邊所結交的人，還有他手下所倚重的人，就明白我今日的話沒錯了！」

說罷，也不理睬師爺的滿臉困惑。又笑了笑，徑直將目光投向了窗外。

窗外，夜色已深，星光格外璀璨。

璀璨的星光下，鄭子明、陶大春、郭信和潘美四個，帶領著一小隊親兵，策馬匆匆向西而行。

最近接連發生的兩場戰鬥，雖然規模都不算大，程度也都不算激烈。卻如同兩塊磨刀石，將大家夥兒都磨得鋒芒畢現。特別是潘美，短短一個月內，從外觀形象到內在氣質，都有了脫胎換骨般的飛躍，乍一眼看上去，與先前簡直判若兩人。

可無論形象和氣質怎麼改變，「潘小妹」的綽號，卻已經徹底叫開了。非但陶大春和陶三春兄妹，在沒有外人的場合下，絕不肯改口。就連跟他原本不太熟悉的郭信、李順等人，也把綽號當成了他的真名，叫得無比脆生。有幾次潘美甚至被叫得惱羞成怒，將二人約到演武場上，大打出手。然而第二天雙方見了面兒，郭信和李順兩個頂著兩隻烏青烏青的眼眶，依舊喊其綽號如故。令潘美氣得直咬牙，卻拿二人半點辦法也沒有。

唯獨沒叫過他綽號的，只有鄭子明一個。也不知為何，他從第一眼見到潘美，就對此人欣賞有加。從不為潘美年紀比自己還小，就看低了此人。也從不為潘美曾經對陶三春心懷愛慕，就將其列入登徒子之列。相反，如今寨子裡無論大事小情，鄭子明最喜歡跟其商量的那個人，就是潘美。哪怕有好幾次潘美所提的建議，都明顯臭不可聞，他也只是笑笑了之。下一次，還會把此人請到自己身邊來，像臥龍鳳雛般躬身求教。

人，都是需要尊重的。特別是潘美這樣從小心高氣傲，卻又從未曾找到過機會證明自己與眾不同的傢伙，對別人看向自己的目光，尤為敏感。當發現鄭子明是真心地拿自己當個少年英傑，而不是玩什麼「千金市馬骨」的伎倆之後，潘美終於收起了最初的「攪局」心態，開始認認真真地替對方謀劃了起來。雖然偶爾因為陶三春的選擇，心中依舊感覺悵然若失，但公私之間，卻始終做到了涇渭分明！

數日前在通往李家寨的無名山谷中，全殲「郭家軍」的戰鬥，大部分便是出自潘美的謀劃。隨後將前來趁火打劫的某支莊丁一網撈盡，大部分也是出自潘美手筆。這兩場戰鬥的結果，都堪稱完美。非但將巡檢衙門自身的損失，降到了前所未有的低。給外界帶來的震撼，也遠遠超過了前面若干場戰鬥的總和。

如今的巡檢衙門，在外人眼裡，絕對成了一個神秘且可怕的龐然大物。任何膽敢招惹這個龐然大物的勢力，最後下場都是屍骨無存。可以說，眼下的定州地面上，鄭巡檢的威名，已經令人聞之色變。並且隨著時間的推移，還在不斷地上升，早晚必能止小兒夜啼。

「潘小妹兒，你說，開榷場真的能日進斗金嗎？」走夜路最是無聊，既沒有什麼風景可看，又被倦意侵襲得頭腦昏沉。所以很快，就有些人開始沒話找話。

「郭指揮，莫非最近又覺得筋骨痠澀了，需要潘某幫忙鬆上一鬆？」潘美立刻就被撩撥得心頭火起，瞪圓了眼睛大聲回應。「若是如此，明日一早，小校場上潘某恭候。」

「去，郭指揮，去，弟兄們打好了酒水等著你凱旋而歸！」幾個親兵唯恐天下不亂，扯開嗓子，在旁邊大聲攛掇。

「軍中不以私鬥為勇！」然而郭信吃過一次打，卻已經學了乖。知道潘美年紀雖然小，拳腳功夫卻遠在自己之上。除非真正將其當成仇敵以性命相搏，否則，自己根本占不到任何便宜。所以乾脆將脖子一縮，大言不慚地談起了軍律來！

「嗤！」潘美見其不敢接招，立即揚起鼻孔，朝著天空長長地噴出一道白霧。

「我只是，只是覺得，你的主意有些過於一廂情願了。」郭信被潘美鼻孔裡發出的聲音，弄得好生難堪。偏偏又不能真的跟對方去拚命，喘了幾口粗氣，繞著彎子打擊道：「過往貨物價值百萬，百中取五，亦是五萬。有五萬貫銅錢，都夠把定縣官庫給堆滿兩次了。你說這麼好的發財辦法，多年以來怎麼就沒人能想得到呢？即便是別人沒想到，見到了咱們這邊開榷場能賺錢，人家豈不會照葫蘆畫瓢？屆時定、雄、莫、霸各州，到處都是榷場。誰還瘋了，非得要從你這裡走！」

「嗤！」回答他的，依舊是一聲冷哼外加一道白霧。潘美的頭高高地抬起，就像一隻開了屏的孔雀般驕傲。

在距離縣城十五里滱水旁開一座榷場，最早便出自他的提議。在他看來，對付定縣令孫山這種貨色，最好的辦法，就是用睜開眼就能看得見的利益，將其牢牢地跟巡檢司衙門捆在一起。只是他萬萬沒想到，寧子明對這個提議，重視程度竟無以復加。居然以最快的速度，將其補充完善；以最快速度，制定出了所有具體細節。並且在原來的基礎上，將其規模和預期收益目標，都足足放大了五倍。

所以，潘美才不在乎郭信的質疑與詆毀。有鄭子明這樣的智勇雙全的上司理解自己的謀劃，並全力支持自己將謀劃付諸實施，已經足夠了。不用跟某些蠢笨如牛的傢伙計較言語上的短長，更沒心情去教某些蠢笨的傢伙學本事。

「你，你除了用鼻孔噴煙兒，還會不會點兒別的？」連番數次被人蔑視，郭信有些下不了臺。提起馬韁繩朝潘美的肩膀撩了一下，繼續憤怒地質問，「潘小妹，大人可是一直拿你當手足兄弟相待！你要是給出錯了主意，過後大人即便不予追究，我看你還有什麼臉面，往弟兄們面前站！」

「潘某有沒有臉，半年之內自然見分曉。倒是你，郭指揮，大人也拿你當自家兄弟一般，而你……」潘美這次沒有繼續冷笑，轉過臉，反唇相稽。誰料話剛剛說了一半兒，胯下戰馬忽然高高地揚起了前蹄，「噫吁吁——」，將他的後半句話，瞬間吞沒在嘶鳴聲中。

「吁——！吁——！」潘美再也顧不上跟郭信鬥嘴，雙腿緊緊夾住戰馬的肚子，騰出一隻右手在戰馬脖頸上輕輕安撫，「勿慌，勿慌，有主人我在呢？什麼事情咱們倆一起扛著！」

「擺開隊形，警戒！」郭信也顧不上繼續撩撥潘美。手按刀柄，在馬背上快速轉身，「雙龍陣，將大人護在中間。若是有情況，就直接掩護大人衝過去！」

「是！」眾親兵低聲答應，迅速調整坐騎，沿著官道列成兩縱。一左一右，將鄭子明牢牢地夾在了兩支隊伍中央。

寒冷的曠野裡，沒有任何敵軍出現。頭頂上的星星大得如拳頭，冰冷的星光照下來，與地面上積雪的反光一道，將方圓二十里的範圍內，照得任何物品都清晰可辨。

這種環境下，偷襲很難起到效果。而正面廝殺，除非對手數量超過這邊十倍，否則以鄭子明、陶大春、郭信和潘美等人的本領，最後誰吃掉誰真的很難說。迅速用目光將周圍檢視了一番，大夥提到嗓子眼的心臟，又緩緩開始下落。眼角的餘光，則多少分出一些來給了正在安撫坐騎的潘美，帶著幾絲幸災樂禍。

很顯然，潘美這次的過於驕傲，連他胯下的戰馬都忍受不了了。所以才在他跟郭信鬥嘴的時候，斷然「倒戈」。正當大夥的神經漸漸放鬆之際，二十步外某棵樹後，忽然傳來低低的一聲，「嘣」，緊跟著，一道寒光閃爍，直撲剛才發號施令的郭信面門。

「啊——！」眾親兵想要出手相救，卻已經來不及。張大了嘴巴，齊齊閉上了眼睛。「噹啷！」又是一聲脆響，將他們的心臟從絕望中撈回，猛然睜開雙目，大夥驚喜地看見，一面秀氣的包銀圓盾恰恰護住了郭信的腦袋，有一支狼牙箭釘在盾面上，尾羽不停地顫動。

「路左三十步樹林，左偏半丈遠，齊射！」鄭子明的聲音忽然響起，不帶絲毫猶豫。

憑藉艱苦訓練出來的本能，眾人迅速收回目光，從腰間抽出騎弓，朝著命令所示方向發起反擊。倉促之間，哪裡提得起什麼準頭？然而畢竟有二十幾張弓，羽箭製作得又極為精良，只是兩輪齊射，就將偷襲者的身影從樹林中給逼了出來，騎著三匹戰馬，落荒而逃！

「圍上去，一個都別放走！」鄭子明又是一聲令下，策馬追向了偷襲者。眾親兵唯恐自家主將有閃失，也紛紛策馬跟上，一邊悄悄護住鄭子明的兩側，一邊將隊形像大雁般展開，朝著偷襲者左右包抄。

「多謝了！」郭信從自己臉上抓起那面救了命的銀盾，輕輕丟還給潘美，頂著兩道被砸出來的鼻血大聲致謝。

這種像大姑娘嫁妝般精緻的護具，除了潘美之外，誰都不會用，也用不起。所以無須費神去猜，他都知道該感謝誰。

「不必客氣！」潘美接住小盾，滿臉驕傲地搖頭。「現在去追，咱們也幫不上忙。不如一道把林子搜上一搜。那三個人連誰是主將都沒分清楚，未必是存心奔著大人來的。他們剛才跑得又很惶急，樹林裡也許會留下什麼蛛絲馬跡！」

「聽你的！」郭信抬手擦了把鼻血，甕聲甕氣地回應。

先前來的那支冷箭力道甚足，雖然被盾牌及時擋了一下，餘力依舊推著盾面兒，砸得他眼前金星亂冒。所以他現在根本沒有辦法控制坐騎，還不如聽從潘美的建議，去搜搜偷襲者在樹林裡有沒有什麼遺落之物，再順藤摸瓜弄清楚他們的身份。

二人一個負責持刀警戒，一個打起火把仔細搜索。沒花多長時間，果然有了發現。只見半尺厚的積雪中，大大小小丟了四個麻布包。每一個裡邊，都塞滿了衣服、鞋襪、被褥、枕頭、茶壺、木碗等日用之物，其中一個，裡邊居然還倒出了一口鐵鍋。鍋沿邊緣，殷紅色的血跡觸目驚心。

「壞了，是契丹人！大人他們危險！」郭信的臉色，在看到衣服鞋襪等物時，就開始發青。待看到連鐵鍋也被裝進了麻袋，立刻跳起來，縱身直奔戰馬，「快，咱們快追上去，把大人追回來。是契丹兵，契丹兵偷偷南下了！」

「你怎麼知道是契丹兵？如果是契丹兵，剛才為何只有一個人放箭？」潘美雖然足智多謀，見識卻遠不如郭信豐富，楞了楞，一邊在後邊跟著猛跑，一邊大聲追問。

「這是契丹正軍精銳的標準建制，一名正兵，一名輔兵，一名打草穀！」郭信三步兩步衝到自己的戰馬旁，飛身而上，強忍著陣陣暈眩大聲補充。

「打草穀，什麼叫打草穀？」潘美也飛身跳上坐騎，與他並轡疾馳，聲音被夜風吹得忽高忽低。

「正兵負責殺人，輔兵負責給正兵背盔甲，抬雲梯，照看戰馬，從死屍上割腦袋記功！」郭信的聲音，因為過度緊張已經變了調，不管潘美問的重點是什麼，一股腦地介紹。「至於打草穀，是契丹那邊專有的兵種，負責到民間搶掠，募集一切可能用的物資。」

「那就是專門搶劫了！為何叫打草穀這麼怪異的名字？」潘美聽得似懂非懂，瞪圓了略顯單純的眼睛繼續刨根究柢。

「因為，因為在契丹人眼裡，咱們，咱們就是草穀！」郭信牙關緊咬，從喉嚨裡發出一連串憤怒的咆哮。

「奶奶的，該死！」潘美嘴裡也發出了一聲低低的咆哮，雙腳同時再度用力磕打馬鐙。胯下的桃花驄被他催得四蹄交替騰空，風馳電掣般，朝著鄭子明等人消失的方向追將過去。

郭信擔心鄭子明等人因為辨別不出對手的身份而吃虧，也把胯下坐騎的潛力壓榨到了最大。然而，即便如此，二人也是足足追了小半個時辰，才終於在坐騎倒地吐血之前，看到了目標的蹤影。

「你們倆可算追上來了，大人正準備派弟兄回頭去找你們倆呢！」沒等二人放緩坐騎速度，擔任外圍警戒的陶大春已經舉著角弓迎了過來，先是微微一喜，隨即迅速將角弓壓低，帶著幾分沮喪的表情招呼。

「抓到那幾個傢伙了嗎？他們有可能是契丹人，契丹正軍！」潘美根本就沒注意到陶大春的表情，一邊繼續由坐騎帶著往前衝，一邊大聲提醒。

「抓到了！」陶大春點了點頭，高聲回應，臉上卻依舊看不到半點作戰獲勝的興奮，「的確是如假包換的契丹兵，馬上本事了得。逃命途中，還傷了咱們這邊四個弟兄！」

「啊——！」郭信聽得心中一驚，追問的話衝口而出，「傷到了誰？大人他沒事兒吧！傷得嚴重嗎？有沒可能救回來！」

「大人沒事兒！」陶大春搖搖頭，非常沮喪地補充，「可那四名弟兄，有兩個當場就不成了。還有兩個，從馬背上摔下來斷了腿，估計養好傷後，也無法再上得了戰場！」

「該死！」潘美低聲唾罵，翻身跳下，提著一把橫刀走向人群，「賊人呢，死了沒，沒死就給我留一刀。老子倒是要看看，他到底是不是鐵打的，怎地如此囂張！」

「死了倆，還剩下一個！你來得正好，這廝正跟大人裝啞巴呢！」一名親兵紅著眼睛回過頭，大聲控訴。

「讓我來！」沒等潘美做出答覆，郭信已經從他身邊一閃而過，「交給我，大人。我專門跟人學過如何審問俘虜，半個時辰之內，絕對讓他把小時候偷看別人洗澡的事情都供出來！」

「我給你打下手！」潘美這回沒故意挑郭信的毛病，拎著刀，快步追上。

他先前被「我們就是草穀」這句話刺激得不輕，所以心中發了狠，要讓俘虜後悔活著來世上一遭。然而還沒等將手中的橫刀舉起來，耳畔卻忽然傳來了鄭子明的聲音，「別費事了，這種連人話都不會說的東西，你即便把他千刀萬剮，也問不出什麼有用的來。順子，直接拖到路邊找個大樹把他掛上去。記得剝光了衣服，讓其他契丹狗賊看看，這就是做強盜的下場！」

「是！」李順難得有一次表現機會，大聲答應著上前，從地上拽起捆在契丹俘虜雙腳處的繩索，用力朝路邊猛拖。

「阿巴亥，阿巴亥，要隔阿巴亥巴林斗其……」先前還緊閉牙關一字不說的契丹人，嘴裡猛地爆發出一連串驚恐的尖叫，彷彿即將被拖進屠宰場的豬樣般，扭動掙扎不停。

「勇士？你這種連別人家飯鍋都要搶的狗賊，也好意思自稱勇士？」郭信常年跟隨柴榮走南闖北，多少懂得幾句契丹話，上前狠狠踢了俘虜兩腳，大聲唾罵。

「巴林斗其，烏拉哈，巴林斗其。巴林斗其喔啊，拔地波爾，不卡拉比！」被俘的契丹人叫嚷得愈發大聲，彷彿自己蒙受了多大的冤枉一般。

「奶奶的，你搶劫殺人還有理了不是？既然誰弱誰該死，你現在輸給了我們，就老老實實去死。別臨死之前還給自己找那麼多藉口！」郭信聞聽，眼睛裡頭的怒火更盛，舉起橫刀，用刀背朝著俘虜身上猛抽。

「郭指揮，他說的是什麼？他說的是什麼？你別把他給打死了，大人說過，要剝光了活活凍死他！」潘美不懂契丹話，見郭信怒不可遏，追上前幾步，一邊詢問一邊提醒。

「他說，他是契丹勇士，就該走到哪吃到哪！那幾個被殺的人活該，誰叫他們沒本事保護自己和家人！」鄭子明接過話頭，主動給大夥充當翻譯。話語裡，冷靜遠遠多過了憤怒。

「你有本事！你有本事！」潘美聞聽，肚子裡也瞬間騰起了半丈高的怒火，追上去，跟郭信一道，用刀背朝著俘虜身上猛抽。

那俘虜吃痛不過，嘴裡忽然發出一聲大叫，「啊——」。隨即，雙腿猛地往回一收，將李順拽倒於地。隨即，又是一個鯉魚打挺，跳起來，沉腰曲膝，「呼」地一聲，將捆在腳上的繩索掙成了數段。

「想跑，沒那麼容易！」潘美先是被嚇了一楞，隨即追上去，揮刀便剁。

那契丹俘虜雙手被皮索反捆在背後，無法搶到兵器格擋還擊。雙腳和身體，卻靈活得令人瞠目，躲、閃、騰、挪，轉眼間，令潘美的攻擊盡數落空。抽冷子，還飛起一腳過來，直奔潘美心窩，試圖臨死之前，再拉上一個墊背。

「呼！」郭信怕潘美吃虧，搶上前一步，抬腿撩在了俘虜的腳腕子上，將此人撩得倒飛數尺，摔了個仰面朝天。

「我叫你跑，叫你跑！」李順也終於從地上爬起來，一個縱身坐在了俘虜胸口處，揮起拳頭朝此人臉上亂打。其他親兵緊隨其後，也圍攏過去，亂腳齊下，轉眼間，就將俘虜給打得口鼻出血，直挺挺地躺在地上，徹底一動不動了。

「別，別打了，他死了，真的死了！」李家寨傀儡寨主李順，這才發現自己憤怒之下闖了大禍，跳起來，揮舞著雙手大聲喊叫。

眾親兵聞聽，趕緊收腳。再看那名契丹俘虜，雙眼緊閉，滿臉是血，口鼻處，已經全然沒有了呼吸。

這下，眾人可是有點兒傻了眼。如果要想讓俘虜死的話，先前追殺時，就可以將其亂箭攢身。好不容易抓到了活口，什麼有用的消息還都沒問出來，就失手將其打死了。早知道這樣，當初又何必費那麼大的勁兒！

正忐忑不安間，卻聽到自家巡檢大人鄭子明笑著說道：「死了就死了，沒關係。留著他原本也沒什麼用。他們三個，頂多是偷偷越境過來劫掠財物的散兵游勇。真正的契丹大軍，不可能已經渡過了拒馬河！」

「這？是，大人！」眾人齊齊扭頭，對鄭子明的說法將信將疑。

往年間，也有契丹強盜偷偷摸過拒馬河殺人越貨，但通常都是在易縣、霸縣這些緊鄰著漢遼邊境的地段，很少深入到定州這麼遠。只有大規模契丹兵馬入侵之時，其斥候才可能提前搜索百里，以免大隊人馬在向前推進的途中遭受到漢軍的伏擊。

可若是大規模契丹兵馬入寇，易縣那邊，卻不該看不到任何報警的烽煙。畢竟義武軍在夏天時，光是烽火臺，就沿著拒馬河修了三十餘座。裡邊的守軍沒勇氣迎敵，點燃了烽煙再逃命，至少會有一點兒。

「人雖然死了，罪卻不能消！」鄭子明悄悄向大夥使了個眼色，繼續一邊向前走，一邊大聲補充，「還是老樣子，把他衣服剝光了，屍體掛在路邊樹上去。明天若是找到了被他們害死的苦主，我這個巡檢司，也算對地方上有個交代！」

「是！」眾人被鄭子明的小動作弄得滿頭霧水，迅速掃了一眼已經「死去」的俘虜，有氣無力地答應。

「只可惜了，這廝一句漢話都不會！」鄭子明朝著大夥笑了笑，走到屍體旁，用腳尖點著此人的肩窩補充，「否則，留他一命也不是留不得。以他這種身手，無論放在哪裡，都必然是個精銳。只要熬上個三五年不死，混個指揮使當也很輕鬆！」

說罷，帶著幾分惋惜，就準備轉身離開。忽然間，地上的死契丹人，卻再度「詐屍」。猛地一個滾翻爬起。用肩膀當作鐵錘，狠狠撞向了他的胸口。

這下如果撞結實了，鄭子明即便不死，肋骨也得折斷十幾根兒。然而他卻早有防備，只是輕輕一側身，就令契丹人必殺一擊落在了空處。緊跟著抬起大腿，朝著對方露出來的後背猛地一抽，「呯」地一聲，將此人抽出了一丈多遠，滾在雪地上，慘叫連連。

「住嘴！」寧子明追上前去，厲聲斷喝，「既然是精銳狼騎，這點苦難道都忍不得嗎？」

說來也怪，他用的是標準的漢話，還帶著一點點汴梁腔。對方聽了之後，慘叫聲卻戛然而止。只是已經發白雙唇，還有額頭上的大顆大顆冷汗，還在證明著此人這回真的受傷不輕。先前的慘叫，全然不是在故意裝可憐。

「我給了你偷襲機會，你依舊失了手。證明你本事不如我，你可心服？」寧子明抬起腳，踩住此人的肩膀，冷笑著追問。

「無阿拉，庫伊力可，赫赫！」契丹武士臉色微變，咆哮著努力掙扎。一身力氣卻使不出來多少，額頭、鬢角、脖頸等處冷汗滾滾。

「說漢話，你既然聽得懂，就別裝。否則，我只能把你先剝光了衣服掛在樹上！」鄭子明將眼睛一瞪，不怒自威。

「阿巴亥，阿巴亥！」契丹武士一邊掙扎，一邊尖叫，最終，還是放棄了努力。瞪圓了眼睛，直勾勾地看著鄭子明，喘息著道：「你這樣做，不是英雄所為！」

這回，他說的是漢語，竟然字正腔圓，毫厘不差。很顯然，是進入過中原不知道打劫過多少回的慣犯！

「我只是個地方巡檢，原本也不是什麼英雄！」鄭子明根本不在乎此人的激將法兒，腳上微微用力，繼續大聲警告，「並且我耐心有限，沒功夫陪著你在雪地裡挨凍。我問什麼，你最好就回答什麼，否則，我保證讓你赤條條地來，赤條條地去！死了之後也成為大夥嘴裡的笑柄！」

「阿巴亥，阿巴亥！」契丹武士再度大聲尖叫，隨即，咬著牙，瞪著眼睛，咆哮般補充，「我們，我們的十萬大軍，就，就在拒馬河邊上。你要是殺了我，待大軍抵達此地，就殺人，屠城，一個不留！」

「狗賊，老子現在就先剮了你！」潘美聽他說的惡毒，提著刀子就往前衝。鄭子明卻笑著拉了他一把，搖搖頭，大聲道：「別聽他胡吹！誰家斥候探路，還要帶著輔兵和打草穀？這分明就是個吃不飽飯的窮鬼，餓瘋了，才會偷偷摸摸跑到咱們家門口來！」

「估計連路都不認識，否則也不會跑這麼遠！」郭信跟鄭子明配合時間比較長，多少猜到了一點兒巡檢大人的心思，於是也走上前，順著對方的口風補充。

果然，那契丹勇士聽在耳朵裡，臉色再度大變。一邊掙扎，一邊憤怒地反駁道：「你們才是窮鬼！你們才吃不起飯！你家大爺乃耶律敏，乃大遼征南大將軍耶律留哥帳下宿衛統領，若不是有重任在肩，誰稀罕過河來搶你那幾件破衣服！」

「原來是耶律統領啊，失敬，失敬！」鄭子明要的，就是對方主動自報家門。將腳掌略微鬆了鬆，拱著手說道。

「哼！」契丹勇士終於發現自己上當，將頭側到一旁，大聲冷哼。

「不知道耶律統領，偷偷潛到我定州來，有何貴幹？」鄭子明絲毫不以對方的失禮為意，笑了笑，和顏悅色地追問。

「哼！」回答他的，又是一聲冷哼，耶律敏緊閉嘴巴，再也不肯上當受騙。

「不妨讓我來猜上一猜！」鄭子明笑了笑，依舊和顏悅色，「萬一猜對了，耶律統領也不用再覺得對不起你家主人。你肩負重任，卻沒有帶夠路上的零花錢，也沒有來得及更換衣服，說明你走時一定非常匆忙。而鄭某追了你二十餘里地，卻沒發現任何人幫你，則說明你們過河來的人並不多，也沒有經過仔細組織。偏偏你的上司，又是什麼征南大將軍耶律留哥……」

說到這兒，他心中微微一動，有個手持巨弓，身高過丈的契丹悍將模樣，瞬間在眼前浮現。是韓晶的叔叔，曾經準備將她娶回家的耶律留哥！契丹軍中第一射鵰手！此人雖然窮凶極惡，卻不能算是狼心狗肺。至少，他在惱羞成怒之下，依舊捨不得朝晶娘放箭。雖然晶娘最後還是因他而死！

「耶律留哥遭報應了！」聲音帶上了幾分低沉，鄭子明快速補充，「他肯定出了事情，才臨時把你派過了拒馬河。說，你此行究竟擔負著什麼任務？你此番偷偷南下，到底要聯絡誰？」

「我不知道，我什麼都不知道！」耶律敏兩眼圓睜，滿臉驚慌，一邊掙扎一邊大叫著否認，「我只是個侍衛，什麼都不知道！真的什麼都不知道！」

寧子明笑了笑，輕輕揮手。

李順和郭信兩個心領神會，上前倒拖起耶律敏，大步就朝路邊走。須臾來到一棵歪脖兒樹下，把繩子頭朝樹上一甩，便將人往上吊。

「狗賊，快殺我，快殺我。士，士可殺不可辱。」耶律敏知道對方接下來就要剝自己的衣服，扯開嗓子大聲求死，「速殺我！士可殺不可辱！」

「你不過是個偷鍋賊，算哪門子士？」鄭子明牽著戰馬跟過來，冷笑連連，「順子，剝了他的衣服。仲詢，你帶人去撿些乾材，在下面點個火堆兒烤著他，別讓他死得太快了。」

「哎！」李順難得有表現機會，立刻從腰間拔出橫刀，一刀切斷了耶律敏的腰帶。

潘美心中依舊為「草穀」兩個字氣憤不已，也痛快地拱了下手，帶領著幾名親兵去周圍撿乾柴，誓要讓被俘契丹強盜也嘗一嘗不被當作人類的滋味！

那被頭朝下倒吊的契丹親兵統領耶律敏，腰帶既斷，皮甲衣服倒捲，肚皮後腰等處，立刻被寒風吹起了一層雞皮疙瘩。他卻依舊不肯服軟，扯開嗓子，破口大罵，「賤民，孬種，你們今天殺了我，改天一定會被我大遼的兵馬殺個人伢不落。到那時，老子的仇就報了，老子在地底下等著你們！」

「老子先將你暴屍一個月，然後挫骨揚灰！」李順惱恨他罵得惡毒，撿起半截腰帶，朝著此人露在外邊的肚皮和後背處猛抽。鄭子明見了，卻又笑著低聲阻止，「順子，算了。跟一個馬上就要死掉的傢伙計較什麼？你去替我傳令給周圍各家堡寨，近日有契丹細作南下探路。凡是能抓到他們，無論死活，無論正兵、輔兵還是打草穀，一律賞錢三十吊。按個算，見人頭就兌現，本官絕不拖欠！」

「是！」李順悻悻地丟下半截腰帶，快步走向戰馬。鄭子明望著他的背影，大聲補充：「縣衙那邊也通知到，臨近的易縣、雄縣、霸縣，也替老子把消息傳出去。老子就不信了，抓到的契丹人就個個都不怕死，誰也不肯開口！」

「遵命——！」李順翻身上馬，雙手抱拳，拖長了聲音回應。彷彿自家巡檢，真的有資格管轄漢遼邊界上的所有州縣一般。

那耶律敏雖然對其主人忠心，卻畢竟只是個底層軍官，哪裡可能對龐大複雜的漢國官制瞭解太多。聽鄭子明說得煞有其事，頓時停止了叫罵。瞪圓了眼睛，大聲喊道：「你，你這狗官，也忒歹毒！我家耶律將軍與你無冤無仇，你何必要壞……」

「本官只是盡自己的一份職責而已，談不上跟誰有仇！」鄭子明冷笑著撇撇嘴，大聲回應。「你若是遼國的地方官，斷然也不會放任漢國的細作在你的地盤上跑來跑去！」

「你分明就是想討好韓匡嗣！你們這些狗官，莫以為別人不知道。你們向來都是拿兩份俸祿，漢國一份兒，幽州那邊又一份兒！」耶律敏被倒吊的時間稍長，腦子有些不太好使，反駁的話脫口而出。

「你是說，耶律留哥是被韓匡嗣所害？」鄭子明立刻咬住了他的話頭，大聲追問。

「我不知道，我不知道！」耶律敏瞬間恢復了警覺，再度扯起嗓子大聲求死，「殺我，速速殺我！」

「你不說就算了！」鄭子明看了他一眼，冷笑著搖頭，「念你已經告訴了耶律留哥被害的份上，我先留你一條命。明日一早，把你遞解回幽州。想必，還能落一份不小的人情！」

「狗賊，你不得好死！」耶律敏眼眶瞪得幾欲裂開，掙扎晃動身體，試圖用腦袋去撞鄭子明的小腹，「身為漢國官員，卻一心去巴結遼國南院樞密使，你，你這吃裡扒外的狗賊，早晚不得好死！」

「我吃裡扒外？那你呢，你身為耶律留哥的親兵，卻偷偷潛入漢國境內，不知道要勾結誰，你和我有什麼區別？」以鄭子明此刻的身手，豈會被他撞到。輕輕一側身就避了開去，隨即抬腳勾住此人的後脖頸，冷笑著反問。

「我跟你不一樣！我是奉了我家將軍的命！」辯白的話，脫口而出。說過之後，耶律敏才意識到自己再度上當受騙，瞪起已經開始流血的眼睛死死盯著鄭子明，恨不得用目光將對方千刀萬剮。

「你別忙著瞪我，我先替你歸納一下吧！」鄭子明笑了笑，半蹲下身子，看著耶律敏的眼睛總結，「耶律留哥被人害了，此事韓匡嗣脫不開干係。你是奉命潛入漢國替耶律留哥找幫手，或者找人替他報仇。來的人肯定不止是你們三個，應該分了好幾波。但走得都非常倉促，根本來不及帶足盤纏，也來不及仔細謀劃該怎麼走！」

「你，你是，你是一個魔鬼！魔鬼！」耶律敏又是憤怒，又是害怕，閉上眼睛，淌著猩紅色的淚水回應。

「我不是魔鬼，真的，我也跟幽州韓家沒任何瓜葛！」鄭子明微微一笑，和顏悅色地解釋，「否則，我早就在各個路口設卡幫忙拿人了，也不會半夜差點兒被你一箭射死！相反，我跟韓匡嗣老賊還有大仇，如果你真的是想給他找麻煩，我一定會竭盡全力幫你！」

「你……？」耶律敏早就被他一連串打擊折騰得頭暈腦脹，睜開眼睛，遲疑著追問。「你，你不是在騙我？」

「騙你對我有什麼好處？」寧子明又笑了笑，輕輕搖頭，「你是耶律留哥的親兵對吧？我說一件事，不知道你當時在不在場。數個月前，就是夏天快結束的時候。耶律留哥帶人去拒馬河畔追韓匡嗣的女兒，結果沒追回來。韓匡嗣隨即趕到，親手射殺了他的女兒，向其主人表忠心……」

「你，你怎麼會知道此事？」耶律敏的眼眶瞬間又瞪出了血絲，掙扎了幾下，結結巴巴地追問。

「你甭管我怎麼知道的，你只管回答，當時可否在耶律留哥將軍身邊？這事兒，總跟你所擔負的任務無關吧！」鄭子明不直接回答他的話，只是繼續笑著反問。

「我，我在！」耶律敏猶豫了片刻，咬著嘴唇回應。「那姓韓的心腸歹毒，我家將軍，我家將軍乃是頂天立地的大英雄，原本想放過晶娘一馬。是他，是他黑心腸的韓匡嗣，為了榮華富貴，才當著那麼多人的面兒，親手殺了自己的女兒。」

「我也在場，船上。你自己看看，能不能認出我來，如果你當時就在河畔的話。」寧子明的話從頭頂上方傳來，不高，卻如同驚雷般刺激著他的耳朵。

「你？」耶律敏將信將疑，瞪著眼睛，滿臉茫然地打量鄭子明。他當然記得當時船上有三個「拐走」了將軍第數不清位未婚妻子的漢賊，其中一個，還是他這次南下重點要尋找的目標之一。可眼前這位……，無論從長相，還是身材，似乎都很難與三人當中之一對得上號。

「你仔細看！」鄭子明也不著急，把臉湊近了一些，同時打手勢命人在周圍舉高火把。

這下，耶律敏終於看清楚了。雙目圓睜，滿臉錯愕：「你，你，你怎麼會在這兒？快，快放我下來，我，我奉命前來找趙匡胤，找郭榮。我家將軍有一場大富貴要送給你們！」

「找誰？」這回，終於輪到寧子明吃驚了，雙目圓睜，單手緊按刀柄，「你休要胡說！我大哥和二哥又不認識耶律留哥！」

此刻柴榮和趙匡胤二人都已經被朝廷授了官兒，雖然位置不高，萬一被有心人抓住一個「勾結外寇」的罪名，也是一場極大的麻煩。更何況柴榮的養父郭威，原本就跟李業、郭允明等人勢同水火，更不能主動將把柄往別人手裡送！

「我沒胡說，我家主人的確不認識郭榮和趙匡胤。可我家主人卻跟他們兩個有共同的仇人。你們想要為韓晶小娘子報仇，跟我家主人聯手，是唯一的辦法！」此刻的耶律敏，也完全換成了另外一番面孔，眼巴巴地看著鄭子明，連聲補充。「我家主人雖然被韓匡嗣狗賊害得不輕，卻沒有死！他知道郭榮和趙匡胤兩人身份都非同一般，如果雙方聯手，報仇指日可待！」

「先放他下來！」鄭子明聽得怦然心動，皺著眉頭，低聲吩咐。

「是！」陶大春上前解開樹幹上的繩索，將耶律敏緩緩放落於地。鄭子明上前親手扶住此人肩膀，先令其後背在樹幹上靠穩當，然後，又稍稍沉吟了片刻，緩緩吩咐：「到底是怎麼回事兒？你說清楚些！從頭到尾，把你知道的，都說出來，一樣也不要漏！」

「我家主人是耶律留哥！」耶律敏盼的就是他這句話，咽了口吐沫，急切地補充，「他乃太祖的嫡系子孫，與先皇帝為叔伯兄弟。這些年來為大遼東征西討，立下戰功無數……」

鄭子明、潘美、陶大春、郭信等人圍攏上前，豎著耳朵細聽，這回，終於弄清楚了整件事情的來龍去脈。原來，耶律留哥乃為耶律阿保機的親孫兒，因驍勇善戰，素為遼國的上一位皇帝，耶律德光所喜愛。耶律德光在倉惶北歸途中病死，其子耶律璟恰巧不在身邊。他的另外一個侄兒，也就是耶律阿保機的長孫耶律阮便在武將們的支持下，竊取了皇位。留守於上京的皇太弟耶律李胡聞訊大怒，以耶律阿保機之妻，皇太后述律平的名義下詔，宣布自己才是真正的皇位繼承者，並點起大軍二十萬南下，誓要將一干「叛國逆賊」誅殺乾淨。

耶律阮當然不甘心伸著脖子被殺，也帶領大軍北上，與耶律李胡殺了個天昏地暗。關鍵時刻，耶律留哥為了給大遼國保留幾分元氣，毅然帶領麾下騎兵，直插耶律李胡御駕。嚇得耶律李胡、述律皇太后兩個亡魂大冒，棄軍而走，一直跑出了百里之外才勉強停住了腳步。

耶律阮一戰定乾坤，坐穩了皇位。通過權臣耶律屋質的周旋，讓耶律李胡主動退位。隨即傳下聖旨，請「皇叔」耶律李胡與「皇太后」述律平移居祖州，無命不得擅離駐地半步。

耶律留哥憑此赫赫戰功，原本以為會繼續得到新皇帝的重用，成為大遼國擎天一柱。誰料耶律阮卻忘恩負義，忌憚起了耶律留哥的武藝和他麾下將士的勇猛。表面上虛情假意地加封他為征南大詳穩，暗中卻又指使權臣耶律屋質動手分化瓦解其軍。注一

自幼就投身軍旅的耶律留哥哪裡能想到人心居然如此險惡，不知不覺間，麾下的八名心腹愛將，就被耶律屋質收買了兩對半。剩下的三個雖然沒接受收買，也開始搖擺不定了。

勝券在握之後，狗皇帝耶律阮就露出了獠牙，改封耶律留哥為西南大詳穩，命令其移鎮狼山，威懾党項。那狼山乃是大漠邊緣的不毛之地，周圍三五百里都荒無人煙，怎麼可能養得起耶律留哥麾下的近萬鐵騎？震驚之餘，耶律留哥才發現自己犯了「功高震主」的大忌，追悔莫及。

若是此刻他的至交好友，南院樞密使韓匡嗣能給予星點兒支持，或者乾脆選擇袖手旁觀，也許耶律留哥憑著手中還能調得動的三支軍隊，還不至於輸得太慘。誰料沒等他起兵抗命，韓匡嗣卻痛下殺手，點起麾下十餘萬漢軍，直撲他的征南大詳穩行轅！

倉卒之間，耶律留哥縱使有其祖父耶律阿保機的本事，也無力回天。被耶律屋質和韓匡嗣二人氣得吐血盈斗，只能交出最後的兵權，束手待斃。

念在他並未起兵反抗的份上，狗皇帝耶律阮也多少顧忌到了一些吃相，收繳了兵馬之後，下旨將其也送往祖州，去太皇太后述律平膝下「承歡」。

「……我家主人在韓匡嗣帶領兵馬趕來抓他之前，特地命令我等分頭南下，找郭榮公子，找趙匡胤公子，幫忙聯絡大漢國。若是大漢國能興兵北伐，他必然重召舊部，奮起響應。屆時，遼漢兩國永為兄弟，燕雲十六州也可盡數歸還！」一口氣將耶律留哥的「悲慘」遭遇說完，耶律敏咬了咬牙，繼續補充。

「無憑無據，我怎麼能夠相信你？」鄭子明儘管心裡頭驚濤駭浪翻滾，表面上，卻裝作不太感興趣的模樣，淡然質問。

「是啊，無憑無據，我們怎麼好相信你！」郭信靠近幾步，皺著眉頭詐唬。

如果耶律留哥是個文官，耶律敏先前的陳述，當然有些荒誕。可聯想到耶律留哥只是個猛將，倉促之間，能想到聯絡郭榮和趙匡胤兩個對付雙方共同的仇人，就頗為可信了。至少，雙方有合作的基礎，郭榮和趙匡胤各自背後的家族，也有把「北伐」拿到朝堂上討論的能力。

「太倉促，沒，沒來得及拿信物！」耶律敏楞了楞，用力搖頭。

郭信聞聽，頓時滿臉失望。寧子明卻笑了笑，低聲道：「那就算了，沒信物，誰知是真是假！你還是偷偷返回幽州去吧，今夜的惡話，我就當沒聽見你說過！」

耶律敏既然已經認出了他的身份，豈肯錯失良機？趕緊打了幾個滾兒，大聲喊道：「我說的句句為真，句句為真！我說的如果有半點兒虛假，就讓老天爺打雷劈死我，劈死我。我家主人過後特地打聽過你們三個的來歷，知道郭榮的父親是大漢國的樞密副使，趙匡胤的父親是一個手握重兵的將軍！」

鄭子明看了他一眼，搖搖頭，抬腿便走。耶律敏大急，又匍匐著追了數尺，紅著臉補充：「在，在這裡，在我的護肘裡頭。在護肘，護肘裡頭有個夾層。裡邊，裡邊有我家主人的親手花押！」

「嗯？又有了？」鄭子明微微冷笑，回到此人面前，低頭用刀子割開護肘。果然，在護肘夾層當中，找到了一張帶著汗臭味道的羊皮。上面用非常潦草的字跡，邀請大漢國出兵遼國，「撥亂反正」。耶律氏半數子弟，屆時則會起兵響應，並且以燕雲十六州為謝。末了，則用刀子刻了一個凌亂老虎頭，以示發起邀請者的真實身份。

「我家主人，也知道，知道你的真實身份！」既然已經把籌碼全都擺在了明面上，耶律敏索性一賭到底，抬頭看了看鄭子明，媚笑著補充：「如果事成，令尊大人……」

「你家主人行事如此潦草，怎麼可能成功？」鄭子明冷笑著站起身，大聲打斷，「莫說此事涉及兩國交

注一、大詳穩，遼國契丹官名。相當於大都督，節度使。軍政大權一把抓。

兵，郭大哥和趙二哥兩個根本做不了主。即便他們倆能幫得上忙，就憑你一個人和這一張羊皮，怎麼可能證明這不是遼國君臣設下的圈套。」

「還，還有別的，別的信物！」耶律敏先被倒著吊了好半天，又被鄭子明牽著鼻子繞來繞去，早就沒有了足夠的腦力繼續「戰鬥」。見對方始終不肯相信自己，直急得額頭上汗珠亂滾，「我家主人，我家主人所派出的信使，不止我一個。還有，還有其他五個，攜帶不同的信物分頭南下。你，你只要把我送到郭榮面前，再想辦法讓我見到郭威大人。等其他四個人也到了，自然，自然會相互驗證，徹底弄清楚此事的真偽！」

「一共幾個？」鄭子明將信將疑，低下頭追問。

「五個！」耶律敏回答得迫不及待，「正使五個，都是主人身邊的親兵。當時的情況實在太緊急了，我們五個只能分頭逃出來，以免被韓匡嗣給一窩端！」

「那你身邊，怎麼還帶著兩名親隨？」鄭子明笑了笑，明知故問。

「我，我以前只，只管跟著主人一道衝殺，沒，沒幹過其他事情。所以，所以走的時候，又，又臨時拉上了自己的輔兵和打草穀！」耶律敏被問得有些不好意思，紅了臉，訕訕地解釋。

這廝身手高明，頭腦卻略顯簡單。所以無論幹什麼，都會本能地遵循日常形成的習慣。而按照契丹人的出兵方式，正軍身邊，必然會配備一個管理鎧甲，伺候馬匹的輔兵，一個專職搶劫糧食金銀的「打草穀」。

「我知道了！」鄭子明略一琢磨，就明白了此人說得基本上都是實話，先點了點頭，然後非常和氣地問道：「你還有其他想說的沒有？或者什麼未了心願，不妨一道說出來。」

「大人，大人這話是什麼意思？」耶律敏的心臟猛地一抽，警兆陡然而生，「你，你要殺我！我都說了實話了，你為什麼還要殺我？你，你，你居然敢隱瞞下這麼大的事情？」

「大人……」侍衛統領郭信，也被寧子明說話的語氣給嚇了一跳，趕緊湊近兩步，準備出言勸阻。

「退下！」鄭子明看了他一眼，低聲怒斥。隨即，又將目光轉向滿臉恐慌的耶律敏，淡然補充，「我會把你的話，和這個東西，派人送到郭大哥那裡。但是，卻不會送你去他那，更不會放你離開！」

「我，我是信使，我是信使！」耶律敏被嚇得魂飛天外，扯開嗓子大聲強調。「我，我可以為你所用，可以為你所用。你幫我這個忙，我留下來替你訓練騎兵。你手下的人本事太差了，我一個人能打他們三個，不，至少五個！」

聞聽此言，不僅僅再是郭信，陶大春，李順二人，也怦然心動。或者紛紛用手捂住嘴巴，低聲咳嗽。或者不停地向鄭子明使起了眼神兒。

身邊的弟兄裡頭，會騎馬的不少，可馬上功夫真能跟耶律敏比上一比的，恐怕除了鄭子明自己之外，根本找不到第二個。所以一旦將此人收歸帳下，就等同於找到了一個高明的騎兵教習，用不了太久，就會帶出一大群的精銳騎兵來！

然而鄭子明，卻對大夥兒的提醒視而不見。淡淡笑了笑，非常平靜地補充道：「若是兩軍陣前將你擒獲，我當然不能殺你。但今晚不是兩軍陣前，我若不殺你，如何跟被你所害的百姓，還有死在你箭下的弟兄們交代？來人，將他推一邊去砍了，給弟兄們報仇！」

「是！」先前沒勇氣說話的親兵們，興奮地答應一聲，上前拖起耶律敏就走。那親兵統領郭信雖然依舊想出言反對，看到弟兄們如此表現，楞了楞，已經到了嘴邊的話，也自動咽回了肚子裡頭。

只有耶律敏自己，明知道死到臨頭，卻心猶不甘，一邊將雙腿拖在地上死命掙扎，一邊大聲喊道：「你，你不是個英雄。我已經答應給你效力了！我已經答應投靠你了！你，你根本分不清誰輕誰重！你，你這輩子注定成不了大事！」

鄭子明聽了，只是微微冷笑，絲毫沒有改變主意的想法。眾親兵更是唯恐他收回成命，只拖了十幾步，隨便找了個雪坑，就把耶律敏按了進去，一刀砍去了首級！

「你不是英雄！啊——」紅光飛濺，斥責聲戛然而止。

眾親兵一個個兩眼含淚，看向鄭子明的目光裡頭充滿了發自內心的親近。親兵統領郭信，此刻卻覺得臉上頗為尷尬，又往前湊了幾步，低聲提醒，「大人，此事……」

「你馬上帶著這張羊皮，返回李家寨。然後挑幾名馬術最好的弟兄，每人三匹馬，將羊皮以最快速度，送到郭大哥之手。」鄭子明點了點頭，大聲打斷。「記住，那廝今夜的話，也原封不動說給郭大哥聽，一個字都不要落下！」

「是！」郭信喜出望外，接過羊皮，跳上馬背便走。轉眼間，就在夜幕下消失得無影無蹤。

「順子，你也馬上返回李家寨，傳我的命令，從今天起，各堡各寨，就近在南下的道路上設卡，凡是長著契丹模樣的人，一律先拿下再說。如若反抗，格殺勿論！」目送他的背影去遠，鄭子明從夜幕中收回目光，再度大聲吩咐。

「遵命！」李順難得有表現機會，抖了下韁繩，大聲答應。策馬跑開了數步，卻又遲疑著兜了回來，小心翼翼地說道：「大，大人，屬下建議您多加小心。契丹人，契丹人恐怕不會善罷甘休！」

「不善罷甘休又能怎麼樣？」鄭子明楞了楞，隨口說道：「無外乎買通地方官府沿途設崗，將耶律留哥的親信統統截殺！殺就殺去，還省了咱們自己動手了呢！」

這是他的親身經歷，所以說出來時，絲毫不覺得有什麼奇怪。更不覺得，有什麼事情值得自己多加小心。然而，李順聞聽，立刻急得連連擺手，「不，不是！屬下，屬下說的不是這個意思。契丹，契丹人……」

他原本膽子就小，一著急，心情愈發緊張，結結巴巴半晌，就是說不出一句完整的話來。

「那你是什麼意思！直接說，別繞彎子！」鄭子明把眼睛一瞪，大聲催促，「我又不會吃了你！我什麼時候因為說話治過人的罪？」

「唉，唉！」說來也怪，膽小如鼠的李順，卻被這一嗓子吼得精神大振，用了吃奶的力氣從馬背上挺直了腰桿兒，高聲補充道：「不是，不是買通地方官府殺人。是，是跑過來殺人搶劫，禍水兒東引。以前，以前那個會首在的時候，聯莊會也喜歡這麼幹。只要內部有了麻煩，就到外邊找茬跟別的莊子幹上一架。仗打起來了，內部麻煩立刻就沒幾個人顧得上了！」

「你別說，還真有這種可能。」話音剛落，陶大春在旁邊皺著眉頭補充，「以前契丹人來搶東西搶糧食，也不總是在青黃不接的時候。有好幾回，契丹人前腳剛剛撤走，緊跟著北邊就有一些亂七八糟的消息傳過來！」

「他們就不怕引發兩國大戰？」潘美聽得兩眼發直，啞著嗓子問道，略顯單純的面孔上，寫滿了難以置信。

「怕什麼怕，只要不打到黃河邊上或者賴著不走，大晉國上下哪個敢迎戰！換了大漢國，也是一樣！」陶大春、李順兩個，回答得異口同聲。

「也未必是不敢。朝廷的兵馬都集中在節度使手中，等消息傳到了汴梁，汴梁再跟節度使們商量好了該誰出兵，怎麼出兵，契丹人已經自己撤了！」鄭子明的情緒不像他們二人般激動，訕訕笑了笑，一廂情願的解釋。

這個解釋，除了他自己之外，壓根兒說服不了任何人。李順沒勇氣頂撞他，快速把頭扭到了一旁。陶大春則楞楞地看著他，兩眼當中充滿了懷疑。

「邊境上這些兵頭，雖然也叫節度使，但，但實力都很小！」鄭子明被看得心裡發堵，硬著頭皮補充，「真正能跟契丹兵馬一較長短的，只有，只有符彥卿、郭威、史弘肇再加上一個高行周。他們，他們沒有朝廷命令，不能擅自出兵。而朝廷從接到警訊到做出決策，又，又需要花費很長時間……」

「你們都在說什麼啊？我，我怎麼一句都聽不明白。我，我……」正尷尬間，潘美再度響起，帶著明顯的憤怒。

「你還小呢！大人不讓你知道。況且你們潘家莊位置又偏僻，契丹人根本沒功夫搭理！」陶大春、李順二人，迅速轉換話題，把目標對準了潘美個人。

「你，你們胡說。我，我怎麼……」潘美被打了個措手不及，面孔迅速變紅，額頭上，也有汗珠一滴滴地滲出來。彷彿在抗議，陶、李二人剛才所言之事過於匪夷所思。

「行了，你們兩個別光忙著教訓他！」鄭子明在旁邊聽得心裡越發堵得難受，嘆了口氣，主動岔開話頭，「倘若契丹人真的過來殺人放火，地方上一般做任何反應？聯莊會這邊呢，這邊往年是怎麼應對的？」

「官府，這種時候怎麼可能指望著官府！」陶大春聳了聳肩膀，撇嘴冷笑，「官府當然是把城門緊閉，任由契丹人為所欲為嘍！反正搶不到官老爺自己頭上！」

「聯莊會這邊，往年通常的做法是把靠近山外那幾個莊子的男女，都撤到山裡頭來。」李順想了想，緊跟著小聲彙報，「契丹人騎兵多，不願意走山路。也嫌山裡頭的莊子窮，所以很少進山搶劫。」

「沒加入聯莊會的，年輕力壯的就帶著女人和孩子都藏進深山，年老體衰的就蹲在莊子裡頭聽天由命。如果契丹人沒打上門來，大夥就算逃過了一劫。如果契丹人打上了門，也只能由著他們。反正像陶家莊、潘家莊這種，地處都比較偏僻。被打上門來的時候不多，十次當中，倒是有九次能僥倖逃得平安！」陶大春耷拉著腦袋，有氣無力地繼續補充。

「如果契丹人來得不多，偶爾聯莊會倒是也會跟他們打上一打。否則結寨自保的名頭就說不下去了。若是僥倖打贏了，契丹人看這邊實在難啃，通常會派人來勸降。這時候，李會首李有德那廝就豁出臉去，主動送一批糧食和金銀到領兵的契丹將軍手上。如此，雙方就都有了臺階下，然後就彼此相安無事了！」李順的精神頭也不高，一邊搖頭，一邊將聯莊會以往的對策和盤托出。

「那不跟對付綠林響馬是一樣的套路嗎？」

「說他們是響馬也沒錯，反正都是來搶東西！」

「若是不幸沒打贏呢？」

「腿快的能逃進山裡，腿慢的，要麼自殺，要麼等著挨刀子，還能怎麼樣呢？唉——」李順又嘆了口氣，沒精打彩地回應。

「唉——」陶大春雙手握拳，卻除了嘆氣之外，不知道還能做點什麼。

身為練武之人，強盜打到了家門口，卻只能望風而逃，這絕對是一種奇恥大辱。然而，手握重兵的節度使在契丹人面前都裝了孫子，尋常武夫又能有什麼更好的辦法？即便冒死衝出去一戰，也是螳臂擋車而已。除了讓自己死得壯烈些，起不到任何效果。

「唉——」鄭子明嘆息聲，聽起來格外的沉悶。大晉朝廷，那不就是他祖父和父親的朝廷嗎？原來不光是拱手送出了燕雲十六州！原來一直都是如此之窩囊！怪不得大晉亡國時，連個肯拚死為其一戰的都找不到！

一時間，在場諸人，都失去了說話的興趣。低著頭，看著跳動的火把，一個個神不守舍。而夜風，卻愈發地冷了，呼呼呼，呼呼呼，透過衣服的縫隙，刺破皮膚，刺破肌肉，一直將寒意送進了人的骨髓當中。

「阿嚏！」也不知道過了多久，李順用一聲噴嚏，打破了沉默。

唯恐鄭子明質問自己為何還不去執行先前的命令，他用手在鼻子上來回抹了幾把，頂著滿臉亮晶晶的冰鼻涕說道：「屬下剛才是想說，屬下剛才是想說，大人您現在是三州巡檢，又，又跟郭公子，趙公子拜過把子。偏偏，偏偏這幾個南下找幫手的契丹狗賊，又把郭、趙兩位公子給扯了進去。所以遼國人萬一南下劫掠，怕是，怕是有人會借機找您的麻煩！」

「非常有可能！剛才聽耶律敏招供，他們好像很清楚您和郭、趙兩位公子的來歷！而那幽州韓匡嗣，還好像跟你們三個有仇！」潘美聽得微微一楞，強行振作起精神，低聲提醒。

「豈止是有仇！」鄭子明搖搖頭，右手緩緩按住了刀柄。

「那，那就是板上釘釘了！契丹人不南下則已，若南下，韓匡嗣必會派爪牙打上門！」潘美的眉頭高高挑起，聲音變得又尖又細。

「那又怎樣？」鄭子明又晃晃腦袋，笑著反問。彷彿一晃之後，心中的所有煩惱給晃到了九霄雲外。

「那，那就是必有一戰！你，你居然還有心情笑！」潘美被他臉上突然流露出來的輕鬆味道，氣得火冒三丈，跳起來，大聲叫嚷。

叫過之後，他的神色卻又是一黯。低下頭，兩腳在雪地上焦躁地亂踩亂跺。

若是契丹人南下打劫，巡檢司肯定無法置身事外。以他對鄭子明的瞭解，自家大人恐怕也不是那被人打上門兒卻不敢還手的主。然而，巡檢司滿打滿算，不過才六七百兵丁，對付附近的土匪和其他聯莊會綽綽有餘，真的對上了契丹正規軍，恐怕硌一下別人牙齒都是痴心妄想。

「那就打唄！是騾子是馬，總得遛過了才知道！」正懊惱間，耳畔卻又傳來了鄭子明的聲音。絲毫不見先前的沮喪，彷彿忽然就頓悟了，或者早就知道會有這樣一場惡戰一般。「他們怎麼著也不可能千軍萬馬直撲咱們巡檢司，若是來的人少了，剛好給大夥練練手。若是來的人多了，明知道打他不過，我又何必一定要蹲在寨子裡等死？把老弱藏進山裡，把隊伍拉出去兜圈子，就不信，始終找不到幾個落單的！」

大晉國過去如何如何，終究是過去。

身邊官吏如何如何，也都是別人。

自己的路，終究要靠自己來走。

從第一步開始，一直走到終點。

「對，大不了咱們也進太行山，看哪個有膽子來追！」陶大春聽鄭子明說得豪氣，也重新抖擻精神，大聲附和。

李順見鄭子明和陶大春兩個無所畏懼，覺得自己也該表現出一點兒男人的勇敢，於是乎，揚起脖子，大聲附和：「那倒是！山裡頭四條腿絕對跑不過兩條腿兒！就像大人先前說的，先帶著他們兜幾個圈子，然後抽冷子再回頭敲他的悶棍。就不信，折騰不拉稀他們！」

他原本是被鄭子明和趙匡胤兩個臨時推出去取代李有德的傀儡寨主，但後來李家寨被朝廷一道聖旨給改成了軍寨，聯莊會也變成了巡檢司，他這個傀儡寨主，地位立刻就變得非常尷尬了。在很長一段時間裡，都根本不知道自己該幹些什麼，只是為了保命，整天像尾巴一樣跟在鄭子明身後，亦步亦趨。

而今天，他卻發現自己除了當跟屁蟲之外，好像還有一點點兒用途。雖然這種感覺未必準確，但是至少，至少給人一個繼續存在下去的理由。

在鄭子明眼裡，李順的用途，可不是一點點兒。接過此人的話頭，帶著幾分鼓勵口吻說道：「你說得對，先兜圈子，再打悶棍。折騰死他們。反正咱們又沒擔負著守土之責。避其鋒芒，然後，然後……」

「避其銳氣，擊其惰歸！」潘美終於從沮喪中振作了起來，苦笑著開始掉書包。

「對！避其銳氣，擊其惰歸！仲詢，這句話說得極好！」鄭子明楞了楞，大笑著撫掌。

「這是《孫子兵法》裡頭的話，不是我說的！」潘美被弄得哭笑不得，心中的擔憂瞬間忘掉了一半兒。跟在鄭子明這種主官身後，就是有這點兒好處，隨時隨地都能找到展示自身才華和能力的機會。他不在乎什麼面子，也輕易不會嫉妒屬下比自己聰明，比自己博學，比自己更有本事。不像其他地方的官員，自己是一頭黃鼠狼，手下人的個頭就不能超過一隻耗子！

「怪不得我聽著耳熟，管他誰說的呢，有用就行了！」鄭子明彷彿已經完全從契丹人可能前來找麻煩的陰影中走了出來，繼續撫掌大笑。「走了，走了。他不來，我樂得清閒。他若來，則正好打上一場，驗驗咱們前一段時間的練兵效果！」

「走了，走了！聽到刺刺蟲叫，地還不得照樣種！」這種天塌下來當被子蓋的豪氣，也感染了周圍許多人。陶大春，李順，還有眾親兵們紛紛跳上坐騎，大聲叫嚷著，策馬飛奔。

唯獨潘美，始終不肯受別人的情緒左右。皺著眉頭，策馬跟在了整個隊伍的最後。半路上，又彷彿想明白了什麼重要事情。找了個機會，靠到鄭子明身側，用極低的聲音說道：「你是不是一直在盼著這一天？也是！像你這等人物，怎麼可能甘心蹲在一個小寨子裡沒沒無聞。這定縣周圍，又有誰值得你蹲在這裡？」

「什麼意思？」鄭子明微微一楞，側過頭來，笑著反問。

「你，你留在李家寨，絕對不是為了當這個五品巡檢！」風有些大，潘美的聲音在夜幕中被吹得斷斷續續。「你根本就不怕那些契丹人來找麻煩，你，即便他們不來，早晚你也會渡過河去找他們的麻煩！」

鄭子明臉上的皮膚，被風吹得不停抽動。臉上的表情，也因為肌膚形狀的改變，而變幻莫測。「你，你到底是什麼意思？我聽不懂？是又怎麼樣？不是又怎麼樣？」

「大丈夫立世，若碌碌……」潘美側過頭，努力用目光與他相對，頂著凜冽的寒風，聲音與背後的錦袍一樣在空中飄飄蕩蕩，「若碌碌……與草木……與草木共盡，何羞也！簡直，簡直，愧來……愧來此間一遭！」

疾風

濃墨般的烽煙，緊貼著北方的天地銜接處，一道又是一道。與曠野裡的積雪互相映襯，黑白分明。

拜地面上的積雪所賜，遼國劫掠者在走過拒馬河的那一瞬間，就已經被斥候發現。隨即，沿著南河岸，大大小小的烽火臺，一座接一座地被守軍點了起來。淒厲的警訊，也沿著拒馬河南岸響成了一片，「嗚嗚，嗚嗚，嗚嗚嗚嗚嗚——」

然而，結果卻正如陶大春和李順兩個在某天夜裡所說，這——，沒有用！

義武軍、振武軍、還有其他大大小小的地方勢力，紛紛躲進高牆之後。易州、定州、深州乃至更遠的滄州，刺史，縣令、縣尉們將大門緊閉，死活也不敢露頭。

只苦了邊境地域的百姓，臨近年關，禍從天降。家中所有積蓄瞬間被洗劫一空不算，其中來不及逃進深山的年輕力壯者，還被遼軍像螞蚱一樣被繩子捆成串，拖在馬背後，跌跌撞撞朝北方押解。

到了幽州，他們就會被按照年齡、體力、性別和長相，分類發賣。然後變成當地契丹人，或者漢人官員的家奴。其中絕大多數最後都會活活累死在陌生的土地上，永遠沒有再度返回故鄉的可能。

按往年的常規，遼國劫掠者在緊鄰邊境的地域殺上一通，搶到了足夠的錢糧，抓到了足夠的奴隸，很快就會心滿意足退兵。然而，這一次，情況也有些不太一樣。

儘管有些大漢國的節度使從遼國高官那邊早就得到了通知，此番南下打草穀，不會變成兩國之間的大戰。儘管某些大漢國的地方官員已經給打草穀的遼國將領送上了厚禮，表達了自己的慰問之意。已經過了河的遼國兵馬，卻根本沒有滿載而歸的意思。反而狠下心來，開始挨個掃蕩那些聯盟自衛的堡寨。

比起鄉間毫無組織的普通村落，這些聯盟自衛的堡寨，抵抗力和抵抗意志都相對強悍。在花錢買平安的懇求一次次被拒絕後，寨子裡的莊戶們，斷然拿起的刀槍。

然而，整體上還是以務農為生的莊戶們，又怎麼可能打得過職業強盜？很快，寨牆便被攻破，房屋便被點燃，所有不肯束手待斃的人，都被一刀砍成了兩段。

從易州到定州，從河間再到深州，一處處堡寨被迅速攻破，一股股地方勢力被連根拔起。無數平素威名赫赫的「英雄豪傑」，在短短半個月時間裡，被掃蕩殆盡！

然而，同樣的事情發生多了，總會出一兩個意外……

定州西南，太行腳下，連綿起伏的丘陵之間，兩支打著遼國旗號的兵馬，在雪地上迤邐而行。

領軍的主將理所當然是契丹人，姓耶律，名赤犬。副將則為契丹漢軍的一名指揮使，姓韓，名德馨。注一、注二

二人長相極為相近，身高相似，年齡大小也差不多，如果不是因為穿著兩種樣式截然不同鎧甲，尋常人真的會把他們當作一對孿生兄弟。但是，穿上了鎧甲之後，卻沒有人再敢認為他們彼此之間血脈相連。

契丹人和漢人不可能是親兄弟。儘管連續三任遼國皇帝，都賭咒發誓，他會對天下子民一視同仁。但誓言這東西，向來是聽聽就算了，誰若是當真才傻。如今的大遼國，除了韓氏一家外，其他漢人依舊是沒有資格跟契丹人比肩同列。哪怕是做了當朝尚書，依舊是「機密之事不得與聞」。

不過凡事總有例外。就像韓知古的後人，從來就沒被契丹皇帝當作漢人。事實上，今天負責領兵這兩位將領，也的確是一對雙胞胎。注三

耶律赤犬的父親耶律寶才，原本為大將軍耶律留哥的馬童。因為多年來伺候主人盡心，被耶律留哥破格提拔為一名將軍。只可惜他沒有享受榮華富貴的好命兒，才當了將軍不到兩個月，就死在了一場規模不

大的遭遇戰中。只留下一個新婚沒多久的妻子，和一座空蕩蕩的宅院。

為了不讓麾下這個忠心耿耿的奴僕絕後，耶律留哥便想給他過繼一個子嗣。恰巧韓匡嗣的五弟韓匡奇，新得了一對孿生兄弟。所以乾脆，就直接派人去接了過來。

那韓匡奇雖然捨不得，但也不敢破壞韓氏與耶律氏之間的「友誼」，只能雙手將其中一個兒子奉上。之後十七八年裡，韓匡奇的官位，隨著幽州韓氏一路水漲船高，耶律寶才的妻子也沒有再改嫁。兩家的關係，居然越走越近。這對孿生兄弟，也非常幸運地，在同一座城市裡相伴著長大。並且一個做了契丹軍的小將軍，一個做了漢軍的指揮使。

常言說得好，打仗親兄弟，上陣父子兵。這回大軍南下「打草穀」，南院樞密使韓匡嗣跟耶律屋質請示過後，乾脆就把這哥倆歸做了一路。讓他們互相配合，共同進退，共同把握這一次難得的歷練機會。

「要我說樞密大人此舉純屬多餘，他不把咱倆放在一路，咱們兄弟就能生分了？」對於長輩們的好心，耶律赤犬卻不太領情。一邊轉動著腦袋觀賞連綿起伏的雪景，一邊撇著嘴抱怨，「像這種堡寨，有一個漢軍都，就已經是高看他們了。根本用不到一個營的兵馬。現在卻讓你帶著一個營，我帶著一百騎，簡直就是拿大砍刀宰雞，純粹浪費功夫！」

「大哥，噓——。」韓德馨快速豎起手指在嘴唇邊，做噤聲裝。「你別多說。我估計三伯父派咱們倆一起

注一、遼國軍制一直在演變，前後變化極大，還有實職和虛職的區別。書中為方便讀者，取最簡單的一種。十人為隊，設十將（契丹：隊帥），十隊為一都，設都頭（契丹：軍校），五都為一營設指揮使（契丹：小將軍），五營為一軍，設都指揮使（契丹：軍主、將軍），十軍為一廂設都指揮使（契丹：都監、詳穩）。節度使（大詳穩）轄左右兩廂。其中契丹軍職還隨所在部落實力而變化，有的部落總計只有幾百人，各級將領形同虛設，官比兵多，官居將軍手下也沒幾個人。

注二、耶律，契丹人原本沒有姓氏，只有部族和名字。後受中原文化影響，迅速自己取姓。又因為英雄崇拜等原因，導致大體上只有耶律和蕭兩個姓氏。其他孫、李等，則為中原皇帝賜姓。韓則為中原外來。後三姓所占比例都極小。

注三、韓知古的家族，最初在遼國地位並不高。所以婚嫁和交往，也多為耶律氏和蕭氏的旁支。後韓氏因為韓知古、韓匡嗣父子的「傑出貢獻」，迅速飛黃騰達。其家族婚嫁和交往，便迅速靠近契丹上層。

來，主要是想求個穩妥。畢竟若是能活捉了那個人……」

「不過是一個漢狗，舉手之勞爾！等會兒你只管看著好了，我給你演示一下什麼叫一鼓破賊！」耶律赤犬撇撇嘴，大聲打斷。絲毫不顧忌自家弟弟和周圍漢軍將士的感受。

「他若是敢出來野戰，當然大哥可以一鼓擒之！」韓德馨的修養非常好，笑了笑，非常委婉地說道，「可他要是龜縮在堡寨裡頭不出，這搭雲梯、做撞車等雜事，總也不能勞大哥您親自動手！」

「你說得也對！」聽韓德馨說得順耳，耶律赤犬笑著點頭，「那咱倆就說好了，攻堅的事情歸你，野戰歸我。若是有了斬獲……」

「老規矩，哥大，哥先拿！」韓德馨想都不想，痛快地表態。

「行！不過你放心，我至少給你留一半兒。我不會像別人那樣，把你們這些漢兒另眼相待！」耶律赤犬毫不客氣地接受了對方的好意，搖晃著身體，顧盼生姿。

周圍的漢軍士卒聽得心裡發堵，卻誰也不敢開口說話。大遼國的規矩就是這樣，無論出兵和出力多少，只要是契丹軍和漢軍並肩作戰，戰功和戰利品，絕大部分就得歸前者。像耶律赤犬這樣，還肯給漢軍這邊留上一小半兒的，已經非常難得。若是換了別人，大夥恐怕連口「湯水」都喝不到。

周圍的契丹士卒，對兩位小將軍公開達成的「分配方案」，也不太滿意。雖然他們名為一營，實際正兵人數還不到一都。但戰鬥力，卻從來不能以人數來算。八十幾名契丹騎兵拉開陣勢，足以將十倍的漢軍撕成碎片。況且每名正兵身後，還帶著一名同族的輔兵和一名打草穀？

「唉——」一名漢軍十將，看了看身後雪地上的腳印，偷偷地嘆息。路，是自己走的。一步跟著一步，都在自己身後留著呢。走到這個份上，怪不得別人。

「哼！」一名契丹隊帥，對著周圍瓦藍瓦藍的天空，低聲冷哼。同時心中默默發誓。「等回頭，一定要到惕隱那裡告上一狀，讓這姓韓的小子滾回他自己家中，把小將軍位置讓出來！他算哪門子耶律氏子孫？想

當初有耶律留哥護著他，這血脈亂也就亂了！如今耶律留哥已經倒了架子，憑什麼還讓他占著本該屬於耶律伯尼古部的地方？」注四

雪後的山路極其難行。

特別是對於那些契丹正兵來說，原本早已經習慣了整天坐在馬鞍上趕路，驟然用起了自己的兩條大腿，頓時渾身上下都感覺不自在。雖然有輔兵和打草穀替他牽著坐騎，鎧甲和兵刃也都馱在了馬背上，走了大半個時辰之後，每個人腿上就如同灌了鉛，每一次從雪窩子裡拔出腳來，都重逾萬鈞。

「那麼多莊院不打，偏偏跑到深山裡頭打一個野寨子，真是有力氣沒地方使了！」人一累，就容易焦躁。況且眾契丹武士心裡原本就對此番大軍南下由漢兒韓匡嗣擔任主帥存著一股子怨氣兒，走著走著，嘴裡就冒出了「白煙兒」來。

「可不是嗎？這麼遠，連草料錢都賺不回來。」

「要打，也該打定縣城，那城裡頭有錢人才多！」

「誰知道那個漢兒怎麼騙到了屋質大人……」

你一句，我一句，夾槍帶棒。雖然用的全是契丹語，卻依舊刺得耶律赤犬耳朵生疼。耐著性子忍了一小會兒，耶律赤犬也覺得今天的任務有些雞肋，扭過頭，低聲跟韓德馨抱怨道：「這冰天雪地的，為啥非要咱們走山路？若是從平地上直接插過去……」

「寨子裡主事的那人頗為奸猾，在寨前的山谷裡設下了陷阱。據細作彙報，以前有好幾支土匪從正面打他，都在山谷裡全軍覆沒！」韓德馨知道自家哥哥讀書少且性子急躁，笑了笑，非常耐心地解釋。

注四、大惕隱，契丹官職，相當於大宗正。負責輔佐皇帝處理國事，並且裁決皇族內部矛盾，懲處違反族規的害群之馬。

「噢，照這麼說，點子還挺扎手！」耶律赤犬皺了皺眉頭，很不開心地繼續抱怨，「那就該換個季節來打，這山坡上一步一滑，等咱們走到了地方，兒郎累都累趴下了。哪還有力氣打仗？」

「換個季節，怕漢國不肯善罷甘休。據三伯父說，漢國的內亂快被郭家雀兒給平定了。而咱們這次只打算練兵，並沒打算直接滅了漢國！」韓德馨想了想，繼續認真地給自家哥哥剖析時局。

此番南下打草穀，是大惕隱耶律屋質和南院樞密使韓匡嗣二人的臨時決定，事先並未奏報上京朝廷。故而，戰爭就必須控制在邊境衝突的範圍內，而不能上升到遼、漢兩國的國戰。如果南侵時間再推遲上兩三個月，待漢國的內亂平息，屆時，對契丹國情況了如指掌的郭威等人，未必會像現在這樣忍氣吞聲。

另外，此番南下打草穀，還帶著讓原本隸屬於大將軍耶律留哥麾下的契丹兵馬轉移注意力的目的。以免他們因為對耶律留哥被朝廷下令革職軟禁，而鬧出什麼亂子來。畢竟所謂「心懷怨恨、勾結叛臣」，完全屬於大惕隱耶律屋質一個人的推斷，事實上連半點兒證據都沒有！

只可惜，韓德馨的一番苦心，注定得不到任何回報。耶律赤犬聽了他的話之後，非但沒立刻結束抱怨，反而臉上露出了更多的不屑表情，「嗤！怕漢國不肯善罷甘休！不肯善罷甘休，他們能怎麼樣？有本事放馬過來一戰！我看你家三伯父就是太謹慎了。做什麼事情都怕這怕那，仔細個沒完。」

「大哥，三伯父站的位置跟咱們不一樣！」韓德馨實在有些忍無可忍，啞著嗓子喊道。

「有啥不一樣？我看他就是考慮有欠妥當。既然不想跟漢國開戰，又何必把拒馬河沿岸的堡寨全給平掉？像原來那樣留著他們，每年收一次錢糧不好嗎？何必非要殺了這群懷著崽子的母羊？」早就把自己當成純正契丹人的耶律赤犬撇了撇嘴，七個不服八個不忿。

「那是為了下次南征做準備！」韓德馨氣得眼前陣陣發黑，說話的聲音不由自主地轉高，「這些堡寨，向來是牆頭草，哪邊風大支持哪邊。上回漢軍攻打鄴都之時，他們就沒少趁機搗亂。所以，想要順利南征，大軍身背後就不能留著這群隱患！」

「那下次南征之時順手鏟平他們，還不是一樣？何必非要兒郎們冒著大雪出來做事！」耶律赤犬朝身後的契丹兵頭上看了一眼，叫喊聲音也瞬間提高了數度。

眾契丹武士聽不懂漢語，見耶律赤犬跟韓德馨兩個忽然爭吵了起來，便以為前者在為大家夥在出氣，頓時就覺得此人勉強還算個合格的契丹小將軍。而眾漢軍兵卒聽到兩位主將爭執的內容，卻個個都替韓德馨覺得不值，看向契丹武士那邊目光，瞬間又冷了數分。

兩支隊伍各自懷著心事，走走停停，停停走走，從旭日初升，一直走到斜陽西墜，也沒看到目的地的影子。而正午過後，曠野裡的風卻漸漸大了起來。捲著半乾不濕的雪粒子，打在已經凍得發硬的衣服上，叮噹作響。

眾漢軍將士被吹得步履蹣跚，背著兵器和行軍用的包裹，搖搖晃晃。眾契丹武士則更為不堪，走幾步摔一個跟頭，走幾步摔一個跟頭，每個人都成了雪球一般，渾身上下掛滿了慘淡的白。最為狼狽的是那些契丹打草穀和漢軍輔兵，原本身體就相對孱弱，偏偏身上的負重又奇多，一個跟頭跌下去，半晌都難從雪窩子裡爬起來。

「不走了，不走了，紮營，傳我的命令，找個避風的地方紮營。再走下去，不用開戰，老天就把咱們給收了！」耶律赤犬本人，也是又冷又累，朝身後已經拉出二里地遠的隊伍看了看，扯開嗓子喊道。

「將軍有令，尋找避風處紮營！」親兵們如蒙大赦，趕緊交替著用契丹語和漢語，將耶律赤犬的命令大聲重複。

身後的隊伍「轟」地一聲炸開，所有兵卒像受到驚嚇的兔子般，在雪後的山坡上東奔西竄。韓德馨見到了，難免會皺起眉頭，大聲整頓秩序。然而此時此刻，非但契丹武士不肯聽從他的號令，連漢軍兵卒也全變成了聾子，只顧用雙手捂住耳朵，朝臨近的山坳裡頭栽。

丘陵地帶的避風處不難找，但同時滿足避風且能就近打到乾柴的位置，卻有些稀缺。眾將士撒網般，沿著山坡跑來跑去，直到把身上最後一點兒體力給消耗得差不多時，才終於在行軍路線西側二里多遠的位置，發現了一個長滿了松樹和柏樹小山坳。

「就這兒了，就這兒了。來人，趕緊去撿些乾樹枝和松塔子來，讓老子好好烤上一烤！」接到手下人的彙報，耶律赤犬喜出望外。立刻讓親兵牽著自己的馬韁繩，親自趕了過去，手指著林梢大聲吩咐。

「遵命！」「是！」「請將軍稍待！我等去去就來！」眾將士七嘴八舌地答應著，撒開雙腿，連滾帶爬地朝樹林中猛衝。唯恐跑得稍慢些，乾柴全都便宜了別人。

此時此刻，漢營指揮使韓德馨也沒有力氣再約束麾下弟兄，用長槍當作枴杖撐住身體，舉起頭來四下搜尋。合適的宿營地已經有了，但周圍布置崗哨的位置卻不太好找。關鍵是，雪野太寬闊，也整齊，無論高處還是低處都藏不住人！

正忙碌間，身側的聲音忽然停滯，天地間，一片死寂。

怎麼回事？韓德馨詫異地轉身張望，只看見，自家將士們像被凍住了般，僵立於樹林邊緣，一動不動。稍遠一些的位置，有支隊伍緩緩穿過樹林，就像一群白色的幽靈。

「埋伏，前面有埋伏！」耶律赤犬兩眼瞪得滾圓，聲音因為緊張和寒冷而變得斷斷續續。在路上，他想的全是如何將李家寨一鼓而下，自己如何帶領著眾契丹武士耀武揚威，如何將被擊敗的敵軍將士盡情地羞辱，卻萬萬沒有想到，對方居然敢主動迎擊！

「敵襲——敵襲——」「敵襲——敵襲——」最靠近樹林的眾契丹武士和幽州漢兵們，也紛紛回過神來，一邊撒腿向後跑，一邊扯開嗓子大聲驚呼。

與耶律赤犬一樣，他們打自過封凍的拒馬河之後這十多天裡，也習慣了對手躲在院牆後瑟瑟發抖。誰也未曾設想過，居然還有人敢在行軍路上伏擊他們！

「別跑，整隊！就在這裡整隊——！」幾個幽州漢軍都頭反應速度比普通兵卒稍快，一邊叫喊著，一邊朝周圍的退下來的弟兄拳打腳踢，逼迫後者轉身接戰。

「取兵器，趕緊去馬背上取兵器！」臨近的契丹十將和都頭們，則鬼哭狼嚎地大聲提醒，試圖借助幽州漢軍的犧牲，來換取扭轉戰局可能！

「一起上，一起上，列陣攔住他們，列陣攔住他們！逃命者當場誅殺，家人過後找出來連坐！」耶律赤犬的左膀右臂，都頭蕭秣鞨拎著根剛剛從雪地裡撿起來的樹枝，劈頭蓋臉朝輔兵和打草穀們身上亂抽，逼迫他們去幽州軍身後，以血肉之軀組成第二道防線。

「契丹武士，契丹武士退後取兵器！」耶律赤犬終於受到提醒，抽出一把大鐵劍，在馬背上奮力揮舞。「其他人，頂上去，全都頂上去。我大遼，無往不勝！」

一輪，只需要那些幽州軍和雜兵們能撐過一輪。

只要取了兵器在手，契丹武士就可以迅速投入戰鬥，砍瓜切菜般，將來襲的鄉勇盡數砍翻。

小半炷香，頂多支撐小半炷香。

對於四百上過戰場，訓練有素的大遼幽州軍來說，這應該不是問題！畢竟，他們早就習慣了刀頭舔血，而對方，不過是一群剛剛放下鋤頭的農夫！

十息，如果堅持不了小半炷香時間的話，十息，也勉強夠用！

只要能令對面鄉勇的攻擊速度稍稍遲滯，武裝起來的契丹勇士，就可能將他們全殲於此。

來襲的鄉勇數量不過五百出頭，而大遼這邊，五百幽州軍、一百輔兵，再加上一百多名打草穀，人數已經接近他們的兩倍。

雖然，雖然那些輔兵和打草穀手裡，此刻只有切肉用的短刀，捆行李的繩索，和挑乾糧的木棒。

雖然，雖然幽州軍將士們的鎧甲、弓箭和長兵，此刻還都馱在馬背上！

「我大遼——」韓德馨圓睜著雙眼，臉上寫滿了瘋狂，「我大遼沒有後退之兵，頂上去，頂上去啊，後退者死！」

「頂上去，頂上去！」

「整隊，整隊，後退者死！」

「一起上，一起上……」

周圍的回應聲，嘈雜而又緊張。

幽州軍、契丹輔兵、契丹打草穀，揮舞著切肉用的短刀、木棍或者臨時從雪地裡掏出來的石頭，不停地朝對面張牙舞爪。

對面來的是一群剛剛放下鋤頭的農夫！

農夫應該膽子都很小。

農夫應該都缺乏作戰經驗。

農夫應該看不出這邊軍陣的虛實……

他們叫喊著，期盼著，蹦跳著，咋呼著，就像一群公雞豎起了脖頸處的羽毛，希望對方可以把自己當成獅子！

然而，現實卻比地面上的積雪還要冰冷。

從樹林裡殺出來的伏兵走得不快。

因為地面太滑的緣故，他們甚至在有意壓低了速度，以免某個人滑倒後，影響自家整體的隊形。

他們走在最前方的那一排長槍兵，分明早就可以發起衝鋒。但是，他們卻控制住了隊伍內所有人心中的殺戮欲望，只是瞪圓了憤怒的眼睛。

他們以無比「緩慢」的速度，在樹林邊緣彙聚在一起、調整隊形，然後繼續向前推進。果決，乾脆，像一群幽靈般，無聲無息。

「殺！殺殺！殺殺殺殺！」站在最前排的幽州軍戰兵，被無聲的壓力刺激得頭皮發乍，一邊揮舞著參差不齊的兵器，一邊大聲朝對方示威。

「殺，殺，殺，殺！殺殺殺殺！趕快轉身，不准過來，轉身，我們保證不追你們！」緊跟在戰兵身後的幽州軍輔兵，聲音裡頭已經帶上了明顯的顫抖。

「阿巴亥，阿巴亥，烏賀，烏賀，烏賀勒！」被逼著上前堵槍鋒的契丹輔兵和打草穀們，也大叫著，用腳從地上不停地踢起雪沫，以圖干擾對方的視線，給自己這邊爭取更多的時間。

只需要幾個呼吸。

只需要幾個彈指。

只需要幾個剎那。

風從背後吹來，白色的雪沫籠罩住整個遼軍隊伍，在落日的餘暉中翻滾，五彩繽紛，如夢似幻。

對面走來的鄉勇們依舊沒有發出任何聲音。

對面走來的鄉勇們依舊繼續向前推進，推進。

對面走來的鄉勇們無聲無息地穿過了雪沫，穿過了五彩繽紛的幻境，槍桿灰黑，槍鋒閃爍著白色的冷光。

「吱——！」

寂靜，在槍鋒徹底穿透幻境之後的一瞬間，忽然被一記冷酷的短笛打破。推進在第一排五十桿長槍，忽然奮力前刺，整齊得宛若猛獸合攏了牙齒。

五顏六色的雪沫，瞬間變成了粉紅色，飄飄蕩蕩，扶搖而上。

幻境瞬間粉碎。

紅霧翻滾，血漿一道道竄起，下落，接二連三。

白色的冷光在奪目的血漿中迅速回收，擋在槍鋒前的二十多名幽州軍慘叫著栽倒。剩下僥倖未被刺中或者只是受了輕傷的幽州軍，大約還有四十餘人，迅速轉身，撒腿便逃。

沒來得及披甲，沒來得及持盾，手裡只剩下一把割肉小刀，對上列陣而前的如林長槍，無異於螳臂當車。

螳臂當車，好歹內心深處還有憤怒和勇氣做為支撐。而被逼著堵路的幽州軍心裡，除了恐慌之外，卻什麼都沒有！

他們甚至，連轉身逃走的機會都沒剩下。站在第二排的幽州軍兵卒，眼睜睜地看著前排的自家袍澤被刺中，眼睜睜地看著僥倖未被刺中或者只是負了輕傷的前排袍澤倒捲而回，卻不知道自己到底該怎麼辦。

按照平素訓練和戰場上的要求，他們此刻應該上前補位，補全戰死者的位置，將迎面推過來的鄉勇堵住，一個接一個殺死。

而不趁手的兵器和血淋淋的現實卻告訴他們，上前一步，必死無疑！

「吱——」又是一聲短促而淒厲的笛聲。

所有難題都迎刃而解。

成排的槍鋒再度奮力前刺，刺中逃命者的後背，刺中發呆者的前胸。刺穿被凍硬的衣服，刺穿被凍麻木了的皮膚，刺穿皮膚和肌肉和骨頭，將骨頭後的內臟瞬間攪了個稀爛！

粉霧蒸騰，紅光飛濺。

白色的雪地上，一道接一道，落滿了滾燙的鮮血。

地面上的潔白支離破碎。

一個接一個圓睜著雙眼的屍體，緩緩倒下，緩緩翻滾，耀眼的紅迅速蓋住雜亂的白，四下蔓延，無聲無息。

站在軍陣最前面兩排的幽州軍徹底崩潰，僥倖沒有死在槍下者，轉身尖叫著逃命，無論遇到任何阻擋，都一撞而過。

第三、第四、第五排的幽州軍被潰兵撞得根本站不穩腳跟，搖搖晃晃，搖搖晃晃，在對面的長槍沒推進到自己身前，就已經東倒西歪。

而迎面走來的那支幽靈般的隊伍，卻對腳下的屍骸和迅速蔓延的血跡熟視無睹，繼續踏著穩定的節奏向前，向前，槍桿平端，雙臂微曲，槍尖上的血，淅淅瀝瀝，淅淅瀝瀝，在寒風中落成一道道猩紅色的斜線。

「吱——」「吱——」連續兩記短笛聲響。

槍鋒前刺，回收，回收，前刺。紅煙瀰漫，慘叫聲不絕於耳。

第四排幽州軍、連帶著第五、第六兩排同時崩潰。來不及逃走者，被槍鋒從背後刺中，倒地慘死。反應相對迅捷者，揮舞著短刀，狼奔豸突。

幽州軍的後方，就是契丹輔兵和打草穀。

在滴著血的槍鋒前，他們不比幽州同夥更有勇氣。

「阿巴亥，阿巴亥……」還沒等鄉勇們的長槍刺到近前，大部分契丹輔兵和打草穀，已經轉身逃走，任憑負責督戰的十將們如何砍殺，都絕不肯站在原地等死。

也有極少數輔兵和打草穀，總共加起來也不過二十個，被天空中飄飄蕩蕩的紅霧，給逼出了幾分血勇。揮舞起拴東西用的皮索，扛糧食用的擔子，還有切肉用的短刀，叫喊著逆流而上。

他們不是正兵。

他們或者因為犯罪，或者因為出身於被征服的部族，只能給正兵做牛做馬。只有極少數幸運兒，在經歷過多次戰鬥之後，才能有機會補入正兵行列，同時忘記自己原來的族群，被徹底當作一個契丹人。

他們今天逃走，估計也難免一死。

他們早就受夠了，所以，還不如死個痛快。

他們操著不同的語言，揮舞著不同兵器，彼此間既不排成隊形，也不互相照應。如同飛蛾般，朝著槍陣撲去，三三兩兩，毫不猶豫。

他們這樣做的後果，也正如撲火的飛蛾，轉眼間，就盡數倒下。從開始到結束，都未能影響火光分毫。

「別管他們，整理隊形，整理隊形，朝著那些取兵器的傢伙，繼續推進！」鄭子明吐出嘴中的短笛，大聲做出調整。

沒想到敵軍崩潰得如此之快，他多少有些措手不及。而眾鄉勇們，顯然也未曾料到，傳說中百戰百勝，凶神惡煞般的遼軍，今天的表現居然還不如大夥以前遇到的土匪。一個個面面相覷，胳膊和大小腿都因為緊張和興奮而微微顫抖。

然而，在鄭子明和隊伍中的都頭，十將的提醒下，大夥卻很快就調整好了心態，也很快就調整好了陣形，沿河鋪滿積雪的山坡，緩緩推向了那些正在取兵器的契丹武士。

早就知道這些契丹人會來，大夥事先做了充足的準備。

早就聽說甚至親眼目睹過，堡寨被契丹人攻破後的結果，大家夥兒，對復仇充滿了期待。

「長槍隊，繼續前推！聽從陶大春的命令！」鄭子明深深吸了口氣，將長槍兵的指揮權，下放給了站在第一排的陶大春。隨即，高高舉起了一面金黃色的三角旗，「弓箭手聽令，原地站立，挽弓，三號重箭，側前方四十步，預備——」

一百五十張角弓，朝斜前方舉起。弓箭手將標記著符號門類，專門用來殺傷無防護目標的三號重箭搭上了弓臂，隨即快速將弓弦後拉。

「放——！」金黃色的三角旗果斷下揮，羽箭騰空而起，在落日的斜暉中，呼嘯著撲向目標。

「納姆，納姆卡查！納姆，納姆卡查！」目標處，眾契丹武士大聲尖叫著，將剛剛拿到手的兵器在各自身前舞得如同一架架風車。

幽州軍和雜兵崩潰得太快，大多數契丹武士，根本沒來得及披甲。少數動作最利索者，也只是勉強套上了半身，頭盔、護頸、護心、護襠等必要防具，全都沒來得及拿。在如此近的距離上，光憑著手中的兵器想擋住羽箭，簡直就是白日做夢！

寒光從半空中疾飛而至，瞬間刺透兵器舞出來的虛影，濺起無數點點斑斑的紅。注五

「呵呵，呵呵，呵呵……」一名套了半身皮甲的契丹武士，像喝醉了酒般，在耶律赤犬的戰馬前來回轉圈兒。凌空而至的二號重箭輕而易舉地射穿了他的鎧甲，射穿了他的前胸皮膚和肌肉，貼著他的胸骨邊緣射入了腹腔。

兩道血柱貼著光滑筆直的箭竿噴湧而出，先被顫抖的尾羽攪了一下，化作斷斷續續的數段，繼續上飛，然後迅速變冷，下落，在周圍的雪地上灑出一串串花瓣狀的血跡，妖艷奪目。

「呵呵，呵呵，呵呵……」契丹武士一邊徒勞轉動身體，一邊揮舞兵器，嘴巴裡發出含糊不清的聲音。像是在求救，又像是在嘲笑著什麼。而此時此刻，無論是求救，還是嘲笑，他都找不到目標。最終，他的面孔朝天空揚起，兩隻絕望的眼睛睜得滾圓，直挺挺倒了下去，屍體周圍濺起一團繽紛的白。

「躲啊，朝戰馬肚子下躲。鐙裡藏身，鐙裡藏身，你們下了馬就忘了嗎？」耶律赤犬忽然扯開嗓子大叫，根本不管麾下的契丹武士能否聽懂。手中鐵劍也不停地揮舞，彷彿下一刻，就會有數不清的羽箭從半空中

注五、羽箭的正常飛行速度，在五十到九十米每秒之間，所以單人用兵器格飛羽箭，基本屬於武俠小說範疇，除非羽箭已經到了強弩之末。古代對付羽箭覆蓋性射擊的辦法，可以查到的也只有三種，盾牌、重甲或者長矛叢林。

射向自己。

他不是第一次上戰場，也不是第一次看到死人，然而，如此絕望，如此悲慘的死法，他卻是平生第一次遭遇。他自己現在同樣還沒來得及披甲，同樣手中也沒有盾牌，萬一對面的弓箭手拿他當成了目標，結果，耶律赤犬不敢去想。

「呼！」有人衝過來狠狠推了他一把，將他直接推下了馬鞍。地上的雪很厚，他毫髮無傷，只是手裡的鐵劍摔得不知去向。「找死——」下一刻，緩過神來的他，迅速舉起拳頭。數點寒光貼著他的拳頭邊緣掠過，將他的怒罵聲和全身的血肉，「凍僵」在了寒風中。

「吁——吁吁——吁！」耶律赤犬的坐騎悲鳴著，緩緩跌倒，血漿如瀑布般，噴了自家主人滿頭滿臉。可憐的畜生半邊身體上插滿了羽箭，卻拚著最後一口氣，控制住了跌倒的速度和方向，避免了將耶律赤犬和韓德馨兄弟倆直接壓成了瘸子。

「趴下，趴下起身，一點點往下滾，順著山坡往那邊滾！」韓德馨的聲音緊跟著響起，緊貼著耶律赤犬的耳畔，細弱蚊蚋。

敗局已定，在偷襲者開始整隊，而不是直接衝上前廝殺的那一瞬間，此戰的結果就已經「寫得」清清楚楚。聰明的人，此刻應該考慮的是如何保全有用之身，以圖將來。而不是像傻瓜一樣等到最後被衝上來的敵軍亂刃分屍。

「不——，不——！」耶律赤犬大聲悲鳴，手腳亂蹬亂揮。然而，他的身體，卻被自家兄弟韓德馨倒拖著，迅速滑向了遠方。

恥辱，作為一個契丹人，姓耶律的契丹人，這簡直是比被敵軍殺死還要難堪的奇恥大辱，他不甘心，不願意，卻好似提不起任何力氣反抗。

第三波羽箭從半空中落下，覆蓋了兄弟倆剛才所在的位置。又有七八匹戰馬，悲鳴著栽倒，同時栽倒的還有四五個無處藏身的契丹武士。剩下的契丹武士徹底陷入了瘋狂，不再試圖躲避，也不再試圖從活著的戰馬背上取下頭盔和鎧甲。而是齊齊地發出一聲絕望吶喊，拎起兵器，衝向了正在緩緩迫近的槍林。

天色在迅速變暗，風吹著雪沫子，在山坡上滾出一團團白煙。滾動的白煙當中，都頭蕭秣鞨揮舞著一根鐵棍，瘋子般大喊大叫：「衝上去，跟在我身後一起衝上去。衝上去混戰，他們不敢射自己人！」

「衝上去混戰，衝上去殺光他們，他們不敢射自己人！」都頭蕭鐵奴、都頭耶律兀烈、十將蕭可大等，也一邊跑，一邊大喊，憑藉多年戰場上摸爬滾打所獲得的經驗，在蕭鐵奴身後和側後，組成一個簡單的三角。

沒有人回頭清點跟上來的人數，也沒有人試圖尋找耶律赤犬和韓德馨兩兄弟。連續三輪羽箭覆蓋，還能僥倖活下來的，肯定不足先前的一半。作為對手的首要目標，那哥倆活下來的機會，更是微乎其微。

契丹軍律，小將軍死而麾下眾都頭無戰果潰退，都頭俱斬。

都頭死而麾下十將無戰果潰退，十將俱斬！

十將死而麾下眾正兵無戰果潰退，斬全十。

此時此刻，無論耶律赤犬死沒死，眾契丹武士都已經失去了繼續活下去的可能。所以，向前，拚死一搏，就是他們唯一的選擇。

這個選擇，純屬被逼無奈，卻基本上正確。

發現剩下的契丹武士與自家長槍兵之間的距離已經無法避免羽箭的誤傷之後，鄭子明迅速命令弓箭手們停止了齊射。「分散繞過去，抽冷子放箭，小心別傷到自己人！」朝著身後平揮了一下令旗，他大聲吩咐。同時自內心深處，湧起一股輕鬆愉悅。

贏定了！

事到如今，孫吳親臨，也無力回天。更何況，孫吳兩個，也不是契丹人的祖先。

「小心困獸反噬！」緊跟在他身側的潘美，抬起頭，低低的提醒了一句。稚嫩的臉上，也同樣寫滿了不加掩飾的興奮。

大勝，如假包換的大勝。

從拒馬河一直到泒水，從易州到霸州，縱向一百五十里，橫向四百餘，面對南下打草穀的遼國強盜，除了巡檢司之外，無一城一寨敢出門迎戰。而巡檢司，卻不僅僅逆流而上，並且全殲了來犯之敵。可以想像，此戰之後，三州巡檢司將會打出怎樣的威名。

可以想像，大家夥今後的道路，將是何等的海闊天空。

然而，唯一一點兒他沒有想到的是，鄭子明聽了他的提醒之後，所做出的反應。只見此人迅速將令旗遞給了狗腿子李順，果斷從雪地上拔出了倒插著的鋼鞭，「潘美說得對，小心敵軍困獸反噬。你負責在這裡掠陣，我去支援陶都頭！」

「哎——！哎——！」李順根本沒想到該去勸阻，楞了楞，滿臉佩服地答應。

鄭子明朝著他點了點頭，趕在潘美開口之前，邁開雙腿，大步流星地衝向了自家槍陣。速度絲毫不亞於奔馬。

「鄭子明！鄭子明，你要幹什麼，你瘋了？你這個瘋子！你知道不知道自己在幹什麼？」潘美氣得兩眼發黑，直接喊出了對方的名字。大局已定，此刻身為主帥的人親身接戰與不直接參與戰鬥，有什麼區別？萬一被敵軍所傷，先前所獲得的戰果至少要虧出去大半兒。

沒有人回答他的質問，寒風中，只傳回了一陣刺耳的金鐵交鳴。拚死一搏的契丹武士和李家寨槍兵，已經正面發生接觸。不停地有人倒下，血柱一道道帶著白煙噴上天空，四下裡落英繽紛。

巡檢使的親兵入了戰團，中間簇擁著鄭子明的身影。更多的血柱噴起，薄薄的暮色和白色的雪煙中，十幾個差不多高大的身影不停相互交換位置，晃得人眼花撩亂。只過了短短兩三個呼吸時間，所有身影就重疊在了一起，再也分不清彼此，更分不清楚誰屬於哪一方！

「鄭子明！」潘美大叫了一聲，拔起長槍迎了上去。

白璧不去碰爛瓦，寶瓶無需撞粗陶。除了鄭子明之外，瘋子才會跟對方的普通兵卒去血肉相搏。那等同於自降身份，掉價兒，丟人，贏了沒任何功勞，萬一失手便貽笑大方。然而，比起眼睜睜地看著鄭子明受傷或者戰死，潘美寧願自己也掉價丟人一回！

其餘幾個觀戰的莊頭、寨主也紛紛跟上，深一腳，淺一腳地踩著積雪，朝戰團靠近。一邊走，他們一邊不停地尋找，提心吊膽，唯恐看到一個不應該出現的畫面。

他如願以償，始終沒有看到自家巡檢大人，死的和活的都沒看見。他們看見了幾個槍兵圍著一名契丹武士交替攢刺，轉眼間就將對手刺得全身都是窟窿。他們看見三名契丹武士互相肩膀貼著肩膀，站成了一個小三角，揮舞著兵器四下亂砸。周圍的槍兵們則憑藉兵器的長度拉開距離，圍著武士們不停地跑動，旋轉，旋轉，跑動，濕漉漉的槍纓捅來捅去，帶起一串串殷紅。

「在那兒！」「大人在那兒！」「鄭大人在那兒！」有人大聲尖叫，同時用兵器朝軍陣中最靠前的位置指指點點。

潘美等人迅速扭頭，恰看見鄭子明高舉鋼鞭，砸向一名契丹人的腦袋。

那名契丹武士穿了半件兒鎧甲，頭上還頂著個鑌鐵戰盔。看打扮，應該是個當官的，看身手，則更可以確定就是個當官的。只見此人大吼一聲，側著身子閃開。隨即一個旋步，與鄭子明的進攻方向錯開數尺，手中鐵鐧橫掃而回。

「當——」火星四濺，在越來越深的暮色中格外地扎眼。鄭子明的鋼鞭彷彿長著眼睛般，迅速掃了過來，在半空中，與鐵鐧來了個硬碰硬。

二人同時後退卸力，隨即又同時怒吼著衝上，鐵鐧、鋼鞭，你來我往。「當——」「當——」「當——」金鐵交鳴聲不絕於耳，周圍的槍兵被刺激得紛紛後退。忽然間，契丹武士的鐵鐧砸在了空處，身體被帶得向前踉踉蹌蹌。鄭子明手中，本該與對方鐵鐧相撞鋼鞭兜了個圈子加速下砸，正中契丹武士的後腦。

「噗！」鑌鐵頭盔碎裂，血漿冒著白霧四下濺落。小半個頭顱被砸得稀爛的契丹武士繼續向前衝了兩步，氣絕而亡！

「阿巴亥，阿巴亥——！」一名契丹十將，哭喊著放棄自己的對手，飛奔過來跟鄭子明拚命。都頭死了，自己逃回去也沒法活。除非殺掉眼前這個漢人大官，拿著他的首級也許才可能逃脫一劫。

「來得好！」鄭子明大聲斷喝，揮鞭格擋。粗重的鋼鞭正中下落的刀刃，「噹啷」一聲，將鋼刀格得倒崩而回，刀刃處出現了一個嬰兒拳頭大缺口。

「啊——」那契丹十將被刀柄處傳來的巨力，震得虎口出血，手臂發木。大聲尖叫著倉惶後退，鄭子明一個跨步追上去，鋼鞭掛著風聲迅速下砸，「噹啷——」

又是一聲巨響，契丹十將橫起來招架的鋼刀，被直接砸成了兩段。上半段飛得不知去向，下半段歪歪扭扭像一片受潮變形的爛木板。

「嗚——」沒等契丹十將從震驚中緩過神，幽藍色的鋼鞭掛著風聲又至，泰山壓頂，正對他的面門。

「阿巴亥，阿巴亥——！」契丹十將尖叫著雙手舉起半截鋼刀招架，用盡了吃奶的力氣，才勉強接下了這一記猛砸。兩隻胳膊被震得又疼又麻，瞬間失去了控制。一雙膝蓋也跪在了雪裡，大腿小腿不停地哆嗦。

「嗚——」鄭子明看都不看，上前又是兜頭一鞭。「噹啷！」變了形的半截鋼刀被砸得火光四射，契丹十將口鼻冒血，人又瞬間矮下了半截。沒等他緩過一口氣來，汪藍色的鋼鞭再度砸下，依舊是那記簡簡單單的泰山壓頂，「噹啷！」最後半截鋼刀也被砸得四分五裂，鋼鞭餘勢未盡，砸在契丹十將垂下的頭顱上，將後腦勺砸得四分五裂。

「阿巴亥——！」又一名契丹武士哭喊撲向鄭子明，試圖給他的同伴復仇。沒等他跑進鄭子明身側十步之內，潘美忽然大叫一聲：「我來！」挺槍疾刺。搶在所有袍澤做出反應之前，將此人堵了個結結實實。

「這個是我的，誰也不准搶！」他大叫著，用自己平素最不喜歡的腔調，向周圍發出警告。手中長纓橫掃直刺，與契丹武士戰做了一團。

瘋病是可以傳染的，最初的病根兒肯定來自鄭子明身上。潘美知道自己此時此刻徹底喪失了儒將的風度，也知道今天即便自己贏得再漂亮，結果也是形象盡毀。但是，這樣做真過癮，真他娘的過癮！

「楞著幹什麼，抄傢伙上啊！」不知道是誰喊了一嗓子，將周圍所有人的鬥志徹底點燃。眾堡主、寨主、莊頭們，紛紛舉起了兵器，殺入了戰場中央。隨便找到一個契丹武士，抬手就是一刀。全然不顧再拿捏身份，也不考慮這種痛打落水狗的行為，是否有損自家形象。

他們不在乎！他們只想好好廝殺一場。原來瘋狂真的是可以傳染的，原來熱血沸騰的感覺居然是如此之美妙。

你感覺不到任何恐懼，也感覺不到任何寒冷。身上的鎧甲徹底失去份量，手中的兵器也變得靈活無比。每一次出手都是絕招，每一次應對都恰到好處。平素根本做不出來的動作，在此刻變得輕而易舉。平素至少需要一兩息時間才能做出的反應，此時只需要短短一個剎那。而對面那個傳說中身經百戰、殺人無數的契丹武士，全然變成了一隻弱雞。動作緩慢，步履踉蹌，招數生硬呆板可笑。

「殺！」刀落，血流如瀑。

「殺！」槍橫，一具屍體被挑上半空。兩眼圓睜，暗黃色的臉上寫滿了恐慌。

一個接一個契丹武士被砍倒、刺翻，眾堡主、寨主們越戰越勇。在槍兵們的全力配合下，大夥兒如同砍瓜切菜般，輕鬆地就將所有活著的契丹武士盡數全殲。有人意猶未盡，拎著血淋淋的兵器，撲向了正在逃跑的幽州軍和契丹雜兵，從背後追上他們，將他們一個接一個砍翻在地。有人則快速奔向了先前的羽箭覆蓋區域，或者將手伸向了六神無主的戰馬，或者將兵器刺向了翻滾掙扎的傷兵。

無論是正在逃跑的幽州軍，契丹雜兵，還是中箭失去逃命能力的契丹武士，此時此刻，都沒有任何勇氣反抗。看到閃著寒光的兵器朝自己刺來，他們或者哭喊著跪在雪地裡，大聲求饒。或者將眼睛一閉，任人宰割。此時此刻，誰也看不出來，他們曾經隸屬於一支號稱百戰百勝的遼國精銳。此時此刻，誰也想像不到，最近小半個月，他們曾經將方圓數百里的大漢國兵馬，壓得不敢露頭！

「這群契丹強盜，居然也有今天！」陶大春拉著肩高超過六尺半的戰馬，氣喘吁吁地左顧右盼。[注六]礙於心中的堅持，他沒有參與對遼國潰兵和傷兵的追殺，只是以最快速度，抓住了幾匹失去主人的戰馬，以免牠們落到不識貨的人手裡，或者因為受到過度驚嚇而逃進雪野活活凍死。

「胸無正氣者，何以言勇？」潘美牽著另外三匹良駒，含笑搖頭。發洩完了心中的衝動之後，他又恢復了平素那種斯斯文文模樣，彷彿剛才呼喝酣戰的人不是自己，而是自己生下來就被抱走的雙胞胎兄弟一般。

「正是！」陶大春對他說法十分贊同，笑著附和。目光落在潘美繳獲的戰馬之上，卻又輕輕皺起了眉頭，「這裡邊有一匹應該是將領的坐騎？官兒還不小？你抓到此人了，還是割了他的首級？」

「沒！」潘美楞了楞，用力搖頭，「我只是看到這匹馬長相不錯，就順手牽了過來。至於其主人？應該死在亂軍當中了吧，或者被鄭子明給殺了。畢竟是他第一個衝過來的。哎？奇怪！鄭子明呢？他哪裡去了！」

「子明呢？剛才不是跟你在一起嗎？」陶大春頓時臉色巨變，一邊低聲追問，一邊抬起頭四下尋找。

此刻戰場已經被夜幕給籠罩，即便有人點起了火把，視野依舊受到了極大的限制。陶大春目光所及處，眾堡主、寨主和鄉勇們陸續閃現，一個個興高采烈，手舞足蹈。唯獨看不見鄭子明，彷彿憑空蒸發了般，消失得無影無踪！

打了勝仗卻丟了自家主帥，這樣勝利，縱使再輝煌又有什麼意義？當即，陶大春和潘美兩個都心驚肉跳，將好不容易才收集到的戰馬丟在了一邊，拎著兵器在戰場上開始掘地三尺。

偏偏為了軍心和士氣考慮，他們還不能公開對弟兄們說，巡檢大人不見了，需要大夥一起來找。只敢像兩隻沒頭蒼蠅一般，東一圈，西一圈四下裡亂轉。碰到好奇心重的，還得煞有介事地解釋一句：天黑，雪厚，怕契丹人藏在雪底下裝死，必須防患於未然。

「二，二位大人，你們，你們不是在找巡檢大人吧？」越怕什麼，偏偏越有人哪壺不開提哪壺。主動追上前，結結巴巴地試探。

「你，你胡說！」潘美嚇得激靈靈打了個哆嗦，扭過頭，果斷地呵斥，「我找巡檢大人幹什麼？他武藝那麼高，又不是個小孩子了！你別信口雌黃！順子？是你？你剛才看到巡檢大人了？」

「是，是！我瞎說，我信口雌黃！」李順先是被嚇得連連後退，後來又聽到了潘美的追問，哭喪著臉，結結巴巴地補充，「是我，是我！我，我剛才看見巡檢大人，往東北方向追去了。那邊，那邊好像有兩個敵兵，跑，跑得比誰都快。大人看到你們都在忙，就自己提著鋼鞭追了下去！」

「你，你怎麼不早說！」潘美又氣又急，舉起槍桿朝著李順身上亂抽。後者根本沒有勇氣抵抗，雙手抱住腦袋，一邊躲閃，一邊大聲喊冤，「你，你們沒，沒問我啊！我，我剛才追了你們好一會兒，才追上。我，我接連問了好幾次你們兩個在找啥，你，你和大春哥都沒搭理我！」

「那，那你也該早點知會我們！」潘美自知理虧，把長槍戳在地上，氣急敗壞地抱怨。「天這麼黑，雪這麼厚，萬一大人有個閃失，你，你百死莫贖！」

注六、漢尺，每尺大約為現在的二十三厘米上下。根據出土骨骼考證，遼馬骨架遠比蒙古馬高大，負載能力和衝刺能力也強於後者。但後來因為遼國滅亡等諸多原因，逐漸被蒙古馬所同化。

「怎麼可能？大人武藝高強，一個打他們十個！」李順咧了下嘴，對鄭子明的身手極為推崇。「再者說了，對周邊的地形，誰能比咱家大人還熟悉？方圓三百里，有哪個地方他沒親自用腳踩過點兒！」

「不怕一萬就怕萬一！不能逼瘋狗入窮巷你懂嗎？大人雖然武藝高強，對方卻是非生即死！」潘美見他居然還敢頂嘴，抄起槍桿又要抽打。

陶大春卻比他先一步恢復了冷靜，用兵器架了一下，低聲提醒：「別打了，這會兒你把他打死能有什麼用？趕緊跟我一起去追，免得子明真的一時粗心大意，被潰兵掉頭反噬！」

「你留在這兒指揮弟兄們打掃戰場，我去追！」潘美頓時回過了神，感激地看了陶大春一眼，低聲商量，「不能讓大夥失了核心骨幹，大春哥，你留在這裡坐鎮。讓順子跟我一起去就行，他知道鄭子明往哪個方向去了！剛才順子也說過，對手只有兩個人。就算翻上一倍，子明跟我也能對付得來！」

「行！」陶大春想了想，果斷點頭。

敵軍早已徹底崩潰，短時間被重新組織起來的可能微乎其微。只要鄭子明自己不大意，零星兩三個潰兵，的確在他手底下就是開胃小菜。如果再有潘美這個機靈鬼於旁邊掠陣的話，基本上，鄭子明就徹底沒有了陰溝翻船的可能。

二人意見達成了一致後，立刻採取了行動。陶大春從李順手裡接管了整個隊伍的指揮權，迅速開始收攏人馬，打掃戰場。潘美則跟李順兩個取了短兵器和弓箭在手，以最快速度朝鄭子明消失的方向追了過去。

天色越來越黑，四下裡目光所能搜索的範圍，也越來越窄。好在地上的積雪足夠厚，荒山野嶺又難得有人跡出現，所以根據雪野中遺留的腳印兒，潘美和李順兩個，還不至於追丟了目標。但是，想要立刻跟鄭子明匯合到一起，也基本沒有可能。沒過小腿兒深的積雪，令二人根本提不起奔跑的速度。稍不留神，腳底打滑，就會摔個滿眼金星！

跌跌撞撞，步履蹣跚，也不知道摔了多少個跟頭，更不知道追了多長時間。在二人感覺到四肢已經被凍得麻木，隨時都可能倒下變成一具僵屍之前，他們終於在一塊凸起的巨石後，看到了鄭子明孤獨的身影。

蹲在巨石之後，他像被凍僵般，一動不動。微弱的星光從雲彩的縫隙裡灑下來，將他的面孔照出隱隱的輪廓，從側面看去，稜角硬如刀砍斧剁。「噓——」沒等潘美和李順兩個嘴裡發出歡呼，他已經搶先一步回過頭，手指豎在嘴邊，低聲吩咐：「小聲，他們在下面！」

「我的老天爺，可真有你的！」潘美手腳並用爬了過去，啞著嗓子低聲抱怨：「叫我這瞎找一通，要不是順子眼睛尖，告訴了我們你的去向。今晚非得軍心大亂不可！」

「怪我，怪我！我本以為也就是半炷香時間的事兒！」鄭子明臉色微紅，拱起手，用極低的聲音賠罪。「大家夥都好吧，弟兄們今天傷亡大不大？」

「這會兒你終於想起自己是誰來了！」潘美又氣又恨，瞪圓了眼睛繼續小聲抗議。「別問我，我也不知道！大春兒哥在清理戰場。你今天到底怎麼回事兒，連兩個潰兵都收拾不了！」

「這……」鄭子明被問得微微一楞，臉上瞬間湧現了一抹淒涼。但是很快，他就把這抹淒涼藏了起來，搖了搖頭，用蚊蚋般的聲音解釋道：「不是收拾不了，而是我在考慮，該不該放他們離開。如果一個都沒逃回去的話，光是損失幾百兵卒，對幽州那邊而言，簡直無關痛癢！」

「這……？」潘美楞了楞，臉上瞬間露出了幾分猶豫。今天這場戰鬥，對巡檢司來說，無疑是一場酣暢淋漓的大勝。然而對於遼國這頭龐然大物來說，幾百兵卒的失蹤，根本不值得一提。即便沒有戰鬥，每年光是稀裡糊塗逃走或者死於軍隊內部傾軋中的遼國兵卒，全部加起來也得數以千計。更何況今天被消滅的那一營契丹人還曾經是耶律留哥的麾下，原本在遼國內部，就屬於需要儘快被清洗的對象。

「可，可他們倆，好像都是當官的啊！」李順的思維，不像鄭子明和潘美兩個那般複雜，從巨石後探出去朝著下面的避風山溝裡望了一眼，啞著嗓子強調。

這個條件，立刻影響到了潘美的判斷。也從巨石後頭探出半個腦袋，他迅速朝下面張望。只見一堆孱弱的篝火旁，兩個年紀跟自己差不多的遼國人正擠在一起互相取暖。其中一個穿著契丹將領的傢伙，已經昏昏欲睡。另外一個身著幽州軍服色的傢伙，則一隻手按著刀柄，另外一隻手用撿來的樹枝，不停地挑動篝火裡的木柴，以免這最後一點火光，也被凍僵在入夜後的寒風當中。

「順子，我對付清醒的那個，你去殺了睡著的那個！子明，你替我們倆掠陣就行！」輕輕地做了個深呼吸，潘美壓低了嗓子，開始策劃接下來的攻擊。

鄭子明好像被驚嚇到了般，迅速扭頭看了他一眼，卻最終什麼都沒有說。李順則低低的答應了一嗓子，緩緩從腰間抽出了橫刀。

「先搓幾根繩子綁在靴子底兒上，以免滑倒！」潘美朝著李順點點頭，繼續低聲布置。從始至終，沒向鄭子明再多看一眼。

鄭子明這傢伙什麼都好，就是有時候會莫名其妙的心軟。潘美隱約能感覺到，先前鄭子明之所以遲遲沒有動手的原因，就是由於他忽然又開始「抽風」。但是，潘美不想戳破。只打算不動聲色地替對方把問題解決掉。這是他作為朋友的職責，也是作為心腹幕僚的義務！

他和李順兩個痲利地割掉衣服下襬，搓成繩子，在靴子面兒和靴子底上來回纏繞。同時，迅速用目光測量自己與對手之間的距離。

從大夥藏身巨石到下面篝火堆兒，大概有二十六七步遠。雪有點兒厚，為了不在中途摔跤，並且在敵將沒做出足夠反應之前結束戰鬥，他必須預先做好充足準備，務求一擊必中。

鄭子明扭過頭，默默地看著二人，依舊沒有說話。他似乎不知道自己此刻該說什麼，或者知道自己不該說什麼。潘美現在的決定沒有錯，他自己先前的理由根本站不住腳。他知道，但是，他卻說服不了自己。

火堆旁，那個年輕的幽州軍指揮使，全然沒有感覺到大難即將臨頭。依舊小心翼翼地挑動著篝火，儘量讓火苗距離自己的哥哥身邊近一些，哪怕他自己半邊身子已經染滿了白霜。

他們是兄弟，即便一個做契丹人打扮，一個做漢人打扮，也依舊是兄弟。他們彼此之間血脈相連，除了死亡之外，任何外力都無法切斷。

忽然，那個年輕人站了起來，一隻手拎著燒火棍，另外一隻手快速抽出了腰刀。潘美同時撲了下去，踩著厚厚的積雪，動作迅捷如撲食的虎豹。李順手持橫刀緊隨其後，兩條大腿在沿途帶起滾滾雪沫。

只是短短一個剎那，勝負就已經見了分曉。年輕幽州軍指揮使持刀的右臂，被潘美砍出了一道口子，瞬間血流如注。其左手中的燒火棍，也被衝上前的李順一刀砍做了兩段。

這當口，他唯一的機會，就是將右手中的腰刀交到左手，且戰且逃。然而，令潘美和李順兩個猝不及防的是，此人卻忽然斜撲了過去，用身體擋住了沉睡中的契丹將領，「饒命——！」一邊奮力將腰刀舉過頭頂，抵抗潘美的攻擊，他一邊大聲乞憐，年輕的面孔上，寫滿了求肯：「別殺我哥！求求你們！別殺我哥！殺我一個人就足夠了。我是南院樞密使韓匡嗣的侄兒韓德馨，他從小就被送給了外人，死了也不值錢！」

「別殺他，殺我，我是他哥。我的腦袋比他值錢！」火堆旁，身穿契丹袍服的那個，也跳了起來，雙臂張開，將韓德馨牢牢擋住，「殺我，別殺他，留著他要贖金。無論多少錢他家都拿得出！殺我，我是契丹人，他是漢人，跟你們一樣！」

「想得美！老子來時路上，可曾放過一個漢人？」李順獰笑著，高高舉起了橫刀。

對方是兄弟，死在對方手裡的人，也不都是沒有父母兄弟的孤兒！老天有眼，血債必須由血來償還！

他看到了對方眼睛裡的恐懼和絕望，橫刀下剁，心中暢快無比。然而，耳畔卻忽然傳來「鐺！」「鐺！」兩聲脆響，虎口一麻，橫刀伴著潘美劈下來另外一把的橫刀，相繼飛上了天空。

「你幹什麼——？」李順和潘美異口同聲的指責。

「讓他們走！」鄭子明不知道什麼時候出現在了篝火旁，臉上的肌肉不停地抽搐。手中鋼鞭擋住了兩名俘虜的身體，上面，兩道刀痕忽隱忽現。

「你瘋了？你究竟知道不知道自己在幹什麼？」潘美憤怒地大叫，李順則目瞪口呆。兩名俘虜死裡逃生，雙雙變成了一對「冰雕」，眼睛睜得滾圓，嘴巴大張，卻發不出任何聲音。

「讓他們走！」鄭子明兩眼通紅，滿臉是淚，手臂顫抖，身體和大腿也不停地顫抖。「滾，趕緊滾，這輩子別讓我再看見你們！」

「別殺他，殺我，我是他哥！」冥冥中，他彷彿看到有一個胖胖的傢伙，用身體擋在了急馳而至的戰馬前，雙臂張開，宛若一座巍峨的高山。

勁草

「此舉絕非英雄所為！」潘美跟在鄭子明身邊，大聲斥責。

「嗯！」回答他的，只是短短的一個字。自打放了兩個遼國敗將離開，鄭子明就一直這般模樣。沒精打采，神不守舍。

「鄭巡檢，你知道不知道自己幹了什麼？」潘美被對方的迷糊模樣，惹得火往上撞，伸手用力拉扯鄭子明的衣袖。

「哦！」回答他的，依舊是短短一個字。

鄭子明不肯與他的目光相接，也不去努力掙脫他的拉扯，彷彿自知理虧般，任由他肆意發洩心中的不滿。

「姓鄭的，你這樣，你這樣怎麼可能成得了大事？」喋喋不休半晌卻始終得不到一句正經回應，潘美滿肚子火氣無處發洩，直燒得眼睛發紅，鼻孔和嘴巴裡白煙滾滾。

「潘，潘軍師，這，這幾句話前些日子那個契丹人也說過！」鄭子明還是不肯接茬兒，倒是李順，覺得潘美有些小題大作，壯著膽子走到二人之間，結結巴巴地做起了和事佬。

「滾，關你屁事！契丹人說過的話，老子怎麼就不能說了！」潘美的怒火立刻找到了發洩對象，虎目圓睜，雙眉倒豎，咆哮宛若晴天裡的響雷。

李順好不容易才鼓起來的些許膽氣，瞬間漏得一乾二淨。將身體一縮，迅速藏到了鄭子明背後。隨即又探出半個腦袋，結結巴巴地分辯：「我，我不是怕你，怕你累麼！況且人這輩子最重要的是活得開心。如果不開心，光成就大事有什麼意思？」

「你，你……」潘美聞聽，原本就已經開始發紅的眼睛愈發紅得厲害，手指李順，捎帶上擋在他身前的鄭子明，「燕雀不知鴻鵠之志！與你這等燕雀同列，潘某真是瞎了眼睛，倒楣透頂！你，你們……」

因為情緒過於激動，他一肚子話被憋在嗓子眼處卻說不出來。只覺得兩耳嗡嗡作響，眼前一片灰暗。

數月前，本以為亂世即將結束，自己攜兩三好友出山，恰可成就一番功業。封妻蔭子，史冊留名。卻不料所傾心相交的，卻是個是非不分，優柔寡斷的爛好人。如此時局，爛好人怎麼可能有機會出人頭地？只可惜自己先前一番心血，全都自己潑入了泥坑！

正氣得直打哆嗦之時，卻看見鄭子明忽然朝自己拱了拱手，非常客氣地說道：「仲詢大才，在某這裡原本就屬屈就。鄭某早已寫了一封薦書，原本想等到開春之後，便薦你去我義兄那裡一展所長。今日既然遼兵已退，回去之後，仲詢便可以取了它，星夜南下。若是路上走得快些，說不定還能趕上平定李守貞等賊的戰事。想必以仲詢的本事，只要時機恰當，功名唾手可得！」

一番話，聲音雖然不高，聽在潘美耳朵裡，卻猶如晴天霹靂！「你，你趕我走？你，你自己犯了錯，居然還要趕我走？你，你……」

畢竟只有十六歲年紀，怎能受得了此等委屈，頓時，兩行熱淚奪眶而出，「你，你這剛愎自用的匹夫，自己有錯居然還不讓人說！你，你，你居然卸磨殺驢。你怎麼知道契丹人不會去而復來？你今天放了那兩個人走，焉知他們不是兩頭白眼兒狼？萬一他們糾集了大軍前來報復，我，我倒要看，他們會不會也放你這爛好人一條生路！」

「仲詢誤會了，我真的早就寫好了諫書，不信你回去之後，就寸步不離跟著我。看我是因為幾句言語不合就設法趕你走，還是早就有打算將你推薦給義兄！」鄭子明被潘美數落得好生尷尬，拱拱手，柔聲細氣地解釋。

自己不是英雄，自己這種性格難成大事！類似的話，不止潘美一個人說過。就連數日前被俘的那個契丹武士，被處死之前也曾經用類似的話語大聲嘲笑。

可人這輩子，難道就非當英雄不可嗎？如果成大事就是把七情六欲全部割捨殆盡，就是無父無母無兄無弟，這種大事，不成也罷！

想到這兒，鄭子明和潘美拱了拱手，繼續微笑著補充：「仲詢，我過去的事情，你多少應該也知道一點兒。所以這輩子恐怕都很難有什麼大作為，你跟著我，肯定會耽誤了自家前程。所以，所以我才想通過義兄，把你推薦到郭樞密使帳下。他那邊……」

「住口！姓鄭的，你把潘某當成了什麼？」潘美聽得兩眼發直，半晌，才終於意識到自己誤會了對方，又羞又急。然而有李順在場，他又拉不下臉來認錯兒。只好通過大聲咆哮，來掩飾自己心中的尷尬，「潘某豈是那為了功名富貴，就棄友不顧之人？況且那契丹狗賊，不日便會再度殺上門來。潘某豈能，豈能在此時獨自離開？」

「軍，軍師！」還沒等鄭子明接茬兒，李順卻又楞頭楞腦，出言反駁，「那兩個傢伙，未必還有臉來吧？且不說大人今天放了他們一條生路，即便他們恩將仇報，各自把麾下弟兄丟了個精光，誰還敢再把兵馬交到他們兩個手上？」

「不懂就不要多嘴！」潘美將眼睛一瞪，頓時把李順嚇得又藏回了鄭子明身後。「此番遼兵南下打草穀，多日來幾乎未折損一兵一將。偏偏在李家寨這裡兩營人馬全軍覆沒。消息傳開去，那領兵的主帥豈不是顏面盡失？如果他得到消息之後不立刻興兵報復，對軍心、士氣，又將是何等沉重的打擊？所以，你等著瞧，遼兵非但會來，並且若來，肯定就不再是區區兩、三個營頭！」

「啊——」李順聽得心裡頭一緊，縮著脖子再也不敢胡亂開口。

鄭子明卻笑了笑，淡然道：「無妨，仲詢，你儘管走你的。遼兵即便來了，我也有把握應付得過去。這麼冷的天氣，想把各自分散開劫掠的隊伍重新糾集到一處，又談何容易？況且遼兵已經過河小半個月，大漢國的朝廷做事即便再拖沓，多少也該要點兒臉面！」

「你不用說了，潘某絕不會走！」潘美把脖子一梗，橫眉怒目，「至少不會現在就走。」

唯恐鄭子明得意，話音未落，他自己又快速地補充，「潘家寨，就在你巡檢司旁邊。你若是被遼人給滅了，我家怎麼可能不受池魚之殃？潘美留下來，不是為了幫你。而是為了我自家寨子裡的父老鄉親。總不能因為你一個人糊塗，連累得他們也被遼國人當草穀給割掉！」

兩日後，定縣東北白塔寺。

「如此說來，那李家寨，至少有正兵不下兩千？」契丹軍主（都指揮使）蕭拔剌眉頭緊鎖，手背上青筋畢現。

他不信，一個字都不相信。帳下兩個自稱死戰脫身的傢伙，從頭到腳除了幾處凍瘡之外，其他半點兒傷痕都沒發現。所以那一仗最大的可能，便是兩個傢伙輕敵大意，先遭到了對方的伏擊。然後就被嚇破了膽子，直接棄軍潛逃！

但是，蕭拔剌卻無法將自己的判斷公之於眾，並命人將帳下趴著的這兩個膽小鬼推出去斬首以正軍法。

這兩個膽小鬼雖然不爭氣，身體內卻流淌著幽州韓氏的血脈。而那南院樞密使韓匡嗣雖然是個漢人，卻是述律皇后的義子，並且自幼便跟現今大遼皇帝相交莫逆。最近還在剪除大將軍耶律留哥的政鬥中，居功甚偉。得罪了韓家，甭說自己這小小的軍主會吃不了兜著走，即便大將軍蕭兀列，弄不好也得去祖州去數綿羊！注一所以明知道兩個膽小鬼在撒謊，蕭拔剌卻依舊得揣著明白裝糊塗。並且還得儘量幫忙將二人的謊話補圓，以免身邊有哪個不開眼的傢伙忽然跳出來揭開真相，令自己進退兩難。

好在兩個敗軍之將膽子雖然小，心思卻足夠活泛。聽出了他話語裡的回護之意，立刻磕了個頭，相繼大聲回應：「末將，末將在當時好像還看到了另外一支人馬的旗號，帶兵的將領好像是個複姓。呼，呼延……？軍主恕罪，當時天色已經擦黑，末將未能看得太清楚！」

「是呼延，絕對是呼延！末將可以拿性命擔保，那呼延琮狗賊派人參與了此戰！」

「嗯——」軍將蕭拔剌手捋鬍鬚，嘴裡發出一聲低低的長吟。

夠勁兒，不愧是韓知古的孫兒，這份機靈勁兒，絕對不輸於其祖父。把太行山呼延琮的勢力牽扯進來，這場敗仗就有情可原了。按照大遼國收集到的密報，那呼延琮可是剛剛接受了大漢國招安。為了在新主人面前有所表現，冒險到太行山東側來打上一仗，再正常不過！

「末將聽聞，那山賊呼延琮在受招安之前，曾經到過定州！如今泒水河畔還有幾家不肯向我軍繳納糧秣的堡寨，裡邊的百姓據說也是秋天時才從太行山上下來的，平素與李家寨往來不斷！」唯恐自家提供的消息還不夠聳人聽聞，指揮使韓德馨擦了把耳朵下的黃水兒，繼續小心翼翼地補充。

「是啊，是啊！末將原本準備拿下了李家寨之後，順手將這幾個村子一鼓蕩平。卻不料，卻不料他們居然如此陰險，互相勾結起來，打了末將一個措手不及！！」耶律赤犬雖然凍得滿臉都是爛瘡，嘴巴卻依舊和往日一樣靈光，按照預先跟自家兄弟對好的口徑，啞著嗓子大聲補充。

「可惡！」契丹小將軍耶律紅石呯地一拳砸在廊柱上，震得房梁瑟瑟土落。

「此仇不報，我等有何面目回大營繳令！」燕軍指揮使孫定伯也揮舞著手臂，大聲叫嚷。

注一、祖州，今內蒙古巴林左旗。遼國早期上層貴族紛爭不斷，失敗者大多數都會被送到祖州軟禁。如耶律阿保機的皇后述律平，阿保機之子耶律李胡，大惕隱耶律留哥，都曾經被軟禁於此。

臨時被徵用的佛堂中，頓時響起一陣憤怒的咆哮。幾乎所有契丹和燕軍將領，全都瞪圓了眼睛，豎起了眉頭，聲言不報此仇誓不罷休。

他們當中，未必全都對韓德馨兄弟的控訴深信不疑。但是，他們跟這一路兵馬的主將蕭拔剌一樣，沒心思去追究事情的真相。

一個營的契丹兵，外加一個營的幽州兵，被對方給全殲了，這個事實就已經足夠。至於耶律赤犬與韓德馨這哥倆兵敗的具體原因，是疏忽大意，還是寡不敵眾，都不重要！

「咚咚，咚咚，咚咚……」一串清楚的敲擊聲，從原本擺放香燭的供桌上響起，瞬間打斷了眾人的喧嘩。軍主（都指揮使）蕭拔剌倒提著馬鞭，一邊敲打，一邊沉聲吩咐：「來人，取輿圖！」

「是！」幾名幕僚打扮的傢伙大聲答應著，將一大卷羊皮鋪在佛殿中央。用烙鐵燙出來的山川河流之間，有一個碩大的黑點兒格外醒目。

四下裡，頓時鴉雀無聲。眾將佐齊齊閉上了嘴巴，圍攏在輿圖前，眉頭輕鎖。

李家寨是必須拿下來的，無論裡邊藏著兩百人，還是兩千人，最終結果都是一樣。但怎麼去打，派誰領軍去打，給領軍者統帶多少弟兄，諸如此類的細節，卻不能不仔細斟酌。畢竟對方具備將一營契丹軍和一營幽州軍全殲的實力，大夥不能再對其掉以輕心。

換句話說，哪怕上一場戰鬥，李家寨占足的天時和地利的便宜，哪怕是耶律赤犬和韓德馨兩個敗軍之將再膽小無用，此戰的結果都已經證明了，只派兩個營的兵馬不可能蕩平李家寨。而派的兵馬多了，就要涉及到補給能否接濟得上的問題。並且要保證速戰速決，以免時間拖得太久，戰事朝遼漢兩國朝廷都不希望看到的方向加速狂奔！

「韓德馨，你且上前來，再說一遍，你們是在哪，如何遭到的埋伏？」環顧左右，估計著氣氛已經醞釀得差不多了，蕭拔剌沉聲吩咐。

「遵命！」韓德馨快步走到輿圖旁，拿起一根事先剝了皮的木棍兒，緩緩指點，「屬下過了滱水河之後，走的是三道梁、高家集、飲馬屯，準備從這裡先拿下陶家莊，然後占領李家寨側後的山梁，居高臨下……」畢竟是將門之後，得到過韓家長輩們的幾分真傳，三言兩語，他就把自己當初的行軍路線，呈現在了頂頭上司和一眾同僚的面前。

「為什麼不走東側，東側的道路明顯比西北側平坦？」輿圖旁，立刻有人低聲質問。

「去之前，韓某曾經接到地方上的線報。李家寨至少曾經兩次在寨子東側的山谷裡設伏，兩次都全殲了來犯之敵。」對於跟自己平級的將校，韓德馨卻沒有什麼「客氣」話可講，想都不想，就給出了一個硬邦邦的答案。

「嗯！」對方被噎得頗為難受，卻無法再質疑他的選擇。喘息了數下，又帶著幾分惱怒追問，「既然如此，為何非要去打那李家寨？從滱水到李家寨之間，分明還有七八處堡寨可以討伐！」

「若是只為了圖些糧草銅錢，當然會撿容易的打！誰還不知道軟柿子好吃？可此番出兵，大將軍分明曾經說過，要打掉各地漢人的士氣。讓他們不敢再生任何反抗之心！」不待韓德馨回應，耶律赤犬撲上前，惡狠狠朝發問者叫嚷。

打了敗仗，居然還有臉如此囂張！這下，兄弟兩個可是有點兒犯了眾怒。周圍的將佐們紛紛豎起眉頭，七嘴八舌地嘲諷道：「那耶律小將軍，可是如願把人家的士氣給打掉了？」

「嗯，吃硬柿子才有種，問題是，你得有相當的牙口！」

「呵呵，我等的確光知道撈些錢糧。但比起丟光了兵馬輜重，卻腆著臉獨自逃命，總還是穩當些吧？」

「原本不懂什麼叫做送貨上門，現在好像懂了一點。就是不知道送貨之人跟對方，到底是什麼關係，居然……」

「行了，都少說幾句，軍中沒人買啞巴！」軍主蕭拔刺聽大夥越說越不像話，騰地站了起來，「我等都是武將，不要學漢國文官們那些壞毛病。他們倆打了敗仗，本官自然會上報南樞密院和征南大將軍行轅，由大將軍和南院樞密使來按律給與處罰。但眼下要緊的不是指責他們兩個用兵的失誤之處，而是如何才能把這口氣討還回來！」

「是，我等知錯了，請軍主責罰！」眾將佐被嚇了一大跳，齊齊拱手請罪。

「算了，下不為例！」蕭拔剌看了大夥一眼，有氣無力地擺手。

真的要按律處罰，他現在就該把耶律赤犬和韓德馨兩個傢伙給推出去斬首示眾。而上報給新任大將軍蕭兀烈和南院樞密使韓匡嗣，結果必然是板子高高舉起輕輕落下。對此，在場眾將，估計心裡也都是門清。所以，既然連喪師辱國之罪都不予追究，他這個軍主，又有什麼臉面去計較大夥的幾聲喧嘩？

「當日，末將走到了差不多這個位置……」韓德馨察言觀色，搶在蕭拔剌提醒自己之前，繼續低聲補充。無論是說話的神態和語氣，都比先前低調了許多，「距離陶家莊大概還有十五六里，遭到了對方的重兵伏擊。末將和耶律將軍本該死戰殉國，然念及冰天雪地，消息很難及時傳回，才不得不忍辱偷生，以圖有朝一日能讓仇人血債血償！」

「他奶奶的，本事全長在了嘴巴上，逃命還逃出道理來了！」眾將佐側著眼睛冷笑，對韓德馨的狡辯不屑一顧。

「如果能順利占領李家寨後山，你預計得多少人馬，才能將寨子一舉攻破？」蕭拔剌裝作沒看到大夥的表情，繼續沉聲追問。

「末將不敢！」韓德馨吃一次虧，學一次乖。非常謙虛地拱手施禮，「末將估計，李家寨裡邊所藏兵馬，應該不低於兩千。若是算上寨子裡可以臨時調用的老弱，則還要再多出一倍。所以，所以末將不敢估測我軍出兵多少，才有必勝的把握！」

「哼！」「膽小鬼！」「孬種！」「懦夫！」眾將佐聽了，頓時一個個把嘴角撇得更高，心中對韓氏兄弟，也愈發地瞧之不起。

他們這支兵馬，由五個契丹營頭和五個幽州軍營頭組成。其中無論契丹營還是幽州營，都不是滿編。在被耶律赤犬和韓德馨兩兄弟折損掉了兩個營頭之後，剩下的總人馬數量，也就是三千上下。其中還有一小半兒為輔兵和雜兵。

如果李家寨的守軍果真像韓德馨說得那樣高達四千之巨，那就根本不用商量，只有全軍撲上，才有復仇的可能。而拿這麼龐大的一支兵馬去對付一個小小的巡檢司，即便打贏了，也未必如何光彩。萬一受天氣和地形的影響鎩羽而歸，大家夥可就全都被姓韓的給拐到陰溝裡頭了，回去後誰都落不到好果子吃！

「末將以為，兵貴精不貴多，欲踏平李家寨，三個營的弟兄足夠！」正在眾人猶豫不決之際，忽然在佛堂的門口處，傳來一個洪亮的聲音。

大夥吃了一驚，齊齊扭頭。恰看見都指揮使馬延煦那傲然的面孔。注二

「那李家寨的兵馬再多，也不過是一群鄉勇爾！」根本不理睬眾人臉上的表情，副軍主馬延煦手按劍柄，沿著佛堂的臺階緩緩而上。「集十個營的精銳，只為了去對付一群烏合之眾，諸位將置我大遼國的軍威於何地？況且眼下積雪盈尺，騎兵根本無法派上用場。去得越多，所需的糧草輜重越巨，還不如留在後面養精蓄銳！」

「這，這，馬副軍主此言甚是！」

「如此，如此天氣，的確，的確不利於騎兵行動！」

「不光是天氣，地形也不利於戰馬奔行！」

注二、馬延煦，遼國馬氏一族的翹楚。其父馬胤卿為後晉刺史，被耶律德光俘虜。耶律德光憐其才而赦免了他。從此馬氏一族成為了契丹人的千里馬，在幾次南下戰爭中都不遺餘力。

「副軍主此言的確說到了點子上，這鬼天氣……」

眾將佐臉色微紅，訕訕地出言附和。

大家夥都是老行伍了，揣著明白裝糊塗沒問題，一語被人道破了玄機之後，卻不能繼續咬著牙死扛。否則，丟失的只是自己的顏面和聲望，對別人造不成任何妨礙。

只有軍主蕭拔刺，見馬延煦一回來，就搶了自己對議事的主導權。不由得心中湧起一陣煩躁，用手用力拍了下桌案，大聲斷喝：「肅靜！此乃中軍要地，不是相撲場。爾等無緣無故，就開口胡亂說話，是不是太不把軍法放在了眼裡？來人，給馬副軍主看座，他冒雪趕路，想必累得不輕，急需坐下稍事休息！」

「遵命！」親兵們心領神會，大聲答應著，跑去取搬座位。

蕭拔刺卻又迅速換了一副面孔，手扶著香案的邊緣欠了下身子，客客氣氣地問道：「馬指揮回來了？弟兄們前些日子的繳獲可平安運過了拒馬河？雪下得如此大，弟兄們身後的全家老少明年也許就得憑著這些繳獲過日子呢！真是辛苦你了，若不是有你在，本軍主真不知道該將如此重要的事情交給誰！」

作為這一路兵馬的軍主，他對自己的副手馬延煦始終心懷忌憚。所以在分派任務時，特意把坐鎮後方，替大軍轉運糧草輜重和劫掠所得的「重擔」，壓在了此人的肩上。本以為可以用這些複雜繁瑣俗事，將此人徹底絆住，永遠沒機會跟自己爭鋒。誰料李家寨這邊剛剛吃了一場敗仗，姓馬的像蒼蠅般就聞著味道趕了過來。

「末將幸未辱命！」副軍主馬延煦非但鼻子好使，對付內部傾軋的能力，顯然也得到了其父馬胤卿的幾分真傳，只用了短短四個字，把蕭拔刺的一記殺招化解於無形。

「噢？」不但蕭拔刺，在場的幾個契丹小將軍也紛紛瞪圓了眼睛，驚呼出聲。

他們的劫掠所得，非但包括金銀細軟，還有若干價值不高，卻在日常生活中不可或缺的雜七雜八，如油燈，鐵鍋，鏟子，碗碟等，以及大批的青壯男女。冰天雪地中，將這麼大一批物資和這麼大一批心懷怨恨的奴隸運往幽州，可不是一件容易做到的事情。稍不留神，人財兩失都極有可能。

「家父聯合南院樞密使韓大人，從皇上那裡討到了一個恩典。此番打草穀所得男女，只要態度恭順，平安抵達幽州後，便可被視為大遼國的子民。男丁每人授田十五畝，女子授田十畝。」彷彿早就猜到眾人的表現，馬延煦笑了笑，帶著幾分得意補充。

話音剛落，臨時充當中軍帳的佛堂內，立刻炸了鍋。眾契丹和幽州將佐，一個個瞪圓了眼睛，擼胳膊挽袖子，恨不得立刻將剛才說話的人碎屍萬段。

「姓馬的，你，你們父子兩個不得好死！」

「姓馬的，我等跟你無冤無仇，你為何如此禍害我等？」

「姓馬的，你還我錢來？」

「姓馬的，今天有你沒我，有我……」

按照眼下大遼國的規矩，將士們非但沒有任何軍餉可拿，出征時的戰馬和口糧，大部分都得靠自己擔負。所以打草穀所獲，乃是在座每名將佐本年度的最大進項。直接關係到其身後全家老小的生活水準。而馬延煦的父親幾句話，就把將士們好不容易掠到的奴隸給奪了去，如此破家之恨，大家夥豈能跟他們父子善罷甘休？

「諸位稍安勿躁！且聽馬某把話說完！」一片雷霆般的怒罵聲中，馬延煦的表現卻極為平靜，笑著將手朝四下壓了壓，緩緩補充，「每畝地每年糧賦五斗，兩斗歸官倉，三斗歸他們的原主人。而你們，則是他們的原主人，哪怕今後戰死，子孫亦有權繼續向他們及他們的子孫討要供奉！」

這幾句話的聲音不高，卻如同一隻無形的大手，瞬間卡住了在場所有契丹將領的嗓子。而在場的幽州將領，臉上的憤怒也瞬間消失不見，代之的，則是深深地迷惘。

最近二十幾年來，遼國的疆域迅速擴張。新增加的國土面積之巨，連遼國朝廷自己，都來不及拿出一個確切統計數字。而這些土地分給契丹將士之後，大部分都會被拿來放牛放羊，產出極其微薄，遇上一場稍大的雪災，就會血本無歸。

雖然也有一些聰明的契丹人，已經開始學著中原的地主那樣，逼迫搶來的中原奴隸，替他們開荒種田。但由於奴隸主的過度嚴苛，以及其他種種原因，這些奴隸直到逃走或者被虐待至死，也交不出幾石糧食來。反倒不如將其押回幽州之後就迅速賣掉，好歹也能落下一筆現錢。

現在好了，朝廷一聲令下，此番打草穀所抓獲的奴隸們，就全都變成了大遼國的農夫。有了土地和盼頭的他們，輕易不會再冒險逃走。而農夫們每年所繳納的糧賦，其原主人自動獲得一大半兒。這相當於農夫們手裡的田地，名義上屬於他們自己，實際上仍然受其契丹主人的控制。而大遼國朝廷，也從每年上繳的田賦中獲得了巨額的糧食。

皆大歡喜！誰都沒損失！反正大遼國的土地多得根本不可能分完，光是幽州和遼東，就足夠分上一百年！

「恭喜馬將軍，令尊憑此良策，定能一舉成為大遼柱石！」所有將佐中，韓德馨的反應最為機敏，第一個打破了沉默，拱起手向馬延煦示好。

「韓指揮客氣了，此良策非家父一人所獻，令伯父，也於其中居功至偉！」馬延煦一改先前倨傲，笑著拱手還禮。

他今天根本不是衝著韓德馨兄弟倆而來，先前的一些激烈言辭，也只是後續話題的引子。所以，既然對方主動示好，他就沒必要再給自己樹敵。更何況，馬氏和韓氏，將來在遼國朝堂上，還少不得互為依仗。

「恭喜馬將軍！」「恭喜副軍主！」其餘一眾幽州軍將領，也紛紛向馬延煦道賀。回首的瞬間，以目互視，卻都在同僚的眼睛裡頭，看到了深深地佩服與不甘。

均田令不是什麼新鮮玩意兒。凡是讀過幾天史書的人都知道，當年大唐之所以能於隋末大亂後迅速恢復元氣，靠得就是這一記良策。可知道是一回事兒，有勇氣將其改頭換面之後獻給遼國皇帝，並賭遼國皇帝會接受，則是另外一回事情。畢竟此策對於先前以放牧和劫掠為生的契丹人來說，等同於移風易俗。

自古以來，敢給君王獻策移風易俗的人，要麼死無葬身之地，要麼名留史冊。成為前者的機會，往往是後者的十倍。所以不甘心歸不甘心，在場的幽州軍將佐，卻無人不佩服韓、馬兩家族長的勇氣。佩服他們敢於拿自己的項上人頭，賭回了各自家族上百年的富貴榮華！

「嗯，嗯哼，嗯嗯嗯，哼哼……」一連串咳嗽聲忽然響起，軍主蕭拔剌單手掩住嘴巴，身體伏在香案上，肩膀不停地抽動。

眾契丹和幽州將佐們，這才意識到大夥剛才不小心又跑了題。紛紛紅著臉站直了身體，閉緊嘴巴，目光落在自己的靴子尖處一動不動。

兩位主將彼此之間關係很差，他們心裡頭都非常清楚。換做平時，他們也理所當然地，傾向於具有契丹血統的那一方。然而，馬延煦先前的那幾句話聲猶在耳，馬氏家族在可以預見的時間內，就要飛黃騰達。此時此刻，再冒冒失失地於兩位主將之間站隊，就絕非聰明人所為了。

唯一不受咳嗽聲干擾的，還是副軍主馬延煦，只見他笑著朝四下拱了拱手，緩緩補充道：「均田令下後，那些被活捉的中原奴子，個個感恩戴德。幾乎不用再拿刀槍逼迫，自己就巴不得早日抵達幽州。所以，此番轉運繳獲的物資人口北返，極為順利。軍主大人的，還有諸位袍澤的，都全部如數送到了幽州，並且已經交給地方官府登記造冊！」

「謝副軍主！」

「副軍主威武！」

「馬將軍威武！」

「馬軍主……」

登時，有人又忍不住心中喜悅，拱著手歡呼出聲。

蕭拔剌聞聽，心中愈發不快。用手狠狠拍了下香案，大聲呵斥：「夠了，不過是幾車破爛，幾個男女而已，至於令爾等如此瘋狂嗎？我契丹……」

下意識地頓了頓，他快速改口，「我大遼男兒，走到哪裡，還打不到這麼一點兒草穀？無關緊要的廢話都別說了，從現在起，說正經事！馬將軍，你剛才聲稱，三個營兵馬就能拿下李家寨，本軍主可曾聽錯？」

「正是！」副軍主馬延煦笑了笑，坦然承認。

「你可願意親自領兵？」蕭拔剌咬了咬牙，聲音瞬間變冷。

「馬某正有此意！」副軍主馬延煦繼續拱手，臉上的笑容依舊。

「你剛才還說，契丹騎兵不堪一用，只願意帶幽州軍前去？」蕭拔剌的眉頭忽然一皺，兩眼裡射出刀一樣的光芒。

這話，可問得有些陰損了。當即，有幾個反應機靈的幽州軍將領，就悄悄向馬延煦搖頭示警。

此番南下，契丹大惕隱耶律屋質和南院樞密使韓匡嗣二人在兵力部署方面，可謂是煞費苦心。幾乎每一路人馬，都是由五個營頭契丹兵和五個營頭的幽州兵搭配而成。就指望大夥能通過共同打草穀，增進彼此之間的瞭解和感情，進而逐漸形成戰場上的默契。所以包括軍主蕭拔剌之內的大多數將佐，都在刻意地忽視契丹人和幽州漢人之間的差別，雖然他們在骨子裡，從未將兩者視為同類。

而馬延煦如果像先前一樣說契丹騎兵在大雪天發揮不出戰鬥力，就等於跳進了蕭拔剌挖好的陷阱。雖然他完全是在實話實說，可蕭拔剌只要在上報時稍微添油加醋，就可以將他的話與兩位大人物的決策對立起來，讓他渾身是嘴巴都分辯不清楚。

「眾所周知，騎兵的攻擊力，在平地乃為步卒的十倍。」也許是看到了幾個好心人的示警，也許是本能使然，馬延煦只是將契丹兩個字省略，就再度將蕭拔剌的招數化解於無形，「然牛刀殺雞，卻未必能顯其利。如此天氣和地形，用騎兵不如用步兵。此乃末將本意，還請軍主大人切莫曲解！」

「嗯，嗯哼，嗯哼，嗯嗯……」又是一陣劇烈的咳嗽，蕭拔剌俯身於桌案，痛苦不堪。

如果不是自己原本的頂頭上司耶律留哥捲入了謀逆案中，如果不是大惕隱耶律屋質對他們這些曾經做過耶律留哥嫡系的人另眼相看，如果馬延煦的父親未在新皇帝耶律阮面前炙手可熱，就憑著此人敢對自己不敬，蕭拔剌便能將其碎屍萬段。而現在，於此非常時期，他卻只能忍，忍得嘴裡發苦，肚子裡煙熏火燎。

「軍主如果身體不適，不妨多休息休息！切莫挺著，萬一小病挺成了大病，反倒不美！」偏偏有人唯恐天下不亂，湊上前，好心安慰。

「嗯，不妨事，不妨事！」蕭拔剌直起腰，喘息著擺手。

此時此刻，他再也沒心思去考慮自己派兵去攻打李家寨到底是不是個良策。更沒心思去考慮，耶律赤犬和韓德馨哥兒兩個，究竟對自己說了多少實話。從頭到腳，每一根血管裡，都充滿了憎惡。恨不得立刻將馬延煦推出去，亂刀剁成肉泥。

自己的刀，肯定不能用。蕭拔剌雖然憤怒，卻沒完全失去理智。看了一眼站在自己面前，一臉得意的馬延煦，他忽然笑了起來，不停地點頭：「好，好，馬將軍的話非常在理，讓我聽到後，眼前不覺就是一亮。這樣吧，三個營頭不夠穩妥，我把四個營的幽州軍都給你，你帶著他們去拿下李家寨。我就繼續在這裡，安營紮寨，同時等著你的好消息！」

「謝軍主！末將正有此意！」馬延煦毫不客氣地上前一步，躬身領命。

「如此，你可願意立軍令狀？」蕭拔剌抓起一根令箭，卻不立刻交給馬延煦，而是看著對方眼睛，目光中充滿了挑釁。

北風捲著雪粒子，打在凍了冰的光板兒羊皮襖上，叮噹作響。

羊毛皮襖下，幾張長滿凍瘡的面孔緩緩探了出來，朝四周看了看，然後又迅速縮了回去。面孔的主人艱難地從積雪中拔出雙腿，深一腳，淺一腳，朝李家寨方向移動。一個個累得筋疲力竭，卻不敢在雪野裡做絲毫耽擱。

快了，沒多遠了，天黑之前保證就能趕到。

快了，到了李家寨就安全了。那裡出了一個大英雄，身高一丈二，腰圍九尺八，手持一百四十斤大鐵鞭，一鞭子打下去，將契丹強盜連人帶馬都砸成肉醬……

「撲通！」有一個穿著羊皮襖的女人滾翻在雪地上，像秋後的麥秸捆子一樣，被風吹著滾出老遠。

「孩兒他娘！」「娘親……」幾個穿著羊皮襖的人哭喊著撲過去，將摔倒者攙扶起來，拖曳著，繼續跟在其他羊皮襖的後面緩緩移動。

向西，向西，西面不光有巍巍太行，可以擋住契丹人的鐵蹄。

西面還有一個李家寨，李家寨有個巡檢司衙門，衙門裡有個豪傑名叫鄭子明……

呼呼——呼呼——呼呼

白毛風呼嘯，吞沒一串串兒穿著光板兒羊皮襖的身影。

光板兒朝外，羊毛朝裡，一片布都沒有的羊皮襖，是典型的塞外民族打扮。但最近數十年，隨著契丹人不斷南侵，並且徹底吞並了燕雲十六州。一些塞外民族的服飾，也在河北、河東等地，漸漸流傳開來。

比起什麼左衽右衽，老百姓更在乎的是暖和、便宜和實用。正如他們不在乎朝廷的名號是唐、是漢，皇帝姓李還是姓朱邪，更在乎的，是朝廷能不能讓大家夥兒安安心心地種地、織布、養孩子，不必每時每刻都擔憂禍從天降。注三

然而，現實卻總是跟天空中的白毛風一樣冰冷。

五十年前那會兒，據說中原豪傑瞪一瞪眼睛，契丹人的祖宗耶律阿保機就會嚇得幾天幾夜睡不著覺。

四十年前那會兒，據說盧龍節度使劉仁恭以三郡之地抵擋契丹舉國，激戰連年卻絲毫不落下風。

三十年前那會兒，契丹人大舉南侵，李存勖以五千兵馬迎敵，打得耶律阿保機落荒而逃，麾下將士死傷盡半。

二十年前，契丹戰馬再度殺過長城，萬里長城猶在，卻不見一家中原豪傑旗號。

待到近十年、五年，乃至現在，契丹人南下打草穀就成了家常便飯了。非但燕雲十六州盡染腥膻，拒馬河、漳河，乃至黃河，都漸漸擋不住草原人的馬蹄。

日子越來越朝不保夕，老百姓們當然對朝廷和官府就越來越不信任。倒是對地方上的豪傑更敬重一些。甭管後者是占山為王的綠林大盜也好，結寨自保的鄉下粗胚也罷，好歹他們吃了老百姓的供奉，在契丹人來打草穀之時，沒臉裝作視而不見。雖然，他們所能提供的保護，也非常有限，甚至僅僅是讓人心裡頭有個依靠，現實中往往不堪一擊。

在這種情況下，突然冒出來一夥敢擋在契丹強盜戰馬前，且有本事擋得住的豪傑，就無法不令萬眾矚目了。故而李家寨鄉勇大敗契丹人的消息，以比白毛風還快的速度，轉眼就傳遍了整個定州。

消息傳開的最直接後果是，在戰鬥結束後的第三天上午，義武軍節度使孫方諫的信使就冒雪而至，強烈邀請巡檢司衙門擇日遷往定縣城內，與城裡的義武軍左廂第二軍一道，「保境安民，共禦外辱！」

隨信使同時來的，還有五百貫足色通寶，一千石糧食和兩萬支鵰翎羽箭。充分體現了節度使孫大人的誠意和居住於定縣城內的一眾仕紳名流們拳拳之心。

消息傳開的另一個不那麼直接的後果是，方圓兩百餘里，凡是平素沒資格受義武軍保護，或者對義武軍已經徹底失去信心的平頭百姓，迅速扶老攜幼朝李家寨逃難。頭兩天每日還只是二三十戶，百十號人；

注三、李克用，原姓朱邪，其父名為朱邪赤心，沙陀族。但李克用和李存勖執政期間，治下相對安定，對外戰爭，也勝多負少。特別是對契丹，基本上是壓著打。好幾次打得耶律阿保機落荒而逃。

第三天就變成了每日七八十戶，三五百人，並且迅速朝每日百二戶，六七百人靠近。如果老天爺不繼續下雪，預計用不了十日，就能將李家寨填得無處立錐！

可憐那李家寨，原本自己不過才兩百餘戶人家，千把丁口，一時間，哪裡接納得了如此龐大的人潮？所有空屋子，包括小半個巡檢司衙門都騰了出來，依舊不夠讓逃難而來的百姓盡數有屋頂遮擋寒風。所有鍋灶，一天到晚不定地開火，依舊無法讓逃難者每人每天都能吃上一頓飽飯。到最後，連原本隸屬於聯莊會，位置相對更靠近太行山的馮家莊、潘家寨、張家寨等村子，也敞開了寨門開始接納難民，才勉強化解了燃眉之急。但距離徹底擺脫了麻煩，卻依舊差著十萬八千里。

「活該，讓你一肚子婦人之仁！讓你把自己當成活菩薩！」彷彿巴不得看鄭子明的笑話，潘美一邊腳不沾地的忙前忙後，一邊小聲嘟囔。

雖然一直下不了狠心，棄家鄉父老和巡檢司的眾袍澤而去，他卻始終都認為，自己那天對鄭子明的指責沒錯。成大事者，就必須殺伐果斷，就必須硬得起心腸。對敵人要狠，對自己人也要狠。考慮任何事情，都必須從利弊著眼，而不能受困於是非善惡，或者心中的感情。

而感情這東西，也最是不靠譜。君不見，自古以來，為了權力或者錢財，父子反目，兄弟成仇，夫妻白刃相見的例子比比皆是。誰曾聽說過哪個英雄豪傑，一輩子都跟親朋故舊和家裡的女人都有始有終。

「其實，其實我覺得，大人他這樣挺好的！」李順最近立下的功勞較多，膽子也越來越大，聽潘美肚子裡始終怨氣不散，湊上前，壓低了嗓子開解，「他連那兩個契丹狗賊都不忍殺，自然輕易不會對身邊的弟兄下狠手。否則稍不留神就被推出去打板子，或者一刀砍了腦袋。他即便做了大將軍，執金吾，咱們這些人心裡頭也不踏實！」

「滾，哪涼快哪待著去，老子跟你說不明白！」潘美抬起腳，一腳將李順送出半丈多遠。「老子用得著你來講道理？這根本就不是一碼子事兒！別再跟著老子，煩著呢！」

「這，這咋就不是一碼子事兒了？」李順用力揉了幾下屁股，滿臉不服不忿。然而，終是不敢再跟潘美去爭執，以免被外人看了笑話。

後者踢他屁股的時候，腳上收著力，他自己能清晰地感覺出來。況且隔著鎧甲和棉衣，即便踢得再狠，也不會太疼。

「囉嗦！一天到晚不幹正經事兒，就知道四處找人套近乎！」一腳踢過，潘美也覺得意興闌珊，朝地上吐一口唾沫，喃喃地嘟囔。

天冷得厲害，唾沫剛一落地，就被凍成了冰。中間的氣泡還沒來得及炸開，圓鼓鼓的，倒映出一圈兒沒有任何溫度的陽光。

微微楞了楞，他迅速抬起頭，翹著腳四下張望。寨前寨後，四下都是忙碌的身影。逃難而來的百姓們，在度過了第一個晚上之後，很快就被鄭子明派人組織了起來，或者搬石頭加固寨牆，或者抬木料和茅草搭建窩棚，以工代賑，個個都忙得腳不沾地。

而早期加入聯莊會的那些莊主、寨主和堡主們，則全都變成了工頭兒。將各自鼓動和組織百姓的本事，發揮了個十足十。在他們的全力調動下，一排排臨時遮擋風雪的窩棚，以肉眼可見的速度顯出了輪廓。先前只有兩丈高，三尺厚的夯土寨牆，對著山谷的東西兩面，也被加高到了兩丈二，厚度從三尺變成了五尺。

比普通百姓們更為忙碌的，是一隊隊全副武裝的鄉勇。只見他們在都頭和十將們的帶領下，喊著號子，不停地在寨子南北兩側的山坡上走來走去。原本一尺多深的積雪，在通往寨牆的幾處關鍵小路上，已經被踩到了兩寸厚薄。堅硬的表面在太陽底下，閃耀著白璧一樣的光澤，遠遠看去，美不勝收。可誰要是在上面走得稍微快一些，肯定會被狠狠摔上個大跟頭。即便不斷胳膊斷腿兒，一時半會兒，也甭想憑著自己的力氣再爬起來！

「這姓鄭的，雖然有些婦人之仁，倒也不是一無是處。」潘美笑了笑，在心中悄悄誇讚。能將洶湧而至的逃難百姓安頓住，不出任何亂子，算是一種本事；懂得利用天時地利，而不是一味地趴在窩裡死等敵軍前來報復，則是另外一種本事；再加上其自身勇武過人，還粗略懂一點兒臨陣指揮方面的門道，將來即便做不了大英雄，卻也不至於這輩子都庸庸碌碌。就是小春姐將來恐怕要有操不完的心，偏偏小春姐本身也不是一個精細的……

「軍師，軍師……」李順那破鑼般的聲音，又傳入了耳朵，將潘美的思緒攪了個支離破碎。

「啥事兒，有屁快放，別咋咋呼呼的！」潘美把眼睛一瞪，作勢欲毆。

這回，李順沒有立刻躲閃，而是舉著一面藍色的旗子，大聲喊道：「軍師，大人命令你帶五百名民壯，去北面山坡上，再堆一道矮牆。只需要齊胸高，兩尺寬即可。兩天之內，必須完工！」

風，夾著雪沫子，將天地間攪成白茫茫一片。

蒼狼營頂風冒雪，蹣跚向前，綉著巨大狼頭的認旗被凍僵在旗桿上，硬得宛若木雕。黑豹、棕熊和白馬營位於蒼狼營側後，彼此間隔著三十步的距離，以同樣的速度緩緩挪動。四個營頭的幽州精銳，戰輔兵總人數加在一起已經超過兩千。但是在純白色的冰天雪地裡，卻像一群正在搬家的黑螞蟻，渺小而又可憐。

受契丹習俗的影響，完全由漢人組成的幽州軍，也紛紛在認旗上綉了野獸圖案，來標記彼此之間的差別。這樣做，最開始給人感覺有些不倫不類，但時間久了，反而能發現其方便。畢竟對於大字不識的廝殺漢來說，識別哪個是蒼狼哪個是白馬，遠比識別主將的名字和自家隊伍的番號簡單。行軍和作戰時只要抬起頭掃上一眼，就能根據旗幟上的圖案知道自己該去哪兒，而不是像過去一樣跟著人流沒頭沒腦的亂跑。注四

蒼狼、黑豹、棕熊、白馬，再加上一個前些日子被別人奪走的黃犬，便組成了一個獨立作戰單位，軍。軍中設有專職的斥候，鼓號手、傳令兵和督戰隊，還設有明法、司倉、考功等文職參軍。若是一軍主將的家底兒和實力較強，甚至還可以携帶個人私聘謀士若干。隨時隨地，給主將提供建議，料敵機先。

通常情況下，出動一個軍的兵力，已經足夠拿下一個防禦設施齊備，糧草充足的縣城。而這次，卻只為了去蕩平一夥結寨自保的鄉勇，著實是有些牛刀殺雞。但是，四面認旗下的每一個人，此時此刻，卻都是一臉鄭重，全神戒備。誰也不敢對周圍的風吹草動掉以輕心。

黃犬營和另外一個營頭的契丹勇士，前幾天剛剛因為輕敵大意，而落了個全軍覆沒的下場。血淋淋的例子，已經足夠證明，對手並非一夥普通的鄉勇。而老天爺明顯是在拉偏架，從蒼狼軍剛剛出發那一刻起，風雪就一刻沒停。並且羊毛狀的雪片從今天起，還變成了高粱狀的雪粒子，打得拉輜重的牲口悲鳴不已，打在人的臉上，手上，也是火辣辣地疼。

「擂鼓，以壯我軍士氣！」蒼狼軍的主將，都指揮使馬延煦抬手拍去頭盔上的冰渣兒，扯開嗓子大聲吩咐。

他是四支隊伍中，精氣神兒最充足的人。哪怕是你逆風而行，大部分時間裡，腰桿都挺得筆直。已經起了凍瘡的臉上，看不到半點兒畏縮情緒。相反，一抹妖異的紅潤，卻始終在兩頰處盤旋不散。彷彿兩團正在燃燒著的火焰，與眼睛裡時不時射出來的精光交相輝映。

「咚咚，咚咚，咚咚，咚咚！」激越且節奏感十足的鼙鼓聲響了起來，令疲憊不堪的將士們，頓時精神一振。沾滿冰雪的兩腿努力邁動，張大的嘴巴裡，白煙滾滾。墜在四支隊伍末尾的輔兵，則用力拉緊馱馬的繮繩，催促牲口加速前進。背著成捆刀矛和羽箭的馱馬，嘴角流血，四肢顫抖，眼睛裡大顆大顆滾出的淚水，瞬間落地成冰。

「瘋子，拿別人的性命給自己鋪路的瘋子！純的，如假包換！」在一匹看起來相對結實的馱馬背上，渾身上下包裹得如同羊毛捲子一般的耶律赤犬，嘟嘟囔囔小聲咒罵。

注四、認旗，又做隊旗，古代軍旗的一種。元代胡三省的解釋為，「凡行軍，主將各有旗以為標識，今謂之「認旗」。《通典》上面的相關內容是：認旗遠看難辨，即每營各別畫禽獸自為標記。

「可不是嗎，自己想死就去，何必非得拉上別人？」和他一樣義憤填膺者，還有黃犬營指揮使韓德馨。耳朵上的凍瘡已經呈黑灰色，一刻不停地往外滲膿水。

這對難兄難弟，如今是整個隊伍裡頭最為尷尬的存在。身為小將軍和指揮使，手下卻沒有一兵一卒。所承擔的任務是給大軍指路，而在整個行軍途中，都指揮使馬延煦都沒把羊皮輿圖拿出來給他們哥倆兒看上一眼。並且還將二人的位置，從隊伍的最前頭，不由分說地給挪到了最末尾，美其名曰：「保護」。事實上，卻是跟大隊人馬隔離開來，免得他們兩個的狼狽模樣影響到軍心。

所以耶律赤犬和韓德馨哥倆，嘴裡當然不會說馬延煦的任何好話。一路上只要稍有力氣，就要嘟嘟囔囔地詆毀一番。負責掌管輜重和馱馬的兵卒們，都知道這二位爺背後的靠山硬，所以也不敢制止。只能儘量躲遠一些，用羊毛塞住耳朵，以免聽到什麼不該聽的東西，稀裡糊塗就遭受了池魚之殃。

而那耶律赤犬和韓德馨哥倆兒，原本也不在乎有沒有聽眾。只管通過詆毀數落別人的方式，發洩心中的恐慌，「還他娘的立軍令狀，就以為蕭拔剌真的不敢殺他嗎？」

「可不是嗎，天時地利人和樣樣不占，怎麼可能就打得贏！」

「明知道沒有必勝的把握，為了撈功勞就什麼都不要了！」

「自己不要命也罷，非拉上咱們！還說什麼給咱們哥倆兒一個將功補過的機會。呸，老子想立功，用得著他來施捨！呸！噗！」

濃痰落在雪裡，瞬間被凍成了冰球。

耶律赤犬與韓德馨哥倆喘著粗氣，四目對視，都在彼此眼睛裡看到了無法掩飾的惶恐。

輕敵大意？先前哥倆之所以被打得全軍覆沒，的確有輕敵大意的問題存在。但那絕對不是最主要原因。李家寨的鄉勇，無論從裝備、訓練程度，還是從體力、士氣、作戰經驗等方面，都絲毫不亞於遠道而來的幽州軍。甚至比起某些契丹正軍來，也是只強不弱！

唯一短處，就是他們人數有限，滿打滿算也就是七百來號。但這七百來號，卻全都是正經八百兒的戰兵，輔兵和雜兵一個不包。而自家此番出動的四個營頭裡，即便最精銳的蒼狼營，輔兵和雜兵也占了三成以上。兩千人去掉四成輔兵和雜兵，真正的戰兵，就只剩一千兩百上下，並沒比對方多出多少。

兵法有云：「十則圍之，五則攻之，倍則戰之，敵則能分之，少則能逃之，不若則能避之。」人數不到對方的兩倍，還遠來疲敝。只要李家寨鄉勇死守不出，蒼狼軍作為進攻一方，怎麼可能占到任何便宜？

「二位，還是多少留些口德吧！馬都指揮使對你們哥倆，沒有任何惡意。更何況他之所以如此急於立功，也是為了所有在遼國的漢人！」忽然間，有一個聲音硬從側後方插了過來，切斷了兄弟兩個紛亂的思緒。

「滾一邊去，老子才不稀罕……」耶律赤犬和韓德馨齊齊回頭斥罵，侮辱的話說了一半兒，卻又齊齊「凍」在了嗓子眼裡。

對方錦衣貂裘，面如白玉。一看，就知道身後的家世頗為顯赫。而更令耶律赤犬兄弟兩個不安的是，此人那兩隻烏黑的眼睛。深邃得竟如同千年古井一般，與自己的目光一接觸，就立刻把自己心裡的真實想法，全都給吸了出來，根本沒有力氣再做任何掩飾。

「在下幽州韓倬，字樹人，見過兩位將軍。」玉面人主動將眼睛挪開，拱起手，笑著自我介紹。

「你個窮醋大[注五]，誰給你的膽子……」那種被人剝光了打量的感覺一去，耶律赤犬立刻火冒三丈，舉起馬鞭劈頭便抽。

他的胳膊，卻被韓德馨死死拉住。「大哥，休得無禮。韓世兄，我這位哥哥讀書少，脾氣急，請世兄切莫

注五、酸醋大：指貧寒的讀書人。

跟他一般見識。」

後半句話，是對玉面書生所說。裡頭帶著明顯的示弱味道。那玉面書生韓倬聽了之後，也不為己甚，笑了笑，擺著手道：「無妨，令兄乃陷陣之將，豈能一點兒火氣都沒有？他若是像讀書人一樣斯文，在下反倒覺得古怪了！」

「多謝世兄！」韓德馨聞聽，瞬間又悄悄鬆了一口氣。再度拱起手，笑著道謝。

「將軍客氣了！」韓倬淡然一笑，再度輕輕擺手。

「他，他，老二，你認識他？」耶律赤犬雖然生性粗鄙，卻也不是個傻瓜。發覺自家孿生兄弟的態度明顯不對，楞了楞，扭過頭去追問。

韓德馨沒有直接回答他的話，繼續笑著跟韓倬套近乎，「應該的，應該的，也就是世兄大度，換了別人，肯定不會跟他善罷甘休。既然世兄乃出身於幽州韓氏，想必是魯公的同族。敢問世兄，跟太尉大人如何相稱？」注六

「太尉大人乃是家父！」韓倬朝北方抱了下拳，笑呵呵地回應。身上不見半點兒世家子弟的輕狂。

這下，耶律赤犬徹底楞住了。手中的馬鞭忽然變得重逾千斤，不知不覺間，就掉在了雪地上，轉眼便被馬蹄踩得不見踪影。

魯國公韓延徽，太尉韓德樞，那可都是地位不在其伯父韓匡嗣之下的顯貴。特別是韓延徽，乃為接連伺候了三位皇帝的開國元勛，功勞大，威望高，又甚受當今大遼皇帝耶律阮的器重。今天自己居然要拿鞭子抽打他的孫兒，真是老鼠舔貓鼻子，活膩歪了自己找死。

雖然事先已經猜到了一點端倪，此時此刻，韓德馨所受到的震撼，也絲毫不比耶律赤犬小。頭暈腦脹地在馬背上呆立了好一會兒，才終於回過神來，笑著跟對方重新見禮：「原來是太尉府的世兄，失敬，失

敬。我跟哥哥剛才真是有眼無珠，差點兒就把你看成了馬將軍的幕僚！」

說著話，雙拳抱在胸前，身體前屈，額頭直接抵上了戰馬的脖頸。

「客氣了，德馨兄弟不必如此多禮！」玉面書生韓倬將身體側開了一些，也將身體躬到了馬脖頸處，以平輩之禮相還，「某此時的確在馬將軍身邊任記室參軍之職，說是他的幕僚倒也沒錯！」

「記室參軍……？」耶律赤犬與韓德馨兩個根本無法相信自己的耳朵，楞了楞，本能地追問。

記室參軍雖然也帶著參軍兩個字，卻不能算是朝廷的正式官員，僅僅會被當作主將私聘的心腹謀士。其俸祿，也是由聘任者私人支付，朝廷從不承擔一文一毫。

所以眼下大遼國的漢人高官後代，無論是想要打熬資歷，還是單純為了混碗飯吃，都不會選擇給別人當記室參軍。每天活多得忙不完不說，日後轉正升官的機會也非常渺茫。除非主將運氣實在好到沒邊兒，才有指望能跟著「雞犬升天」。注七

「某奉家父之命出門歷練，剛好馬將軍押送完輜重南返。所以乾脆就做了他的幫手。」彷彿能猜測到耶律赤犬與韓德馨兩兄弟心中所想，韓倬又是淡然一笑，低聲解釋。

「啊！哦，哦……，世伯與世兄之胸懷，常人莫及！」韓德馨聽了，腦子裡卻又是驚雷陣陣，拱著手，連聲讚嘆。

「對，對，非常之人行非常之事。一般凡夫俗子根本看不懂！」耶律赤犬也趕緊跟著大拍馬屁。

韓倬所在的幽州韓氏家族，與他們背後的薊州韓氏，實力方面如今難分高下。而馬延煦的父親馬胤卿，最近又在大遼皇帝耶律阮面前甚為得勢。所以無論如何，兄弟倆都不該將與對方之間的「誤會」繼續加深。

注六、魯國公韓延徽，遼初名臣，甚受耶律阿保機器重。曾經替阿保機出謀劃策，滅國數十。阿保機死後，耶律德光時，耶律阮也先後對其委以重任。其子韓德樞，二十一歲便被封為太尉，也替遼國立下了汗馬功勞。

注七、淮南王劉安成了神仙，他的雞犬也跟著一道白日飛升。所以留下了雞犬升天的典故，指某些的爪牙因為主人的福氣，跟著升官發財。

那玉面書生韓倬，也是個知道深淺的。見韓德馨和耶律赤犬二人態度前倨後恭，便又笑了笑，低聲回應：「也不算什麼非常之事了，我平素一直在讀書，從未上過戰場，總得先找個機會見識一番。而馬將軍又跟我原本就是知交，不跟著他，我還能去麻煩誰？」

「那是，那是！」耶律赤犬和韓德馨兩個，笑著連連點頭。心中卻是叫苦不迭，早知道這姓韓跟姓馬的是知交好友，老子怎麼會把背後的壞話說得如此大聲？這下好了，等於被人抓了個正著。今後姓韓和姓馬的一聯手，老子哪裡還有好日子可過？

正後悔得無處買藥可吃之時，卻又聽見韓倬笑著提醒道：「既然二位喊我一聲世兄，我也不跟二位客氣。你們剛才那些話，未免對馬將軍太不公平了些。別的不說，我可以保證，他絕對沒有為難你們倆的意思！」

「是，是，我們，世兄，您別提這個茬了，我們兩個是被冷風吹壞了頭！」韓德馨頓時羞得面紅耳赤，抬起手，先給了自己一個耳光，然後才又大聲悔過。

「是，是我們哥倆不識好人心，不識好人心。世兄，是打是罰，我們哥倆都認了！」耶律赤犬也漲紅了臉，主動謝罪。

「算了，你們放心，這話，我不會再跟任何人提起，包括馮將軍。」韓倬知道二人的心思，慵懶地擺手。「說了其實也沒關係，他這個人，一向光明磊落得很，根本不會在乎這些！」

聞聽此言，耶律赤犬和韓德馨兩兄弟臉色更紅，真恨不得找個雪窩子直接鑽了進去，從此再也不出來見人。

如此尷尬，不僅僅是因為韓倬比他們強勢，捫心自問，除了將他們兩個丟在隊伍末尾不理不睬之外，蒼狼軍都指揮使馬延煦，也的確沒做任何過分的舉動。打了敗仗，肯定得有個交代，而將功贖罪，則是最輕的，同時也是對二人最有利的處理方案。當然，前提是此番出征，一定能凱旋而歸。

想到這兒，韓德馨迅速朝隊伍前方看了兩眼，然後又轉過身來，拱著手向韓倬解釋：「敢叫世兄知曉，我們兄弟倆，也並非完全不識好歹。但，但此番請纓，馬，馬都指揮使的確有些莽撞了。那，那李家寨，並非尋常堡寨。非但寨主鄭子明有萬夫不當之勇，其麾下鄉勇，也是經過嚴格訓練的精兵，鎧甲，兵器，弓矢，皆與漢國的正兵相同。」

「哦，竟有此事？」韓倬眉頭輕皺，將信將疑。

馬延煦給耶律赤犬和韓德馨兩兄弟製造機會立功贖罪，的確是出自一番好心。可若是又吃了一次敗仗，則等同於好心卻將二人推進了陷阱，也就怪不得這兄弟倆一路上罵罵咧咧了。

「如果，如果我們說了半句假話，就，就讓我們哥倆兒凍死在半道上！」耶律赤犬性子急，見韓倬不相信自己的話，揮舞著手臂大聲發誓，「我們哥倆兒也不是第一次領兵了，再疏忽大意，還能讓一夥尋常鄉勇打得全軍盡墨？可馬將軍卻對那李家寨的實力問都不問，便想著直接出兵討平。這，這天時地利人和樣樣不沾，他，他哪裡有必勝的把握！」

「是啊，樹人兄，你既然與馬將軍是知交，請務必提醒他，敵軍沒有他想得那樣不堪一擊！」既然自家兄長都把話說到如此份上，韓德馨索性也開誠布公，將自己的想法和擔憂一一說明，「咱們遠來疲敝，對方卻是以逸待勞，這是其一。咱們頂風冒雪，而對方卻是蹲在屋子裡烤火吃肉，這是其二。咱們拿對方當尋常鄉勇，而對方卻知道咱們的大體實力，這是其三。咱們……」

一口氣，說了四五條。無論從哪一條角度看，自己這邊都沒有任何勝算。然而，記室參軍韓倬聽了，卻只是搖頭不語。半晌，才忽然嘆了口氣，幽幽地道：「有勝算也罷，沒勝算也罷，既然已經走到這裡了，斷然沒有半途而廢的道理。況且，兩位賢弟只看到了戰場上的一時勝敗，卻沒看到戰場外的莫測風雲。實不相瞞，這一仗，咱們必須打，無論輸贏。否則，非但馬將軍和二位前途會受到影響，還會波及到一大批人！屆時，即便陛下看在你們父輩的份上不予嚴懲，至少五年之內，你們兩個，甭想輕易翻身！」

「嗯？」耶律赤犬和韓德馨哥倆以目互視，都在對方眼睛裡看到了狐疑的味道。

如果不把主將鄭子明考慮在內，那李家寨就是個普通軍寨，拿下不拿下，對遼軍來說都只是個面子問題，根本無關痛癢。而以他們哥倆兒的背景，即便因為吃了敗仗而受到懲處，頂多也就是個削職為民。等風聲一過，就能換個隊伍再度領兵，何至於一蹉跎就是五年？

「按照家譜，二位應該都是德字輩吧？可否容某問一下，你們二位的同輩當中，共有兄弟幾個？」正困惑間，耳畔卻又傳來了一句笑呵呵的詢問。聲音不高，卻如冷風一樣，直接刺入了哥倆的骨髓。

「嗯！」耶律赤犬和韓德馨二人的身體同時晃了晃，手腳一片冰冷。

薊州韓氏家族的實力非常強大，可自身也的確稱得上枝繁葉茂。他們德字輩兒，光是屬於主支的堂兄弟就有十一個之多，其餘旁支和遠親兄弟，全部加在一起肯定要超過一百。而伯父韓匡嗣即便權勢再大，也不可能把這一百多個子侄輩兒全都提拔到五品以上高位。其中肯定要分個親疏遠近，培養價值的高低。要是有人得到機會卻不知道好好珍惜的話，想必伯父那裡也不介意把機會轉贈換別人。

「二位既然如此年輕，就能各領一營兵馬，想必都是同輩之中的翹楚！」彷彿擔心剛才那當頭一棒敲得還不夠重，玉面書生韓倬不待韓德馨哥倆緩過神兒，就又高高揚起了手臂「可若是二位成了別人攻擊薊州韓氏的把柄，不知道樞密使大人，會願意捨棄多少家族利益，換取你們兩個的平安？」

「你，你胡說！盡拿瞎話嚇唬我們！我，我們不怕，不怕！」

「世兄休要危言聳聽！我韓家對大遼功勞赫赫，無緣無故，誰會拿我們哥倆當把柄？」

耶律赤犬與韓德馨哥倆大急，梗著脖子低聲叫嚷。

對方提出的第二個問題根本不用想，如果兄弟倆吃敗仗的事情果真影響到了家族安危，恐怕長輩們會毫不猶豫地把他們兩個當作棄子。這是大家族千百年來的傳承之道，換了任何姓氏都會這麼幹，薊州韓氏絕對不可能例外。

「兩位賢弟稍安勿躁！」韓倬依舊是先前那幅智珠在握的模樣，笑了笑，輕輕擺手，「兩位可知道延煦兄能如此迅速返回軍中的原因？」

「他，他送完了物資和奴隸，當然就能趕回來！」耶律赤犬不明白此事兒怎麼又跟都指揮使馬延煦扯到了一起，晃晃腦袋，帶著滿頭霧水回應。

韓德馨卻比他機靈得多，沉吟了片刻，拱著手道：「馬將軍之所以能如此快返回，得益於朝廷新實施的授田令。但授田令對大遼來說，分明是一件良策。為何又會令我薊州韓家受到攻擊？小弟愚鈍，請世兄不吝指點。」

「不敢！」韓倬詭異一笑，忽然顧左右而言他，「家祖當年曾經給太祖皇帝獻『胡漢分治』之策，二位以為此策如何？」注八

「這……」耶律赤犬平素懶得讀書，根本不知道『胡漢分治』為何物，頓時被問了個無言以對。

韓德馨的臉色，則愈發凝重。默默沉思了好半晌，才長長地吐了口白氣，低聲道：「世兄勿怪，魯公為太祖皇帝所獻『胡漢分治』之策，在當時乃為一等一的良謀。我大遼能有今日之強盛，全賴於此。然我大遼國內，契丹人與漢人始終涇渭分明，恐怕也跟此策息息相關。一國之內，過於強調各族之間的差異，而不能彼此間一視同仁。就好比一家之內過於在乎誰是長房，誰是旁枝，從長遠計，未必是善事！」

「說得好，那賢弟可知道，家祖為何要給太祖皇帝獻此有明顯缺陷之策？家祖無目乎，群臣無目乎？若非大遼國滿朝盡是無目之輩，幾十年下來，朝廷為何明知其有缺陷，卻不改之？」韓倬大笑，撫掌，彷彿終於找到了一個知音般興奮莫名。

「這……」天很冷，韓德馨的腦門上，卻滲出了大顆大顆的汗珠。

注八、太祖皇帝，指遼太祖耶律阿保機。

說魯國公韓延徽是個睜眼瞎子，他可沒有如此勇氣！指責大遼國的所有文官都有眼無珠，那更需要好好稱稱自家腦袋的重量。如果「胡漢分治」之策的缺陷早就被發覺，卻至今沒法改變，恐怕答案就只有一個……

「非不為，力不能及也！」抬手迅速在腦門上擦了一把，韓德馨啞著嗓子，以極低的聲音說道。「以胡法治漢，則使得漢人爭相南逃。以漢法治胡，則契丹各部必對施政者群起攻之。縱使以太祖之神武，亦避免不了其粉身碎骨！」

「那授田之策呢？對契丹各部的長老來說，此策比那『胡漢分治』又如何？」韓倬的追問再度傳來，夾在白毛風中間，把韓德馨直接給凍僵在了馱馬背上。

比「胡漢分治」如何？從大遼國的長遠角度看，「授田策」當然是強出太多。

俗話說，有毛帶皮不算財。草原上一場暴雪或者瘟疫過後，有多少牛羊牲畜得慘遭不幸？而讓契丹人都變成地主，讓被掠至幽州及塞外的漢人奴隸都變成農夫和佃戶，每年將給大遼國的官倉貢獻多少稅金和糧食？既然在幽州和塞外也一樣可以務農，並且還能分到一塊土地，那些被掠而來的漢家百姓，又何必要冒死逃回故鄉？回去之後，他們當中的絕大多數依舊是要以種地為生，並且還終日提心吊膽防備戰亂和盜匪，日子過得未必比在遼國安寧！

然而，這只是從國家角度。從個人和家族角度來看，結果卻是截然相反。

胡漢分治，最聰明的地方，就是保證了契丹人，特別是契丹各部長老們的地位超然。而「授田策」，卻直接捋了長老們的虎鬚！

的確，大部分契丹人都能通過「授田策」獲益，一下子就變成了對外租賃田產為生的地主。大遼國底層，胡漢百姓之間的矛盾，也會因為「授田策」得到極大的緩解。可不靠武裝打草穀，卻靠收田租為生的契丹人，跟漢人還有什麼區別？而光憑著高貴的「血統」，連字都不識幾個的契丹貴冑們，在朝堂上又怎麼可能繼續穩壓像韓延徽、韓匡嗣、馬胤卿這樣的漢臣一頭？

再長遠一些，百年之後，當大部分契丹人和漢人變得差別越來越小，大遼國，將是何族之大遼？

韓德馨不愧是「德」字一輩中的翹楚，文武雙全，心思縝密。越想，越是感覺渾身冰冷，汗珠一顆顆地被凍在了鬢角、臉頰、下巴等處，卻根本沒力氣去擦。

怪不得「授田策」是由馬胤卿和自家伯父韓匡嗣提出，而素有「北地第一智者」之稱的韓延徽卻保持了沉默，原來人家早就看出了其背後的風險。怪不得馬延煦一返回軍中，就像瘋子般不管不顧地帶領幽州軍出征，原來此人是打算盡最大可能替其父馬胤卿分擔風險。

一旦此戰大獲全勝，馬延煦的行為，便足以證明馬氏家族對大遼國的赤膽忠心。契丹各部長老們的攻擊效果，必將大幅減輕。而此戰即便慘敗，面對著長子剛剛「以身殉國」的父親，契丹各部長老們的敵意，也多少會降低一些，不至於讓馬胤卿本人和整個馬氏家族，步商鞅和晁錯的後轍。注九

只是以目前情況來看，第二種結局的可能，遠遠超過了第一種！僵坐於馱馬的背上，韓德馨的身體如同冰雕一般，筆直堅硬。身前身後，白毛風打著漩渦，翻滾起伏，宛若一排排驚濤駭浪。

他不想死，他還年輕，家中還有嬌妻美妾，還有剛剛蹣跚學步的一兒一女！他不想為了緩解薊州韓氏所要面臨的打壓，而義無反顧地把自己當作祭品。馬延煦是馬胤卿的長子，他不是！馬延煦出自馬氏家族的嫡系長房，而他，卻只是韓匡嗣的眾多侄兒之一。

可他，現在更不能轉身逃走。特別是在聽韓倬說明了背後相關利害之後，更不能表現出丁點兒的猶豫。

注九、商鞅、晁錯，二人都是改革家，都因為觸動了舊勢力的利益，最後慘遭橫死。

不肯為家族利益犧牲的後輩，必然會被整個家族拋棄。而沒有了背後的家族，他也必將失去現在所擁有的一切。

「家祖父以為，授田策，可一舉奠定我大遼國百年之基！」韓倬的聲音忽然又從白毛風中透了過來，很清楚，卻沒有一絲作為人類的溫度。「此番外出歷練，家祖父也曾經叮囑，若是遇到薊州韓氏的子弟，務必全力結交。你我兩家雖然不是同宗，但彼此之間，血脈相隔也不會太遠！」

「鬼才願意跟你們這些沒人味兒的傢伙攀親！」韓德馨在肚子裡破口大罵，臉上，卻不得不露出幾分受寵若驚，拱起發僵的雙手，大聲說道：「能時時聆聽世兄教誨，乃小弟三生之幸。世兄在上，小弟這廂有禮了！」

朔風將他嘴裡吐出的白煙沖散，與風中的雪粒一起，在周圍飄飄蕩蕩。韓倬看不清他的面孔，卻能隱約感覺到他話語中的悻然。因此，先拱手還了個平輩之禮，隨後大聲說道：「不敢當，不敢當。你我二人年相若，才能見識也相類似，並且賢弟還比愚兄多出數年行伍經驗，愚兄哪敢在賢弟面前提『教誨』兩個字。不過是將心中所想坦誠相告，以求能和賢弟探討一番而已。賢弟若是不贊同，儘管當面駁斥。愚兄必洗耳恭聽。『教誨』兩個字，可是萬萬不敢當！」

「世兄，世兄——說得都對！」韓德馨一開口，又被朔風將聲音吹得斷斷續續。「戰場外，戰場之外此刻的確是風雲莫測。身為，身為晚輩，此刻，此刻即便不能為家族出力，至少，至少不能再給家族增添任何麻煩！」

「不愧是左僕射的後人，賢弟此言甚善！」韓倬在白毛風中，大笑著撫掌。貂裘的下襬和袖子飄飄蕩蕩，渾然不似身在人間。「愚兄再多問一句，賢弟以為，這天下氣運，在塞上還是在中原？」

「當然是在塞上！」耶律赤犬忽然插了一句，頂著滿腦袋的雪粒，就像一隻剛剛被凍醒的狗熊。「我大遼之國運，劉漢怎麼比得起？」

剛剛其弟和韓倬之間的對話，他一句都沒聽懂。但身為耶律氏的子弟，他卻堅信大遼國的未來一片光明。區區劉漢算什麼？把再往南的李唐、馬楚、孟蜀加起來，都不夠大遼國鐵騎傾力一踏。只是大遼國剛剛換了新皇帝，還沒騰出功夫來南征而已。注一〇

「短短三十年裡，中原換了三個朝廷。每一個，都不是我大遼的敵手。而我大遼，最近三十年來，國力卻蒸蒸日上！照這樣下去，早晚有一天，九州將重歸一統。錦綉山河，將插滿我大遼之旗。」知道對方不會無的放矢，韓德馨非常認真地思考了片刻，才大聲回應。

「善！愚兄也對此，深信不疑！」韓倬大聲附和，從貂裘的袖子裡伸出一隻玉石般的右手，在白毛風中指點江山，「我大遼政令通達，上下齊心，百姓安居樂業！而令伯父的授田策，則將胡漢之間的藩籬，一舉撕了個粉碎。憑此良策，胡漢之間，差別必將越來越小。二十年內，大遼就必將不再只是契丹人的大遼。天下氣運和正朔，也必將北移。賢弟，你我之輩，不趁此良機建功立業，更待何時？」注一一

大遼的國力蒸蒸日上，而中原北方地區已經連續換了三個朝廷，江南還有四五個國家，俱是一蟹不如一蟹！

大遼百姓日子過得安穩，而中原各國的百姓卻是朝不保夕。

大遼眼下雖然以契丹人為貴，除了兩個韓家之外，「漢臣不得與聞軍國要事！」但隨著「授田令」下，契丹人與漢人之間的界限，必將越來越模糊……

注一〇、劉漢，即後漢。遼國人不認為劉知遠有資格繼承漢高祖的國號，所以稱其為劉漢。南唐被成為李唐，南楚被稱為馬楚，後蜀被成為孟蜀，跟此一個道理。

注一一、縱觀歷史，凡能成為大漢奸者，通常皆為聰明睿智之輩。秦檜如此，汪精衛亦如此。只是他的聰明，卻只謀了一家之福。腳下所踏，卻是千家萬戶的累累白骨。

當契丹人與其他各族不再涇渭分明之時，大遼國就不再只是契丹人的大遼。而是名副其實的天下正朔！

都說時勢造英雄，事實上，要成為英雄，就必然要懂得把握利用時勢。

既然此刻和此後若干年，氣運俱在大遼而不在中原。身在大遼的「有識之士」不豁出去搏上一回，更待何時？

搏成了，就是開國功臣，名標凌煙。

數百年後，人們只會記得王猛功蓋諸葛，誰會在乎前秦也是五胡之一，曾殺得中原各地血流成河？注一二

聰明人都擅長權衡利弊，韓德馨無疑是當今幽州最聰明的幾個年輕人之一。

聰明人的勇氣，往往也會與他所能看到的收益成正比。

當想到大遼必將成為天下正朔，一統九州，自己廁身其間是何等之幸時，四下裡的風雪立刻好像就變小了，白毛風也不再冷得直扎骨髓。

「多謝世兄點撥！」狠狠揉了幾下臉上的凍瘡，他拱起手，挺直了身體說道。眼神、表情和動作，都是無比的鄭重。

這回，韓倬沒再跟他多客氣。先是挺直了身體受了他的禮，然後又笑著補充道：「賢弟高才，有些事情其實不必愚兄多嘴，你自己早晚都能看得清楚。只是愚兄比你痴長幾歲，又僥倖占了旁觀者的便宜罷了。馬將軍先前立功心切，沒仔細瞭解對手詳情。幸好有你在，咱們現在過去提醒他一聲還來得及！」

「願聽世兄吩咐！」既然已經打定的主意要搏一回，韓德馨也就不計較先前所受到的冷遇了，點點頭，大聲表態。

「你們哥倆且隨我來！」事關生死，記室參軍韓倬不多囉嗦，跟耶律赤犬和韓德馨兩兄弟招了招手，直

接帶著二人趕往隊伍的正前方。

隊伍的正前方，副都指揮使馬延煦，此刻正為自家先前過分低估了任務的難度而發愁。見韓倬帶著耶律赤犬和韓德馨兩兄弟前來幫忙，心中大喜。趕緊擺出一副禮賢下士的面孔，請三位幫忙著給自己指點迷津。

「關鍵是別再讓他們打了伏擊！咱們對這一帶地形不熟，雪又下個沒完！」耶律赤犬並不擅長軍略，只能根據自家戰敗的教訓，如實總結。

「知己知彼，方能百戰不殆。眼下最難的是，我等對李家寨的實力毫無瞭解，只知道他們半年前還是一群結寨自保的鄉勇。其他武備、訓練、軍心、士氣，寨牆高矮等方面，都盡是兩眼一抹黑。」韓德馨倒是很盡職，想了想，小心翼翼地補充。「所以當務之急，不是儘快趕到李家寨，而是想辦法找一些當地的官吏和百姓，從他們嘴裡瞭解對手的詳情。」

「既然半年前還是鄉勇，經歷的戰事就不會太多！」韓倬眼光比其他兩人高了不止一點半點，立刻從韓德馨所提供的消息中，找出了對手的一處重要破綻。「兵器、鎧甲之類，都相對容易補充，但戰場經驗，卻必須一步步來。缺乏經驗，則其韌性就難免不足。打順風仗可以，萬一受到些挫折，便會士氣大降。所以，我等不必急於求勝，穩紮穩打，反倒更容易拖垮他們！」

……

三個出主意的人當中，有兩個原本就並非等閒之輩。馬延煦自己能一路做到軍一級的都指揮使，自然也堪稱兵法精通。因此商量了片刻之後，還真給他們商量出一條非常恰當的策略來！那就是，「放慢腳步，遠派斥候，保存體力，穩中求勝」。同時派人去聯絡附近的「朋友」，讓後者提供力所能及的幫助。

注一二、王猛，五胡亂華時，前秦的宰相。曾經輔佐苻堅，掃平的各路對手，一統北方，被後世稱為「功蓋諸葛第一人」。

還甭說，當真正把李家寨眾鄉勇當作可與自家實力相提並論的對手之後，效果幾乎是立竿見影。不到兩個時辰，撒到大隊人馬周圍五里之外的斥候，就跟一小股來歷不明的隊伍，爆發了一場遭遇戰。憑藉嫻熟的武藝和豐富的廝殺經驗，幽州軍斥候很快就擊敗了這股從雪地裡突然冒出來的敵人，自己所付出的代價，卻不到對方所留下屍體總數的一半兒。只是因為天色迅速轉暗和地形不熟等原因，才很遺憾地未能將這支敵軍全殲。

當天夜裡，馬延煦又親自帶隊，粉碎了敵軍的劫營企圖。自身傷亡不到三十，卻令對手在營外的雪地裡，又留下了四十餘具屍體。隨後的幾天，四個營頭的幽州軍，以每天不到三十里的速度緩緩前推，每走五里左右就休息一次。始終讓將士們保持著充足的體力，沿途警戒也越盯越緊。結果自然是賞心悅目，非但在幾次斥候戰中，都力壓對方一頭。還連續兩次提前發現了對方的所布置的陷阱，令其根本未來得及發動，就自行土崩瓦解。

如是又過了兩天，李家寨方面找不到可乘之機，就只好放棄了沿途偷襲的念頭，把斥候的伏兵都撤回了山寨中，準備憑險固守。而大遼國分散在定州各地的「朋友」，也偷偷地派遣家丁，將李家寨那邊的虛實，源源不斷地送到了馬延煦的面前。

「小小的一個軍寨，鄉勇竟然有九百多，真是窮兵黷武！」拿著對手的詳細情報，馬延煦等人喜出望外，一邊命令將士們提高行軍速度，一邊在馬背上大聲探討。

「果然後邊有郭家雀兒的支持，怪不得鎧甲兵器，都不輸於義武軍！」

「還有太行山的山賊跟他們狼狽為奸。這個倒是需要小心，不過可以告知臨近打草穀的渤海軍，請他們幫忙威懾太行山賊所盤踞的那幾個寨子，使群賊不敢輕舉妄動。」

「寨牆只有兩丈左右，寬不到三尺，終究是一夥農民，三尺寬的寨牆能頂什麼用？」

……

越是瞭解對手的情況，眾幽州將士越是對勝利充滿了信心。近二十年來，堂堂正正而戰，在同等兵力情況下，除了契丹人之外，幽州軍還真沒怕過誰。可李家寨那群土鱉，又怎麼能跟契丹人相提並論？先前之所以能僥倖取勝，不過是憑著其主將對地形的熟悉，外加打了別人一個出其不意而已。

「嗚嗚——」前方有幾個黑影，狂奔而回，一邊跑，一邊將牛角號拚命地吹響。

「怎麼回事？」馬延煦迅速停止對敵情的討論，抬起頭，朝著警報起處正前方眺望。

吹角示警的，是自家所派出去的斥候。因為下坡地形和積雪的關係，他們幾乎是連滾帶爬一路向下，在身背後，留下了數道純白色的煙塵。

「那邊，看那邊，山頂，山頂——」有人於他耳畔大聲叫嚷，卻是耶律赤犬。此子眼神好，第一個發現了前方三里之外的山梁上，有一段顏色不對，用手指著那裡，不停地提醒。

「山頂怎麼了！你別一驚一乍的！斥候還沒到呢，當心干擾了馬將軍的判斷！」擔心自家哥哥被馬延煦遷怒，韓德馨搶先一步開口喝斥。

然而，他的目光，卻很快就被凍結在了耶律赤犬的手指頭尖兒上。

不只是他一個，都指揮使馬延煦、記室參軍韓倬，以及周圍的幕僚和各級軍官，視線全都落在了耶律赤犬手指方向，眼睛一眨不眨，嘴巴張大得可以直接塞進一顆個鵝蛋！

原本應該被積雪覆蓋，高低起伏的山脊上，突兀地出現了一道巍峨的城牆。

綿延數里，肉眼看不到頭，被冬日的陽光一照，通體呈亮藍色，絢麗奪目！

【第八章】

雄關

城牆！

一道巍峨雄偉的城牆，橫亙在了山頂，將通過李家寨的幾條山路，堵了個嚴嚴實實。

非磚非石，表面光滑平整，晶瑩如玉。在陽光的照耀下，不斷散發出夢幻般的藍色。令人一眼看見，就遲遲不願將目光移開。不知不覺中便張大了嘴巴，驚呼出聲，進而從心底湧起一種頂禮膜拜的衝動。

嗚嗚嗚嗚嗚嗚嗚，低沉的畫角聲響起，宛若半空中的朔風，吹入人的骨髓。

激靈靈打了個冷戰，馬延煦迅速從震驚中回轉心神。抽出佩刀，凌空虛劈了數下，同時嘴裡大聲命令：「吹角，吹角，吹角邀戰！看他們是有膽子出來一決生死，還是只敢躲在冰牆後面做縮頭烏龜！」

「吹角，吹角，大帥命令吹角邀戰！你他娘的楞著幹什麼！找死啊！」親兵們也接連被馬延煦的聲音喚醒，撒腿跑向鼓號手，朝著後者破口大罵。

「啊，啥，噢，吹，吹……啊！！」靈魂出殼的鼓號手們從山頂那座晶瑩剔透的城牆上挪開眼睛，戀戀不捨，滿臉木然，直到各自都吃了結結實實一個大耳光，才猛然想起此時自己身在何處，慌慌張張地從腰間拔出掛滿了冰凌的牛角號，奮力吹響，「嗚——嗚嗚，嗚，嗚……嗚，嗚嗚……」

因為過於倉促，他們根本沒來得及融掉號角內的冰渣，吹出來的聲音，時斷時續，喑啞淒涼。周圍的幽州軍將士陸續被號角聲喚醒了心神，側過頭，個個滿臉痛苦。彷彿自家的血管裡頭，也都結滿了冰渣一般。

「敲鼓，把鼙鼓都敲起來，快，隨便什麼調兒！」記室參軍韓倬見自家士氣低落得實在不像話，趕緊扯開嗓子大聲提醒。

「敲鼓，把所有鼙鼓都敲起來。敲，趕緊給老子敲！老子不信，一道冰牆，還能擋住我幽州軍的鋒纓！」

馬延煦立刻明白了他的意圖，揮舞著鋼刀連聲重複。

「咚咚咚，咚咚咚，咚咚咚咚咚咚！」「咚咚咚，咚咚咚，咚咚咚咚咚咚！」「咚咚咚，咚咚咚，咚咚咚咚咚！」

鼙鼓，是幽州軍的絕活，從「安史之亂」那會兒就聞名於世。幾十面大鼓小鼓陸續敲響，很快就彙聚成了一道激越的洪流。將敵我雙方的號角聲，迅速壓了下去。在群山之間，迴響不絕。無數寒鴉從棲身處被驚起，呼啦啦飛上半空，遮斷單弱的日光。

「黑豹營推進到冰牆下，羽箭仰射，給鄉巴佬們一個教訓！」終於在氣勢上蓋過了對方，幽州左廂蒼狼軍都指揮使馬延煦又揮了幾下佩刀，得隴望蜀。

這無疑是一道亂命，趕了十幾里山路的幽州將士，急需先停下來恢復體力。然而，所有文武幕僚，包括記室參軍韓倬，都沒有出言勸阻。任由馬延煦的親兵將令旗交到了黑豹營指揮使康延陵手裡。

行軍打仗，比體力還重要的，乃為士氣。天氣酷寒，身體疲敝，眼前忽然又冒出一道堅固結實冰牆，當下幽州軍士氣可想而知。所以，哪怕是犧牲掉一部分士卒，也必須及時展示出雷霆之威，在打擊對手的同時，激勵自家軍心。

黑豹營指揮使康延陵同樣出身於遼國的漢軍將門，平素兵書戰策讀得一點兒都不比馬延煦少。因此稍作遲疑，便領悟了主帥的良苦用心。於是乎，咬緊牙關將自家的部曲拉了出去。踩著又厚又滑的積雪，緩緩壓向了山頂。

「白馬營，跟上去接應！」目送著黑豹營將士走向戰場，馬延煦稍作斟酌，再度調兵遣將。

「是！」白馬營指揮使盧永照答應著，接過令旗，轉身去召集麾下兵卒。

「且慢！」馬延煦卻又大聲從背後叫住了他，向前走了幾步，再度將聲音壓到極低：「你跟康指揮一道，打出我軍威風即可，不必急著建功立業！」

「這……遵命！」盧永照稍作猶豫，隨即挺胸抱拳，鄭重回應。

「斥候，去附近尋找適合紮營的地方。能找到村子最好！」朝著盧永照的背影點了點頭，馬延煦繼續大聲補充，「其他人，就跟我一起站在這裡，給黑豹、白馬兩營袍澤掠陣助威！」

「遵命！」周圍的幽州將士們，齊聲答應。雖然依舊氣力不足，比起先前剛剛看到冰牆時，卻已經振作了許多。

「咚咚咚，咚咚咚，咚咚咚咚咚！」「咚咚咚，咚咚咚，咚咚咚咚咚！」「咚咚咚，咚咚咚，咚咚咚咚咚！」

激越的鼓聲很快又響了起來，震得周圍樹梢簌簌雪落。被陽光一照，殷紅姹紫，如夢如幻。山坡上的積雪也受到了影響，隱隱透出了妖嬈的粉白色，與半空中的殷紅姹紫交相輝映。

在殷紅、姹紫與粉白色的曠野裡，兩個營的幽州軍，一前一後，彼此隔著百餘步距離，朝山頂上那道晶瑩的冰牆緩緩迫近，迫近。

他們是百戰精銳，他們訓練有素，他們軍容齊整，他們甲固兵利。他們幾乎個個都身手高強並且勇於赴死。他們什麼都好，唯獨忘記了自己的祖宗。

冰牆上，有鄉勇來回走動，因為此刻天氣難得地晴朗，他們的身影被正在前推的幽州將士，看得非常清楚。「放慢腳步，前排舉盾！」黑豹營指揮使康延陵毫不猶豫地下令，儘管自家隊伍還在羽箭的有效射程之外。小心無大錯，既然對方能憑空變出一道巍峨的冰牆來，誰知道還會變出什麼東西？

果然，他的直覺毫厘不差！幾乎就在前排士卒舉起盾牌的同時，幾道寒光，忽然從冰牆上直劈而落。

「嗤——」第一道寒光砸在了隊伍左側，將積雪犁出一道三寸寬，二十餘步長的深溝，所過之處，煙霧升騰，泥土和乾草四下飛濺。

「嗤——」「嗤——」「嗤——」第二道、第三道、第四道寒光，也都落在了空處。將山坡上的積雪犁出三道又粗又長的深溝，驚得幽州兵卒紛紛側目。

「呼！」還沒等他們看清楚從城頭劈下來的到底是何物，第五道寒光又至。康延陵身側不到十步遠的位置，有面盾牌被劈了個正著。

表面包裹著雙層牛皮的盾牌，盾牌後的兵卒，連同兵卒身後的弓箭手一道飛起，瞬間掠過更後方數名自家袍澤的頭頂，血水、冰渣，還有很多又臊又臭的東西，「劈里啪啦」灑了一路。

「大弩，他們有大弩！」前推的隊伍瞬間一滯，來自幽州的兵卒們一邊將身體拚命伏低，一邊啞著嗓子大聲尖叫。

大弩的正式名稱為床子弩，射程高達三百五十餘步。只要命中，即便是精鋼打造的荷葉甲，也會對穿而過。眼下的黑豹營中，根本沒有任何裝備，可以當其鋒纓。而對面的冰牆上，這樣的殺人利器，至少有五輛之多！即便準頭再不濟，每輪發射只有一支能夠命中，誰又能保證，自己不是下一個倒楣的目標？

「各隊散開，加速前衝！別給他們上弦時間！」一片此起彼伏的驚呼聲中，指揮使康延陵的命令忽然響了起來。略帶一點兒慌亂，所表達的意思，卻是清晰無比。

唯恐麾下兵卒喪失了勇氣，他還親自衝到了整個隊伍的最前方。一手持刀，另外一隻手將黑豹營的認旗搖得呼啦啦作響。

此舉，無疑是在給冰牆上的床子弩指示攻擊下一輪目標。很快，便又有兩道寒光凌空劈落，嚇得周圍的將士個個亡魂大冒。然而，兩道寒光卻相繼落在了空處，徒勞地於地面上犁出了兩條深溝。其中最危險的一條，跟康延陵之間還隔著五、六尺遠，連嚇他一跳的目標都未能達到。

「沒準頭！看到沒？這東西根本沒準頭，風越大越沒準頭！」康延陵頓時氣焰暴漲，單手擎著認旗在自家隊伍前來回跑動，「向前衝，誰被射中算誰倒楣。衝到城下五十步內，讓他們血債血償！」

將乃三軍之膽。

連指揮使都豁出了性命，其他人還有什麼理由再畏縮不前？頓時，眾都將、十將們紛紛舉起兵器，帶頭向冰牆發起了衝鋒。「跟我上，讓賊人血債血償！」

「血債血償！」「血債血償！」來自幽州的兵卒們，嘴裡也發出一連串吶喊，高舉著兵器，分散開陣形，深一腳淺一腳向前猛跑。整個黑豹營，瞬間又開始滾滾向前移動，隊伍中每個人的臉上，都露出了幾分瘋狂。

「嗤——」「嗤——」

「嗤——」「嗤——」「嗤——」

新一輪空氣撕裂聲響起來，人群中又濺起兩股淒厲的血光。這一輪，床子弩比上一輪準確了許多，至少將四名跑動中的幽州兵卒送入了地獄。然而，其餘黑豹營將士卻對近在咫尺的死亡視而不見，繼續大聲高呼，邁動雙腿向前推進。

沒有準頭！誰被射中就活該誰倒楣！衝在最前頭也未必會成為床子弩的狙殺目標，跑得最慢，卻未必不慘遭橫死。既然如此，靠前一些和拖後一些，又有什麼差別？況且指揮使大人都在最前面親自高擎著認旗，按照軍律，在他被射死之前，任何率先逃回去的人，都會立刻被督戰隊拿下，推到陣前斬首示眾！

「跟著我，向前，繼續向前！」指揮使康延陵單手擎著認旗，像隻大馬猴般竄來跳去，從不在同一個位置多做停留。

這是他以往於生死邊緣打滾兒，才摸索出來的經驗，輕易不會透露給任何人。無論是床子弩還是強弓，想射中目標都需要準頭兒。而無任何規律跳動的身體，會令絕大部分射手把握不住瞄準機會。至於那些萬裡挑一的神射手，倘若真正有的話，絕不會被埋沒於一波鄉勇中間。

「跟上，跟上康將軍！」

「散開，各隊之間散開，不要靠得太近！」

「距離，前後也要保持五尺遠的距離。弩桿也最多五尺長！」

……

隊伍中的都頭、十將們，將康延陵的作為看在眼裡，一個個大受鼓舞。心中的慌亂漸漸被勇氣所壓制，嘴裡發出來的命令，也越來越切實可行。

「血債血償！」「血債血償！」眾幽州軍兵卒，吶喊著，踉蹌前推。不停地有人被積雪滑倒，不停地有人從積雪中爬起來跟上隊伍。無論跟鄉勇作戰，還是跟中原的正規軍作戰，他們以往都勝多敗少。所以雖然一時處於單方面挨打狀態，自家心中必勝的信念，卻未曾因此而降低分毫。

「嗯——！」遠在山腳下，都指揮使馬延煦滿意地點頭。

強軍就是強軍，絕不可能被一兩件所謂的神兵利器擊垮。而弱旅即便憑著奇技淫巧占據一時上風，早晚也會被打回原形。

「區區一個軍寨，居然有如此多床弩，這郭威，也真肯下本錢！」記室參軍韓倬性子謹慎，唯恐馬延煦也犯了輕敵大意的錯，猶豫了一下，用很小的聲音提醒。

「可不是嗎，恐怕連定州城內，都未必用得起如此多的床子弩！」馬延煦笑了笑，順口回應。

靠近拒馬河的城市和鄉村，屢屢遭受戰火洗劫，民生凋敝，府庫空得大白天跑耗子。所以很少有節度使和州縣守將，肯拿出錢來打造床子弩、千斤閘等造價高昂的防禦利器。反正如果遼軍不肯接受賄賂，非破城不可，有沒有床子弩和千斤閘，結果都是一樣。

「怕是堡寨裡的弓箭儲備，也非常充足！」見自己的提醒，根本沒引起馬延煦的注意。韓倬不得不將聲音提高了數度，繼續補充。

這回，馬延煦終於聽明白了他的意思，卻不打算做出任何調整。「先稱稱斤兩再說！弓箭再多，都總得需要人來使！光有城牆沒有城門，黑豹營即便吃一些虧，也隨時都能夠把隊伍撤下來！」

「嗯！」韓倬輕輕點頭。

兩軍陣前，他不能說得太多，以免影響馬延煦的判斷。此外，對手在冰牆上沒有留城門，也的確是個巨大的缺陷。即便僥倖占據上風，也很難迅速擴大戰果。

「但願是他們心怯了！」帶著幾分期盼，記室參軍韓倬將目光轉向戰場。目送著黑豹營的將士，在康延陵的帶領和鼓動下，一步步繼續向冰牆迫近。

兩百步、一百七十步、一百五十步、一百二十步……，期間不斷有床子弩從冰牆上射出，但取得的效果卻非常低微。料峭的朔風和寒冷的天氣，嚴重影響了床子弩的準頭兒。而黑豹營指揮使康延陵的機智應對，則令床子弩的戰果雪上加霜。

一百步、九十步、八十步、七十步……

「嗚嗚嗚——」號角聲響起，黑豹營的認旗猛然被插在了雪地上，旗桿深入兩尺。

前推隊伍中，有人停在了原地，有人則加速向前跑動。幾個都頭在人群中穿梭，鼓舞士氣，傳遞命令。十將們則拍打著各自麾下弟兄的肩膀，把一小隊一小隊士卒按兵種擺開。刀盾手被放在最前，吸引對方的羽箭，並給所有人提供保護。弓箭手彼此隔著五步距離，在刀盾手身後排成直線，隨時準備發起攻擊。長矛手則退到最後，將長矛高高地舉過頭頂，隨著口令聲左右擺動，盡最大可能干擾冰城上守軍的視線。

「吱——」半空中忽然傳來一聲淒厲的笛聲，守軍搶在黑豹營發起攻擊之前，果斷出手。密密麻麻的羽箭從城頭上飛出，就像一片黑色的冰雹。潔白的雪地上，迅速長出了數百支荊棘。團團的荊棘叢中，一朵朵紅色的「花朵」陸續綻放，與曠野裡的積雪互相映照，無比妖艷。

記室參軍韓倬的心臟猛地一抽，瞬間疼徹骨髓。「反擊，馬上反擊啊，壓住他們！」再不顧上什麼形象，他舉起手臂，瘋子般用力揮舞。扯開嗓子，大喊大叫，不管前方的將士聽見聽不見。

「反擊，反擊，壓住他們！」四下裡，叫嚷聲如同山崩海嘯。所有拖後壓陣的幽州將士，個個都紅了眼睛，扯開嗓子狂吠。

一路南下打草穀，所受到的抵抗微乎其微。就連幾家節度使，都賠著笑臉，偷偷地送上了大筆的錢糧。區區一個鄉下堡寨，居然，居然膽敢不跪下受死？居然，居然還敢搶先向遼國大軍射出羽箭，真是，真是罪大惡極，活該被斬草除根！

彷彿聽到了他們的狂吠，陣前的黑豹營，頂著對手的箭雨發起了反擊。兩百五十多張角弓被迅速舉起，拉滿，兩百五十多支狼牙箭，迅速脫離弓弦。

「呼——」寒風呼嘯，托起一片黑色的箭桿。七十步的距離轉瞬被掠過，狼牙箭帶著刺眼的陰寒砸上了冰牆，發出一連串滲人的「劈啪」聲。

淡藍色的冰渣四下飛濺，白色的霧氣翻滾升騰。一團團淡藍與純白之間，點點紅星濺起，落下，繽紛如早春時節的落英。

長期與契丹人協同作戰，幽州兵卒在不知不覺間就受到了塞外部落的影響，在弓箭方面下的功夫極深。兩百五十多支狼牙箭，至少有大半兒都準確地落在了冰牆正上方某個狹小區域。而狼牙箭巨大的殺傷力，則在這一瞬間被發揮了個淋漓盡致。

幾個倉促舉盾自我保護的李家寨鄉勇，被狼牙箭推得站立不穩，直接從冰牆另外一側慘叫著跌落。幾個藏在箭垛射擊的弓箭手，被冰面上彈起的狼牙箭射中了小腿，雙手抱住傷處悲鳴不止。還有二十幾個鄉勇，則被狼牙箭直接命中了胸口或者後背，當場慘死。殷紅色的血漿順著冰牆表面，汩汩下流，轉瞬成溪。

僥倖沒有被狼牙箭波及的鄉勇們，則咬緊牙關張弓，放箭。朝幽州軍傾瀉復仇的鵰翎。半空中，箭來箭往，連綿不斷。城上城下，垂死者的悲鳴和傷者的慘叫，也同樣連綿不絕。

「娘——」「娘咧——」「娘親——」所有悲鳴聲，都是一模一樣，無論發音還是腔調。幽州和定州，彼此隔得不遠。城上城下，原本就全是漢人。

他們原本是鄉親，是兄弟，操著同樣的口音，長著差不多的面孔。而此時此刻，他們卻恨不得立刻殺死對方，下手毫不遲疑！

「咚咚，咚咚咚，咚咚咚咚咚……」激烈的戰鼓聲響起，一隊巡檢司戰兵手擎盾牌，踩著表面鋪滿了麥秸的馬道，迅速湧上。

兩隊輔兵則舉著寬大的門板，緊緊跟在戰兵身後。面孔因為緊張而變得蒼白，手背上青筋根根直冒。麥秸上血跡斑斑，麥秸下則是堅硬光滑的冰面，戰兵和輔兵必須保證自己每一步都踩得扎實，才能避免直接滾回城下；頭頂上箭落如雨，身側罡風呼嘯，戰兵和輔兵們必須打起十二分精神，才能避免淪為羽箭下的亡魂；然而，他們中間，卻沒有任何人退縮，更沒有任何人試圖轉身逃走。

身背後不遠處，就是他們的家。那些被遼兵攻破的堡寨最後是什麼下場，這些年來，大家夥也都曾經有目共睹。作為男人，到了此刻，除了拚死一戰，他們沒有任何多餘的選擇。

已經戰死的勇士，被新上來的輔兵迅速拖走。身受重傷的壯士，也被輔兵們快速抬到寨子裡醫治。新上來的戰兵則從血泊中撿起角弓和箭壺，將鵰翎搭上弓弦。在距離自己最近的一位都頭的指揮下，將弓臂奮力拉滿。

「城下七十步，放！」幾個都頭同時大聲斷喝，隨即將銅製的短笛塞進嘴裡，用力吹響。

「吱——」「吱——」「吱——」淒厲的短笛聲，透過蕭蕭風聲，鑽進人的耳朵。一波波羽箭，從城頭陸續射下，從左到右，將幽州軍黑豹營的弓箭手所在區域，徹底覆蓋。

宛若雨打杏林，黑豹營所在區域，頓時被打得落紅滿地。七八個長槍兵被當場射死，十幾個弓箭手，渾身插滿了鵰翎，在雪地上搖搖晃晃，搖搖晃晃，遠遠看去，就像一隻隻喝醉了酒的白毛老刺猬。

黑豹營的攻勢，瞬間一滯。隨即，就在指揮使康延陵的督促下，開始了瘋狂的反撲。兩百多支狼牙箭，再度飛上天空。掠過七十多步距離，掉頭向下。冰鑄的城牆上，血光飛濺。慘叫聲與怒罵聲交織在一起，響徹雲霄。

「吱——」「吱——」「吱——」淒厲的短笛聲，再度響起。無論節奏還是幅度，都絲毫不受鮮血的影響。數百支鵰翎射下，從左到右，再度於黑豹營站立的區域橫掃。將那些躲避不及的掠食者們，陸續變成屍體。

「嗚——嗚嗚」「嗚——嗚嗚」「嗚——嗚嗚」，幽州軍黑豹營，則以低沉的號角聲回應。隨著號角聲的催促，掠食者們鬆開手指，讓狼牙箭快速脫離弓弦。

嗖嗖嗖嗖，嗖嗖嗖嗖，不同方向，一波波羽箭交錯而過。

羽箭飛來飛去，不時在半空中相撞，「叮」地一聲，迸射出耀眼的火星。明亮、詭異、轉瞬即逝。

城上城下，卻沒任何人去關注那些火星的存在。所有將士，都把目光落於對面的敵軍身上。不停拉動弓弦，放出羽箭，試圖將對面的敵人統統射殺。

他們彼此之間素不相識，他們卻巴不得對方立刻去死。然而，造化弄人。他們雙方，卻是誰也無法徹底如願。

幽州軍作戰經驗豐富，箭法高超，對機會的把握能力，也遠勝守軍不止一籌。而城頭上的弓箭手數量，卻是城下幽州軍的一倍。居高臨下，且有箭垛和盾牌作為護身屏障。

所以，雙方接連舉弓對射了十一、二輪，卻依舊難分高下。並且雙方都漸漸熟悉了對手的攻擊特點和攻擊節奏，自身生存能力迅速提高。

越強的弓，拉動時所消耗的體力越大。當第十四輪互射結束，城頭上，不再有銅笛聲響起。城牆下，也不再有號角聲尋釁。雙方的大部分弓箭手，都將角弓放在了身側，就近尋找遮蔽物，蹲在後面大口大口地狂喘粗氣。

也有個別筋骨極度強健，射術高超者。則將角弓拉到半滿，同時迅速從對面尋找可供射殺的目標。他們所射出的羽箭，力道足，準頭也不差。但數量卻實在寒酸。所造成的零星傷亡，根本無法影響到戰局。充其量，能增加一點兒自家身邊袍澤的士氣。或者對敵軍的士氣造成一點微弱的打擊。

「吹角，讓黑豹營退下作為接應，白馬營上前頂替黑豹營的位置，再試一次！」將前方將士的表現全看在了眼裡，馬延煦鐵青著臉，大聲命令。

平局！

第一輪試探，雙方基本上平分秋色。黑豹營未能給守軍以當頭一棒，守軍也未能令黑豹營傷筋動骨。如果換做其他時候，這個結果倒是勉強可以接受。畢竟自家大軍是冒著風雪遠道而來，對方卻是躲在城牆後以逸待勞。但是今天，馬延煦卻有些氣浮心躁。哪怕多付出一些代價，也要徹底稱量出對手的斤兩。

「嗚嗚，嗚嗚嗚，嗚嗚嗚嗚嗚——」畫角低沉，將不近人情的命令，傳到了整個戰場的最前方。

黑豹營如蒙大赦，拖起受傷的袍澤，掉頭便走。戰死者的屍骸則被丟在了雪地上，很快，從頭到腳，就掛滿了寒霜。

白馬營罵罵咧咧地衝了上去，與黑豹營交錯而過。城頭射下來的床弩，將其中三個人直接釘在了地上，但是其他將士卻已經習慣了死亡，對近在咫尺的慘叫聲充耳不聞。

「我來頂一陣兒，你先帶人下去喝點兒熱湯水！」冰城上，潘美頂著一身銀亮的西羌鑌鐵甲，大聲叫嚷。其身後，則是四百多名生力軍，剛好可以將先前參與作戰的那些弟兄全部替下。

「好！」鄭子明笑了笑，從正對著攻擊方位置的一個箭垛跳起來，順勢將懷裡的令旗全都遞到了潘美之手，「左側的幾個箭垛後有鐵鉤，我檢查過了，都凍在了冰裡，非常結實。」

「知道了，你可真囉嗦！我自己親手潑水凍上去的，還用得著你來提醒？」潘美朝著他翻了翻眼皮，與其說是抱怨，不如說是在借機發洩。

「小心！」鄭子明寬厚地笑了笑，翻過內側城牆邊緣，順著一條滑道迅速溜下，轉眼就消失在了一團熱氣騰騰的白霧當中。

「奶奶的，連句感謝話都沒有，老子真是上輩子欠了你的！」潘美的語言攻擊，沒得到預料中的回應，氣得鼻子歪成了一團。

本該早就掉頭離去，從此對眼前這目光短淺且滿肚子婦人之仁的「匹夫」不聞不問。結果稀裡糊塗，卻又被「匹夫」給抓了長工。連續幾天幾夜沒功夫睡覺，累了個半死不說。到最後，還得頂著滿腦袋凍瘡，幫他在冰城上布置各種機關！

「多謝了，兄弟！」熱肉粥所引起的白霧裡，傳來了鄭子明的聲音，根本就是在哄孩子不哭，隨便得令人髮指。

「誰是你兄弟，老子，老子傻了，才跟你做兄弟！」潘美咬牙切齒，低聲唾罵。回轉身，卻把令旗全都揣進了懷中。

旗面上還帶著體溫，讓他的胸口，瞬間暖融融一片。

那是三州巡檢的令旗，除了鄭子明那「匹夫」之外，整個李家寨內，只有他潘美有資格使用。

「老子好像真的傻了！」潘美又低聲嘟囔了一句，抽取一根令旗，緩緩舉過了頭頂。

「第五都移動到位！」

「第六都移動到位！」

「第七都移動到位！」

「第八都移動到位！」

「床子弩準備就緒！」

應旗聲，陸續在冰牆上響起。新上來的鄉勇們，在都頭、十將的帶領下，將身體藏到箭垛和盾牌後，將角弓抱在懷裡用體溫捂暖。

因為親眼目睹了第一輪較量的整個過程，他們的表現，比先前參戰那批袍澤從容得多。即便此刻半空中零星已經有狼牙箭落下，大家夥也沒有驚慌失措，更沒有人跳起來跑動躲閃，或者不待主將的命令就搶先發起反擊。

這種鎮定從容的姿態，令城外新替換上來的幽州白馬營指揮使盧永照，本能地感覺到了一絲危險。猛地向身邊一扭頭，他大聲斷喝：「停手，全停手，沒老子的命令不准胡亂放箭！盧玄，盧玄，立刻帶刀盾兵上前列盾牆！」

「遵命！」他的本家兄弟，副指揮使盧玄大聲答應著，驅動麾下的刀盾兵加速前壓。轉眼之間，就走到了整個軍陣的最前方。隨即快速豎起兩層蒙著牛皮的木盾，為自家隊伍構築出一堵堅實的盾牆。

這不是什麼新戰術，至少上一輪交鋒的時候，已經被別人使用過。站在冰城上的潘美見狀，心中頓時喜出望外，將令旗朝距離自己最近的馬臉處一指，沉聲命令：「陶伯陽，調整弩車，全都給我對準盾牆正中央！砸爛他的烏龜陣！」

「是！」陶大春向來話就不多，用力點了下頭，隨即快速安排人手去調整床弩。「吱呀呀」地聲音，在幾面馬臉上陸續響起。笨重的弩車，被鄉勇們推著緩緩轉動。銳利的弩鋒，在冬日下泛起一串串冷光。

「嗖——」城外的幽州白馬營看不到城牆上的戰術調整，按照他們自己的習慣戰術，搶先射出兩百多支狼牙箭。銳利的箭簇或者射在冰牆上，打得白煙四冒。或者砸中盾牌，發出單調刺耳的撞擊聲。還有一少部分則直接鑽入人體，帶起一抹抹耀眼的紅。

新上來的鄉勇們，繼續躲在盾牌和冰築的箭垛後，紋絲不動。即便同伴的鮮血已經濺到了自己身上，他們也強迫著自己裝作毫無察覺。當箭雨降臨之時，胡亂躲閃，只會死得更快！這，是他們剛才於冰城內近距離觀摩自家兄弟與敵軍的交鋒之後，所總結出來的經驗。在上城之前，已經被隊伍中的都頭、十將們反覆重申過，所以，每個人都把血的經驗刻進了骨頭裡。

「吱呀呀」「吱呀呀」「吱呀呀」五座床子弩繼續調整方向，發出的聲音令城上的人牙酸。潘美換了另外一面暗紅色的角旗，盯著床弩一眼不眨。箭垛、盾牌、城內的馬道上，無數雙目光也緊緊盯著床弩，眼睛的主人緊張得幾乎無法正常呼吸。

「快一些，快一些，快一些……」不知不覺間，有人的嘴巴裡就念出了聲音。又一波狼牙箭從半空中落下，幾個正在努力推動床弩的鄉勇中箭倒地，白蠟木打造的弩床上，數行血漿緩緩流動，轉瞬凝聚成冰。

幾名藏身於臨近位置的鄉勇，跑上前，推開受傷的袍澤，再度推動弩床。幾名鄉勇舉著盾牌衝上馬臉，護住他們的身體。數十名弓箭手，用力拉開角弓，同時用眼睛看向潘美擎在手中的令旗。中兵參軍潘美卻緊咬著牙關，身體微微顫抖，就是不肯將手中令旗揮落！

第三波狼牙箭飛上城頭，帶起更多的血光。鄉勇們將鵰翎搭在弓臂上，用眼睛死死盯著城下的敵軍，卻依舊沒有做出任何反擊。他們在等，等著潘美手中的令旗揮落。他們在等，等著自家所熟悉的那聲銅笛。他們在等，等待復仇的最佳時機。

終於，趕在城外的敵軍第四次將狼牙箭射上來之前，五座床子弩全部移動到位。所有都頭將銅製的短笛含在了口中，所有十將帶領麾下的弟兄拉滿了角弓。所有弩車長，都屏住呼吸，將一把木製的錘子，高高地舉過頭頂……

「弩車——，放！」潘美怒吼著揮落手臂，暗紅色的令旗在風中畫出一道彩霞。

「呼——！」弩車長用木錘砸動機關，五支修長的弩桿齊飛出，速度快逾閃電。

「弓箭手——,放!」潘美的怒吼聲再度響起,緊跟著,就是一片恐怖的羽箭破空聲。蓄勢已久的三百八十多張角弓同時發射,密密麻麻的鵰翎宛若冰雹。

「轟!」五支床弩最先抵達預定範圍,其中三支因為飛得過高,掠過對手的頭頂不知去向。卻依舊有兩支,狠狠地劈在了盾牆中央,將看似堅固無比的盾牆,瞬間砸得四分五裂。

「啪啪啪」「啪啪啪」「啪啪啪」,冰雹一樣的羽箭,在盾牆分開的剎那,兜頭砸下,捲起一團團腥風血雨。正射箭射得高興的幽州兵卒們,根本來不及躲避,瞬間就被砸翻了一大片。原本整齊的軍陣,迅速四分五裂。僥倖沒有被命中的弓箭手和盾牌手們,呆呆地站在原地,眼睛裡,面孔上,手臂和大腿,全身上下包括靈魂深處,都寫滿了難以置信。

沒等他們從恐慌中緩過精神,更不會等指揮使盧永照調整戰術。第二波鵰翎箭凌空飛落,帶起更多的血雨,製造出更多的屍骸。

「舉盾,舉盾向中央靠攏!刀盾手,舉盾向中央靠攏!」副指揮使盧玄忽然恢復了神智,側轉身,朝著自家麾下的弟兄大喊大叫。一支流矢悄無聲息飛至,像毒蛇般,狠狠咬中了他的脖頸,從另外一側,露出冰冷的「毒牙」。

白馬營副指揮使盧玄身體猛地一晃,手捂脖子,嘴巴、鼻孔、眼睛、耳朵等處,血漿汩汩而出。帶著滿臉的驚慌,他伸出手臂,伸向自己的本家哥哥盧永照,祈求對方救自己一命。沒等盧永照看清楚他的動作,他的眼前突然一黑,全身的力氣瞬間消失殆盡。

「小玄子,小玄子……」指揮使盧永照雙目俱裂,揮舞著令旗大聲嘶吼。即便到了帶隊進攻之時,他依舊不認為對面的鄉勇,能在團團保護之下,傷害到自己和自己所倚重的臂膀。而現在,他卻忽然意識到一個血淋淋的事實。那群鄉勇也懂得殺人,並且殺人的技巧極為嫻熟。

「射,別給他們喘息機會!」城頭上,潘美可不知道什麼叫做悲憫,大聲叫嚷著,把手中令旗揮舞得「呼啦啦」作響。

眾鄉勇拉滿角弓，在都頭們所發出的短笛聲指引下，將鵰翎羽箭一排排射向城外的幽州軍。城外，幽州兵卒的表現則愈發地慌亂，一部分頂著箭雨，拚死與鄉勇們展開對射，另外一部分，卻開始倉惶後退。無論隊伍中的十將，都頭們如何打罵，威脅，都再也不肯於原地停留。

「床弩，床弩，繼續射！不用換方向，砸爛他們的烏龜殼！」潘美一招得手，就絲毫不考慮吃相。揮動令旗，命令床弩們按照先前的方式繼續發威。

陶大春跑到冰牆內側邊緣，俯下身體大喊大叫。隱藏在冰城內的民壯們，在李順的指揮下，喊著號子拉動繩索。繩索繞過凍在冰牆上的轆轤，另外一端拴住了弩車上的一個粗大的滑竿。滑竿上的銅鉤，則又勾住了牛筋擰成的弩弦。

「嗨吆，嗨吆，嗨吆……」號子聲，整齊有序，不疾不徐。

每一輛弩車上，三支一模一樣的弩弓，被扯得緩緩彎曲，緩緩變成了三個半圓形。

副弩長帶著兩名鄉勇跳上前，先用機關勾住弩桿，停止蓄力。隨即又快速摘開銅鉤，讓弩弦與上弩的滑竿分開。弩長高高地揚起木槌，奮力砸下。

「呼」！機關跳開，半圓形的弩臂快速恢復，三根弩弦同時向前收攏，修長的弩箭呼嘯著被送下了城頭。

兩支弩箭飛得過高，不知去向。一支弩箭飛得過低，提前扎入了積雪裡，深入數尺。最後兩支弩箭，同時擊中了一面盾牌。將盾牌和藏身於盾牌後的那名幽州兵卒直接推上了天空，撕得四分五裂。

破碎的肢體和血肉紛紛落下，砸得附近其他幾個幽州兵卒滿身是紅。沒等他們張開嘴巴驚呼，一排鵰翎順著弩箭剛剛製造出來的缺口呼嘯而下。幾個幽州兵卒每個人至少都中了三、四箭，仰面朝天摔在雪地上，當場氣絕。

其餘幽州軍頓時士氣大降，潮水般四散後退。「長槍兵，長槍兵，上前督戰！」指揮使盧永照又氣又急，七竅生煙，揮刀砍翻了兩名臨陣退縮者，舉起血淋淋的橫刀大聲喝令。

他還沒有輸。

白馬營雖然吃了個大虧，卻遠不到崩潰的地步。城頭上的床子弩雖然威力巨大，每次發射卻頂多能傷到兩、三個人。只要把刀盾兵和弓箭兵重新組織起來，他就保證能力挽狂瀾。

被擺在距離冰牆一百步之外的白馬營長槍兵，排成一條寬闊的橫陣，大步上前，用槍尖兒指向潰退下來的自家袍澤。每個人臉上，都帶著不忍與無奈。

他們不想殺死這些整天在一起摸爬滾打的兄弟，但是他們更不敢違背軍令。只期盼潰退下來的刀盾兵和弓箭手們，理解他們的難處，自己停住腳步，不要試圖用胸口去衝撞槍鋒。

他們的期盼，得償所願。也許是還不習慣吃敗仗，也許是畏懼於嚴苛的軍法，也許是心中還放不下男人的尊嚴，正在掉頭後退的刀盾兵和弓箭手們，陸續停住了腳步，紛紛扭頭回望。

「全都站住，站在我身邊，重新整隊！」盧永照鐵青著臉，退到距離城牆一百步遠左右的位置，從親兵手裡接過繪著白馬的認旗，狠狠插在腳邊。「向我靠攏，重新整隊，然後再壓上去，為戰死的弟兄們討還血債！」

他喊得極為真誠，兩隻眼睛的眼角，淌出來的淚水已經隱隱呈現了紅色。然而，刀盾兵和弓箭手們，只是稍微楞了楞，隨即，就以比先前更快的速度，向後退去，每個人的表情都像見了鬼一般，驚恐莫名。

「整隊，向我靠攏。否則，休怪軍法無情！」盧永照氣急敗壞，舉起鋼刀又要殺一儆百。四名親兵卻同時衝上來，狠狠推了他一把，將他推得腳步踉蹌，手中鋼刀瞬間劈到了一塊兒石頭上，「噹啷」一聲，裂成了兩段。

「你找死！老子活剮了你！」指揮使盧永照手指著自己的親兵十將，大聲威脅。後者卻對威脅聲，充耳不聞，推著他，加入了潰退的大軍。

「你，你，你們，你們都該死！該被千刀萬剮！」盧永照掙扎著，不停地詛咒。依然沒有人回應他，親兵們像發了瘋般，將他抬起來，撒腿就跑。

「你們——」詛咒聲，戛然而止。白馬營指揮使盧永照身體呈馱石碑的烏龜形，僵在了半空中。

他看見，奉命封堵潰兵的長槍手也開始後退，轉過身，倒拖著兵器，連滾帶爬。很快，他們把長槍就丟下了，跌跌撞撞，唯恐落於任何人身後。

他看見，一個跌倒在地的刀盾兵，被十幾雙大腳陸續踩過，轉瞬間，就變得悄無聲息。

他看見，一隊隊漢國鄉勇，一手持著兵器，一手扯著繩索從冰城上溜了下來。追上幾個反應慢沒來得及跑遠的幽州兵卒，亂刀齊下。

從背後追上一名身穿十將服色的幽州軍官，潘美揮刀猛剁。銳利的刀鋒在半空中劃出一道弧線，貼著目標的肩胛骨落下，直切到腰。可憐的幽州十將慘叫一聲，加速前奔，隨即，鮮血如瀑布般從其後背上倒捲而起，失血過多的軀體迅速栽倒，當場氣絕。

「跟著我，不砍首級！」將滴著血的鋼刀在半空中揮了兩下，潘美大聲招呼。身上的鍍了一層銀水的鑌鐵甲被日光一照，殺氣瀰漫。

從城頭上撲下來的鄉勇們，在他身後迅速組成鋒矢型突擊陣列，追著幽州白馬營潰兵的背影揮刀亂砍，堅決不給敵軍停下來整理隊伍的時間。

腳下的積雪已經被踩得有點實，稍不留神就能將人摔個四腳朝天。但挨摔的不止是巡檢司的勇士，正在倉惶後退的掠食者們，同樣有不少人被摔成了滾地葫蘆。

「別理摔倒的，只殺站著的。」潘美揮刀將一名幽州掠食者捅了個透心涼，隨即又扯開嗓子補充。

摔倒在雪地裡的敵兵，即便過後自己站起來，也不會有勇氣聯手反撲。而此刻大夥眼前除了倉惶潰退的幽州白馬營之外，還有另外一個在認旗上畫著黑色豹子的營頭。大夥必須始終保持著現在的攻勢，才能實現驅逐潰兵衝擊其援軍的目標。

他所採取的戰術很高明，然而對手也不全是庸才。很快，便有一名都頭強行收羅起二十幾個親信，在潰退的人流當中，組成了一座堅實的方陣。

潰兵們的腳步，頓時為之一滯。隨即，自動分成左右兩股，再度倉惶向下。那名都頭怒不可遏，揮舞著兵器四下亂砍。潰兵們的腳步再次為之停頓，一部分繞向更遠的位置，繼續瘋狂逃命。另外一部分則猶豫著轉過身，貼近方陣的外圍，準備拚死一搏。

「殺光他們！」潘美刀尖前指，雙腿同時發力。狹路相逢勇者勝，這當口，可沒有停下來的道理。為將者膽怯，全軍就會前功盡棄，甚至被人逆轉乾坤。況且已經被潰兵踩硬的雪地，也不容忍他停下來考慮如何以最小的代價瓦解眼前這座倉促組成的方陣，除非他想直接一個跟頭摔到敵人面前去，被對方亂刃分屍。

「殺，殺，殺！」跟上來的眾鄉勇一同高舉鋼刀，怒吼著向前加速，對迎面晃動著的刀槍視而不見。半年來連續多次勝利，已經令這支隊伍中的所有人都染上了一身的傲氣。哪怕對面是一群野狼，也要衝上去打斷其脊梁。

倉卒組成的方陣中，幽州軍都頭帶領著親兵，將刀槍舞得呼呼作響。雖然已經豁出去一死，最後關頭，他們當中很多人依舊難以克制心中的恐慌。只能依靠這種瘋狂的動作，來威懾對手，並且給自己壯膽兒。

「叮！」潘美揮刀隔開一把刺向自己的長槍，側身衝了進去。緊跟著揮刀左右橫掃，野馬分鬃！重金購買來的百煉鋼刀，將臨近兩名幽州兵卒的鎧甲和肚皮先後切斷，腸子肚子伴著血漿噴湧而出。

周圍的其他幽州兵卒揮動兵器朝著他亂砍亂刺，潘美腰部和大小腿同時發力，來了一記夜戰八方。三把兵器被他在千鈞一髮之際擋開，兩把兵器貼著他的身體走空，還有兩把橫刀，則狠狠剁在了他的後心上，發出「嘭」「嘭」兩聲巨響。

鑌鐵甲和鑌鐵護背，瞬間發揮了作用，被兩把橫刀砍得火星四濺，卻牢牢地保住了潘美的小命兒。饒是如此，他也被砍得向前踉蹌了幾步，張嘴噴出了一口鮮血。以半蹲的姿勢強行穩住身體再度揮刀橫掃，將一根不知道屬於誰的大腿連根切做兩段。

又吐了一口血，潘美努力站直身體，揮刀撲向下一個目標。兩把熟悉的鋼刀卻搶先一步，將目標處的幽州兵卒砍翻於地。稍微一楞神，潘美再度舉刀尋找可攻擊之敵。身前卻突然一空，攔路的幽州將士統統消失不見。

舉頭四望，他發現巡檢司的勇士們早已衝了上來，沿著自己捨命砍出來的缺口，將攔路者砍得抱頭鼠竄。先前組織親信抵抗的那名幽州軍都頭，前胸處不知道被砍了多少刀，仰面朝天躺在距離自己不到四尺遠的位置，兩隻圓睜的眼睛裡寫滿了絕望。

「第五都留下保護軍師，其他人跟著我追！」有人丟下一句話，帶領兩百多名弟兄，從潘美面前呼嘯而過。

是陶大春，他的武藝，還在潘美之上，對戰機的把握能力，也與後者彷彿。以自己充當鋒刃，在跑動過程中，帶領弟兄們再度組成一個楔形陣列。無論遇到停下來喘息的敵軍，還是跑軟了腿兒掉隊的敵軍，都是直衝而過，在身背後留下殘缺不全的屍體。

腿腳慢的敵軍將士紛紛被從背後砍倒，腿腳快的傢伙則使出了吃奶力氣加速逃命。眾鄉勇們像驅趕綿羊一般，在背後驅趕著他們，不停地砍死落後者，讓他們沒有任何勇氣回頭。

幽州軍白馬營的認旗倒了下去，被無數雙大腳踩得稀爛。幾個幽州軍的都頭先後被殺死，屍體被砍得七零八落。白馬營指揮使盧永照幾度試圖停下來組織人手抵抗，卻都被自己家潰兵推搡著，無法站穩腳步。忽然間，他看到前方不遠處，有支隊伍嚴陣以待，心中頓時湧起了一陣狂喜。

「整隊，停下來整隊，掉頭殺回去，給老子掉頭殺回去！」高高地舉起刀，他大聲招呼。像一個見到親人的孩子般，淚流滿面。

身後追上來的鄉勇不算多，並且手裡都只拿著短兵。而身前嚴陣以待那支隊伍是幽州黑豹營，此刻刀盾、弓箭、長槍都有，兵種齊全。只要先依靠黑豹營穩住陣腳，收攏起白馬營的弟兄，然後……

沒有然後！

就在他舉著鋼刀試圖收攏隊伍的同時。其麾下白馬營的潰兵們，一頭撞進了黑豹營的軍陣當中。如高速滾落的巨石，瞬間將黑豹營給撞了個人仰馬翻！

「站住，站住，繞過去，從側面繞過去，你們幹什麼？」「你們幹什麼？」「啊——」「日你娘！」紛亂的質問聲，在幽州黑豹營的軍陣中響起，其中還夾雜許多慘叫聲和怒罵聲。

都是長時間在一起廝混的老熟人兒，黑豹營的將士不忍心向潰退下來的白馬營袍澤下狠手。而已經被鄉勇殺落了膽兒的幽州白馬營潰兵卻不管不顧，在黑豹營的軍陣中狼奔豸突！

「殺，給我殺，敢衝擊本陣者，殺無赦！」黑豹營指揮使康延陵急得兩眼冒火，果斷下達了格殺令。追過來的鄉勇士氣旺盛，並且是一路下坡。而自己這邊，卻要仰面對敵。在人數也絲毫不占優勢的情況下，倘若再被潰兵衝亂陣形，後果將不堪設想。

「站住，站住，敢衝擊本陣者，殺無赦！」「站住，回去，敢衝擊本陣者殺無赦！」黑豹營中的都頭、十將們帶頭響應，一邊將軍令大聲重複，一邊朝著身前的潰兵揮刀亂砍。

血光迅速在軍陣中濺起，沒頭蒼蠅般的潰兵先是整體一滯，隨即，也怒吼著舉起了各自手中的鋼刀。

攔路者死！

這個時候，哪怕是天王老子，也阻擋不了他們逃命的腳步。什麼軍法、秩序，尊卑，全都統統拋在了一邊，理智，也早就被丟到了九霄雲外。只要看到有人擋在前面，就撲將上去，以命換命，管他官大官小，姓甚名誰！

他們從高處狂奔而來，兼具速度和地利優勢。他們又絲毫不念往日的袍澤之情，下手狠辣果決。幾乎在轉眼之間，就將擋在逃命道路上的幽州黑豹營給砍翻了五六十個。

黑豹營的將士，被潰兵壓得節節敗退，眼看著就要面臨散架的邊緣。指揮使康延陵見狀，怒不可遏。扯開嗓子大罵了幾聲，親自帶領一個都的弟兄衝上去封堵缺口。

他的武藝經過名師指點，作戰經驗也極為豐富。發起狠來殺人，尋常士卒還真不是對手，三兩下，就將潰兵從中央切成了兩段。

「繞路，否則，死！」揮刀將一名逃命的兵卒砍翻在地，康延陵咆哮著奔向另外一名十將。身背後，十多名家將領著百餘名嫡系組成一個三角陣，白刃齊揮，將臨近的潰兵像砍瓜切菜一樣殺死。

正在狂奔而來的潰兵們嚇得慘叫連連，不敢再直接硬闖，側著身子開始繞路。康延陵從背後砍死逃命的十將，轉頭，再度堵向另外一名花白鬍子的潰兵。

「饒——命！」花白鬍子慘叫著躲避，跑動方向由豎轉斜。慌亂中，腳下卻是一滑，「撲通」栽倒，身體在慣性的作用下，像塊石頭般沿著山坡直衝而下。

「死！」康延陵一腳踩住花白鬍子的胸口，手起刀落，斬下此人的腦袋。失去頭顱的屍體在他腳下縮捲成一團，鮮血從脖頸處泉水般朝四周狂噴。這下，終於把周圍所有潰兵都驚呆了，一個個相繼踉蹌著停住腳步，望著凶神惡煞般的康延陵，緩緩後退。

「繞路，否則，死！」康延陵舉起滴著血的鋼刀，大聲重申，猩紅色的眼睛裡，寫滿了瘋狂。他準備用死者的血，喚醒潰兵的理智。從周圍這十幾名潰兵的表現上看，此舉已經接近於成功。然而，沒等他用刀尖兒給潰兵們指明正確方向，半空猛地傳來一聲呼嘯，「噹啷」，有桿長槍盤旋飛至，將他手中的鋼刀砸得不知去向。

「快逃，腿慢者殺無赦！」陶大春一馬當先，衝下山坡。鋼刀左劈右砍，手下沒有一合之敵。

他身後的鄉勇們自動結成楔形陣列，或者揮刀朝四下猛砍，或者彎腰撿起地面上被遺棄的長槍短矛，朝著潰兵頭頂亂丟亂擲。剛剛被殺戮喚醒了幾分理智的潰兵，瞬間又失去了思考能力，慘叫一聲，撒腿繼續奪路逃命。轉眼間，又將黑豹營剛剛穩住的軍陣，衝了個分崩離析！

「我跟你拚了！」眼看著自己的全部努力再度功虧一簣，康延陵急火攻心，彎腰撿起一把不知道是誰丟掉的鋼刀，直撲陶大春。

俗話說，擒賊先擒王。在他眼裡，身高接近九尺的陶大春，就是「賊王」。只要陣斬了此人，「賊軍」的攻勢必然土崩瓦解。

「保護康將軍！」百餘名嫡系親信別無選擇，嚎叫著緊緊跟上。「轟！」血光飛濺，白霧升騰，沿著山坡下衝的鄉勇與迎頭拚命的幽州兵卒，毫無花巧地撞了個正著。剎那間，幽州兵組成的攔路三角陣四分五裂，二十多具屍體倒飛出去，貼著雪地滑出老遠，將沿途的積雪，染得猩紅一片。

陶大春揮刀剁翻一名幽州兵卒，緊跟著又用腳踢翻了另外一個。第三名幽州兵卒迎來，刀刃直奔他的大腿根兒。陶大春猛地擰了下身體，避開了刀鋒。隨即反手橫掃，掃掉對手半顆頭顱。

第四名幽州兵被臨近的屍體噴了滿臉血，慘叫著逃開。露出一身泛著寒光的柳葉甲。這是個當官的，陶大春心中狂喜，揮刀直奔柳葉甲外露出來的腦袋。柳葉甲的主人正是康延陵，發現來者不善，立即揮刀格擋，「噹啷！」二人的刀刃在半空中相撞，濺起數串暗紅色的火星。

「來得好！」陶大春大聲咆哮，搶步，舉刀，力劈華山。康延陵毫不猶豫地舉刀相迎，又是「噹啷」一聲巨響，兩把鋼刀在半空中相撞。火星再度四下迸射，落在人臉上鑽心地疼。

「保護將軍！」「保護將軍！」康延陵的親兵大叫著上前拚命，卻被鄉勇們擋住，靠近不得。陶大春和康延陵兩個，面對面舉刀互剁，各不相讓，恨不得下一刀就奪走對方性命。

然而，雙方卻誰都無法輕易如願。論武藝和氣力，陶大春完全占據上風。然而論殺人和保命經驗，康延陵卻至少是他的十倍。轉眼間，二人就交換了二十多招，卻遲遲無法分出高下。就在此刻，戰團外忽然有人喊了一聲「著」，緊跟著，一團巴斗大的雪球，直奔康延陵面門。

「卑鄙！」康延陵一邊揮刀格擋，一邊破口大罵。雪球被他用刀砍成了兩瓣，陶大春卻趁機一刀掃來，直奔他的腰桿。

「將主小心！」有名親兵大叫著迎上，推開康延陵，替他承受了致命一擊。「喀嚓！」鋼刀與人骨摩擦聲近在咫尺，康延陵的視線，被血水染得一片模糊。

「老七——」他放聲悲鳴，揮舞鋼刀打算跟對手以命換命。後腰處卻猛地傳來一股大力，家將康勇和康才合力拉住他的腰帶，順著山坡奪路狂奔。

「保護將主，保護將主！」其餘兵卒一擁而上，用身體擋住陶大春的鋼刀。「放下我，放下我！」康延陵大聲命令，背後的兩名家將卻是誰都不肯聽，邁動雙腿，加入潰兵隊伍，唯恐跑得比其他人慢上分毫。山坡下，還有兩個營頭的弟兄，還有都指揮使馬延煦。只要跑到那面帥旗附近，就能徹底逃出生天。在此之前，任何人，都無法讓他們改變主意。

「馬將軍，馬將軍，情況，情況緊急！黑豹營，黑豹營也崩了！」山坡下，幾名文職幕僚同時衝到帥旗前，朝著馬延煦高聲示警。

馬延煦沒有回應，鐵青著臉望向戰場，牙齒咬得咯咯作響。

根本不需要任何人提醒，他早就將麾下兩支隊伍的潰敗過程，從頭到尾看了個清清楚楚。白馬營指揮使盧永照無能，被從冰城內突然跳下來的鄉勇給殺了個措手不及。李家寨的鄉勇，卻充分利用了地形和體力優勢，先粉碎了白馬營將士的抵抗，然後像趕羊一樣，趕著他們撞向了黑豹營的陣地。

面對慌不擇路的潰兵，黑豹營指揮使康延陵應對再度出現失誤，沒有當機立斷命令弓箭手把自己人和追兵一道射殺，導致潰兵直接變成了敵軍的前鋒。

當失去控制的潰兵與試圖擋路的黑豹營將士刀劍相向，追上來的李家寨鄉勇就徹底鎖定了勝局，兵不血刃……

白馬營的認旗，在馬延煦的視野裡，早已消失不見。指揮使盧永照像一具行屍走肉般，被裹在潰兵隊伍中，跌跌撞撞。在距離此人側後方二十幾步遠的位置，馬延煦還能找到黑豹營的認旗，認旗下，指揮使康延陵被兩名親信倒拖著逃命，伴隨他們左右的，是大隊大隊的潰兵！

白馬營潰兵裹著黑豹營潰兵，不分彼此，撒腿狂奔。在他們身後，則是三百餘李家寨鄉勇，保持著整齊的楔形陣，不緊不慢，如影隨形……

「鳴金，讓白馬營和黑豹營都撤下來。其他人，原地列陣，準備迎戰！」終於，都指揮使馬延煦從前方收回目光，朝四下笑了笑，鎮定地吩咐。

不過才損失了兩個營的兵馬，此戰勝負依舊未見分曉。只要剩下的兩個營頭嚴陣以待，山坡上的那三百餘鄉勇，絕對討不到更多便宜。

他堅信，自己還有機會逆轉乾坤。他也試圖讓麾下的將士相信，這場戰鬥不過是剛剛開了個頭，遠不到斷言勝負的時候。為將者乃三軍之膽，他必須這樣做。哪怕是將牙齒咬碎，哪怕是將已經湧出嗓子眼兒的瘀血，重新吞回肚子當中。

「當當當，當當當……」清脆的銅鑼聲迅速響起，被來自北方的朔風瞬間送遍整個雪野。

聽到銅鑼聲，正在潰退的殘兵敗將們，精神俱是一鬆。腿腳邁動得愈發利索，臉上的表情也不再像先前一樣瘋狂。

正在被親兵倒拖著逃命的黑豹營指揮使康延陵，卻又將雙腿插在雪地中，不肯繼續跟著大夥一起逃命。抬手抹了把血水和淚水，他扯開嗓子大聲悲呼，「站住，全都給我站住！給我殺回去！膽小鬼，你們這群膽小鬼。被一群鄉勇給打垮了，你們，你們回去後統統難逃一死！」

「不怪咱們，是白馬營，是白馬營先跑的，他們衝垮了咱們！」兩名家將拉著他的腰帶，拚命將他往山下拖。另外十幾名親兵用刀尖對著漸漸追上來鄉勇，且戰且退。每個人的臉上，都寫滿了悲憤。

此戰打成這般模樣，絕對不是黑豹營的過錯。全營總共五百多名將士，在先前跟李家寨鄉勇的對射中，損失還不到一成半，遠未到傷筋動骨的地步。然而，誰能料到，在敵軍手中損失還不到一成半的黑豹營，卻被白馬營的潰兵給幹翻了兩成多！此外，還有超過四成的弟兄被白馬營的潰兵裹著逃走，根本來不及朝敵軍發出一箭一矢！

「站住，全都給我站住！膽小鬼，你們這群膽小鬼，軍法饒不了你們，饒不了你們啊！」康延陵的聲音裡，帶著明顯的哭腔。「讓我去死，讓我去死，死在戰場總好過死在自家刀下！」

被哭聲攪的心煩意亂，家將頭目康勇猛地一咬牙，停住了腳步。「康義，康才，康福，你們三個保護將主先走！其他人，跟著老子斷後。幽州男兒，死則死爾！」

「幽州男兒，死則死爾！」幾名親兵慘笑著停住腳步，與康勇並肩而立。

雖然主陣那邊已經鳴金，但吃了如此慘的一場大敗，白馬和黑豹兩營的指揮使，恐怕都要在劫難逃。唯一可能的保命辦法，便是證明他們的後撤並非出自本意，而是被忠心耿耿的親兵所「劫持」！

能擔任「劫持」將主逃走罪責的，只有一個人，那就是家將頭目，親兵都頭康勇。他是康家的家生奴，從小就做了康延陵的跟班兒，主僕之間情同手足。

「不可，不可，康某豈能讓你們替死！康某自己去，自己去死！」康延陵立刻明白了康勇的打算，拚命掙扎，臉上淌滿了淡紅色的淚水。然而，他的力氣卻彷彿全用盡了，始終都不能掙脫另外一名家將的掌握。

「將軍，留得青山在不怕沒柴燒！」康義、康才、康福，三個被點了名字親兵，拖住康延陵的手臂，連拉帶拽，拖著他從被潰兵踩硬的積雪上疾滑而下。轉眼，就把其他潰兵全都甩在了身後。

「死則死爾！」「死則死爾！」「死則死爾！」家將康勇帶著十幾名康氏家丁，大叫著撲向了追過來的李家寨鄉勇，就像一群撲火的飛蛾。

再勇敢的飛蛾，也不可能撲滅火焰。

更何況這團火焰燒得正熾。

家將康勇只擋了一個照面兒，就被陶大春用鋼刀劈得倒飛了出去，鮮血淋漓灑了滿地。另一名家將主動滾倒，試圖去攻擊陶大春的下盤。旁邊一把橫刀迅速撩了起來，將他握著兵器的胳膊齊肘切為兩段。

「啊——」受了傷的家將用左手捂著傷口大聲哀嚎，卻沒有得到任何憐憫。沙場之上，對敵人憐憫等同於自殺。陶大春毫不猶豫地一腳踩斷了此人的肋骨，隨即又有十幾雙大腳陸續踩了過去，將此人直接給踩成了一團肉餅。

其他幾名家丁勇氣耗盡，轉身逃走。鄉勇們從背後快速追上他們，給了他們每個人一刀。幾個跑得腿軟的潰兵跪地求饒，鄉勇們迅速從他們身邊跑過去，橫刀不停下剁。當整個楔形隊伍跑過之後，地面上已經沒有一具完整的屍體。

另外一夥潰兵被鄉勇們追上，從背後剁得血肉橫飛。沒有任何人再敢於轉身迎戰，來自幽州的劫掠者們，寧可屈辱地從背後被鄉勇殺死，也不肯停下來捍衛自己的尊嚴。而已經殺出了氣勢的鄉勇們，則越打越順手，排著整齊的陣列，朝著沿途被追上的每一個目標發起攻擊，下手絕不容情。

三百多鄉勇，追著超過自己兩倍的劫掠者，如群虎趕羊。每一步，都有羊兒倒下，慘叫聲和求饒聲此起彼伏。每一步，羊群的規模就縮減數分，鮮血和碎肉灑滿了山坡。

山坡上，已經被踩硬的積雪，迅速與落下來的血漿混合在一起，轉眼凝結成冰。一片巨大的紅色冰蓋兒，在「虎群」所經過的沿途顯現出來，被冬日的陽光一照，詭異得令人不敢直視。

陶大春不知道自己一路上殺了多少敵人，也沒有功夫去細數。只記得最開始的時候，自己還需要砍上好幾刀，才可能粉碎對手的抵抗。而到後來，則只需要一揮胳膊便能了賬。敵軍變得一個個弱不禁風，步履蹣跚。而他和他身邊的弟兄，則越戰精神和體力越充足，根本感覺不到任何疲憊。

「嗖嗖嗖嗖嗖嗖……」半空中，忽然飛來一陣箭雨，將正在逃命的潰兵，迎面放倒了一大片。陶大春楞了楞，本能地放慢腳步，揮刀保護自己的面部和沒有鎧甲遮擋的脖頸。「嗖嗖嗖嗖嗖嗖……」又一陣箭雨從半空中落下，將他身邊的鄉勇射倒了兩三個，同時卻將潰兵至少放翻了二十餘。

「小心，山底下陣形未亂！」潘美抱著一個巨大的雪球追上來，大聲提醒。身背後，鐵甲縫隙處隱隱有血跡凝固，然而他卻好像絲毫感覺不到疼。把雪球當作盾牌擋在身前，繼續大聲補充，「見，見好就收。子明說過，如果敵軍主陣未亂，咱們不得主動發起攻擊！」

「等我看看……」陶大春意猶未盡，伸開胳膊，示意同伴們一起放緩腳步。同時舉目朝正前方凝望。第三波羽箭疾飛而至，殺死更多的潰兵，也在他面前的雪地上，「種」下了密密麻麻的一片鵰翎。

僥倖未被射中的潰兵們楞了楞，哭喊著調整方向，分成一左一右兩股洪流。幾名沒殺過癮的鄉勇躍過陶大春和潘美，尾隨追殺。才追出三五步，第四波羽箭又至，將潰兵中最拖後的兩批連同他們幾個一道籠罩在內。

「止步，止步，小心羽箭！」陶大春揮舞兵器，果斷下令停止對潰兵的追殺。潘美則將手中雪球向前奮力擲出，低頭衝到箭雨剛剛落下的區域，從地面上拖起一名受傷的自家弟兄，掉頭便走。

十多名剛剛跟上來的鄉勇受到提醒，也紛紛丟下兵器，衝到先前羽箭覆蓋處，拖起受傷的袍澤。楔形軍陣裡的其他弟兄，則揮舞著兵器，朝著前方一百多步遠的敵軍，發出輕蔑的咆哮，「噢——，噢噢——噢噢——」

他們的確有資格蔑視對方，明明擁有兩個營，一千多名生力軍，卻不敢上前接應其他幽州同夥。為了阻止漢家兒郎驅趕潰兵衝擊他的本陣，居然狠下心腸朝著自己人放箭，將原本有機會逃離生天的近百名同夥，全都射死在陣地前。這種行為可以說是殺伐果斷，也可以說是狼心狗肺，膽小怕死。畢竟漢家兒郎這邊只有三百多人，還不到幽州生力軍的一半兒。幽州生力軍如果主動上前堵截，完全有可能將潰兵全部救出生天！

「射！繼續射，陣前一百步！敢靠近者死！」幽州左廂蒼狼軍都指揮使馬延煦抬手擦了一把嘴角處的瘀血，咬著牙命令。

殺自己人的滋味不好受，而不下令用羽箭將潰兵射醒，萬一他們直接衝進主陣來，剩下的兩個營幽州軍，難免就要步黑豹營的後塵。

慈不掌兵，他相信自己的決定，是此刻最為正確的選擇。雖然，此戰之後，他有可能背負一輩子罵名。

「回去之後，若是有人拿今日之事做文章，我與你並肩應之！」記室參軍韓倬不愧為馬延煦的知交，走上前，毫不猶豫地給出承諾。

「若不及時射殺了他們，還不知道多少弟兄要被他們拉著陪葬。此事，末將回去之後會立刻彙報給伯父，有他在，誰也翻不起什麼風浪來！」指揮使韓德馨，也非常佩服馬延煦的殺自己人的勇氣，壓低聲音，鄭重承諾。

三個聰明人出身都非常「高貴」，如今又都懷著向大遼皇帝證明幽州人與契丹人一樣忠誠敢戰的心思，所以算得上「志同道合」。其他幕僚和武將們，雖然心裡覺得馬延煦的舉動有些過於歹毒，這會兒卻是誰也沒勇氣當面說出來。

仗打到這個份上，即便能取得最後的勝利，也沒什麼功勞可撈了。而無論是為了嚴正軍紀，還是為了殺雞儆猴，都得有人為剛才的失敗負責。這時候，再跟主帥對著幹，等同於毛遂自薦去當替罪羊！

「高手，那個帶兵的大個子，本事相當高！居然能忍住不往上撲！」耶律赤犬的思路，與所有人都不一樣，正當大夥在為射殺自己人而暗暗難過的時候，他卻忽然指著山坡上已經停住腳步的追兵大叫了起來。「看，他們後撤了，居然後撤了！你們看到沒有，敵軍果斷後撤了。還把受傷的同夥也都搶了回去！這哪裡是一般的鄉勇啊？要我說，漢國的邊軍，都只配給他們提靴子！」

「大哥，你不要長他人志氣！」韓德馨聽得面紅過耳，扭過頭，大聲喝止。

作為孿生兄弟，他對自家做了契丹人的哥哥非常瞭解。不用仔細琢磨，就知道耶律赤犬是在為哥倆先前全軍覆沒的醜事找理由。

鄉勇比邊軍還出色，鄉勇中間還有好幾個名將之才，那麼，先前哥倆戰敗之事，就沒什麼好丟人的了。反正吃了敗仗的已經不止是哥倆，馬延煦當初倒是立了軍令狀呢，如今不也被碰了個灰頭土臉？

他是為大局著想，不願為了一點點虛名，破壞了整個隊伍的內部團結。而耶律赤犬，卻從不考慮那麼深。記恨在來路上，馬延煦曾經對自家哥倆的冷遇，撇了撇嘴，又大聲道：「我不是長他人志氣，我這是提醒大夥兒，切莫再輕敵。對面的鄉勇既能殺得出來，又能收得回去，絕非一群烏合之眾。而我軍已經失了銳氣，人數上的優勢也不復存在。到底何去何從，必須要仔細斟酌！」

「大哥！你不要亂說話！」韓德馨越聽越著急，一邊偷看馬延煦的臉色一邊連連跺腳。自家哥哥所言大部分都是實話，可此時此刻，實話怎麼能實說？一旦把姓馬的給擠對得惱羞成怒，按照軍規，他可是對所有部將，都掌握著生殺大權……

好在馬延煦肚量不錯，且非常知道輕重，並沒有像他所擔心的那樣直接給氣瘋。先朝著大夥笑了笑，隨即朗聲說道：「派兩個營頭出戰，原本就是為了試探敵軍虛實。雖然盧永照作戰不利，導致白馬和黑豹兩營將士潰敗，但敵軍虛實，卻也已經試探得非常清楚。接下來，就看我等如何洗雪前恥了！」

「軍主說的對！」

「將軍所言甚是！」

「馬將軍勝不驕，敗不餒，的確有古代名將之風！」

「馬將軍……」

眾將佐和幕僚們聞聽，立刻強打起精神附和。彷彿剛剛吃了大虧的是對手，而不是自己這邊一般。

「多謝諸君信我！」馬延煦抖擻精神，四下拱手。「馬某必不相負！」

四下裡，又是一片稱頌之聲。眾將佐和幕僚們紛紛表示信心未失，願同主將一道力挽天河。馬延煦聽了，先是笑著拱手，隨即，迅速收起了笑容，大聲吩咐：「來而不往非禮也！韓方，你，帶著蒼狼營弟兄追上去，還之以顏色！」

「這……？」被點了將的蒼狼副指揮使韓方先是一楞，隨即拱手領命，「是！」

「軍主……」眾幕僚們也全都被嚇了一跳，欲言又止。

蒼狼營是馬延煦的嫡系，也是這四個幽州漢軍營中最精銳的一個。如果蒼狼營再大敗而回，這一仗就徹底不用繼續打了。能全師而退，大家夥兒都得燒高香。

「不必多說，我心裡自有主張！」馬延煦擺了擺手，搶先一步制止了眾幕僚的勸諫，「五百精銳對三百鄉勇，我就不信，他還能再打我個倒崩而回！」

說罷，又叫住正在點兵的韓方，大聲吩咐：「記住，拿出全部本事來，獅虎搏兔，尚需傾盡全力，你切莫再步盧永照的後塵。追到距離城下一百步處，即可收兵。要你去，不是想一鼓作氣破了李家寨，而是打掉敵軍士氣，重振我軍聲威！」

「諾！」副指揮使韓方再度躬身施禮，答應得分外大聲。片刻後，整個蒼狼營在他的帶領下傾巢而出，踏著被射死的潰兵屍骸，惡狠狠地撲向了正在結隊後撤的漢家兒郎！

陶大春和潘美兩個，迅速發現了追兵。果斷地命令麾下弟兄們停住腳步，準備列陣迎敵。就在這時候，山頂的冰城內，忽然響起了一陣清脆的銅鑼聲，「當當當，當當當，當當當……」瞬間就傳遍了整個疆場。

「便宜了你們！」潘美朝著山坡下快速追過來的幽州軍吐了口吐沫，轉身揮舞令旗，「撤，撤回城裡，別耽誤幽州軍給他們自己人收屍！」

「走了，巡檢大人慈悲，給幽州人一個收屍的機會！」隊伍中的都頭、十將們心領神會，齊齊扯開嗓子大聲號令。

聞金必退，這是訓練時已經刻進大夥骨髓裡的軍規，所以縱然覺得不夠盡興，眾鄉勇也不敢違背。紛紛哄笑著轉過身，朝著冰牆揚長而去。

「站住，拿命來！」

「站住，有種不要走！」

「不要走……」

原本心懷忐忑的幽州蒼狼營將士，沒想到對手走得如此乾脆。頓時心裡頭空落落的好生難受。扯開嗓子，一邊破口大罵，一邊加速追趕。

然而，論起走山路，他們可真不是鄉勇們的對手。更何況其中大部分兵卒，心存畏懼，並不想真的追上前跟士氣正旺盛的鄉勇們拚命。結果追來追去，雙方之間的距離非但沒有縮短，反而不斷增加，任山下的戰鼓如何催促，都無法改變結果分毫。

不多時，鄉勇們盡數退到了冰牆之下。卻沒有立刻拉著繩索攀城，而是背對著冰牆，再度列成了一個齊整的方陣。

追過來的韓方見到後大喜，立刻重新整理隊伍，緩緩壓上。雙腳剛剛邁入距離冰牆七十步範圍之內，還沒等雙方發生接觸。耳畔忽聽一道短促的畫角聲，「嗚——」

「呼！」「呼呼呼呼！」五支冰冷的長箭呼嘯而至。將一名刀盾兵連同起手中的盾牌一道，狠狠釘在了地上。其餘四支長箭落空，在隊伍後方和兩側，掀起了滾滾白煙。

「吱——」「吱——」「吱——」刺耳的銅笛聲，緊跟著傳來。一排排羽箭，冰雹般從城頭砸落。饒是預先有所準備，幽州蒼狼營兵卒，也被射得狼狽不堪。轉眼之間，就又在雪地中留下了二三十具屍骸。

「不想死，就趕緊滾！」鄭子明從城牆上探出半個身體，朝著城下的幽州將士大聲怒喝。

「不想死，就趕緊滾！」「不想死，就趕緊滾！」「不想死，就趕緊滾！」城內城外，眾鄉勇高舉著兵器，將主將的話，一遍遍重複。

「不想死，就趕緊滾！」「不想死，就趕緊滾！」「不想死，就趕緊滾！」群山之間，回音層層疊疊，縈繞不絕。

剎那間，彷彿數萬乃至數十萬人，同時發出了怒吼。

「轟隆隆，轟隆隆，轟隆隆！」不遠處，半面山的積雪受到震動，化作一片白色的洪流，直沖而下。

天河決口了！

蒼天戰慄，大地戰慄，城外的幽州劫掠者一個個兩腿發虛，掉頭便走。任副指揮使韓方如何攔阻，也不敢回頭。

「輕點兒，疼——」潘美趴在一張乾淨的大床上，光溜溜的脊背中央，兩道半尺長的傷口分外醒目。

在城外的混戰中，他後背挨了兩刀，全憑著重金購買來的青羌鑌鐵甲注一，才僥倖逃過了一劫。然而鐵甲的防禦能力終究有個極限，被刀刃剁裂開的位置，有一段竟然向內翻捲進去，刺穿了表皮，深深地扎進了肌肉當中。

潘美當時也是殺紅了眼，居然沒有感覺到多疼。繼續帶著數名親信，呼和酣戰。待到惡戰結束之後，精神一鬆，卻立刻就昏了過去，將周圍的弟兄們嚇得魂飛天外！

好在當時陶大春站的位置距離潘美不遠，發覺情況危險後，立即將其送回了城內施救。而鄭子明又是當世難得的國手，才避免了潘美因為失血過多而死。

只是臨時止血並且用藥物吊住性命不難，想要避免這麼長的兩條傷口感染，進而出現新的症狀，卻有些麻煩。對此，鄭子明能拿出來的最好解決方案就是：先用毛刷沾著鹽水，反覆沖洗傷口，確保沒有任何鐵渣和布屑於肌肉中殘留。接下來再用眼下能找到的，最烈的燒春反覆消毒。然後再用細線仔細縫合，並留出排膿的通道。最後，則於傷處塗滿新鮮蜂蜜，才竟全功。

注一、青羌，即後來的青唐羌，屬於吐蕃的一個分支。五代時尚未統一，但各個部落已經與中原有了廣泛的商業往來。因為部落工匠不懂得使用煤炭，所以另闢蹊徑發展出了冷鍛工藝。青羌甲，則屬部落重要「出口」產品，以結實美觀著稱，非勁弩不可穿透。當然，價格也遠非尋常人能消費得起。

麻沸散早給潘美灌下去了，幾個能夠止痛的穴位上，也讓當地的郎中，及時給插上了銀針。然而，也許是因為體質比較特殊，加之傷口實在太長的緣故，無論麻沸散還是銀針，止痛效果都不太好。結果傷口才清洗到一半兒，潘美就清醒了過來，疼得滿頭大汗，喊得聲嘶力竭！

「能不能再給他灌一碗麻藥湯！」在旁邊打下手的李順，彷彿比自己挨了刀子還難受，揚起淌滿汗水的面孔，低聲央求。

「不能再灌了，是藥三分毒。再給他灌，有可能會把他灌成一個傻子！」鄭子明搖搖頭，低聲解釋。「你拿一個木棍給他咬著，這才縫了一半兒，別讓他疼急了咬斷自己的舌頭！」

「哎，哎！」李順聞聽，臉上頓時一片慘綠。答應著抓起一根用沸水煮過的黃楊木棍兒，塞進了潘美張大的嘴巴中。

劇烈的苦澀味道，頓時分散了潘美的注意力。趁著他被苦得直皺眉頭的當口，鄭子明手指快速移動，如穿花蝴蝶般，將鋼針和煮過的細線，穿過了傷口兩側的皮膚。

「啊——」潘美疼得又是一聲慘叫，身體如砧板上的活魚般後仰，咬在牙齒間木棍瞬間掉落。還沒等木棍兒掉在地上，一隻手迅速將其拉住。眨眼間，又狠狠塞進了潘美的口中。

「喊什麼喊？這麼點兒疼都受不了，也不嫌丟人！」陶三春的聲音緊跟著響起，帶著如假包換的輕蔑。這效果，可是比麻沸散和銀針都強出十倍。當即，潘美的呼痛聲就給憋回了喉嚨中，面紅耳赤，側頭望著一襲白衣的陶三春不停地眨眼睛。

「又不是沒看過你，小時候我還替你把過尿呢！」陶三春立刻猜到了他的想法，撇了撇嘴，不屑地說道。然而，她終究是個姑娘家，又是在鄭子明跟前，不能表現得太豪邁。將目光迅速從潘美淌滿血跡的脊背上挪開，繼續說道：「我帶著幾個姐妹，給旁邊那間房子裡的傷兵敷過藥了。重傷的不多，大部分都是輕傷。但其中有幾個肚皮給射穿的，咱們請來的郎中不敢治。還得等你這邊結束後，親自過去救他們！」

「知道了！」鄭子明沒有抬頭，手指繼續在潘美的後背上縫縫補補。每當變成一個郎中的時候，他就會進入這種物我兩忘的狀態，彷彿除了自己和正在被救治的病患之外，其他任何人，任何事物都不存在一般。而在這種狀態下，他的形象也與平素練兵，或者衝鋒陷陣時大不相同。宛若忽然變成了另外一個人，認真、自信、睿智，舉手投足間，還會流露出一縷不加掩飾的倜儻。

看著這個謎一樣的男人，陶三春的眼神迅速開始發亮。高大、英俊、乾淨、善良，目光當中，總是充滿了對生命的慈悲。她喜歡看到對方現在的模樣，雖然最近幾個月來，她已經不知道看了多少次。

她從來都沒覺得厭倦，相反，每當看到鄭子明認認真真地，去施展華佗妙手的時候，她總覺得自己距離對方特別的近，同時也覺得特別的安全。

這種感覺到底因何而起，她不清楚。然而，她卻希望，自己能永遠跟對方站得如此近，直到一起走完此生。

「哼，嗯——」潘美又疼得低聲輕哼，卻不願在陶三春面前丟了面子，強行將嘴巴閉得死死。

陶三春的臉上迅速飛起一團紅雲，目光迅速從鄭子明身上收回。盯著自己的腳尖兒，用蚊蚋般的聲音補充道：「大哥說，他已經清點過傷亡情況了。刨除還能繼續作戰的輕傷號之外，咱們總計折損了六十七名弟兄。殺死了大約四百二十多個遼國強盜。眼下弟兄們士氣很足，所以讓你不用擔心。他身上衣服還沒來得及換，所以，所以就不親自進來彙報了。讓我，讓我幫忙彙報給你聽！」

「嗯，哼——」明顯感覺到背上的動作突然一頓，潘美疼得額頭上冷汗直冒。然而，他又沒勇氣讓陶三春閉嘴，只能苦著臉朝對方直翻白眼兒。

陶三春卻對潘美的動作，視而不見。仰起頭又看了鄭子明幾眼，猶豫著說道：「先前你們跟遼國強盜打仗時，有鄉老在寨子裡說，這樣下去，怕是會引來遼國人大舉報復。他們，他們希望見好就收，哪怕花費點兒錢糧，能早點讓遼國強盜撤兵就好！」

「他們，他們該死！」話音剛落，潘美立刻將嘴裡的木棍吐到了地上，大聲反駁。「這個時候說花錢買平安者，都該抓起來直接砍頭！搶遍了易、定、滄三州，都沒遇到像樣的反抗。偏偏在一座小小的軍寨，前後折損了一千多人。不把這個場子找回來，他們怎麼可能主動撤兵？」

「可，可他們今天又被幹掉四百二十多個，帶傷逃走的還不算。剩下不過一千四五百人，士氣也被打沒了，怎麼可能攻得破寨牆？」陶三春白了他一眼，皺著眉補充。

她從小就喜歡舞槍弄棒，兵書戰策也讀過好幾大本兒，所以通過對敵軍整體實力和傷亡情況的瞭解，不難得出山下的遼軍已經無法取勝的結論。而以巡檢司鄉勇目前的實力，想轉守為攻，將遼軍快速驅離也不是一件容易的事情。哪怕勉強能達到目標，自家的傷亡也不會太低。

所以，幾個鄉老們的意見，在她看來並非毫無是處。在雙方都還能下得了臺情況下，捨掉一部分錢財，換取遼軍退兵，是一個值得考慮的選擇。畢竟巡檢司這邊兵力有限，武備也有限，萬一惹得遼國再派來更多的兵馬，早晚有被壓垮的那一天。

潘美所能看到的，跟她看到的一模一樣。但是，潘美得出來的結論，卻跟她完全相反。咬著牙忍過一陣刺痛，他抬手擦掉臉上的冷汗，低聲說道：「一千四五百被打沒了士氣的遼兵，肯定攻不下李家寨。但想要把他們當作山賊，打完了就坐下來討價還價，卻絕無可能。山賊吃了敗仗，回去後不用跟任何人交代。而他們吃了敗仗，回去後卻有人要掉腦袋。所以即便把剩下的一千四百多人全填到雪裡，他們也不會拿了錢糧撤走。那些想跟他們商量花錢買平安的傢伙，不是居心叵測，就是腦袋被驢踢了！」

「你……」陶三春氣得兩眼冒火，抬手欲打。胳膊剛剛舉起，耳畔卻已經傳來了鄭子明的聲音：「他說得沒錯，花錢買不了平安。仗打到這個份上，除了死撐到底，並且再去別處尋找幫手之外，敵軍已經沒有了其他出路。至於咱們這邊，趁著這兩天不下雪，我會將鄉老和婦孺們儘快送走。」

「那，那留下來的怎麼辦？仗得打到什麼時候？」陶三春聞聽，心裡頓時湧起一股不祥的預感。抬起眼睛看了看鄭子明，著急地追問。

「打到雙方之中有一方堅持不下去了為止！」鄭子明笑了笑，給出一個早就考慮成熟的答案。「妳放心，真的形勢不對，我會放棄李家寨，退入太行山！」

抬起手，他快速用刀子割斷鋼針後邊的細線。

就在剛才討論軍情，潘美的注意力被分散的時候，他已經替潘美縫完了傷口。年輕的面孔上，寫滿了救人成功的欣慰。

山腳下，被鄉民們主動丟棄的陶家莊。

「有再敢提退兵二字者，以此人為例！」馬延煦從盧永照的肚子上抽出鋼刀，大聲斷喝。

眾將領們被嚇了一大跳，以目互視，都在彼此的眼底看到了如假包換的恐懼。

「此戰，原本就不是為了誰的顏面！甚至不是為了咱們自己。」記室參軍韓倬走到大夥面前，緩緩宣布。聲音不算太高，卻堅定異常，「天下氣運在遼，咱們想要出人頭地，想要子孫們都有一個好前途，就必須向陛下證明，遼國的漢人，和契丹人一樣忠誠！而忠誠，從來都不是用嘴巴說出來的！」

「這……，是！」眾將領們猶豫了一下，用力點頭。

忠誠，從來都不是用嘴巴說出來的！它需要用實際行動來證明。

對於馬延煦、韓倬，以及他們的下屬來說，大肆搶劫屠殺自己以前的同族，無疑是最好的方法。對原來的同族越殘忍，則意味著他們對現在的主人越忠誠。

只是，如今他們面臨一個非常麻煩的問題，有一夥同族不肯乖乖地任他們搶，任他們殺，任他們割下腦袋去新主人那裡邀功。而這夥同族，戰鬥力還頗為可觀。至少，憑著馬延煦手裡現在還剩下的一千五百來號，沒有任何指望將對方徹底擊敗。

「求援！末將建議，派遣信使向南樞密院求援。請求樞密使大人，從臨近增派援軍。李家寨前後殺死我大遼將士逾千，絕不能再留著他，讓其餘冥頑之輩效尤！」半晌之後，有人低聲向馬延煦獻策。

來的時候整整四個營，兩千餘弟兄。只是一場試探就丟了四百多。剩下雖然還有一千五百餘，人數遠遠超過躲在冰牆後的漢國鄉勇。可士氣卻早已一落千丈，若是再逼著他們去戰鬥，臨陣倒戈都有可能。

「副軍主，副軍主臨來之前，立，立過……」有人啞著嗓子，小心翼翼地擺手。

眾將領和幕僚們，頓時心臟齊齊打了個哆嗦。低下頭，誰也不敢再胡亂說話。

臨出征之前，因為與都指揮使蕭拔剌話不投機，都指揮使馬延煦可是立過軍令狀的。沒成功拿下李家寨，還越級向南樞密院請求派遣援兵，兩罪並罰，馬延煦的腦袋有足夠的理由被蕭拔剌給砍下來。

一片尷尬的沉默當中，馬延煦的回應，忽然變得極為高亢，「若是能給死去的弟兄們報仇，馬某這個腦袋，即便被人割下，又有何妨？就這樣，咱們一邊把營寨紮下，讓弟兄們恢復體力，伺機復仇。一邊向南樞密院稟明最新軍情，請求樞密使大人從就近處調兵前來增援。不蕩平李家寨，絕不班師！」

「軍主……」沒想到馬延煦真的連他自己的腦袋都豁得出去，眾將佐和幕僚們大驚失色，紛紛啞著嗓子低聲勸阻。

「就這樣，不必多說了。下去後各自安頓好麾下的弟兄！」馬延煦卻不肯聽，擺擺手，斷然做出決定。「先休息三日，三日之後，咱們再去跟李家寨較量一場。爾等不必擔心，既然仗還沒打完，就不到馬某死的時候！」

「遵命！」眾將佐和幕僚們紛紛答應著，懷著滿肚子的茫然，陸續退出了臨時中軍帳。

天色已經開始發暗，風卻愈發的大了。雪粒子被風從房簷上捲了下來，打在人的臉上，宛若亂針攢刺。耶律赤犬打小就沒怎麼吃過苦，被雪粒子狠狠砸了幾下，立刻犯了驢脾氣。回過頭，朝著被當做臨時中軍帳的宅院狠狠吐了口吐沫，大聲罵道：「賤種！活得不耐煩自己找死的賤種！你想死就痛快自己抹脖子好了，何必非要拉上你爺爺？」

「大哥，你別惹事！眼下咱們哥倆的性命畢竟還捏在他手上！」走在旁邊的韓德馨聞聽，趕緊用力扯了他一把，低聲喝止。

「能捏幾天？等蕭拔剌得到了戰敗的消息，就立即砍了他的腦袋！」耶律赤犬撇撇嘴，七個不服八個不忿。「到時候，我就主動請求去當監斬官，當面問問姓馬的，他到底比咱們哥倆高明在什麼地方？」

「大哥——！」韓德馨白了蕭拔剌一眼，苦笑著搖頭，「你怎麼還沒弄明白啊？馬延煦既然決定向伯父求援，就有把握蕭拔剌不會割他的腦袋。所謂『割了何妨』，不過是說給大夥聽聽，收買人心而已。」

「嗯？」耶律赤犬聽得似懂非懂，轉過頭看著自家兄弟，滿臉狐疑。

「蕭拔剌要是敢殺人，早就把咱們哥倆兒給砍了！」韓德馨迅速朝四下看了看，確信沒有第三雙耳朵偷聽，壓低了聲音快速解釋，「蕭拔剌是耶律留哥的人，耶律留哥剛剛被懷疑謀反，押去了祖州軟禁。這節骨眼兒上，蕭拔剌夾著尾巴還來不及，豈敢輕易再招惹是非？」

「啊？」耶律赤犬如夢方醒，瞪著茫然的眼睛，低聲唾罵，「怪不得他當初敢立軍令狀，原來是料定了蕭拔剌不敢殺他！這廝，也忒奸猾！」

「要不然他能做軍主，你我兄弟還都是將主呢！」韓德馨笑了笑，輕輕搖頭，「況且那馬延煦剛才話裡還留著退路，仗沒打完。沒打完，就不算輸，蕭拔剌就沒有理由找他兌現軍令狀！」

「這，這廝！」耶律赤犬佩服得幾乎無話可說，用腳把地面上的積雪踢起老高，被風一吹，飄飄蕩蕩宛若騰雲駕霧。「真他奶奶的精明到家了！老子這輩子騎著馬都趕不上！一上來就丟了五百多弟兄，士氣低到連兵器都不敢舉了，居然還沒算打輸？這臉皮，這算計，嘖嘖……」

「不還剩下一千五百多個麼？」韓德馨也笑著搖頭，嘴角上翹，滿臉不屑。

「被人吼了一嗓子，就倒倦而回的殘兵敗將，就是一萬五千，又管個屁用？」耶律赤犬撇了撇嘴，冷笑著補充。

「肯定不管屁用，但是勉強還能堵住蕭拔剌的嘴巴！」韓德馨再度扭頭四下張望，壓低了聲音補充，「領兵打仗方面，咱們就別多說了。姓馬的沒比咱倆強到哪去。但對時局的把握上，他，他跟韓倬兩個確實了得！咱們遼國的漢人，總得比契丹人做得乾脆徹底一些！」

對於馬延煦今天在戰場上的表現，他心中卻早已得出了四個字的結論，不過如此！想當初，他和耶律赤犬兩個雖然被打得全軍覆沒，但那是在對敵軍沒有絲毫地瞭解，並且中途遇襲的情況下。而馬延煦卻是在知己知彼的情況下，依舊大敗虧輸！

然而，對於馬延煦和韓倬堅持跟李家寨死磕到底的決定，他卻依舊能夠理解並且毫不保留地支持。時勢，遼國漢人的前途，子孫後代的未來……，一想到這些，眼前所發生的一切，就都有了理由。身邊的北風和白雪，也不再寒冷徹骨。

從小被當作契丹人養大的耶律赤犬，卻對韓德馨最後這幾句話，不敢苟同。「怕也是他們幾個一廂情願吧！表現更狠就行了？說實話，我總覺得，沒那麼容易！就像我自己，從小就姓了耶律，可到現在，族裡的長老們，依舊沒真正拿我當契丹人！要不是伯父官越做越大，估計早就把我給趕出去了。無論我做什麼，做得再好，也從沒管過用！」

「你……」韓德馨聽得心臟一抽，停住腳步，楞楞地看著自家兄長，彷彿從來沒見過此人一般。

從小到大，他曾經無數回羨慕哥哥成了契丹人，而自己卻依舊是個漢兒。卻萬萬沒有想到，在人前終日以姓耶律為榮的哥哥，日子中居然還有如此灰暗的一面。

「走吧，冷得很！分給咱倆的屋子離這兒很遠！」耶律赤犬低聲催促了一句，暮色中的面孔，看不出傷感還是蒼涼。「都是過去的事情了，伯父的官越做越大，我的少埃斤的位置如今也越做越穩。我跟你說這

些，是想告訴你別那麼認真。那個韓倬的確聰明，但他忘了一件事。只有不確定的東西才需要證明，確定的則從來都不需要。」注二

「呃！」猝不及防，韓德馨被迎面而來的冷風灌了個正著。寒氣順著喉嚨，瞬間直達肚臍，把渾身上下裡裡外外凍了個通透。

「沒想到吧？」越來越濃的暮色中，耶律赤犬笑了笑，滿是肥肉的臉上，隱隱竟透出了幾分與年齡不相稱的蒼老，「你哥我原本該是個糊塗蛋才對！你哥我若真是在任何事情上都稀裡糊塗，別說繼承別人的家業，早就夭折了不知道多少年了。走吧，契丹人也好，漢兒也罷，咱們兩個是一個娘肚子爬出來的雙生兄弟，這個才最真實。其他，其實全都是扯淡！」

「嗯……，嗯！」瞬間想起了過去的無數事情，韓德馨冷得厲害，聲音裡隱隱也帶上了幾分戰慄。

耶律赤犬嘆了口氣，抬手拉住他的手，像小時候哥倆蹣跚學步時一樣，拉著他一步步走向被臨時分配給兄弟二人棲身的院落。

那是典型的中原農家小院，牆高不過兩尺，抬腿一邁就可以通過。門也是用樹枝編造，除了能防止黃鼠狼、狐狸之類動物進去禍害雞鴨之外，起不到任何防禦功能。而一個個小院落，卻甚是乾淨整齊。即便院子的主人逃命時走得非常匆忙，也沒忘記合攏窗子關好門，彷彿他們很快就會回來居住一般。

兄弟倆又累又冷，讓輔兵進來替自己點起了火盆之後，很快就背靠背睡了個死死。睡夢中轉身，卻又在不知不覺中將手拉在了一起，宛若各自還在童年。

半夜時分，韓德馨卻又被哥哥從夢中推醒。

注二、埃斤，部族長。遼國建立之後，大部分契丹人依舊保留著部落制。埃斤為部落的族長。

每天以一副混蛋形象示人的耶律赤犬將手指豎在唇邊，以極低的聲音說道：「有動靜，外邊好像有人在靠近。是踩了雪地的聲音，趕緊……」

「吱吱吱——」一陣刺耳的短笛聲，瞬間將耶律赤犬的提醒打斷。緊跟著，又是一串「劈劈啪啪」的脆響，如果雨打芭蕉般，將韓德馨的身體裡的倦意，敲得支離破碎。

「敵襲——！」「敵襲——！」有人在外邊扯著嗓子尖叫，也有人奮力吹響了畫角，「嗚嗚，嗚嗚嗚，嗚嗚嗚嗚嗚，嗚嗚嗚嗚嗚嗚」，轉眼間，整個被充當臨時營地的村子內，一片沸騰。所有將士都被從睡夢中驚醒，一個個昏頭脹腦地拎著兵器衝出屋子外，光著兩腳，被寒風吹得瑟瑟發抖。

韓德馨與耶律赤犬哥倆，相繼衝出了院門。比周圍的同夥稍微鎮定些，他們兩個用皮裘和靴子，把各自從頭到腳裹了個嚴嚴實實。但是，料峭的寒風，卻依舊從脖領，袖口等處鑽進來，貼著皮膚上下游走，令哥倆兒不知不覺間就將肩膀縮成了一團，就像兩隻正在孵蛋的鵪鶉。

「嗖嗖嗖嗖——」數十點流星從對面的山坡上飛來，落在身後的房簷上，點起七八個火頭。蓋著厚厚茅草的屋頂，立刻騰起滾滾濃煙。雖然因為殘雪的影響不至於立刻形成火災，卻把剛剛被驚醒的幽州將士們，嚇得亡魂大冒。

「是火箭，是火箭，賊人想燒死咱們！」

「還擊，還擊，不能由著他們燒！」

「別點火把，別點火把，敵人在暗處，咱們在……」

有人一邊叫，一邊轉身尋找家具救火。有人快速拉動角弓，朝著「流星」飛來的方向，射出一排排箭雨。還有人，則抓起積雪，將臨近處剛剛點燃的火把統統蓋滅，以免給前來偷襲的敵軍提供光亮，令自己成為對方的攢射目標。

全軍上下亂成一團，倉促之間，誰也不知道哪種應對方式才為正確，誰也弄不清楚，前來偷襲的敵軍到底有多少人，主要進攻方向在哪。而村子所正對的山坡上，卻不時地落下一排排「流星」，東一波，西一波，飄忽不定。

這種在箭桿前端綁了硫磺球的火矢，對人的殺傷力很低。即便被直接射中，也很難致命。然而，在一團漆黑中，這種不斷從天而降的「流星」，卻格外折磨人的精神，每當有一波「流星」忽然在天空中出現，地上的人就會「轟」地一下，竭盡全力去躲閃。誰的動作稍微慢上一些，就會被周圍的同伴推倒，然後毫不猶豫地踩上十幾雙大腳。

「不要慌，不要慌，敵軍不可能直接衝進來！」韓倬的聲音忽然從村子深處響起，聽起來鎮定無比。「不要慌，不要慌，敵軍不可能衝進來！」馬延煦的親兵們扯開嗓子，將韓倬的論斷一遍遍重複。

驚慌失措的將士們瞬間找到了主帥，不再東一波，西一波地狼狽躲閃。然而，不待馬延煦出手整頓秩序，忽然間，山坡上猛地一亮，有團巨大的烈焰之球，順著山坡急滾而下，撞在臨時營地外圍的鹿柴上，「碰」地一聲，紅星四濺。

「碰！」「碰！」「碰！」又是三團烈焰，從山坡上不同的位置滾下來，在幽州蒼狼軍的臨時營地外圍，濺起更多的紅星。

小半個村落，瞬間都變得一亮。燃燒的火焰，照亮一雙雙驚恐的眼睛。

「油，油，他們在火球裡加了油！」有人指著紅星落地處，發出聲嘶力竭的驚叫。

巨大的烈焰之球都被鹿柴卡住了，很快就停止了滾動，然而它們卻沒有立刻熄滅。相反，它們與四下濺落的紅星一起，瞬間將鹿柴給引燃了一整片。山風捲著濃煙四下滾動，濃郁的牛油味道迅速鑽入村子內每個人的鼻孔。

「他們，他們想把咱們燒死在村子裡！」

「他們，他們想活活燒死咱們！」

「救火啊，著火啦——」

「反擊，反擊！」

剛剛安定下來的將士們，瞬間又發出一串串尖叫聲。沒有幾個人顧得上考慮，點燃如此大的一個村子，究竟需要多少浸潤了牛油的乾草球？也沒有幾個人顧得上考慮，在如此寒冷又積雪遍地的情況下，火勢怎麼可能蔓延得開？驚慌失措的幽州將士們，用各自能想到的方式避免落入「火燒連營」的下場，對來自中軍的命令，充耳不聞。

「吱——」「吱——」「吱——」彷彿唯恐他們不夠緊張，黑漆漆的山坡上，再度響起刺耳的銅哨。這是指揮李家寨鄉勇發射羽箭時，特有的聲因。白天活著從冰牆下潰退回來的那些幽州兵卒，都對此印象極為深刻。此刻聽到銅哨聲響起，他們就像驚弓之鳥般想方設法躲避，根本不管半空中到底有沒有羽箭落下。更不會去考慮，自己的情緒和表現，會不會影響到身邊的人。

恐慌，如同潮水般四下蔓延。一些原本頭腦還保持著冷靜的將士，很快也被驚弓之鳥們給「傳染」，拎著兵器，赤著腳，東一簇，西一簇，在被當作臨時營地的村子裡四下亂竄。幾名都頭試圖衝入人群收攏各自的下屬，卻被推到了雪窩子，摔了個鼻青臉腫。幾名身穿皮裘的都指揮使親衛，試圖通過殺戮來制止胡亂，卻不知道被誰捅了一刀，隨即栽倒於黑暗中生死難料。

「別出去，別逞能，躲回院子裡邊，躲回院子裡邊，房頂上有雪，火著不起來！」韓德馨被自家哥哥拉著，悄悄後退。

敵軍會不會趁亂殺進來，他們不清楚。都指揮使馬延煦有沒有本事平安度過此劫，他們也無法預料。他們哥倆唯一清楚的是，這節骨眼兒上，自己做事越努力，就會死得越快。所以，乾脆找個院子先躲起來，把門兒一關，管他門外誰死誰活。

這個辦法，無疑相當明智。

房頂上的火苗，慢慢被融化了的積雪給潤滅。

營地外圍的火光，也因為低溫和牛油的燃盡，難以為繼。

一刻鐘之後，馬延煦和韓倬兩人，終於聯手控制住了營地內的大部分將士，「及時」制止了混亂。天空中的流星和山坡上的銅哨子聲，也瞬間消失得無影無踪。

「啪——」最後的一個火球跳了跳，忽然熄滅。

黑暗重新吞沒了整個營地。

一千四百多名驚魂初定的將士，肩膀挨著肩膀，手臂貼著手臂，呆立於臨時營地內，前胸後背，一片冰涼。

外邊的山風卻愈發地肆虐了起來，「嗚嗚嗚，嗚嗚嗚，嗚嗚嗚，嗚嗚嗚……」，彷彿無數猛獸在咆哮。前來偷襲的鄉勇撤了，危險徹底解除，然而，營地內的一眾幽州將士，哪裡還敢再掉以輕心？立刻以都為單位分散開去，將營地外圍的鹿柴又加固了數道。然後又拆了幾座房子，用木頭和土坯堵死了進出村子的所有道路，一直折騰到天色微明，才筋疲力盡地各自散去休息。

第二天上午醒來，村子裡咳嗽聲，噴嚏聲，連綿不絕。竟有一小半兒士卒風寒入體，同時發起了低燒。好在那陶家莊的百姓在撤走之時，還想著日後再回來居住，沒有往水井裡亂丟髒東西，村子周圍也不乏可以砍柴的樹林。馬延煦這才能派遣人手砍柴燒水，煮了隨軍所帶的藥材，給兵卒們醫治風寒。但想要再帶領人馬前去李家寨找回場子，卻是沒任何指望了。

當天半夜，銅哨子聲又「吱——」「吱——」「吱——」地響起，火箭又從臨近的山坡上紛紛落下。值夜的兵卒不敢怠慢，立刻吹響號角示警，將所有熟睡的同夥全都叫醒。有了頭一天夜裡的經驗，這次，幽州將士應對起來要從容得多，基本上沒怎麼陷入混亂，就整理好了隊伍，然後用弓箭朝著火箭騰起出果斷發起了反擊。

黑漆漆的夜幕下，雙方基本誰都看不到誰，完全是憑著感覺盲目亂射。你來我往鬥了小半個時辰，鄉勇們所携帶的火箭用盡，悻然撤退。幽州將士也累得筋疲力竭，一頭扎進屋子裡倒下便睡。

結果到了第三天早晨起來，又有兩百多人加入了咳嗽大軍。包括馬延煦身邊的謀士，都倒下了好幾個，額頭上燙得幾乎能攤雞蛋。氣得馬延煦破口大罵，把心一橫，乾脆採用了韓倬的計策，冒著被凍死凍傷的風險，將數百名尚未感染風寒的弟兄，偷偷布置在了村子外的樹林內。只等半夜時鄉勇再來騷擾，就殺他個措手不及。

誰料眾伏兵從天黑一直等到天明，李家寨的鄉勇們，卻遲遲沒有出現。反倒把自家弟兄，又給凍壞了四五十號。這下，全軍一千四百多嘍囉，病號已經占到了一半兒以上。雖然不是什麼致命的惡疾，可人發燒之後難免頭暈腦脹，手足痠軟，若是再不趕緊逃走，萬一李家寨的鄉勇得到消息之後傾力來攻，恐怕就要全都死無葬身之地。

「必須走了，再不走，恐怕大夥誰也走不了！」

「軍主，留得青山在，不怕沒柴燒！」

「軍主，軍令狀的事情，我等會全力替你分說。此戰，乃是天氣不作美，非軍主之過！」

「咳咳，咳咳，咳咳咳……」

都是戰場上打滾多年的老行伍，幽州軍中，大多數將佐迅速意識到情況不妙。然而，當他們紛紛湊到都指揮使馬延煦面前，提議撤軍的時候。都指揮使馬延煦卻像一座雕像般僵坐於帥案後，遲遲不肯做出任何回應。

仗打到如此地步，實在太憋屈了。麾下的弟兄分明還沒傷筋動骨，為將者分明還有一身的本事沒來得及施展，敗局卻已經無法更改。早知如此，還不如四天前就全力一搏，即便不能如願將那李家寨蕩平，至少也能拚個兩敗俱傷。

「莫非軍主擔心援兵到來之後，因為情況不明也遭到這群鄉巴佬的算計？」韓德馨現在對復仇一點都不抱希望，巴不得越早脫身越好。見馬延煦始終不肯做出撤軍的決斷，忍不住上前低聲詢問。

這句話，瞬間令眾將領和幕僚們豁然開朗。於是，又紛紛開口說道：「軍主不必擔心，咱們可以一邊撤，一邊派遣斥候去與臨近的其他營頭聯絡，告訴他們天氣過於寒冷，沒有必要再帶兵過來！」

「信使趕到大帥那，再領著援軍過來，怎麼著也得小半個月吧。說不定，咱們剛好能夠在半路遇見呢！」

「天氣不轉暖，誰也拿冰牆沒辦法。不如讓大夥都先忍一忍，等開春之後，再圖謀報復！」

「可不是嗎，軍主，咱們打不下李家寨，其他人來了一樣沒辦法！這天寒地凍的……」

「住口！」馬延煦勃然大怒，抬手朝桌案上狠狠一拍，「是戰是退，本軍主自有打算，用不著你們來指手畫腳！誰要是敢再亂我軍心，休怪馬某翻臉不認人！」

「這，是！」眾將佐和幕僚們被嚇了一跳，苦著臉，紛紛退到了一旁。內心深處，卻對馬延煦的做法很是不屑。

最初契丹軍主蕭拔剌對是否出兵討伐李家寨就非常猶豫，這姓馬的偏偏堅持要前來報復，並且還大言不慚地立下了軍令狀。四天前初戰失利，也有人提議知難而退，這姓馬的卻通過殺雞儆猴的方式，堵住了大夥的嘴巴。如今明擺著再堅持下去，就死路一條了。姓馬的為了跟上頭有個交代，居然還想拖著大夥一起去死。呸，他想得美！大夥又不是什麼九命貓妖，怎麼能陪著他繼續拿性命當兒戲？

然而不屑歸不屑，此時在中軍帳內，他們卻不敢直接挑戰馬延煦的權威。只能用目光互相商量，約定退下之後，各自掌控了手下兵馬，然後再想辦法「從長計議」。

記室參軍韓倬將眾人的表現看在眼裡，心中大急。趕緊上前半步，大聲提議：「軍主，你還是把話直接說明白了吧，休要讓大家再猜來猜去。咱們兩個昨天夜裡謀劃了小半夜，不就是為了把大家夥都平安帶離險地嗎？」

「胡——」馬延煦大怒，本能地開口喝斥。然而在抬起頭的瞬間，恰巧看到韓倬詭異的眼神兒，頓了頓，迅速改口，「胡鬧！你我尚未考慮清楚的事情，怎麼能現在就急著公之於眾？」

「軍主，屬下以為，此刻，還是穩定軍心為上！」韓倬又快速給馬延煦使了個眼色，笑著拱手，「你我昨夜所擔心的，不過是誰來領兵斷後而已。既然眼下大夥都在，軍主何不跟大夥一起商量，推出個恰當的人選？」

「嗯，也罷！」馬延煦身子微微一僵，隨即迅速做出決斷。「那就依你的，退兵！」

他先前一直在推算，在不主動撤退的情況下，是否有機會堅持到援軍趕至的那一刻。所以，才遲遲沒有答應眾將的提議。然而，韓倬卻用眼神及時提醒了他，此刻將士們已經離心，如果再固執己見下去，極有可能面臨兵變的風險。所以，反覆權衡過後，他只能兩害相權取其輕。

「呼——」臨時充當中軍的屋子內，頓時響起一片低低的吐氣聲。所有將佐和幕僚們心中的惱怒頓時隨著吐氣聲快速衰減，每個人的臉上，都露出了幾分輕鬆。

然而，馬延煦被逼著做了如此大的讓步，心中怎麼可能沒有疙瘩？只見他用手臂將帥案向前猛地一推，跌坐在胡床上，冷笑著補充道：「諸君，此戰失利，皆因馬某輕敵大意所致。然我軍若退，鄭賊必引兵來追。萬一弟兄們不戰自亂，則你我皆死無葬身之地爾。是以，必有一個人懷著必死之心，率部留在營地內阻擋敵軍。生死攸關，馬某不想點將，卻不知道哪位將軍願冒險擔此重任？」

話音落下，臨時充當中軍的屋子內，瞬間一片死寂。所有將領全都把頭低了下去，不願讓自己的目光與馬延煦的目光相接。

誰都知道，以幽州蒼狼軍目前的戰鬥力和士氣，留下來斷後，就等同於割肉餵鷹。救得救不了別人很難說，自己必死無疑。

「嗯！剛才諸君不是還勸馬某早做決斷嗎？」見眾人誰都不肯接茬，馬延煦冷哼了一聲，目光從眾武將臉上緩緩掃過。

三天前剛剛向南樞密院請求派遣援軍，結果援軍未到，他自己卻先落荒而逃。此番回去之後，即便逃得過一死，恐怕馬某人也是前途盡毀。所以，在被拿下之前，馬某人一定要那個把自己害到如此地步的罪魁禍首給揪出來，殺之而後快。

他的目光如刀，每掃過一個人，對方就本能地側身躲閃。眼看著從隊伍的前端就要掃到了末尾，猛然間，耶律赤犬向前跨了一步，大聲說道：「不用找了，末將不才，願與吾弟德馨一道堅守營寨，迷惑敵軍！請軍主儘管帶領大夥從容退兵，只要我們兩兄弟還活著，就絕不讓我軍戰旗在此地落下！」

「刷！」剎那間，屋子內所有目光都被耶律赤犬給吸引了過去，眾將佐和幕僚們像看一個從未謀面的陌生人一樣看著這個平素又蠢又自大的傢伙，心中五味雜陳。

在此刻之前，打心眼裡，他們瞧不起這個沒任何本事，說話又粗鄙無文的二世祖，甚至私底下沒少抱怨過，是此人和韓德馨兩個拖累了大夥，害得大夥兒頂風冒雪與敵軍作戰並深陷絕境。而現在，大家夥卻忽然發現，耶律赤犬這個二世祖敢作敢當，義薄雲天！

「韓指揮，你意下如何？」馬延煦原本就想逼著耶律赤犬和韓德馨哥倆「以死謝罪」，卻沒想到對方會主動站出來。震驚之餘，掃了一眼沉默不語的韓德馨，低聲詢問。

我和家兄要是敢說個「不」字，今天有可能活著走出中軍嗎？韓德馨心中冷笑，臉上卻裝出一副凜然的表情，向前走了兩步，肅立拱手，「請將主儘管帶領弟兄們離開，後路交給我們兄弟兩個便是！」

「好！」馬延煦心中的怨恨總算減輕了一些，坐直身體，大聲斷喝。「後路，馬某就交給二位將軍了。白馬營將主已經被馬某依照軍律誅殺，這個營的兵馬，還有那些病重無力行軍的弟兄，也全交給你們兩個指揮。務必拖住鄭子明，讓其不敢騷擾我軍班師！」

「遵命！」耶律赤犬和韓德馨兩個齊齊躬身，隨即大步上前接過將令。

「二位——」記室參軍韓倬猶豫了一下，強笑著叮囑，「二位將軍不妨見機行事，只要多置旌旗，保持號角戰鼓聲不斷，那鄭子明沒打過幾次仗，未必能識得疑兵之計！」。「大軍今晚趁著黑夜離開，你們兄弟倆只需在此堅守一天。只要把對面那夥鄉勇拖上一夜一天，明晚，便可以自行離去。不必，不必非要死守到底！」

內心深處，他一點兒都不認同馬延煦的安排，但此時此刻，他卻必須維護馬延煦的主將權威。否則，恐怕不等鄭子明揮師來攻，幽州蒼狼軍自己就得分崩離析。

「謝軍師面授機宜！」耶律赤犬和韓德馨哥倆，再度躬身。隨即，揮手跟諸位同僚做別。從始至終，臉上沒露出半分怨恨之色。

眾將佐見此，心中愈發感動。偷偷看向馬延煦的目光中，也增添了更多的鄙夷。同樣是吃了敗仗，韓家哥倆好歹能自己承擔責任。而姓馬的嘴巴上說得響亮，到最後，卻要逼著別人替他去死。兩相比較，人品高下立判。

以馬延煦的敏銳，當然能察覺大夥對自己的態度變化。然而，身為一軍主帥，他又怎麼可能為了一時「義氣」把自己置於險地？那是對全軍將士的不負責，也是對大遼國的未來不負責。所以尷尬歸尷尬，他卻始終沒有調整部署。

接下來一整天，眾將佐都忙著整頓隊伍，屠宰牲畜，製造乾糧，為夜間的長途行軍做準備。耶律赤犬和韓家哥倆兒，則將白馬營的殘兵和臥床不起的病號收攏到一塊，著手實施「疑兵之計」。

待夜幕降臨之際，一切已經準備停當。馬延煦揮動令旗，眾將士把銜枚含在口中，搬開西側村口的封堵，悄無聲息地向北匆匆撤離。一邊走，大家夥兒一邊忐忑不安地回頭張望，恐怕韓家哥倆突然反悔，帶著一堆傷殘也逃出營地，進而驚動了對手，讓所有人都死在又冷又偏僻的異國他鄉中。

好在那耶律赤犬和韓德馨兩個，雖然本事不濟，人品卻異常地堅挺。居然始終保持著營地內燈火不亂。直到眾人走得越來越遠，視線已經完全被夜幕遮斷。耳畔依舊隱隱能聽見嗚咽的畫角之聲，與大軍前幾天所奏毫釐不差。

「終究是薊州韓氏子弟，雖然不太會打仗，擔當卻比某些人強出太多！」眼看著就要脫離險地，眾將佐心裡頭一鬆，立刻開始交頭接耳。

「可不是嗎，一開始，大夥就不該過來！」

「開始某些人不以為可以撈一份功勞，快速揚名立萬麼？」

「撈個屁，撈了一身凍瘡！咳咳，咳咳咳……」

「奶奶的，窩囊死了。老子這輩子，就沒打過這麼窩囊的仗！」

「可，可不是嗎？差一點兒就，咳咳，咳咳咳，咳咳咳……」

這一仗，起因牽強，過程彆扭，結果尷尬，從頭到尾，沒有任何可以稱道之處。回去之後，馬延煦和韓倬兩個憑著各自父輩的保護，未必會受到什麼懲處。而大家夥兒，卻將在今後很長的一段時間內，擺脫不了此戰失利的影響。至於麾下士卒，受到的打擊更為沉重。恐怕只要想起此戰來，士氣就會驟然降低一大截，這輩子，都不願意再重複同樣的過程。

紛亂的議論聲，轉眼就傳進了馬延煦的耳朵裡，令後者臉色迅速開始發青，眼睛隱隱發紅。是老天爺不作美，人力又能如何？馬某做錯了什麼？從頭到尾，馬某的指揮，都中規中矩，幾曾出過任何疏漏？至於當初主動請纓，還不是為了全大遼的漢人著想？馬某人所看之遠，所謀之深，又豈是身邊這些鼠目寸光之輩所能理解？馬某，馬某還是太心軟了，居然被他們逼著下了撤軍命令。若是早晨時發狠殺掉幾個……

「都把銜枚含上！大軍尚未脫離險地，不得高聲喧嘩！」眼看著馬延煦臉色越來越難看，手掌不停地在刀柄處摩挲，記室參軍韓倬怕他控制不住怒火，緊跑了幾步，朝著正在議論紛紛的將士們低聲呵斥。

「韓參軍，好大的官威！」眾人心裡頭對都指揮使馬延煦早已失去了敬意，見他一個私聘的幕僚居然也敢出來狐假虎威，頓時撇著嘴大聲奚落。

「叫我等不要喧嘩，韓參軍聲音好像比我等高出甚多！」

「呵呵，參軍還是想想回去後如何跟上頭交代吧！我等人微言輕，可以隨意擺布！可人家耶律將軍和小韓將軍的家人，卻未必容易像我等這般好揉捏！」

最後這句話，可是說到了關鍵處，頓時，令韓倬的頭皮發緊，眼前發黑，雙腿瞬間發軟，差點兒一頭栽進路邊的雪坑裡頭。

今天早晨，他之所以未曾阻止馬延煦逼迫耶律赤犬和韓德馨兩個留下斷後，一方面是考慮到馬延煦當時的心情，另外一方面，則是因為耶律赤犬和韓德馨哥倆手中沒有任何嫡系兵卒，即便對軍主的安排不滿，也掀不起任何風浪。

而現在，經眾將佐提醒，他卻忽然想起來，耶律赤犬和韓德馨兩個，背後還站著南院樞密使韓匡嗣！有道是，打狗也得看主人。即便這哥倆於薊州韓氏家族中，再不受重視，至少他們也是韓匡嗣的親侄兒。今早軍議的過程若是被傳揚出去，那以韓匡嗣為首的薊州韓家，又怎麼可能跟馬延煦善罷甘休？

「那又怎樣，馬某問心無愧！」身背後忽然傳來一股大力，扶住了他，同時，馬延煦的聲音也傳進了他的耳朵，「耶律將軍和韓指揮使主動捨身斷後的壯舉，馬某會向上頭如實彙報。以陛下的聖明，必然會賜他二人身後哀榮！」

「而你們……」頓了頓，目光從一眾將佐的臉上掃過，馬延煦帶著幾分報復的快意，繼續補充，「此番不待援軍抵達，就擅自撤兵的緣由，馬某也會如實彙報，絕不會做絲毫隱瞞！」

「你……」眾將佐齊齊打了個哆嗦，怒火從眼睛裡迸射而出。

見過狼心狗肺的，沒見過如此狼心狗肺的！害得大夥吃敗仗不算，居然還要把提前退兵的責任，也朝大夥腦袋上推！這種人，有什麼資格給大夥兒當主帥？這種人，給捨命斷後的韓家哥倆提鞋都不配？

「怎麼，繼續嚷嚷啊！你們不是喜歡嚷嚷嗎，怎麼不繼續嚷嚷了？」馬延煦也是被眾人剛才的議論聲給氣暈了頭，手按刀柄，環視四周，冷笑連連，「早晨時逼著馬某撤兵時，不是一個個挺有勇氣的嗎？怎地，敢做不敢當是不是？如果爾等真的能拿出幾分現在的勇氣來，那李家寨不過才七八百民壯，即便傾巢而出又能怎麼樣？馬某就不信……」

「嗚嗚——嗚嗚——嗚嗚——」一聲高亢急促的號角，將他的話憋在了嗓子裡。

「著火了，著火了，那邊，快看那邊……」正在手握刀柄考慮是不是火併掉馬延煦的眾將佐們，指著遠處山頭上的紅光，大聲驚呼。

「是，是營地，是咱們的營地。」

「是韓家哥倆，韓家哥倆在用號角聲給大夥示警。」

「快走，快走，姓鄭的發現咱們的行動了。韓家哥倆根本不可能擋得了太久！」

「走啊，快走啊，還楞著做什麼……？」

驚叫聲瞬間響成了一片，眾正副指揮使，都頭們，跳著腳，揮舞著兵器，帶領各自的嫡系親信，率先逃命。誰也不向馬延煦這個都指揮使請示一聲，就當此人根本不曾存在。

「別跑，別跑，黑燈瞎火的，敵軍不可能追得這麼快！」馬延煦伸手拉住一名指揮使的貂裘束帶，大聲喝令：「康克儉，你給我站住。帶著你麾下弟兄，咱們且戰且退。不能這麼跑，這麼跑，誰也逃不出生天！」

康姓指揮使冷冷看了他一眼，揮刀將束帶一切兩段。

「你——」一股被羞辱的感覺，直衝馬延煦腦門。丟下毛茸茸的束帶，他反手抽出兵器，準備殺人立威。

「噹啷！」康姓指揮使又一刀磕飛了他的兵器，轉過頭，揚長而去。

「反了，反了，來人，給我把他拿下，拿下，就地正法！」馬延煦被嚇得跳開半丈遠，隨即大聲招呼親兵們上前捉拿「逃犯」。話音剛落，耳畔忽然又傳來了一陣低低的號角聲，「嗚嗚嗚，嗚嗚嗚，嗚嗚嗚！」宛若半夜時的北風，一直吹進人的心底。

「嗖嗖嗖——」數百支火矢從天而降，在夜空中，留下一道道亮麗的焰尾。

是鄉勇們習慣在黑夜裡使用的火箭，連續兩個晚上，曾經給幽州將士造成了巨大的恐慌。如今，又在他們士氣最低落時，從天而降。

夜空被驟然照亮，緊跟著，是山坡上的白雪。一塊塊山岩和落光了葉子的枯樹，被火焰照出參差不齊的影子，忽長忽短，忽明忽暗。緊跟著，更遠處的群山也猛地現出了身形，跳躍著，晃動著，彷彿變成了一隻隻猛獸。

冰塊是他們的獠牙，夜風是他們的呼吸，樹木是他們背上堅硬的鬃毛……

「火箭，是火箭！」

「鄉巴佬又來了！快跑！」

「快跑，鄉巴佬要燒死咱們！」

「娘咧——」

號稱除了皮室軍之外無人能敵的幽州軍將士，慘叫著，哀嚎著，狼奔豕突。手中的兵器，根本不知道該朝哪揮舞。馬車上的鎧甲和盾牌，也顧不上去拿下來武裝自己。

「嗖嗖嗖，嗖嗖，嗖嗖嗖……」更多的火矢夾雜著鵰翎羽箭從半空中降落，放翻了七、八名倒楣蛋，將卡在兩座丘陵之間的山路，照得一片光明。

箭桿前端綁了硫磺棉絮等易燃物的火矢，不具備任何破甲能力。鵰翎羽箭被厚厚羊皮襖所阻擋，也造不成致命傷。但是，幽州將士們的勇氣，卻被突然出現的火矢和鵰翎，瞬間砸了個精光。

沒有將領肯停下來，整理隊伍，迎戰敵軍。也沒有兵卒肯服從將領們的命令。指揮使和都頭們，在嫡系親兵的簇擁下，推開任何敢於擋在自己前路上的人，撒腿狂奔。失去決策核心的普通士卒，則各不相顧，用雙手抱住腦袋順著山路猛跑。冷不防有人腳下打滑摔倒在地，立刻就有數十雙大腳從此人身上踩過去。轉眼間，倒地者就被踩得昏迷不醒，臨近箭桿上火焰跳動，照亮他布滿腳印的身體，還有寫滿了絕望的面孔。

「別跑，別跑，停下來迎戰！他們人不多，他們沒幾個人！」馬延煦空著兩手，像一隻大馬猴般跳來跳去。兩撥火箭加在一起，也湊不夠五百之數。給幽州軍造成的傷亡，更是微乎其微。他看見了，他把一切都看得非常清楚。然而，他卻無法讓正在逃命的將士們，再相信一次自己。

威望，根本就不是靠屠殺自己人所能建立起來的。折子戲裡「斬將立威」，「殺姬明紀」，不過是無聊文人胡編亂造的傳說。千百年來，只有零星幾名傻瓜，才會認為這是建立主將威信的不二法門。而馬延煦，恰巧就是其中一個。

在他第一天與敵軍試探接觸失敗，揮劍刺死白馬營指揮使盧永照時，他的威信，於蒼狼軍中已經打兩個對折。當他今天早晨逼著耶律赤犬和韓德馨二人捨命斷後，並且將傷兵全都拋棄於營地當中時，他的威信就又降低了一半兒。而在他忽然暴怒，宣稱要跟麾下將佐們秋後算帳那一刻，他的威信，已經徹底清零。

停下來，停迎戰，好讓你先逃走！然後回去之後再反咬大夥一口？想得美！誰都不是傻子，有盧永照、耶律赤犬和韓德馨三個人的例子擺在前頭，誰再肯拿姓馬的做上司，就是犯賤！

沒有人，肯再把性命，交給一個薄情寡義，出爾反爾，毫無擔當的傢伙。哪怕他血脈再高貴，行事再殺伐果斷也不行。刺史之子的性命是一條命，農夫之子的性命，同樣是一條命。當死亡面前，誰的命也不比別人高貴多少。

「整隊，整隊才能衝出去，這麼跑，大夥誰都逃不了，誰都逃不了啊！」馬延煦的身影，在人流中跌跌撞撞，兩條胳膊左右劃拉，就像溺水的人在尋找救命稻草。

除了他的家將和親兵，沒有其他人響應。而區區七八名家將和十來名親兵，在戰場上起不到任何作用。

「停下來，迎戰。迎戰！」馬延煦像瘋子般，繼續去拉人「入夥」，左手拉住這個，右手邊跑了那個。右手拉住那個，左手忽然一鬆，剛剛停住腳步的兵卒再度逃之夭夭。幾番來回奔走，都不能組織起足夠的人手迎戰。他忽然揚起頭，發出一聲淒厲的長嚎。「啊——啊啊啊——啊——」

正從他身邊經過的士兵們楞了楞，臉上露出幾分同情，然後側著身子繼續繞路逃命。都指揮使大人瘋了，被鄭子明給氣瘋了。跟著瘋子肯定落不到好結果，所以，大夥還是趕緊跑吧，千萬不能猶豫，更不能回頭！

「啊——啊啊啊——啊——」馬延煦不再試圖收攏隊伍，從距離自己最近的大車上，抽出一面木盾，一把鋼刀，用鋼刀敲打著盾牌，繼續嚎叫不止。「來啊，朝我射，我是都指揮使馬延煦。來啊，誰來跟我一戰！啊啊，啊啊啊啊啊——」

一排火箭落下，插在他身前身後的雪地裡，照亮他孤獨的身影。家將和親兵們捨命撲上，用盾牌護住馬延煦身前和身側。馬延煦自己也本能地舉盾擋箭，停止呼喊。隨即，又從盾牌後探出頭，朝著羽箭飛來的位置，咆哮挑釁，「來啊，躲在暗處射冷箭算什麼本事，來，來跟我一戰。蒼狼軍都指揮使馬延煦在此，誰來跟我一戰！」

他想用這種方式，打亂敵軍的進攻節奏。把那個陰險歹毒的鄭子明給騙出來，然後用此人的鮮血，洗刷自己身上的恥辱。然而，無論他如何叫嚷，咒罵，咆哮，臨近的山坡上，卻沒有任何人出來回應。只有一排又一排的羽箭，朝著慌不擇路的潰兵頭頂落下。不僅僅是為了製造傷亡，同時還為了讓他們更加慌亂，讓他們永遠沒勇氣停下來思考，停下來整理隊伍。

「來啊，鄉巴佬！來啊，鄉巴佬鄭子明！我知道你在！我知道你來了。有種就出來跟我一決生死！」馬延煦繼續前竄後跳，片刻也不停歇。

他知道對手的主將是誰，他知道對手的名字，他甚至能猜到對手目前大致藏身方位。然而，除了漫山遍野的火箭，他卻始終找不到對方的面孔。只能影影綽綽，看到有很多人站在不遠處的山坡上，肩膀挨著肩膀，手臂挨著手臂，就像一堵巍峨的長城。

很久很久以前，在薊州北面的燕山上，他似乎也曾經看到過同樣的一堵。早已殘破不堪，到處都是豁口。但是，過往旅人，卻誰也無法忽略它，忽略它往昔曾經的威嚴。

「軍主，軍主，走吧，再不走，就會被人給生擒了！」有一名司倉參軍打扮的文職，心裡好生不忍。冒著被火箭射中的危險衝到馬延煦身邊，試圖拉著他一起逃命。

馬延煦卻毫不領情，用肩膀狠狠將此人撞了個趔趄。然後一手持刀，一手提盾，兩眼死死盯著不遠處的山坡，再度大聲邀戰，「來，殺我，殺我！我是都指揮使馬延煦，我是大遼參政知事馬胤卿之子，幽州蒼狼軍都指揮使馬延煦。來，殺我。殺了我，爾等今日不殺我，馬某日後定然捲土重來，將爾等犁庭掃穴！」

「完了，都指揮使大人徹底瘋了！」幾名文職幕僚，深一腳，淺一腳地跑過，攙扶起好心腸的司倉參軍，快速追趕逃命隊伍。

「馬兄，趕緊走，留得青山在，不怕沒柴燒！」記室參軍韓倬逆著人流跑上前，從背後抱住馬延煦的腰桿。「走，別意氣用事，他們不會現在就殺你。他們要的就是你方寸大亂。他們人少，不願意跟咱們拚命，只想著兵不血刃！」

「放開我，放開我，我今天就要戰死在這裡！大丈夫死則死爾！」馬延煦用屁股撞，用胳膊肘頂，搖晃肩膀，扭動腰肢，試圖擺脫韓倬的羈絆。「我不能回去，必須有人為大遼國而死。我來做第一個，我以我血見證咱們對大遼的忠誠！」

「打暈他，抬著走！」韓倬扭過頭，朝著身邊的人大聲吩咐。他不是自己趕過來的，他利用自家父輩的餘蔭和貼身行李中的銀錠，招募到了足夠的「勇士」。

一名勇士舉起刀，用刀柄狠狠給馬延煦來了一記。另外一名「勇士」彎腰將馬延煦背起，撒腿就跑。馬延煦的家將和親兵們如蒙大赦。也舉盾護住各自的頭頂，跟在韓倬身後倉惶逃命。可以不死的話，還是不要死的好。雖然在別人眼裡，家將和親兵，早就把性命賣給了東主，向來無懼於死亡！

「嗖嗖嗖，嗖嗖嗖，嗖嗖……」新的一排火箭夾雜著鵰翎落下，追著親兵和家將屁股，就像追逐著一群喪家之犬。

兩名親兵腿肚子中箭，嘴裡發出絕望的慘叫。然而，這點兒輕微的傷勢卻不足以令他們摔倒。他們很快，就從驚慌中恢復了神智，徒手將火箭從小腿肚子上拔起，拋棄，然後，一瘸一拐地去追趕隊伍。

「歪了，歪了，歪了！讓你們射姓馬的，你們射他的親兵做什麼？」鋪滿積雪的山坡上，忽然跳出來一個瘦瘦的身影，揮舞著角旗，滿臉興奮。「這麼半天，居然連一箭都沒射到他身上，你們真是一群廢物點心！」

「巡檢大人吩咐過，不要靠得太近，免得對方情急拚命！」

「巡檢大人吩咐，莫逼瘋狗入窮巷！咱們這些弓箭手，今晚以打掉敵軍士氣為目標，不必考慮殺傷多少！」

「他身邊的親兵太多！」

「射中了也沒用，火箭破不了他的甲！」

黑暗中，有人七嘴八舌回應，聲音同樣興奮莫名。

從開始對敵軍發起打擊直到現在，大夥沒有一兵一卒傷亡。而對手，卻已經全軍崩潰。這樣輕鬆痛快戰鬥，大夥以前從來沒聽說過，甚至做夢都不敢想像。

你只要對準敵軍最多的地方，把火箭射出去就行了，甭管能否命中，也不用擔心火箭是不是能刺破鎧甲。而對手，則像一群羔羊般，奔跑，悲鳴，躺在雪地裡裝死，就是不敢發起任何反擊。

「順子，順子，巡檢大人有令。你部繞到前面去，用破甲錐射殺敵軍！」一名傳令兵，摸著黑跑過來，順手遞過一支令箭。

「叫我李都頭！」瘦子一邊奪過令箭，快速辨明真偽，同時大聲抗議。「這是戰場，不是在家！」

「是！李都頭，巡檢有令，你部繞路去前面射殺敵軍。換破甲錐！」傳令兵撇了撇嘴，站直身體，將命令再度重複。

「走啊，跟著我去殺賊！」李順一個箭步跳上面前的石頭，揮舞令旗，威風八面，宛若關公附體，李存勖重生。

「殺賊，殺賊！」九十餘名兒郎齊聲回應，聲音不夠宏大，卻氣衝霄漢！

「殺賊，殺賊！」

「殺賊，殺賊！」

「殺賊，殺賊！」

陶大春、潘勇，還有剛剛從河中趕回來的郭信，各自帶著一個都的弟兄，從不同方位，輪番朝幽州軍頭頂傾瀉箭雨。

敵軍數量是自家的兩倍，作戰經驗也遠比鄉勇們豐富，所以，他們並不急於短兵相接。而是憑藉對地形的熟悉，從側面交替穿插，搶占有利地形，不停地用羽箭給對方製造傷亡。

這樣做的好處是，能最大程度地減少自己一方的損失。從開戰到現在，鄉勇們的傷亡數字依舊維持在個位數上。但壞處也同樣明顯，敵軍雖然被嚇得魂飛膽喪，人員減少速度卻非常遲緩。一些經驗豐富的老兵，已經從慌亂中慢慢回過神兒。幾個指揮使和都頭的身邊，也不再只剩下他們的嫡系親信，許多潰兵在逃命途中本能地向他們靠攏，準備像冬天裡的沙雞一樣抱成團取暖。

「嗖嗖嗖，嗖嗖嗖，嗖嗖嗖——」鄉勇們朝山路拐彎處的敵軍射出一排重箭。

四、五名幽州兵被射中，倒在血泊中，慘叫連連。其他大部分兵卒，快速彎下腰，以臨近的山岩做遮蔽，強行通過。而潰軍中的一名身穿黑色貂裘的將佐，則與他的嫡系親信組成一個個小的團夥，一邊用盾牌遮擋羽箭，一邊嘗試用彎弓進行還擊。

「不要分開射，集中弓箭先對付衣著華麗的！」鄭子明皺了皺眉頭，大聲向身邊吩咐。敵軍主將是個紙上談兵的馬謖，但這些幽州基層軍官，素質卻相當的不錯。若非其麾下的兵卒士氣已經完全崩潰，其本人對主將馬延煦也失去了信任，自己還真未必能贏得如此輕鬆。

「巡檢大人有令，集中射殺衣著華麗的，集中射殺衣著華麗的！」幾個親兵分頭跑開，將最新將令以最快速度，傳遍每個鄉勇的耳朵。

「知道了！」

「明白！」

「擒賊先擒王！」

眾鄉勇們七嘴八舌地答應，迅速轉動弓臂，重新尋找目標。過去的經驗證明，自家巡檢大人，打仗的本事絕對一等一。所以，大夥已經習慣了在他的指揮下去追求勝利，絕不敢對命令打絲毫的折扣。

「吱——」帶兵的都頭，將銅哨塞進嘴裡，奮力吹響。

很快，數十支破甲錐，就集中指向了山路拐彎處那名身穿貂裘的將領。

身穿貂裘的傢伙身上瞬間插上了四五支鵰翎，慘叫一聲，仰面便倒。

「康將軍，康將軍……」山路上，響起一陣悲愴的哭嚎。十幾名親兵打扮的傢伙停止了逃命，放平貂裘將領的屍體，轉身爬上山坡。

按照遼國軍律，將領戰死，親兵即便能帶著他的屍體逃回，也會被執行軍法，除非他們能夠砍下一名級別相當的敵將頭顱，功罪相抵。所以，此刻除了拚死一搏之外，他們已經別無選擇。

迎面飛來一排破甲錐，將這夥康氏親兵瞬間放倒了三分之一。有主帥鄭子明在身邊坐鎮，鄉勇們個個都精神抖擻，射出的羽箭又快又準。然而，對於已經存了必死之志的康氏親兵來說，三分之一的傷亡卻遠遠不夠。剩下的七八個人嘴裡發出一聲咆哮，彼此分開，像瘋狗一樣，繼續逆著山勢向上猛撲。

「嗖嗖嗖——」鄉勇們射出第三排破甲錐，將前來拚命的傢伙又放翻一小半兒。剩下的四、五名康氏親兵則靈活地在雪地上翻滾，借助山石的掩護，以更快速度朝鄉勇們迫近。眼看著雙方之間的距離只剩下了不足十步，鄉勇們射出羽箭後便會無力自保。鄭子明果斷低頭從地上抄起鋼鞭，「近衛隊，跟我上，堵住他們！」

「近衛隊，保護大人！」十名身披柳葉甲的近衛咆哮著衝出人群，在鄭子明的左右兩側組成兩堵高牆，將前來拚命的康氏親兵堵了個正著。

雙方在滿是積雪的山坡上近距離肉搏，誰也不肯退讓分毫。轉眼間，就有一名康氏親兵和兩名鄉勇戰死，剩下的敵我雙方聚集成一個疙瘩，揮舞著兵器朝彼此身上招呼，鮮血不停地飛濺，卻誰也分不清哪一滴來自敵人，哪一滴來自自己。

「死！」鄭子明揮鞭砸向面前的對手，將此人的頭盔連同腦袋一道砸扁。有把彎刀貼著他的肩膀劈落，被身邊的親衛們用盾牌擋了個正著。「咚！」蒙著牛皮的盾牌被剁出了戰鼓一樣的聲響，震得他五腑六臟一陣翻滾。張嘴發出一聲怒吼，「殺——」，他擰身，揮臂橫掃，同右腿向上果斷抬起。

「噹啷！」「呼！」鋼鞭被敵軍用彎刀擋住，右腿卻正掃中對方沒有任何鎧甲防護的腳踝。試圖偷襲他的那名康氏親兵慘叫著栽倒，轉眼就被鄭氏親衛們亂刃分屍。

還剩下兩名康氏親兵，則被六名鄭子明的親衛團團包圍。論武藝和殺人經驗，他們遠遠超過了對方。然而，論對地形的適應能力和相互之間的配合，他們卻又遠遠地不如。很快，雙方就分出了勝負，一名鄭氏親衛負傷，兩名康氏親兵每人身上都挨了三四下，當場氣絕。

「不要靠近，繼續射，繼續用破甲錐招呼他們！」鄭子明回頭看了一眼，揮舞著鋼鞭大聲命令。「瞄準這個拐彎處，射死一個算一個！」

因為擔心鄭巡檢的安危，鄉勇們的隊形有些亂。但是，發現巡檢大人毫髮無傷之後，眾鄉勇們又瞬間心神大定。按照平素訓練中培養出來的習慣，重新分成前後三排。輪番朝山路拐彎處傾瀉箭雨。

山路拐彎處正對著一面溪谷，不算深，但是在如此寒冷的天氣裡，誰要是不小心掉下去，肯定沒機會再爬出來。而幽州潰兵想要逃命，就必須經過山路上的這個拐點，同時面對亂箭攢射和失足滑下溪谷的風險。

「嗖嗖嗖——」「嗖嗖嗖——」「嗖嗖嗖——」

一排排破甲錐射下，每一排，都會製造出三四具屍體。幾乎是轉眼間，山路拐彎處，就被屍體給堵塞。潰退到附近的幽州將士堵成了一個大疙瘩，你推我搡，哭喊叫罵不絕，卻無法將通行速度加快分毫。

「啊——」一名潰兵腳下打滑，跌出山路，瞬間消失得無影無踪。另外兩名潰兵蹲下身體推動同伴的屍骸，企圖將屍骸推進山谷，「拓寬」道路。沒等他們的圖謀得逞，數支破甲錐從天而降，「噗噗噗」，血如噴泉般濺起老高。

「啊——嗷！」有名都頭打扮的傢伙，嘴裡忽然發出了一聲淒厲的狼嚎。不再試圖去「拓寬」道路，而是轉身撲向了山坡。

「啊——嗷！」「啊——嗷！」「啊——嗷！」十多名徹底陷入絕望狀態的潰兵，有樣學樣，也嚎叫著衝向了山坡上的鄉勇。以命換命，他們的想法很簡單，根本不考慮這場戰爭是因何而起，他們自己此刻在誰的家門口兒。長時間作為僕從，跟著契丹人四處燒殺搶掠，他們身上很多地方都已經「胡化」，越是到了生死關頭，蠻性越是暴露無遺。

「親兵跟著我，攔住他們。弓箭手，繼續射！」鄭子明皺了皺眉頭，再度抓起了鋼鞭。利用對地形的優勢，他預先在山路上的幾處險要處，都布置了類似的作戰方案。不求一下子把敵軍全都消滅光，但每個險要處，都會扒掉敵軍一層皮。

到目前為止，這個「扒皮」戰術執行的相當成功。但敵軍中若是老有人跳出來拚命的話，卻也是個麻煩。畢竟鄉勇們的真實戰鬥力，並不比存了必死之心的拚命者高多少。而在不得不騰出手來應對拚命者的同時，就會有大量的潰兵趁機從他們眼皮底下逃走。

「奶奶的，老子成全你們！」鄭子明身邊的親兵夥長張瓊，也殺出了火氣，沿著山坡下衝數步，搶先向前來拚命者發起了攻擊。

「成全他們，一個不留！」鄭子明眼前忽然一亮，向前快跑兩步，手起鞭落，將一名發了瘋的拚命者砸翻在地。

張瓊的做法雖然略顯魯莽，卻恰好可以解決眼前的難題。那就是，以狠對狠，以橫對橫。只有在氣勢上，把潰兵中還敢於拚命的傢伙，給徹底壓下去，徹底打趴下。剩下的潰兵，才會乖乖地按照李家寨這邊的戰術走，乖乖地通過山路上的那一道道「關卡」，乖乖地在每個關卡處留下大量的屍體。

「噹啷！」一名幽州拚命者在鄭子明左側被親衛攔住，氣得哇哇怪叫。鄭子明毫不猶豫地從背後繞過去，狠狠給了他一鋼鞭。將此人砸得筋斷骨折。又一名幽州拚命者繞過親衛的攔截，奔向鄭子明的後背，手中的鋼刀高高地舉起，刀刃處，因為殺人過多泛出粉紅色的妖光。

「殺！」沒等他走得更近，鄭子明快速轉身，跨步，鋼鞭斜掃，正中此人的胸口。「噗！」拚命者的胸口被砸塌進去數寸，肋骨斷裂，破碎的內臟順著嘴巴狂噴而出。鄭子明毫不猶豫地又給了他一鋼鞭，然後沿著滿是積雪的山坡直衝而下。

一名幽州兵卒繞著彎擋住他的去路，被他一鋼鞭砸飛了兵器，又一鞭砸塌了半邊肩膀，倒在山坡上，慘叫連連。鄭子明沒興趣再給他補上一鞭，抬頭看了看，攻向下一名對手。

這一次，他的對手是那名發了狂的都頭。此人身高有八尺開外，肩膀寬得可以堵住半扇門。見到鄭子明居然敢不帶親衛就朝自己衝來，此人喜出望外。咆哮著舉起一把大鐵鐧，迎頭便砸。

鄭子明橫鞭磕向鐵鐧，借著地勢繼續向前急衝。「噹啷」一聲，火星四射，笨重的大鐵鐧，居然被鋼鞭給崩開了兩尺餘。幽州都頭胳膊發麻，雙腳交替著連連後退。鄭子明朝他冷冷一笑，再度舉起鋼鞭，兜頭砸下。

「當！」「當！」「當！」幽州都頭連擋了三次，每次都被砸得接連後退。左膝蓋處突然一疼，竟被砸得單腿跪地。「去死！」鄭子明再度舉起鋼鞭，又是一記泰山壓頂。幽州都頭慘叫著舉鐵鐧格擋，「啊——」「當——！」巨響聲震耳欲聾。鐵鐧倒飛，鋼鞭繼續下落，砸中幽州都頭的腦袋，將此人砸得瞬間又矮下去了半尺。

「盧都頭，盧都頭——」兩名上前拚命的幽州兵卒嘴裡發出哭叫，卻不敢繼續向前靠近，轉過身，撒腿就跑。

鄭子明的親衛恰恰趕到，從背後追上去，將二人砍死在雪地中。

「盧都頭，盧都頭——」山路上的潰兵，也發出一陣亂七八糟的哀鳴。雙手抱住腦袋，朝前後兩個方向爭相逃命。他的人數加起來足足有一百多，他們跟鄭子明之間的距離，已經不到十尺。然而，連驍勇善戰的盧都頭都被對方活活給砸成了肉餅，他們當中，有哪個還敢繼續捋對方虎鬚？

「啊——」「啊——」「撲通！」「撲通！」慘叫聲，人體摔進山谷聲，接連不斷。很多潰兵因為慌不擇路，腳下打滑，一頭栽下了山崖。僥倖沒有摔倒的，則頂著一波波箭雨，或者繼續向前逃走，或者轉身向後尋找依靠，眨眼間，山路拐彎處，就為之一空。

「後撤，回去保護弓箭手！」鄭子明楞了楞，旋即果斷轉身。

光憑著身邊這幾個親兵和七八十名弓箭手，封不住敵軍的去路。既然敵軍的氣焰已經再度被壓下，既然有辦法保證「剝皮」戰術不受干擾，他就不急在一時。

今夜，這片天地屬於他，他非常有耐心。

「快點，快點，小心別摔倒！滾到敵軍當中沒人會救你！」李順帶著九十多名鄉勇，從山坡上急奔而過。一邊跑，一邊不停地拉動角弓，朝著山路上亂作一團的幽州軍潑下箭雨。

他們的第一步作戰任務已完成，按照鄭子明預先制定的計畫，接下來，要跑到前面另外一個山路拐彎處，去攻擊敵軍。為了避免被山坡上的積雪滑倒，他們每個人的鞋底處，都綁了兩大塊又長又厚的樹皮，跑動之時，發出的聲音極為恐怖。宛若成千上萬的山鬼，在夜幕中狂奔。

而他們在匆忙中所射出的羽箭，則將跑動聲所造成的恐怖，加倍地放大。亂作一團的敵軍，根本無法判斷到底有幾支鄉勇，在距離自己不遠處的山坡上奔走。更無法判斷，每一支鄉勇的具體規模。為了不陷入重圍，他們，這些已經快成了驚弓之鳥的幽州將士，忽然發出一聲絕望的吶喊，亂哄哄地再度衝向橫滿了屍體的山路拐角，然後再度被鄭子明身邊的鄉勇們，用破甲錐「剝下」厚厚的一層。

不再有人試圖組織隊伍反撲，不再有人試圖帶隊跟山坡上的弓箭手拚命。雖然只要稍稍靜下心來，大多數幽州將領都能憑藉經驗判斷出，正對著山路拐彎處的鄉勇不多，與山路的距離也有些太近，近到幾乎無法保證鄉勇們自身的安全。

來自幽州的遼國將士們，用兵器和盾牌乃至雙手擋住自己的腦袋，像遷徙的黃羊般，成群結隊地跑過山路拐彎處。不管多少同伴掉進溪谷，多少同伴中箭身亡。從指揮使到都頭再到普通一卒，表現得同樣「溫順」，同樣的驚慌失措。而山坡上的鄉勇們，卻不準備給與他們任何憐憫，像獵食的獅子般不停地發動襲擊，每一次襲擊，都能從黃羊群中，放倒數具「獵物」。

「快點，快點，跑慢了什麼都剩不下！」陶大春也帶著九十多名鄉勇，從鄭子明身旁「轟隆隆」「轟隆隆」地跑過。「我那邊已經沒有敵軍了！」不像李順那樣散漫，他猛地停下腳步，朝著鄭子明大聲彙報。隨即，又再度邁動雙腿加速，帶領隊伍奔向預先安排給自己的另外一個伏擊點。

鄭子明朝著他的背影點點頭，然後將目光投向山路。第一波射下去的火箭早已熄滅，第一輪攻擊發起處，也已經徹底陷入了黑暗。敵我雙方，都把那段山路拋在了身後，誰都沒顧得上清理戰場。不同的是，敵軍是在倉惶逃命，而我軍則是在分段截殺。分成幾段，將人數超過自己雙倍的敵軍，「啃噬」到人數與自己相等，比自己略低，直到徹底「啃噬」成一堆屍骸。

「殺賊，殺賊！殺光賊人，給鄉親們報仇！」又一隊鄉勇從半山坡呼嘯而過，鄭子明扭頭，恰看見郭信淌滿汗水的面孔。

為了避免意外傷亡，這支鄉勇按照郭信的吩咐，打起了許多火把。令整個隊伍看上去，像一條移動的火龍。山路上，許多驚慌的面孔，也被火光隱隱照亮。慘叫聲再度驟然響起，幾個低級幽州軍官用鋼刀砍翻堵在自己前方的袍澤，奪路而逃。

「啟稟巡檢，我那邊也沒有敵軍了。他們跑得太快，我去前面收拾他們！」發現鄭子明的目光向自己轉來，郭信也停住腳步，大聲彙報。隨即，快速低下頭，再度邁動雙腿，跟上身邊的隊伍。

只是去自家主人郭威那邊彙報了一次巡檢司所面臨的最新情況，再度返回李家寨之後，他卻感覺自己跟所有弟兄都陌生了許多。雖然鄭子明很歡迎他回來，並且還是像原來那樣把他當作左膀右臂。雖然陶大春、潘美、李順等骨幹人物，都對他表示了熱烈的歡迎。

包括鄭子明在內，巡檢司的每個人，都在快速成長。唯獨郭信自己，感覺自己還跟先前一樣高矮。最近短短幾個月，鄭子明、陶大春、潘美，都在各自人生的道路上快速飛奔，包括最不成器的李順，都與先前判若兩人。而郭信，卻知道自己依舊站在原地，被大家夥兒甩得越來越遠。

他不是不想追趕，而是無法追趕。

別人的路，都由他們自己來控制。而他每前進一步，卻必須先考慮郭家。

今天這場戰鬥規模不大，即便全殲了敵軍，也算不上有多輝煌。但是，從郭家的角度看，這場戰事，卻贏得正是時候。

河中的李守貞已經一隻腳踏入了鬼門關，郭樞密率領大軍奏凱而還的日子，近在咫尺。而平定了李守貞等人的叛亂之後，朝廷的下一步經略目標，必然是河北。

杜重威的老巢在河北，符彥卿在河北各地，也偷偷安插了不少爪牙。沿著拒馬河南岸，至少有三、四家地方兵馬，目前明面上屬於漢國，實際上卻在漢遼之間左搖右擺。所以，朝廷派一員名將來河北坐鎮，乃是當務之急。

這個節骨眼上，有一道跟郭家脫不開關係的捷報，搶先一步發向汴梁，將能給郭家搶到多少先機？毫無疑問，樞密副使郭威出鎮河北的安排，將順理成章。如此，郭家就又能避開朝中日漸詭異風雲，令公郭威，也將不必為朝堂上的權力爭鬥而分心，集中全部精神厲兵秣馬，以便將來揮師北上，將燕雲十六州再度納入漢家版圖。

所以，這次戰鬥的結果越輝煌越好，所殺死的敵軍越多，殺掉的敵將級別越高越對郭令公的未來有利。若是能俘虜一個級別在指揮使以上的遼國將領，哪怕只是個幽州軍將領，那樣……

心中懷著與其他幾個將領不同的想法，郭信在沿途中，就不怎麼在意射殺潰兵。而是儘量帶著麾下弟兄往前面趕，爭取能逮住幾條大魚。

李順的隊伍在一個險要點，被他匆匆超過。緊跟著，是陶大春和陶勇。一邊跑，一邊用目光朝山路上搜索，他相信自己的判斷力，也相信在這種亂哄哄的情況下，敵軍主將不會有太強的實力反戈一擊。

「郭將軍，那邊，那邊有個大個的！」彷彿聽到了他心中的期盼，一名鄉勇從背後追上來，指著模糊不清的山路叫嚷。

「哪？快，快指給我看！」郭信心中狂喜，追問的聲音帶著幾分顫抖。順著鄉勇的手指望去，他隱約看見，有十多個幽州兵卒，護著一名文職打扮的傢伙倉惶逃命。而在文職打扮傢伙的身側，還有一個錦帽旁綴著四條貂尾的將領，被別人背在背上，昏迷不醒。

「把弓給我，點火！」郭信一把從鄉勇手裡搶過角弓，搭上一根前端帶著硫磺球的羽箭，瞬間拉了個全滿。

鄉勇麻利地用火把點燃羽箭上的藥拈，硫磺球上騰起一股白煙，旋即將包裹在裡邊的棉布和牛油一並引燃。「嘣！」弓弦迅速回收，火箭宛若流星，直奔錦帽貂裘敵將身下的死士，貼著此人的小腿入地半尺，將周圍照得一片通明。

「火箭，用火箭招呼他們，不要放走了一個！」郭信旋即大叫，再度搭上一根破甲錐，瞄準錦帽貂裘敵將的身側，將一名親兵打扮的幽州劫掠者釘在了地上。

數十支火箭落下，將這段山路前後統統照亮。兩名幽州兵卒身上的皮麾子被火箭點燃，冒著煙倒在路邊的雪地上打滾。其他幽州人既不救助受傷的同夥，也不彎弓還擊，紛紛彎下腰，用盾牌擋住隊伍靠近火箭來襲方向的一側，繼續奪路狂奔。跑動過程中，還盡力將錦帽下綴著四根貂尾巴的傢伙護在整個隊伍中央。

「追，別放跑了他們，邊追邊射！」郭信見到敵軍的表現，愈發堅信自己逮到了「大魚」，扯開嗓子，高聲吩咐。

幽州漢軍受遼國的影響很大，將領也喜歡身穿錦帽貂裘。除了美觀和禦寒之外，錦帽下所綴貂尾的數量和顏色，則可以用來標識他們的級別。按照郭信所掌握的情報，四根貂尾，恰恰是都指揮使的裝扮。殺死或者生擒此人，此戰的結果就愈發完美無缺。所以看清楚了敵將的打扮之後，他毫不猶豫地下達了追殺令。儘管，按照鄭子明的部署，此刻他應該率隊卡在更遠處的一個險要位置。

眾鄉勇不知道主將的最初安排，依照平素訓練養成的習慣，自然對郭信的命令選擇了無條件的遵從。一邊跑，一邊彎弓搭箭，將火矢和破甲錐冰雹般朝山路上那夥敵軍射過去，轉眼間，就又留下了好幾具屍體。

這夥敵軍依舊不做任何抵抗，繼續沿著山路狂奔。途中遇到他們自家同夥，也是一衝而過，不與後者做任何交流。倒是其他幽州潰兵，發現山坡上不斷有羽箭射下，不得不再度加快逃命速度，與被鄉勇們追殺的那夥人混在一起，彼此再也無法輕易分開。

「射，不管別人，繼續追著那個帶著四根貂尾的傢伙射！」郭信急得火燒火燎，扯著嗓子大喊大叫。

「是！」「知道了！」「都頭，不太好，不太好瞄準！」眾鄉勇們氣喘吁吁地回應著，努力開弓放箭。然而，卻很難迅速得償所願。對方一直在跑動中，原本就不易被瞄準兒。而他們自己也因為要一邊快速奔跑，一邊發起攻擊，準頭達不到原地放箭的三成。

「那也不要停下來，追著射，早晚有射中的時候！」郭信鬆開弓弦，射出一根破甲錐。這回，他的準頭差了些，貼著「四根貂尾」的身側飛過，不知所終。

「第一夥，跟我來，其他人，繼續追著射！」把心一橫，他將角弓交還給跟在身邊的鄉勇，伸手從腰間拔出橫刀。朝山路上直奔而下，「狗賊，哪裡走，你家郭爺爺盯了你多時了！」

「別跑，投降不殺！」十名被點到的鄉勇丟下角弓，拔出橫刀，緊跟著郭信衝下山坡，眨眼間，就將山路上的幽州潰兵切做了兩段。

「只誅首惡，餘者不問！」郭信又高聲喊了一嗓子，不管被自己擋在身後的潰兵，撒腿朝「四根貂尾」緊追不捨。跟上來的十名鄉勇見他如此，也果斷放棄了對其餘潰兵的砍殺，沿著山路，奮起直追。

「老子跟你們拚了！」幾名不在目標範圍之內的潰兵被來自身後的喊殺聲嚇得失去了理智，轉過身，主動撲向了郭信。以後者武藝，哪裡會將這些小嘍囉放在眼裡！手起刀落先劈翻了一個，隨即甩動胳膊來了個「撥草尋蛇」，將另外四個前來拚命的潰兵相繼逼到了路邊。緊跟著雙腿猛地發力，居然從四人之間直衝而過。

「殺！」跟上來的十名鄉勇圍住四個神不守舍的潰兵，鋼刀亂剁。很快，就將這四人砍翻在地，然後拎著血淋淋的鋼刀，再度追趕自家都頭。

都頭郭信，卻已經殺開了一條血路，追到了「四根貂尾」身後。只見他，橫刀上下翻飛，宛若凶神惡煞。兩名親兵打扮的傢伙迅速被他砍倒，另外一名家將被他一腳踹進了路邊的山溝。文職打扮的謀士跪倒求饒，被他一刀砍下了首級。身背「四根貂裘」的死士知道自己立即就要被追上，嘴裡發出一聲高亢的狼嚎，猛地一擰身，將揮刀刺向郭信的小腹。

「當！」郭信在電光石火之間揮刀擋開了對方的攻擊，隨即又是一刀撩向對方的胯下。那名親兵則嚎叫著，揮刀格擋，反擊。很快，二人就戰在了一處，殺了個難解難分。

周圍的其他幽州潰兵繞開戰團，誰也不肯出手相幫。從山坡高處追過來的鄉勇們則停在了原地，弓箭搭在弓臂上，直到胳膊都開始發抖，也無法鬆開弓弦。

背著「四根貂裘」的死士，身影跟郭信不停地交錯。貿然放箭，很容易就誤傷到郭都頭。除此之外，更令大夥難受的是，那錦帽下綴著四根貂裘的敵將，居然沒有影響到死士的動作。整個人彷彿沒有絲毫重量般，隨著身下死士的跳動而上下起伏。

「該死，你到底是誰，馬延煦狗賊哪裡去了！說出來，我饒你一命！」此時此刻，郭信也知道自己中了金蟬脫殼之計。氣得兩眼通紅，一邊揮刀朝死士身上招呼，一邊追問不休。

「蠢貨，換了你，會告訴別人嗎？」那名死士冷笑著回應，因為身體動作幅度過大的緣故，背後不停地有稻草紛紛落下。

郭信又氣又急，繼續揮刀猛砍。對手則早已將生死置之度外，揮舞著鋼刀，試圖跟他以命換命。一時間，雙方居然戰了個難解難分。平白讓更多的潰兵，從山路兩側快速逃走，未曾受到羽箭的絲毫干擾。

直到那幾名被郭信點了將的鄉勇從後面的山路上追過來，眾人以多打少，才終於將身背「四根貂尾」的死士砍翻。後者所使用的「蟬蛻」也現了原形，居然是一個預先做好的草人兒，穿上了遼軍都指揮使的袍服。

「繼續追！山坡上的還是沿著山坡，其他人跟著我！」郭信急火攻心，揮刀將四根貂尾剁成八段兒，邁步繼續沿著山路砍殺敵軍。

在剛才的追趕過程中，他已經錯過了預定的伏擊地點。現在帶領弟兄們再掉頭返回去也於事無補。想要將功折罪，最好的方案就是繼續銜著潰兵的尾巴追殺到底，以期能在半路上，將化妝逃走的敵軍主將給揪出來！

眾鄉勇們已經跑得滿頭大汗，然而平素訓練之時滲透到骨頭裡的紀律，卻讓他們毫不猶豫地執行了郭信的命令。郭信本人，則身先士卒，帶領著十名先前被他點到的弟兄，死死咬住潰兵不放，一邊追趕，一邊揮刀砍翻擋在自己道路上的敵人。

十幾名潰兵被他逼得狗急跳牆，吶喊著轉身迎戰。郭信揮刀衝過去，狂砍亂剁，手下無一合之敵。跟在他身後的鄉勇們也紛紛跟上，朝著周圍的潰兵奮力砍殺。轉眼間，又一夥潰兵被盡數砍死，血沿著山路淌了滿地。

郭信提起已經砍出豁口的橫刀，繼續追殺潰兵。在又一個險要處，他遇到了被都頭陶勇用羽箭擋住的百餘敵軍。「交給我！」也不管對方能否聽到，他朝著山坡上的陶勇等人喊了一嗓子，隨即瘋虎一樣衝進了敵軍隊伍。

山坡上的鄉勇們為了避免誤傷，只能調轉角弓，儘量將羽箭射向險要處的另外一側。已經殺紅了眼睛的郭信，帶著十名嫡系，在幽州潰兵群中橫衝直撞。一邊砍，一邊大聲叫喊，「只誅首惡，投降免死！」「只誅首惡，投降免死！」「只誅首惡，投降免死！」「只誅首惡，投降免死！」山坡上的都頭陶勇靈機一動，也帶領自己麾下的鄉勇叫喊了起來。後半段的四個字，來得恰是時候。面對著凶神惡煞般的郭信和前方不停落下的鵰翎，被堵在山路上的百餘幽州潰兵徹底失去了鬥志，把手中兵器一丟，紛紛跪倒在地。

「你家軍主呢，誰看到你家軍主了？」郭信殺得兀自不過癮，拎著血淋淋的橫刀在投降者之間穿梭。看到衣甲稍微齊整一些的，就將橫刀壓在對方脖子上，大聲逼問。

第一名潰兵搖頭拒絕回答，被他當場抹斷了咽喉。第二名和第三名已經投降的潰兵回答說不知道，也被他一刀一個處死。眼看著他又奔向了第四名倒楣蛋，已經投降的潰兵當中，終於有人承受不住壓力，扯開嗓子，大聲哭喊道：「馬將軍，馬將軍先前就衝過去了。就在你跟假的馬將軍拚命的時候。他穿的是柳葉甲，不是貂皮麾子。他向來不喜歡穿貂皮袍子！」

「該死，為什麼不早說！」郭信大罵著丟下手中的俘虜，撒腿再度衝向前方。十名被他點了將的鄉勇已經有四人受傷，剩下的六個人也早已筋疲力竭。但是，為了保護他的安全，也只能硬著頭皮追了上去。

「郭，郭大哥——」都頭陶勇喊了幾聲，未能喊住郭信的腳步。山路上，卻又跑過來一夥幽州潰兵。無奈之下，他只能先管眼前的任務，帶領麾下鄉勇，一邊用羽箭繼續射殺新來的潰兵，一邊將那些投降的潰兵拉上山坡看管。

「郭都頭，郭都頭！」有七十多名鄉勇叫喊著沿山坡追了過來，每個人都跑得上氣不接下氣。找不到自家頂頭上司，他們先停下來為陶勇助戰。與後者麾下的鄉勇們一道，用羽箭朝山路上的潰兵頭頂招呼。

待到兩支隊伍合力，終於新一波潰兵收拾乾淨，山路上，已經徹底不見郭信的踪影。只有七八具被砍翻的屍體，還有五六支火箭，孤零零地，被山風吹得忽明忽暗。

「郭芳，你去給鄭將軍報信兒！其他人，只要還能跑得動的，繼續去追你家郭都頭！」陶勇迅速朝周圍看了看，果斷做出決定。

山路上一會兒肯定還有其他潰兵追過來，他不能擅自改變作戰安排。然而，他又不能由著郭信去跟敵方的殘兵拚命不管。所以只能採取一個折衷的辦法，一邊派人將情況告知鄭子明，一邊安排郭信的本部兵馬去為他提供支援。

至於這樣安排，是否管用，都頭陶勇就無法保證了。對他來說，自己是三州巡檢司的武將，而郭信，則屬於遠在河中的郭家軍。那裡，據說也正在進行著一場戰爭，無數人由此建功立業。

河中城，一座座高高低低的土壘，圍住了東南西三面，獨留下北面一馬平川。

土壘上，郭、白、常，一面面將旗迎風招展。將旗下，人頭攢動，已經勝券在握的漢軍將士滿臉得意，對著已經殘破不堪的河中城不停地指手畫腳。

河中城即將告破，李守貞在劫難逃！這，已經是所有漢軍將士的共識。不會有任何奇跡出現，即便孫武、吳起兩人重生，都投奔到李守貞麾下，也無法再逆轉乾坤！

因為，孫武、吳起兩個，也不會看懂郭樞密的戰術。

那不是一個常規戰術，古往今來，沒有任何名將用過。也沒有任何一部兵書，記載過相同的內容。

郭帥，郭令公，大漢國樞密副使郭威，用數千座土壘，埋葬了叛軍，徹底鎖定的勝局。

沒有血流成河的惡戰，也沒有驚險萬分的奇襲，從樞密副使郭威抵達之後，敵我雙方，甚至連一場劇烈的衝突都沒有。有的只是，枯燥乏味的堆土包。

八萬漢軍帶著十萬百姓，圍著河中城的東、南、西三面，像螞蟻一般堆個不停。每當城中的叛軍殺出來搞破壞，攻擊方就掩護著百姓撤離，任由叛軍把剛剛搭建起來的土包統統推平。而每當叛軍又龜縮回河中城內，攻擊方就又帶著百姓移動到被拆除的土包下，重新開始「施工」。

就這樣，攻守雙方堆了拆，拆了堆，堆完再拆，拆完再堆，如同小孩子過家家一般，沒完沒了。

起初，無論攻擊一方還是防守一方，都無法理解郭威為什麼要這麼無聊。這與他往日的形象不符，也有損於他廝殺了小半輩子才創造出來的名將形象。然而，隨著時間的推移，叛軍主帥李守貞終於恍然大悟，不是郭威無聊，而是自己太蠢。但，一切已經為時太晚！

守軍每一次出擊，都會被駐紮在土壘附近的漢軍，殺掉一兩百人。他們成功破壞了漢軍的土壘，他們成功粉碎了郭威借助土壘迫近河中城的陰險圖謀。他們打得百戰名將郭威退避三舍，不敢領兵硬碰硬……。如此「輝煌的勝利」，一兩百名士卒的犧牲微不足道。

只是，「輝煌的勝利」始終在重複。一次兩百名，十次就是兩千名。當連續二十場「輝煌的勝利」之後，李守貞忽然發現，自己麾下的兵馬已經減少了一萬三千多人。其中有四到五千是戰損，另外七到八千，則是趁著出城拆除土壘的機會，逃之夭夭。

「老賊無恥！」發覺自己上當受騙之後，李守貞當場就氣得吐了血。他原本是計畫憑藉河中城的高牆消耗進攻方的兵力，他原本是計畫將進攻方的士氣消耗到最低點，然後果斷反擊。而從跟郭威初次交手到現在，他卻始終都是進攻方！

河中城的高牆沒能發揮半點兒防禦作用，而郭威麾下的將士卻靠著簡陋的土壘掩護，將自己那邊在每一次戰鬥中的損失，都控制在了微乎其微。

到了此刻，李守貞才明白郭威的無恥與可怕。但是，更可怕的事情還在後頭。當試圖對自家戰術做出調整時，李守貞才悲哀地發現，他已經不能做任何改動。經歷了長時間的消耗之後，他原本就不占優勢的兵力，跟對方比起來愈發地單薄；他麾下原本還算飽滿的士氣，在一次次出擊中已經消耗殆盡；他如果不派兵去拆除外邊的土壘，早晚有一天，郭威可以把土壘直接推到河中城的城牆下，然後帶領兵馬，沿著泥土堆做的斜坡一擁而上；他如果繼續派兵去拆除土壘，每一次戰死和逃走的士卒，都會比上一次更多……

也算是百戰名將了，李守貞這輩子，卻從來沒有打過如此窩囊的仗。你無論做任何事情，都恰恰落入對手的圈套。堅守下去，相當於坐以待斃。繼續出城戰鬥，則死得將會更快更慘。而對手，就像一隻老練的蜘蛛精，不停地吐出白色的毒絲，去拴住你的胳膊，拴住你的大腿，拴住你的眼皮、嘴唇、耳朵和全身上下一切能動的部件，讓你一點點窒息，一點點在絕望中走向死亡。

李守貞不甘心，李守貞無法忍受！所以在最近半個月來，他幾乎像瘋了般，每天都會親自帶領大軍出城，向郭威發起挑戰。從對方已經死去的父親開始，一直罵到對方根本說不出名字的祖宗。他希望趁著自己麾下的兵馬還沒有徹底崩潰的時候，與郭威來一場痛痛快快的決戰。勝也罷，敗也罷，總好過像現在這樣被活活逼死。但是，郭威卻從不肯露面，任由他罵，任由他跳，任由他親手去拆土壘，然後繼續帶人壘砌更多的土壘。把河中城的東、南、西三側，用連綿不斷的土丘，慢慢連成了一個整體。

「你們猜，今天李守貞還會不會出來挑戰？」城西土壘上，「白」字將旗下，一名身穿荷葉重甲，手裡捧著令箭的虞侯，跟周圍的同夥笑呵呵地「探討」。

他是西南面招討使白文珂的侄兒，單名一個進字。跟在自家叔父身邊做一個近衛虞侯，可謂少年得志，且前途不可限量。所以只要開口說話，就絕對不會冷場。

「怕，怕是不會消停吧！就是不知道出哪個門？」一名喚作李芳的將領，大聲回答。

「還不都是一樣？反正咱們都是撿了便宜就走！」四下裡，瞬間響起一陣低低的笑聲。所有將士，都得意洋洋。

在戰場上，有險可憑的防守方，損失肯定會比進攻一方小得多。若是防守一方不計較陣地能否守住，只管給進攻方製造了一定數量的傷亡後就主動撤離，則雙方的戰損數量，更是相差懸殊。

所以，即便是白文珂麾下的老兵油子，如今也不畏懼戰鬥。反正主帥郭威從未曾要求他們守住陣地，更未曾要求他們擊敗敵人。這種便宜仗，只要是個人，都會打。是個人，都不會嫌棄它過於輕鬆。

「你們啊，不要總想得太美。看到沒，土壘已經快完成了！一旦土壘完成，好日子就到頭了！」低低的笑聲中，忽然有人插了一嗓子，聽上去，格外地刺耳。

「誰？誰褲帶沒繫，把你給露出來了！」眾武夫聽得心中不痛快，紛紛扭過頭，冷嘲熱諷，「啊，這不是沈參軍嗎？大冷天，您不在帳篷裡頭烤火捉虱子，到前面來幹什麼來了？」

「沈參軍莫非也想立些軍功，那您可小心了，刀箭無眼。萬一讓您下面少了點兒什麼，可是一輩子都毀了！」

「沈參軍神機妙算，手指頭一掐……」

「某，某……」先前開口給大夥潑冷水的傢伙，氣得臉上幾乎要滴血。卻拿這群兵痞絲毫辦法也沒有。他姓沈，名義倫，字順宜，是西南招討使白文珂私聘的參軍，曾經也算頗有才名。只是，在樞密副使郭威沒抵達前線之前，他給白文珂所獻的幾條計策，都沒起到任何好作用，反而讓大家夥被李守貞給打了個灰頭土臉。所以，白文珂麾下的武將們，誰都不待見他，無論他說什麼，對與錯，都不肯給他好臉色看。

「怎麼了，怎麼了，有話就說完嘛？」眾將見沈義倫已經被大夥氣得結結巴巴，笑得愈發開心。打仗是件很枯燥的事情，有這麼一個好欺負，並且欺負起來毫無危險的書呆子，大夥不趁機發洩一下，簡直都對不起自己。

「某，某，某是一片好心！」沈義倫被逼得額頭上汗珠滾滾，卻忽然變得不再口吃。用力跺了跺腳，大聲補充道：「爾等別以為先前沒事情幹，就會一直沒事情幹。土壘已經堆完了，決戰，決戰就在這幾天。郭帥不可能老是慣著你們，早晚會讓你們跟敵軍拚上一回！」

眾武將聞聽，又是搖頭而笑：「嗨，你嚇唬誰啊，拚就拚唄！咱們當兵吃糧，就得豁出去！」

「是啊，李守貞已經成了甕中之鱉了，只要郭帥一聲令下，咱們就殺進城去，給他蓋上蓋子！」

「嗯，我這半年來，屁股上都開始長肉了！」

「若不是人微言輕，某都想去主動請纓……」

正說得熱鬧，忽然間，對面傳來了一陣低沉的號角，「嗚——，嗚嗚嗚嗚嗚。」

掛在西門外的吊橋轟然落地，牢牢扣住護城河兩岸。緊跟著，數不清的兵馬從城門口湧了出來，如一團烏雲般，直奔大夥腳下的土壘。

「呀，真來的，沈順宜你這頭烏鴉。」眾武將大吃一驚，立刻指著沈義倫的鼻子大聲唾罵。但是每個人的臉上，卻依舊不見任何緊張。

反正每次都是占了點兒便宜就撤，不用守住陣地，也不用擊敗敵軍。這種仗，怎麼可能有太大的危險。若是……

「嗚——」冷不防，又是一聲號角，打碎了大夥的美夢。

郭威的義子，衙內軍都指揮使郭榮，帶著千餘精銳從眾人背後躍上了土壘。不待大夥詢問其來意，就高舉起橫刀，厲聲斷喝：「奉樞密副使令，西南招討使大營左廂各軍，暫由郭某調遣。與郭某麾下將士一道，迎擊叛賊。今日，無人可以再退！」

「這……」

「這不合規矩。郭將軍，雖然你拿著樞密大人的將令，但此刻白帥並不在場……」

「咱們一直都是占了便宜就走，由著姓李的去拆，為何今日忽然變了章程？」

「郭將軍，想要我等奉命，還得再拿一道白帥的將令來！」

剎那間，抗議聲就在土壘上響成了一片，眾將領一邊嚷嚷著，一邊偷偷拿眼色朝白進觀望。

按照常理，他們都是大漢國的將領，理當無條件地遵從大漢國樞密副使郭威的命令。然而，大漢國自立國以來，就沒講究過常理。作為西南面招討使白文珂的嫡系，沒有白文珂本人的信物，誰也甭想命令他們做任何事情。

「郭將軍勿怪，弟兄們都被家叔慣壞了，不太懂規矩！」白進被逼無奈，只好硬著頭皮朝郭榮拱手，「但樞密大人既然派遣將軍來約束我等，想必不會不通知家叔。所以白某斗膽，還請少將軍派人去家叔那邊取一件信物來。反正賊軍走得很慢，一時半會兒殺不到土壘近前！」

「信物，你說的是這個嗎？」郭榮微微一笑，隨手從親兵懷裡拿出一把短劍，再度高高地舉起。

那短劍只有四寸長，卻帶著股子迫人的寒氣。被郭榮舉過頭頂一晃，藍汪汪的光芒晃得周圍的將士幾乎睜不開眼睛。正是白文珂平素從不離身的重寶，白進、李芳、沈義倫和其他將領都曾經見過，卻沒想到，自家大帥會把寶物交到郭榮手裡。

這下，眾人徹底沒話說了，只能分成兩列站好，拱起手，表示接受郭榮調遣。那郭榮，卻得理不饒人，冷笑著掃了大夥兒幾眼，沉聲吩咐：「元朗，帶兩百弟兄退下土壘督戰。等會兒有敢不聽號令就後退者，殺無赦！」

「遵命！」趙匡胤答應一聲，點起兩個都的弟兄，呼嘯而去，動作沒有任何拖泥帶水。

白進等人聽得心中一凜，頓時明白今日肯定要動真章了。若是有誰還抱著玩耍的心態隨便應付了事，恐怕不死在叛軍手裡，腦袋也會被姓郭的給砍了祭旗。

正忐忑間，卻又見柴榮微微一笑，換了非常柔和的語氣說道：「兵法有云：出其不意，攻其不備。爾等沒想到咱們會忽然改弦易轍，李守貞那廝更想不到。他若是還抱著先前的習慣前來，肯定會被咱們打個措手不及。另外，仗都打了這麼久了，叛軍那邊哪裡還有什麼士氣可言？只要狠狠給他們當頭一棒，他們就立刻會丟盔卸甲。而我等，輕鬆就能拿到大把的軍功。畢竟一戰殺傷敵軍過萬，與一戰斬首兩三百級，不可同日而語！」

「是，我等願唯將軍馬首是瞻！」白家軍眾將聞聽，心情頓時輕鬆了許多。齊齊躬身施禮，表示對郭榮的認同。

「多謝！」郭榮客客氣氣地做了個羅圈揖，然後繼續笑著補充，「爾等都是白招討的心腹，郭某斷然不會逼著爾等去跟賊人拚命！這點，大夥儘管放心。等會叛軍殺到土壘之下時，爾等只管堅守不出，用弓弩來給敵軍製造傷亡。郭某帶著自家嫡系堵正面，隨時準備發起反擊！」

「這……」

「這怎麼行！」

「郭將軍，我等願意與你並肩而戰！」

「是啊，郭將軍儘管下令，我等死不旋踵！」

「郭將軍不必如此客氣，我等……」

誰也沒想到，前一刻還咄咄逼人的郭榮，轉眼會變得如此仗義，如此知冷知熱。白進等人大為感動，紛紛表示，願意與郭將軍共同進退。郭榮卻不肯接受他們的好意，搖搖頭，笑著說道：「諸位不必為郭某擔心，郭某若是無破敵的把握，絕對不會裝腔作勢。就這樣吧，白世兄，他們還是都交給你。按照平素守城時的戰術安排即可。反擊的事情，由郭某獨自承擔！」

說罷，將白文珂的短劍朝白進手裡一塞，轉身走到土壘邊緣，手按柵欄，微笑著觀察敵情。無論白進如何分說，都不肯再改變主意。

虞侯白進無奈，只好捧了短劍，著手給大夥布置任務。同時悄悄地叫過李芳，命他挑選一千精銳，時刻跟在郭榮身側。郭榮率部出擊，他就跟著率部出擊。郭榮引兵後撤，他就跟著後撤，亦步亦趨。哪怕郭榮今日殺起了性子，直接殺進了河中城內，他李芳也得跟著殺進河中城內，絕對不准許落後分毫。

「遵命！」李芳心裡一陣陣發虛，卻不得不硬著頭皮答應。隨即，點齊了一千精銳，悄悄地爬上土丘，隨時準備「東施效顰」。

這麼大的動作，如何能瞞得過郭榮的眼睛？只是後者發現之後，也沒表示拒絕。先朝白進所在位置拱了下手，隨即笑呵呵地對李芳說道：「白世兄可真是細心，唯恐郭某大意輕敵，損了我軍威名。也罷！他既然安排了，你就站到郭某身邊來吧！咱們兩個，一起商量該如何破敵！」

「多謝郭將軍提携！」李芳聞聽，趕緊拱手施禮。然後小跑著來到郭榮身邊，舉目向下觀望。

不看則已，一看之下，他立刻對郭榮佩服得五體投地。後者哪裡是在托大？分明是早就將敵軍情況摸了個清清楚楚，然後才針對性地制訂出來一整套破敵之策。不信，你且看那叛軍的模樣，可不正如郭榮先前所說，一點兒防備都沒有，並且士氣已經低落到了極點。

四千多名叛軍兵卒沒精打采地舉著盾牌和刀槍向前推進，跟在兵卒身後的，則是一到兩萬名百姓，手裡拿著鋤頭、鐵鍬和鎬頭，步履蹣跚。再往後，則又是兩千名兵卒，每個人手裡都拎著明晃晃的鋼刀，刀刃所對，卻是前面的百姓和同夥。隨時準備撲上去，將敢於趁著挖土的機會逃走者斬首示眾。

這樣的陣形和隊伍，怎麼可能用於兩軍作戰？就是流氓打群架，恐怕也比這認真得多吧！

想到此節，李芳當機立斷，「一群土雞瓦狗爾！殺雞豈用牛刀？少將軍儘管在這裡坐鎮，等會兒，末將願替少將軍做一回開路先鋒！」

這個決斷，不可謂不機靈。既討好了權勢如日中天的郭家，又能給他自己撈到一大票戰功。誰料強中更有強中手，沒等李芳的話語落地，土壘左側，忽然有人高高地躍起，「弟兄們，跟我衝，打進河中城，活捉李守貞！」

「打進河中城，活捉李守貞！」原本被布置在左翼用弓箭退敵的五個營頭，在都指揮使李韜的帶領下，躍陣而出。不等郭榮和白進兩個的命令，就主動襲向了迤邐而來的敵軍。如一群猛虎，撲向了綿羊！

「小子，你，你擅自出戰，當，當領軍法！」白進又羞又急，紅著臉跺腳。沒等他想明白自己該怎麼處理此事，身前身後，又響起了一連串震耳欲聾的怒吼，「弟兄們，跟我衝，打進河中城，活捉李守貞！」「打進河中城，活捉李守貞！」「打進河中城，活捉……」

劉良、方正、許明舉、張文斌，數個白家軍大將，各自帶著嫡系，沿土壘一擁而下。誰都不想落在別人後邊，錯過了建功立業的良機。

「全軍殺上，打進河中城，活捉李守貞！」剎那之後，白進的全身上下也充滿了鬥志，高高舉起短劍，扯開嗓子大吼。

「打進河中城，活捉李守貞！」「打進河中城，活捉李守貞！」「打進河中城，活捉……」吶喊聲瞬間響成了一片，兩萬多白家軍將士，如潮水般衝向前來拆土壘的叛軍，將後者的隊伍砸得四分五裂。

正對河中城西門的土壘上，只剩下了郭榮和他的嫡系部曲。一個個楞楞地望著越戰越勇的白家軍，滿臉錯愕。

在幾個月前，白家軍可不像今天這般「驍勇善戰」。只要遇上一點挫折，立刻就掉頭後撤。令一道前來征討李守貞的另外幾支隊伍七竅生煙，卻徒呼奈何。

然而，短短幾個月之後，白家軍卻已經「脫胎換骨」。居然不需要友軍的半點兒支援，就將一萬多名叛軍打得落花流水。

「這種玩意，也配稱做軍隊？怪不得當初遇到契丹人時一觸即潰！」趙匡胤帶著執法隊走上了土壘，朝著喊殺聲震天的戰場掃了兩眼，撇著嘴搖頭。

「已經爛到骨頭裡了，誰都改變不了！」郭榮心有戚戚，苦笑著回應。「除非，除非想辦法另起爐灶！」

「就像子明在定州那邊那樣？」趙匡胤眼神微微一亮，壓低了聲音道。

「嗯！」柴榮四下快速看了看，鄭重點頭，「就像子明在定州那邊那樣！咱們這邊得快點兒結束。我有一種直覺，子明那邊，恐怕戰事一開了頭，規模就不受雙方所掌控！」

說罷，他又忍不住，扭頭望向東北。

要下雨了，東北方，有一團彤雲，飛得正急。

彤雲密布，雪花紛飛，夜色濃得伸手不見五指。

「殺！」郭信一個箭步從雪花中撲出來，揮刀剁向一名身穿皮裘的幽州兵卒頭頂。

「饒命——」那名幽州兵卒嘴裡發出淒厲的慘叫，卻沒勇氣轉身迎戰，只是本能地用手捂住自己的腦袋。

下一個瞬間，他的四根手指飛上了夜空。郭信將鋼刀壓在他的頭頂上，瞪圓猩紅色的眼睛，面目好似凶神惡煞，「你家軍主呢？你家軍主在哪裡？說出來，饒你不死！」

「馬將軍，馬將軍就在前面！穿著柳葉甲的就是！饒，饒命！」手指被齊根切斷的幽州兵疼得面孔扭做一團，卻不敢哭。左手握著光禿禿的右手掌，結結巴巴地彙報。

「滾！」郭信一腳將此人踹下山坡，隨即繼續沿著山路緊追不捨。敵軍的主將姓馬，是原後晉青州刺史，現今遼國新貴馬胤卿之子。父子兩個，都對遼國一統天下的「霸業」，極為熱心。若是能將此人生擒活捉，再逼著他到汴梁出任一份閒職，則不光對其父親馬胤卿，對全體效忠於遼國的漢臣，都會造成巨大的打擊。

所以，儘管跑得兩腿已經發疼，儘管左右胸腔內都好像著了大火，郭信卻始終沒有停住腳步。再堅持一下，有可能就追上了。為山九仞，不能功虧一簣！敵軍已經草木皆兵，根本沒有勇氣還擊。敵軍已經筋疲力竭，想要還擊也舉不起兵器。而他需要做的，只是咬著牙再沿著山路追上一段，便可以為此戰贏得一個完美的結局。

「郭都頭，郭都頭，等等，等等我們！」四名李家寨的鄉勇，氣喘吁吁地趕上。跟在郭信身後，朝著沿途遇到的潰兵亂砍。那些潰兵們，則都好像掉了魂兒一般，分明人數足足是他們的五倍，分明舉起刀來就可以將他們亂刃分屍。然而，卻沒有任何一個潰兵敢於反抗，只是用手抱著各自的腦袋，躲閃求饒，宛若一群待宰的羔羊。

「姓馬的就在前邊，活捉了他，功勞咱們兄弟幾個平分！」郭信猛地回頭喊了一句，隨即兩腿繼續加速。

「嗯！」「是！」「繼，繼續！」「聽您的！」鄉勇們連續答應，呼吸聲沉重得宛若鐵匠鋪子裡的風囊。整整一個都的弟兄，到現在還能堅持跟在郭信身後的，就剩下他們四個了。其餘的人要麼在追殺潰兵時累垮，要麼迷失在漫天飛雪裡。

「姓馬的在哪兒？出來受死！」郭信嘴裡忽然發出一聲咆哮，舉起鋼刀，砍碎面前的夜幕。夜幕後，一名十將打扮的幽州軍官被劈飛，屍體順著山坡滾得不知去向。另一名幽州軍官側著身體招架，手裡鋼刀舞得呼呼作響。郭信一刀晃花對方的眼睛，抬起腳，將此人直接踢下了路邊的深谷。

「只殺姓馬的，其餘人不要找死！」四名鄉勇學著郭信的模樣，刀砍腳踹，將突然被發現的潰兵，一個接一個砍倒，驅逐。耳畔忽然一靜，他們和郭信都陷入了黑暗當中，再也聽不到任何哭喊和哀嚎。前後兩個方向潰兵都逃得乾乾淨淨，只有來自北方的寒風，刮過山坡上的枯樹，發出一陣陣虎嘯龍吟。

「誰手裡還有引火之物！趕緊照個亮！」郭信被突然出現的寂靜，嚇得微微一楞。扭過頭，朝著四名鄉勇命令。

「沒，沒有！」鄉勇們彎下腰，用鋼刀支撐住身體，一邊喘息，一邊低聲回應。「火，火在弓箭手身上。弓箭手，弓箭手都沒，都沒跟上來。」

「其他人呢！」郭信又是微微一楞，這才意識到，自己不知不覺間，已經徹底跟大隊人馬失去了聯繫。儘管如此，他依舊不願意半途而廢。咬了咬牙，沉聲吩咐，「從屍體身上搜搜，這幾個都是當官的，可能身上有引火之物。姓馬的估計離這兒也不遠了，只要照亮了路，咱們就可以繼續追擊！」

「追，追擊！」四名鄉勇喘息著點頭，然後蹲下身，在屍體的衣服下用手摸索。不一會兒，有人舉起個火摺子，欣喜地大叫，「找到了，找到了。郭將軍，我找到了。」

「給我！」郭信快步走過去，接過火摺子。隨即又蹲身從屍體上剝下一件皮裘，先用皮裘擋住風，將火摺子吹燃。隨即，又將皮裘直接給點成了一個大火把。

「跟著我做！」他又低低的吩咐了一句，隨即，從屍體上扒下另外一件衣服包住一塊石頭，點燃，然後單手將衣服甩了個圈子，「嘿」地一聲，朝著前方的山路擲了出去。

「呼——」包裹著石塊的衣服，宛若鏈球般飛上天空，飛出三十餘步，然後呼嘯著落地。照亮沿途的山路，照亮躲在山路邊的十幾張毫無血色的面孔。

「姓馬的，哪裡走！」郭信喜出望外，大吼一聲，左手從地上拎起燃燒著的皮裘，右手持刀，沿著山路向下猛撲。被火光照亮的那十幾張面孔不敢迎戰，撒開腿，亡命奔逃。

「站住，站住，姓馬的，有種就別逃！」四名鄉勇也是又驚又喜，雙腿突然就又充滿了力氣。拎起鋼刀，緊緊跟在郭信身後。一邊跑，一邊還不忘了點燃剛剛從屍體上剝下來的衣服，將臨近一小段雪野照得亮如白晝。

幾個家將模樣的人，忽然停住腳步，回過頭來用橫刀封住去路。郭信揮刀將其中一人砍死，又用手裡的皮裘，將另外一人燒得滿臉漆黑。四名鄉勇揮舞著橫刀和火把殺至，將其餘幾名擋路者屠戮殆盡。

前方又是一空，沒有潰兵敢再停下來斷後。郭信帶著四名鄉勇追上去，宛若下山的猛虎。

他看到了俘虜口中的馬都指揮使，是一名身子骨強健，但內心卻比十六歲女娃娃還要孱弱的傢伙。已經被逼到這個地步，居然還不肯自己走路，還要假裝暈倒被家將背著逃遁。他看到馬都指揮使的幕僚、親衛，還有其他幾名幽州軍指揮使，一個跑得口吐白沫，滿臉絕望。

「站住，投降者免死！」郭信腳下突然一滑，差點摔成滾地葫蘆。然而他所發出的斷喝，卻絲毫沒有停頓，並且聲若驚雷。兩名幽州軍指揮使被「雷聲」震得晃了晃，踉蹌著停下了腳步。一名幕僚猛地抽出寶劍，橫在了他自己脖頸上。關鍵時刻，「暈倒」在家將背上馬延煦終於恢復了清醒，猛地跳了下來，手持單刀，咆哮著反撲，「老子跟你拚了，啊——」

「老子跟你拚了，啊——」七八名親兵也回過頭，踉蹌著撲向郭信。握著刀的胳膊，哆嗦得如風中枯枝。這種級別垂死掙扎，對郭信構不成任何威脅。雖然郭信本人和四名鄉勇，也已經筋疲力竭。迅速來了個野馬分鬃，郭信將兩名連刀都沒力氣舉穩的馬家親兵，砍倒在地。然後又是一記神龍擺尾，從背後砍斷了第三名垂死掙扎者的脖頸。

第四名馬家親兵仍不肯放棄，雙手抱著一把鋼刀合身撲了過來。郭信迅速側身，讓開刀鋒。手中橫刀順勢反撩，「噗」地一聲，將此人的手腕，胸甲、小腹一並切做兩段。

「活捉姓馬的！」四名鄉勇結伴殺上，將其餘馬氏親兵攔住，砍得血肉橫飛。都頭郭信終於騰出手，提刀直奔馬延煦本人。

後者哭喊著揮刀亂剁，憑藉還算充沛的體力，不給郭信靠近自己的機會。郭信揮刀左右砍了兩下，身體一矮，右腿迅速橫掃。

「啊！」馬延煦慘叫一聲，斷了線的風箏般被掃飛到四尺開外。「投降不殺！」郭信大吼一聲，提刀追上。兩名馬氏親兵捨了對手，捨命前來阻攔，被他一刀一個，劈得倒飛出去，血流滿地。

「救命——！」馬延煦大叫著，手腳並用，向遠方爬走。郭信踢開前來擋路的一名幽州幕僚，緊追不捨。

只要揮刀下剁，他就能將馬延煦當場斬殺。然而，心裡卻存了活捉此人的念頭，令後者總是能在最關鍵時刻逃脫他的控制。

連續數次沒有將馬延煦拿下，郭信終於失去了耐性，舉起鋼刀，大聲威脅：「再不投降，老子就剁了你！」

「呼——！」一道烏光，忽然從夜幕中射了出來，直奔他的胸口。郭信揮刀猛磕，「噹啷」，火星飛濺，烏光歪了歪，在左肩窩處濺起一串紅煙。

「嗖嗖嗖——」數十支狼牙箭凌空飛至，落於馬延煦身後，組成一道冰冷的柵欄。

「無，無恥——」郭信手捂肩膀，鮮血順著指頭縫隙淋漓而下。艱難地抬起頭，他看見，一夥身穿皮裘的幽州兵鬼魅般從遠處衝了過來，當先一員武將身高八尺，銀甲白袍，手中長槍遙遙指向自己的胸口。

「休得猖狂，韓某前來領教你的厲害！」銀甲將軍大叫著，衝上前，護住馬延煦。身後三十餘名親兵蜂湧而至，沿山路兩側夾住郭信和四名撤退不及的鄉勇，狼牙箭在弓臂上寒光閃爍。

「投降，投降不殺！」韓倬從地上爬起來，帶著滿臉的鼻涕眼淚，大喊大叫。

「休想！唯死而已！」郭信毫不猶豫地拒絕了他的提議，單手持刀，與四名鄉勇背靠背站成了一團。敵人的援軍來了，看樣子規模還不會太小。而自己那邊，卻不知道是否結束了戰鬥？是否還有餘力，面對新來的這群虎狼？

如今之際，只有死戰，才能給弟兄們多爭取一些時間。只有死戰，才有可能讓後續跟上來的袍澤，及時發現險情，並且將消息傳到鄭子明耳朵裡。肩窩處的刺痛一陣陣傳來，郭信的身體疼得戰慄，頭腦，卻無比的清醒。咬著牙舉起刀，他向著敵將發出挑戰，「來將通名，郭信刀下不死無名之鬼！」

「那就讓你死個明白！」白袍敵將笑了笑，嘴角上翹，滿臉驕傲，「大遼推忠契運宣力功臣，尚書左僕射韓知古之子，燕京統軍使韓匡美，奉命前來……！」

「哈哈哈，哈哈哈，哈哈哈……」郭信撇了撇嘴，狂笑著打斷。「說了這麼長一大串，不過是契丹人養的一條走狗而已！」鮮血順著肩膀上的箭桿淋漓而下，轉眼將半邊身子染了個通紅。

「你找死！」韓匡美氣得臉色鐵青，揮舞長槍，分心便刺。郭信有傷在身，氣力又早已用盡，只格擋了兩下，手中橫刀便被磕飛。眼看著對方第三搶又朝自己刺了過來，「啊——」他大叫一聲，閉目等死。

「噹啷！」一聲巨響，將他震得眼前發黑，貼著自家兄弟軟軟栽倒。

韓匡美志在必得的一槍，被半空中飛來的枯樹枝砸歪，冰渣和木屑到處飛濺。沒等他弄明白到底發生了什麼事情，數十塊帶著冰雪的石頭又劈頭蓋臉砸下，將包圍在山路兩側的幽州生力軍，砸得東倒西歪。

「賊子卑鄙！」猝不及防，韓匡美也接連挨了兩石頭，一邊舞動長槍護住自己的臉部和胸口，一邊快步後退。

山坡上，五十幾道身影呼嘯而下，一邊用結滿了冰雪的飛石和枯樹枝繼續襲擊幽州軍，一邊在郭信等人身前，組成了一道高牆。

狂風捲著雪花，在人牆前飛舞。

「卑鄙莫過於為虎作倀，殘害自己的同族！」無盡飛雪中，鄭子明手持鋼鞭，正對韓匡美，宛若一尊從天而降的殺神。

【第十章】

狂風

此時薊州韓氏崛起時間不長，族中子弟剛剛開始跟耶律氏聯姻，暫且還無法以純血的契丹人自居。因此韓匡美聽到鄭子明的話，頓時羞得面紅耳赤。扯開嗓子高喊了一聲：「賊子竟敢辱我！」擰槍便刺。

「噹啷！」鄭子明揮鞭上撩，將長槍砸歪到一旁。隨即掄臂上步，泰山壓頂。「人必先自辱，然後才會被他人所辱！」

「噹啷！」又是一聲巨響，韓匡美搶在鋼鞭砸中自己之前，撤槍格擋了一下，堪堪擋住了鋼鞭下落之勢。雙臂卻被震得又酸又麻，兩條腿不由自主地快速後退，「蹬蹬蹬，蹬蹬蹬，蹬蹬……」

「保護將軍！」周圍的韓氏親兵大叫著一擁而上，擋住鄭子明，避免他乘勝追擊。跟著鄭子明一道殺過來的鄉勇見狀，嘴裡也齊齊發出一聲大喝，衝上前，與韓氏親兵戰做一團。

雙方在狹窄濕滑的山路上你來我往，各不相讓，轉眼間，彼此就又都有七八個人倒地。還沒等他們分出高下，周圍的景色忽然一黑，卻是那幾件被點燃的衣服已經燒到了盡頭，再也無法提供任何光亮。

「弟兄們，向我靠攏！」鄭子明揮鞭將一個幽州兵砸倒，雙腿大步後退，同時扯開嗓子高聲叫喊。他膂力過人，兵器沉重，黑暗環境下最容易造成誤傷。所以只能先行退避，以免傷及自家袍澤。

「弟兄們，聽我的命令，後退，跟著我的聲音後退！」十步遠的夜幕中，韓匡美的聲音也緊跟著響起，倉促之間所做出的選擇，與鄭子明別無二致。

雙方的兵卒放棄敵我難分的混戰，大步朝各自主將身邊靠攏。一眨眼功夫，彼此之間就脫離了接觸。

「唦！」「唦！」兩聲燧石敲擊聲響起，不約而同。鄭子明一手持鞭，一手高舉火摺子，舉目搜尋，恰看見韓匡美移動過來的雙眼。

「我乃大遼推忠契運宣力功臣，尚書左僕射韓知古之子，燕京統軍使韓匡美，敢問對面將軍尊姓大名！」韓匡美迅速將火摺子塞給身邊親信，雙手搭在一起，主動向鄭子明行禮。

經歷剛才一場短暫的搏殺，他心中的傲慢之意盡去。代之的，則是對敵手的幾分惺惺相惜。

鄭子明打了半宿的仗，又冒著風雪跑了七八里山路來救援郭信，此刻早就成了強弩之末。見對手不立刻重新發起攻擊，心中頓時一鬆。趕緊裝出一副好整以暇模樣，將火摺子交給身邊的鄉勇，笑著拱手還禮：「免貴，姓鄭，名恩，字子明。蒙父老鄉親們不棄，在此地結寨防賊！」

「你就是鄭子明？」韓匡美悚然動容，皺著眉頭上下打量對方，彷彿唯恐認錯了人一般。

「正是！」鄭子明笑著回應。一邊趁機調整呼吸，恢復體力，一邊仔細端詳對面的敵將。只見此人身體挺拔，面孔白淨，眉宇間，竟依稀與韓晶有三分相似。再聯想到此人先前所通報的名姓，韓匡美，頓時，有股無名業火，就湧上了心頭。

是韓匡嗣的弟弟，血緣關係極近的弟弟，有可能是一奶同胞。去年，韓匡嗣為了討好契丹人親手殺了他自己的女兒韓晶，今年，他的弟弟又為了討好契丹人，親自帶兵攻入了中原！

「你的身世我知道！」見鄭子明看向自己的目光忽然變得極其冰冷，韓匡美被嚇了一跳，趕緊將身體朝親衛背後縮了縮，同時悄悄握緊了手中長槍，「以你的血脈和本事，又何必寄人籬下，做一個五品小吏？」

他今天打著去馬延煦的大營裡，給自家侄兒撐腰的想法，連夜入山。身邊只帶了一個營頭的弟兄，並且在路上也走散了大半兒。而經過剛才的交手，他又發現鄭子明的本事與他不相上下，身邊的鄉勇也遠非他所想像中的尋常農夫。所以，能不馬上跟對方拚命，還是不拚為妙。

誰料這句包含著毒藥的挑撥之詞，卻根本沒收到預期的效果。鄭子明好像想都懶得多想，立刻搖搖頭，冷笑著回應：「鄭某聽說，人不是牲口，不需要名種名血。至於做什麼官兒，幾品幾級，鄭某卻未曾放在心上。倒是你，以你們父子兄弟的本事，豈不更是可惜？」

正所謂自家人知道自家事，鄭子明身邊的鄉勇人數比對方多，卻都是廝殺了大半夜的疲兵。真要拚起命來，他自己也許能先殺掉韓匡美之後再血戰得脫，麾下弟兄們，恐怕至少得葬送掉一大半兒。所以對方既然想先打一場「嘴仗」，他當然樂得奉陪。

「有什麼可惜的？韓某是燕京統軍使，家父生前乃是尚書左僕射，家兄已經做到了南院樞密使，其他幾個兄弟在遼國也都官居顯職！」果然，韓匡美被他冷笑搖頭的模樣，勾得心頭再度火起，瞪圓了眼睛，大聲強調。

「大好男兒，卻甘為異族鷹犬？豈不可惜？」鄭子明冷笑，緩緩舉起了手中鋼鞭。

「哈哈哈哈……」郭信手捂肩膀，笑得滿臉是淚。眾鄉勇雖然只聽了個似懂非懂，卻也知道自家鄭將軍占了上風，立刻也學著郭信的模樣，仰天大笑，「哈哈哈哈哈，哈哈哈哈哈，哈哈哈哈哈……」

剎那間，哄笑聲竟然壓住了夜風，在群山之間來回激蕩。

「賊子，敢侮辱我家將軍！」韓匡美身邊的親信被笑得惱羞成怒，彎弓搭箭，試圖射死鄭子明滅口。鄭子明身邊的鄉勇們，立刻毫不猶豫地用弓箭還以顏色。雙方在極近的距離上引弓互射，轉瞬就又都倒下了十幾個。其餘的人一邊努力用兵器護住自家要害，一邊不停後退，將彼此之間的距離越拉越遠。

不約而同，兩邊都熄滅了手裡的火摺子，令對方的羽箭無法瞄準兒。隨即，這段山路徹底陷入黑暗。當天空的羽箭慢慢稀落，火摺子又被雙方相繼打燃。鄭子明手持鋼鞭，橫眉怒目。四十幾步外，韓匡美的胸脯上下起伏，卻再也沒有勇氣發動進攻。

旗鼓相當，誰也奈何不了誰。這是他又付出了手下十幾條性命之後，終於徹底認清的現實。不過，無所謂，大遼國的兵馬已經正式南下，光是跟在他身後，歸他調遣的，就有整整兩個軍，二十幾個營頭。今晚忍得一時之氣，明日太陽出來，定要讓對方加倍償還。

想到這兒，韓匡美強壓心中怒火，冷笑著道：「鄭將軍不愧為帝王之後，不但身手了得，嘴上的功夫也甚了得。只希望你麾下的兵馬，也跟你一樣有本事。」

「過獎，過獎。弟兄們的本事都跟我差不多，幹別的事情未必是材料，殺幾個強盜，卻恰恰夠用！」鄭子明眉頭微微上挑，大聲回應。

「我大遼此番南下，盡起四十萬大軍！據我所知，漢國內亂未平，幾支可用之兵，如今都被絆在河中那邊。」韓匡美被堵得心中難受，咬了咬呀，乾脆直接擺出自家兵力做威脅。

「燕趙舊地，自古多慷慨男兒。」鄭子明看了他一眼，淡然回應。彷彿身後果真站著千軍萬馬。

「不過是一群平頭黔首，人數再多又能如何？」韓匡美聽得心中一緊，卻強做鎮定地大聲冷笑。

「這話，等你與耶律德光重逢之時，何不親自問他？」鄭子明聳了聳肩，笑著給出答案。

四十萬大軍乃為虛數，任何一場戰爭如果需要出動四十萬大軍的話，光是糧草供應，就可以把出兵這方活活拖垮。此番南侵，遼軍號稱四十萬，真正出動的，頂多是七、八萬人，並且裡邊還有近一半兒為輔兵和雜兵，戰鬥力跟正兵不可同日而語。

但燕趙舊地，「平頭黔首」的數量，卻要以百萬計。上一次遼軍顛覆大晉之後，之所以匆匆撤兵，便是因為遭到了「平頭黔首」們的群起反抗。特別是在河北，檀州義軍在王瓊的帶領下，幾度切斷遼軍的退路。令當時的遼國皇帝耶律德光徹底失去了統治中原的信心，以避暑為名，倉惶北退。沒等回到幽州，就鬱鬱而終。注一

臨死之前，耶律德光總結自己失敗的教訓，親口承認，他犯下了無法挽回的三個大錯，第一，放任官員

搜刮百姓錢財；第二，縱容契丹士兵打草穀；第三，沒有早點遣返投降的節度使去治理各鎮。

而這三大錯所導致的後果，卻只有一個。民心盡失，反抗之火燒遍原野。

作為遼國皇帝的鷹犬，韓匡美在上次南侵之戰中，也曾在耶律德光鞍前馬後效力。對倉惶後撤之時那種喪家之犬般的感覺，至今記憶猶新。因此，聽鄭子明要他到地下去向死去的耶律德光請教，頓時又被刺激得七竅生煙，把手中長槍一擺，大聲叫囂：「你，你休逞口舌之利！令尊可是仍然被囚在營州，他，他當初和你一樣，把話說得擲地有聲！到頭來，卻落了個國破家亡的下場！」

這就有些不要臉了，與他一直試圖維持的翩翩公子形象判若兩人。鄭子明聞聽，卻依然滿臉平靜，「家父去年，已經托人帶回傳位詔書，禪位與劉氏。寧死，也不肯為虎作倀。鄭某不管是不是他親生，都以他為榮。而你，呵呵，千年之後，不知道韓氏子孫，還有沒有勇氣，提起其祖先此刻所為？」

「你，你，老子跟你拚了！有種出來鬥將！」韓匡美再也忍受不住，將長槍一擺，就要跟鄭子明拚個你死我活。

「正如某所願！」鄭子明微微冷笑，毫不猶豫地舉起了鋼鞭。

這下，韓匡美連後退的餘地都沒有了，只能咆哮著向前猛衝。參軍韓倬在旁邊，一直偷偷觀察著敵我雙方的一舉一動。發現事情不妙，趕緊追出去，雙手死死抱住了韓匡美的後腰。「將軍，切莫中了別人的激將法！」

「將軍，將軍乃國之干城，豈能將自己等同於一介村夫？且讓他口頭占些便宜，等大軍一至，定將李家寨碾成齏粉！」剛剛緩過一口氣來的馬延煦，也撲上前，死死扯住了韓匡美的一條胳膊。

其他幕僚和親兵見狀，如何還不知道該怎麼做？也紛紛硬著頭皮向前湧了數步，將韓匡美緊緊保護

注一、此為史實，並非杜撰。耶律德光自己總結沒能在中原站穩腳跟的原因，也親口承認，是自己逼反了百姓，才不得不離開。第一，放任官員搜刮百姓錢財；第二，縱容契丹士兵打草穀；第三，沒有早點遣返投降的節度使去治理各鎮。他在北歸途中病死於河北欒城。

在身後。手中的角弓，卻始終沒有敢再向對面射出一箭！

姓鄭的膂力奇大，殺人經驗豐富，自身又悍不畏死。無論誰跟他單挑，都很難占到便宜。更何況韓將軍乃是統帥著上萬大軍的名將，而姓鄭的，如果不將姓氏改回「石」的話，就是一個村夫！

美玉不能拿來砸石頭，梧桐不能當劈柴。韓匡美是惱羞成怒之下，自己斷了自己的退路，才不得不試圖咬著牙朝前衝。現在既然有人把梯子遞到了腳下，豈能繼續一條道跑至黑？當即，將長槍往地上猛地一戳，大聲說道：「姓鄭的，今晚且放過你一次。老子麾下的弟兄馬上就會尋過來，你識相，就趕緊滾回去整頓兵卒，咱們來日一決雌雄！」

「老子麾下的八百男兒，也馬上就要打掃完戰場。你若再繼續虛張聲勢，小心永遠下不了山！」鄭子明回頭朝著自己的來路上看了看，不動聲色地回應。

正所謂，麻秸稈打狼，兩頭害怕。此時此刻，敵我雙方實際上心裡頭都沒底兒。但敵我雙方卻都裝出勝券在握的模樣，誰也不肯先暴露自家虛實。

正都騎虎難下之際，夜風中，忽然傳來了一陣嘈雜的呼喊，「殺，殺馬延煦。別讓他跑了！殺了他，大夥個個官升三級！」

「殺，殺馬延煦。別讓他跑了……」「殺，殺馬延煦……！」回聲在群山之間來激蕩，黑暗中，也不知道多少鄉勇趕了過來？能夠將山路上的遼國殘兵全殲幾輪？

「今夜天寒地凍，就便宜了你，咱們三日後，再見真章！」韓匡美心裡打兩個哆嗦，從地上拔出長槍，轉身便走。

黑燈瞎火，他所帶領的其餘親信，能不能及時找過來還要兩說。而村夫鄭子明手下的鄉勇，卻個個都是地頭蛇。即便閉著眼睛，也不會走錯路。萬一他們搶先一步抵達，後果不堪設想。

「站住，你我勝負未分，可以來日再戰，但是姓馬的必須留下！」鄭子明卻好像被夜空中的喊殺聲，鼓起了全身勇氣，擺動鋼鞭，緊追不捨。

「姓馬的留下，否則誰都甭想走！」眾鄉勇跟在鄭子明身後，狐假虎威。作為土生土長的當地人，他們不用仔細聽，就知道喊殺聲至少跟這邊隔著一座山梁。可既然對方已經露了怯，自己這邊豈能不將機會牢牢把握住？

「你，你不要欺人太甚！」耳聽著追兵的腳步聲越來越近，韓匡美只能停止後撤，整隊備戰，「姓鄭的，你到底想怎麼樣？別逼我拚個魚死網破！」

「不想怎麼樣。既然敢打上門來，就得付出代價。誰也甭指望想來就來，想走就走！」見敵軍有了準備，鄭子明果斷停住腳步，也開始在山路上整理隊伍，只待陣形調整完畢，就發起最後的進攻。

「你……」韓匡美氣得兩眼冒火，卻終究沒勇氣跟對方死拚到底。咬了咬牙，忽然從親兵手裡搶過一把鋼刀，轉過身，手起刀落。

「啊——」馬延煦的右臂齊肘而斷，慘叫著栽倒。韓匡美卻對他看都不看，彎腰撿起半截血淋淋胳膊，再度轉身，奮力拋向鄭子明，「他喪師辱國，回去後也難逃一死。但韓某職責所在，卻不能由著你把他抓走。且給你留下一隻胳膊，其餘部分，等他被軍法處置了之後再補，如何？」

「那鄭某，就卻之不恭了！」鄭子明將斷臂撿在手裡，掂量了一下輕重，笑著答應。

既然自己沒把握將韓匡美留下，先拿馬延煦半條胳膊，倒也合算。自己回去之後，可以用這半條胳膊激勵士氣。而馬延煦回到遼軍那邊，即便不被按照軍律處死，這輩子也無法再走上戰場了。

必須將賊打疼了，他們才會在下一次搶劫之前，仔細權衡輕重。賊兵的援軍到了，韓匡美宣稱有兩萬之眾。鄭子明不知道自己能擋住這兩萬強梁多久，但是，他卻堅信，自己可以讓強梁們，付出足夠的代價！

「鄭將軍不必遠送，韓某改日再登門受教！」見鄭子明拿了馬延煦一條胳膊之後，便不再像先前一樣咄咄逼人，韓匡美唯恐夜長夢多。趕緊丟下一句漂亮話，命人背上昏迷不醒的馬延煦，迅速沿著山路後撤。

「鄭某時刻恭候！」既然沒把握將韓匡美等人留下，鄭子明也不為己甚，笑了笑，輕輕拱手。

「我們等著，不來是孫子！」

「爺爺們等著收爾等的胳膊！」

「說到做到啊，可千萬別認慫……」

眾鄉勇可沒鄭子明這麼好的涵養，見敵將明明打輸了，卻依舊不服氣。立刻亂紛紛的出言奚落。

然而，無論他們如何撩撥，韓匡美全都當作罵的是別人。帶著麾下殘兵敗將越走越快，不多時，就已經消失得無影無蹤。

「小人立功心切，卻差點丟了自己的性命，還拖累將軍身處險境，罪在不赦，願以此頭嚴正軍法！」當確認敵軍已經真正去遠，郭信掙扎著轉到鄭子明面前，雙膝跪倒，大聲說道。

「郭兄弟不必如此！」鄭子明見狀，趕緊伸手前去攙扶，「臨敵機變，本在你的職權範圍之內。更何況，沒有你，我也發現不了敵人的援軍！」

對方是義兄柴榮的親信，也是郭氏家族放在李家寨的代言人。即便犯了再大的錯，他也不好嚴格按照軍法處置。特別是在敵軍大兵壓境的情況下，自己這邊每一分戰鬥力都值得珍惜，更不能輕易捨棄。

一番話，說得很是坦誠。然而，郭信自己，卻沒臉蒙混過關。推開鄭子明的手，此人用膝蓋向後退了半步，咬著牙道：「令行禁止，乃軍律之重。小人原本打算拿了姓馬的人頭將功抵過，既然沒有拿到，就活該被懲處。小人知道將軍不忍下手，小人自己來！」

說罷，從地上抓起一把斷刀，便朝自己脖子抹去。

「不可！」鄭子明聽了他先前的說辭，就已經預感到了情況不妙。搶先一步，揮臂反撩。將郭信右胳膊撩得「喀嚓」一聲，當場脫了臼。原本橫向脖頸的鋼刀，也緊跟著「噹啷」一聲，軟軟落在了地上。

「鄭某，向來不跟自家人客，客氣！」鄭子明廝殺了大半宿，剛才又跟韓匡美鬥智鬥勇，此刻無論身體還是精神，都早已疲憊到了極點。因此勉強發出一擊之後，整個人也頓時如同虛脫。用一隻胳膊強撐著地面，才讓自己不至於當場摔倒。

「將軍小心！」

「巡檢大人小心！」

「巡檢大人累脫力了，趕快，趕快扶住巡檢大人！」

「要死，你自己找地方偷偷去死，別再拖累……」

眾鄉勇頓時被嚇得魂飛魄散，爭先恐後圍攏過來，將鄭子明攙扶起。同時對著郭信破口大罵。

「行了，郭將軍已經很難過了。你們不要再過分苛責於他！」鄭子明掙扎著站穩身體，低聲喝止。隨即，又用手分開人群，朝著面如死灰的郭信好言好語地安慰：「鄭某不是不忍心。遼國的大軍轉瞬即至。你，你即便想死，也，也該死在戰場上。」

「小人知錯了。謝巡檢大人不殺之恩！」郭信原本已經被眾鄉勇們罵得生無可戀，聽了鄭子明的話，頓時又羞又悔。俯身磕了個頭，掙扎著站起。

「回去吧，夜裡風大！」鄭子明勉強向他笑了笑，由幾個親兵攙扶著，緩緩撤向來時的山坡。

眾鄉勇們打了勝仗，原本想要奏凱而歸。被郭信如此一折騰，頓時也沒了精神。跟在主帥鄭子明身後，收兵回營。

路才走了一小半兒，山道轉彎處，卻忽然亮起了無數燈球火把。卻是陶大春怕鄭子明有閃失，與李順、陶勇、陶三春等人，帶著若干鄉勇前來接應。

雙方彙聚到了一處，隊伍中的氣氛頓時又開始熱鬧。除了少數幾個人之外，隊伍中的絕大多數弟兄，都為剛剛取得的輝煌勝利而興高采烈。特別是聽聞有敵將帶著一支生力軍趕來救援，卻被鄭子明迎頭痛擊，不得不留下馬延煦的一條胳膊方才脫身的事跡，愈發感覺莫名地歡喜和自豪。

「都說幽州兵厲害，我看也不過如此！」李順性子最跳脫，肚子裡藏不住話，偷偷看了看鄭子明的臉色，大聲說道。

登時，四下裡就爆發出一陣熱烈的附和之聲。

「可不是嗎，當初我還以為這回即便能打退了敵軍，咱們自己也得傷筋動骨呢。誰想到幽州兵只是傳說中才厲害，遇到了咱們，立刻現了原形！」

「不光是你一個，前些日子見巡檢大人把老弱都安排進了山裡，我心裡頭直打哆嗦。以為這回可是要死了，卻沒想到，死的都是敵人！」

「嗨，嚇死了，嚇死了。好在當初心裡頭念著大人的恩，沒拉下臉皮來跑掉……」

眾鄉勇們拍打著自家胸脯，喘著粗氣，一個個表情要多誇張有多誇張。

鄭子明見狀，不得不出言給大夥潑冷水：「你們也別高興得太早，遼國的援軍已經到山外了。這一次，人馬是先前的十倍都不止。」

話音剛落，四下裡，便又響起了一陣豪氣干雲的議論聲，「不怕，有大人您在，咱們來一個殺一個，來兩個殺一雙！」

「十倍又能怎樣？咱們李家寨這麼窄的門口兒，就算來了二十倍的敵軍，能撲上來跟咱們交手的，每回也是那麼幾頭！咱們一次殺掉幾百，一次殺掉幾百，殺上十天半個月，終究也能殺光！」

「巡檢大人不要長他人志氣，咱們個個以一擋十！」

「對，咱們八百弟兄，就是八千玄甲軍！」

「巡檢大人放心，只要您不下令撤退，我們就死戰到底！」

「死戰！死戰！」

……

山風吹過，搖曳的火光，照亮一張張無所畏懼的面孔。

此時此刻，陶大春心中，也是豪情萬丈。唯恐鄭子明再出言打擊弟兄們的士氣，偷偷拉了後者一把，低聲說道：「子明，請恕陶某的多嘴，幽州軍，的確不如傳說中那麼厲害！」

「豈止是不如，簡直是徒有虛名！」

「一群西貝貨，我先前以為咱們得灰溜溜退進山裡頭呢！」

李順和陶勇兩個，也毫不猶豫地接口。

他們二人都參加過戰前的軍議，對當初鄭子明所做出的各項決策，至今記憶猶新。在數日之前，大夥可不像現在這般信心十足。包括鄭子明本人在內，都覺得此戰勝算不大。曾經下令在寨子裡許多地方提前堆放好乾柴，只要戰事不利，便會主動撤離，用一把大火將李家寨燒個精光。讓敵軍徒擁勝利之師的虛名，最後卻什麼好處都撈不著。

誰也未曾料想，氣勢洶洶而來的敵軍，稀裡糊塗地就敗在了大夥手裡。過程既不驚險，也不刺激，甚至還有一點乏味。

而這場乏味的戰鬥，結果卻極為輝煌。兩千餘幽州精銳，最後逃離生天的應該湊不到五百，其中，還有四百多人躲在陶家莊，今夜像烏龜一樣沒敢露頭。

「子明，我，我也覺得，幽州軍真的是名不副實。要說上一次輸給咱們，是因為驕傲自大，被咱們打了個措手不及。這一次，他們總不該還是輸在了輕敵上面！」陶三春心細，看問題的角度，也與其他人不盡相同。「剛才追殺潰兵時，我也跟其中幾個傢伙交了手。感覺，感覺他們真的不比咱們強。頂多是作戰經驗豐富一些，其他，無論是體力，還是相互之間的配合，都比弟兄們大大不如！」

「這……」聽陶三春說得認真，鄭子明低聲沉吟。

事實上，他對敵軍的拙劣表現，也感覺莫名其妙。在此戰之前，他心裡一點必勝的把握都沒有，想得最多的，是如何給了敵軍迎頭痛擊之後，帶著盡可能多的弟兄從李家寨平安撤離。

直到昨天下午，潛伏在陶家莊周圍的斥候們，帶回了敵軍的整套撤退計畫。鄭子明才終於意識到，自己過高地估計了對手。而那時，他卻已經來不及考慮其中原因，只能先集中起全部精神，在敵軍的必經之路上布置陷阱，以免一不小心就錯過了送上門來的良機。

「老子手下這五百親軍，都是一日一操，頓頓吃飽，隔天還會加肉。所消耗的米糧輜重，在別人那裡，養一萬大軍都輕鬆。所以老子麾下這五百弟兄，輕鬆就打別人數萬！」猛然間，他眼前出現一個霸氣的身影。是常思！被劉知遠親手送入死地，卻憑著五百親信橫掃澤潞兩州的常思！雖然在此人身邊的時間加起來，也不夠兩個月。但現在扭頭回望，這兩個月所學，卻足以讓鄭子明受益終生。

不是幽州軍名不副實。而是鄉勇的實力在不知不覺中，已經變得很強。

下一個瞬間，鄭子明的眼神突然發亮，整個人變得神采飛揚。

常思教的那些東西，終究沒有白教。自己這小半年來的努力，終於沒有白費。義兄柴榮通過郭家源源不斷送來的糧草輜重，也終於沒有白打水漂！在各方的一致努力下，李家寨的鄉勇，早已脫胎換骨。只是，自己身在其中，感覺不到變化的巨大而已。

這只是短短幾個月時間，如果將來自己有了更好的機會，得到更充裕的兵源和物資供應，揮兵遼東，必將不再是一個夢想！那時，自己就可以將父親救出來，再鄭重地問一次，自己的身世到底如何？那時，無論自己是不是他的親生，父親都必將以自己為榮……

有股濕熱的暖流，在鄭子明的心底緩緩湧起，緩緩湧遍他的全身。

他終於朝著夢想又近了一步，儘管，這一步走得分外艱難。

「烽煙繞兩京，萬里鼓角鳴，男兒拔劍起，蔚為萬夫雄……」四下裡，弟兄們吼起了凱歌。曲調簡單，文詞也算不上有多華麗，聽在人耳朵裡，卻是熱血沸騰。

「碧血染旗畫，赤心耀邊城。談笑掃北虜，笙管奏太平！」李順和陶大春扯開嗓子，高聲唱出戰歌的下半闕。

「烽煙繞兩京，萬里鼓角鳴……」更遠處，山風送來回聲和其他弟兄們的歌聲遙遙唱和。

「男兒拔劍起，蔚為萬夫雄……」陶大春，李順、陶勇，還有周圍眾鄉勇們，再度齊聲高歌。或敲打盾牌，或者刀劍相擊，奏出一曲男兒鏗鏘。

「碧血染旗畫，赤心耀邊城。談笑掃北虜，笙管奏太平！」鄭子明迅速被大夥的情緒所感染，也扯開嗓子加入了合唱大軍。

今夜，勝利屬於他們，誰也沒有資格笑他們年少輕狂。

待回到李家寨之後，東邊的天空已經微微發亮。筋疲力竭的鄉勇們顧不上洗漱，鑽進各自的營房內，倒頭便睡。鄭子明自己，卻只是用冷雪擦了把臉，就迅速把麾下的幾個核心骨幹召集到中軍之內，開始謀劃下一場戰事。

據昨夜韓匡美親口炫耀，下一波遼軍規模高達兩萬。扣除一部分嚇唬人的浮誇，實際規模，恐怕也有七到八千之眾。按照幽州軍戰兵和輔兵對半分的傳統，這夥新來的強盜當中，戰兵的數量，再往少了算，恐怕也不會低於三千。而巡檢司的鄉勇已經接連進行了兩場惡戰，此刻還能拿出來的弟兄，已經不足六百！

三千對六百。即便韓匡美不拿輔兵當消耗品，巡檢司這邊依舊要以一敵五。如果姓韓的發了狠心把輔兵也都押上，鄉勇們就要以一當十，甚至更多。

當發覺了敵我兵力對比懸殊這一殘酷的事實之後，大家夥的心臟和頭腦，迅速就從血戰獲勝的興奮中冷靜了下來，每個人的臉上，都顯出了幾分凝重。

「敵將初來乍到，前兩場戰鬥他們輸得又實在有些悽慘。所以，姓韓的應該會在山外停留三到五天，以便收攏敗軍，順便從馬延煦等人嘴裡，瞭解我軍的虛實！」在座當中，潘美讀過的兵書戰策最多，心思也轉得最快。從床板上支撐起自己的腦袋，低聲剖析。

「韓匡美那廝昨夜跟咱家巡檢約的是三日後再戰。」李順嘴快，立刻起身大聲補充。「據我觀察，那廝又極要面子。應該是豁出去手下多死些人，也會先跟咱們打上一場！」

「怎麼可能，那他豈不是又成了第二個馬延煦？」郭信聞聽，立刻皺著眉頭出言反駁。然而，話說出了口，他卻又猛然想起了自己還是戴罪之身。臉色瞬間就是一黯，咧了咧嘴，訕訕地補充，「我只是，我只是覺得，他會汲取馬延煦的教訓。沒有絕對把握，不會輕易跟咱們動手。以免又失了銳氣，進退兩難！」

「他可以來了之後，不立刻發起進攻。只要把隊伍拉到冰牆之下擺開，就算沒有失言！」李順絲毫沒有注意郭信的臉色變化，或者說現在已經不太在乎，想了想，大聲補充。

「這……」郭信對他的說法很是懷疑，卻猶豫了一下，沒有繼續反駁。

潘美心細，見狀趕緊接過話頭，笑著總結道：「這個倒沒有必要爭執。反正無論咱們這邊怎麼說，敵將都不會聽。先按照三日後雙方交手做準備就是。三日後如果敵軍不來，咱們這邊也沒啥損失！弟兄們還樂得多休整幾天！」

「那倒是！」在座眾人笑著點頭，對潘美的看法表示贊同。隨即，又開始探討與敵軍交戰的具體方案。眾寡如此懸殊，巡檢司這邊當然還是以防守為主，尋找適當機會再給敵軍狠狠來上幾下，打擊其士氣和軍心。但光是一味地憑險堅守，卻也很難再重複上一場戰鬥的輝煌。

韓匡美的地位遠高於馬延煦，手中兵力是後者的數倍，作戰經驗也遠比後者豐富。在沒有任何壓力的情況下，他沒必要像馬延煦那樣急於求成。而立春一過，天氣很快就會變暖。原本給遼軍造成很大困擾的積雪會以肉眼可見的速度消融，巡檢司這邊所依仗的冰牆，也會隨著氣溫的升高，不戰而破。

「速戰速決，咱們手頭兵力嚴重不足！」思前想後，都找不到一個好辦法，陶大春嘆了口氣，低聲說道，「長期堅守，冰牆很快便會自己塌掉。子明，反正咱們已經連贏兩場了，沒有必要死撐到底。實在不行的話，就跟呼延家說一下，咱們……」

偷眼看了看傢伙的臉色，他刻意沒有把話說完整。但想表達的意思，卻已經清清楚楚。

「退進太行山中，也不是不可以！但是，我還是想先跟對手打上一場，再考慮是堅守還是主動撤退！」鄭子明笑了笑，絲毫不為陶大春的提議而感到失望。上一場戰鬥結束之前，他也提出過大夥退入太行山，暫避敵軍鋒芒的想法。並且搶先一步把寨子裡的老弱婦孺都送了過去。

但是，上次原本沒有任何獲勝指望的戰鬥，大家夥兒卻打贏了，並且贏得極為乾脆利索。這令他在內心深處，無形中就增添了不少底氣。所以，在沒有到非走不可的時候，就不願意考慮撤退問題。

「大人說得是，不做上一場，誰知道誰幾斤幾兩？」

「咱們人少歸人少，可咱們卻不能未戰而怵！」

李興和陶勇兩個都頭，揮舞著胳膊，低聲嚷嚷。

他們二人，如今都對自家實力信心爆棚。總覺得幽州軍不過如此，即便雙方兵力相差再懸殊，都未必不可一戰。

「關鍵是地形！」陶大春性子很沉穩，並不為大夥不支持自己而覺得氣餒，搖搖頭，繼續低聲補充，「李家寨算是三面環山。冰牆化了之後，咱們只能退守寨子。而寨子北面的山頭落入敵軍手裡之後，他們就可以居高臨下，將咱們的一舉一動看得清清楚楚。屆時，咱們再想全身而退，可就難了！」

「嘶——」李興和陶勇兩個，齊齊倒吸一口冷氣，眉頭迅速皺成了一團大疙瘩。

陶大春剛剛所提到的，的確是個嚴峻的問題。李家寨的防禦設施當初都是為了防禦山賊流寇所建，所選地址也是以方便舒適為第一要務。所以根本不適合作為長期堅守的屏障，更不適合用來抵擋大規模的軍事進攻。

「你，你說的固然沒錯。但，但我不信，天氣變暖之後，朝廷依舊會裝聾作啞！」正在大夥被陶大春說得憂心忡忡之時，潘美忽然又用胳膊將自己的上半身支撐起來，大聲反駁。「如果遼軍真的是大舉南侵的話，邊境上的那幾位節度使，就沒有辦法再首鼠兩端了。他們要麼開城向遼軍投降，要麼拚死跟遼軍一戰。而大漢國的朝廷再沒出息，總不能任由遼軍把河北全都占了。早晚都會派兵過來！」

「朝廷肯定會派兵，史、郭兩位樞密大人，從來就沒怕過契丹人！」事關朝廷的動向，郭信立刻就又有了發言的勇氣，想都不想，大聲說道。「前提是，韓匡美昨夜所言屬實。畢竟小規模軍隊越境打草穀和大軍正式南侵，是完全兩回事情。」

「光咱們一個李家寨，就派兩萬大軍來，怎麼可能還是打草穀？」李順聞聽，頓時開始撇嘴冷笑。「除非滿朝文武全是瞎子。可是話又說回來了，咱們最好還是別指望朝廷。從我記事時起，前前後後都換了四五個皇帝了，可朝廷從來卻沒讓老百姓能指望過！」

「關鍵是，咱們能不能堅持那麼長時間，堅持到朝廷不得不發兵！」潘美趴伏在床板上，再度迅速搶過話頭。

因為脊背上受了傷的緣故，他只能趴著跟大夥探討軍情。每說到緊張處，胳膊和雙腿就會同時支撐，就像一頭蓄勢待撲的豹子！

「從消息傳到朝堂上，再到朝廷做出決策，再等到大軍趕至這邊，最短也得一個半月！」郭信的臉色又開始發暗，嘆了口氣，實話實說。「順子說得對，咱們，咱們指望不上朝廷。」

承認事實會令他感覺很痛苦，但是他更不想讓弟兄們白白的送命。如果堅持不到朝廷的兵馬趕至前線，弟兄們的犧牲，將沒有任何意義。而一個半月，對於只有區區六百鄉勇的巡檢司來說，實在過於漫長。

「如果只是要拖延時間的話，也許，鄭某還真能想到一些辦法！」就在他幾乎感到絕望之際，一直沒有說話的鄭子明，忽然笑著開口。剛剛長出幾根鬍子茬兒的臉上，帶著明顯的促狹。

就在鄭子明等人為越打規模越大的戰事而憂心忡忡的時候，隔著一道山梁的陶家莊內，韓德馨、耶律赤犬諸輩，同樣是度日如年。

被馬延煦強行丟在莊子裡擔任「阻擊敵軍」任務的將士，全部加起來有五六百之多。然而，其中卻有一大半兒是傷兵。剩下的一小半兒裡頭，也有將近六成左右正在發著高燒，腿軟得連站都站不穩，更不可能列好戰陣跟敵軍拚命！

在如此惡劣的情況下，這支隊伍全軍覆沒幾乎是必然。至於其中多少人還有機會活著回到幽州，則全看對手的心情。

於是乎，為了保證對手能有一個好心情，從昨天早晨「臨危受命」那一刻起，耶律赤犬和韓德馨哥兩個，就用盡了全身解數。然而，這些解數到底能不能起到作用，作用的效果究竟如何，至今卻依舊不得而知！

「狗日的盧永祥怎麼還沒回來？這馬上就要到晌午了，他就是挖地三尺，也該挖到些東西了吧！」越等，心裡頭越是發虛，耶律赤犬叫著手下一位都頭的名字，咬牙切齒。

後者原本隸屬於白馬營，數日前因為在攻打冰牆的戰鬥中表現不佳，其指揮使盧永照被馬延煦親手處死，全營從戰場上撤下來的其他殘兵敗將，也在昨天早上被馬延煦當作了棄子，一股腦地丟在陶家莊，由耶律赤犬和韓德馨哥兩個率領著，準備為大遼國貢獻最後的忠誠。

在戰場上翻滾了小半輩子的盧永祥，當然對馬延煦恨之入骨。恰好，耶律赤犬和韓德馨哥兩個也不願意坐以待斃。結果三人湊在了一起，很快就起了同仇敵愾之心。乾脆聯起手來，冒著九死一生的危險，將大軍的後撤計畫洩漏給了李家寨！不求能帶著所有被留下來斷後的兵馬全師而退，只求鄭子明等人在「吃飽」了之後，高抬貴手，給大家夥留一線生機。

是以，昨天夜裡鼓角聲響了小半宿，陶家莊這邊，卻是一兵一卒都沒出營門。直到今天早晨日上三竿，才由盧永祥帶著他麾下的十幾個絕對心腹悄悄溜到外邊去打聽消息。

「怕是自己跑了吧！」與自家兄長一樣，韓德馨對盧永祥的遲遲不歸，也是深感焦慮。「馬延煦殺了他的堂兄，他親手把馬延煦的撤退方案送給了鄭子明，也算間接給他堂兄報了仇。趁著鄭子明剛剛收兵回去休整的機會，他不趕緊跑掉，難道還留下來跟大家夥一道等著聽候處置嗎？」

「他昨天跟咱們倆一起發過誓！」耶律赤犬揮動拳頭，將面前桌案砸得「咚咚」作響。然而，目光看向窗外那陰沉沉的天空，他的抱怨聲音又迅速轉低，「他，他奶奶的！這年頭，人和人之間，還有沒有一點信任了？發過的誓就像放屁一樣，說好的共同進退……」

「怎麼說呢，他已經大仇得報了，唉——！」韓德馨嘆了口氣，緩緩坐倒。「全鬚全尾知道這件事的，只有咱們三個。咱們哥倆如果死在了鄭子明手裡，他，他就徹底安全了！」

「他，他……」耶律赤犬抬起手，用力在自己的頭髮裡插來插去，「他怎麼知道，他怎麼知道馬延煦一定會死！萬一姓馬的逃了出去，肯定要追查是誰走漏了消息。屆時，沒咱們哥倆罩著他，以他的小樣……」

「姓馬的不死，今後也沒機會再領兵了。更沒機會再管到他頭上！」韓德馨慘然一笑，道出了一個血淋淋的現實。

憑著對鄭子明本人的能力，以及李家寨一眾鄉勇之戰鬥力的認識，韓德馨有十足的理由相信，馬延煦昨夜在劫難逃。即便趁著夜色的掩護殺出重圍，能帶出去的人馬，也不會超過十成中的一成。而在馬延煦葬送了九成以上弟兄之後，蕭拔剌手裡的軍令狀，即便再不管用，也無法再被當成一張白紙。更何況此刻大遼國的朝堂上，還有那麼多契丹貴胄，對馬氏父子虎視眈眈！

所以，於公於私，盧永祥此刻逃走，都是一個上佳的選擇。三人的臨時同盟，是建立在有共同的仇人這一基礎之上。仇人萬劫不復，同盟自然就失去了繼續存在的必要。更何況，死人才能最好的保守秘密，活人早晚會洩漏口風！

「唉——」知道自家弟弟所言沒任何錯誤，耶律赤犬鬆開手，仰天長嘆。

「唉！就看那鄭子明怎麼想了！據我判斷，他不是個好殺之人。殺光了咱們，對他也沒什麼好處！」韓德馨也陪著他嘆了口氣，帶著幾分期待補充。「不過，咱們哥倆受些折辱，恐怕也在所難免。大伯，大伯父他，當日把事情做得太絕了！」

「唉——」耶律赤犬繼續大聲長嘆。

於今之際，除了繼續等下去，還有什麼辦法呢？上一回，鄭子明是看在自己和弟弟手足情深的份上，給了哥倆一條生路。這一回，即便他念在兄弟兩個暗中通報消息份上，再次高抬貴手。恐怕，也不會一點代價都不用韓氏家族支付吧！

希望他的胃口不會太大！

坐困愁城，兄弟兩個每一息時間，都過得痛苦不堪。好在老天爺慈悲，沒等二人愁白少年頭，就把盧永祥又給送了回來。

「你，你沒有，沒有走！」耶律赤犬幾乎無法相信自己的眼睛，衝上前，一把扯住盧永祥的胳膊，上下反復打量。「好兄弟，夠仗義！你，你既然沒有走，怎麼不早點兒回來啊！我，我都快急死了！」

「盧兄高義，韓某沒齒難忘！」韓德馨比他斯文得多，紅著眼睛上前，抱拳施禮。

什麼叫患難見真情，這就是。明明可以借機逃走，盧永祥卻偏偏返了回來。相比之下，兄弟兩個先前的推斷，真是不折不扣的以小人之心度君子之腹！聽了韓德馨的感謝話，盧永祥卻立刻羞得面紅耳赤。低下頭，喃喃了半晌，才以蚊蚋般的聲音說道：「兩位，兩位大人，我，我是奉了對面鄭將軍的差遣，前來給你們送口信的。我，我剛才出去打探消息，卻，卻不小心被他的人抓了個正著！」

「啊——!」耶律赤犬和韓德馨哥兩個,大驚失色。又反覆打量了盧永祥好一陣兒,才終於明白,對方不是義薄雲天,而是在逃跑的路上,被鄭子明的部屬生擒活捉!

然而,眼下顯然不是追究這些「小節」的時候。既然姓盧的說他奉了鄭子明的命令回來傳口信兒,那問清楚口信兒的內容,就是耶律赤犬和韓德馨哥倆的首要任務。畢竟,後者事關哥倆個的生死。

想到這兒,耶律赤犬果斷放下私人恩怨,柔聲說道:「回來就好,回來就好。見到你平安,我們哥倆就放心了。鄭子明什麼意思?是要糧草輜重,還是要我等的項上人頭?」

「鄭,鄭將軍沒說要糧草輜重,也沒說要殺咱們!」盧永祥低頭看著地面,不敢與耶律赤犬的目光相接,「他,他說,他知道那封信出自誰人之手。所以,所以想給咱們一點回報。讓咱們,咱們將來對上頭也好有個交代!」

「什麼回報?你簡單些,別太囉嗦!」耶律赤犬聽得心裡打了個哆嗦,迫不及待的追問。

仗義,這鄭子明不愧是當過皇子的人,做事就是仗義。拿了自己的好處,居然立刻就準備投桃報李。相比起來,姓馬簡直就是一團狗屎,連給人家提鞋都不配!

「我等不要他的回報!如果他肯放咱們平安離開,這裡的糧草輜重,我全都可以留給他!」終於看到了一線生機,韓德馨也激動得腦袋嗡嗡作響。沒等盧永祥說出鄭子明那邊的條件,就大聲宣布。

「不,不用!」盧永祥搖搖頭,紅著臉繼續補充,「他,他說,要用俘虜換咱們手裡的糧草和物資。反正,反正他昨夜俘虜了很多人,留著也沒啥用,乾脆都還給咱們。這樣,算是咱們自己救出去的也好,用其他手段弄回去的也罷,都好商量!但是有一條,二位將軍得親自去見他,當面跟他約定了具體怎麼個換法,當面統一口徑,以免將來對不上號!」

「嘶——」耶律赤犬和韓德馨哥倆,齊齊倒吸了一口涼氣,心中的熱切也開始緩緩變冷。

如果單獨見面的話,鄭子明忽然翻臉怎麼辦?以此人的武藝,哥兩個恐怕聯手應對,也支撐不了幾個照面兒。而只要他將哥倆生擒活捉，自然不用再談什麼條件，兵不血刃，就能拿下陶家莊大營。

「他，他說，地點放在東面那座山上。他今晚太陽落山之後，先去那裡等著，二位將軍如果不放心，可以帶上盡可能多的弟兄。他，他不給您二位設上限！」盧永祥偷偷看了看韓德馨的臉色，快速做最後補充。

今天上午被鄉勇們圍攻時的情景，像惡夢一般，深深地刻進了他的記憶裡。讓他一想起來，就忍不住渾身上下冷汗亂冒。所以，無論如何，他都不想再被鄉勇們圍攻第二次。哪怕做一些虧心事，也在所不惜。

天可憐見，耶律赤犬和韓德馨兩個，根本沒注意到他的神色變化。全部心思，都集中在揣摩鄭子明的想法上。

「可以帶盡可能多的人馬？他，他到底什麼意思啊，莫非要把大夥圍起來一網打盡？」

「不會吧，真的要一網打盡的話，他直接率軍來攻便是。反正，反正咱現在也沒絲毫力氣自保！」

「那，那他又為了什麼？」

「嘶，這，這可真讓咱們難做。好好的，直接提條件不行嗎？咱們怎麼可能跟他討價還價？偏偏要見面，見面！嘶——」

「二位將軍，我好像隱約聽見一個消息！」見耶律赤犬和韓德馨哥倆遲遲不能做出決定，盧永祥把心一橫，用顫抖的聲音補充，「我，我在那邊的時候，隱約，隱約好像聽人說，援軍，援軍已經到了。就在山外，昨晚，昨晚燕京統軍使大人，親自殺上山救走了姓馬的。還跟鄭子明交了手，結果不分勝負！」

這，就說得通了。

剎那間，耶律赤犬和韓德馨哥倆眼前一片明朗。

姓鄭的再驍勇善戰，麾下弟兄全部加起來也不過千把人。而大遼國的兵馬卻走了一波又來一波。這樣下去，早晚有一天，李家寨會被活活壓垮。所以，姓鄭的必須從現在開始就給他自己經營一條退路，以免將來戰敗投降時，連保全性命都沒有可能！

想明白了其中關翹，兄弟兩個，忍不住搖頭相視而笑。

「我還以為，他真的悍不畏死呢！」

「這廝！等見了面，我一定要好好給他點兒臉色看看！」

然而，笑過之後，卻終究明白，此刻還不是掉以輕心的時候。於是乎，一邊以重金徵募勇士，去山外與援軍建立聯繫。一邊開始著手整頓兵馬，將營地內還能拿得起兵器的，統統召集到一起湊成了兩個都。每個人都配上了雙層皮甲，鑌鐵頭盔和羊皮大衣，準備在今晚的談判中，展示大軍「雄威！」

正如俗話所說，禍盡福至，否極泰來。沒等太陽西墜，山外卻有一夥韓家的死士，拚著性命不要，衝破了李家寨鄉勇的重重攔截，送來了大遼南樞密院同知，燕京統軍使韓匡美的手令，告訴留守陶家莊的眾將士，大軍不日便可趕至。勉勵他們抖擻精神，死守營盤，為大軍一舉蕩平山中賊寇創造先機。

「兩位公子爺的事情，統軍使說他已經知道了！」執行完了公務之後，家將頭目韓丙的臉色迅速一變，笑著拱手，「臨來之前，他特地讓小人給兩位公子爺帶了句口信兒，莫爭一時之短長。眼下咱們兩韓一馬同氣連枝，有些小事就先放一放。等將來再回頭看，誰賢誰愚，一眼便知！」

「這……」耶律赤犬和韓德馨哥倆先是微微一楞，隨即相繼俯身下去，朝著北方行以晚輩拜見長輩之禮。「侄兒受教，多謝叔父指點！」

很顯然，馬延煦先前貪功冒進，逼著兄弟兩個領路贖罪，大敗之後又心生歹意，試圖借鄭子明之手殺人滅口等諸多惡行，根本就未能逃過燕京統軍使韓匡美的洞鑒。只是此刻薊州韓氏、幽州韓氏，與青州馬氏乃為盟友，所以對馬延煦加害韓氏子侄的行為，韓匡美不方便出手報復。但青州馬氏出於維護聯盟的考慮，肯定會主動給韓家一個交代。雖然不可能直接砍了馬延煦的腦袋謝罪，至少，家族不會再將此人當作重點培養目標。

在以契丹人為尊的大遼朝廷，一個有過慘敗經歷，丟了一條胳膊，又無家族財力和人脈支持的漢軍將領，其前途可想而知。恐怕用不了五年，便會被耶律赤犬和韓德馨哥倆徹底踩在腳下。到了那時，馬延煦在此刻的「聰明」舉動，恐怕就會成為大遼國全體漢官的笑柄，誰也不會給予其半點兒同情。

「二位公子爺果然聰明，一點就透。」見耶律赤犬和韓德馨哥倆能明白自家主人的良苦用心，家將頭目韓丙側身閃在一邊，拱著手恭維。隨即，又快速補充道：「昨夜統軍使與賊將交過手，知道此人有黃趙之勇，且狡詐如狐，所以還特地讓小人傳話給兩位公子，在他帶領大軍抵達之前，只要死守營寨即可。無論那姓鄭的耍什麼手段，都切莫搭理。」注二

「是，侄兒遵命！」兩兄弟聞聽，再度朝著北方肅立拱手。

幽州援軍抵達在即，陶家莊的臨時營地內，又存有充足的糧草和弓箭，只要留守的將士們上下齊心，堅持兩到三天應該不成問題。更何況那鄭子明既然已經知道遼國大軍即將殺到，肯定不敢再輕易把有限的兵力，浪費在駐守於陶家莊的這夥殘兵身上。

只是，如果一味地死守待援，又如何顯出兄弟二人與眾不同？要知道，在韓氏家族中，占了德字的嫡系晚輩，可是把手指頭和腳趾頭加在一起都數不過來！

故而，嘴巴上答應得雖然恭敬，內心深處，耶律赤犬和韓德馨哥兩個，卻更堅定了要在當晚的會面中，挫一挫鄭子明顏面的念頭。並且發狠要盡可能多的把被俘將士接回來，以便三日後，讓自家叔父韓匡美刮目相看。

負責傳話的韓丙只是個家將頭目，哪裡猜測得到兩位公子哥兒的心思？見自家任務已經完成，便立刻躬身告退，在留守兵丁的帶領下找了個屋子，沉沉睡去。待傍晚時被角鼓聲從夢中驚醒，發現營地內有

注二、黃趙之勇：像黃忠、趙雲一樣的勇武。典故出自《三國志．關張馬黃趙傳》，在原作者陳壽的眼裡，黃忠趙雲都是徒擁勇力之輩，不值得讚賞。

大隊人馬即將出動的跡象，再想出言勸阻，哪裡還有人聽？只能強打起精神，帶領一千家將跟在了兩位公子哥兒的身側。以便一旦發現苗頭不對，就立刻出手，拚著大夥統統戰死，也不能讓兩位少主有任何閃失。

「你儘管放心，那鄭子明既然主動約我們哥倆見面，想必是心中已經怕了，想跟咱們韓家結個善緣！」見韓丙和一千家將個個面色凝重，韓德馨少不得一邊走，一邊出言寬慰。「況且我們哥倆兒這次帶了足足兩百弟兄，一旦發現情況不對，立刻掉頭就走，他也未必能留得住我們！」

「他已經俘虜了那麼多人，多抓兩百，少抓兩百，根本沒什麼差別！」耶律赤犬的觀點，和韓德馨差不多。只是對敵軍更加尊敬一些而已。「所以我們哥倆也不會真的跟他撕破臉，多少給他點兒好處，把被俘的弟兄們全都換回來。改日叔父帶領大軍向李家寨發起進攻之時，就不會投鼠忌器。並且被救回來的弟兄們也能明白，只有我韓家對他們才是真心。換了其他人，只會把他們當作棄子！」

「兩位公子爺不必跟小人解釋。只要能確保陶家莊大營不丟，其他事情儘管放手去做！」終究主僕有別，家將頭目韓丙不敢說得太多，強壓下心中疑慮，拱手回應。

「你放心，今晚援救袍澤之功，見者有份！」耶律赤犬笑了笑，迅速投桃報李。

雖然心中已經認定了鄭子明試圖通過自己跟韓家交好，並且知道對方即便翻臉，也不會當場殺人，他和韓德馨兩個，卻依舊加倍地提高了警惕。非但沿途不停地派遣斥候搜索周圍一切可疑目標，並且命令重金招募來的幾個死士，搶先一步到達了會面地點，替大隊人馬查驗對手的虛實。

然而，事實卻告訴哥兩個，他們的一切戒備，都是以小人之心度君子之腹。鄭子明根本未在沿途埋伏任何人馬，也未在會面地點布下天羅地網。等著他們的，只有一桌酒席，和三十幾堆高聳入雲的乾柴。至於隨身親衛，卻頂多有二十到三十個，絕對不會超過四十！

「我就知道，大軍壓境，他不敢再玩什麼陰謀！」耶律赤犬聞聽，頓時覺得臉上有些發燙。朝家將頭目韓丙身上掃了兩眼，大聲說道。

「嘶——！他既然玩不出新花樣，卻準備那麼多乾柴做什麼？」慚愧之餘，韓德馨卻依舊未曾失去警覺，皺了皺眉，低聲沉吟。

「他，他說，知道咱們不會來的人太少。所以就多準備了幾堆柴禾，以便給弟兄們取暖！」也不知道奉命提前去探路的幾名死士又從鄭子明手裡拿了什麼好處，聽到韓德馨的話，居然主動替對方辯解。

「假仁假義！」韓德馨的臉孔，頓時也有些發脹。狠狠瞪了死士們一眼，大聲強調，「那廝最是懂得收買人心，爾等切莫上當。待會兒見了面後，咱們還是要嚴加提防。」

「是，將軍！」死士們拱手領命，退下之後，卻忍不住偷偷地搖頭撇嘴。

裝什麼裝啊？人家如果想殺你們哥倆，今天上午直接發兵攻打營地，不比這簡單？在沒得知援軍即將抵達的消息之前，全營上下，除了我們哥幾個之外，其他人，誰還有勇氣拚死一戰？恐怕沒等姓鄭的殺到近前，就都丟下兵器撒腿逃命去了，根本沒膽子回頭！

全軍上下，兩百多號人，懷著二十幾樣心思，迤邐向東而行。終於趕在天色開始擦黑之際，來到了約定中的會面地點。鄭子明早已在此等候多時，見到耶律赤犬與韓德馨二人的旗號，立刻主動迎上前來，拱著手問候道：「兩位將軍安好！鄭某雖然身在鄉野，卻也久仰兩位將軍大名。今日能有緣一見，真是幸甚，幸甚！」

耶律赤犬與韓德馨兩個，原本在心中還有些忐忑，見鄭子明居然對自己如此禮敬，頓時懸在嗓子眼兒處的心臟，就下沉了數分。雙雙側開身體，以平輩之禮相還，「巡檢大名，我兄弟兩個也多有耳聞。今日幸蒙相邀，慚愧，慚愧！」

「哈哈，久聞韓氏詩書禮儀傳家，族中子侄個個文武雙全，今日一見，傳言果不欺我！」鄭子明聞聽，立刻仰起頭，開懷大笑。「行了，你我都是武將，不宜過於客氣。來，天寒地凍，且進帳篷去共飲一盞暖暖身子！」

說罷，也不在乎韓丙等家將在旁邊虎視眈眈，又快走了數步，拉住耶律赤犬和韓德馨哥倆兒的胳膊，一手一個，將二人拖向早已支好的帳篷。

耶律赤犬和韓德馨哥倆兒齊齊打了個哆嗦，立刻忘記了先前在心裡準備當面折辱對手的狂想。正準備說幾句場面話，避免自家過於被動。誰料對方的手臂上傳來的力道卻大得出奇，根本不容哥兩個做任何拖延，直接就給扯出了韓丙等家將們的保護範圍之外。

「鄭巡檢且慢！」韓丙見狀大驚，拔腿欲追。冷不防，卻看見鄭子明的目光如刀刺向了自己的心窩。頓時就像被一頭猛獸盯上了般，頭皮陣陣發緊，寒毛根根倒豎。兩腿一哆嗦，再也沒勇氣向前挪動分毫。

「巡檢見諒，他們也是護主心切！」倒是沒見過什麼大場面的都頭盧永祥，在撲面而來的殺氣之前，比眾家將表現得更膽大。主動追了幾步，躬身賠禮。

「笑話！某在陣前殺人，如探囊取物！區區幾個護院，能管個鳥用！」鄭子明皺了皺眉，不屑地斥罵。隨即，又好像給了盧永祥一個面子，扭頭朝著自家親信大聲吩咐道：「也罷，來人，把帳篷門挑開，讓他們隨時都看得見！免得他們以為老子會把兩位將軍給生吃了！」

「遵——命！」帳篷前的鄉勇們，拖長了聲音回應。同時快速用長矛挑起了帳篷門，露出擺在帳篷正中央的巨大火盆。

火盆中，木炭正燒到旺處，被寒風一吹，紅光亂冒。頓時，就讓人感覺到了陣陣暖意。鄭子明滿意地朝自家親衛們點點頭，繼續笑著吩咐：「你們幾個也都躲遠點兒，去生了火烤肉吃。不要站在這裡，以免讓別人擔心某擺下的是鴻門宴。」

「是！」他的親衛們湧起滿臉的笑容，躬身告退，好像根本不在乎自家上司的安危，或者說，根本沒把韓家兩兄弟以及他們所帶領的兩百大軍放在眼裡。

韓德馨見了，頓時愈發覺得顏面無光。回過頭，鼓足了勇氣吩咐：「大夥也都稍事休息吧！鄭將軍雖然身在敵國，卻是個光明磊落的君子。只會在戰場上與咱們面對面廝殺，絕對不會做設宴抓人的沒出息勾當。」

耶律赤犬雖然臉皮比他厚，此刻也無法掩飾臉上的尷尬。乾脆狠了狠心，咬著牙命令：「休息！都散開了去休息！沒見鄭巡檢已經給大夥預備好了烤火的乾柴了嗎？」

「呀，你不提，鄭某差點兒就忘記了！」話音剛落，鄭子明立刻鬆開二人的胳膊，抬起手，狠拍他自己的大腿，「來人！趕緊把火堆都點起來。遠來是客，雖然互為敵手，卻不能太慢待了！點火，點火，點起火來烤肉吃。今晚，凡是跟著兩位將軍前來做客的，一律管飽！」

「遵命！」眾親衛們躬身領命，旋即從自家面前的火堆中，用木棒引了火種，將山坡上提前預備的三十幾個柴堆，一一點燃。緊跟著，又手腳麻利地從厚厚的積雪下拖出數十隻早已剝了皮，凍硬了的全羊，挨個架在了火堆之上。

「呼——」風捲著紅星，將融融暖意，送入每名幽州將士的胸口。

來時路上，已經吹進了骨髓深處的陰寒，被暖意逼得節節敗退。在羊肉和火光的雙重誘惑下，眾將士半推半就，轉眼間，便分散成了三十幾波，圍攏於三十幾個火堆前，滿臉幸福。

「上次我兄弟二人蒙鄭將軍高抬貴手，一直無緣當面致謝。今天既然再度相聚，且請將軍上座，受我兄弟二人一禮！」耶律赤犬在帳篷內，也被火盆靠得胸口發熱，四下看了看，忽然起身說道。

「正是，韓某與哥哥叩謝恩公。恩公今日若有差遣，凡力所能及，我兄弟二人絕不敢辭！」韓德馨也笑著站起來，作勢欲拜。

臨行之前，哥倆已經商量過了，要把握好相處尺度。既不令鄭子明感到兄弟兩人會怕了他，又給鄭子明留下足夠的臺階，方便此人主動與幽州韓氏結交。所以，上次戰敗後被放過的「恩情」，就成了最好的話題切入點。

誰料想鄭子明卻好似根本沒聽明白，也迅速站起身，一手拉住一支胳膊，大咧咧的回應：「不必，兩位將軍不必如此。你們欠鄭某的人情，昨天白天已經還清楚了。鄭某雖然看不清楚是誰的字跡，心裡卻有數。如果細算起來，倒是鄭某承惠兩位甚多。坐，二位且入座。話就不說了，咱們心裡頭明白就行！」

「轟！」兄弟倆的臉色頓時大變，四隻耳朵嗡嗡作響。

有些事情，注定做得說不得。他們哥倆洩漏馬延煦的撤軍計畫，乃是出於一時激憤。事情過後，心裡未必沒有悔意。是以巴不得所有人都忘記此事，永遠不要再提起。

正驚惶間，卻又聽見鄭子明迅速補充道：「古語云：往者不可諫，來者猶可追。已而，已而！你我今日難得能相聚，就別扯這些題外話了，且坐下共謀一醉！」

說罷，竟大笑著鬆開了手，轉身回到了主位，舉盞相邀。

「今日且共謀一醉！」耶律赤犬和韓德馨哥倆的思路根本趕不上趟兒，楞了半晌，才乾笑著舉盞相應。一杯酒水落肚，兄弟倆心思又敞亮了許多。明白先前閉門造車的諸多謀劃，施加在對手身上未必管用。因此偷偷地用目光交流了一下，收起那些沒用的小心思，重新笑著舉盞：「敗軍之將，仍蒙鄭巡檢相邀，我兄弟兩個受寵若驚。且借此酒，禮敬巡檢，祝巡檢早日出將入相，名標凌煙！」

「兩位將軍客氣了！」鄭子明笑著舉起面前的酒盞，一飲而盡，「出將入相固然為人人所羨，但古往今來，名標凌煙者能有幾個？與其想那麼長遠的，不如珍惜眼前。由著自己的性子和心思，活得一個逍遙自在！」

耶律赤犬和韓德馨兩個聽了，又是微微一楞。隨即將各自杯中酒乾掉，繼續笑著恭維，「鄭巡檢雅量高致，我兄弟二人佩服！佩服！」

「沒什麼值得佩服的，人生際遇各不相同而已。」鄭子明抓起酒罎，自己給自己斟滿。隨即示意親兵替客人也倒滿了酒，一邊笑，一邊補充，「無論哪種活法，能讓自己開心，安心，便是最好。」

「嗯——」彷彿有根銀針，輕輕朝胸口處戳了一下，耶律赤犬的心臟忽然又痠又疼。舉起酒盞，想再說第三句祝酒詞，卻發現，自己竟然找不到一句合適的話語。

韓德馨的日子雖然過得比他安穩，卻也被鄭子明的話觸動了幾分心事。苦笑著搖搖頭，輕輕舉起酒盞，「聽鄭巡檢的話，總讓小弟我有茅塞頓開之感。謝了，小弟我先乾為敬！」

「小弟，小弟也乾了！」耶律赤犬這才回過神來，舉著酒盞朝自己嘴裡猛灌。

他們哥倆年紀都比鄭子明大，但三個人湊在一間帳篷裡烤著火喝酒聊天，卻彷彿兩位調皮學生跟著一位睿智的老師。幾句話之後，調皮學生便招數用盡，被老師說得頻頻點頭，滿臉崇拜。

鄭子明三言兩語搶得了話語主動權，也不為己甚。輕輕將酒盞放下，笑著朝外邊吩咐：「都楞著幹什麼，一起吃啊。諸位來自幽州，應該知道，羊肉不能烤得太老。順子，大勇，下去幫客人割肉！」

「是！」被點了將的李順和陶勇二人，從火堆旁站起，掏出短刀來幫幽州將士分割火堆上的烤肉。眾幽州「客人」哪裡敢勞動他們的大駕，趕緊紛紛站起來，先朝著帳篷內躬身施禮，隨即也掏出隨身短刀，朝著已經被烤冒油的羊背上亂刀齊下。

「滋滋……」更多的油脂掉進了火堆，將篝火潤得紅星亂濺。滾滾熱浪，隨著火焰搖擺，四下蔓延，轉眼，就令拿著刀子分肉的幽州將士們，額頭上都冒出了熱汗。

「有肉無酒，不如餵狗！」唯恐「客人」們吃得不夠盡興，鄭子明想了想，繼續大聲吩咐：「子誠，去給大夥送些美酒。不用太多，每個火堆旁兩罈子就夠。」

「遵命！」扮作小兵的郭信迅速站起，帶著幾名弟兄，從帳篷後推出半車美酒，一溜煙給客人們分了個精光。

眾幽州將士先前看著自家將軍與鄭子明推杯換盞，早就饞的垂涎欲滴。此刻見自己居然也有份兒，頓時忍不住大聲歡呼：「多謝巡檢大人！」「巡檢大人太客氣了！我等受之有愧！」「多謝巡檢大人賜酒！」「多謝……」

鄭子明聽了，也不回應，只是微笑著向大夥拱手。耶律赤犬和韓德馨哥倆見手下人如此貪杯，心裡頭卻好生彆扭。然而，此番二人遠來是客，不宜掃了主人的面子。故而彆扭歸彆扭，卻是誰也無法命令弟兄們不准飲酒。

「來，弟兄們喝弟兄們的，咱們喝咱們的！這一盞，鄭某敬兩位將軍！」鄭子明迅速察覺了客人的心思，將目光從帳篷外收回，笑著舉盞相邀。

「敬鄭巡檢！」耶律赤犬和韓德馨哥倆兒，也迅速藏起心中的不快，笑著舉盞回應。

主人和客人之間互相謙讓著，你一盞，我一盞，很快，便喝了個眼花耳熟。心中的防備之意漸漸被酒水溶解，嘴裡的話，不知不覺間就多了起來。

「兩位將軍長得一模一樣，鄭某一直以為你們乃是孿生兄弟，怎麼一個姓耶律，一個卻姓韓，莫非鄭某想錯了？可不是親兄弟，怎麼會長得如此相似，並且還情願生死與共？」看看火候差不多了，鄭子明甩開大氅，斜靠在胡凳上，笑著問道。

這話不提則已，一提，頓時令耶律赤犬悲從心來，「還不是當初有人想要兒子想瘋了！非要把我從親生父母懷裡奪了過去？奪過去之後，養了幾年，又突然開始後悔。弄得我……」

話說了一半兒，他心中又突生警覺。苦笑了兩聲，抓起酒盞大口大口狂灌。

「他是我哥，我是他弟弟。我們兩個，的確為雙生兄弟！」韓德馨不想讓自家兄長難過，笑了笑，用最簡單的話語補充，「家父和一位姓耶律的將軍相交莫逆，所以把家兄一生下來就送給了對方。但姓耶律也好，姓韓也罷，我們終究是兄弟，血脈親情誰也割不斷。」

「那是自然，血濃於水！」鄭子明笑了笑，舉起酒盞少少陪了一口，又笑著問道：「當日鄭某目送二位離開，本以為這輩子，你我都很難再度相遇了。怎麼才過來四五天功夫，二位就又殺了回來？」

「這……」不知道是被炭火烤的，還是被酒氣蒸的，韓德馨臉色微紅，訕笑著解釋，「照理，我們哥倆不該再來打擾鄭巡檢。然而我們哥倆都是武將，上命難違。所以明知道不是巡檢的對手，卻不得不硬著頭皮返了回來！得罪之處，還請巡檢大人見諒！」

「無妨，無妨，鄭某也是領兵之人，知道你們哥倆的難處！」鄭子明笑了笑，客氣地擺手。

「還是給巡檢添麻煩了！」耶律赤犬舉起酒盞喝了一大口，快速補充，「但咱們三個，也算不打不相識。如果今後鄭巡檢在漢國這邊過得不如意，或者有人故意排擠你。不妨想想北邊。其實我等雖然奉耶律氏為主，日子反而比南邊舒服得多。皇帝陛下，對有本事的人，也不在乎他的出身，契丹和漢人，基本能做到一碗水端平！特別是像對於巡檢這種家世的人，在中原往往都會被趕盡殺絕。在北國，卻好歹會留條活路！」

「那倒是難得！」鄭子明笑著點頭，「說實話，耶律氏的氣度的確足夠恢弘。鄭某……」

沒等他把自己的意思表達清楚，耶律赤犬搶先打斷：「那巡檢何不考慮一下為大遼效力？據我所知，漢國朝廷，對巡檢並不怎麼看重！」

「是啊，巡檢，我們哥倆佩服你，所以也不跟你說瞎話。我叔父，燕京留守已經帶著大軍抵達了山外，我伯父，大遼南院樞密使，已經率領四十萬將士殺過了拒馬河。沿河三家節度使，有兩家直接開了城門投降。孫方諫哥倆表現稍好，也只是棄城南奔，一路逃到了鄚州。」韓德馨舉起銅盞，以酒蓋臉，大聲補充，「如今易、定、莫、瀛數州，巡檢你恐怕是唯一還在死戰不退的將領。即便你的本事再好，麾下弟兄們再對你忠心耿耿，又能堅持到幾時？」

「是啊，鄭巡檢，憑你的出身和本事，走到哪還愁沒個出身，何必為了一個昏君耽誤了自己？」耶律赤犬也壯起膽子，小聲勸解。言談之間，充滿了坦誠。

「是啊！為了一個不待見你的朝廷，你已經帶領數百弟兄血戰了大半個月。你對得起任何人了，何必非要硬撐到底，讓弟兄們個個都落得死不瞑目？」唯恐自己的話語力度不夠，韓德馨將酒盞朝矮几上重重一頓，繼續苦口婆心。

「騰——」數滴酒水濺在了帳篷正中央的火盆裡，騰起一團團白煙。

一股山風吹來，捲得帳篷搖搖晃晃。

起風了，無數枯枝敗葉扶搖而上。群山之巔，卻有蒼松翠柏，迎著罡風挺直了身軀。

「鄭某昨夜曾經見過二位的叔父！當時，他也跟鄭某說過同樣的話。」炭盆裡的火光跳躍，照得鄭子明的面孔忽亮忽暗。放下酒盞，挺直腰桿，他緩緩回應。說話的語氣非常平靜，就像是在陳述一個很簡單的事實。

「那，那鄭將軍的意思是……」

「巡檢你的打算……」

耶律赤犬和韓德馨哥倆沒來由地在心裡打了個哆嗦，不約而同將身體朝胡凳上縮了縮，試探著詢問。

「呵呵……」鄭子明沒有直接回應，笑著伸出手指，在桌案上輕輕磕打，「篤，篤篤，篤篤篤篤……」

耶律赤犬和韓德馨哥倆又齊齊打了個冷戰，臉色瞬間一片煞白。

帳外的幽州兵卒人數，足足超過鄉勇的五倍。此刻他們哥倆的佩刀也都別在腰間，對面的鄭子明則是赤手空拳。然而，哥兩個卻忽然覺得，自己一隻腳已經踏進了閻王殿的大門。只要對面的鄭子明輕輕揮一揮手，就可以讓自己萬劫不復。

「巡檢，巡檢不要誤會！我們，我們哥倆，其實沒，其實沒別的意思。只是，只是想，想還巡檢一個人情！如果，如果巡檢，巡檢不願意，就當，就當我們沒說！」唯恐敲擊桌案的聲音停下來時，便有一群刀斧手從天而降。耶律赤犬硬起頭皮，喃喃解釋。

「我們，我們可以對天發誓，真的，真的出於一番好心！」韓德馨也慘白著臉，斷斷續續地補充。

此時此刻，如果有人賣後悔藥，他們哥倆肯定願意付出任何代價。好端端的，替大遼國做什麼說客！這下痛快了，姓鄭的萬一翻臉，哥倆不想為大遼國盡忠都難！

「我告訴他，家父雖然戰敗被囚，我這個做兒子的，卻始終能以父親為榮。」正恨後悔得恨不能把腸子都吐出來的當口，耳畔卻又傳來了鄭子明的聲音。依舊是不疾不徐，平平淡淡，不帶絲毫的情緒波動，「而我不知道千年之後，韓氏子孫，還有沒有勇氣，提起其祖先此刻所為！」

「你——！」耶律赤犬和韓德馨哥倆的臉色，迅速由白轉紅，由紅轉紫。就像被人左右開弓接連打了上百個大耳光一樣屈辱。然而，兄弟倆卻誰也沒勇氣發作，更沒勇氣將手按向腰間刀柄。

鄭子明是一個不知道好歹的匹夫，而他們哥倆卻都智勇雙全；鄭子明這輩子注定在漢國蹉跎一生，而他們哥倆未來卻有大好的前程；鄭子明連他自己的原本姓氏都不敢公開，而他們哥倆的姓氏，卻分別在契丹人和漢人當中數一數二！

貴不與賤論勇！倘若當年韓家的老祖宗韓信一刀宰了挑釁他的潑皮，怎麼會有日後的三齊王功業？這人呢，有時候就要忍得一時之辱，該退就退！

以最快速度在心裡權衡了輕重，耶律赤犬和韓德馨哥倆悄悄吐了一口濁氣，主動開口緩和軍帳內的氛圍：「鄭巡檢既然不願意談這些，我們哥倆剛才的話，就當沒說就是。來，咱們三個難得一聚，就別爭這些口舌上的長短了。飲盛！」

「是啊，人各有志，我們哥倆只是出於一番好心，絕對不敢勉強。飲盛！」

「哼，也罷！」見耶律赤犬和韓德馨如此忍氣吞聲，作為酒宴的主人，鄭子明也不好做得太過分。冷笑了一聲，也緩緩端起酒盞。

在雙方的勉力維持下，宴會得以繼續進行。但是帳篷內的氣氛，卻再也無法恢復到先前一樣融洽。勉強又勸了兩輪酒，韓德馨第一個支撐不住。想了想，乾笑著拱手：「今日能得鄭巡檢賜宴，末將感激不盡。但身為一營之主，末將卻不能光顧著自己快活。白天時末將聽手下的盧都頭說，巡檢准許讓我方用糧草輜重贖回俘虜。末將惶恐，不知道他的話是否為真？若是，還請巡檢再賜下個章程，也便我兄弟二人回去後立刻著手準備！」

「哦，你說用糧草輜重換俘虜啊，的確是我提議的！」鄭子明放下酒盞，輕輕點頭，「也沒啥章程不章程的，你我兩方都是第一次做這種事情，純屬摸著石頭過河。這樣吧，按眼下人市的行價，一個男僕折足色好錢十五吊，我手裡先後大概抓到七百多幽州子弟。明天早晨就可以換給你。你用糧食也好，用其他東西頂賬也好，咱們一手交錢一手交人！」

「什麼？」耶律赤犬和韓德馨哥倆同時扶著矮几站起來，齊齊驚呼失聲。

都是大戶人家的子弟，按說見過市面。可一下子上萬貫的損失，也足夠讓二人心臟承受不住。更何況，眼下哥倆身在軍營中，哪裡拿得出許多現錢來？

拿不出錢，就得用糧草和兵器抵賬。眼下幽州市面上，一石米價格折足色開元通寶五百文，一萬多貫錢就是兩萬多石米，二百四五十萬斤。就是把眼下陶家莊大營所存的糧食全都交出去，也湊不夠數！

他們兩個手頭沒有足夠的糧食，自然要做出憤怒的姿態以便討價還價。誰料鄭子明卻連眼皮都沒抬，用手指敲了下桌子，淡然回應，「這可是成年男丁，買回去後可以頂頭牛用的。河北這邊男丁的價錢，可是一直比十五吊價錢要高。你們哥倆如此生氣，莫非，莫非幽州那邊成年男丁不值錢嗎？」

「不，不是！是，是！不，不是，是，唉——！巡檢大人開恩！」耶律赤犬和韓德馨哥倆是否認不得，承認也難，嘴巴囁嚅來囁嚅去，詞不達意。最後，只能把心一橫，躬身求告。「一萬零五百吊，末將兩個實在湊不出來。若是把營地裡的糧食和輜重全都交給你，叔父到了之後，非殺了我們兩個祭旗不可！您大人大量，既然已經開恩釋放俘虜，就千萬再把手放鬆一點兒。一點兒就行，我們哥倆好歹還能有條活路。」

「嘶——」鄭子明手捋下頦，臉上瞬間湧起了一團烏雲。「給你們活路，誰給老子活路？打完了這次打那次，小的走了又來老的？一萬吊，老子再給你們哥倆抹個零頭，愛要不要！明天早晨若是沒見到錢糧，老子就實話告訴他們，你們哥倆捨不得為他們花錢。然後把他們賣到山裡去替土匪開荒。老子還就不信了，這年頭，二十歲的男丁，居然連十五吊通寶都賣不出！」

「巡檢大人開恩！」話音剛落，耶律赤犬和韓德馨哥倆齊齊把腰彎到桌面上。若不是耐著外邊有數百雙眼睛看著，恨不得當場跪倒。

如果雙方之間誰也沒提過用糧草輜重交換俘虜這個頭還好，被俘的那些幽州子弟只能自認倒楣，恨也要恨馬延煦，恨不到哥倆這對留下來送死者的身上。而現在，卻成了鄭子明誠心放人，他們兩個捨不得花錢。此話傳回了幽州，哥倆這輩子怎麼可能繼續帶兵？非但家族會因為被二人敗壞了名聲，要收拾他們，手底下的將士，也會從背後朝著他們射冷箭！

然而，無論他們如何求肯，先前還十分好說話的鄭子明，卻死活都不肯再鬆口。只是翹起二郎腿，不斷冷笑。直到最後，被二人求得實在煩了，才嘆了口氣，幽幽地說道：「你們哥倆啊，怎麼如此不開竅呢！糧草輜重都是大遼國的，但名聲人脈卻都是你們自己的。要是換了我是你們，即便傾家蕩產也在所不惜。想想，這可是七百多條人命啊，還沒把當官兒的跟你們單另算！七百人身後就是七百多戶，哪戶人家在當地還能沒有三五個親朋？一下子幾千張嘴念你們韓家的好，你們韓家在幽州的地位，百年之內還有誰能取代？」

「是，是，巡檢大人教訓得極是，我們哥倆眼睛淺了！」耶律赤犬和韓德馨二人聽得額頭汗珠滾滾，迫不及待地回應。隨即，卻又躬身到地，繼續苦苦哀求，「可，可我們哥倆真的湊不出那麼多錢糧來。此事，此事又不能興師動眾。大人，您就開開恩，開開恩吧！」

到了此刻，哥倆先前在自家營寨裡的那些謀劃和想法，一概都丟到了九霄雲外。再也不敢拿即將抵達的大軍做依仗，也不敢再覺得鄭子明早晚會求到自己頭上。只能像對方的晚輩一樣，不停地做著揖說好話，以期待能憑藉誠意打動對方，換回那批俘虜做哥倆今後往上爬的本錢。

「這樣吧，誰讓我心軟呢，看不得你們哥倆為難！」拜年話聽了一大車，鄭子明也實在聽得膩了。想了想，笑著給二人出起了主意，「價錢呢，我是不會降的，否則傳揚出去，幽州男人不值錢，也實在是難聽。但我也不限於糧草和輜重、刀槍帳篷、盾牌鎧甲、戰馬牛羊，凡是你們哥倆現在手裡有的，都可以按照市價折算，我明早派帳房跟你們當面把數量算清楚！如果這些都拿出來，還湊不夠，那你們回去後，看看誰手裡還有打草穀所得，也可以拿出來湊一湊。不過價錢嘛，鄭某就不會給得太高了。畢竟在漢國這邊，爾等打草穀所得，都是賊贓！」

「這——？」耶律赤犬和韓德馨哥倆以目互視，都在對方眼睛裡頭看到了猶豫。然而，此時此刻，他們兩個手頭卻沒有任何東西能威脅到鄭子明，所以反覆交換了幾次眼神兒之後，只能雙雙悻然點頭，「多謝巡檢。我們哥倆願意讓弟兄們拿打草穀所得，折算錢糧。只是此事宜早不宜遲，萬一被我叔父知道了……」

「這樣，明早帳目算清楚之後，你們只管把糧草物資往莊子外一堆就好，我自己派人過去接收。對外，你就說是我上了你們哥倆兒的當，明明可以打下陶家莊，卻被你用糧草物資所欺騙，錯過了戰機。」既然對方答應了如數交錢交糧，鄭子明就立刻變得非常爽快。點點頭，再度主動替對方出謀劃策。「反正以你們陶家莊那點兒殘兵，根本頂不住鄭某傾力一擊！」

「是，是，多謝巡檢開恩！」

「巡檢大恩，我們哥倆沒齒難忘！」

耶律赤犬和韓德馨兩兄弟聞聽，身體又齊齊打了個哆嗦。趕緊拿好話繞住鄭子明，以免此人真的發了飆，率軍攻入陶家莊大營。把所有糧食輜重連同裡邊殘兵敗將的性命，一併收走。

「那咱們就說定了！來，鄭某再敬二位一杯！」鄭子明笑著舉起酒盞，遙遙發出邀請。

「敬巡檢大人！」耶律赤犬和韓德馨兩兄弟舉著銅盞往嘴裡倒酒，卻壓根無法分辨這最後的一盞酒水到底是什麼樣滋味！

軍帳外，懸掛在篝火上的綿羊，此刻也只剩下了一個慘白色的骨頭架子。眾幽州將士酒足肉飽，一個個熱得滿頭大汗。圍著篝火，且舞且歌，「少年膽氣凌雲，共許驍雄出群。匹馬城南挑戰，單刀薊北從軍……。

「一鼓鮮卑送款，五餌單于解紛。誓欲成名報國，羞將開口論勛。」負責陪同幽州將士飲酒的陶勇等人楞了楞，順口大聲唱和。

這是唐代的破陣樂，在軍中流傳極廣。所以雙方將士，都耳熟能詳。只是，後邊四句，卻不能從字面上扣得太細。否則，眾幽州將士必將個個都無地自容！

「漢兵出頓金微，照日明光鐵衣。百里火幡焰焰，千行雲騎騑騑，蹙踏遼河自竭，鼓噪燕山可飛。正屬四方朝賀，端知萬舞皇威。」喝醉了酒的人，想不了那麼仔細。更何況，軍中的粗胚們，也從來沒關注過這首歌的內容。只是覺得好聽，就不知不覺中學會了，就順口唱了出來。

「嗯？」正在起身準備帶隊離開的韓德馨，輕輕皺起了眉頭。他讀的書多，心思也仔細。暗中下定決心，回去後一定要把破陣樂的詞重新填過，以免將士們再稀裡糊塗的唱下去，日後釀成大禍。

「嗨，別多事，沒人在乎，他們根本不知道自己在唱什麼，估計也沒幾個人聽得懂！」剛剛走出帳門的耶律赤犬知道自己弟弟的心思，搖搖頭，笑著開解。「咱們大遼國的貴人們，都不愛讀書……啊，啊嚏！」

熱身子被冷風一吹，他忍不住張嘴打起了噴嚏，剎那間，飛沫噴了韓德馨滿頭滿臉。

【十一章】

磐石

耶律赤犬和韓德馨兩兄弟急需鄭子明手裡的俘虜來鞏固其自身地位，鄭子明也急需兩兄弟手裡的糧草輜重來補充鄉勇隊伍的實力，因此雙方談妥了條件之後，交易進行得極為順暢。沒等到第二天中午，已經錢貨兩清。買賣雙方，都皆大歡喜。

唯一的缺憾是，當事雙方，都有不少人感了風寒。做交易時，鼻涕眼淚一把接一把地往下流。待回到軍營中，也不見絲毫好轉。被炭盆裡的熱氣一烘，頓時就又是幾個大噴嚏。

「啊，啊——嚏！」鄭子明用草紙捂著鼻孔，痛苦地連連搖頭。兩隻布滿血絲的眼睛裡，淚水不受控制地往下淌。

「啊，啊——嚏！」「啊，啊——嚏！」「啊，啊——嚏！」

陶大春、李順、陶勇和郭信等人，不肯讓鄭子明「專美於前」，也跟著不停地打噴嚏。一個個兩眼發紅，淚流不止。

唯獨軍師潘美，由於脊背受傷的原因，昨晚未能與鄭子明一道出席酒宴，進而「倖免於難」。此刻見到眾人的悽慘模樣，他忍不住將身體側轉過來，幸災樂禍地捶打床板，「該，活該！大冷天，先吃一肚子烤肉，然後再頂著滿身熱汗去雪地裡行軍，你們不傷風，誰還傷風？」

「殺，殺敵三千，自損八，八，啊，啊——嚏！」郭信對他的觀點，卻不敢苟同。轉過身，一邊打著噴嚏一邊大聲辯解，「自損八百而已，值！況且咱們這邊，還有巡檢這個神醫在。」

「咱們這邊，得了傷風的不過是二十幾人。敵人那邊，昨天晚上一起烤火吃肉的，還有今天早晨被送回去的，加在一起恐怕不會少於五百！」陶大春的想法，也與郭信差不多，堅信自己這邊無形中已經給敵軍製造了十倍以上的殺傷。

李順則更甚，簡直把鄭子明當成了神仙，哪怕自己病得已經對著火盆打起了哆嗦，卻依舊甘之如飴。「那，那姓韓的哥倆，還在咱家巡檢大人面前裝大頭蒜。呵呵，純一對傻蛋！咱家巡檢所謀，豈是他們兩個所能揣摩清楚的？這回，恐怕病到不能下炕，都不知道自己為啥會生病，更不知道巡檢的目標從一開始就不是他們哥倆！」

「行了，行了，行了，別吹了，再吹，房頂都要給你們吹破了！」沒想到自己一句玩笑話，居然引發了對鄭子明的拍馬屁比賽，潘美又用力捶了幾下床板，大聲打斷，「如果這點兒小伎倆就能讓韓匡美退兵，那整個幽州軍，也就沒存在的必要了！頂多是讓他們在陶家莊那邊休整些時日而已。況且此計的最終效果怎麼樣，現在還很難說！」

話音剛落，議事堂內，立刻又響起一陣七嘴八舌反駁之聲。

「他們怎麼可能猜到巡檢大人之計？」

「他們不可能找到足夠的藥材！」

「他們有了藥材，也找不到像子明這樣的郎中，更不會像咱們這邊一樣，提前就做足了準備！出發之前就給大夥喝過了藥湯，今天一大早，又把傷了風的弟兄專門挑出來，另行安置！」

「他們……」

眾將佐一邊抹著鼻涕，一邊驕傲的搖頭，都認為敵軍不可能不中計。中計之後，也找不到什麼高明辦法去避免傷風的蔓延。

潘美聽了，依舊不願意相信，憑著幾百人的傷風，就能拖累到韓匡美所帶來的上萬生力軍。但是內心深處，他卻盼望著鄭子明的計策真的能夠奏效，能夠讓敵軍不戰先疲。

「讓生病士卒單獨立營，是個好辦法。但古代兵書上就有記載，並非咱們自己的絕招！」皺著眉頭想了想，潘美再度大聲提醒。站在最壞的角度，來預測將來大夥所要面臨的危局，「如果應對得當的話，此計頂多能拖住韓匡美半個月。半個月後，天氣轉暖，得了傷風的兵卒不用吃藥也會痊癒。而據你們昨夜帶回來的消息，臨近三家節度使已經有兩家投降了敵軍，孫方諫也帶著嫡系望風而逃。他一走，易州、定州還有更遠一些的雄州，恐怕很快就要為敵軍所有！」

「這——？」

「我說潘小妹，你到底是哪頭的？怎麼專門朝自己的人頭上潑冷水？」

「可不是嗎？就算料敵要從寬，也沒有你這種料法！」

「定州是定州，咱們是咱們。定州降了，姓韓的總不能一路退回城裡去！」

「退回去更好，咱們也趁機厲兵秣馬！」

眾人聞聽，先是微微一楞，隨即便變了臉色，七嘴八舌地說道。

好不容易讓韓家哥倆上了個大當，自己這邊只是豁出去幾個人得上一場小病，就能給對手以當頭一棒，大家夥當然都高興還來不及。只有潘美這個異類，今天就像吃錯了藥一般，不停地漲他人志氣，滅自家威風。

「我，我……」潘美一張嘴巴無法同時應付如此多的對手，委屈得臉色發紅，胸脯不停地上下起伏。

「行了，行了，大夥都別瞎嚷嚷了！潘美的職責，就是把一切都想在前頭。」鄭子明見狀，趕緊用手敲了敲帥案，啞著嗓子替他解圍，「把各自身邊的小柴胡湯喝掉，趕緊著，都別找藉口拖延。」

「是——了！」眾人頓時苦了臉，把目光從潘美身上移開，轉頭去應付身邊的大碗藥汁。

「服完了藥，就都趕緊回去休息。記得多喝水，這幾天飯食不要吃得太葷。」鄭子明笑了笑，繼續大聲吩咐。隨即，又將目光轉向潘美，微笑著解釋，「陶家莊方圓不到十里，房子不多，可供紮營的位置也非常有限。即便韓匡美懂得將得了傷風的士卒單獨立營，也很難避免疫氣的蔓延。不過你說得對，咱們也不能掉以輕心。這幾天，該做的準備還是要準備，趁著天氣還沒轉暖，冰牆還可以再加固一下。正對冰牆的山坡，也可以多灑些水，弄得更光滑一些。」

「我去，我帶人去！」李順跳起來，大聲請纓，「保准在兩天之內，讓山坡上無處可以下腳。誰要是想從這邊攻打咱們，先摔他個半死再說！」

「末將去加固冰牆！」郭信也放下空空的藥碗，緊隨李順之後。自打前天晚上被鄭子明從韓匡美的槍下救了回來那一刻起，他的表現便與先前判若兩人。非但對鄭子明言聽計從，其他事情，也堅決不肯落在別人後邊。

「那就有勞二位了！」鄭子明手下此刻也沒太多人才可用，想了想，笑著點頭。「記得先穿好皮裘，站在門口落落汗。等身體徹底冷下來，再出門。弟兄們出去做事前，也每人喝一碗禦寒的藥汁。免得對面的敵軍沒有病倒，咱們這邊先落個傷患滿營！」

「遵命！」李順和郭信二人肅立拱手。

他們兩個原本都不是鄭子明的嫡系，但現在看起來，卻都打心底裡，把鄭子明當成了自己的主公。潘美在旁邊瞧著心中暗暗納罕，卻又不方便追問：鄭某人到底憑藉什麼手段，令李、郭二位歸心。只能自己躺倒，無聊地用手指在床沿上畫圈兒。

好不容易熬到李、郭二人的腳步聲去遠，陶勇和其他幾個都頭也都起身告辭離開。潘美頓時再也忍耐不住，一個轂轆翻身坐起，強忍著背後傷口處的疼痛，壓低了聲音追問：「子明老兄，巡檢大人，你，你手頭是不是有藥，讓人吃了就對你死心塌地那種？」

「說什麼呢，你？」鄭子明被問得滿頭霧水，走上前，單手按住潘美的肩膀，「躺下，別亂動。傷口剛剛好點兒你就坐起，是嫌自己命長，還是怕留下的疤瘌還不夠大？」

「這，這不是有你在嗎？」潘美被訓得臉色微紅，訕訕地應付了一句，順勢緩緩躺倒。兩隻眼睛望著鄭子明，目光當中充滿了好奇，「你給他們倆灌迷魂湯了？還是用了什麼特殊手段？特別是郭信，前天還故意跟你對著幹！」

「哪有什麼迷魂湯，將心比心而已！」鄭子明這才知道，潘美想問自己什麼事情。笑了笑，輕輕搖頭。「他們兩個又不是什麼壞人，大夥在一起共事久了，自然就會彼此遷就適應。況且眼下大敵當前，有勁兒當然更要往一處使！」

「就這些？」潘美眉頭輕皺，將信將疑。

已經一起共事了小半年，然而在他眼裡，鄭子明身上卻依舊充滿了謎團。做事的方式，謀事的本領，待人接物的習慣，還有那離奇的身世。吸引著他不停地去挖掘探索，越挖越覺得鄭子明與眾不同。

而潘某人最初之所以答應替姓鄭的做事，卻是為了向陶三春證明自己比姓鄭的強！忽然間，想起一些前塵過往，潘美禁不住微微一楞，旋即，又笑了笑，眼睛裡浮現了幾分了然。

連自己都在不知不覺中，把鄭子明當成了知交。李順和郭信兩個，又怎麼可能再三心二意？如此強的親和力，也算是鄭某人的家學淵源吧！終究他是在皇宮裡住過的，祖父和父親，都做過一國之君。

「你笑什麼？」鄭子明卻不知道潘美思路如此廣闊。見對方笑得神秘，忍不住低聲問道。

「當然是笑你。」潘美當然不肯承認自己已經為對方心折，晃了晃腦袋，故意歪著嘴巴說道：「笑你拿著救命的本事，卻做起了殺人的勾當。先利用韓家哥倆的畏懼之心，讓他們帶著大隊人馬冒著風寒出來赴約，還沒忘記朝他們肚子裡塞滿了羊肉，用篝火烤得他們一身大汗。待把他們折騰病了，然後再利用病人產生的疫氣，去禍害韓匡美所帶來的援軍。巡檢大人，你這身本事都是哪學來的？我怎麼以前聽都沒聽說過？」

「這，這不算是新本事吧！」鄭子明終於被問得有些不好意思，撓撓頭，訕笑著做出回應，「你讀書時讀得不仔細而已。早在前漢，匈奴人作戰時，就喜歡朝對方營地附近亂丟牲畜的屍體。一旦造成瘟疫，就會殺人於無形。跟真正瘟疫比起來，區區傷風，那能比擬？」

「啊——？」潘美聽得又是微微一楞，腦海裡，依稀能想起，自己先前讀過的典籍裡頭，的確有匈奴人用病死的牲口禍害敵軍的先例。想到這兒，他又忍不住用手拍打床沿：「奶奶的，都說醫者慈悲心腸！敢情你讀書時，讀的卻是如何殺人！」

「天天擺弄藥方，殺人手段，當然也會學到一些！」鄭子明好像忽然被這幾句話觸動了心事。抬起自己的手掌，看了看，幽然說道，「手段本無善惡，為善為惡，在於人的一念之間爾。」

「裝，裝，撿著便宜賣乖！」實在受不了鄭子明體內忽然爆發出來的深沉感覺，潘美搖著頭用力撇嘴，「就好像誰拿刀子逼著你一般。」

鄭子明只是笑了笑，沒有反駁。

從瓦崗山白馬寺中那個忘卻前塵的少年，到後來的失國皇子，再到如今的三州巡檢。他的頭上，可不正是始終懸著一把鋼刀？然而，值得驕傲的是，刀鋒處所透出來的刺骨殺氣，始終未能壓垮他，未能讓他閉目等死。相反，他發現自己一天比一天地強壯，一天比一天適應身邊這個世界，適應這世界中的歷史與現實。

「就算你能如願讓韓匡美的軍營內爆發一場時疫，終究不是解決之道。」見自己的言語對鄭子明造不成任何打擊，潘美神色微沮，想了想，又尋回到了先前的話題，「起初咱們只想趕走前來打草穀小股幽州軍，結果幹翻了韓氏兄弟，就來了馬延煦。現在，好不容易幹翻了馬延煦，結果竟然又把遼國的南樞密院知事韓匡美也給……」

「那就先跟韓匡美也打上一場再說！」沒等他把勸告的話說完，鄭子明笑著打斷。

「打完之後呢？咱們接下來怎麼辦？這仗像滾雪球般，越滾越大。即便你僥倖把韓匡美和他麾下的兩萬大軍也給擊潰，下一次，說不定敵軍會來得更多！」潘美楞了楞，聲音忽然變得有些急促。

弟兄們現在士氣很旺，這一點他非常清楚。鄭子明本人因為出乎意料地擊潰了馬延煦，眼下心氣兒很高，這一點，潘美也非常理解。然而，他眼下想給鄭子明出的主意卻是，見好就收。

見好就收，對巡檢司，對鄭子明本人，也許都是最恰當的選擇。如果韓匡美麾下的大軍當中果真爆發了時疫，趁著這個機會，鄭子明恰好可以帶領大家夥一走了之。只要這支連一千人都不到的隊伍遁入了太行山，幽州軍再想找到他們，就難如大海裡撈針。

為鄭子明的面子考慮，潘美儘量把話說得婉轉。然而，他的意思，卻已經表達的非常清楚。他相信以鄭子明的頭腦，很容易就能理解自己此刻真正想表達內容。並且，能夠理智地做出最後抉擇。

然而，鄭子明的表現，卻非常令人失望。反覆斟酌了潘美的話，他居然得意地搖了搖頭，傲然而笑，「畢竟咱們捋了遼軍虎鬚了不是？只是區區一個軍寨，卻逼得遼國南樞密院拿出一小半兒兵馬來對付，被人看重到如此地步，咱們無論最後輸贏，都了無遺憾。」

潘美頓時被他忘乎所以的模樣，氣得直翻白眼兒，「遺憾不遺憾只是活人的感受，死人可是什麼都感受不到！」

「誰說一定要死？最後誰死，還不一定呢！」鄭子明看了他一眼，依舊一副淡然處之模樣，「我就不信，幽州軍捨得把兵力，全耗在咱們這兒，別的事情都不準備幹了。我更不信，偌大的個河北，只有咱們李家寨一處，有膽子擋在遼人的馬前！」

「你不信，可改變不了事實。臨近拒馬河的三個節度使降了倆，剩下那個還不知道逃到什麼地方去了！」潘美瞪圓了眼睛看著他，連連撇嘴。

憑心而論，鄭子明現在所做的事情，很有男人味，很痛快，很過癮。駐地靠近拒馬河的三個節度使降了兩個，剩下的那個連箭都沒敢放一支就逃之夭夭。而區區不到八百兵勇的巡檢司，卻擋了幽州兵馬小半個月，並且幾度重創數倍於己的敵軍。

這戰績，這行為，已經足夠尋常人炫耀一輩子。然而，無論是作為李家寨的軍師，還是作為鄭子明的好兄弟，潘美都不能只貪圖一時痛快過癮。他必須盡可能地想辦法，幫助鄭子明把手頭這支有生力量保存下來。保存下來這群可以同生共死的好男兒，以圖在即將到來的新一輪大混亂中，發展，壯大，積蓄力量，最後一飛沖霄。

「別人是別人，咱們既然看不起他們，又何必學他們的模樣？」鄭子明卻好像被接連的勝利徹底沖昏了頭腦，無論潘美怎麼勸，都是油鹽不進。

「你……」潘美被問的氣結，用手狠狠拍了下床板，大聲補充，「不想學他們，總不能螳臂擋車！」

「不擋一下，怎麼知道擋得住擋不住？」鄭子明微微一笑，胡攪蠻纏。

「你，你非得撞了南牆才知道回頭嗎？」

「如果頭夠硬，撞了也不用回，直接穿牆而過便是！」

「你……」

胳膊忽然發軟，潘美上半身跌回床板上，氣喘吁吁。

該說的話，他都說了，對方就是不聽又能怎麼辦？總不能出手將其拿下，然後用刀子逼著他下令現在放棄李家寨，遁入深山？這種事情潘某人做不了，更關鍵的是，單挑的話，潘某人好像也打姓鄭的不過！

正氣得欲仙欲死之時，議事堂外，忽然又傳來了李順那極具特色的聲音：「大人，巡檢大人，軍師，呼延，呼延琮那老孬種來了！從西邊繞路過來的，在山谷那邊的入口，請求入寨。」

「呼延琮？他怎麼會來這裡？」頓時，潘美顧不上再跟鄭子明置氣，疑問的話脫口而出。

孬種兩個字，用來形容呼延琮最恰當不過！前腳欠了鄭子明的救命之恩，後腳又求著鄭子明幫忙安置他麾下的綠林好漢，前前後後欠了這邊偌大人情，結果幽州軍一來，幾個村落的綠林好漢，立刻消失得無影無踪。非但沒有人主動過來給李家寨助戰，並且走的時候，居然連聲招呼沒勇氣打！

「不，不清楚，他沒說！」李順解答不了潘美的困惑，卻能夠將自己所見所聞如實相告，「他只說，只是說要來給巡檢大人助戰。帶著自己的兒子呼延贊，還有好幾百嘍囉。好多戰馬，還，還有好多輛大車。」

「助戰？」潘美無法相信自己的耳朵，內心深處，更是疑慮叢生。前門拒虎，已經非常不易。若是再把呼延琮這沒良心的老狼放進來，巡檢司眾人，這回可是真的要萬劫不復了！

無論先前爭執得多厲害，被氣得怎麼火冒三丈。關鍵時候，他卻忍不住又將目光投向了鄭子明。期待著，後者能夠幫自己推測一下呼延琮的真實來意，並且在自己的協助下，做出最穩妥的決斷。

「沒錯，他肯定是來助戰的！」這回，鄭子明沒有辜負潘美的期待。想了想，認真地點頭。「如果人數不到一千，就肯定是前來助戰的。順子，你先去陪著他說話，告訴他，待鄭某換過衣服，就親自去門口迎接他們！」

「你說什麼？是不是來助戰，怎麼還跟人數扯上了關係？」潘美卻聽了個滿頭霧水，眨巴著一對丹鳳眼低聲追問。

話說出了口，他的臉色瞬間又是一紅。隨即，不待鄭子明解釋，就搖著頭感慨，「他哪裡是個綠林大豪，這份心思，簡直做個刺史都屈才了！呵呵，呵呵……」

「若是心思簡單了，怎麼可能做了那麼多年的北方綠林道總瓢把子的？早就被人吃得骨頭渣子都不剩了！」鄭子明笑了笑，整理好衣服，快步走出了議事堂大門。

潘美雖然足智多謀，但年齡和閱歷終究差了些，不能在第一時間，就猜到別人肚子裡的彎彎繞繞。而鄭子明自己，卻在過去的兩年時間裡，品嘗了太多的人情冷暖。對呼延琮只帶很少兵馬前來助戰的原因，不猜便知。

巡檢司剛剛建立沒多久，李家寨更是個巴掌大的地方。寨子裡的鄉勇，全都加起來才八百掛零，將將湊滿兩個營。而呼延琮現在，卻是河東節度使劉崇帳下的都指揮使，有資格單獨指揮一軍。無論官職級別，還是麾下編制規模，都遠遠把一個區區地方巡檢甩出十幾條街。

所以，呼延琮帶著不到一千弟兄來援，恰恰表明了自身的誠意。如果他帶來的將士超過了一千，並且還多為百戰精銳，則其真正目的到底是想幫忙，還是想借機將李家寨一口吞下，就很難說了。至少，接下來的戰事歸誰指揮，就會成為問題。

然而，有誠意歸有誠意，如果呼延琮說他自己此番前來單純就是為了助戰，鄭子明肯定也是一百二十個不信。正所謂無利不起早，以前幾次跟呼延大當家打交道的經驗，已經充分證明了此人的品格。他會跟你講義氣，他懂得知恩圖報，但指望他單方面的付出卻不順手撈點便宜走，那簡直就是痴人說夢！

「可老子這邊還有什麼可以給他撈的？」一邊冒著凜冽的寒風朝寨子東門走，鄭子明一邊皺著眉頭苦思冥想。前朝皇子的身份肯定是沒有用的，對鄭子明自己來說都是累贅，更不可能給別人帶來好處。而泒水兩岸那些無主村落和土地，呼延大當家想拿隨時都可以再拿回去，犯不著看鄭某人這個小小的巡檢臉色。至於通過鄭某人交好郭威，那更沒有任何可能！首先鄭某人只是柴榮的朋友，對郭家而言僅僅能算個可有可無的棋子。其次，眼下河東節度使劉崇的實力和影響力，並不比郭威小多少。呼延琮好不容易才通過楊重貴的推薦搭上了劉崇的馬車，犯不著再輕易改換門庭……

一路走，一路想，不知不覺間，就出了軍寨的大門。還沒等鄭子明抬頭看清楚周圍情況，對面不遠處，已經響起了呼延琮那粗豪的問候聲：「子明老弟，你總算出來了。老哥我都快凍出清鼻涕來了！你這李家

寨弄得，可真夠齊整的，比起傳說中的細柳營，估計也差不了多少！」注一

「大敵當前，疏忽不得。弟兄們若是有怠慢之處，還請呼延將軍勿怪！」鄭子明笑了笑，拱起手解釋。對呼延琮話語裡的抱怨，權當做是山風過耳。

「不怪，不怪，自家兄弟，豈能挑自家兄弟的禮！」呼延琮大咧咧地走上前，身手攬住鄭子明的肩膀，「聽說你這邊跟幽州兵交上了手，我就立刻想趕過來幫忙。然而兄弟你也知道，老哥我現在身不由己。光是想辦法跟劉節度討要將令，就費了好大功夫。好不容易等過了劉節度那關，走到半路上又遇到了大雪。所以緊趕慢趕，還是只趕了個尾巴！不過你放心，接下來的事情，就全交給老哥哥我。幽州兵來多少，老哥我幫你殺多少，絕不讓他們從你這裡討任何便宜走！」

「那我就多謝呼延將軍了！」鄭子明聞聽，趕緊後退兩步，躬身向對方真誠致謝。

「謝什麼謝，前些日子若是沒有你，老哥哥我連性命都沒了，哪有可能活到現在？老弟你對我有救命之恩，如今遇到了麻煩，我做哥哥的當然不能袖手旁觀！」呼延琮被鄭子明的動作嚇了一跳，將身體側開半步，連連擺手。

「無論如何，將軍高義，鄭某日後絕不敢忘！」鄭子明卻又鄭重其事地給呼延琮行了第二個禮，然後再直起腰，笑著發出邀請，「天太冷，別讓弟兄們凍著，呼延將軍，請帶領兵馬隨我進寨！」

「那當然，來都來了，當然要進去說話，不過也不急在一時。」呼延琮又大咧咧地揮了下胳膊，隨即將目光轉向了自己的兩個兒子，呼延贊和呼延雲，「正長、士龍，過來見過鄭家叔父。他可是你老子我的救命恩人，若不是他妙手回春，你們的老子我早就埋到地下去了！」

「見過……，見過……，鄭……」呼延贊和呼延雲二人，硬著頭皮上前行禮。嘴巴囁囁半晌，卻始終無法

注一、細柳營，漢朝名將周亞夫的軍隊，因駐紮於細柳而得名。漢文帝親自去勞軍，沒有將令卻進不去軍營。回來後非但沒有治周亞夫的罪，反而認為周亞夫的隊伍令行禁止，不可戰勝。

把一個比自己年齡還小的傢伙稱做叔父。

呼延琮見狀，心中立刻有了氣。掄起胳膊，朝著兩個兒子的後腦勺兒處一人給了一下，「大聲點兒，沒吃飽飯啊。他是你老子的救命恩人，你們兩個小王八蛋叫聲叔父又怎麼了！」

「見過叔父！」呼延贊和呼延雲哥倆，拿自家的荒唐父親一點兒辦法都沒有，紅著臉再度躬身施禮。鄭子明哪肯硬充別人的長輩，搶身上前，一手拉住一個腕子，大聲阻止：「二位少將軍切莫多禮，咱們三個，兄弟，兄弟，兄弟……！」

話說到一半兒，他的聲音卻突然結巴了起來。右手如同被針扎了般迅速鬆開，藏在背後，五根手指不停地曲曲伸伸。「咱們三個，兄弟相稱就好。我跟呼延將軍，單獨再論，再論。」

「哈哈哈哈……」呼延琮如同占了多大便宜一般，得意忘形，「那老哥哥我，可就要做你的長輩了。乖侄兒，趕緊頭前帶路。叔叔我一直惦記著你這裡的烈酒，饞蟲都快自己從嗓子眼兒裡爬出來了！」

「呼延將軍請！兩位呼延兄弟也請！」大冷天，鄭子明卻是額頭見汗，側身讓開道路，同時再度向呼延琮父子三人伸手相邀。

呼延琮得意洋洋地看了他一眼，抬著頭，翹著下巴往裡走。呼延贊則向鄭子明投了一個無奈的眼神，帶領親兵緊隨自家父親之後。剩下一個呼延雲，臉孔就像被開水剛剛燙過般，紅中透紫，既不敢說客氣話也不敢做任何抱怨，低下頭，邁著小碎步奪路飛奔。

對方不抬頭，鄭子明想解釋幾句都無從解釋。將闖了禍的右手從背後拿出來，對著日光看了又看。沒錯，剛才就是這隻手，不小心握住了呼延士龍的手腕子。掌心處，到現在還留著一股綿軟。如果自己的判斷沒錯，呼延士龍是個如假包換的女兒身！初次見面就被自己給抓了腕子，這，這唐突失禮之處，可是叫鄭某人該怎麼樣賠罪才好？

正尷尬的想把自己的手剁掉之時，呼延琮卻又悠哉悠哉地，從軍寨裡走了回來。先站在鄭子明身邊喝令麾下的弟兄注意保持秩序，不准給自己丟人現眼。吹鬍子瞪眼，好不威風。待麾下的弟兄們都進了軍寨大門，又帶著幾分得意轉過頭，大聲說道：「實不相瞞，老哥哥我這次遠道而來，不光是為了給你助戰，自己也有一件事情，需要讓你幫忙！」

「什麼事情？呼延將軍儘管吩咐！只要鄭某力所能及，絕不敢辭。」鄭子明心裡頭發虛，當即，毫不猶豫地答應。

「呵呵，呵呵，兄弟你就是痛快！老哥我沒看錯人！」呼延琮又得意洋洋地笑了幾聲，壓根不在乎自家女兒剛剛被人給占了便宜，「你也知道，老哥我原本是做山大王的，手下一大堆人指望著我吃飯。如今雖然改行做了朝廷的將軍，可手下的空缺卻非常有限，無法給每個人安排下好前程，一雙兒女更是成了老哥我的心病。所以聽聞你這邊仗越打越大，老哥我就想啊，是不是機會來了？萬一能給正長這孩子，搶下個州縣來管管，不是什麼麻煩都徹底解決了嗎？」

「搶個縣城，你要從誰的手裡搶？」這回，鄭子明可是真的被嚇了一大跳，心中的尷尬不翼而飛。

「當然，誰有從誰手裡搶啊！遼國人手裡，大漢國地方上那幾個窩囊廢手裡，都行，老哥我可不挑肥揀瘦！」呼延琮舉目四望，老神在在地回應。

「你……」鄭子明又是一楞，隨即，咬著牙咒罵：「你這老匹夫！就不怕活活撐死！」

遼國和劉漢國之間的這場邊境衝突，如今明顯是在朝著徹底失控的方向發展。當戰爭打到一定規模，必然有人會戰沒，有人會因為喪城失地遭受處罰。而他們空出來的職位和地盤，就會成為「禿鷲」的盤中飧。呼延琮不才，恰恰是禿鷲中的一隻。

「撐死膽大的，餓死膽小的！」呼延琮既然敢做，就不怕人罵。撇撇嘴，理直氣壯地回應，「我還沒到走你這呢，就聽說，三個節度使投降了兩個，還有一個已經逃過了黃河！仗打完之後，與其讓他們繼續在邊境上尸位素餐，還不如把地盤歸了你我兩個。好歹，遼國人南下之時，你我兩個敢頂在前面！」

一番話，說得理直氣壯，絲毫沒覺得自己趁著兩國開戰之機亂搶地盤的行為有什麼不妥。

鄭子明聞聽，本能地就想出言反駁。然而搜腸刮肚，卻始終找不到一句恰當的話，只能嘆息著搖頭。

首先，擁有守土之責的節度使們降的降，逃的逃，沒向大舉入寇的遼軍發一箭一矢。而呼延琮卻在這個節骨眼上提兵逆流而上，於情於理，他都不應該替前者出頭。其次，呼延琮身為劉漢國的將軍，替國家收復舊土，乃天經地義。即便有搶地盤的嫌疑，也是從遼軍手裡搶，不會胡亂對河北各地的漢軍發起攻擊。最後，誰地盤大，誰手裡兵多，誰就分茅裂土，此乃晚唐以來的傳統。邊塞上的各路諸侯，包括楊重貴的父親楊信，都是用同樣的手段獲封節度使。呼延琮現在不過是想借鑒一下前輩們舊例，誰也無法指摘。

「嘆什麼氣？這年頭，怎麼可能老給別人添麻煩。自己不努力，靠牆牆倒，靠山山塌！」敏感地察覺到鄭子明嘆息聲裡的異常味道，呼延琮把兩隻牛鈴鐺大眼一瞪，義正詞嚴的質問。「你不會這輩子就想靠著郭大官人吧？他可是原本姓柴，那樞密副使郭威，可是還有自己的親生兒子。更何況，汴梁那邊早有消息傳出來，小皇帝跟五顧命之間勢同水火……」

「現在哪有空說這些！遼兵已經打到我家門口了！」鄭子明聽得心中一抽，迅速轉頭掃視四周。

呼延琮所說的情況，他早就知道得一清二楚。然而具體該如何應對，他卻至今還沒拿定主意。並且他自問跟呼延琮的交情，也遠沒到可以一同謀劃將來的地步。眼下說得越多，日後所面臨的麻煩也許就越大。

「正因為遼兵打到了你家門口，才好跟你說這些！」呼延琮卻彷彿根本不知道什麼言深交淺，揮了下蒲扇般的大手，繼續低聲嚷嚷：「不用看，我剛才看過，你手下的人都很懂規矩，不會靠咱倆太近。至於我手下，他們跟本不會偷聽，也聽不懂。老哥我可是跟你說啊，你自己也許還不知道。你跟你手下的這群鄉勇，最近可是出足了針頭。連河東那邊，都有人聽說過你的威名。這一仗，無論你能不能撐到最後，只要沒戰死，朝廷就不可能對你的功勞視而不見。到那時，往哪裡高升，怎麼升，都是學問！你若是現在不未雨綢繆，將來肯定會被打個措手不及？」

「真的？我區區一個地方巡檢，能有什麼威名？雖然跟幽州軍打了兩仗，可前後不過才殲敵千把人而已，根本不足為誇！」鄭子明聽得微微一楞，側轉頭看著呼延琮，滿臉難以置信。

「問題是，別人連一支羽箭都沒敢放吶！」呼延琮狠狠朝鄭子明剜了幾眼，恨不得拿斧子將此人的腦袋砍開，看看裡邊是不是裝的全是漿糊。「我的好兄弟！你以為這是當年平定澤潞兩州呢，動不動就滅敵逾萬？連老哥我，都著了你的道，被你們幾個小混蛋打得抱鞍吐血？這是國戰，你懂嗎？大漢國和契丹的國戰吶！根本不是平常的小打小鬧！而那些職位實力都遠過於你的節度使們至今連屁都不敢大聲放一個，你卻帶著幾百鄉勇頂了幽州軍這麼多天。兩相比較一下，你怎麼有可能不出名？」

「這，這倒也是！」鄭子明恍然大悟，苦笑著點頭。

自己一直身在局中，所以聽不到局外的動靜。而呼延琮卻是旁觀者，自然能把周圍的所有聲音都聽得一清二楚。照著此人所描述的情況，硬頂住了數倍於己遼軍的李家寨鄉勇，想不引人注目都難。而身為這支隊伍主將，自己的名頭當然在不知不覺中一飛沖天。

只是，以自己的身世，名聲突然變得響亮，真的是好事情嗎？恐怕，朝堂之中，有人又要輾轉反側了吧？而在自己名聲不怎麼響亮，看起來也沒什麼威脅之時，耐著柴榮的顏面，郭威能將自己護在羽翼之下。當自己的名聲越來越大，並且身份再度被暴露出來，郭威到底護不護得住自己，願意不願意相護，又怎可預知？

「所以，咱們老哥倆聯手，才是最佳選擇！」呼延琮好像早就把鄭子明的尷尬情況，看了個通透。緩緩向前跨了半步，壓低聲音繼續提議。「老哥我是個山大王，向來不願意把自身安危寄希望於別人。而你，論出身比老哥我高貴百倍，論情況，恐怕也沒比老哥我好到哪去！更何況，你要別人幫你，總得有值得幫的地方。你實力越強，郭威也更方便替你說話。無論是出於情面，還是為了他郭家！」

「嗯，呼——！」鄭子明先是低聲沉吟，隨即，嘴裡吐出一道長長的白煙。

呼延琮雖然粗鄙，可今天有幾句話，卻說得絲毫不差。自己能於李家寨站穩腳跟，郭家在背後的扶持功不可沒。然而，這種單方面的付出，卻不可能永無止境。柴榮跟自己交情再深，終究不是郭威本人。如果在被牽連的風險與日俱增的情況下，還想獲得郭家的繼續支持，自己這邊就必須展現出，足夠輝煌的回報前景，讓郭家的每一筆投入，都覺得物有所值。

「怎麼樣，我女兒的手腕子，還挺柔軟吧？」唯恐自己先前的話說服力不夠，呼延琮想了想，忽然拋出了一句毫不相干的話語。

「啊……」鄭子明腦海裡紛亂的思緒，瞬間又被打了個粉碎。憤怒地望著眼前這個沒人品的老不正經，額頭上，有汗珠一滴滴快速往外滲。

「江湖女兒，抓就抓了，你剛才是不小心的，老哥我看得很清楚。」呼延琮卻越說越來勁，笑了笑，非常大度地表示不予追究。「但男大當婚，老哥我覺得你這個人不錯，自家女兒也不錯，要不，你就派媒人上門提親算了？放心，彩禮我絕不會多要，嫁妝卻絕對會對得起自家女兒！」

「你，你……」鄭子明被說得臉紅脖子粗，頭頂上的滾滾汗珠被寒風一吹，立刻白煙繚繞，宛若身體內著起了大火。「有你這樣做父親的嗎？她可是你親生女兒！」

「正因為是親生女兒，才要給他找個靠譜的郎君嫁了。」呼延琮根本不知道害羞兩個字怎麼寫，晃了晃腦袋，大言不慚，「總不能一輩子養在家中人，讓她變成一個老姑娘吧！怎麼樣，咱們老哥倆聯手的基礎有了，再來一次聯姻。從此之後，翁婿二人，齊心協力……」

「聯手可以！」鄭子明被眼前這個老不修說得心神大亂，顧不上再仔細斟酌，迅速簽訂「城下之盟」，「但聯姻的話，就算了吧！不是你家女兒不夠好，而是你一口一個老哥自居。鄭某不是禽獸，不能向自家侄女下手！」

「不是你自己說的嗎，咱們老哥倆論咱們的，你們三個年輕人再論一回自己的！」呼延琮卻不肯罷休，繼續乘勝追擊，「我這女兒啊，武藝不在你之下，女紅、學問、持家的本事，也樣樣了得。若非……」

「呼延老哥，你再說下去，我可就翻臉了！」鄭子明被逼得無路可退，猛地一跺腳，大聲威脅，「我當你是個豪傑，你就別拿我當俗胚！無論有沒有女兒嫁我，鄭某既然答應跟你聯手，就永不相棄。除非，除非你自己哪天又改了主意！」

「哪能的事？你也太小瞧老哥哥我的人品了！」見鄭子明好像動了真怒，呼延琮不敢再過分緊逼，笑了笑，訕訕地擺手。「兒女之事，你不願意，我也不勉強。但我那女兒，真的是萬裡挑一，你現在不動心，將來肯定會……」

「你這次來，究竟帶了多少兵馬？能不能給我交個實底兒？」鄭子明瞪了他一眼，迅速岔開話題。

「能，當然能！」談到正事兒，呼延琮立刻換了副嘴臉。迅速彎下腰，用橫刀在雪地勾勾畫畫，「除了來你這兒的一個半營，七百騎兵之外。還有兩千戰兵，一千多輔兵，加在一起，差不多剛好一個軍！我把剩餘的人藏在這裡，這裡，還有這裡了。只要你一聲令下，隨時都可以衝過來，將門口的幽州軍，盡數全殲！」

「嘶，你胃口倒是不小！」鄭子明微微吸了口冷氣，皺著眉頭說道。

他也算個久經沙場的老行伍了，粗略掃幾眼，就能看出呼延琮的兵馬擺放，頗為花費了一番心思。既充分利用了山區的複雜地形掩護自家行藏，又能及時策應正面戰場，給敵軍致命一擊。唯獨差的一點是，這個部署所針對的敵軍規模，還停留於數日之前。即馬延煦麾下的那五個營。卻不知道，李家寨馬上要迎戰的，早已經不是區區兩千多敵人，而是先前的十倍，差不多整整一個廂！

「那是，勇虎搏兔，亦得拿出十分力氣。況且咱們還不可能只打這一仗！」呼延琮沒聽出鄭子明話語裡的奚落之意，權當是被誇獎，得意地揮舞起了橫刀。

「只可惜，人數太少了些！」鄭子明朝著他微微一笑，輕輕搖頭。

「怎麼會少？難道你這李家寨，還能把全幽州的漢軍全給招來？」呼延琮被笑得心裡發毛，忍不住大聲反問。

「那倒不至於吧！」鄭子明笑呵呵地看著呼延琮，彷彿對方臉上即將有鮮花盛開，「只招來了一小半兒而已，頂多兩萬出頭，帶兵的燕京兵馬使韓匡美，老哥，老哥你怎麼蹲下了？你別嚇我！」

「老哥，呼延琮老哥！」再一次被呼延琮的節操給驚掉了下巴，鄭子明拉了對方一把，低聲呼喚。「這可是大門口兒，很多人在旁邊看著……」

「別喊我，別喊我，讓他們看。命都快沒了，還在乎這個？」呼延琮擺擺手，有氣無力地呻吟，「整整一個廂！還是韓匡美這種沙場老手統率！奶奶的，我說沿途沒受到任何阻攔呢，敢情，敢情半個幽州的兵馬都蹲在你這裡！石小寶，我真是被豬油給蒙了心。招惹誰不好，偏偏招惹你這個倒楣鬼！你，你怎麼不早點告訴我？」

「老哥哥你一直沒給我說話的機會啊！」鄭子明連拉了幾下，都未能將呼延琮拉起身。索性鬆開了手，苦笑著允諾，「不過，你現在反悔還來得及！把兵器和糧草給我留下，我就當你沒來過便是！」

「你說什麼？」聞聽此言，先前還尋死覓活的呼延琮，猛地跳了起來，一把拉住了鄭子明的脖領子，「你有種再說一遍！老子我這輩子，說出來的話就沒吃回去過！不就是個死嗎，老子陪著你就是！」

「我不是用話激你！老哥哥，我是真心實意為你著想！」鄭子明輕輕抬起手，將脖領子上毛茸茸的大手推在了一旁，「呼延琮老哥，你能千里迢迢趕過來助戰，鄭某已經非常感激了。但你攢起這點兒家底兒也不容易，沒必要陪著我冒險。趁著大隊敵軍還沒趕到，你現在帶著弟兄們離開，還來得及。無論是返回河東，還是攻打附近的州縣替我分擔壓力，都比陪著我在這裡死守要強！」

這回，呼延琮真的楞住了。收起滿臉的無賴表情，沉思半晌，才低聲問道：「那，那你呢？不到一千鄉勇硬抗兩萬遼軍，你，你就是鐵打的，也不可能扛得下來啊！」

「能守我就守，守不住我就進太行山。反正我就是個小巡檢，打不贏理所當然。」鄭子明猶豫了一下，將自己的打算如實相告。

「你能守幾天？」

「天氣轉暖之前，問題不大。我沿著北面的山頂修了一道冰牆。在東西兩側的山谷都布置了許多陷阱！」

「冰牆，什麼是冰牆？」

「就是用水和泥沙凍出來的城牆，就在寨子北邊的山頂上，一會兒老哥哥你可以自己去看。眼下非常結實，攻城錘都不可能砸得動。並且可以隨砸隨補，反正就是潑幾捅冷水的事情。只可惜，最近山外邊已經開始化雪。山裡頭雖然天氣冷，也頂多再能堅持半個來月。」鄭子明組織了一下語言，繼續如實補充。

正如他先前所說，呼延琮能千里迢迢趕過來幫忙，對他自己，對李家寨，都已經是個巨大的人情。雙方之間仇恨早已經化解，原本就沒有任何勝算的仗，他不能硬拉著呼延琮往坑裡跳。更何況，呼延琮能有今天的地位，全靠著其麾下的幾千太行山老弟兄。如果這些老弟兄折損得太厲害，即便有楊家作為奥援，恐怕呼延氏將來也很難在河東立足。

「那我跟你一起！」呼延琮忽然笑了笑，咬著牙說道。

不待鄭子明拒絕，他又用力揮了個手，大聲補充：「奶奶的，雖然這次被你小子給帶陰溝裡頭了。但老哥哥我絕不做孬種！你別拿這種眼神看我，我呼延琮這輩子，最看不起臨難拋棄同伴獨自逃命的傢伙。我不能讓我下半輩子看不起我自己！就這麼說定了，你守，我跟你一起守，你退，我跟你一起退。咱們哥倆個，生死捆在一塊兒！」

「如此，就多謝老哥！」鄭子明沒想到呼延琮明知道事不可為，依舊打算跟自己共同進退，心中好生感動，躬下身，鄭重向對方施禮。

「自家兄弟，客氣什麼！」呼延琮這回沒有閃避，大咧咧站直身體，受了鄭子明一個全禮。隨即，又原形畢露，一把拉住鄭子明胳膊，奸笑著問道：「老哥我為你做了這麼多，你就不想表示表示？說真的，我家女兒不錯。你倒插門過來，這一仗，老哥我就當替自家女婿出頭了！」

「滾！都什麼時候了，老哥你還沒個正形？」鄭子明被問得哭笑不能，摔開對方的手，大聲抗議。

呼延琮搖搖頭，繼續死纏爛打，「這怎麼就不是正經事情了，我，我真心的！你個小小巡檢也沒啥錢財，受了我的好處，將來肯定還不起。乾脆倒插門過來，就算是以身相許……」

「你想得美！」鄭子明狠狠瞪了對方一眼，轉身便走。惹不起，怎麼著也躲得起。等進門後匯合了呼延贊、呼延雲兩兄妹，看呼延琮這老不修還能說出給女兒招女婿的話來！

「哎，你別走啊，我的話還沒說完呢。咱們江湖兒女，沒那麼多講究！」呼延琮揮著胳膊，在鄭子明屁股後緊追不捨。「算了，你不願意聽我就不提這事兒。咱們打完了仗再慢慢說道。」

「你有那功夫，不如幫我想想，怎麼樣破敵！」鄭子明無可奈何地轉過身，正色提出要求。

「破敵？」呼延琮大笑著搖頭，對鄭子明的想法，很是不以為然。「能守住就不錯了，怎麼可能破得了人家。」

「如果咱們兩個真的齊心協力的話，也許，也許還能創造出一個奇跡！」鄭子明搖搖頭，正色說道。

「什麼？就憑咱們倆？」呼延琮又被嚇了一跳，驚恐地瞪圓了眼睛。「四千打兩萬，你想清楚，對面可不是土財主的莊客和家丁！」

「也許不到兩萬，至少戰兵沒有兩萬！」鄭子明想了想，斟酌著解釋，「據我所知，幽州軍裡頭，戰兵和輔兵差不多是一樣一半兒！」

「那也是一萬多！咱們這邊，加在一起能湊出四千戰兵嗎？」呼延琮搖搖頭，一本正經地分析。「你也知道，我麾下的戰兵，原本也是山寨中的嘍囉。剛剛接受整訓沒多久，戰鬥力非常一般！」

「你別想是四千和一萬，只想敵軍是咱們的一倍，一倍而已！」鄭子明笑了笑，低聲給呼延琮打氣。

既然對方想要跟自己同生共死，自己就盡力死中求活。而不是老想著損兵折將之後，再一道倉惶後退。那樣的結果，對不住呼延琮的一番盛情，也對不住李家寨這幫好兄弟。

「敵軍是咱們的一倍，這，這樣想，的確讓人心裡頭舒坦多了！」呼延琮也笑了笑，故作輕鬆地回應。「而兄弟你，先前一直在以少敵眾。恐怕最多時，連四倍於己的敵軍也滅過！」

「四倍沒有，兩倍肯定富餘！」鄭子明擺擺手，笑著謙虛。兩軍交戰，士氣至關重要。所以當務之急，就是讓呼延琮看到，取勝並非毫無可能。

「可那只是兩千多敵人！這回是兩萬！」呼延琮也是老行伍了，豈能被幾句話就糊弄掉？跺了跺腳，再度小聲提醒。

「如果是兩萬傷兵呢？」鄭子明快速朝四下掃了幾眼，用只有彼此兩個人能聽見的聲量問道。

「什麼？」這一回，呼延琮徹底被嚇到了。也緊跟著迅速四下張望，然後瞪圓了兩隻牛鈴鐺大眼追問。「傷兵？這怎麼可能！你，你，你下毒。你，你……」

「我不敢保證，只能說有一定希望！」鄭子明再度檢視四周，然後用極低的聲音補充，「你不要這麼看我，不是用毒。據我所知，如今世間還沒有一種毒物，能在不知不覺間放倒兩萬大軍。」

「呼——」呼延琮拍著自家胸脯，輕輕吐氣。

剛才的消息實在太突兀，也太不可思議。令他在震驚之餘，心中同時也充滿了恐懼。不知不覺，隔著好幾十里地，就給對手投了毒。這本事，如果用來爭奪江山，天下豪傑誰人能擋？就算楊無敵和自己，在他面前，恐怕也只是點一下手指頭的功夫吧？

可如果不是用毒，鄭子明又用什麼辦法讓敵軍傷兵滿營？他雖然是陸地神仙陳摶老道的關門弟子，也不可能真的學了掌心發雷，念咒移山的本事！

「山下有一支敵軍，大概一千二三百人的規模。我原本可以將他們全殲，卻始終沒有動手！」知道自己今天如果不把事情的來龍去脈解說清楚，呼延琮肯定會疑神疑鬼，鄭子明笑了笑，繼續低聲透露，「並且，其中一大半兒人還是我放回去的。他們當中，絕大多數，都剛剛感了風寒，這會兒燒得手軟腳軟！」

「你……」呼延琮再度大驚失色，看著鄭子明，連連後退。

對方是個郎中，國手級別的郎中，這一點，他曾經親身領會。而於一個可以不開腸破肚，就能將腹腔內的瘀血盡數引出去的國手來說，讓幾百人不知不覺間感染風寒，肯定是舉手之勞。

風寒這東西，危害不大，頂多是讓人頭疼腦熱，四肢無力三天到五天，窮人家不吃藥，硬抗都能抗得過去。但是，風寒這東西，卻是極為容易傳播，一病通常就是半個山頭。兩萬毫無防備的援軍，匆忙趕到滿是病人的軍營，吃同樣的東西，喝同樣的水，然後……

如果鄭子明的謀劃真的成功，這一仗，還有任何懸念嗎？

「別這樣，我只是盡力製造這種可能，成不成還真得看老天爺的意思！」唯恐被呼延琮當成神魔，鄭子明又笑了笑，不得不認真地追加上一句。「這是咱們倆唯一的機會，老哥哥你如果想幫我，就儘快把其餘弟兄全召集到寨子裡來。」

「成，成，我這就派人，派兒子和閨女去叫人！」呼延琮臉上的慵懶盡去，連連點頭。隨即，又將頭抬起，試探著問道：「你，你不怕我趁機奪了你的權？」

「你說呢，老哥哥？」鄭子明歪頭看著他，年輕的臉上灑滿了陽光。

「你不怕，我怕！」呼延琮猶豫了一下，悻然回應，「我怕被你惦記上！更怕被人從身後戳脊梁骨！」

這話，有一半兒屬於玩笑，另一半卻出自真心。

首先，鄭子明用了區區兩年不到的時間，就從一個無處容身的喪家之犬，變成了擁有戰兵近千的地方豪強，這成就，本身便證明了其日後的遠大發展前景。不到萬不得已，誰都不願意給自己豎立這樣一個敵人。

其次，鄭子明在歷次戰鬥中所採用的那些戰術，實在令人匪夷所思。無論是把騎兵當步兵使喚，密集排列如牆而進，還是用泥土和冷水澆鑄冰牆，一日得城百里，呼延琮以前都聞所未聞。至於利用敵軍的部分病患向新來的大軍傳播風寒，更是只能用神鬼莫測四個字來形容。讓人想上一想，心裡頭就慶幸自己不是他的敵人。如果雙方因為地盤起了衝突，只要不能保證將他一擊必殺，恐怕呼延琮今後連覺都睡不踏實！

第三，也是最讓呼延琮忌憚的一項，便是鄭子明背後那錯綜複雜的人脈關係。常思將其視為子侄，郭威的義子是他的義兄，呼延琮自己的靠山，無敵將楊重貴，好像跟他也相交莫逆。更何況，呼延琮本人，還欠了他一份救命之恩。若是真的恩將仇報的話，恐怕今後就會成為萬夫所指。非但沒有任何人敢再跟呼延氏為伍，來自常思、郭威等人的報復，也足以讓剛剛有了那麼一點意思的呼延家萬劫不復！

「你這瞻前顧後模樣，可不像是一個綠林總瓢把子！」鄭子明可不知道，在呼延琮眼裡，自己的形象如此威猛。見對方臉上居然隱隱透出了幾分忌憚，便笑著調侃。

這句話，可是一下就戳到了呼延琮心尖子上。後者立刻漲紅了臉，捶胸頓足，「你以為我想啊！不是先前沒有選擇嗎？什麼狗屁綠林總瓢把子，在你們這些人眼裡，還不就是個賊頭兒？我祖父是賊頭兒，我父親是賊頭兒，我自己生下來也是賊頭兒！若不是我一狠心受了招安，將來我兒子，我孫子，我孫子的孫子，還是賊頭兒。這樣的綠林總瓢把子，鬼才願意幹！」

「老哥，老哥，你消消氣兒，我說錯了，說錯了，還不行嗎！」沒想到自己無意間一句話，惹得對方如此難堪。鄭子明趕緊拱起手，大聲賠禮道歉。「我只是覺得，你現在比以前，比以前不太一樣。考慮事情，考慮事情時好像多了許多顧忌！」

「這麼多人的性命和未來都在我手上，敢疏忽嗎？」呼延琮笑了笑，喟然長嘆，「我把他們帶下山了，總得給他們尋一份安穩日子。若只是我自己，跟著楊兄弟混一輩子就行，何必大冷天地冒著摔死凍死的風險，翻越太行山？」

「那倒是！」終於從對方嘴裡聽到了一句實在話，鄭子明笑了笑，再度輕輕拱手。「老哥你是個有擔當的人，兄弟我佩服。」

「別扯那些虛的了，你若是真的佩服我，就想辦法一定把這仗贏下來，贏得漂亮！」呼延琮得意地一晃頭，隨即順勢而上，「那樣的話，咱們哥倆就可以憑著赫赫戰功去搶地盤，看中哪塊兒搶哪塊兒，誰都說不出什麼來！」

「老哥你想得可真長遠，莊稼還沒種呢，都想著怎麼吃了！」被呼延琮的現實打算，弄得微微一愣，鄭子明笑著調侃。

「種莊稼，不就是為了吃嗎？否則誰起早貪黑下地？」呼延琮根本不在乎這點兒打擊，晃著腦袋大言不慚。

既然決定了要合作，就得有一個合作的方案。相應的戰果分配，也最好早點確定。這樣，彼此的心裡頭才更踏實，打起仗來才不會患得患失。

這是綠林豪傑下山「做買賣」時，一貫的傳統。也是諸侯之間合作，必須的要素。鄭子明不懂沒關係，呼延琮懂，並且會想盡一切辦法讓他能夠理解。

果然，聽了呼延琮的話之後，鄭子明很快就若有所悟，輕輕點頭：「也是！」旋即，又歪著頭問道：「那老哥你準備吃下那塊兒地盤？」

「定州！」呼延琮想都不想，大聲回應。隨即，忽然又發現自己這樣做可能不太厚道，至少不該把李家寨也囊括進去。連忙乾笑了幾聲，涎著臉道：「我，我只是這麼一說啊！老弟你如果有不同想法，肯定先聽你的。我看中定州，是因為他背靠太行山。我隨時都可以從山裡，或者從山那邊找到幫手。至於老弟你的李家寨，當然還是你的，做哥哥的絕不染指。」

「我覺得你與其擔心我，不如擔心孫方諫，他這個義武軍節度使可是還活著！定州和易州，都是他的地盤！」鄭子明笑了笑，輕輕擺手。「至於李家寨，老哥你先前就說過，打完了這仗，我肯定也不只是一個五品巡檢。」

「姓孫的，他敢腆著臉回來，我打斷他的脊梁！」呼延琮撇撇嘴，露出一臉不在乎模樣。

雖然心裡偶爾會自卑一下，可那也分對著誰。在鄭子明面前呼延琮偶爾會自慚形穢，換了對著孫方諫這個一矢不發撒腿逃跑的傢伙，他則立刻覺得自己的形象光芒萬丈。後者的節度使職位，理所當然應該被呼延某人所取代。呼延某人做了節度使，也絕對比姓孫的更稱職。

「那兄弟我，就提前祝老哥哥心想事成了！」彷彿被呼延琮的豪氣感染，鄭子明笑了笑，大聲說道。

「多謝，多謝！」自打聽到了鄭子明的「病敵之計」後，呼延琮對未來的信心就變得非常足，拱起手，將祝福和地盤兒，一併笑納。

「如果我是你……」不待鄭子明說他臉皮厚，呼延琮剛剛放下手臂，就快速追加了一句，「就想辦法通過你那個義兄，把鎮州抓到手裡。這樣的話，咱們哥倆就能背靠太行，守望相助。你跟常思之間，相隔也沒多遠，隨時可以彼此支援！」

「這個……」鄭子明眼前，迅速閃過一張輿圖，澤州、潞州、遼州和古城太原，都歷歷在目。

呼延琮的建議，是出於一番好心。提前把勝利果實的分配方案，在談笑中敲死，也有益於雙方之間接下來的並肩作戰。然而，眼前那張輿圖上面，卻不止畫著太行山兩側。還有登州、萊州，以及跟登、萊隔著一片汪洋的遼東。

他的父親在那裡，他生命中所缺失的一部分答案，也在那裡。

「怎麼，你看不上鎮州？那可是個好地方！」見鄭子明沉吟不語，呼延琮心裡有些著急，忍不住低聲剖析。「進可攻，退可守，並且距離漢遼兩國的界河也遠，不用天天提防遼人南下打草穀！」

「先打贏了眼前這場仗再說吧！」笑了笑，鄭子明輕聲回應。「老哥哥你放心，定州歸你，包括李家寨。至於我，我想去海邊看看！據說海裡頭有大魚，背闊千里。若變成鳥，則其翼若垂天之雲。」[注二]

「你想要橫海軍？」實在無法理解鄭子明的心思，呼延琮大叫著提醒。「那破地方可是又小又窮，並且連人丁都沒幾個！」

橫海軍節度使初設於後唐，管轄滄州、景州、德州、棣州。看似管得挺寬，然而最北面的滄州，如今已經有一半兒被劃入了遼國地界。正西和西南的景、德二州，也被瀛莫節度使高彥輝強行占去了大半。至於位於黃河以南的棣州，更是早就被符彥卿囫圇個吞下，尋常人根本不可能要得回來。

故而，如今的橫海軍，真正能管轄的只是黃河以北，運河以東，漳水往南，這一片只有巴掌大小的地盤。治下人丁稀少，百業凋零，東部靠海區域，還屬於無法耕種的大鹽澤，根本不適合人類生存。[注三]

這年頭，沒有足夠的人丁，就沒有足夠的賦稅和兵馬。沒有足夠的兵馬，官兒做得再大，也是個紙糊的菩薩。風雨一來，立刻粉身碎骨。

呼延琮講義氣，不能眼睜睜地看著鄭子明自己給自己挖坑。然而，後者卻根本不領情，搖搖頭，淡然說道：「破有破的好處，至少別人不會總惦記著。若是朝廷真的把一片膏腴之地交給了我，那我才會更加擔心！」

「唉——！」呼延琮欲言又止，大聲長嘆。

對方說的乃是事實，他根本無法反駁。如今畢竟皇帝姓劉不姓石，以鄭子明的身世，官做得越大，手裡掌握的兵馬越多，恐怕距離死亡就越近了數分。倒是遠遠地躲去滄州，掛個空頭橫海軍節度使官銜，手裡卻一無幾斤糧草二無多少士兵，反而會活得更加安生。

「反正都是以後的事情呢，咱們倆現在只能說個大概目標，具體能不能實現，還得要看朝廷的態度！」鄭子明本人，倒是非常看得開。見呼延琮情緒有點兒低落，反而主動出言安慰起他來。

「媽的，這年頭，好人做不得！」呼延琮對著冰冷的空氣砸了一拳，嘴裡喃喃咒罵。

先前他怕打了勝仗之後，自己撈不到足夠的好處。所以才迫不及待地用各種手段催促鄭子明，提前跟自己兩個把將來的收益分配掰扯清楚。而現在，他自己所期待的那份酬勞到手了，並且比期待中還多出了許多，他的心臟處，卻又難受異常。只覺得空落落的，彷彿缺了些東西。但具體缺了什麼，偏偏又用語言說不清楚。

正悽惶間，耳畔忽然傳來一長串暴烈鼙鼓聲，「咚咚，咚咚咚，咚咚咚……」，穿雲裂石，地動山搖。

「有情況！」呼延琮頓時就顧不得再為鄭子明操心，跳起來，三步並作兩步朝高處跑去。

如此劇烈的鼙鼓聲，肯定不是兩三個人所能奏響。而單純以鼙鼓為軍樂的，上百年來，只有幽州一家。漁陽鼙鼓動地來，驚破霓裳羽衣曲。如今掌控漁陽故地的，坐擁幽燕精兵的，除了韓氏兄弟之外，又能有誰？

「老哥休要驚慌，聲音距離這裡尚遠。若是想查驗敵情，你只管跟著我來！」鄭子明對於幽州人所奏出的戰鼓聲，卻早已聽得耳朵起了繭子。不慌不忙向前追了幾步，拉了一下呼延琮的袍子袖口，低聲說道。

「我手下的大部分兵馬還沒來得及安排人去調過來呢！」呼延琮瞪了他一眼，大聲說道。「萬一姓韓的不肯去營地與另外那支毒餌匯合，直接揮師進攻……」

注二、出自《莊子・逍遙遊》：「北冥有魚，其名曰鯤。鯤之大，不知其幾千里也；化而為鳥，其名為鵬。鵬之背，不知其幾千里也。怒而飛，其翼若垂天之雲。」

注三、五代時期，黃河入海口比現在偏北，萊州灣還沒有形成。渤海灣沿線很多地區，包括現在的天津，都在海面之下。

「韓匡美當晚跟我約的是三日之後，這才過了兩個白天不到！」鄭子明依舊一副信心十足模樣，笑呵呵地搖頭。

「雙姓家奴，能有什麼信譽？」呼延琮才不相信韓匡美會遵守承諾，皺起眉頭，大聲提醒。為了榮華富貴，連祖宗留下來的韓姓，都不想要了。族中大部分男丁都要改姓耶律。這種人，做事有底線才怪！

「不是講信譽，而是他認為勝券在握，所以多少會表現得君子一些！」鄭子明笑了笑，繼續不緊不慢地補充。

「胡扯！已經接二連三有人吃虧，韓匡美怎麼可能還小瞧了你！」

「他不是小瞧我，而是自以為看透了整個中原的虛實而已！」

「那他是自己找死！」

「希望他一直這樣糊塗著……」

兄弟倆一邊說著廢話排解呼延琮心中的緊張情緒，一邊加快速度趕路。不多時，便來到了李家寨北側的山頂，順著鋪滿稻草的臺階一路登上了冰牆。

冰牆外兩里多遠處的山路上，已經豎起了密密麻麻的黑色戰旗。大隊大隊的幽州生力軍沿著山路走過來，在戰旗下整隊，列陣，舉起盾牌，豎起長短兵器，就像一窩遷徙的蜈蚣，在沒有絲毫熱氣的日光下，亮出自己的腳爪和毒牙。

「你，你還說，韓匡美會做個正人君子！」呼延琮跑得上氣不接下氣，手扶自家膝蓋，彎下腰，喘息著質問。

他的長子呼延贇和女兒呼延雲，也都跑上了冰城。緊隨二人之後的，還有一大堆山賊出身的將佐。看著山坡下那如林長槍，潮水般的人頭，一個個，臉色迅速變得凝重，握在腰間刀柄上的手掌心處，也隱隱冒起了白霧。

「示威而已，他們不會立刻就發起進攻！」

「也就這點兒本事了，彷彿能嚇唬得了誰一般！」

「咬人的狗不亂叫，亂叫的狗不咬人！」

「有種就往前再走一步，老子正愁找不到箭靶子呢！」

「連草繩子都沒準備，我倒是要看看他們怎麼從冰面上爬過來……」

沒等鄭子明開口說話，陶大春、李順、陶勇、周信等人，就七嘴八舌地安慰起了新到的太行山豪傑。戰爭是最好的磨刀石。連續跟幽州軍廝殺了這麼多次，李家寨中，快速成長起來的，可不只是鄭子明一個。從核心骨幹到普通鄉勇，都徹底與先前判若兩人。

「的確，咬人的狗，從來不亂叫喚！」呼延琮聽得臉上發燙，強行直起腰，順著大家夥的口風說道。「嚇了你呼延爺爺一大跳，差點兒把老腰給跑斷掉。來人，給我叫，不，給我嚇唬回去。虛張聲勢，不光他們會！」

「是！」呼延贊等太行豪傑，早就習慣了自家大頭領的沒正形，齊齊答應一聲，拱手領命。

然而，究竟該怎麼樣做，才能虛張聲勢，他們卻不得而知。冰牆上，李家寨的弟兄和太行山的袍澤，全部加起來也不過千把人。而冰牆外，黑壓壓的幽州兵卻是鋪天蓋地。

「站好，站好，站成一排！」呼延琮早就胸有成竹，先用眼神跟鄭子明打了個招呼，隨即，揮舞著胳膊開始調兵遣將，「以老子為中心，站成一排。挺胸，抬頭，吸氣，準備跟著老子一起喊……」

眾太行豪傑心中最後的一點恐慌，也被老不修呼延琮給攪了個煙消雲散。一個個快速在冰牆上整隊，站直身體，調整呼吸。

「直娘賊，有種就殺過來受死！」呼延琮猛地扯開嗓子，衝著對面山坡下正在耀武揚威的幽州大軍斷喝。

呼延贊等人根本不加思索，立刻扯開嗓子奮力重複：「直娘賊，有種就殺過來受死！」

「直娘賊，有種就殺過來受死！」

「直娘賊，有種就殺過來受死！」

「直娘賊，有種就殺過來受死！」

……

剽悍的叫陣聲，在群山間來回激蕩。轉瞬，就點起了一場無名業火。將山坡下的萬餘雙眼睛，燒了個通紅。

「殺過去，推平他們！」正對著冰牆的方位，幾名幽州將領勃然大怒。不待向韓匡美請示，就帶領著各自的部屬，直衝而上。

一萬六千大軍進攻不到一千人駐守的小小堡寨，守軍居然還敢主動挑釁。真是是可忍，孰不可忍！如果不將其一鼓而下，幽州將士們的臉還往哪擱？

然而，現實卻很快，就讓他們的頭腦恢復了冷靜。

冰，綿延不絕的冰，還有被踩硬了的積雪，從冰築的城牆腳下蔓延開來，沿著山坡一路向下。將近小半面山坡，凡是能落腳的地方，都覆蓋上了一層又滑又硬的堅殼。特別靠近冰牆處的最後一百五十步範圍，簡直就是一面完完整整的冰鏡子。若是不做充足的準備就直接跑上去，肯定會在最短時間就被摔得頭破血流！

「直娘賊，有種就殺過來受死！」「過來受死……」「受死……」

群山之間，回聲縈縈繞繞，遲遲不肯散去。冰牆上，剛剛受了呼延琮煽動而吶喊叫囂的兩家將士們，直至此刻才猛地意識到自己在喊什麼。一個個側轉頭望著老不修，嘴巴開咧，哭笑不得。

「喊，接著喊啊！大聲喊！」呼延琮才不在乎大家夥的目光，揮舞手臂，繼續大聲動員。「咱們這點兒人，無論怎麼虛張聲勢，都沒下面那些傢伙動靜大。乾脆直接戳破了他們的牛皮！讓他們有種就現在殺過了一決生死，不敢過來就是沒種！」

「直娘賊，有種就殺過來受死！」「直娘賊，有種就殺過來受死！」「過來受死……」「受死……」原本準備跟呼延琮好生理論一番的陶大春等人，恍然大悟。再度哄笑著扯開嗓子，將挑釁的話語一遍遍重複。

人數不到對手十分之一，氣勢上當然很難壓倒對手。所以揚長避短，就是最佳選擇。利用地形優勢，給下面的幽州軍出一個難題。如果幽州軍貿然踩著冰面兒發起進攻，肯定會吃一個大虧。如果幽州軍選擇了謹慎行事，則說明他們先前故意折騰出來的動靜，純屬於吹大的猪尿泡，根本當不得大夥用力一戳。

「直娘賊，找死爺爺就成全你們！」已經停步在半山腰處的那幾支幽州將士心裡頭，再度被勾起了熊熊烈火，怒吼著，繼續向前推進。

才走了十幾步，鞋底兒就因為沾滿了冰渣雪沫兒，變得更濕更滑，「撲通！」「撲通！」「撲通！」……，摔了滿山坡的滾地葫蘆。

不過，這群幽州將士身上真有股子蠻勁兒，都已經被摔得鼻青臉腫了，卻依舊從地上爬起來，互相攙扶著，繼續向前攀登。手中的長槍短刀，都被利用成了冰錐，鑿得漫山遍野，一片鏗鏘之聲。

「當當當，當當當，當當當……」一片急促的銅鑼聲，忽然從下面的山路上響了起來，制止了眾幽州將士的冒險。卻是韓匡美本人已經趕到，發覺有數百忠心耿耿的爪牙準備拚死一戰，所以果斷下令鳴金，從而避免了一場沒有任何意義的犧牲。

「這小子，倒也沒辜負了他的高貴血脈！」先派遣幾名親兵拿著自己的令箭，徒步去將山坡上的爪牙們拉回，韓匡美隨即便開始仔細觀察起了對面的防禦設施來。越看，越覺得鄭子明是個值得尊敬的對手，而耶律赤犬和馬延煦等輩，輸給此人著實不冤。

「大帥，賊人辱我過甚，若不給其以教訓，恐怕有損我軍士氣！」見韓匡美不斷朝著冰牆點頭，馬延煦私聘的記室參軍韓倬湊上前，試探著提議。

他的好友兼東主馬延煦壯志未酬，先丟了一隻手臂，這輩子是不可能再獨領一軍了。而他心中的雄圖壯志，卻不能沒了著落。所以不待馬延煦的傷勢穩定下來，他就又主動請纓，加入了韓匡美的幕府。

韓匡美雖然心裡頭惱恨韓倬夥同馬延煦兩個，先前故意把自家侄兒拋棄在死地。看在其祖父，當朝權臣，魯國公，南府丞相韓延徽的面子上，倒也不敢過分刁難與他。因此聽到了韓倬的諫言之後，略作斟酌，便微微點頭：「此言甚是，不給賊人點兒顏色看看，他們還以為自己天下無敵了呢！來人，傳老夫的將令，讓射鵰手趕緊跟上來！」

「是！」親兵都頭韓重威答應一聲，上前接過令旗，沿山路小跑著奔向整個大軍的末尾。不多時，便將韓匡美最倚重的一支隊伍給帶到了帥旗之下。

這支隊伍由三十名帽子上插著白色尾羽的弓箭手組成，民族分為漢、奚、秣鞨、契丹、女真，長相各異，說話的聲音也是南腔北調。但這三十名士卒手裡，卻清一色地持著由遼國名匠親自製作的檀色大弓。每張弓的拉力，至少都在兩石以上。臂長七尺，弦粗三分，弓弝處的包銅，被磨得閃閃發亮。注四

這種打扮的弓箭手，無論膂力還是準頭，都是千裡挑一。並且每年都要經過節度使以上級別高官的親手檢測，合格的有賞，本事退步者直接從隊伍裡剔除，空出來的名額則由後起之秀取代。篩選標準之嚴格，在整個遼國，都首屈一指。但是，凡能通過考核留下來者，都會被授予射鵰手之職，平素供給等同於戰兵都頭，破敵後的分贓標準，也與都頭毫厘不差。

是以，一個射鵰手的戰鬥力，往往超過十個戰兵。特別是在遠距離戰鬥中，只要能配給充足的弓箭，三個射鵰手聯合起來，足以將對面上百人壓制得無法抬頭。

數量稀少，選拔嚴格，供養負擔沉重，威力天下無雙。所以，不到關鍵時刻，軍隊的主將輕易不會動用。

而只要動用，往往就會令戰場上的局勢瞬間逆轉。

今天的戰事雖然遠未到關鍵時刻，卻涉及到了整個大軍的臉面。所以，韓匡美也不想再藏私，待射鵰手們一到，立刻指點著山頂上耀眼生花的冰牆吩咐：「趙爾德、拔悉米、蕭楚雄，你們三個各帶一隊弟兄，想辦法靠上去，殺一殺敵軍威風！」

「遵命！」三名帶頭的射鵰手躬身施了個禮，旋即將麾下弟兄迅速分成了三股。各自尋找不同的落腳點，跳躍著朝冰牆靠近。一隊隊，身形靈活宛若獵食的野狼。

「鳴金，命令山坡上的弟兄把隊形分散開，儘量撤得亂一些，干擾敵軍判斷！」目送著射鵰手們離開，韓匡美想了想，又沉聲吩咐。

作為百戰宿將，他從沒指望幾十名射鵰手，就能夠直接擊潰堅城後的敵軍。他需要的是，射鵰手們的行動，能夠打對方一個措手不及，進而嚴重削弱對方的士氣。當然，萬一哪個射鵰手走運，能當場射殺敵軍大將，就更令人開心了。常言道：「將乃三軍之膽。」失去了核心將領的鄉勇們，即便平素訓練再嚴格，也會迅速分崩離析。

「遵命！」親兵們答應著去傳遞命令。不多時，低沉的銅鑼聲再度敲響，「當當，當當，當當當當，咣咣咣……」宛若破廟裡的晚鐘般，不停地摧殘著人的耳朵。

山坡上奉命後撤的那幾夥幽州兵聞聽，立刻在十將和都頭們的招呼下，分散開了隊形。裝作士氣受到嚴重打擊模樣，東一簇，西一簇，跌跌撞撞往下溜。雖然只有數百人，身影卻布滿了小半個山坡。並且時不時做出一些極為狼狽的跌倒動作，引得冰牆上哄笑連連。

「哈哈哈，怎麼不敢上來了。沒種了不是，爺爺還在等著你呢！」

注四、據出土的元代長弓實測，弓長一三八公分，上、下弓臂長均為三三公分，弓梢長三四公分，弓把長十八公分。弓身用鹼土溶液做表面碳化處理，所以呈現暗紅色，俗稱「潤羊血」。

「走了，走了！哈哈，兩文錢買個泥巴茶壺，本事都在嘴兒上了！哈哈哈，哈哈哈……」冰牆上，呼延琮等人愈發得意，挑釁、叫囂、羞辱，若不是耐著有陶三春這個女將在場，真恨不得解開褲帶朝著城外撒上一泡。誰也沒有注意到，危險已經在不知不覺間，迅速朝自己靠近。

從戰場右側迂迴而前的趙爾德，第一個走到了距離冰牆二百步範圍之內。其麾下的九名射鵰手，佝僂著身體，分散成扇面形，借著岩石和枯樹的掩護，緊隨其後。七尺長的角弓，被眾人悄悄地取下來，橫在膝蓋上。帶著倒刺的狼牙箭，也被迅速從箭壺中拿出，一支接一支插在了身前三尺處的冰縫之中。

「預備——」趙爾德低聲召喚，隨即深吸一口氣，迅速彎腰。左手前推，後手勾住一支狼牙箭迅速後帶，借助腰桿重新伸直的慣性，雙臂用力將角弓拉了個滿圓。

「放！」憑藉彎腰前目光的預判，他朝著冰城上某個高大的黑壯漢射出了今天的第一箭。然後看都不看，再度俯身，勾箭，運力，直腰，將第二支狼牙，朝著先前同一個位置射了過去。

「嗖——」「嗖嗖——」「嗖嗖嗖——」十幾道寒光，猛地從距離冰牆二百步遠亮起。閃電般，直撲呼延琮和他身邊的弟兄。待呼延琮等人聽到羽箭破空聲之後想要躲閃，哪裡還來得及？只能憑藉本能將身體向下縮了縮，以期能避開要害，不至於當場被冷箭射個透心涼！

「呼！」千鈞一髮之際，有面盾牌從左下方飛來，擋住了三支羽箭。第四支羽箭卻從半空中直衝而下，正中一名綠林好漢的腦門。銳利的狼牙刺破額骨，刺破顱骨，從氈帽的邊緣，吐出一股殷紅。倒楣的好漢連哼都沒來得及哼出一聲，仰面便倒。

第六、第七支狼牙箭落下，帶起三蓬濃重的血霧。第八、第九支狼牙箭落點略低，命中了冰鑄的城垛口，濺起了兩團粗大的白煙。將城垛口鑿豁的箭頭，卻去勢未衰，又借著慣性向內推進了足足三寸許，才終於停了下來。粗大的箭桿帶著黑色的尾羽，在垛口外搖搖晃晃。

「嗖——」「嗖嗖——」「嗖嗖嗖——」「嗖——」「嗖嗖——」「嗖嗖嗖——」戰場中央偏左，戰場左側，各自距離冰城二百步左右的位置，也連續騰起了數道寒光。更多的狼牙箭被從預想不到的遠處，射上了城頭。帶起更多的血霧，製造出更多的無法瞑目的屍體。

「轟！」「轟轟轟轟！」在接連挨了三輪羽箭之後，城頭上的弩車終於開始了反擊。一支支丈許長的弩箭凌空撲下，在兩百多步遠的山坡上，濺起了漫天雪沫和冰渣。

眾射鵰手被嚇了一跳，攻擊的節奏頓時停滯。然而，很快，他們就發現自己這邊毫髮無損，嘴裡發出瘋狂的大笑，瞄準城頭再度拉圓了角弓。

弩車的威力雖然巨大，但準頭卻不盡人意。並且裝填過程甚為耗時耗力，半晌都發射不了一輪。而角弓的發射準頭和頻率，則完全依賴開弓者的本事。只要臂力充足，一名訓練有素的射鵰手在十幾個彈指間，就能把整整一壺箭盡數射向目標。注五

轉眼間，冰牆上就又飄起了一團團血霧。毫無防備的鄉勇和呼延家將士被打了個措手不及，紛紛低下頭四下躲避。而冰牆外的幽州射鵰手們，則毫不客氣地將戰線從大約二百步位置，又向前推進了五六十步，直到再也找不見合適的落腳點，才重新分散開，朝著城頭繼續傾瀉致命的鵰翎。

「反擊，反擊！」陶大春終於組織起了一群弟兄，以牆垛為遮擋，挽弓向城外的敵軍展開了攢射。然而，鄉勇們手中的弓以一石弓居多，最強不過一石半力，準頭也照著對方差得太遠。倉促之間所射出的羽箭，要麼只飛了八九十步，就徹底失去了力道，在地面上徒勞地蹭出一道道白煙。要麼勉強達到了一百四十步範圍，卻離目標至少五尺開外，除了嚇射鵰手們一跳之外，未能取得任何戰果。

「嗤！」射鵰手頭目趙爾德冷笑著用弓梢將一根「路過」自己附近的流矢磕歪，順手抄住箭桿，掂了掂，

注五、按照佛教理論，二十彈指為一羅預，二十羅預為一須臾，一日一夜為三十須臾。所以一個彈指為七點二秒。

隨即搭上自家弓臂，朝著冰牆上那個絡腮鬍子大塊頭一箭射回。

「阿爺小心——！」呼延雲大聲驚呼，抄起一面盾牌，迅速擋在自家父親身前。鵰翎羽箭正中盾牌中心，發出「啪」地一聲脆響。巨大的衝擊力推著盾牌連連後退，恰恰砸上了呼延琮的鼻子尖兒。

「嗯嗚——」饒是大部分力氣已經被自家女兒的手臂化解掉，呼延琮依舊被砸得眼淚直淌。甜的，酸的，苦的，辣的，鹹的，一時間，鼻孔裡五味雜陳。

「阿爺，阿爺你怎麼樣……」呼延雲嚇得臉色煞白，趕緊扭過頭去查看自家老父的傷勢。呼延琮卻一把推開了她，指著冰牆外的幽州射鵰手們高聲咆哮：「奶奶的，還有完沒完了！誰有三石弓，給老子取一個三石弓來！看老子不射死他！」

三石強弓乃為平素勇將們鍛鍊臂力所用之物，通常根本不會用於實戰。所以一時間，哪裡能夠找得出來？倒是郭信手裡，握著把朱漆大弓，看上去勉強有幾分硬弓的模樣。然而郭信卻捨不得給任何人用，對呼延琮的叫嚷充耳不聞。

「借我用用又用不壞，別那麼小氣！」呼延琮向來就不是個講道理的人，連喊了好幾嗓子得不到回應，乾脆三步並作兩步衝到郭信身邊，劈手便搶。

郭信身上還帶著傷，當然不是他的對手。轉眼間便被推到了牆垛後的旮旯裡，朱漆弓當即易主。呼延琮順手又搶了三支羽箭，加在左手指縫裡，起身、引弓、鬆弦，「嗖嗖嗖」，三支羽箭連珠而出，在半空中，劃出了三道耀眼的閃電。

「好——」眾嘍囉齊聲喝彩，均為自家大頭領的神射而感到驕傲。然而，很快，他們的喝彩聲便卡在了嗓子眼兒裡。一個個紅著臉，耷拉下腦袋，恨不得找個冰窟窿朝裡頭鑽。

三支鵰翎羽箭，呈品字形排開，呼嘯著撲向敵軍，一開始，的確氣勢驚人。只可惜，品字的三張口彼此距離越來越遠，越來越遠，飛著飛著，就上下東西，各朝一個方向，最後集體不知所終！

「奶奶的，老子就不信射你不中！」呼延琮饒是臉皮厚，也覺得雙頰發燙。從身邊鄉勇的腰間搶過一個滿滿當當的箭壺，搭上一支又一支羽箭，朝著目標連番猛射。

自從數月之前被楊無敵一箭貫胸之後，他可是沒少在射技上下功夫。上好的角弓拉斷了四五張，柳木製造的靶子也射爛了七八回。然而，明明於平素訓練時十箭能中六七，實戰中，卻一而再，再而三地丟人。眼看著一壺箭都快射完了，戰績依舊為零。反倒把城外很多射鵰手的注意力都吸引到了他這邊，不停地朝著他發射冷箭。砸得他所藏身的牆垛冰渣亂飛。

「給我！」有人貓著腰，快速衝上前，自呼延琮手裡奪走了朱漆大弓。

呼延琮大怒，張嘴就要問候對方老娘。然而，髒話才冒到嗓子眼兒，卻又果斷咽回了肚子裡頭。

從他手裡搶走了朱漆大弓的不是別人，正是他的親生兒子呼延贊。只見後者貓腰順著冰牆繼續向前滑行了數尺，猛地站穩腳跟，轉身，引弓，鬆手。所有動作一氣呵成，三尺長的鵰翎羽箭如閃電般，飛下了城頭。隨即，在一百三十步外的位置，濺起了一抹耀眼的紅。注六

「啊——」有名正在彎弓搭箭的幽州射鵰手難以置信的瞪圓雙眼，慘叫著，緩緩跌倒。血順著胸口與脖頸交界的位置，噴射而出，將周圍的冰面兒染出一道又粗又長的痕跡，與四周圍純正的白色相對照，格外醒目。

事發突然，敵我雙方，預先都沒有任何預想，齊齊為之一楞。數支原本該飛向城頭的狼牙箭，相繼偏離了目的地，或者高高地竄上的半空然後陡然掉落，或者貼著地面撞上了牆角，濺起一團團孱弱的煙塵。

那呼延贊卻好像早已習慣了給大夥製造驚喜，毫不停頓地又是「嗖嗖」兩箭，將一名秣鞨射鵰手和一

注六、關於角弓射程和攻擊範圍，普通弓箭手，通常很難射中一百步外的目標。所以大多數情況下，超過五十步距離，將領都會選擇攢射，靠覆蓋密度來彌補準頭的不足。但神箭手，則屬於頂尖運動員級別，可以在二百步之外向對手發起攻擊，準確命中一百步以外的目標。史書記載，成吉思汗手下有名神箭手，甚至能射中四百步（六百米）外的馬頭。

名室韋射鵰手放翻在地，手捂著肚子來回翻滾。鮮紅色的血漿如同噴泉般，一會兒噴在冰面上，染得通紅一片，一會兒又對著天空騰起老高。

「好，呼延將軍神射！」到了此刻，城頭上的眾嘍囉和鄉勇們才終於反應了過來，紛紛從冰鑄的城垛口或者木頭盾牌之後探出半個身子，大聲喝彩。

城外那一群來自幽州的射鵰手，幾曾受過如此奇恥大辱？頓時再也顧不上襲擊別人，齊齊調轉角弓，瞄準呼延贊，亂箭齊發。

好個呼延贊，根本不與敵方逞勇鬥狠。猛地彎下腰，身體消失在了牆垛之後。令射向他的狼牙箭，盡數落在了空處。除了砸起更多的冰渣之外，別無所獲。

「有種別躲！」「有種就跟大爺對著射，看誰先死！」「冷箭傷人，算什麼英雄！」眾射鵰手破口大罵，彎弓搭箭，四處尋找呼延贊的身影。然而，呼延贊卻如同融化了般，徹底與冰牆融為了一體，遲遲不肯現身。直到眾神射手的胳膊都拉痠了，不得不悻然鬆開了弓弦，他才猛地從不遠處的另外一個垛口後站了起來，「崩」！長箭脫弦而出！

「啊！」下一個瞬間，射鵰手頭目趙爾德仰面便倒。一支鵰翎羽箭從此人左眼窩穿了進去，直貫後腦。其餘各族射鵰手大驚失色，連忙重新拉弓還擊。而呼延贊的身影卻再度消失，令他們把兩隻眼睛瞪得發酸，都尋找不到。

「呼延將軍，呼延將軍，呼延將軍……」眾嘍囉和鄉勇們士氣大振，異口同聲地喊著呼延贊的姓氏，為他的神射之技喝彩，同時向城外的敵軍示威。

城外的各族射鵰手氣急敗壞，停止對呼延贊的追殺，重新朝城頭進行冷箭襲擊。然而，無論他們射中了目標，還是射歪了羽箭，都無法再打擊到守軍的士氣分毫。

二十幾張弓，對於近千人來說，實在太少了。況且守軍有了準備之後，城外的每一輪射擊，也無法製造出太多的殺傷。偶爾一兩個嘍囉或者鄉勇不幸中箭，第一時間就會被接替上來的輔兵拖走，無論是慘叫聲還是血跡，都不會成為眾人關注的焦點。

「嗖！」「嗖！」呼延贊的身影於城牆西段一個與先前跑動方向完全相反的位置出現，連續射出兩支羽箭。一支偏低，貼著冰面掠過，帶起一股濃濃的白色煙霧。另外一支，卻再次射中了一名對手的小腹，將其射得倒退坐倒，手捂傷口，雙腿亂蹬，嘴巴裡同時「嘶嘶嘶」不停地倒氣兒。

城牆外的射鵰手們不敢再停留於原地拉弓，邁開雙腿左右跑動，以免成為下一個被偷襲的對象。光滑的冰面兒，很快就再建奇功。將這群射鵰手們一個接一個滑倒在地，摔得鼻青臉腫。

射向城頭的冷箭威懾力大大減弱，鄭子明終於等到了機會，揮舞著令旗，大聲調整部署「靠攏，能拉一石半以上硬弓的人，或者手裡有硬弓的人，向我的將旗靠攏！」

「巡檢有令，能拉硬弓的人，和手裡有硬弓的人，向將旗靠攏。」

「巡檢有令，能拉硬弓的人，和手裡有硬弓的人，向將旗靠攏。」

「巡檢有令……」

李順帶著幾個大嗓門兒弟兄，扯開嗓子，一遍遍重複。唯恐聲音小了，城上城下的人，聽不清楚命令。在他們的全力協助之下，很快，便有三十幾張大威力硬弓，被集中到了位於冰牆正中央處的將旗之下。來自李家寨和太行山的六七十名用弓好手，也自告奮勇，聚集到了鄭子明的周圍。

「來，咱們分兩波，輪著射！每人三箭，對準我用令旗指向的位置，射完就換人！」鄭子明迅速將弟兄們分組，同時用最簡短的語言，說明作戰要求。

鄉勇們訓練有素，很快就理解了他的安排。來自呼延琮手下的嘍囉們也都是一等一的精銳，雖然稍作遲疑，但也迅速選擇了服從。

三十幾個拿到了硬弓的弟兄們，貼著附近的冰牆垛口站好，羽箭上弦，凝神待命。鄭子明迅速朝城外掃了幾眼，猛地舉起手中令旗，朝著一個方位猛點，「一百五十步，左前方那個大個子，三連射射！」

「崩」！「崩」！「崩」！「崩」！……，弓弦聲，瞬間響成了一片。三十多張硬弓，以最快速度射出了三波羽箭，先後奔向了同一個目標。

「啊——！」目標處，幽州射鵰手頭目拔悉米嘴裡發出一聲短促的驚叫，隨即變成了一隻大刺猬。距離他四尺遠的位置，另外一名神射手也遭受了池魚之殃，被三支偏離了目標的羽箭同時命中，當場氣絕。

「換人！」「換人！」「換人！」「……」冰牆上，興奮的叫嚷聲響成了一片。先前沒有輪到發威的用箭好手們，紛紛上前從打頭陣的同伴手裡搶過角弓，搭箭上弦。

「正前方偏右，那個帽子下綴著狐狸尾巴的傢伙，射！」鄭子明再度找到了一個目標，果斷下令。剎那間，弓弦聲又響成了一片，數十支羽箭飛起，齊齊撲向同一個區域，奪走目標處的生命與靈魂。

城牆外，射鵰手們發了瘋般開弓反擊，將狼牙箭一波波送上城頭。無論準頭還是攻擊威力，他們所射出的每一支羽箭，都遠遠超過城牆上射下來的。但是，他們卻驚詫的發現，自己無法再占到任何便宜。

憑藉冰牆和盾牌的掩護，守軍很容易就能避開狼牙箭的襲擊。而幾十支羽箭同時朝著城外同一個方位落下來，幾乎每一輪都能在他們當中製造出傷亡。

更令他們痛苦的是，那個幽靈般的神射手，再度把握住了機會。趁著他們與城頭守軍展開對射的時候，果斷發起了偷襲。連續四箭，命中其二。威脅程度絲毫不低於幾十張硬弓的攢射。待幽州射鵰手們分清楚威脅的主次，再度把注意力調整到他身上時，此人卻又乾脆利落地藏了起來，任城外的叫罵聲如何喧囂，都堅決不肯露頭。

「轟！」「轟轟轟轟！」安放在城牆上的五張床弩，也在陶大春的指揮下，重新投入了戰鬥。這回，操弩手都學精明了，不再單獨瞄準，而是儘量集中起來，朝著同一個目標招呼。

因為精準度不足，這一輪攢射，依舊毫無建樹。但弩箭砸出來的一道道白煙，卻又粗又長，驚天動地。

令城外的射鵰手們本能地就跑動躲閃，射出去的狼牙箭，愈發大失水準。

「鳴金！」在山路上觀戰的韓匡美，咬著牙發出命令。

三個射鵰手頭目戰死了兩個，三十名射鵰手也陣亡了一小半兒。再打下去，甭提摧殘敵軍士氣了，自己這邊士氣還能剩下幾分，都很難說。還不如就此退軍，去營地裡重整旗鼓，以待來日報仇雪恨。

「大帥——」韓倬上前半步，試圖勸阻。然而，看到周圍一片冰冷的目光，他又果斷地將勸說的話，憋回了肚子。

「且讓他猖狂一晚上！明日大軍養足了精神，定要踏平此寨，人伢不留！」韓匡美豈能不知道韓倬在擔心什麼，故作大氣地揮了揮手臂，高聲斷喝。

「踏平此寨，人伢不留！」「踏平此寨，人伢不留！」「踏平此寨，人伢不留！」周圍的親兵們，心領神會，齊齊扯開嗓子大聲叫喊，以壯自家軍膽。然而，他們的叫嚷聲雖然宏亮，每個人眼底，卻隱約露出了許多困惑。

連最驍勇善戰的射鵰手，都未曾從對方頭上占到絲毫便宜，踏平此寨，真的很輕鬆嗎？

沒人能夠告訴他們答案。

山梁上，那冰鑄的城牆，與整座山凝結為一體，如同一塊巨大的青石。

風吹不動！

雷擊不垮！

磊磊磐磐，無憂，亦無懼！

第四卷·兵車行　卷終

亂世宏圖

卷四・兵車行

作　　者　酒徒
編　　輯　黃煜智
校　　對　魏秋綢
企　　劃　廖婉婷　李昀修
封面設計　莊謹銘
總 編 輯　曾文娟
董 事 長　趙政岷
出 版 者　時報文化出版企業股份有限公司
一〇八〇一九台北市和平西路三段二四〇號四樓
發行專線　（〇二）二三〇六－六八四二
讀者服務專線　〇八〇〇－二三一－七〇五、（〇二）二三〇四－七一〇三
讀者服務傳真　（〇二）二三〇四－六八五八
郵撥　一九三四－四七二四時報文化出版公司
信箱　一〇八九九臺北華江橋郵局第九九信箱
時報悅讀網　www.readingtimes.com.tw
電子郵件信箱　ctliving@readingtimes.com.tw
法律顧問　理律法律事務所　陳長文律師、李念祖律師
印　　刷　家佑印刷有限公司
初版一刷　二〇一七年一月二十日
初版五刷　二〇二二年十一月八日
定　　價　新台幣三八〇元
（缺頁或破損的書，請寄回更換）

時報文化出版公司成立於一九七五年，
並於一九九九年股票上櫃公開發行，於二〇〇八年脫離中時集團非屬旺中，
以「尊重智慧與創意的文化事業」為信念。

Printed in Taiwan

亂世宏圖　卷四．兵車行／酒徒作
－初版．－臺北市：時報文化，2017.01
　面；　公分
ISBN 978-957-13-6866-5（平裝）
857.7　　　105024116